O CONCEITO ZERO

A.J. Barros

O CONCEITO ZERO

UMA TRAMA INTERNACIONAL
PARA A INDEPENDÊNCIA DA AMAZÔNIA

Romance

O
CONCEITO ZERO

Copyright ©2006 by A. J. Barros
1ª edição – outubro de 2006

Direitos cedidos para esta edição à
EDIOURO PUBLICAÇÕES S.A.
Rua Nova Jerusalém, 345 – Bonsucesso
CEP 21042-235 – Rio de Janeiro – RJ
Tel. (21) 3882-8338 – Fax (21) 2560-1183
www.ediouro.com.br

A GERAÇÃO EDITORIAL É UM SELO da EDIOURO PUBLICAÇÕES

Rua Major Quedinho, 111 – 20º andar
CEP 01050-904 – São Paulo – SP
Tel. (11) 3256-4444 – FAX. (11) 3257-6373
www.geracaobooks.com.br

EDITOR E PUBLISHER: **Luiz Fernando Emediato**
DIRETORA EDITORIAL: **Fernanda Emediato**
CAPA E PROJETO GRÁFICO: **GXavier.com**
DIAGRAMAÇÃO: **Cintia de Cerqueira Cesar**
CAPA: **Silvana Mattievich**, com fotos do autor
PREPARAÇÃO DE TEXTO: **Hugo Almeida**
REVISÃO: **Rinaldo Milesi**

Dados internacionais de catalogação na Publicação (CIP)
(Câmara Brasileira do Livro, SP, Brasil)

Barros, A. J.
O conceito zero : uma trama internacional para
a independência da Amazônia / A. J. Barros. --
São Paulo : Geração Editorial, 2006.

ISBN 85-7509-161-1

1. Amazônia - Ficção 2. Romance brasileiro
I. Título.

06-7022   CDD- 869.93

Índices para catálogo sistemático:
1. Romances : Literatura brasileira 869.93

2006
IMPRESSO NO BRASIL
PRINTED IN BRAZIL

*A minha esposa, Clarice,
e a meus filhos
Paulo Eduardo, Carlos José e Aracy*

*E também aos brasileiros que
ainda não nasceram, na esperança
de que encontrem um Brasil melhor*

LIVRO I

O RIO DA DÚVIDA

"No dia 27 de fevereiro de 1914, logo após o meio-dia, começamos a sulcar as águas do rio da Dúvida, com destino ao desconhecido.

Ignorávamos se dentro de uma semana estaríamos no Gi-Paraná, se em seis meses no rio Madeira ou em que lugar iríamos parar dali a três meses. Eis porque o rio se denominava rio da Dúvida.

Então o coronel leu que, de ordem do governo brasileiro e considerando que o ignorado curso d'água era evidentemente um grande rio, ficaria denominado 'rio Roosevelt'."

THEODORE ROOSEVELT
PRESIDENTE DOS ESTADOS UNIDOS

1

O dia fora apagado, como sempre ocorre após uma noite de pouco sono. Mesmo quando não se sentia bem, o general não baixava a guarda. Cuidadoso, antes de sair, verificava se havia tomado todas as cautelas que o seu serviço exigia.

Normalmente, pousava a mão na maçaneta da porta e olhava de novo a mesa, os arquivos, a disposição dos objetos, o cesto do lixo, papéis pelo chão, e meditava se não havia deixado de tomar alguma providência.

Gostava de lembrar a história do juiz chinês que, quando ia dar uma sentença, pegava a chaleira de chá quente e despejava na xícara. Se alguma gota caísse no pires, deixava para decidir no dia seguinte. Evitava sair às pressas do seu gabinete, com receio de falhas nem sempre justificáveis. Aprendera que justificativas só confirmam o erro.

Já eram oito horas da noite e, apesar de estar um pouco frustrado por não ter conseguido criar ainda a estrutura de vigilância à qual dera início, sentia-se de certa forma satisfeito porque estabelecera um último contato que poderia ajudar na solução daquele mistério.

Chegou a ter receio de que aquele sujeito não fosse aceitar a missão. Já tinha trabalhado muito para o governo, sabia que era hora de parar e cuidar da própria vida, de seus negócios, pensar mais na família.

E estava certo, pensou com certa tristeza. Ele próprio já estava na faixa dos 50 anos, atingira o generalato, ocupara cargos de importância, até mesmo no exterior, e às vezes sonhava com um pequeno sítio, brincar com os netos e vê-los correr pelo gramado e, quando os netos não estivessem lá, poderia cultivar flores com sua mulher. Pensava nela com certa melancolia.

Engordara um pouco, coisa da idade, mas parece que ficava cada vez mais atraente. Admirava-a por manter a jovialidade e beleza.

Via às vezes no seu rosto um pouco de apreensão, como se ela adivinhasse algum perigo. Mas estava à frente do principal órgão de informações do governo federal e não podia sair enquanto não confirmasse suas suspeitas ou desistisse delas.

Sentia ter de adiar os sonhos do gramado em frente de uma casa afastada da cidade, mas era preciso descobrir que tipo de articulação estava sendo feita e quem estava por trás disso. Era preciso salvar o Brasil, pensou, e compreendeu de repente que não passava de um sonhador. Quem mais está preocupado com o país?

Desde que assumira a chefia da Agência Brasileira de Informações começou a catalogar os registros considerados mais sigilosos. Tinha o hábito de catalogar fatos, arquivar documentos com método e coerência. E, assim, organizou informações sobre políticos, movimentos sociais, guerrilhas nas fronteiras, contrabando, tráfico de drogas, principalmente na região da Amazônia, onde movimentos de guerrilheiros do Peru e da Colômbia se misturam com o tráfico.

Havia algumas coisas curiosas, como a comunicação daquele comandante da Varig que, quando ia de Manaus a Brasília, tinha ouvido pelo rádio um avião da Força Aérea Brasileira dar ordens para outro avião se identificar e pousar numa pista perto de Itupiranga, à margem do rio Tocantins, no Pará. Como as coordenadas indicadas pela FAB não estavam no Pan-Rotas, ele relatou o episódio ao Departamento de Aviação Civil – DAC, e essa informação veio parar na Abin. Nenhum avião da Força Aérea esteve naquela região, nem registros de qualquer comunicado feito pela Aeronáutica. As coordenadas eram de uma pista clandestina, provavelmente usada por traficantes, e nela estavam os destroços de um avião roubado. Havia sinais de luta.

Em outro episódio, perto das terras da Mineração São Francisco, numa estrada abandonada que liga a cidade de Colniza, no Mato Grosso, com Humaitá, no Amazonas, a Polícia Federal recebeu denúncia de que ali funcionava um laboratório de cocaína do grupo de Pablo Escobar. Segundo a denúncia, ia ser feita a entrega de uma tonelada de cocaína, com pagamento em dólares, e os traficantes chegariam com o dinheiro em dois aviões Learjet.

No dia indicado, a Polícia Federal armou uma operação de guerra para prender a quadrilha, contando com a ajuda das polícias militar e civil de Mato Grosso. Quando chegaram ao local, os traficantes estavam mortos. Parece que houve luta entre grupos e a polícia encontrou a droga e o laboratório incinerados.

Uma lancha explodiu no porto de Manaus, com dois cientistas que iriam estudar a flora amazônica. Logo depois, uma fonte anônima informou à imprensa que esses cientistas tinham feito treinamento de guerrilha em Cuba. Não se sabe quem explodiu a lancha e quem passou a informação à imprensa, mas a fonte estava certa. Os cientistas e a lancha tinham documentos falsos.

Em Roraima, um avião com seis agentes da Polícia Federal desceu no aeroporto de Boa Vista para abastecer. Sua missão era destruir pistas clandestinas de pouso dentro da reserva Ianomâmi na fronteira com a Venezuela e que serviam para o tráfico. Enquanto abasteciam, chegou uma patrulha do Exército, que cercou o avião e prendeu seus passageiros. O avião havia sido roubado e os federais eram falsos. A informação fora dada pessoalmente por um agente do Serviço Secreto do Exército, que desapareceu logo em seguida.

Outros fatos foram catalogados e todos mostravam uma lógica imperturbável em várias direções.

O general nunca esquecera aquela lei de geometria de que, conhecendo-se dois pontos, traça-se uma linha reta até o infinito. Ali havia muitos pontos com os quais se podia traçar várias linhas retas. A seqüência de episódios não podia ser mera coincidência. Mas o que seria então? Quais pontos seguir?

Atrás de uma lógica para isso, foi criando linhas de raciocínio. Uma dessas linhas indicava que alguém se apoderava do resultado de operações ilícitas, principalmente o tráfico de drogas. Com paciência, foi colhendo informações, juntando os pauzinhos e chegou a uma conclusão surpreendente. Era possível que um grupo organizado estivesse ajudando a prender traficantes, mas ficava com o dinheiro deles.

Não foi difícil concluir sobre a Confraria. Foi um achado espantoso. Nem mesmo os órgãos de segurança ou de informações sabiam dessa Confraria, camuflada no meio da selva. E era como um presente do céu para os propósitos do Exército de criar a "Resistência".

A Confraria apoderava-se do dinheiro, das armas e dos aviões de traficantes e contrabandistas, e depois os entregava à polícia. Com isso, ela auferia volumosa receita para cobrir suas despesas e formar um exército particular. Não tinha certeza, mas devia ser uma organização patriótica. Mas por que então não procuravam auxílio do governo? Essas indagações estavam sem resposta. Será que esse grupo tinha informações que comprometiam pessoas ou órgãos oficiais?

Assustou-se, de início. Aquilo não era ético e era ilícito. A defesa do país devia assentar-se sobre bases morais. Chegou a pensar em acionar os órgãos de segurança para investigar a fundo essa tal confraria. O Comando Militar da Amazônia, o Comam, com sede em Manaus, devia ter meios de chegar até ela. Depois pensou que era melhor ele próprio tentar contato, sem alertar outros órgãos ou instituições.

Não era tão simples. Andou fazendo perguntas. Arriscou palestras em faculdades, entidades de classe e setores de segurança sobre o potencial da Amazônia e a sua importância para o país. Deixou escapar frases como isca, mas não adiantava. Essa organização, fosse lá o que fosse, não aparecia. Mas ela tinha de saber que o seu interesse era apenas de ajudá-la. Não podia desanimar.

Outras linhas de raciocínio iam em direções perturbadoras. Não se atrevia a levar suas preocupações a escalões mais altos. O instinto obrigava cautelas. E se o Ministério da Defesa não acreditar nas suas suspeitas? Poderiam não tomá-lo a sério e, nesse caso, seria substituído em seu posto e certamente interromperiam iniciativas que já vinha adotando sigilosamente para esclarecer as dúvidas que o corroíam. Não se importava com o cargo. Talvez fosse mesmo o momento de parar, mas o instinto o alertava de que alguma coisa muito séria poderia ocorrer e era preciso continuar investigando.

Chegou a semana da Páscoa dos militares. Não era católico praticante, mas a função impunha certas obrigações, e ele estava lá de novo estudando o estranho desenho daquela arquitetura. A catedral de Brasília talvez seja a única do mundo que não tem jeito de catedral. Também, não fora construída para ser catedral. Oscar Niemeyer projetou um templo ecumênico e Brasília seria a única capital do mundo cristão a não ter catedral. Logo o Brasil, com a sua grande população católica.

O interessante é que a construção de Brasília gerou um impasse para o projeto. O Estado não tem religião e não podia financiar a obra. A solução foi decretar que a catedral era patrimônio de interesse público, e o governo militar pôde assim destinar verbas para a sua construção.

Uma ou outra cerimônia o obrigava a nela entrar naquele templo e assistir à missa. O simbolismo daquele templo era uma das maiores incoerências de Brasília. A cúpula foi inspirada na Estátua da Liberdade, mas a catedral acabou sendo dedicada a Nossa Senhora Aparecida, padroeira do Brasil.

A catedral de Brasília não tem a nave das outras igrejas, mas um amplo espaço circular que fica pouco abaixo do nível do solo. Um grande ovo no vitral azul, atrás do altar, simboliza o útero e os doze anjos em vitrais colocados em diagonal mostram a Anunciação de Nossa Senhora.

Para entrar na igreja, o fiel passa por um túnel meio escuro, chamado de "zona de meditação", que o prepara para se encontrar com a claridade interna que suplanta qualquer gótico no mundo.

Estava à paisana. Não se sentia bem quando entrava na igreja com farda e aquelas condecorações no ombro. É bom ser humilde perante Deus, pensava ele. O dia era reservado para a confissão dos militares. Não havia muitos. Ultimamente as pessoas comungam sem se confessar. Já teve a pachorra de contar quantas pessoas comungam numa missa e chegou à conclusão de que não havia padre para todos se confessarem. Mas ele achava importante manter seus princípios religiosos.

Era um privilégio poder confessar-se e comungar naquela igreja. Sempre saía de lá com um sentido novo de vida. A "penumbra da meditação" e logo em seguida o esplendor irradiante da luz e do renascimento dos vitrais eram tocantes. Incomodava-o a pieguice que tomava conta dele nessas horas, mas, afinal, quem não é emotivo neste mundo?

Chegou a sua vez. O confessionário era de madeira, estilo moderno, mas ainda daqueles em que o padre ficava dentro e o penitente se ajoelhava do lado de fora. Havia dois confessionários logo na entrada à direita. Não entendia muito essa história de pecado, nem acreditava que qualquer padre pudesse perdoá-lo pelo que fez de errado. Mas sentia-se bem, como se estivesse realmente diante de Deus, menos porque acreditava, mas porque recordava os tempos de criança, quando ia à missa nas manhãs de domingo.

Entrou no confessionário e notou que não havia padre. Estranho, pensou. Tinha visto uma pessoa se confessar ali e essa pessoa estava agora ajoelhada num dos bancos para cumprir a penitência. Não demorou muito e apareceu outro padre. Um monge? Encapuzado? Parecia beneditino, o capuz escuro lhe escondia o rosto, mas pôde ver o olhar penetrante e firme de um representante de Deus que parecia mesmo estar dotado de poderes sobrenaturais para livrar o mundo dos seus pecados.

O novo padre fez o sinal-da-cruz e disse com voz calma, estudada e misteriosa:

– Meu filho, Deus sempre dá respostas para perguntas bem feitas.

Não eram palavras para começar uma confissão e entendeu logo que ali estava o contato que vinha buscando. Por que será que se lembrou de Bocage, o poeta português? São injustas as piadas que fazem sobre esse grande poeta. Lembrou-se da história que seu pai contara quando ainda era criança.

Parece que a rainha de Portugal não suportava mais as irreverências de Bocage com a Corte. Numa audiência, a rainha disse a Bocage que ela ia fazer duas perguntas. Se ele errasse apenas uma delas, seria enforcado, e então perguntou: "Qual é a melhor parte da galinha?" Bocage respondeu: "O ovo". Tempos depois, num baile no palácio, a rainha se encontrou com Bocage e perguntou de repente: "Com quê?" E Bocage respondeu prontamente: "Com sal".

O cargo que ocupava não permitia distrações, e assim respondeu ao monge:

– Mas existem perguntas bem intencionadas para as quais está difícil uma resposta.

Foi a melhor confissão de sua vida. Saiu de lá com a sensação de estado de graça. Tinha certeza de que se confessara com o mestre da Confraria, que talvez nem fosse padre, mas a absolvição fora tão convincente que ele comungou assim mesmo. A Confraria estava fazendo trabalho policial, sem custos para o governo, e ao mesmo tempo defendendo a integridade nacional. Mas não foi só por isso que o general saiu satisfeito de lá. A idéia de um trabalho paralelo, nada oficial, também o agradou.

Com poucas palavras e dentro do tempo de uma confissão normal, recebeu as explicações que buscava e estabelecera os meios de contato.

Isso se encaixava muito bem dentro da filosofia de "Resistência". O Exército tinha consciência de que não podia suportar ataques de potências como os Estados Unidos e a Otan. Mas a guerra do Iraque, onde grupos de insurgentes continuam resistindo até hoje e enfrentando os melhores exércitos do mundo, renovou os planos de se criarem grupos de resistência, como no Iraque e no Vietnã, para desencorajar o inimigo.

Pensava nisso agora, em pé diante da porta, com a mão na maçaneta, e sorriu satisfeito.

Respirou fundo, abriu a porta e saiu. Sempre levava uma pasta pequena de documentos de dissimulação. A sua secretária e chefe do gabinete já estava pronta. Ela sabia que, quando ele punha a mão na maçaneta, ainda dava tempo para passar batom e ajeitar o cabelo.

Ela também já estava de pé, a mesa em ordem, as gavetas trancadas, a roupa ajeitada. Gostava da sua ordenança. Era a mais eficiente de todas as pessoas que com ele trabalhara. Capitã do Exército, perita atiradora, lutava artes marciais como poucos e tinha raciocínio brilhante e rápido. Por trás daquele batom de secretária, havia uma arma segura e confiável.

A Agência Brasileira de Informações, ou Abin, como é conhecida, fica no setor militar de Brasília, uma grande área no caminho do aeroporto, onde também está o setor policial. Evitava sair logo após o expediente por causa do trânsito. Preferia ficar até mais tarde e resolver problemas que não pôde resolver durante o dia. Tinha a vantagem ainda de menos telefonemas e interferências.

Como homem de segurança, não gostava de ficar preso no meio de carros e sem opções para sair de eventual perigo. Já eram mais de oito horas e o trânsito fluía bem. O motorista era primeiro-tenente com vários treinamentos para situações de risco.

Passaram pela portaria, onde os controles não poupavam nem os mais graduados e tomaram a avenida, passando em seguida por baixo de um grande viaduto e retornaram em direção à cidade. Não faziam o mesmo percurso todos os dias e desviaram para a direita, como se estivessem indo para o setor das embaixadas.

A rua era arborizada de ambos os lados e também servia de corredor de ônibus. Brasília fora planejada para ter poucos carros particulares e mais transporte público. Projetada para apenas 500 mil habitantes, já conta hoje com quase 3 milhões e o transporte público praticamente não existe. Foi preciso abrir viadutos para passar por cima ou por baixo daquelas largas avenidas e estavam se aproximando de um deles, quando viram o enorme caminhão que vinha na contramão, em alta velocidade.

Eles mantinham a direita e o caminhão parecia uma dessas caçambas de misturar concreto para construção. Talvez o motorista estivesse bêbado e entrara na contramão, sem perceber, mas não havia tempo para descobrir o que estava acontecendo naquele momento. O enorme veículo aumentou a velocidade e dirigiu-se diretamente contra eles. O perigo era real e a previsibilidade do choque iminente antecipava a angústia do impacto.

Já estavam praticamente em cima do viaduto, e no espaço entre o meio-fio e o guard-rail não cabia o carro. O tenente não viu outro jeito senão passar para a esquerda e deixar que o caminhão transitasse pela mão que vinham ocupando. Na hora em que quis mudar de pista, outro caminhão saiu da rua que dava acesso ao viaduto e ocupou o seu lado esquerdo e ele retornou para onde estava.

Iam bater de frente com o caminhão que vinha em cima deles. A capitã gritou "*Pule general*", e dizendo isso abriu a porta do carro e jogou-se sobre o passeio, agarrando-se nas plantas que o ornamentavam. O tenente conseguiu frear o carro e, com essa manobra, o caminhão da esquerda adiantou-se e ele desviou-se, aproveitando o vazio que o caminhão deixou, mas ficou meio transversal na rua para fazer essa manobra, e a enorme caçamba de concreto pegou-o de lado, jogando-o para o alto.

Horrorizada, ela viu o carro voar, fazer uma cambalhota e cair com as rodas para cima, bem de frente com o caminhão que continuou acelerado, arrastando-o na avenida. Os poucos carros que passavam não conseguiam desviar-se, chocando-se uns contra os outros.

O caminhão parecia blindado e nada aconteceu com ele, que parou de repente a uns vinte metros de onde ela estava e um motorista aparentemente assustado pulou da cabine e saiu correndo por uma rua lateral.

Nesse instante, o carro do general explodiu e o incêndio espalhou-se. A capitã conseguira arrastar-se, rolando pelo barranco que ia dar no viaduto e estava a ponto de desmaiar, mas fez um esforço enorme e se controlou. Não tinha como socorrer o general, pensou, provavelmente já estava morto. O carro explodira e espalhara fogo pela rua incendiando outros carros.

Fora treinada para todas as circunstâncias de perigo, mas não estava preparada para essa catástrofe. Fora tudo muito rápido e aquele episódio estava esquisito. Olhou bem a cena e percebeu que o motorista do caminhão que batera contra o carro do general saíra correndo no meio das árvores e fugia para os lados da Av. W3, onde havia mais movimento.

Começou a correr para tentar alcançá-lo, mas ele tinha ganhado distância e mostrava estar bem treinado. Ela também estava em forma e saiu no encalço do motorista. "Vou alcançá-lo", pensou. O motorista conseguiu atravessar a área aberta da praça e chegou até a rua do outro lado. Ela estava em desvantagem mas acelerou e passou a correr em maior velocidade. Nisso, apareceu uma viatura da Polícia Militar que se aproximou do motorista. "Graças a Deus. Chegou ajuda e esse acidente precisa de explicações."

A viatura parou perto do motorista e desceram dois policiais com as armas apontadas como se fossem prendê-lo, mas a capitã viu o motorista entrar rapidamente na viatura, como se já a esperasse.

"Não é possível."

Os policiais voltaram as armas em sua direção e começaram a atirar, mas ela jogou-se de lado e rolou pela grama ainda seca pelo sol que acabara de se pôr. A viatura deu meia-volta e passou para o outro lado da avenida saindo em velocidade.

Aprendera a não ter emoções nas situações de perigo. Era preciso raciocínio e agilidade. Os sentimentos trabalham em favor do inimigo. Tudo indicava que aquilo não fora simples acidente. Aquelas cenas tinham sido bem planejadas e ela também era um dos alvos. O que fazer? Aqueles policiais podiam não saber que ela havia pulado do carro, apesar do uniforme. Podiam imaginar que era uma espectadora casual, mas o motorista iria informá-los. Com certeza eles voltariam para eliminá-la, se ficasse ali.

2

O patrulheiro Rogério entrara de serviço às 18 horas. Fazia a ronda do bairro e tinha por princípio que alguma coisa errada estava sempre acontecendo ou ia acontecer a qualquer momento. Sua obrigação era tentar evitar seja lá o que fosse que pudesse afetar a segurança pública.

"Procure ver o que está errado e desconfie sempre do que está certo", aprendera nos treinamentos. Saíra do setor policial para a sua ronda costumeira e foi assim que viu o caminhão vindo em direção do carro preto, com chapa oficial. Notou o outro caminhão estranhamente bloqueando a saída do carro pela esquerda. Previu o que ia acontecer e imediatamente chamou ambulância e Corpo de Bombeiros.

Viu quando um oficial fardado abriu a porta e pulou, rolando pelo barranco e agarrando-se nos arbustos que formavam o pequeno jardim. Logo em seguida veio o choque. Também viu o motorista pular da cabine do caminhão e o oficial fardado, que pôde identificar como uma mulher, correr atrás dele. Ia também correr para ajudar a oficial, quando viu o carro da PM chegando e os policiais militares saírem da viatura com armas na mão.

"Que coisa mais maluca", pensou. "Os idiotas estão atirando numa oficial do Exército e ainda estão levando o motorista do caminhão?!".

Não pensou mais. Ligou a sirene e as luzes pisca-pisca e entrou numa rua de ligação com a avenida. Notou que a viatura da PM havia recolhido o motorista e saído em velocidade, desviando-se dele. Já havia pedido ajuda e precisava agora ver se aquela mulher estava ferida. Colocou a viatura na frente da oficial, protegendo-a contra qualquer ação que pudesse vir da rua, e desceu do carro.

– A senhora está ferida? Sou o sargento Rogério da Polícia Militar.

– Estou um pouco dolorida. Não sei se me machuquei ao pular do carro ou se fui atingida. Precisamos sair daqui com urgência. Esta é uma situação de perigo desconhecido. Sou capitã do Exército. Por favor, me leve urgente para o hospital.

Ele ajudou-a a entrar na viatura. O uniforme tinha uma pequena mancha vermelha, o que indicava algum ferimento. Já tinham se afastado uns duzentos metros quando se ouviu uma grande explosão. Objetos voavam e a confusão era grande.

– Mas que diabos! Nunca tinha visto nada igual –, disse o patrulheiro.

"Fácil de entender", pensou a capitã. Não quis falar em voz alta porque não era assunto para aquele policial. "Devia haver uma bomba preparada para explodir alguns minutos depois do atentado e impedir a perícia do veículo. Acho que tive sorte em tentar correr atrás do motorista, quando ele saiu do caminhão. Se ficasse para atender os feridos, com certeza estaria morta agora."

Em seguida pegou o telefone celular e fez uma ligação.

– Coronel Medeiros, é a capitã Fernanda. Tenho notícias tristes. O veículo do general Ribeiro de Castro chocou-se com um caminhão e explodiu. Temo que ele e o tenente Costa, que dirigia o carro, tenham morrido. Consegui pular antes do choque e neste momento estou numa viatura da polícia na avenida W-3 indo para o Hospital de Base. Estou ferida mas parece que não é nada grave. O patrulheiro que está me levando ao hospital se chama sargento Rogério e disse que já chamou o Corpo de Bombeiros e ambulâncias. A chapa do veículo em que estou é BRP 8544.

"Caramba", pensou o patrulheiro. "Nesse estado e ainda anotou a chapa do meu carro?"

Só então ela se deu conta de como aqueles fatos a haviam afetado. Fora um atentado organizado por gente especializada e o objetivo era eliminar o general e ela também, aproveitando o momento em que os dois estavam no mesmo veículo. "Quem fez isso vai tentar de novo e é assim devo pensar daqui para a frente."

O patrulheiro chamou a Central pelo rádio e pediu que houvesse atendimento preferencial no Hospital de Base porque levava uma oficial do Exército vítima de violência. Não era nenhum inocente e percebeu que aquilo não fora acidente e por isso acrescentou "Os fatos são muito graves e preciso de apoio imediato. Acabo de entrar na W-3 e estou com as sirenes ligadas e em alta velocidade. Apoio urgente, insisto" e desligou.

Ficou contente quando aquele perna-de-pau, que nunca aprendeu a jogar futebol, mas insistia em participar de todas as peladas, respondeu: "Estou bem perto de você, ô pica-pau. Estou vendo o seu carro passar. Fique tranquilo. Estou na sua cola". E ainda o goleiro do time: "Estou a uma quadra na sua frente, vou sair e abrir caminho. Me siga".

A capitã ficou emocionada com aquela solidariedade e sentiu um pouco de remorsos por duvidar às vezes da eficiência da polícia.

O Hospital de Base é reconhecido como um dos melhores do país, principalmente para tratamentos de urgência. Ficava bem no centro, junto do Setor de Autarquias.

Assim que chegou na frente do hospital, viu os médicos de plantão na porta e enfermeiros com uma maca. Parou a viatura em frente a porta e a capitã foi logo recolhida. Um oficial graduado se apresentou como sendo o coronel Medeiros e disse ao patrulheiro:

– Sargento, sou o coronel Medeiros. O senhor cumpriu seu trabalho com eficiência, nós estamos agradecidos, doravante o Exército cuidará da capitã.

– Desculpe, coronel, mas tenho de concluir o meu trabalho. A capitã foi ferida em circunstâncias extremamente suspeitas e não posso deixá-la por enquanto. Já comuniquei meus superiores e recebi ordens para não sair de perto dela até que seja internada e haja efetiva segurança, e, o senhor me desculpe, mas parece que o senhor está sozinho e também pode precisar de ajuda. Estou aqui com mais duas viaturas e os colegas são de confiança. De qualquer forma, preciso preencher alguns papéis para fazer meu relatório.

O coronel olhou-o com surpresa e nada disse.

A capitã foi imediatamente internada e levada para uma sala de cirurgia. O patrulheiro postou-se ao lado da porta, enquanto o coronel ficou indo e vindo no corredor. Falou algumas vezes ao telefone e, após certo tempo, chamou o patrulheiro para que pudesse conversar um pouco afastado da sala de cirurgia.

– Sargento, não há dúvidas de que o senhor presenciou um atentado no qual morreram dois oficiais do Exército. Uma das vítimas era um general. O motorista era oficial da área de segurança. A capitã teve sorte em conseguir saltar do carro e ainda estar viva. Sem dúvida quem fez isso vai querer completar o trabalho, e o senhor também pode correr risco de vida. Assim então, para sua segurança, é melhor que o senhor diga a quem perguntar que foi acidente causado por motorista descontrolado.

"Bem que eu estava desconfiando", pensou o patrulheiro.

– Quanto à segurança da capitã, o pessoal especializado da Polícia do Exército já está no hospital. Agradeço o esforço que o senhor fez para salvar e proteger a vida dela e o elevado espírito de profissionalismo que está demonstrando. Já passei para o comando o seu nome, com as suas credenciais, e o Exército vai oficiar aos seus superiores solicitando que seja promovido. Também será agraciado com medalha de bravura, uma pela sua corporação e outra que será entregue pelo Exército Nacional.

O sargento ficou mudo e, ainda meio confuso, disse:

– Obrigado senhor. Cumprirei as ordens. Mas, se o senhor me permite, gostaria de ficar até ter notícias da capitã.

Um grupo de militares do Exército, comandado por um tenente, ocupou posições estratégicas do lado de fora do hospital e no corredor onde estava sendo atendida a capitã.

Não demorou muito, o médico-chefe da equipe que a atendeu saiu da sala de cirurgia, com a fisionomia tranqüila, e disse:

– Ela está muito bem. Sofreu apenas esfolamento sem gravidade, mas está muito agitada e tive de lhe dar um sedativo. Assim que passar o efeito da medicação, ela vai para um quarto já reservado. Sei que os senhores vão querer ver o quarto e vou acompanhá-los.

O quarto ficava no terceiro andar e dava para a Esplanada dos Ministérios, tendo lá no fundo o Palácio da Alvorada, perto da escada de incêndio.

"Por que será que a colocaram perto de uma escada pela qual podem subir pessoas estranhas?" Mas achou que já estava vendo fantasmas e voltou para a sua ronda.

3

Faltavam vinte minutos para a meia-noite quando o vulto saiu do hotel de trânsito, no centro do quartel que alojava a 17ª Brigada de Infantaria da Selva, e se esgueirou como um fugitivo procurando ocultar-se nas sombras que a lua projetava das construções.

A iluminação do quartel e do vilarejo, que ficava ao lado, estava apagada. Procurando tomar cuidado para não ser visto ou ouvido, o vulto caminhou na direção do portão de entrada do forte.

Aquela fortificação já o impressionara durante o dia, mas, de noite, parecia trazer do fundo do passado ruídos confusos de história. Em homenagem ao herdeiro do trono de Portugal, foi batizado como Real Forte Príncipe da Beira.

Sua construção teve início em 20 de junho 1776, em meio à selva amazônica, na divisa com a Bolívia, e foi concluída no ano de 1783. Ninguém conseguiu ainda explicar como os portugueses conseguiram levar as imensas pedras de cantaria até aquele ponto.

Consta que duzentos operários e quase mil escravos trabalharam na construção, que alguns acham ter sido mais difícil do que as pirâmides do Egito. Aquelas pedras vieram de longe, talvez de Belém do Pará, a 3 mil quilômetros de distância, subindo o rio Amazonas, o Madeira e depois o Guaporé.

Entre Porto Velho e Guajará-Mirim, o rio Madeira não é navegável e as pedras tinham de ser transportadas por terra. Há quem diga que algumas outras foram trazidas de Corumbá, mas ainda assim teriam de ser descarregadas em Jauru e daí seguirem por terra, numa distância de cem quilômetros, para serem novamente embarcadas. E isso era praticamente impossível naquela época.

O motor não tinha sido descoberto e os barcos eram movidos a remo. Não havia estradas, não havia os caminhões grandes de hoje, nem ferrovias, mas apenas carroções puxados por burros ou escravos.

Vendo aquela construção, entendia como os faraós tinham construído as pirâmides. Não, os deuses não eram astronautas. A versão da história era mais lógica do que a fantasia. No período das chuvas, o Nilo inundava as terras cultiváveis. Se, por um lado, umedecia e enchia as suas margens de material orgânico que adubava o solo, por outro lado impedia o seu cultivo e ainda destruía os marcos de divisas que indicavam a propriedade de cada lavrador.

O sol e as estrelas passaram a orientar a gleba de cada um e assim nasceu a astronomia. Durante as chuvas, os faraós inventavam as grandes obras que hoje caracterizam o Egito.

Era preciso manter o povo ocupado e, então, executavam esses projetos faraônicos. Milhares de pessoas, escravos e prisioneiros de guerra, eram obrigados a trazer as pedras por barcos, desde Assuã, e depois as fazer rolar em cima de troncos de árvores até o lugar das pirâmides.

Seu pensamento fazia viagens fantasiosas e o ajudava a manter-se calmo, enquanto descia o fosso que circundava as imensas muralhas de pedras. As terras retiradas do fosso foram usadas para encher o espaço interno dos paredões, formando muros largos de terra socada revestidos de pedras entalhadas. Nos cantos, os quatro baluartes completavam o desenho geometricamente perfeito.

Antes da construção do Príncipe da Beira, havia poucos registros do homem branco na região. Talvez o primeiro tenha sido Raposo Tavares que, em dois grandes barcos, saiu de São Paulo, descendo o Tietê, pegou o Paraná e subiu em seguida o rio Paraguai.

Não existe ligação fluvial entre o rio Paraguai e o Guaporé e não se sabe até hoje como ele conseguiu alcançar o rio Madeira e descer o Amazonas, para chegar, depois de três anos e meio, a Belém, no Pará, cansado, magro e doente, quase irreconhecível e sem muitos dos seus companheiros.

O vulto estava agora parado diante do portão onde antes existia a ponte elevadiça, que era o único acesso ao interior do forte.

O silêncio da noite, um ou outro pio de coruja, movimentos de lagartixas fugidias, sapos coaxando e sombras esquisitas davam arrepios. Aquele não era o ambiente propício para se encontrar com pessoas que desconhecia e participar de cerimônia que o integraria a esse grupo misterioso, cujos propósitos não estavam muito claros.

Mas precisava ir. Não tinha mais como recuar e qualquer hesitação poderia colocá-lo em risco. Havia sido alertado sobre isso. Tinha uma missão a cumprir e era preciso manter a calma e a naturalidade.

Era também uma prova de coragem. Certamente o estavam vigiando e avaliando. Mas havia algo de estranho, misterioso, confuso. Por que tinham de marcar essa cerimônia dentro de um poço escuro e no centro de uma fortaleza da Idade Média abandonada? Não conseguiu evitar o calafrio que estremeceu seu corpo.

Consta que foram os templários que descobriram o gótico ao criarem o sistema de sustentação do arco pelo corte da pedra. A ciência de construção das catedrais, seus arcos, seus estilos, seus vitrais, era mantida em segredo pelos Mestres construtores.

O Forte Príncipe da Beira era um imenso quadrado de 970 metros de perímetro e obedecia ao sistema de fortificações criado pelo marechal de França Vauban. Com seus quatro baluartes e 56 canhoneiras estrategicamente colocados sobre muralhas de 10 metros de altura, consta ser o segundo maior forte que os portugueses construíram fora da sua terra e com requintes artísticos próprios de castelos da Renascença.

Não entendia como uma obra dessas podia ter sido abandonada e estar hoje em ruínas. Existem associações e ONGs que acreditam que o forte só pode ter sido construído por astronautas, pois se trata de obra perfeita em local inacessível.

Com o fim das disputas de fronteira entre Portugal e Espanha, o forte passou a ser usado como presídio, mas foi abandonado em 1889. Em 1914 foi descoberto pelo então major Rondon, que, segundo a lenda, teria voltado lá em 1930 para guardar o ouro de uma imaginária mina chamada Urucumacuã, aproveitando-se dos índios que o ajudavam.

O vulto seguia em frente, apesar dos receios. Antes de vir, ele recebera instruções bem claras: "A cerimônia seria à meia-noite em ponto. Não podia nem comer e nem beber nada a partir do momento em que chegasse à localidade do Príncipe da Beira".

Devia chegar pouco antes do escurecer, para conhecer o forte e descobrir o poço que existe no centro do pátio. Uma escada de corda estaria na entrada do poço, que dava numa sala, onde seria a cerimônia.

Dizem que dessa sala saem quatro túneis, um para cada lado do forte. Poucas pessoas se aventuraram a descer até a sala e não há referências de que alguém tenha entrado neles.

Era fácil entender que répteis, morcegos, aranhas, desmoronamentos, umidade, criavam receios que mantinham afastados até mesmo os soldados do forte. Nenhum deles tinha ainda se aventurado a entrar nesses túneis, e por causa disso eram também outro mistério.

"Será que ia mesmo encontrar uma escada na boca do poço?" Estivera ali de tarde e não vira sequer vestígios de que alguém tivesse preparado uma escada de corda para ele descer.

"Meu Deus! O que será que me aguarda aí dentro?"

Confraria, cerimônia de batismo, túneis subterrâneos, ruínas em meio à selva amazônica. Começava a fraquejar.

Ficar sem comer nada até a meia-noite era exagero e ele, então, levara bolachas e maçãs, que discretamente comera antes de sair do alojamento.

"Não posso desistir agora. Tenho de enfrentar seja lá o que for", pensou.

Chegou à beira do poço, um buraco quadrado, com um metro de cada lado. A tampa de ferro, que durante o dia estava fechada, fora aberta. Uma escada feita de cordas estava enganchada num dos lados da tampa e desaparecia naquele buraco escuro. Não pensou muito. Agachou-se, experimentou as cordas que formavam a escada, pôs o pé no primeiro degrau, forçou mais um pouco para ver se agüentava o seu corpo, e começou a descer.

De vez em quando parava e forçava a corda para ter certeza de que não iria arrebentar no degrau seguinte. Devia ter descido uns dois metros, quando sentiu que o espaço do buraco aumentou.

"Devo ter chegado à sala." Continuou descendo. A escada de cordas ficou mais solta e logo ele sentiu o piso. Um arrepio correu pelo seu corpo ao pisar no chão frio. A escuridão era intensa e ruídos estranhos começaram a surgir do fundo da terra.

"Seriam os túneis? Ou será que este salão tem mais mistérios do que a escuridão consegue inventar?"

Ficou parado ao lado da corda. Tinha a sensação de estar no meio de uma sala quadrada, mas não via nada. Os olhos foram se acostumando com a escuridão. De repente, pareceu ter ouvido um farfalhar de coisas se esfregando. "Era só o que faltava. Morcegos." A umidade aumentava o frio que sentia.

Percebeu que uma vela começava a clarear o ambiente. O que viu o deixou assustado. Recuou uns passos porque, diante dele, a vela grossa, como um círio pascal apoiado no chão, mostrava um grupo de pessoas vestidas como monges da Idade Média, que mais pareciam treze anjos da morte do que membros de uma Confraria.

Eram treze as personagens que ali estavam e o monge do centro ficava mais afastado, porque o enorme círio iluminava melhor o lugar onde estava. Seis monges de cada lado, como na última refeição de Cristo em Jerusalém.

Na frente das vestes, havia uma cruz semelhante à cruz dos Cruzados. Pareciam um pouco com os Cavaleiros da Ordem dos Templários. Traziam as mãos enfiadas dentro das largas mangas dos seus trajes e a cabeça baixa como se não quisessem mostrar os rostos. Não pôde conter o arrepio.

O silêncio foi rompido com um canto gregoriano. Os monges passaram a andar ao redor do círio entoando o *Magnificat*. Maurício continuou de pé, no mesmo lugar, e fazia imenso esforço para não demonstrar fraqueza. O peso do canto gregoriano, àquela hora da noite, em plena selva amazônica, dentro de ruínas de um forte abandonado, e uma luz de vela desenhando figuras nas paredes de pedra, lembravam cenas de castelo mal assombrado.

Havia algo aterrador em todo aquele mistério e somente o autocontrole treinado em muitas situações difíceis mantinha a sua aparência de calma e segurança.

Havia harmonia no canto e as vozes agradavam. Logo os monges foram se ajeitando de novo em seus lugares, repetindo *"Magnificat anima mea*

Dominum et exsultavit spiritus meus" (A minha alma engrandece o Senhor e o meu espírito exulta...), até que ficaram em silêncio e o clima de tensão voltou ao ambiente.

Uma voz serena, clara e até mesmo simpática atravessou a escuridão.

– Aproxime-se, por favor, mas fique um pouco distante da luz da vela.

Parecia que aquela ordem vinha de um dos cavaleiros do Apocalipse. Foi caminhando devagar e, quando sentiu que a escuridão se acabava, parou. Olhou para os monges e notou que todos eles tinham uma pequena barba branca. "Deve ser para disfarçar mais ainda o rosto", pensou.

– Doutor Maurício da Costa e Silva, eu presumo.

Entendeu que era uma pergunta. Estava preparado para esse questionário e respondeu.

– Sim, senhor, Maurício da Costa e Silva, – achou melhor acrescentar um reverente *senhor* para aquela figura fantasmagórica que poderia mudar seu destino.

– Sabe por que está aqui?

– Para a cerimônia do batismo, para a iniciação – respondeu em voz também clara e segura.

– Sabe por que foi escolhido?

Embora não soubesse direito ainda por que havia sido convocado para aquela missão, entendeu que não devia repetir aquela descrição pessoal que o general fez quando fora entrevistado alguns meses antes.

Na época, agira com certa precipitação. Podia ter recusado educadamente o pedido para que participasse dessa estranha missão, mas acabou aceitando por idealismo, e fatos posteriores o levaram a aceitar agora o convite para participar dessa confraria.

Também percebeu que havia algo estranho no tom de voz do monge. Era como se falasse num microfone, porque a voz não era normal. Não queriam ser identificados e por isso as cerimônias eram à noite e eles usavam todas as formas de dissimulação. Era melhor ser cauteloso. Se eles estavam usando de cautelas, ele também deveria tomar as suas precauções e assim respondeu:

– Com todo o respeito, senhor, ignoro.

– Mas o senhor fez o Caminho de Santiago de Compostela no Ano Santo de 1997 e se confessou e comungou durante a sua peregrinação. O batismo é concedido àqueles que estão em estado de purificação. O senhor foi batizado em criança, quando não tinha a compreensão da grandeza do Cristianismo e da Busca. Depois de adulto e culto, o senhor fez uma das peregrinações mais emblemáticas da história da espiritualidade. O que o senhor estava buscando no Caminho?

Precisava de resposta que atendesse ao misticismo daquela cerimônia e disse sem pensar muito:

— O Santo Graal.

A resposta pegou-os desprevenidos. Eles se ajoelharam logo em seguida à pronúncia do Graal e ficaram em silêncio. Mas ele continuou onde estava, de pé, e meio arrependido do seu atrevimento. Alguns instantes depois os monges se levantaram e aquele que o estava interrogando perguntou:

— Foi por isso então que o senhor passou por San Juan de la Peña. Por causa do Santo Graal, o Cálice usado por Nosso Senhor Jesus Cristo na última ceia e no qual José de Arimatéia recolheu o sangue do Senhor depois de crucificado. As pessoas condenadas à morte não podiam ter a cerimônia do enterro. Seus corpos deviam ficar expostos ao ar livre até que restassem apenas os ossos. José de Arimatéia pediu a Pilatos o Corpo do Senhor, envolveu-o num lençol branco e o enterrou no sepulcro que havia preparado para si mesmo, numa rocha. José de Arimatéia era um rico cavaleiro a serviço de Pilatos e estava sempre entre os inimigos de Cristo. Era membro do Sinédrio que O condenou, mas ficou contra os demais membros, não concordando com a aquela injustiça.

Estava tentando entender o motivo daquela aula de história do cristianismo, quando o monge fez uma pergunta surpreendente:

— Se Arimatéia não era seguidor de Cristo, por que então estava com o Cálice? Responda.

Nunca havia pensado nisso. Imaginava que esse José de Arimatéia era um dos discípulos. Ora, se não estava com os apóstolos, como então podia ter o Cálice Sagrado com ele para recolher o sangue de Cristo? Era melhor ser franco.

— Desconheço, senhor.

Disse num tom educado, mas a resposta simples e honesta indicava que aquilo já estava ficando aborrecido. Não era mais criança para receber aulas de catecismo e ainda num lugar lúgubre como aquele onde estavam.

— Em reconhecimento aos serviços prestados, Pilatos permitiu que Arimatéia enterrasse o Corpo do Senhor e ainda entregou-lhe um recipiente que os judeus haviam dado a Cristo e que fora usado para a oferenda durante a Santa Ceia. José de Arimatéia saiu do palácio de Pilatos e recolheu o corpo de Cristo. Ao envolvê-l'O no Sudário, saíram algumas gotas de sangue. Como estava com o Cálice, recolheu o Sangue do Senhor e O guardou.

A lógica era clara. José de Arimatéia só poderia ter recolhido as gotas de sangue no mesmo cálice que Cristo usou para a transformação do vinho, se já estivesse com esse cálice na hora de retirá-lo da cruz.

José de Arimatéia talvez não soubesse que estava criando as duas relíquias mais importantes do cristianismo: o Cálice Sagrado e o Santo Sudário.

Envolvido nessas meditações, quase esquecera que estava no fundo de um poço e se assustou com a voz do monge.

– José de Arimatéia entregou o Santo Cálice e o Santo Sudário a São Pedro. O Cálice Sagrado foi mais tarde para Roma, porém, no século III, o papa Sixto II pediu a São Lourenço, que era seu tesoureiro, para levá-l'O para a casa de seus pais, na Espanha, perto de Huesca, por causa das perseguições aos cristãos. Os descendentes de São Lourenço guardaram o Cálice sagrado até o século VI e depois O entregaram ao bispo de Huesca. Dessa cidade, o Santo Graal foi levado para San Juan de la Peña. Quando os hereges muçulmanos invadiram os Pirineus, o Cálice foi levado para Sirera e mais tarde para Valência, onde existe hoje um cálice que dizem ser o Santo Graal.

"Para que tanta explicação?" Não estava gostando daquilo. O que será que esse monge estava pretendendo. Teve logo a resposta para sua dúvida.

– O senhor acredita que o cálice de Valência é o Santo Graal?

Pergunta idiota, mas fora feita de forma incisiva como se exigisse uma resposta. Que vestibular mais estapafúrdio esse. O que responder? Já era hora de testar o raciocínio desse fantasma. Respondeu em tom seco.

– Não estive em Valência, senhor.

Se ele estava em busca do Graal e não estivera em Valência, é porque não acreditava. O outro parece que compreendeu. O silêncio aumentava os conflitos da imaginação.

"Será que passei no teste?"

– O senhor foi eleito e aceitou fazer parte da Ordem, mas para isso é preciso também que revele os seus conhecimentos cristãos. Para entrar para a Ordem é preciso estar preparado não só em seu estado de pureza, mas também nos conhecimentos que disciplinam a vida do verdadeiro cristão. O reconhecimento dessas virtudes é dado através do Batismo, não o batismo que teve em criança, mas o batismo da Ordem, porque ela tem a sua "Busca".

Maurício percebeu um tom mais forte nas palavras "eleito" e "busca". Notou também que o monge não dissera o nome dessa "Ordem".

– Tendo sido eleito, o senhor já foi reconhecido pelas suas qualidades de inteligência, habilidades pessoais, coragem, lealdade, patriotismo, cultura, idealismo e outras virtudes que o qualificam como um dos peregrinos da "Busca". Mas é preciso que o senhor professe perante este cabido e perante o Crucifixo de Cristo a sua vocação e preste o juramento da Ordem, que não poderá ser rompido sob pena de ser considerado herege e condenado, como nos tempos da Idade Média, para a salvação da sua alma.

A custo Maurício disfarçou o susto. Sabia que enfrentava perigo, mas o juramento o mantinha como uma presa permanente daquela Ordem, que não tinha nada de santificação e cujos propósitos poderiam ser elevados, mas que para cumpri-los fariam coisas terríveis. Não respondeu nada porque a voz poderia traí-lo.

Em Villafranca del Bierzo, no Caminho de Santiago, parou diante da casa do grande inquisidor Torquemada, que mandou milhares de pessoas inocentes para a fogueira, porque achava que assim estava salvando as suas almas. Com o sacrifício do fogo aqui na Terra, estaria livrando essas pessoas do fogo do inferno e assim ele, Torquemada, o grande inquisidor, se igualava a Deus, mandando tanta gente para o céu.

No romance *Os Irmãos Karamazov*, Dostoievsky traz Cristo de volta à Terra e Ele aparece em Sevilha, faz milagres e é reconhecido pelo povo. Mas foi preso pela Inquisição e julgado como herege. Num monólogo horroroso, Torquemada Lhe pergunta: *"Por que viestes inquietar-nos? Tu sabes muito bem por que viestes inquietar-nos. Amanhã vou condenar-Te a arder na fogueira como pai dos hereges, e este povo que hoje beijou os teus pés precipitar-se-á, amanhã, ao menor sinal meu, para atear as chamas da tua fogueira, estás ciente disso?"*

Essa Ordem parecia um grupo de fanáticos. Ela tinha seus segredos e, no momento em que prestasse o juramento, passaria a ter acesso a muitos deles e isso seria uma situação irreversível. Poderia evitar esse juramento, ou mesmo adiá-lo, mas como? Mas se o fizesse também não teria como cumprir a missão que lhe fora confiada e que era questão de segurança nacional. Teria de continuar e enfrentar o futuro conforme as circunstâncias. O monge continuou.

– O seu batismo está preparado, conforme as regras de Santo Hipólito.

E o monge foi dizendo as regras do batismo, segundo os cânones de Santo Hipólito que apareceram no século IV. Naquela época um profundo sentimento de cristianismo dominava toda a humanidade.

– A Fé surgiu com o cristianismo. E é a Fé que nos leva a crer que um Deus Verdadeiro criou a humanidade à sua imagem e semelhança e, depois, para salvá-la, sacrificou seu único Filho para que a humanidade compreendesse que a salvação está na prática da caridade, da humildade e do sofrimento – disse o monge como se o estivesse exorcizando.

Com a oficialização do cristianismo pelo Império Romano, acabaram-se os martírios que levavam os santos aos céus. Para suprir esse caminho para a santidade, os cristãos começaram o autoflagelo e outras formas de sacrifício. Apareceram os eremitas e os homens santos das cavernas. Para ser cristão era preciso cumprir rigorosamente os mandamentos de Deus e seguir os Evangelhos, conforme os bispos ensinavam. Surgiram rituais, como as regras que Santo Hipólito criou para o Batismo.

– Mas antes de colocar a roupa branca, o senhor precisa dar testemunho de um fato importante que prove que o senhor realmente alcançou a purificação que buscou no Caminho de Santiago. Essa única oportunidade que é dada aos iniciados deve ser relatada de joelhos, com o rosto voltado para o chão. A Ordem tem todos os comprovantes de que o senhor seguiu os trâmites do Caminho, inclusive cópia da Compostelana, o certificado que recebeu em Santiago como prova de ter feito essa sagrada peregrinação.

O monge ficou uns segundos de silêncio e disse em tom de acusação:
— Mas falta um documento.

"Falta um documento? Mas o único documento do Caminho é a Compostelana. O que será que esse doido está querendo?" Ficou quieto esperando a pergunta que viria, porque o monge fez a pergunta como se já soubesse a resposta.

— Trata-se da fotografia que o senhor tirou do túmulo de Santiago, no interior da Basílica, quando terminou a peregrinação. Agora, portanto, ajoelhe-se como lhe falei e informe. O senhor tem essa fotografia? E se a tem, onde está? Ou nos informe por que não a tem.

Maurício olhou estupefato para o monge, que abaixou a cabeça e fez sinal com a mão para que ele se ajoelhasse. Era a coisa mais incrível que podia ter acontecido. Ao chegar a Compostela, entrou na fila dos peregrinos, que iam visitar o túmulo, e estava com a máquina fotográfica na mão.

Ele havia no entanto se enganado com os muitos filmes de fotografias que havia tirado durante o Caminho e acabou pondo na máquina um filme já usado. As fotos do túmulo de Santiago não saíram. Ele abaixou a cabeça e, com voz relutante, disse:

— Houve um pequeno descuido da minha parte e as fotos não saíram.

Naquele mesmo instante o monge da extrema direita avançou para a vela acesa e a apagou. Fez-se silêncio durante alguns segundos e ele ouviu a voz do monge pela última vez:

— O Caminho de Santiago é uma peregrinação e deve ser feita com fé e respeito. O senhor perdeu o começo da missa solene de Roncesvalles, porque chegou cansado e foi beber cerveja num bar. O senhor não passou diante da estátua de Rolando no alto dos Pirineus. O seu Caminho foi incompleto. O senhor não sabia o que buscava. Mas o senhor ainda é um candidato. Volte a fazer o Caminho com o mesmo espírito dos templários que ajudavam e protegiam os peregrinos que iam visitar o Santo Sepulcro. Não perca tempo.

Maurício ouviu o farfalhar dos hábitos dos monges que se afastavam.

Era incrível, mas como ele sabia de tudo isso? A estupefação misturava-se com o alívio de ter escapado do juramento e não ter entrado para aquela casa de malucos. Apesar de ridícula, essa história das fotografias mostrava que ele fora muito investigado. Teve uma espécie de intuição de que aquilo era uma farsa, pois estava evidente que tudo havia sido preparado para simular a sua aceitação na Ordem, mas eles não o queriam.

Mas por que não o queriam? Alguma coisa estava errada e era preciso descobrir isso porque alguém agora sabia ou suspeitava de que ele estava entrando para a Ordem para descobrir os seus segredos. E por que essa indicação de que "ainda é um candidato"? Por que fazer o Caminho de novo? Por que a urgência?

Ficou ali parado alguns minutos e depois se aproximou da escada de cordas. Teve medo de que a retirassem e procurou subir o mais depressa que pôde. Tinha bom preparo físico e não foi difícil subir a escada de corda meio às pressas e sair para o ar fresco da noite.

No céu escuro, aparecia um pedaço de lua amarelada. Ninguém tinha aparecido. Por onde será que iam sair aqueles sujeitos? Será que existem mesmo os túneis? Será que existe uma sala embaixo daquela em que ele esteve, conforme lhe falaram?

Os ruídos da natureza e mais fortemente o barulho das águas do Guaporé, batendo raivosamente nas pedras que atrapalhavam o seu caminho, o apressaram. Chegou ao hotel do batalhão e deitou-se. A mente recusava-se a esconder-se no sono e ele teve visões estranhas de pessoas vestidas de negro, com foices nas mãos, paradas diante dele.

De manhã, quando se levantou, os outros ainda estavam dormindo. Ouviu um despertador tocar durante longo tempo e pouco depois o capitão Batista apareceu assustado. O guarda de plantão estava acordando e soldados sonolentos apareceram para a ordem do dia.

O capitão estava confuso e furioso. Viu Maurício que caminhava solitário em frente do forte e foi até lá.

— O senhor está bem? Não entendo o que aconteceu. Se não fosse o meu despertador, tinha perdido a hora. Mas o quartel todo está atrasado. Vou dar a eles uma lição de como deve ser um soldado brasileiro num batalhão de fronteira.

Não estava também com bom humor e achou melhor ir embora. Era evidente que alguém havia colocado uma boa dose de sonífero na bóia do quartel. Foi por isso que ele recebera instruções para não comer nada por lá.

4

Maurício despediu-se do comandante do batalhão, agradeceu a acolhida e as informações sobre a história do forte.

O piloto drenou o tanque de gasolina para retirar a água que se acumula nos tanques da aeronave, olhou os pneus e encontrando tudo em ordem, entrou, fechou a porta, colocou o cinto de segurança e olhou para trás. Aparentava também ter dormido muito.

– Vamos para a fazenda, doutor?

– Sim, comandante, para a Buritizal.

Ligou os motores, testou os flaps, examinou todos os instrumentos do painel, esperou alguns minutos para aquecer os motores e taxiou para a cabeceira da pista.

Anunciou a decolagem, pois outras aeronaves poderiam estar chegando e acelerou. O avião pegou velocidade e subiu mansamente, deixando sob suas asas o harmonioso desenho do Real Forte Príncipe da Beira.

A manhã estava bonita e a paisagem da região era acalentadora. Embaixo, foi-se esticando o rio Guaporé, o avião sobrevoou a pequena cidade de Costa Marques e se dirigiu para Ji-Paraná, onde completariam o tanque para chegar até a Buritizal.

Vinte anos antes havia comprado uma gleba de terras à margem esquerda do rio Roosevelt e deu-lhe o nome de Buritizal. O Buriti é uma palmeira comum na região, de frutos amarelos, do qual se faz um refresco doce e agradável, que depois de fermentado se transforma em vinho.

Começava então a aventura de formar uma fazenda em plena selva amazônica. Ele era ainda novo, cheio de coragem, mas a formação da Buritizal fora uma epopéia cheia de perigos, aventuras e desafios. O primeiro desafio era lá chegar.

Havia grande preocupação com a Amazônia, e a Rodovia Transamazônica foi aberta para ligar o Atlântico a Humaitá, no Oeste do Amazonas, e daí a Manaus, podendo chegar ao Pacífico, cortando o Peru.

Veio a crise e a estrada que ligaria o Norte de Mato Grosso à Transamazônica foi aberta até perto da Buritizal, ficando porém setenta quilômetros por fazer. Não havia nessa época acesso por terra. Descobriu depois que era possível vir por Espigão do Oeste, cruzando as terras do índios Zorós, e chegar até o rio Roosevelt. O rio foi o seu asfalto durante vários anos.

Um misto de frustração e preocupação fazia Maurício relembrar aquela época, não muito diferente do que é ainda hoje, porém com mais dificuldades. Mas era mais novo, e a aventura, a fuga de São Paulo, o interior da floresta amazônica e os sonhos que o animavam, faziam aqueles tempos felizes.

Construiu uma pequena sede de madeira, fez uma pista de pouso e passou a ir em táxi aéreo. Costumava chegar normalmente lá pelas quatro horas da tarde. O administrador o esperava com dois cavalos arreados e eles saíam para uma cavalgada à tarde. Bandos de araras azuis e vermelhas sobrevoavam os céus por sobre as suas cabeças.

O sol costumava se pôr com muita preguiça e era hora de chegar em casa, tomar um ducha e saborear um dos maiores prazeres que ele tinha ali: a cerveja gelada na varanda protegida dos mosquitos por telas finas, enquanto ouvia o ronronar do rio.

O direito de tomar sua cerveja, sozinho, longe das rotinas medíocres que não permitem apreciar a própria vida. Sim, aí era o lugar. Na selva e com segurança, olhando as araras passarem lá no alto, o sol se pôr, o rio ir embora para não mais voltar.

Suspirou fundo, guardou o livro que tentara abrir para se distrair e ficou remoendo os fatos dos últimos meses.

Quando fora chamado a Brasília, saiu contente de São Paulo, imaginando que fosse tratar da sua aposentadoria. Estranhou no entanto quando leu a requisição. Reunião no gabinete do secretário da Receita Federal? Bom, quem sabe, depois de tantos anos de serviço, talvez fosse para receber elogios de despedida.

Foi conduzido ao gabinete do secretário. Pediu licença e entrou. Um militar cheio de estrelas ocupava uma das cadeiras em torno da mesa oval e grande, que já conhecia de reuniões anteriores.

O secretário era homem de poucos sorrisos, muito técnico e pouco culto. Bom profissional, que não fazia parte dos quadros da Receita Federal e não tinha lá grandes conhecimentos sobre tributos e fiscalização, mas sabia arrancar dinheiro dos contribuintes. Era a pessoa ideal para ocupar o cargo enquanto perdurassem as preocupações com o déficit fiscal e os compromissos com o FMI.

Costumava dizer que rendia mais para o Tesouro um pequeno aumento na alíquota de qualquer imposto do que processos demorados contra sonegadores.

Logo ao entrar, estranhou que o general não se levantara para sair.

O secretário fez as apresentações.

– Estávamos falando sobre o senhor. Apresento-lhe o general Antonio Ribeiro de Castro, chefe da Abin.

Seus pressentimentos não costumavam errar e seu cérebro começou a formular hipóteses do que poderia acontecer. Já estava articulando quais desculpas daria para não aceitar fosse lá o que fosse. Compreendeu também que estava diante de alguma coisa que devia ser sigilosa, pois não fora informado de que um chefe militar das Forças Armadas estaria na reunião.

Lembrou-se de que o general o encarou docemente e, com uma voz cordial que não escondia a habilidade de uma vida dedicada ao comando, foi objetivo.

– Desculpe se pedi ao senhor secretário para convocá-lo oficialmente. Preferia que esse nosso primeiro contato fosse em sua repartição. Nós estudamos a metodologia que o senhor criou para o controle da produção industrial e chegamos à conclusão de que esse seu método pode ser muito útil no combate à fabricação ilícita de armas.

Maurício fez um cumprimento sóbrio e ficou em silêncio. Parece que era o que o general esperava.

– Pelo que estou sabendo, o senhor foi convocado por três dias. Podemos continuar essa nossa entrevista no meu gabinete. Mando buscá-lo no hotel às nove horas da manhã, assim, o senhor já terá tido tempo para correr os seus dez quilômetros no Parque da Cidade, como faz sempre quando vem a Brasília.

Sem dúvida o homem era cheio de surpresas. Aquela rápida reunião deixara-o desconcertado e intrigado. O homem não queria falar na frente do secretário. Aquela história de controle industrial de matérias-primas não colava. Ele já havia treinado muitos técnicos na Receita, inclusive alguns em Brasília.

Sentiu que devia ser alguma coisa séria para fazer um general de "alto coturno", como se diz na gíria, vir pessoalmente atrás de um auditor que estava se aposentando. Fabricação irregular de armas?!... Estranho. Nunca ouvira falar disso antes. Contrabando sim, era até mais fácil. Já fazia quase um ano que não visitava Brasília, e a informação de que corria no Parque da Cidade era o recado de que já fazia tempo que o estavam investigando.

Normalmente, quando ia à Capital Federal, procurava hotel perto do parque, onde fazia suas corridas. Até mesmo esse seu hábito havia sido registrado e ele se sentiu devassado em sua vida particular. Não existe mais vida particular.

Costumava dizer em seus cursos que ministrara na Esaf que a Receita Federal tinha poderes demais. O auditor podia até descobrir as doenças do contribuinte, através dos nomes de médicos, laboratórios e hospitais que constam da declaração do Imposto de Renda.

As contas bancárias, as contas de telefone, as espionagens de todo tipo que o Poder Público pode fazer – enfim, não existe mais privacidade, lamentou. A maneira de registrar o seu protesto era ir para o mato e se esconder lá. Mas até esse direito lhe estavam tirando.

Deitou-se decepcionado com o dia e demorou para pegar no sono. Era outra coisa da qual ia se livrar. Tantos cursos pelo Brasil a fora, sozinho num quarto de hotel. Não gostava da solidão dos hotéis. A recepção, as camareiras, os garçons, a gerência, por mais que a gente conheça os nomes, ainda assim são funções, como os móveis e as cortinas do quarto.

Quantas vezes olhou para um criado mudo, uma cama, um guarda roupa, que nada diziam para ele. Eram peças que não se afeiçoavam com nenhum hóspede e nada tinham a dizer a nenhum deles. Só a esconder. Ligava e desligava a televisão. A cerveja do minibar não tinha nem aquele leve toque de companheirismo das cervejas que tomava com os amigos.

Levantou-se às seis horas. Era uma manhã bonita de maio e o sol coloria o horizonte de muitas cores. Muitas pessoas já estavam no parque fazendo exercícios. Ali, ministros, deputados, senadores e gente simples se identificavam pelo suor e pelo cansaço.

Às nove horas, ele estava no hall do hotel, esperando que viessem buscá-lo. Um carro cinza, um Gol, estacionou e uma moça alta, morena, de cabelos lisos, porte altivo que lembrava a Iracema de José de Alencar, entrou no hotel e ia dirigindo-se à recepção quando se voltou para ele. Não fora preciso identificações, ela foi logo perguntando:

– Doutor Maurício? Bom dia. Estou incumbida de levá-lo até a universidade.

O sigilo continuava. Não era um militar que vinha buscá-lo, mas uma guarda-costas à paisana. Por que essa dissimulação? Ela estendeu a mão e ele retribuiu o cumprimento.

– Bom dia, professora – disse, naquele tom de quem não pretende esconder o sarcasmo.

Viu que se tratava de profissional dotada de físico bem treinado, que avaliou o ambiente discretamente, e em seguida dirigiram-se para o carro.

A motorista tomou a direção da Estrada de Unaí, como se fosse para a Esaf, onde ele dera tantos cursos. Notou também que estavam sendo seguidos a distância. A motorista fez alguns contornos e voltou para a W3, a grande avenida que cruza a cidade ligando a Asa Norte à Asa Sul e leva ao aeroporto.

Logo saíram da W3 e se dirigiram para o setor militar. Brasília está toda dividida por setores. Setor comercial, setor hoteleiro, setor de autarquias, setor policial, setor militar e assim em diante.

Chegaram ao setor policial, cumpriram os protocolos de controle da portaria e entraram numa grande área com ruas internas asfaltadas, onde ficava o prédio de três andares da Abin.

Subiram até o segundo andar e um policial abriu a porta que dava para uma ante-sala, depois da qual estava o gabinete do chefe da Agência Brasileira de Informações. A "professora" sentou-se atrás de uma escrivaninha, tirou o telefone do gancho e avisou que já tinham chegado. Tiveram permissão para entrar e ela abriu a porta.

Ele entrou. O general olhava para as folhas de papel em cima de sua mesa, ajeitou-as, levantou-se e cumprimentou-o.

– Bom dia, doutor Maurício, parece que o senhor deu uma canseira no nosso homem hoje, hein? O senhor não quer concorrer nas Olimpíadas do Exército? – perguntou o general com humor que não tinha demonstrado na véspera.

Respondeu o cumprimento e alfinetou o general.

– Ele corre bem, manteve distância média de vinte metros, mesmo quando eu quis testá-lo na subida do quilômetro seis. Do parque até o hotel, fiquei na dúvida se o segurança era o da bicicleta ou aquele distraído da praça das Fontes.

O general riu e concordou:

– Esse é um dos motivos pelos quais o senhor está aqui. Tem preparo físico e é perspicaz.

"Comentário estranho, para quem estava procurando auditor fiscal para dar aulas de controle industrial", pensou, mas fingiu que não entendeu a frase, e comentou:

– Só esse parque justifica morar em Brasília. Correr no maior parque urbano da América Latina, projetado por Oscar Niemeyer e com paisagismo de Burle Marx!... Até o cansaço fica mais leve.

Passaram-se alguns segundos e o general começou.

– Acho que o senhor percebeu que o nosso assunto, na verdade, não era sobre fabricação ilegal de armas. É muito mais sério. Trata-se de matéria de segurança nacional e é assunto que vem sendo conduzido com muito sigilo.

Aguardou a reação de Maurício, mas este ficou impassível.

– Certos assuntos são às vezes tão graves que é preciso elevado grau de certeza. E o assunto que vou tratar com o senhor é um deles.

Acostumado a trabalhar com papéis, processos de todo tipo, relatórios, documentos e tudo em quantidade maior do que o normal, Maurício gostava de uma mesa organizada, mas não tinha secretária exclusiva para os seus problemas. Além disso, tinha-se envolvido em tantos assuntos que manter mesa arrumada passou a ser difícil.

Ali na sua frente estava uma mesa organizada, com os lápis bem apontados, os papéis em ordem na cesta de plástico azul claro e a correspondência anotada e pronta para providências ou arquivo.

– Nós precisamos que o senhor nos ajude a ter esse grau de certeza. Porém, se o senhor aceitar essa tarefa, tudo será feito como se fosse uma espécie de voluntariado. O senhor terá condições, terá apoio, mas não será trabalho oficial.

Maurício continuou em silêncio. Estava inquieto e parece que o general percebeu isso.

Com um sorriso meio irônico, ele disse:

– O senhor tem todo o perfil de uma pessoa que aceita desafios. Veja só. Maratona de São Paulo, no ano de 1995, em 4 horas e 25 minutos. Blumenau o senhor fez em 4 horas e 35, no dia 27 de julho de 1996. No ano seguinte correu a Maratona de Nova York, quase no mesmo tempo, e no último dia 5 de abril o senhor foi correr a Maratona de Paris, fazendo o percurso em 4 horas e 15 minutos. Vem correndo regularmente a São Silvestre, num tempo médio de uma hora e vinte minutos, nos últimos dez anos.

Maurício estava começando a ficar vermelho com aquela invasão da sua vida privada.

O general fingiu que não notou a sua reação e continuou:

– Pratica natação, faz parte de clube de tiro ao alvo e alguns outros hobbies. Em seu trabalho na Receita Federal, o senhor tem sido um dos mais preparados e eficientes auditores fiscais. Já chefiou repartições aduaneiras e enfrentou, às vezes sozinho, contrabandistas, participou de manobras militares para apreensão de navios com contrabando, tem supervisionado ou coordenado grupos de combate à sonegação fiscal, inclusive nos desmanches de carros roubados.

Sem esconder a ironia, tentou justificar-se:

– Peço-lhe para não ficar indignado com as informações que temos a seu respeito. Afinal, precisávamos conhecê-lo bem e a sua ficha pessoal se revelou motivadora.

"Motivadora? O que será que vem aí?"

– Nunca corri uma maratona. Sempre achei que a Maratona de Nova York era coisa para se ver na televisão. Aliás, só fui saber que o mundo tem tantas maratonas depois que li a sua ficha.

"Ficha? É isso o que parece que sou por aqui. Bom, até aí, nada comprometedor. Ele está apenas alimentando o meu ego. Antes que entre em algo mais sério, posso simplesmente dizer que ele se dane e volto para casa." Parecia fácil, pensou.

– Nós estamos precisando de uma pessoa que nem precisa ter tantos predicados, mas o senhor tem uma fazenda em lugar que passou a despertar preocupações para a segurança nacional.

Brasília tem um dos climas mais secos do país. Dizem até que as pessoas aqui sofrem dos rins porque o organismo filtra pouca água. As pessoas dormem com toalha molhada no quarto e quem pode tem piscina, se não para nadar, pelo menos para evaporar. É a única capital do mundo que tem um lago artificial só para aumentar a umidade do ar.

Sentiu a boca seca. Seria o clima ou seria a conversa? O general deve ter percebido o seu desconforto e pediu à "professora" que trouxesse água e café.

Ela estava agora em uniforme de capitã do Exército e assumia claramente as funções de auxiliar direta do general.

Todo o seu instinto de sobrevivência o alertara para cair fora daquilo. Afinal, não tinha assumido compromisso algum, já era hora de se aposentar e cuidar da própria vida, buscar um pouco de tranqüilidade e afastar-se desse ambiente de intrigas, tricas e futricas, que era o serviço público.

Seus trinta anos a serviço da fiscalização federal em várias regiões do país já era muito. Tinha começado a trabalhar cedo. Aos 16 anos já trabalhava com carteira registrada e agora, aos 50, sentia-se no direito ao sonho de uma aposentadoria tranqüila, com pequenas aventuras no interior da Amazônia.

Havia, porém, o outro lado, que resistia. A curiosidade, o desafio, a vaidade de ter sido escolhido para alguma coisa importante, aquela sensação idiota de ainda ser considerado útil. Afinal, de que serve um aposentado? General de pijama, se diz no Exército. De que serve um general de pijama? Não comanda tropa, não ocupa cargos, quando muito, vai ser lobista de multinacional e participar de negócios que a farda sempre condenara.

"É muito melancólico", lembrou-se de ter pensado na hora.

Esse lado estava mostrando força superior às do bom senso. O raciocínio ficou mais turvo ainda quando um patriotismo súbito começou a emocioná-lo. A pátria poderia estar precisando de auxílio, dizia lá por dentro um Maurício que até agora estava esquecido. Foi interrompido em sua luta interior pela voz piedosa do general.

– As investigações e pesquisas levam a concluir que o Brasil está prestes a perder mais da metade do seu território. O nosso pacífico Brasil pode ter pela primeira vez um grande derramamento de sangue.

Parou, meio decepcionado porque suas palavras não causaram o impacto que imaginara, mas logo continuou:

– Aparentemente, quem está planejando isso parece que está pensando que não haverá reação por parte do governo brasileiro. Essa nossa imagem de povo pacífico, que proclamou a Independência, proclamou a República e costuma fazer revoluções sem grandes reações, pode estar levando pessoas a enganos.

"Está criando condições para alguma informação mais séria, ou será que vai ficar nesse discurso?"

– Tenho certeza de que o senhor já ouviu falar muito da internacionalização da Amazônia. Aliás, todos os dias saem artigos sobre ONGs e internacionalização, mas parece que ninguém se importa. E o mais desalentador nessa situação é que não existe um inimigo declarado.

Teve a impressão de que ele entendia as dúvidas que começaram a se avolumar em seu cérebro, porque o general mudou o tom de voz.

– O importante, para a nossa conversa de hoje, é que existem fundadas suspeitas de um complô internacional para reduzir as dimensões do Brasil àquelas definidas pelo Tratado de Tordesilhas.

Maurício se perguntava de que modo poderia evitar que o Exército americano descesse em sua fazenda e proclamasse o domínio sobre o rio Roosevelt, já que um presidente americano passou por lá há cem anos. Era melhor mostrar a sua incredulidade, mas não sabia o que dizer.

O general abriu uma pasta com alguns papéis.

– Esse material já é do conhecimento de todos nós, mas acho que todo brasileiro devia ler essas frases no café-da-manhã pelo menos uma vez por semana.

Segurou a folha e leu com voz firme:

– *"Diversos restaurantes populares, de fast-food, nos Estados Unidos, utilizam toalhas descartáveis em suas mesas. Nelas se lê com muita freqüência o mesmo que os ingleses colocam em adesivos nos seus carros: 'Lute pelas florestas. Queime um brasileiro.'"*

Embora preparado para ouvir coisas absurdas, Maurício não resistiu:

– Como é? Queime um brasileiro?!...

O general passou a ter certeza de que o pegara desprevenido. Mas continuou:

– Aqui temos outro estudo que circula na internet, datado de novembro de 2003, e portanto trabalho recente, que repete essa notícia de que os carros de Londres e outras cidades européias traziam adesivo plástico dizendo "Lute pela floresta... Queime um brasileiro". No início dos anos noventa, os ambientalistas acusavam o Brasil de "inimigo número um do planeta".

O general pegou outra folha de papel e entregou a Maurício.

– Isso é extrato de um seminário na Escola Superior de Guerra, onde foram discutidas declarações feitas por líderes mundiais, a respeito da Amazônia.

Maurício pegou a folha que lhe foi estendida e leu em silêncio:

– Em 1981, o Conselho Mundial das Igrejas declarou que *"a Amazônia é patrimônio da Humanidade, e que sua posse por países é meramente circunstancial".*

– Em 1983, Margareth Thatcher *"aconselhou as nações carentes de dinheiro a venderem seus territórios e fábricas".*

– Em 1984, o vice-presidente Al Gore dos EUA declarou que *"a Amazônia não é deles, é de todos nós".*

– Em 1985, o presidente Mitterrand declarou: *"O Brasil deve aceitar a Soberania relativa sobre a Amazônia".*

– Mikhail Gorbachev*: "O Brasil deve delegar parte dos seus direitos sobre a Amazônia".*

– O primeiro-ministro inglês Major asseverou*: "A Amazônia pode ensejar operações diretas sobre ela".*

– O general Patrick Hugles, dos EUA, também disse*: "Caso o Brasil no uso da Amazônia puser em risco o meio ambiente nos EUA, estamos prontos para interromper".*

Devolveu a folha ao general e o olhou sem demonstrar o que estava sentindo.

– Veja mais esta, por favor.

*"A Amazônia deve ser intocável, pois constitui-se no banco de reservas florestais da Humanidade." (*Congresso de Ecologistas Alemães, 1990).

*"Só a internacionalização pode salvar a Amazônia." (*Grupo dos Cem, 1989, Cidade do México).

*"A destruição da Amazônia seria a destruição do Mundo." (*Parlamento Italiano, 1989).

"A Amazônia é um patrimônio da humanidade. A posse dessa imensa área pelos países mencionados (Brasil, Venezuela, Colômbia, Peru e Equador) é meramente circunstancial." (Conselho Mundial de Igrejas Cristãs reunidas em Genebra, 1992).

"É nosso dever garantir a preservação do território da Amazônia e de seus habitantes aborígines para o desfrute pelas grandes civilizações européias, cujas áreas naturais estejam reduzidas a um limite crítico." (Conselho Mundial de Igrejas Cristãs reunidas em Genebra, 1992).

Maurício fez um pequeno comentário.

– Acho que o senhor tem razão quando fala que essas notícias circulam pela imprensa sem despertar a preocupação que deviam causar. O que estranha é que os brasileiros não sabem disso, ou, se sabem, não acreditam ou até mesmo podem estar anestesiados em relação ao que pode acontecer com este país que parece que já não tem mais dono – deixou escapar Maurício.

"Peguei o homem", pensou o general sorrindo por dentro e jogou mais pimenta no assunto.

– Imaginem o que os Estados Unidos não fariam se alguém disser que vai invadir o Alasca porque a extração de óleo está ameaçando o Pólo Norte. É mais ou menos o que disse o senador Cristovam Buarque, quando ele respondeu a uma pergunta sobre desmatamentos da Amazônia.

– Sim – respondeu Maurício. – Aliás, uma resposta inteligente. Não só a Amazônia seria patrimônio da humanidade, mas também as reservas de petróleo e até a cidade da Nova York, onde está a sede da ONU. E alerta ainda que o arsenal atômico dos Estados Unidos pode provocar danos milhares de vezes maiores do que essas queimadas da Amazônia.

O general achou melhor entrar em outro campo, para mostrar que essa preocupação não é nova.

– O senhor conhece a expedição Roosevelt, não conhece?

E sem esperar resposta:

– Pois bem. Existem dúvidas de que aquela expedição, que foi chamada de expedição científica, era simplesmente uma aventura do presidente Theodore Roosevelt no interior da Amazônia.

Lembrou-se de que chegou a perguntar ao general:

– Pelo que o senhor disse até agora posso presumir que não existe certeza ainda de onde surgem essas ameaças. Não é meio especulativo fazer referências a uma viagem feita há quase um século?

– Eis aí um detalhe interessante. Já naquela época o governo brasileiro olhou essa viagem de Roosevelt com certa suspeita. Essa expedição, de início, se chamava "Expedição Científica Roosevelt". As bagagens dessa expedição tinham essa inscrição. Ao chegar ao Brasil, no entanto, as bagagens foram substituídas por outras nas quais estavam impressos os dizeres "Expedição Científica Roosevelt-Rondon".

E, demonstrando espantoso conhecimento sobre a viagem de Roosevelt, o general passou a dizer:

– Outra curiosidade é que, a pretexto de fazer pesquisas para o museu Metropolitano de Nova York, o presidente Roosevelt e a sua equipe fizeram uma verdadeira matança de animais da região, inclusive de espécies hoje desaparecidas ou em extinção. Veja o que ele mesmo escreveu no livro, com o título de *Nas Selvas do Brasil*, em 1914, traduzido por Luiz Guimarães Junior.

Abriu a página 316 do livro traduzidos para o português e leu em voz alta:

"Cherrie e Miller coligiram para mais de 2.500 aves, cerca de 500 mamíferos..."

– O senhor está dando a entender que o governo americano simulou uma viagem de Theodore Roosevelt ao Brasil, com caráter de espionagem?

– Mas, nesse caso, o senhor está supondo que, além do livro *Através das*

Selvas do Brasil, ele teria feito relatórios confidenciais dos quais nós não temos conhecimento?

Ocorreu então a Maurício outro aspecto do problema e insistiu:

– Mas, se o marechal Rondon, que na época era coronel, chefiou essa expedição em território brasileiro, com certeza ele deve ter notado alguma coisa, pois era homem culto, patriota, um positivista estudioso de Augusto Conte e Benjamin Constant. Será que Rondon não fez também um relatório, assim como Roosevelt?

Desde aquele dia, a idéia de que Rondon teria feito um relatório dessa viagem, relatando fatos e informando o governo brasileiro de suas impressões, não saiu da sua cabeça.

O general, no entanto, apenas filosofou:

– As dúvidas antecedem as preocupações. Rondon foi indicado para o Prêmio Nobel da Paz pelo próprio Einstein, que ficou impressionado com a obra desse grande brasileiro. Mas não deram o prêmio a Rondon.

Mostrou outro documento.

– Veja o senhor que há relatos de que o presidente Theodore Roosevelt já havia antes tentado tomar o Acre e só não conseguiu porque o presidente Epitácio Pessoa foi duro. Os americanos sempre tiveram interesse em dominar aquela região. O próprio Roosevelt deixou escapar a possibilidade de ligação da bacia do Prata com a bacia Amazônica, quando descreve as riquezas naturais do país, na página 198. Ali ele fala da ligação dos rios Paraguai, Madeira e Amazonas.

– O senhor quer dizer então que Roosevelt...

Não deu tempo para Maurício concluir seu raciocínio.

– Sim, sim. O Acre era um grande produtor de borracha. Roosevelt criou então o consórcio internacional chamado de "Bolivian Syndicate of New York" com a intenção de ocupar o Acre. Encontrou resistência do governo brasileiro e ...

Foi a vez de Maurício interrompê-lo:

– E, aí, o governo deu um jeito de mudar o roteiro da sua viagem, afastando-o do Acre, porque ainda estava desconfiado de suas intenções. Certo?

O general balançou a cabeça afirmativamente.

– O Acre na verdade pertencia à Bolívia desde 1867. No entanto, desde o século 19 acabou sendo invadido por brasileiros que exploravam os seringais. A Bolívia perdeu o controle da área e o assunto foi resolvido em 1903, pouco antes da viagem de Roosevelt.

– Nada diplomata esse Roosevelt. Podia ter esperado um pouco mais.

– Não sei se foi erro de diplomacia ou pressa. O senhor vai acabar verificando que a Inglaterra também estava querendo entrar aí. Mas é bom estar lembrado de que o Brasil não tomou o Acre da Bolívia, mas pagou caro por ele. Foram dois milhões de libras esterlinas para a Bolívia, mais 110 mil libras para esse sindicato, um pedaço de Mato Grosso e ainda a obrigação de construir a Madeira–Mamoré e deixar os bolivianos saírem pelo rio Amazonas até o Atlântico, o que, se fosse feito, já caracterizaria a internacionalização dos rios amazônicos.

Havia lógica na exposição do general. O governo brasileiro deve ter empurrado Theodore Roosevelt para o meio da selva amazônica. Contava para isso com um explorador de primeira grandeza, o coronel Rondon, descendente de índios Terena, pacificador de muitas tribos, responsável por levar o telégrafo aos mais distantes pontos daquele território, demarcador de divisas, geógrafo, enfim Roosevelt estaria protegido, mas quando saísse do rio da Dúvida, ia querer voltar logo para casa.

Como o próprio Roosevelt escrevera em seu livro, o coronel Rondon havia descoberto um rio que nascia no Planalto Central do Brasil, perto de Vilhena, em Rondônia, mas que ainda não tinha sido explorado. Rondon não sabia se esse rio era afluente do Ji-Paraná, também chamado de Machado, ou se desaguava no rio Tapajós. Denominou-o então de rio da Dúvida.

Quando chegou ao Brasil, foi recebido pelo ministro do Exterior, Lauro Muller, que sugeriu que a expedição explorasse o rio da Dúvida. Lauro Muller disse a Roosevelt que o governo brasileiro tinha interesse na exploração e no desenvolvimento do interior da Amazônia e essa expedição seria de muita valia para tornar o Brasil conhecido no exterior.

Praticamente, o governo brasileiro induziu Roosevelt a explorar esse rio completamente ignorado pelos geógrafos.

– Li o livro do presidente Roosevelt e ele mesmo diz que o seu propósito inicial era subir o Paraguai, pegar um afluente do rio Amazonas, provavelmente o Madeira e chegar a Manaus. Estaria ele querendo repetir a expedição de Raposo Tavares?

Lera toda a epopéia da viagem, escrita pelo próprio Roosevelt, e, segundo consta, ele morreu pouco depois. Uma grande amizade firmou-se entre o presidente dos Estados Unidos e o então coronel Rondon. Roosevelt descreve com empolgação o momento em que o coronel Rondon deu o nome de rio Roosevelt ao rio que antes ele havia chamado de rio da Dúvida.

Rondon já havia dado o nome de rio Kermit a um afluente também desconhecido do rio da Dúvida. Kermit era filho do presidente Roosevelt e acompanhava o pai nessa excursão e quase morreu quando o seu barco virou numa correnteza. Depois que fincou a placa com o nome de rio Kermit na desembocadura desse afluente, Rondon colocou a guarda em fila e leu a "ordem do dia".

Diante da tropa e em meio à selva amazônica, cercado de índios e animais selvagens, Rondon abriu um pergaminho e leu em voz alta, segundo relatou Roosevelt: *"...de ordem do governo brasileiro e considerando que o ignorado curso dágua era evidentemente um grande rio, ficaria sendo denominado 'rio Roosevelt'."*

Agora recebe essa informação absurda de que tudo isso pode não ter passado de encenação.

– E o senhor acha então que o governo brasileiro desviou intencionalmente o trajeto de Roosevelt, jogando-o numa aventura perigosa para afastá-lo do que seria nossa principal fonte de riquezas na época, os seringais da Amazônia?

– Nós estamos falando de fatos ocorridos há quase cem anos, em 1913 e 14. O ministro das Relações Exteriores era o general Lauro Muller, hábil estrategista e homem de muitos méritos e títulos, como o de doutor em Direito pela Universidade de Harvard.

– Mas, se isso realmente ocorreu, foi um grande golpe da diplomacia brasileira. O pessoal veio de lá com certas intenções e aqui o governo brasileiro os tirou de seu projeto original empurrando-os para uma missão meramente topográfica ou geográfica. Ora, ora... – comentou Maurício pensativo.

E antes que o general falasse alguma coisa:

– Mas, por outro lado, se isso aconteceu realmente, ou, pelo menos, se eles acreditarem que foi isso que aconteceu, será que não querem agora voltar à cena, ainda que para recuperar a moral?

Calou-se, com receio de se aventurar em conclusões perigosas.

– Naquela época, eles tinham tantas riquezas naturais como as nossas e o que lhes interessava era a borracha. Mas hoje eles já gastaram ou, se não gastaram, não querem mais gastar as suas riquezas naturais e talvez queiram reeditar o passado, com um final mais feliz... para eles.

Maurício estava pensativo. Nunca tinha imaginado sequer a possibilidade de isso ter acontecido e agora a própria Abin, o maior centro de inteligência da América Latina, conta-lhe essa história. Esse general não inventou isso sozinho.

Foi interrompido em suas conjeturas.

– Lembre-se de que estávamos no auge do ciclo da borracha e tínhamos acabado de comprar o Acre. Temos de ter a percepção histórica daquela época. O momento era estranho para um presidente dos Estados Unidos aparecer naquela região.

Esperou que Maurício pusesse em ordem seus pensamentos e continuou:

– Entendo que o senhor esteja meio confuso. Mas não posso falar sobre esse tema com qualquer pessoa, mesmo sendo pessoas dos órgãos de segurança do governo. Suponho que o secretário da Receita não esteja acreditando que o senhor veio dar aulas de auditoria para oficiais do Exército. Mas ele não tem a mínima noção dos assuntos que estamos tratando. É bom que o senhor registre isso.

Maurício achou que já tinha assunto demais para pensar e não quis entrar nessa desconfiança militar.

– No entanto, até agora, não sei ainda o que devo fazer.

– Sei que estou falando com um homem esclarecido e cheio de recursos. A primeira coisa a fazer é estudar tudo sobre essas ONGs que invadiram a Amazônia. O Brasil tem aproximadamente umas 250 mil ONGs.

– Duzentas e cinqüenta mil ONGs? Mas o que faz essa gente?

– Só na Amazônia devem existir perto de mil. É preciso investigar suas origens, seus responsáveis, de onde vêm as centenas de milhões de dólares que recolhem de todos os cantos do mundo e como gastam essas fortunas. Principalmente, quais são suas intenções.

– Devo então estudar as ONGs?

– Tudo o que se referir à Amazônia. Conhece aquelas placas de estradas de ferro: "Pare, olhe e escute"? Comece a prestar atenção em todas as notícias, em todas as pessoas, em todos os movimentos que julgar estranhos. O senhor tem meios de fazer muitas pesquisas que nos serão úteis. A capitã Fernanda lhe dirá como se comunicar conosco.

– Está me parecendo um tanto empírico.

– O senhor tem qualidades que até mesmo a CIA demoraria anos para transmitir a um agente. Podem surgir imprevistos e não basta apenas a cultura profissional.

– Imprevistos?

Com voz mais pausada, continuou:

– Não sabemos com quem estamos lidando. Quando uma idéia alcança o íntimo de um grupo, a razão cede lugar à ideologia, ao fanatismo, e as pessoas que se opõem a ela, são vistas como inimigas da humanidade. É nesse sentido que é preciso tomar cuidado. Estamos formando um grupo de pessoas de alto nível. Às vezes a gente faz alguns descredenciamentos... Bem, contamos com o senhor.

Era o tipo de discurso final de uma reunião.

Em encontros posteriores, o general sugeriu a visita aos fortes construídos pelos portugueses na Amazônia quando ainda não estavam definidas as divisas com o lado espanhol.

– Existem algumas fortalezas construídas por Portugal para se defender dos espanhóis. Não sei por que, mas algo me diz que é preciso estudar esses fortes, não apenas o seu lado estratégico ou arquitetônico, mas principalmente o que a gente não vê. Não posso fazer isso, sem despertar suspeitas. Gostaria que o senhor cuidasse disso.

O general conseguiu então "financiamento" para comprar o Sêneca e conseguia pagar as prestações com os "treinamentos" que dava às forças de segurança. O avião não ia apenas trazer facilidades para as suas pesquisas, mas era também fator de segurança.

Certo dia lhe falou sobre a Confraria. Disse que ele precisava aproximar-se dessa Confraria. A Abin estabelecera contato com a Confraria, mas não era conveniente o envolvimento das Forças Armadas. E assim aconteceu de ele ser convidado a participar de uma cerimônia que lhe daria as credenciais de confiança dessa organização.

Mas alguma coisa saiu errado. Aquela história de que não tinha as fotografias do túmulo de São Tiago não colava. Alguma coisa séria aconteceu e estava disposto a ir a Brasília atrás de explicações.

Agora com esse avião e despesas pagas pelo contribuinte, ficava mais fácil.

O Sêneca já sobrevoava a Buritizal e Maurício viu lá de cima o gado branco e manso sobre as pastagens verdes. O rio Roosevelt não era mais aquele lugar tranqüilo onde esperava gastar um pouco dos sonhos que armazenara.

Quanto mais se envolvia nesse assunto, mais aumentava a sensação de perigo que teve desde o início.

O Sêneca aproximou-se da pista e já ia descendo, quanto o comandante perguntou:

– O senhor estava esperando visita? Tem um avião perto da sede.

5

O setor de embaixadas em Brasília fica localizado numa grande área arborizada entre o Palácio do Planalto e o aeroporto.

A embaixada dos Estados Unidos foi construída em uma área de aproximadamente 10 mil metros quadrados. É um dos edifícios mais bem guardados da capital brasileira.

O embaixador já passava dos 50 anos. Alto, claro, forte, ainda com a cabeleira inteira mas começando a branquear, estava de pé, mas seu olhar confiante, fixo no céu azul de Brasília, não escondia a sensação de incerteza.

Se tivesse levado mais a sério as frases ambíguas do general, talvez tivesse lhe salvado a vida. Mas por que ele não foi mais explícito? Se pressentia algum perigo iminente, se não sabia em quem confiar, por que não confiou nele?

Percebeu, logo no primeiro jogo, que aquela dupla havia sido arranjada. O general jogava golfe regularmente, mas não era conveniente o chefe de um órgão de segurança do governo brasileiro ficar praticando esportes com o embaixador dos Estados Unidos. Então, o general preferia o seu próprio grupo, os oficiais, os diplomatas brasileiros, os empresários, os políticos.

Naquele dia não houve coincidência e, quando ele conseguiu colocar a bola no buraco com a terceira tacada, o general deixou escapar uma frase estranha. Estava esperando por algo assim, porque desconfiara daquele jogo. *Bonita jogada. Ultimamente coisas estranhas poderiam fazer o jogo ficar mais difícil*, disse ele. Entendeu que havia coisas novas, que não podiam ser ditas em gabinetes.

Embora não soubesse do que se tratava, mas obviamente era assunto sério e então deixou também o seu recado subentendido: *Num jogo mais duro não se pode escolher parceiros errados.* O general sorriu satisfeito e acrescentou: *Então precisamos de mais treinos.*

Alguns dias depois, numa manhã de domingo, lá estava de novo o general como seu parceiro. O diálogo foi curto, mas preocupante. O general foi incisivo, sem no entanto revelar o que sabia.

– Acho que nossos treinamentos precisam aumentar rapidamente. Pressinto que em breve teremos um jogo difícil e não gostaria de vê-lo do outro lado. O senhor joga muito bem.

Era uma afirmação inquisitiva e lembrou-se de ter pensado na hora que para frases ambíguas, nada como outra frase ambígua. E então respondeu um tanto emblemático:

– Conforme o jogo, a vitória depende da equipe. Quanto mais difícil o jogo, mais importante passa a ser essa escolha.

"Qual o segredo que esse general levou para o túmulo?"

"Foi muito estranho aquele acidente. Ele devia saber de alguma coisa muito séria e os adversários o mataram. Agora precisava ganhar o jogo sozinho, mas antes tinha de saber que jogo seria esse."

6

Maurício olhou preocupado para a pista. Não estava esperando visita e era estranho que alguém o procurasse ali no meio da Amazônia num dia como aquele. Não tinha conseguido ainda superar a decepção dos últimos acontecimentos. O nível de tensão aumentara e era preciso ficar mais atento.

– Não desça agora. Chame pelo rádio e pergunte quem é.

O comandante fez um vôo rasante pela pista e tornou a subir. Um avião Baron estava estacionado perto da sede. O comandante chamou pelo rádio: "Buritizal, Buritizal, na escuta Buritizal?"

– Sim, comandante. Buritizal na escuta. Aqui é Jorge.

– Bom dia, Jorge. Tem um avião aí, você pode dizer quem é?

– Olha, comandante, parece que é um pessoal de Goiânia. Eles vieram ver terras aqui na região e pousaram na fazenda. Tem uma mulher que é amiga do doutor. Ela disse que é professora de uma escola chamada Esaf, em Brasília. São duas pessoas apenas. O piloto é o dono do avião e é ele quem diz estar interessado em terras.

Maurício compreendeu o recado sutil do administrador. Primeiro disse que eram só duas pessoas. Ou seja, não havia perigo. Segundo, não estava acreditando nessa história de o piloto comprar terras.

– Vamos descer.

O comandante fez a volta e colocou a pista pelo lado esquerdo onde tinha visão mais completa. Logo se alinhou com a cabeceira que se esticava por mil e duzentos metros até a margem esquerda do rio Roosevelt. O avião foi descendo e alcançou o chão.

Nesse momento, o piloto exerce toda a sua perícia, porque um avião como o Sêneca pesa mais de mil quilos e toca o chão a uma velocidade de cento e vinte quilômetros por hora. Avião não pousa, apenas controla a queda.

O Sêneca foi reduzindo a velocidade e parou perto do outro. O administrador chegou logo em seguida. Maurício cumprimentou-o e perguntou:

– Jorge, aqueles dois "cerqueiros" estão por perto?

– Sim doutor. Assim que o avião deles pousou, mandei chamá-los e estão atentos a qualquer situação estranha. Pode ficar sossegado.

– Ótimo. Mas por que você agiu assim, alguma suspeita?

– O comprador de terras não entende de terras e acho que a mulher não tem jeito de professora.

Maurício riu e se dirigiu para a casa. Agora já tinha uma sede maior, toda cercada de varanda, com quatro quartos, sala de estar, copa e cozinha, que foi construindo aos poucos, porque era muito difícil levar material até ali. Isso só era possível na época da seca e ainda a preços bem mais altos que os da cidade.

A mão-de-obra ali não era fácil. Só agora a região estava se desenvolvendo e a única coisa barata ali era a areia e os seixos que substituem a brita. Quando vem a seca, as águas baixam e fica fácil tirar a areia e o cascalho grosso para as construções.

Entrou e a capitã Fernanda cumprimentou-o:

— Desculpe invadir sua privacidade, doutor Maurício, mas eu tinha de vir falar com o senhor. Deixe-me apresentar-lhe o tenente Alexandre, que trabalha conosco.

Ela parecia cansada, envelhecida. Os olhos vermelhos. Algo sério estava acontecendo para ter vindo até ali. Isso nunca esteve programado.

— Bom dia, capitã. É um prazer recebê-la aqui no meu resort particular. Bom dia, tenente. Foram bem atendidos?

A capitã respondeu:

— Oh! Sim. O senhor tem uma boa casa num lugar maravilhoso. Não é à toa que quer se aposentar e viver por aqui.

Maurício pediu licença para guardar sua maleta de viagem e voltou logo em seguida. A empregada já estava fazendo um café novo. Para ele, o café tinha de ser sempre feito na hora. Café novo, dizia ele, é sempre a melhor marca. E não é todo tipo de café que tem bom sabor. Ele tinha suas marcas prediletas, de boa qualidade e, quando feitos e ainda quentes, exalavam um agradável odor que passeava pela casa.

Havia dependências também para piloto, veterinário e outros profissionais que iam à fazenda, ou ainda amigos que pediam para ir lá pescar. O comandante acabou os cuidados que tinha com o avião e foi para o alojamento, levando com ele o piloto da capitã. Dessa forma, a casa, com exceção da empregada, que ficava na cozinha, estava sem outras pessoas.

A porta da cozinha ficava sempre fechada para não chegar barulho aos quartos e às salas. A empregada se retirou, depois que serviu o café, fechando a porta. Maurício não disse nada, apenas olhou curiosamente para a capitã, esperando que ela tomasse a iniciativa da conversa.

— O senhor está sabendo a respeito do general? — começou ela.

— Não, o que houve?

O rosto da capitã avermelhou e ela apenas conseguiu articular numa voz trêmula:

— O general morreu. Foi assassinado — e começou a chorar.

Não era possível. O general Antonio Ribeiro de Castro, chefe da Agência Brasileira de Informações, a famosa Abin, estava morto, assassinado. Então, estava aí a explicação de a cerimônia da Confraria ter sido cancelada.

A capitã se recompôs e Maurício compreendeu que essa trágica notícia mudava tudo e ele não sabia o que poderia acontecer.

— Estava imaginando que a senhora não iria deslocar-se de Brasília até aqui num vôo dissimulado se não tivesse alguma coisa séria para contar.

Maurício olhou para a televisão.

– O vento desregulou a antena parabólica e eu não tive pressa de mandar consertá-la. Desde que voltei de Brasília, estou neste mato sem notícias – disse, como se estivesse desculpando.

Ela parecia embaraçada. Mostrava uma fragilidade que não notara antes, mas falou com certa relutância:

– Foi horrível.

Explicou o atentado e falou do seu reflexo em pular do carro, da viatura da PM ajudando o assassino e da coincidência de outro carro patrulha da Polícia Militar estar passando por perto e tê-la socorrido. Por sorte, sofrera ferimentos leves e pôde sair logo do hospital. O coronel Medeiros assumira interinamente a Abin e lhe dera uns dias de folga.

– Na verdade, seria até preferível que eu não viesse. Mas temo que estamos correndo risco de vida e o senhor também. A operação na qual o senhor foi envolvido parece que acelerou os acontecimentos.

Se já estava começando a achar tudo aquilo muito misterioso, o relato da capitã aumentou suas preocupações. Era evidente que ela se sentia humilhada e culpada pela morte do general. Estava diante de uma pessoa mortificada que relatava os fatos como se fosse uma confissão. Não adiantava dar-lhe a absolvição. Aquela mulher não ia se perdoar nunca, a não ser que levasse adiante todos os projetos do general, como uma espécie de vingança dele depois de morto.

– A senhora não está pretendendo ir embora hoje, penso eu.

– Não, não creio que haja tempo e precisamos conversar.

– Podemos então deixar para mais tarde. A senhora descansa um pouco. Vou providenciar suas acomodações e as do tenente.

O dia estava quente, o sol já tinha subido até onde podia e começava a descer. Uma pequena brisa movimentava as folhas do lado de fora da casa. A varanda era protegida com telas finas por causa dos mosquitos, principalmente o pium e o mosquito da malária, o dito anofelino, mas as telas acabavam segurando também o vento.

Maurício mandou ligar os motores, e os ventiladores de pé alto distribuídos pela casa deixaram o ambiente mais agradável. A energia da fazenda era ainda fornecida por motores a diesel. Esperava um dia construir uma pequena usina hidrelétrica para uso próprio.

O dia transcorreu normalmente e, depois do almoço, Maurício levou a capitã até a margem do rio.

– A senhora escolheu a época certa para vir aqui. No período da seca o pium quase não existe. Esse mosquito é terrível. Roosevelt o amaldiçoou em seu livro, chamando-os de "terríveis mosquitos". Mas na seca, principalmente de julho a outubro, ele desaparece. A expedição

Roosevelt foi no começo do ano, quando a região está cheia de mosquito de malária e de pium.

— Malária?

— Sim. A malária é outro flagelo. Mas não se preocupe. Estou por aqui há vinte anos e nunca peguei essa doença. Os horários mais perigosos são o amanhecer e o entardecer. Normalmente fico dentro de casa nesses horários ou, se tenho de sair, uso mangas compridas, luvas, repelentes, o que for necessário. Pescaria, por exemplo, exige cuidados.

— O senhor costuma pescar? Deve ser muito gostoso pescar. Nunca fiz isso na vida.

— Acho que deveria tentar. A gente assiste a uma das lutas mais tensas da natureza contra o homem. Ah! Quando o peixe pega a isca, ele começa a lutar para não sair da água. Trazer o peixe para dentro do barco exige muita concentração. A gente sente a mordida e, quando o peixe puxa a linha, é a hora da fisgada. O pescador dá um puxão forte, o peixe resiste e estica a linha. Certos peixes são valentes e a gente só consegue tirá-los da água depois de cansá-los.

— Cansar o peixe?

— Sim, quando o peixe é muito pesado, é difícil trazê-lo para dentro do barco e, nesse caso, a linha é mais longa. Vai-se dando corda ao peixe e ele sai desesperado pensando que está livre, e quando a linha bambeia de novo é hora de rodar a carretilha. A linha se encolhe e se endireita com a resistência do peixe, então ele é arrastado mais um pouco e logo começa a lutar de novo, um pouco mais de linha, ele corre e assim vai até ficar cansado. Logo ele está perto do barco, lutando, debatendo-se e a gente o puxa para dentro.

Maurício não sabia por que descrevia as cenas daquela maneira. Parecia que também estava se vingando de alguma coisa.

— Dependendo do tamanho do peixe, existe o risco de ele rebentar a linha e levar o anzol na hora em que está sendo puxado para dentro do barco. Nesse caso, às vezes é preciso dar um tiro na cabeça, antes de erguê-lo. Os peixes menores são logo jogados no fundo do barco e ali ficam se debatendo até morrer com a falta de água e ar. Alguns peixes, como os bagres e as piranhas, podem morder o pescador e até arrancar os dedos. Rondon perdeu um dedo com a mordida de uma piranha. É bom ter alicate e canivete para prender as guelras e cortar o lugar onde o anzol está atravessado em suas guelras.

— Mas isso é bárbaro! É isso que se chama pescaria? É isso que o senhor quer que eu tente também?

— Sim, senhora, capitã. É um prato delicioso, mas o sofrimento do peixe é grande. Nenhum ambientalista ou humanista que se preze devia comer peixe.

As águas agitadas da correnteza batiam nas pedras do meio do rio e jogavam gotas até a margem. Esqueceram as barbaridades da pescaria e ficaram apreciando o entardecer.

O sol foi baixando e formava uma enorme labareda sobre a imensa floresta que se estendia no oeste. Bandos de araras enormes e barulhentas passavam no céu. O entardecer ia chegando quando a capitã perguntou:

– Não é este o horário da malária?

Voltaram para casa. Notou que o comportamento da capitã não era natural. Não fazia nenhum sentido ela vir de Brasília num avião da FAB com credenciais de táxi aéreo, sem motivo relevante. Faltava alguma coisa. Não iria lá apenas para dizer que ele estava correndo perigo ou avisar da morte do general.

7

Como sempre, antes do jantar, a empregada preparou a cerveja. Colocou algumas latinhas dentro de um balde de gelo e trouxe dois copos do tipo tulipa que estavam guardados no congelador.

– Mas isso é um requinte – disse a capitã. – Mas prefiro um suco, de preferência de alguma fruta da Amazônia.

A empregada preparou um suco de cupuaçu.

– Muito bom esse suco, dizem que é uma arte fazer um bom suco de cupuaçu, é verdade?

Maurício chamou a empregada, que explicou:

– Olha, primeiro a gente tira a polpa da fruta, depois bate no liquidificador com água ou com leite, mas com leite fica melhor. Um pouco de açúcar e umas pedras de gelo. É só isso.

O ensopado de jundiá fez a capitã esquecer o sofrimento do peixe na hora de subir no barco.

Depois do jantar, Maurício disse para a capitã que o lugar mais seguro para um boa conversa era na pista. Ali era a melhor sala de reunião. Ninguém ouvia nada. A noite estava estrelada, uma lua enorme esbanjava claridade e nem parecia que era noite.

Seguindo instruções de Maurício, o administrador foi para a ponta mais afastada da pista e deixou outro empregado de sua confiança mais perto da casa.

Desde os primeiros anos em que viera para a região, percebera que qualquer morador ou vaqueiro que viesse trabalhar ali devia entender de armas. Era uma região isolada, sem policiamento, e muitas vezes tinham de contratar pessoas que estavam fugindo da polícia, porque não havia mercado regular de trabalho.

Às vezes nem mesmo se conseguia saber o nome dos empregados. Eram chamados de Goiano, Maranhão, Baiano, Pará, quase sempre se referindo aos lugares de origem, mas não tinham documentos ou, se tinham, não mostravam.

Outras vezes tinham histórias de crimes comuns, como brigas por causa de mulher, uma legítima defesa que não ficou bem clara, mas numa região daquelas era preciso ter gente que soubesse usar uma arma. Havia animais ferozes e o empregado precisa às vezes dormir longe da sede, no meio do mato e sozinho.

Esses homens, quando tratados com respeito, são prestativos e leais. Costumava dar uma caminhada na pista, depois do jantar, como agora na companhia da capitã. Ali podiam conversar à vontade, sem perigo e sem que fossem ouvidos. Pelo menos assim imaginavam.

– O senhor não me falou sobre a Confraria.

As lembranças da noite anterior misturaram-se com a notícia da morte do general em circunstâncias preocupantes e ele estava desorientado. Evitara falar com essa capitã sobre o fracasso da cerimônia, mas parece que não ia poder mais evitar o assunto.

– Fui reprovado. Chegaram das sombras e desapareceram nas sombras depois de uma pequena sabatina. Mas agora entendo o que houve. Sem o general, eles também ficaram inseguros.

Lembrou-se dos conselhos para voltar a fazer o Caminho de Santiago. Será que o estavam aconselhando a sair do país? Será que aqueles fantasmas estavam prevendo situações mais difíceis? Achou melhor esclarecer.

– E agora capitã, como ficamos? Era o general que estava bem informado sobre essa questão da Amazônia. Era o general que tinha os contatos com a Confraria. Foi o general que me aproximou deles e eu seria um elemento de ligação entre a Abin e a força de resistência amazônica que iria aproveitar a organização dessa Confraria. Mas o general morreu.

A lua estava alta e a figura de São Jorge matando o dragão naquela arena estrelada aumentava a intensidade dos receios.

Ela sabia que, se o projeto do general não fosse levado adiante, eles estariam ainda em maior perigo.

Caminharam mais um pouco em silêncio e ele insistiu:

– Nunca indaguei como o general descobriu esses assuntos e por que o próprio governo não se encarrega dele de uma vez por todas. Mas acho que já é hora de colocarmos as cartas na mesa.

– Não tenho o conhecimento e a certeza que o general tinha, mas vou tentar resumir.

Ele aguardou em silêncio.

– O general era adido militar na Alemanha e tomou conhecimento de que havia verbas disponíveis para a constituição de ONGs com a finalidade de salvar a Amazônia. Mas salvar de que e de quem? Um dia ele me confessou que fez essa pergunta a si próprio e resolveu aprofundar-se no assunto. Acho que o resto o senhor já sabe.

Pareceu emocionar-se ao falar do general, mas se recuperou logo.

Maurício foi tendo a impressão de que o general confiava mais nela do que em outras pessoas. Mas não estava acreditando que só ela tivesse conhecimento desses assuntos. Certamente era pessoa de confiança do general e ele precisava que ela estivesse a par da gravidade do que estava acontecendo, até mesmo para não cometer alguma imprudência. Mas não podia ser apenas ela.

– Há consenso nos sistemas de defesa dos países que não integram as grandes potências de que nenhum outro país tem condições de suportar um ataque frontal de forças americanas ou européias, e a Argentina, o Iraque e a Iugoslávia são exemplos.

– De fato. É difícil entender que os países mais ricos gastem centenas de bilhões de dólares para destruir outro país e aleguem que é tudo pela democracia e pela paz. Matam e estraçalham homens, mulheres, crianças, trazendo horríveis sofrimentos ao ser humano.

Maurício surpreendeu-se com a força do seu desencanto com o chamado mundo civilizado.

– Também penso como o senhor, mas as Forças Armadas Brasileiras precisam enxergar isso aí de forma bem objetiva. O fato é: se os Estados Unidos estiverem pretendendo invadir a Amazônia, nós temos condições de enfrentá-los?

Ela mesma respondeu:

– Temos receio de que não teremos como enfrentá-los. Mas estamos procurando estudar meios de dissuasão, um tipo de resistência para desanimar essas pretensões. O povo iraquiano está ensinando alguma coisa. Da mesma maneira que a Resistência Francesa foi minando o Exército alemão, os iraquianos criaram uma força de resistência num país de campo aberto e está causando muitos danos aos invasores.

– A Confraria pode então ser o núcleo importante dessa resistência no meio da selva amazônica. Era para a Ordem dos Templários da Amazônia que eu ia entrar, como uma espécie de ligação entre o general e essa resistência. Até aí, a senhora não trouxe novidade. O que me incomoda é que o general não tenha alertado o governo. Não seria mais fácil?

A capitã ficou em silêncio, como se estivesse em dúvidas sobre o que falar.

– O senhor quer dizer que as Forças Armadas deveriam informar pessoas que até há pouco lutavam contra a ordem constitucional para entregar o Brasil aos comunistas? O senhor quer dizer que as Forças Armadas deveriam confiar em pessoas que lutaram contra as Forças Armadas?

– Mas isso é surpreendente. Não tinha visto ainda por esse lado. O presidente da República é o chefe supremo das Forças Armadas, conforme está na Constituição. Mas por outro lado, o governo hoje é composto por aquelas pessoas que ontem eram inimigas declaradas das Forças Armadas e não obedeciam nem à Constituição e nem às leis do País, e então um agora não confia no outro.

Apesar da brisa fresca da noite, Maurício começou a suar.

– Parece que estamos sem saída. Nosso Exército reconhece que não tem condições de enfrentar o Exército do país inimigo e ainda por cima não confia no governo do seu próprio país.

Não resistiu a um pouco de sarcasmo:

– Mas, graças a Deus, temos a Ordem dos Templários da Amazônia.

– Infelizmente, o nosso rei Artur morreu – completou ela, com um misto de ironia e tristeza.

Voltou ao normal e disse com voz preocupada:

– Temos também a impressão de que, se as Forças Armadas ou outro órgão oficial do governo aparecer ostensivamente, estaremos fazendo o jogo de quem está por trás disso. Há consenso de que esses grupos, sejam eles quais forem, querem que o Brasil provoque um debate internacional sobre a Amazônia.

– As Forças Armadas receiam então uma polêmica internacional sobre a Amazônia?

– Não podemos fazer uma acusação internacional contra essas invasões disfarçadas e contra essa intromissão em nossos territórios. Primeiro, porque até agora nenhum país ou organização de países assumiu essa invasão. Depois, porque há razões para se acreditar que esses grupos estão querendo justamente isso, ou seja, que o Brasil provoque um debate internacional sobre a Amazônia. Não podemos fazer o jogo deles.

– Mas é a coisa mais estapafúrdia que já ouvi. Não podemos nem mesmo nos defender?

– A estratégia deles foi muito bem planejada, porque, afinal, todas essas ocupações estão sendo feitas com o propósito de salvar a humanidade e, para salvar a humanidade, é preciso que se salve antes o planeta, que passou de repente a depender da Amazônia.

Conversaram sobre as muitas ONGs que foram surgindo como fantasmas e agora assombram as matas amazônicas. Apareceram aos poucos, em silêncio, como instituições bem intencionadas e inocentes.

– O senhor ficou pensativo. Posso ler seus pensamentos?

– Pelo que sei, existem outras pessoas que foram escolhidas como eu para constituir uma espécie de Agência de Espionagem da Amazônia, se me permite a brincadeira. A senhora por acaso conhece essas pessoas? Chegou a visitá-las também?

Ela não respondeu de imediato. Procurou uma resposta estudada e ele entendeu logo que o Exército estava buscando alguém para coordenar os contatos com a Confraria e com capacidade de tomar iniciativas que a área militar não poderia assumir.

– Então, a descoberta da Confraria foi importante para completar o sistema de "resistência" e essa espionagem do tipo que me incumbiram...

– O senhor compreendeu. Foi uma pena o que aconteceu na Confraria.

– Mas então, posso concluir que as Forças Armadas estão já há algum tempo...

– Não estamos dormindo, se é isso que o senhor quer dizer.

– Mas, por falar em dormir...

Voltaram para a sede.

8

Descendo o rio Roosevelt, pouco antes da Buritizal, encontra-se do lado direito uma pequena casa de madeira em ruínas. Era uma posse antiga, chamada de Chuvisco. A casa fica à beira do rio e atrás dela existe uma pastagem abandonada, parcialmente tomada pela juquira. O rio alarga-se depois de uma curva em frente à casa e forma adiante a corredeira do Chuvisco, já perto da Buritizal. O sol se põe na margem oposta e forma um dos mais belos entardeceres da região.

O homem esgueirou-se para dentro do antigo pomar, protegido pela vegetação. Era comum os beiradeiros, como são chamados os moradores das margens, descerem ou subirem o rio, pescando, procurando castanhas ou até o leite da seringueira, e ele não podia correr risco de ser visto.

Há um mês recebera instruções para procurar trabalho como "motoqueiro" em desmatamentos na região da Conservan, pequeno vilarejo que se desenvolvia perto do Roosevelt, no município de Aripuanã. Era trabalho perigoso esse de derrubar árvores com motosserras, mas era também um bom exercício e ele podia assim conhecer a selva com a qual teria de conviver para cumprir as ordens que chegaram.

O pequeno bote inflável era suficiente para atravessar o rio. Só precisava fazer uns remos com as tábuas velhas que existiam no local. Ali não dava para remar com as mãos por causa das piranhas.

Tinha também a sua "motosserra", porém ao ser contratado comprou outra do empreiteiro. O "gato", como são chamados os empreiteiros na região, perguntou por que não usava a motosserra que tinha trazido e ele explicou que aquela ia ficar de reserva para não atrasar os serviços. A resposta parece que satisfez. Na verdade, naquela caixa, ele escondia uma arma poderosa, sofisticada, e as munições, além do fuzil.

Treinava muito com aquele fuzil e não errava tiros a uma distância de até oitocentos metros. Podia assim ficar longe da casa da fazenda, sem ser visto por algum empregado ou pressentido pelos cachorros.

Paciente, enquanto apreciava a paisagem, ficou pensando no melhor lugar para passar para o lado de lá do rio e procurar outro abrigo a uma distância conveniente da sede da Buritizal. Sabia esperar. Fazia parte da sua profissão. Só não podia falhar. O pessoal que o contratara não admitia falhas. Recebera instruções de como eliminar o seu alvo e informações de que se tratava de pessoa que sabia defender-se e vinha tomando cautelas para evitar surpresas.

As instruções eram para ficar aguardando até ter certeza de que o alvo estava lá. Um avião Sêneca de cor bege deveria estar perto da casa. Do lugar onde estava tinha uma boa visão da sede, mas não viu o avião. Não contava com isso. Recebera informações de que já podia executar a missão, mas será que o sujeito tinha saído? Era melhor esperar um pouco mais.

Não passou muito tempo e teve a impressão de ouvir o ronco de um motor. "Será que é o barulho da cachoeira?", pensou. Logo o ruído aumentou, um avião foi chegando, aproximou-se da pista e desceu.

"Estranho." Não era um Sêneca, era outro tipo de bimotor, pouco maior. Não era bege. Não entendia de avião, mas sabia que não era aquele. Havia algo errado. "Será que o alvo mudou de avião?" Era melhor esperar, já que não podia fazer nada durante o dia.

Passadas umas duas horas, ouviu o ronco de outro avião. Logo depois o Sêneca bege pousou na pista. Havia mais gente na sede da Buritizal do que ele imaginava. O que será que está acontecendo? Tinha de esperar. Não podia errar. O alvo era um só.

No entanto, passou o dia e o outro avião não foi embora. Havia o risco de continuar ali e ser encontrado. Não podia esperar pelo dia seguinte, até esse pessoal ir embora. E se não fosse? Precisava agir naquela noite. Afinal, o trabalho de eliminar uma era o mesmo de eliminar todos que estivessem dentro da casa. O rio não ia esquecer a explosão.

Trabalho perfeito o daquele armeiro. Foi bom ter trazido o lançador de bombas. Pequeno, mas ousado e destruidor. O difícil foi transportar todo aquele peso. Por sorte o "gato" o levou de camionete até a margem do rio e ele só acompanhou a correnteza, até chegar perto da Buritizal. Parou o bote na margem direita, esvaziou o ar, colocou-o na mochila e entrou pela picada que tinha feito para chegar até a casa do Chuvisco. Estivera ali antes, estudara bem o plano, fizera a picada, escolhera o lugar, enfim, tinha condições de cumprir as ordens recebidas.

Já estava para escurecer e logo teria de encher de ar o bote de borracha. Era só soprar com força, colocar o colete à prova de balas para evitar surpresas, preparar convenientemente o fuzil, o pequeno morteiro e improvisar o remo com as duas tábuas que já tinha separado.

Estava assim planejando o seu trabalho quando viu um vulto do outro lado do rio, que veio certamente da sede e ficou em posição de cuidadosa vigilância justamente no lugar onde planejava chegar na outra margem. "Droga". Eles estavam preparados e tinham colocado vigias. Parecia muito fácil. Devia ter pensado nisso antes. Mas não importa, sabia que o homem era esperto e cuidadoso.

O vulto do outro lado levantou-se de repente, olhou para o lugar onde estava com atenção e ele chegou a sentir receio de ter sido visto. Ficou o mais imóvel que pôde. Tinha certeza de que a vegetação do pomar era bastante espessa e o vulto do outro lado não o veria. Era questão de esperar e ver quem tinha mais paciência.

Calculava que o vulto não ia ficar parado lá. Se estava em trabalho de vigilância, ele teria de se mover, porque a área era grande e coberta de arbustos.

Precisava eliminá-lo, mas se esperasse muito, ia escurecer e não teria visão. Poderia esperar o dia seguinte, mas quanto mais esperasse mais perigoso seria. Tinha de ser nesta noite. Não hesitou. Cuidadosamente, para não fazer movimento na vegetação, abriu a caixa e pegou o rifle que estava desmontado.

Juntou as peças e colocou a luneta de mira. A distância não era grande, uns trezentos metros, não tinha como errar. Já atingira muitos alvos antes a essa distância e com precisão. O vigia tinha de ser imobilizado com um só tiro, bem na testa, para não ter tempo de avisar a sede, ou disparar alguma arma que alertasse os outros. Colocou o silenciador. Carregou a arma e agachou atrás da pedra que estava no meio da moita, que escolhera antes.

Ficou de joelhos, colocou o cotovelo esquerdo sobre o pequeno maciço de pedra, mirou com segurança. O alvo estava parado atrás de um arbusto e com o pescoço levantado como se quisesse vê-lo. Era o momento perfeito. Fixou a linha reta imaginária traçada pela mira até o centro da testa, na junção do nariz com os dois olhos.

Sentia uma excitante felicidade nesses momentos. Encher o pulmão e soltar o ar aos poucos, enquanto puxava vagarosamente o gatilho, o envolvia numa espécie de carma celestial. Sentia-se escolhido por Deus para trazer a vida e a morte. A maioria dos seres humanos só sabia dar a vida. Ele não. Deus o tinha escolhido para dar a morte também.

Estava totalmente concentrado para o momento do tiro, quando foi tomado por uma súbita sensação de perigo. Virou-se imediatamente e levou a primeira pancada na cabeça. Outra pancada com uma espécie de cano de ferro tirou o rifle de suas mãos e ele se viu repentinamente indefeso diante de uma figura misteriosa, vestida como cavaleiro da Idade Média, com uma grande cruz vermelha no peito e um sabre na mão.

– Quem é você? – perguntou, assustado.

Mal pôde perguntar e o sabre já o estava atravessando na altura do estômago, logo abaixo dos coletes à prova de bala, como se o adversário soubesse que estava de coletes protetores. Olhava ainda aquela figura que se parecia com o anjo da morte, sentindo a dor aguda na barriga e quis gritar, quando o outro retirou o sabre, mas a boca se encheu de um líquido quente.

A vista começou a escurecer e ele pôde ver ainda o sabre se aproximando da garganta. Sabia que estava morrendo e não tinha como resistir. Tentou apoiar-se na pedra para se levantar, quando a ponta do sabre entrou em seu pescoço e não sentiu mais nada.

Fora tudo muito rápido. O monge ficou imóvel por alguns minutos, protegido pelo matagal onde o morto estava antes. Imponente, alto, forte, olhou para a sede da Buritizal e depois para o outro lado do rio onde estava o vigia e escondeu-se quietamente até escurecer.

9

Maurício costumava levantar-se às seis horas para correr na pista. Naquela manhã porém o administrador o estava esperando.

— Doutor, ontem à noite, o vigia que eu pus em frente do Chuvisco me avisou pelo rádio portátil que teve a impressão de ver alguma coisa estranha perto da casa. Ele não sabe o que foi, mas não havia vento e num certo momento os arbustos no pomar se mexeram como se alguém estivesse lá.

Ali era a selva amazônica. Os pastos do Chuvisco estavam abandonados e era possível que algum animal, talvez uma anta, tivesse entrado no pomar e alarmado o vigia.

— Ele viu mais alguma coisa?

— Não, não viu. Pode ter sido algum animal. Achei melhor não sair daqui sem falar com o senhor, mas pretendo ir lá confirmar o que houve. Ele me informou ontem mesmo pelo rádio, mas, como não houve mais nada suspeito e ele mantinha contato permanente, achei melhor aguardar o amanhecer.

A capitã também já se tinha levantado e escutava a conversa. Maurício dirigiu-se a ela:

— Capitã, vou com o Jorge ver o que houve. A senhora pode ficar na sede.

— Desculpe, doutor, mas vou com o senhor. Se há alguma coisa diferente, preciso saber o que é. O tenente Alexandre pode ficar aqui.

Não era momento de ficar discutindo com mulheres e Maurício mandou o administrador preparar a voadeira e chamar o vigia para ir junto.

— Já está tudo pronto, doutor. Foi o Gordo que ficou em frente o Chuvisco. O Zeca ficou do lado de baixo da sede e vai ficar aqui tomando conta dos aviões.

— Então vamos.

Entraram na voadeira, que se distanciou do píer em frente a sede, e seguiram para o Chuvisco. No período da seca a corredeira do Chuvisco fica muito perigosa. As águas baixam e a água do rio se estreita em uma garganta que é o único lugar seguro para passar.

O barqueiro era experiente e, quando chegou perto da corredeira, acelerou o motor, e a voadeira subiu, balançando de um lado para o outro até alcançar o largo do rio. Ali ainda havia muitas pedras e outras corredeiras menores se formavam. Usavam colete salva-vida, e capitã segurava as bordas do barco, saboreando uma sensação de turismo de aventura. O barqueiro foi desviando das pedras e das corredeiras mais perigosas, aumentando a velocidade, porque estava indo rio acima com o barco pesado e era preciso aproveitar a velocidade inicial para ajudar o motor.

Logo alcançaram o remanso da curva e apareceu a casa do Chuvisco. Era como um passeio matinal e o sol já tinha subido acima da linha do horizonte. O barco aproximou-se do banco de areia que era usado como ancoradouro. O vigia pulou e o arrastou, até poder amarrá-lo num pau fincado na areia para esse fim.

Todos olhavam com atenção em volta, mas parecia não haver nada estranho. Jorge havia trazido seu cão predileto, que farejava uma onça de longe. O cão pulou do barco, alegre, pensando que fosse para uma caçada. Foi farejando e pulando na areia procurando rastros e cheiros.

Jorge perguntou ao vigia em que lugar ele pensava ter visto o movimento e o vigia indicou o pomar. O cachorro foi na frente e começou a latir, atraído pelo cheiro estranho. Seguiram o latido do cachorro e encontraram o corpo estendido no chão e já cheio de formiga. O cheiro indicava que ele estava morto desde a noite anterior.

A capitã pegou o lenço e tapou o nariz enquanto dizia:

— Foi assassinado — disse ela. — Golpe de instrumento pontudo no peito e na garganta.

Olhou para o vigia.

— Onde estava o senhor, quando viu o movimento?

O vigia indicou o lugar, logo depois do rio, perto de um atravessador de gado que a Fazenda utilizava.

Ela olhou o lugar e comentou como se falasse para si mesma:

— Ele ia matar o vigia. Pelos vestígios do local onde ele se encontra caído, dá para perceber que tinha escolhido essa pedra para apoiar o rifle. Seria um tiro silencioso e fatal, com mira, para não precisar dar dois tiros.

O administrador já estava revirando as armas e a mochila do morto.

— Barbaridade, o que será isso? — perguntou. — Isso é um rifle? Parece um canhão manual. E esse outro negócio aqui?

Maurício aproximou-se e pegou o fuzil. Era uma arma pesada. Como uma pessoa tinha chegado até ali com ela? Virou-se para a capitã e perguntou se ela conhecia aquela arma.

— Esse é o famoso fuzil americano calibre cinqüenta. É a mais poderosa arma de uso portátil. Pode derrubar um avião a jato a mil e quinhentos metros de distância. Essa arma ficou famosa depois de um programa da rede de televisão mostrando que era fácil exportá-la para terroristas de todo o mundo.

Falava com voz trêmula.

— Mas essa outra arma... Meus Deus é um morteiro portátil, calibre sessenta milímetros, de origem francesa, pesa nove quilos e pode alcançar pouco mais de mil metros...

Gaguejava e não conseguia mais falar.

Estava pálida, transtornada. Tentava dizer alguma coisa, mas a voz não saía. Maurício também compreendia que a situação era inesperada. As coisas estavam acontecendo muito depressa. Primeiro o general, depois aquela história de Confraria e ainda encontra a tal capitã na sua fazenda. Agora esse mistério. A capitã estava abalada, trêmula e não conseguia articular as palavras.

"Por que será que ela ficou tão nervosa, de repente?"

Ele gritou para ela, pegou o seu braço e a chacoalhou chamando:

— Capitã, capitã!

Ela parece ter despertado do seu estupor e olhou para ele com olhar apoplético.

— Capitã, é melhor a senhora acordar — disse ele com voz ríspida. Alguém veio aqui para fazer algum estrago e é muita coincidência a senhora ter chegado junto. Não quero acusá-la de nada, mas houve um assassinato aqui e acho que a senhora pode ajudar a esclarecer. Havia dois sujeitos. O que eles queriam aqui? Qual era o plano deles? Roubar avião? Seriam traficantes de droga? Por que então deixaram esse fuzil?

Ela balançava a cabeça de um lado para outro como se também não compreendesse, mas se mostrava bastante assustada.

— A senhora não esclareceu o que veio fazer aqui. Aquelas histórias de ontem não me convenceram. A senhora não veio aqui me visitar ou falar coisas desnecessárias, mas precisava de uma pista segura para pousar, não é? Para quê? Quem a senhora está procurando? Aqui não tem mais ninguém num raio de 200 quilômetros que possa interessar ao seu Exército. Madeireiros, beiradeiros, seringueiros...

Uma idéia estapafúrdia tomou conta do seu cérebro.

— Os seringueiros!... A Associação dos Seringueiros do Água Branca. A senhora veio buscar a irmã Tereza. Sim, a irmã Tereza era um dos agentes do general.

Olhou para o morto e para as armas.

— É isso. Agora eu entendo aquela história de "descredenciamento" que o general falou. O antigo agente de vocês era a irmã Tereza. Ela era a única pessoa na região que podia ajudá-los discretamente porque tinha como obter informações através do seringueiros que andam por centenas de quilômetros por esses rios e florestas. Mas ela deve ter cometido alguma indiscrição e podia correr perigo se continuasse na área. Diga logo se é isso ou não, pois diante do que aconteceu aqui, se ela ainda estiver viva, pode estar correndo perigo.

A capitã gaguejou um "Sim" e Maurício virou-se rapidamente para o administrador.

— *Jorge!* — gritou. — Vamos embora, precisamos correr.

10

A voadeira desceu o rio com velocidade. Maurício deu instruções para voltarem lá, enterrarem o corpo e trazerem todos os objetos para a Buritizal. Os vigias deveriam tomar conta até ele chegar. A camioneta ficava na sede da fazenda e era preciso passá-la para a outra margem. Até ajeitar o rebocador com a balsa e atravessar o rio, gastaram quase uma hora. Maurício estava aflito.

A capitã já havia se recuperado e nem ela nem Maurício queriam fazer comentários. Mandou o administrador dirigir porque ele tinha mais conhecimento dos buracos e desvios da estrada. Pegou a sua pistola 765 e por precaução o Taurus 38 que o acompanhava havia anos.

Não era preciso mandar o administrador correr o mais que podia. Entendendo que alguma coisa grave estava acontecendo com a irmã Tereza, desenvolvia a velocidade que a estrada permitia. Todos estavam tensos e evitavam falar. Maurício tentava pôr ordem nas idéias, mas o tempo agora estava contra ele. A estrada estava boa e a camioneta corria bem.

Eram trinta quilômetros até a ponte do córrego da Água Branca, onde havia uma associação de seringueiros e um posto de saúde. Já fazia seis anos que ela chegara ali e foi conquistando o carinho de toda aquela gente. Era pessoa culta e Maurício gostava de parar na associação, quando ia para Colniza. Falavam de literatura e história das religiões.

Quando Maurício fez o Caminho de Santiago, trouxe-lhe um terço com o crucifixo de Santiago. Era a espada de São Tiago, uma cruz semelhante à dos templários. Confraria, Santiago de Compostela, templários, ele ia perdido em seus pensamentos, quando Jorge entrou numa curva à direita.

No leito antigo da estrada havia uma pequena ponte de madeira quase ao nível da água e a estrada ficava intransitável na época das chuvas. A prefeitura fez um desvio para construir outra ponte, onde os barrancos do riacho eram mais altos.

A altura da ponte até o leito do riacho tinha agora mais de três metros e as enchentes não iam mais impedir o trânsito, mas para isso foi preciso desviar o leito da estrada e fazer aquela curva que saía bem em cima da ponte. O instinto de sobrevivência o alertou:

— Pare, Jorge, pare, pare!

O administrador fez uma freada perigosa, quase em cima da ponte, e assustado, perguntou:

— O senhor viu alguma coisa?

— Não há tempo para explicar — disse Maurício. — Dê marcha à ré. Vamos cruzar o vau do rio, que está seco. Vamos, não perca tempo e nem pergunte mais nada. Falamos depois sobre isso.

A capitã olhou para ele também com cara de espanto e ele achou melhor dar uma informação vaga.

— Essa ponte é muito alta, capitã. Na volta a gente confirma os meus receios.

Logo depois chegaram ao Água Branca e foram direto para a casa da irmã Tereza. Uma senhora que tomava conta da casa disse que ela não estava. Havia saído com dois padres que vieram buscá-la para ajudar um doente que eles tinham confessado.

— Dois padres? — perguntou ele, incrédulo. — Usavam batina, algum uniforme?

— Sim — disse a mulher. — Aqui padre não usa aquelas roupas porque é muito quente. Não sei como eles não morreram de calor.

— Usavam alguma coisa na cabeça, tipo chapéu feito com a mesma roupa da batina? Não adiantava falar "capuz" porque a mulher não ia saber o que era isso.

— Pois é o que estou falando para o senhor. Estavam muito encapotados.

Maurício parecia mais calmo. A capitã estava séria, parecia não entender o que estava acontecendo, mas não queria perguntar nada.

Perguntou de novo:

— Veio mais gente aqui atrás dela?

— Sim, veio a polícia, com quatro soldados. Eu disse a eles que ela tinha saído com dois padres e eles ficaram muito nervosos. Queriam ver a casa da irmã e eu não tive coragem de falar não. Eles estavam muito bravos e armados.

— Vamos entrar na casa. A senhora pode abrir para nós?

A casa era de madeira, simples, uma biblioteca com livros de diversos assuntos e em sua maioria de medicina e saúde. Alguns instrumentos cirúrgicos. Os móveis estavam todos revirados, as gavetas jogadas pelo chão, o colchão rasgado como se quisessem procurar alguma coisa escondida.

— Que horror — disse a mulher, que se benzia a todo momento. — Nunca imaginei que a polícia fosse fazer isso. O que será que eles têm contra a coitada da irmã Tereza? Ela é uma santa. O senhor nem imagina a falta que ela fez quando ficou aqueles dias fora para se tratar.

— Ela ficou algum tempo fora, para tratamento de saúde? — surpreendeu-se Maurício.

— Sim. Voltou pálida, ficou uns tempos sem poder tomar sol e até véu ela usava. É uma pena que o senhor não vem muito aqui.

— Faz tempo isso? Quero dizer, quando foi que ela ficou doente e ficou fora?

— Faz três meses mais ou menos. Não faz muito tempo não. Ela ficou um mês fora. Foi uma tristeza para todos nós.

— Não sabia disso. Passei por aqui há uns quarenta dias e ela tinha saído. Parece que a senhora tinha ido com ela, não sei para onde.

— Pois é. O senhor avisou pelo rádio que estava vindo, mas aí ela teve de levar remédio para o seu Godoy, que mora uns dez quilômetros descendo o rio. Ela não quis ir sozinha e me levou. Mas nem precisava ter ido porque, graças a Deus, o seu Godoy não tinha nada.

Maurício olhou em volta. A casa tinha sala, dois quartos e uma cozinha que servia de copa. Os dois quartos tinham banheiros privativos e era comum a irmã dormir na sala e ceder os quartos aos doentes. Em outro quarto, mais amplo e com cama apropriada, ficava a enfermaria.

Tudo estava revirado, mas todos os pertences da irmã estavam ali. Até mesmo a sua maleta com instrumentos cirúrgicos, remédios, avental, luvas e coisas que ela precisava para fazer partos ou curativos estavam lá, e tudo esparramado, mas estavam lá.

"Estranho. Se ela foi atender doente, porque não levou os equipamentos?"

Em cima da mesa estava o rádio que ela usava para se comunicar com as fazendas vizinhas e até mesmo com o resto do país. Era um rádio Kenwood de freqüência variável e com ele a irmã podia falar para várias regiões.

— A irmã fazia e recebia muitos chamados?

— Olha, às vezes recebia sim. Hoje mesmo estava no rádio e quando entrei ela desligou depressa e me olhou de um jeito esquisito, meio com raiva, como nunca tinha feito antes. Depois disse que era o padreco, mas tive a impressão de que ouvi o rádio dizer Pacheco. Eu não perguntei nada, porque não gosto de saber da vida dos outros.

O terço que ele trouxera de Compostela com a cruz de Santiago estava pendurado na estante. Maurício achou estranho, porque se lembrava do dia em que passara por ali e dera o terço para a irmã. Ela ficou emocionada e disse que era devota de São Tiago, o apóstolo dos trovões, e que nunca se separaria daquele terço, que tinha valor inestimável, porque havia sido trazido por um autêntico peregrino que tinha feito o Caminho no ano do Jubileu e visitado o túmulo do santo.

— Achei também que depois da doença ela ficou de memória fraca. Nem se lembrava mais do terço. Eu tive de lembrá-la de que era presente do senhor.

Maurício pegou o terço e o guardou no bolso. Ela deve ter recebido alguma informação pelo rádio e saiu precipitadamente, sem condições de pegar o terço. Sabia que a irmã não ia mais voltar e tinha esperança de devolvê-lo um dia.

Era uma mulher culta e viu que tinha adquirido livros novos sobre a Amazônia. Havia dois ou três volumes sobre as fortalezas construídas pelos portugueses para proteger as terras que tinham tomado da Espanha durante o período da unificação da coroa na Península Ibérica.

Não sabia desse interesse da irmã pela história dessas fortalezas. Pelo menos, antes só falava de Goethe, Júlio Verne e autores europeus.

— E depois de invadirem a casa, para onde foram os policiais?

— Ah! Não sei. Saíram fazendo poeira na estrada, quase atropelando quem estava na estrada. Já vi polícia ruim, mas igual àqueles é difícil.

A capitã estava atenta e observava todos os objetos da casa com olhar investigativo, mas não disse nada.

Depois de certo tempo, Maurício disse:

— Acho que podemos ir. Pelo que presumo, a irmã está bem, mas acho que ela talvez não volte mais por aqui.

11

O silêncio da volta indicava que nem Maurício nem a capitã queriam falar na frente do administrador e este continuava dirigindo, sem fazer perguntas. Já passava do meio-dia e o sol estava alto e quente.

As pequenas folhas verdes da braquiária nascendo naqueles pastos secos documentavam a fertilidade da região, onde o capim rebrota até na seca, só com o orvalho.

Pararam um pouco antes da ponte que Maurício não quis atravessar e desceram. Cauteloso, olhando com cuidado a mata, o movimento das aves e rastros no chão, aproximou-se e a examinou com cuidado.

Desceu o barranco e de lá debaixo fez sinal para a capitã indicando os cortes em forma de V, nas colunas de madeira que sustentavam a estrutura da madeira que ligava as duas margens. Os cortes foram feitos pouco abaixo do nível da água, para que não fossem notados. Eles iriam desabar de três metros de altura, quando estivessem no meio da ponte.

— Como o senhor adivinhou disso?

— O instinto de perigo. A bem da verdade, já não confio muito nessas pontes de madeira que fazem por aqui.

— Mas o senhor agiu como se tivesse certeza de que podiam ter preparado essa armadilha para nós. Mas como iam saber que nós iríamos passar por aqui hoje?

— Quase não consegui dormir a noite passada. O atentado contra o general, aqueles malucos da Confraria, a sua chegada aqui, as coisas não batiam. Com os acontecimentos de hoje, então, fiquei vendo hipóteses e fantasmas em quase tudo. Esta é a única estrada para sair da Buritizal.

— O senhor acha então que eles criaram essa armadilha...

— Quando vínhamos para cá, estive pensando no que faria para dificultar nossa fuga, se estivesse no lugar deles. Fui pensando nos pontos de risco e, por sorte, no último minuto tive a percepção do perigo que podia ser esta ponte.

A capitã examinou a ponte pensativamente, olhou para ele, quis falar alguma coisa, mas ficou calada.

Voltaram para a camioneta e ele abriu a porta para ela. Não tinha até então reparado naquela mulher que para ele era simplesmente uma militar trazendo-lhe problemas. E era assim que devia continuar.

Chegaram à margem do rio. O rebocador estava lá esperando por eles.

Passava das duas horas da tarde e o almoço estava pronto. Não resistiu ao calor e a empregada trouxe uma latinha de cerveja e um copo gelado que ela mantinha sempre na geladeira. Com estudados gestos, abriu a latinha e derramou a cerveja. Uma espuma branca e voluptuosa tomou conta do copo e foi transformando-se num líquido amarelo quase dourado, até que o copo ficou dividido em duas cores harmoniosas.

— Sabe capitã, o primeiro gole é o melhor. Quanto mais longo, mais saboroso.

Ela sorriu, mas não estava disposta a estender a conversa. O dia estava quente e ela não conseguira ainda se recuperar dos acontecimentos. Aquele assassinato na outra margem, logo no dia em que chegara, aquela história da ponte cortada para que eles caíssem, o desaparecimento da irmã Tereza. Onde será que isso ia parar?

Almoçaram e a capitã foi sentar-se, à sombra, do lado de fora da casa, para apreciar a brisa e a paisagem, enquanto ele foi esticar-se na rede.

Gostava daquele momento. "Era a hora da preguiça", dizia. Balançando a rede mansamente, ficou observando o horizonte separado entre o verde e o azul e deixou o pensamento andar à solta.

Deve ter cochilado uns vinte minutos. Olhou no relógio. Uma nuvem escondia o sol e o tempo estava mais agradável. Procurou pela capitã e ela estava em pé, quase imóvel, olhando as águas incansáveis do rio.

— Bonita paisagem, não é, capitã?

— Sim, muito bonito, tudo isso. É uma natureza rica, forte e ao mesmo tempo frágil. É assim em todo o Brasil. Somos ricos, fortes e frágeis.

— A senhora virou filósofa. Mas é preciso pensar na frente. Veja essas águas. Elas só vão para a frente. Nunca voltam, nem olham para trás.

Ela sorriu e devolveu:

— Agora é o senhor que está filosofando.

Maurício pediu um café e sugeriu que depois fossem andar na pista.

Havia alguns pontos sem ligação nessa história e era preciso amarrá-los.

— A situação está exigindo um exercício de lógica. Temos alguns fatos que, ao que parece, estão todos ligados pelos mesmos motivos. O atentado contra o general, a minha rejeição na Confraria, essa morte no Chuvisco e o caso da irmã Tereza, que foi levada por dois padres antes da chegada de alguns policiais, que também estavam a sua procura.

— Será que foi a Confraria que matou o homem ali no Chuvisco e também levou a irmã Tereza? O senhor não acha que os policiais eram falsos?

— A senhora chegou às mesmas conclusões que eu.

— Nesse caso, então, o assassino do Chuvisco sabia que eu vinha até aqui. Mas como ele poderia saber, se eu não contei a ninguém que vinha para cá?

— Não. Não acredito que ele soubesse que a senhora estava aqui. Acho que foi coincidência. O mais lógico é que eles queriam se livrar de mim. Mas que perigo posso representar para eles? Mal entrei nesse assunto.

— Mas, e a Confraria? Como será que sabiam desse assassino e da irmã Tereza? Será que, desde o momento em que o senhor foi contatado para entrar para essa organização, eles começaram a protegê-lo aqui na região? Quanto ao senhor, até que isso faz alguma lógica? Mas e a irmã? Como sabiam dela?

Maurício pensou: "E como essa capitã tem tanta certeza de que a Confraria não sabia a respeito da irmã Tereza? O general devia informá-la de tudo e talvez só a ela."

— O problema, senhora capitã, é que essa organização de assassinos sabia que eu havia sido, vamos dizer assim, agenciado pelo general e também sabia a respeito da irmã Tereza, e tentaram liquidar-nos. Nesse caso, mais gente está em perigo.

A capitã comentou apreensiva:

— Nossos contatos correm perigo.

— O problema é mais sério. Acredito que essa organização só poderia saber a meu respeito se tiver espiões entre vocês. E, em reciprocidade, essa confraria só poderia saber a respeito desse assassino, se também tiver algum espião entre eles. Houve muita precisão na morte do sujeito lá no Chuvisco. Ou foi muita coincidência, ou ele estava sendo seguido.

Pensou um pouco e depois disse:

— Vou aumentar a segurança esta noite, mas amanhã a senhora deve voltar para Brasília. Eu tenho algumas coisas para resolver aqui e depois vou para lá também. Os fatos estão se precipitando.

12

Cuiabá é ainda considerada a porta de entrada da Floresta Amazônica. Goza do privilégio de estar cercada por três dos maiores ecossistemas do mundo: a Amazônia, o Cerrado e o Pantanal, e ser o centro geodésico da América do Sul.

Foi fundada em 1719, depois da descoberta de ouro às margens do rio Coxipó, e depois surgiram as ricas minas da Prainha e da Colina do Rosário, sobre a qual foi construída a igreja do Rosário, no coração de Cuiabá. Ainda hoje há quem defenda a exploração do ouro que existe embaixo da igreja.

O primeiro nome da cidade foi Arraial da Forquilha. Duas histórias explicam a mudança do nome para Cuiabá. Numa delas, contam que um português estava lavando uma cuia de garimpar ouro no rio e ela escapou das suas mãos, sendo levada pela correnteza. O português teria dito "cuia vá", dando origem ao nome da cidade.

Seria fenômeno semelhante ao que originou o nome da cidade de Bombaim, na Índia. Consta que quando os portugueses chegaram ao local teriam dito "boa baía", expressão que os locais entenderam como Bombain, nome que permaneceu, até recentemente quando foi mudado para Mumbai.

Ao chegar ao continente sul-americano, o europeu teve de mudar seus hábitos de alimentação porque o trigo não se deu bem aqui. Os portugueses aprenderam com os índios as vantagens da mandioca, um arbusto cuja raiz é o alimento natural da região e que deu origem a uma das mais bonitas lendas da Amazônia.

Conta essa lenda que um tuxaua, o chefe da aldeia, tinha uma filha muito bonita que um dia ficou grávida misteriosamente. Feliz porque ia ter um filho, ela foi correndo contar ao pai. O tuxaua não aceitou a situação e expulsou a filha, que foi viver sozinha numa cabana distante da aldeia, onde era visitada por amigos e parentes que lhe levavam alimentos e carinho.

Um dia nasceu uma linda menina de cor branca, à qual a mãe deu o nome de Maniva. A notícia se espalhou por todas as aldeias e os índios começaram a visitar a menina Maniva. Até o avô, que antes havia expulsado a filha, não resistiu e se encantou com a neta.

Quis a sorte porém que, ao completar três anos, a menina morresse. A mãe enterrou-a perto da cabana e dias depois começou a nascer uma planta cuja raiz era tão branca como a menina. Deram então a essa planta o nome de manioca, ou seja, a casa de Mani.

A lenda da manioca, palavra que passou a ser mandioca, traz o simbolismo místico de todas as religiões, pois representa a pureza do nascimento e a ressurreição, que renova a vida em seu elemento imaculado, o branco. Desde então, as tribos passaram a se alimentar com a alma branca de Mani.

Descobriram que da mandioca se faz a farinha, que depois comiam com o peixe ou com a caça. Faziam o cauim, uma bebida alcoólica, e também podiam cozinhar ou assar. É pobre em gorduras, proteínas e vitaminas, mas rica em carboidrato.

Essa é a outra versão para a origem da palavra Cuiabá, que, na linguagem dos índios, significa homem que faz farinha. Todo habitante da margem do rio sabia fazer farinha da raiz da mandioca.

Cuiabá formou-se na época da febre do ouro e, quando este acabou, a cidade ficou quase desabitada e também isolada do restante do país. Aproximou-se então dos países vizinhos, principalmente Bolívia e Paraguai, ganhando sotaque e costumes castelhanos. As lendas e histórias tornam a cidade diferente e fascinante.

Dizem que a imagem do Senhor Bom Jesus, da catedral metropolitana, tinha sido esculpida em madeira na cidade de Sorocaba em São Paulo, mas foi abandonada numa ilha fluvial do Pantanal. Um viajante a encontrou, mas não conseguiu levá-la de volta para São Paulo, porque a imagem ficou extremamente pesada. Resolveu então deixá-la em Cuiabá e, de repente, a imagem ficou leve novamente, como se quisesse ficar ali protegendo o povo cuiabano.

Bem em frente da catedral, nos primeiros degraus da calçada onde começa a escadaria que dá acesso à nave da igreja, um homem de calça jeans e camisa bege de manga comprida fez sinal a um táxi que passava. O motorista parou e o passageiro entrou no carro.

— Bom dia — disse o motorista — O senhor vai para onde?

— Bom dia — respondeu o passageiro. — Por favor, me leve até a Secretaria da Cultura, preciso fazer uma pesquisa sobre Lourenço Marques.

— Entendido. O senhor marcou alguma entrevista?

— Sim. Com o doutor Oswaldo Cruz, às onze horas.

Parecendo satisfeito, o motorista rodeou a igreja e tomou a direção de Santo Antonio do Leverger, porto fluvial e aéreo a trinta quilômetros de Cuiabá.

Seis homens, com idade que variava entre 30 e 50 anos, já estavam no barco de aluguel, para turistas, que iam pescar perto do rio São Lourenço. O barco estava preparado com caniços e todos os apetrechos para pesca.

O táxi parou perto do barco e o passageiro desceu. O motorista estacionou num ponto de táxis e entregou as chaves para outro motorista que o estava aguardando. Em seguida entrou noutra lancha, onde mais dois homens olhavam ao redor como se estivessem esperando por algum perigo. Com o motorista, passaram a ser três os que assumiam essa postura de vigilância. Em seguida o barco saiu e a lancha começou discretamente a acompanhá-lo.

O sol foi se pondo como uma bola de fogo de onde saía todo o calor da tarde. Os passageiros estavam sentados em torno da mesa que ficava no centro do barco, mas uma observação mais atenta indicava que se tratava de grupo heterogêneo. Havia alguns de cor mais clara e outros mais escuros, uns de origem européia e outros que pareciam ter nascido na Bolívia, ou Peru ou mesmo em Mato Grosso.

A região de Mato Grosso está hoje ocupada de pessoas de diversas origens. Além da população local, que se confunde um pouco com o tipo andino, chegaram gaúchos, paulistas, paranaenses e catarinenses, motivados pelo avanço para o Oeste, iniciado na era Juscelino, e aparentemente o grupo escolheu a cidade de Cuiabá, para não chamar atenção sobre as diferenças dos tipos que ali estavam.

Sentados à volta daquela mesa, conversando distraídos e com o maço de baralho no centro, davam a impressão de serem um grupo de pescadores em férias, enquanto o barco descia lentamente as águas do rio Cuiabá.

O passageiro que tinha chegado por último aparentava 50 anos, tinha a cor mais clara, rosto arredondado, com as bochechas meio largas. Levantou-se para pegar no isopor uma latinha de refrigerante e voltou a sentar-se.

Conversavam animadamente e riam como se nada de importante os tivesse levado até ali. O passageiro que viera no táxi, e que parecia ser o chefe, pegou o maço de cartas, embaralhou-as com mestria e, enquanto as distribuía, disse:

— Nossos planos não tiveram o êxito esperado. Eliminamos o cabeça, mas deixamos escapar uma pessoa perigosa, inteligente e que hoje coordena os planos do inimigo. Tudo havia sido meticulosamente planejado. Houve exercícios práticos com estudos de velocidade, rapidez, impacto no caminhão e a fuga do motorista. Infelizmente, não contávamos com a intuição de perigo e a rapidez dos seus reflexos. Ela precisa ser eliminada com urgência enquanto estão ainda abalados com a falta do seu chefe.

Esperou algum comentário, mas como o grupo continuasse em silêncio, continuou com voz grave:

— Há outro problema. E isso pode ter sido falha de nossos serviços de informações. Quando começamos a intensificar nossas ações sobre a Amazônia, a área militar passou a desconfiar. Formaram um grupo de pessoas experientes, que começou a receber e a transmitir informações sigilosas a respeito da Amazônia. Alguns dos nossos companheiros passaram a ser observados, assim como algumas de nossas iniciativas mereceram atenção que não esperávamos.

Pegou uma carta, ajeitou os óculos e continuou.

— Quem organizou esse grupo para nos espionar foi o general-chefe da Abin. Apesar dos riscos, tivemos de eliminá-lo, porque ele vinha agenciando pessoas para substituir outras das quais já estávamos desconfiando. Um desses novos recrutas é um funcionário da Receita Federal, um certo Maurício. É preparado, inteligente e esportista. Tem uma fazenda na margem esquerda do rio Roosevelt, perto do córrego Panelas.

Deixou o silêncio tomar conta do ambiente e ficou olhando para as cartas que tinha na mão. Alguém perguntou:

— Então esse general da Abin já tinha uma rede de espiões na Amazônia para tentar nos descobrir?

— Sabíamos que os órgãos de informação das Forças Armadas tinham preocupações a respeito, mas parece que esse general não passava adiante as informações que tinha. Parece que ele não confiava nem mesmo em seus superiores.

— E esse sujeito da Receita é alguma ameaça?

— Ele conhece bem a Amazônia. Não temos certeza ainda sobre o nível de informações que o general lhe passou. No entanto, não temos dúvida de que tudo o que o general sabia ele passou para a tal capitã. Os dois precisam ser eliminados.

Deu um descanso, pegou outra carta do baralho, tomou água e continuou falando como se estivesse prestando atenção no jogo:

— Ali perto da fazenda desse Maurício, havia uma agente do general. Uma freira que estava há anos na região. Como ela passou a ser um desses informantes do general, não sabemos. Mas ela fundou uma associação de seringueiros e passou a ser chamada para vários locais para atender doentes e com isso subia e descia aqueles rios, vendo e ouvindo.

Um dos participantes tomou um pouco de coca-cola, pegou uma carta e disse:

— Muito ardiloso esse general. Mas você disse que havia uma freira. Não existe mais?

Houve um pequeno momento de tensão no ambiente. Mexer com freira não era bom. O povo latino ou é religioso ou é supersticioso, e, quanto mais simples a população, mais delicado é esse assunto.

O chefe retomou o discurso com prudência.

— Nós já sabíamos que o general estava formando essa rede de espionagem. Quando desconfiávamos de alguém, acontecia um acidente de carro ou mordida de cobra, porque não podemos correr riscos. No caso dessa irmã, achamos que podíamos tirar proveito da situação.

Quem observasse o grupo jogando baralho, podia notar que não havia coerência nas jogadas. Agora, por exemplo, alguém pegou as cartas da mesa sem ser a sua vez.

— Há questão de alguns meses a irmã Tereza foi substituída por pessoa de nossa confiança. Uma antiga agente da KGB. Depois da queda do comunismo, o mercado de agentes ficou inflacionado e formamos equipes especializadas. Estamos proclamando a independência de um país e isso não acontece sem ações mais cirúrgicas. Num dia em que a freira foi atender um doente, ela foi substituída. Sua maneira de falar, seus hábitos, um curso de enfermagem e uma operação plástica cuidaram para que ninguém desconfiasse.

O chefe olhou para o grupo, tomou um pouco do guaraná que tinha pegado no isopor e continuou a falar com frieza:

— Nossa agente passou a ter alguma cobertura. Por exemplo, sempre que alguém, com um senso crítico melhor, fosse passar por lá, como por exemplo esse Maurício, ela era informada e então saía para atender algum doente e evitava encontrar-se com pessoas que podiam estranhá-la.

Seria demonstração de fraqueza e corria o risco de ser malvisto pela organização, perguntar o que aconteceu com a freira. Mas o chefe compreendeu que eles estavam curiosos.

— A irmã Tereza tem resistido, mas já deu algumas informações úteis. É cedo ainda para eliminá-la.

Certa estranheza no seu tom de voz manteve o grupo em silêncio.

— Recentemente soubemos que o general ia substituí-la. Não sabemos o que levou a promover essa substituição, mas o fato é que a nossa agente precisava sair de lá. Ela já fizera um bom trabalho e estava designada para outra missão.

O barco já estava bem afastado de Santo Antonio do Leverger e não havia risco de alguém desconfiar do grupo, que não precisava mais fingir que estava jogando. Alguns ainda tinham as cartas nas mãos, mas olhavam o chefe com atenção.

— Mandamos quatro dos nossos melhores profissionais com uniforme da Polícia Militar para buscá-la, mas, quando lá chegaram, souberam que dois padres a tinham levado.

— Dois padres? Naquele mato? — perguntou um deles.

— De fato, coisas estranhas aconteceram. O agente que devia ter eliminado esse Maurício deve ter também falhado na missão, porque ele e a capitã estiveram na casa da freira depois dos nossos agentes. Temos acompanhado todos os passos dessa capitã e tínhamos notícia de que ela ia fazer um vôo num avião da FAB com prefixos de avião particular, mas não imaginávamos que fosse procurar esse doutor Maurício.

Todos estavam atentos àquele relato. Ultimamente vinham se reunindo em vários lugares da Amazônia, ora como um grupo de pescadores, ora em reuniões empresariais, sempre dissimulando. Havia grupos organizados para outros fins, como contrabando de armas, espionagem, contra-espionagem, "eliminação" de obstáculos, e até então tudo ia bem.

Agora, no entanto, começaram a surgir reações.

— Receio que nossa estratégia tenha de sofrer alguma alteração. O apoio que recebemos de organizações do exterior foi tão grande que penso hoje que subestimamos o adversário. Será mesmo que o general era o "cabeça"? Por outro lado, a reação do governo foi muito estudada.

Olhou para as pastagens ainda secas que se estendiam além da margem do rio Cuiabá.

— Já passei para o Comando-Geral que a reação do governo me preocupou. A morte do general-chefe da Abin não mereceu destaque maior do que a de um acidente de carro. Nossa idéia era que o governo reagisse com a acusação de que grupos estrangeiros interessados na Amazônia tinham matado o general, porque ele estava montando a estratégia de defesa da área. Isso não aconteceu, mas por que será que isso não aconteceu? Precisamos de resposta.

Não havia motivo para pressa e falava com intervalos de tempo para que o grupo pensasse.

— Os senhores poderão pensar que estamos entrando no campo da fantasia. Mas vejam isso.

Mostrou um pequeno desenho, pouco maior que uma carta de baralho, onde se via um cavaleiro montado num cavalo branco, empunhando a espada e vestido com capa branca na qual se via a cruz dos Cavaleiros da Ordem do Templo, os temidos templários da Idade Média. A cruz estava representada no desenho em vermelho, com quatro braços de igual tamanho saindo do centro e aumentando para cada lado em curva. Embaixo do cavaleiro estava escrito OTAM.

Ele esperou que o folheto passasse de mão em mão e o último o entregasse de volta.

— O Comando-Geral nos enviou este cartão com instruções para confirmar a existência de um grupo com essas características. Este desenho foi encontrado no gabinete do general, logo depois do atentado. Pode até ter sido feito por ele mesmo e estivesse articulando a criação de grupos de resistência à proclamação da independência.

Era uma preocupação nova e um deles perguntou:

— Seria possível admitir que criaram uma sociedade secreta e deram-lhe a sigla de OTAM para demonstrar seu desagrado ao fato de a Otan, a Organização do Atlântico Norte, formada pela Europa e pelos Estados Unidos, incluir em seus estatutos a hipótese de invasão da Amazônia?

O chefe respondeu:

— OTAM pode significar Ordem dos Templários da Amazônia. É mais um obstáculo que temos de identificar e eliminar. Se for o que pensamos, pode ser um grupo perigoso com autonomia para agir e isso explica alguns reveses que já sofremos.

Um deles observou:

— Voltando ao assunto da freira, pelo que entendi, nós seqüestramos a verdadeira freira e a substituímos por uma agente nossa. No entanto, essa nossa agente foi levada, por engano, por dois padres que aparentemente pertencem a essa confraria. É isso?

— O senhor entendeu bem. A situação ficou complicada. Quando substituímos a irmã Tereza, esse doutor Maurício não tinha sido recrutado. Tivemos a confirmação disso há poucos dias e deduzimos que o general ia retirá-la. Procuramos agir com rapidez, mas não chegamos a tempo.

— Pode-se concluir então que houve dupla falha na ação. A nossa agente está em mãos da Abin e o novo agente da Abin está vivo e agora mais alerta.

— Diria que eles não sabem que a verdadeira irmã Tereza está em nosso poder. Por outro lado, a nossa agente está muito bem. Sabemos da sua localização e será fácil resgatá-la. Talvez ela mesma encontre um jeito de se livrar, porque é habilidosa. Quanto a esse Maurício, já traçamos um plano e acredito que, em breve, ele e outros obstáculos serão eliminados.

O grupo ficou em silêncio, enquanto o barco foi descendo o rio Cuiabá até alcançar o rio São Lourenço, no qual entrou. Pouco depois chegaram a um pesqueiro. A casa de madeira, porém alta, de dois andares, sobre o barranco, oferecia uma bonita paisagem para quem subia ou descia o rio. A lancha vinha mais atrás e esperou que os tripulantes e passageiros descessem e subissem para a casa. Atracou meio afastada e dois tripulantes desceram bem armados e se postaram em lugares estratégicos. O terceiro ficou dentro dela.

13

Conta a história que o Capitólio de Roma foi salvo pelo barulho dos gansos quando o inimigo chegou durante a noite.

Os dois vultos se arrastavam com cuidado, na mata que rodeava o pesqueiro. Talvez não existissem gansos ao redor da casa, mas podia haver cães, e uma casa de pescaria normalmente tem frangos, galinhas, patos e até mesmo um chiqueiro com porcos. Nem só de peixe vive o pescador.

Usavam óculos para enxergar à noite e moviam-se ao estilo dos índios americanos como descreveu Karl May nas aventuras de Old Shatterhand e o chefe apache Winnetou. Silenciosamente, sem pressa, tateando o terreno e movendo-se lentamente, paravam de vez em quando para estudar o lugar e localizar o alvo. Era a época da seca e havia muitos gravetos quebradiços. A quebra de um graveto seco faz ruído que chama a atenção de qualquer vigilante.

A cem metros da lancha, um dos tripulantes olhava ao redor com muita atenção. Mantinha a arma na cintura e se comunicava com o seu colega por meio de walk-talk. Evitava a claridade das lâmpadas externas, pois preferia ficar no escuro, onde era menos notado e ainda mantinha a vista acostumada com a escuridão. A lua minguante não conseguia se livrar das nuvens e as poucas estrelas estavam sem brilho para clarear.

Os dois vultos pararam. Avistaram o segundo vigilante, no outro lado da casa, embaixo de uma árvore, também afastado da claridade. Um deles recuou com lentidão alguns metros, fez um pequeno desvio e foi-se arrastando em sua direção. Tinham de ficar afastados da casa, por causa de possíveis animais de guarda e porque o reflexo da luz em suas lentes de visão noturna poderia denunciá-los.

Dentro da casa, havia uma mesa posta para o jantar. Pouco além do pomar, morava o caseiro com sua mulher e eles já tinham preparado as acomodações e o jantar, com frango, peixe, ovos fritos, como sempre fizeram para os pescadores que alugavam a casa. Havia cerveja e outras bebidas, mas nenhum deles quis outra coisa se não refrigerantes e água gelada. Ainda fazia calor e o vento estava calmo.

Já estavam com roupas mais leves e logo jantaram. O caseiro e a mulher acabaram de arrumar a casa, lavando os pratos e deixando a cozinha limpa. A casa estava toda em ordem e o caseiro disse que ia preparar as varas de pescar para saírem à noite, mas aquele que parecia ser o chefe, dispensou-o.

— Não há necessidade. Hoje todos nós estamos cansados. Vamos jogar um pouco de baralho e logo vamos dormir. Vocês podem ir dormir também porque sairemos amanhã cedo.

Não era comum as pessoas chegarem no primeiro dia e o dispensarem. Normalmente ficam até tarde, tocando violão, cantando, comendo e bebendo. Mas ele também estava cansado e preferiu ir dormir sem insistir.

— Os senhores não precisam de mais nada? Se precisarem de nós, é só chamar. Moramos logo depois do pomar.

— Está tudo bem. Se precisar, a gente chama. Boa noite e obrigado.

— Boa noite, doutor.

O chefe esperou que ele saísse e observou quando ele atravessou o pomar em direção à sua casa. Depois dirigiu-se aos outros e com voz firme disse:

— Na verdade, nossas preocupações não são apenas aquelas que já discutimos na vinda. Temos outro assunto que considero mais sério e temos de resolvê-lo hoje.

Os outros estranharam essa comunicação feita assim de maneira abrupta e continuaram em seus lugares, aguardando a informação. O chefe, então, olhando firme para eles, declarou:

— Existe um traidor entre nós.

Estavam preparados para muita coisa. Mas a palavra "traição" caiu como uma bomba. Olharam perplexos para o chefe.

— Como os senhores sabem, decisões como o acidente contra o general e a capitã, a eliminação desse Maurício e o seqüestro da irmã Teresa, sempre são tomadas em um número de três pessoas, ou seja, eu e mais dois. No caso do general e da capitã, não houve problema. Entretanto, no caso da irmã e o doutor Maurício, essa tal de Confraria foi informada por alguém.

Houve um movimento estranho e perturbador no meio do grupo. A traição era punida com a morte no momento da acusação e, com certeza, alguém seria sentenciado ali, naquele instante. Para aquele grupo não funcionava o princípio da justiça humana pelo qual era preferível um culpado solto a um inocente condenado, porque não podiam correr o risco de um culpado solto.

— Adianto o seguinte. No caso da irmã Teresa, eu, o agente Loro e o agente Piauí, tomamos a decisão e os outros não sabiam dela. No caso do doutor Maurício, os agentes Esquilo e Jaú, também sabiam. Presumo que bastava um deles avisar o inimigo para ele proteger os dois ao mesmo tempo. Sem dúvida que, sabendo eles que a irmã Tereza ou o doutor Maurício seria eliminado, imediatamente o inimigo protegeria esses seus dois membros.

E antes que algum deles fizesse alguma conjetura, ele acrescentou:

— Portanto, excluídos os agentes Loro e Piauí, existem quatro pessoas suspeitas aqui, já que eu não cometi essa traição.

Todos continuaram em silêncio. Havia dois membros que participaram da decisão da morte do general e que portanto estavam livres de suspeitas.

Quatro pessoas suspeitas, em um grupo de seis, era muito. O chefe não ia fazer uma acusação dessas se não tivesse informações completas.

O vulto que se afastara viu o caseiro atravessar o pomar e dirigir-se para a sua casa. Ele chamou os cachorros, que o seguiram latindo alegres, pois sabiam que quando chegavam pescadores sempre sobrava algum resto de carne ou pedaços de frango. Os cães estavam distraídos e faziam barulho. Não podia perder a oportunidade e o vulto entrou no meio do pomar, aproveitando a escuridão. As árvores frutíferas lhe davam proteção e ele notou que o vigia ficou desatento a esse setor, enganado pelo barulho que o caseiro e os cães estavam fazendo.

Estava a uns trinta metros do vigia. Colada ao seu uniforme de campanha estava uma carabina fina, que ele pegou cuidadosamente porque já estava armada e preparada para o tiro. O vigia recebeu a bala na nuca e ficou ainda um pouco encostado na árvore. Depois começou a descer vagarosamente, enquanto o walk-talk o chamava.

O vulto que ficara para trás viu quando o caseiro saiu e entrou no pomar. Não teve dúvidas de que o seu companheiro ia aproveitar aquele momento e também pegou a sua carabina. Apontou e esperou. Quando viu que o vigia do outro lado começava a escorregar pelo tronco da árvore, também disparou.

Virou então a carabina para a lancha e aguardou. O terceiro vigia começou a estranhar que seus colegas não respondiam aos seus chamados e saiu de dentro da lancha. Assim que apareceu, uma bala o atingiu e ele escorregou de volta para a cabine.

O vulto encostou a carabina no tronco de um árvore e pegou do bolso uma pequena caixa que emitia sinais luminosos, como um pisca-pisca.

Dentro da casa, a seção continuava.

O chefe então fez uma revelação:

— Assim que desconfiamos de que essa organização era um tipo de polícia paralela que poderia prejudicar os nossos interesses na Amazônia, procuramos saber quem a estava financiando e que organização era essa. A descoberta foi surpreendente. Acreditem ou não, parece que existe mesmo uma Confraria que tem disciplina militar e organização evangélica. Há um mestre, que estaria na condição de Cristo, ou do papa, os doze apóstolos e os discípulos. Essa ordem tem semelhança com a Ordem dos Templários, na Idade Média, e se julga o direito de roubar e matar para proteger o seu Graal, que é a Amazônia.

— Mas quem sustenta essa gente? — perguntou um deles, embora desnecessariamente, porque as respostas já vinham sendo dadas, mesmo sem perguntas.

— Eles se alimentam do tráfico de drogas. Os senhores vão me perguntar: são traficantes? Não, não são.

Notou a curiosidade do grupo.

— E isso aumenta os riscos para os nossos planos. Não se sabe como, mas eles são informados do lugar onde é feita a entrega da droga e aparecem no momento do pagamento. Então chegam de surpresa, prendem e amarram os traficantes, queimam a droga e avisam a polícia. Com esse dinheiro, compram armas, veículos, aviões, compram pessoas.

Deu tempo para os demais pensarem e, como ninguém perguntou nada, continuou:

— Poderíamos denunciar essa organização e tentar pôr o governo contra ela. Não seria fácil. O assunto foi discutido e chegamos à conclusão de que os Estados Unidos, a Europa e o governo brasileiro, enfim, todos aqueles órgãos que combatem o tráfico de droga, apoiariam a Confraria. Com isso, ela se fortaleceria e os nossos planos poderiam ser desvendados. É um risco. Precisamos aperfeiçoar as nossas iniciativas e destruir os cabeças, com urgência.

Fez uma pequena pausa, tomou um pouco de água e continuou:

— Essa é a questão. Precisamos aperfeiçoar as nossas iniciativas. Subestimamos o inimigo. Uma organização militar não deixa nunca de pensar na informação e a informação militar se busca com a espionagem.

E mais sério:

— Infelizmente chegamos à conclusão de que essa Confraria tem um espião que atua entre nós e está sentado nesta mesa.

Todos se mexeram inquietos diante da situação inesperada e não esconderam a ansiedade:

— Traidor, aqui dentro do grupo?

O chefe ficou um instante em silêncio, como se fosse dar a sentença final e continuou a explicação:

— Há questão de alguns meses a Confraria teve conhecimento de uma grande transação e preparou uma armadilha para o momento da entrega da mercadoria. Ficaram com o dinheiro e destruíram a carga. Mas prenderam também vários integrantes que entregaram à polícia da Colômbia. Só não entregaram o chefe desse grupo de traficantes que era pessoa importante no tráfico de seu país. Não tínhamos explicação dos motivos pelos quais ele foi solto e voltou às suas atividades, enquanto os demais foram presos. Acontece que tínhamos suspeitas de vazamento de informações entre nós e começamos a fazer ilações. Viemos a descobrir que esse traficante é o irmão mais novo de um dos nossos.

E sem dar tempo para novas manifestações:

— O agente Esquilo é colombiano e irmão do traficante solto. Sem dúvida alguma, a traição foi o preço da liberdade do irmão.

Nem bem acabou de dizer isso e os outros apontaram suas armas para o colombiano.

O chefe disse friamente:

— A sentença para a traição sempre foi a pena de morte e o julgamento já está feito. A execução será fora da casa e o corpo jogado no rio.

Naquele momento o vulto apertou o botão da parte inferior da pequena caixa que emitia sinais luminosos e no mesmo instante uma pequena explosão rompeu o zíper da bolsa, que o colombiano havia deixado perto da mesa, e gases começaram a sair. O gás espalhou-se imediatamente e eles não tiveram tempo de se proteger. Em poucos segundos estavam dormindo.

Os cachorros começaram a latir e o caseiro veio correndo pensando que o botijão de gás havia explodido.

Os dois vultos puseram máscaras, entraram na casa, revistaram malas e roupas, pegaram tudo o que puderam, inclusive documentos, e saíram carregando o colombiano, chamado de Esquilo. O caseiro parou assustado e a mulher começou a chorar desesperada achando que ia morrer. Um dos vultos disse apenas:

— Vai haver outra explosão e essa casa vai queimar. Mas não haverá perigo para vocês, se ficarem longe. Agora, saiam correndo daqui.

Tiraram o vigilante que estava caído na cabine da lancha. A chave estava no contato. Deram partida e afastaram-se para longe do pesqueiro. Pouco depois a casa explodiu. O fogo embelezou as águas escuras do rio e, se alguém estivesse vendo aquilo, podia pensar que o sol se pôs duas vezes naquela tarde.

LIVRO II

REPÚBLICA DA AMAZÔNIA

"*Se os Estados Unidos querem internacionalizar a Amazônia, pelo risco de deixá-la nas mãos de brasileiros, internacionalizemos os arsenais dos EUA. Até porque eles já demonstraram que são capazes de usar essas armas, provocando uma destruição milhares de vezes mais do que as lamentáveis queimadas feitas nas florestas do Brasil.*

Como humanista, aceito defender a internacionalização do mundo. Mas, enquanto o mundo me tratar como brasileiro, lutarei para que a Amazônia seja nossa. Só nossa."

CRISTOVAM BUARQUE
EX-REITOR DA UNIVERSIDADE DE BRASÍLIA,
GOVERNADOR DO DISTRITO FEDERAL NO PERÍODO
1995-98 E MINISTRO DA EDUCAÇÃO EM 2003

14

O patrulheiro Rogério estava deitado em sua cama no alojamento do Quartel do Comando-Geral da Polícia Militar, tentando ler o *The murder book*, de Jonathan Kellerman, que o professor de inglês havia recomendado. Seria uma boa maneira de ter vocabulário atualizado, disse o professor. Realmente, pensou Rogério, que a todo momento consultava o dicionário: "Por que tanta palavra diferente?"

"Afinal, para que tanta perda de tempo estudando línguas? O tempo que o cérebro humano já perdeu e ainda perde só para estudar latim, francês, grego, árabe, alemão e tantas outras, se fosse empregado para pesquisar a cura das doenças, acho que muitas delas já não existiriam mais."

Anotava o significado da palavra nos espaços laterais das páginas, mas a cada consulta punha o lápis na boca e ficava pensativo. Não conseguia se concentrar no inglês e não via mais por que se preocupar com essa língua que não vai mais reprová-lo nos exames do Itamaraty. Era demais. Não conseguira entrar para o Itamaraty porque fora reprovado em inglês e agora o inglês não é matéria eliminatória.

Pensava na capitã. Agora sabia o nome dela. Era Fernanda. Como foi bom ter ido ao Parque da Cidade naquele dia. Era uma manhã clara com o sol subindo num fundo azul. Fez alongamento durante uns vinte minutos, começou a andar, acelerou e em seguida a corridinha de sempre. Era metódico no esporte. A corrida era importante porque muitas vezes tinha de sair da viatura e correr atrás dos trombadinhas ou outros assaltantes. E como esses bandidos sabiam correr!

Aquele coroa também corria bem. Vinha mantendo a média de seis minutos por quilômetro e Rogério queria ver se ali, quando começava a subida para completar a volta dos dez quilômetros, ele ia manter o ritmo.

"Coisa estranha", pensou. "Logo na subida ele acelera? Não vou entrar nessa, prefiro a manutenção rotineira."

Um sujeito mulato, forte, também aumentou o ritmo. Rogério lembrou então que aquele moreno vinha mantendo distância de uns vinte metros do outro. Praticamente os três mantinham o mesmo ritmo, mas agora eles estavam se distanciando.

"Será que o moreno é algum segurança?"

O coroa aumentou a velocidade e o moreno também. Instintivamente passou a acompanhá-los. Faltando 500 metros para o final, o coroa foi maneirando e, quando completou os dez, começou a andar. Andou alguns minutos na pista e depois voltou para o local de alongamento, onde ficam as barracas de coco gelado, água e os médicos de apoio. O moreno tentou disfarçar, mas acompanhou o sujeito da frente na caminhada.

Rogério também andou, mas em outra direção para não dar a perceber que os estava observando. O coroa fez uns quinze minutos de alongamento e depois foi até a barraquinha e pediu água de coco. O moreno continuou se alongando, mas observando discretamente o outro.

"Bem", pensou Rogério, "água de coco é para todo mundo. Vamos ver quem é esse cara."

Aproximou-se da barraquinha e pediu "Coco gelado". O coroa tinha cara de burocrata, mas parecia muito bem fisicamente para homem de gabinete. Não era de Brasília. Esperou e atentou no sotaque quando ele pediu outro coco e pagou a conta.

"É paulista", concluiu.

O moreno esperou um pouco e começou a segui-lo. Rogério foi até a sua motocicleta, com calma, para ganhar tempo, e deu a volta na quadra para encontrá-los de frente e não despertar atenção.

Ao passarem pela praça das Fontes, viu que o moreno mudou de caminho e outro sujeito que estava ali parado seguiu o coroa até o hotel. O moreno não foi embora e ficou em frente de um edifício, fingindo que continuava a se alongar.

O do chafariz ficou em frente do hotel.

"Tem tudo para ser seqüestro", pensou.

Deu a volta para ficar em posição de ataque, imaginando que o burocrata ia precisar de ajuda. Estava com a camiseta molhada, fria, mas ficou em cima da moto, pronto para agir. A umidade estava incomodando, mas ele não queria nem mesmo espirrar. Apesar da distância, o espirro poderia ser ouvido e ele ia perder o elemento surpresa.

Daí meia hora viu chegar o Gol, com uma motorista. Anotou o número da chapa. "Tem tudo para ser chapa fria." Uma mulher alta, bem composta, morena, bonita, dessas que não se acha fácil.

"Como eu imaginava. Dá para perceber. A mulher atrai o coroa e os dois entram depois no carro. Mas essa vai ser fácil. Dou conta sozinho."

Viu o coroa entrar no carro, que saiu em direção à estrada para Minas Gerais.

"Estrada de Unaí", foi analisando os movimentos do carro, mantendo discreta distância com a sua moto. "Estranho. Ali o trânsito é grande, mas é rápido. E os dois camaradas, onde foram?"

Percebeu que outro carro estava seguindo a motorista e reconheceu os dois que estavam faltando. Ficou alerta.

"Certamente ela vai diminuir a velocidade em algum ponto, ou vai alegar que o pneu furou e aí os outros chegam. Bem, o jeito é seguir essa danada."

"Que coisa triste", pensou melancólico. "Já não existem assim tantas mulheres bonitas e as que existem fazem uma coisa dessas!"

A perseguição continuou e a mulher desviou-se do caminho original. "Esse seqüestro está ficando sofisticado. Será que não era melhor pedir ajuda?" O carro deu algumas voltas e tomou o rumo do setor militar. O outro carro continuou a segui-la e ele viu quando chegaram ao setor militar e entraram no portão da Abin.

Ficou surpreso, pois estava preparado para impedir um seqüestro e descobre que o próprio Exército estava dando segurança a um civil que corria no parque.

"Ainda bem", pensou alegre. "Mulher bonita e não é assaltante. Será que vou vê-la de novo?"

A partir desse dia, continuou a fazer a sua ronda de forma a passar em frente do setor militar, procurando coincidir com a saída da capitã. Ela ficava mais bonita de uniforme. Descobriu onde morava, conseguiu o número do telefone, mas não teve coragem de ligar ou se apresentar.

"Se ao menos tivesse passado nas provas do Itamaraty. Mas o que sou eu hoje? Um simples patrulheiro. Aí não vai dar, não."

Um dia a sorte mudou. Fizera bem em segui-la na noite do atentado. Agora ele se sentia orgulhoso e feliz. Que destino! Foi preciso morrer o general para que ele pudesse vê-la de perto e pegá-la nos braços.

– Oh! Grande herói! Você está estudando ou sonhando? – gritou o capitão que comandava o seu grupo.

Ele deu uma boa risada, abriu o dicionário e anotou na altura da expressão "craving a drink" – "necessitando de um drink". E como se com essa expressão já tivesse apreendido o bastante, deixou o inglês de lado. Ainda tinha tempo suficiente e foi para o computador.

"Esse pessoal pensa que pode me enganar", pensou ele. "Aquele coronel quis me afastar muito depressa de lá. O que será que está havendo? Bem, nada tenho a ver com isso, já fui promovido, recebi medalhas, sou hoje orgulho para a corporação, mas, pera aí, por que não noticiaram direito que houve um atentado?"

Aquelas indagações o perturbavam.

"E por que o tal coronel disse que eu também podia correr perigo?"

O coronel era subchefe da Agência Brasileira de Informações e ficou no lugar do general assassinado. Os jornais só deram uma notícia curta sobre o acidente que matou um general e nem falaram que ele era o chefe da Abin.

"Vou bisbilhotar um pouco", continuou falando para si próprio. "Afinal, sou um dos maiores especialistas de informática da PM e peguei vários hackers. Descobri transferências irregulares de contas e, em todas as investigações que envolvem computação, o pessoal me chama. Agora vou investigar por minha própria conta. Vamos ver no que dá."

Precisava de outro computador. Não podia fazer bisbilhotices ali no quartel. Seria logo identificado. Se o assunto era perigoso, nada como tomar as devidas cautelas. Uma tática é usar mais de um computador.

"Já sei. A biblioteca da Universidade. Fiz vários trabalhos lá para o vestibular e pode parecer que estou fazendo a mesma coisa. Vamos lá".

Pegou o seu carrinho e dirigiu-se ao campus da Universidade de Brasília.

– Boa tarde, dona Mariana, como vai a senhora? Olha, trouxe aqui mais um gorro da PM para o seu garoto. Mas fale para ele fazer bonito, não pode desonrar esse gorro não!

– Ah! Que ótimo. Ele vai gostar muito. Já está no time principal da escola e diz que ainda vai ser sargento da PM como o senhor.

Sabia agradar as pessoas e sempre que vinha à biblioteca trazia um chaveiro, um gorro, uma camiseta, para o filho da secretária, que estudava no segundo colegial e gostava de esportes.

– Posso usar um dos computadores, se achar algum desocupado?

– Claro. Fico até contente por você não ter desistido dos estudos. É assim mesmo! A gente tenta uma vez, não passa, mas precisa insistir. Ah! Fiquei muito feliz com a sua promoção e as medalhas de bravura que recebeu. Quando contei em casa que conhecia o sargento Rogério e que ele costumava estudar na biblioteca, parecia que era eu a heroína. Meus filhos ficaram acesos. Mas agora você é tenente, meu Deus, eu não consigo deixar de chamá-lo de sargento. Me desculpe.

Rogério ficou um pouco encabulado, mas não quis dizer a ela que aquelas medalhas e a promoção é que o estavam levando ali de volta.

A Universidade de Brasília tinha passado por melhorias e uma dessas novidades foi a compra de computadores novos. Havia um prédio, que era o Instituto de Tecnologia, muito comprido, que os estudantes apelidaram de Minhocão. Computadores ficavam logo na entrada e era de uso franqueada a qualquer pessoa. Mas ele preferiu lugar mais isolado.

Não sabia por onde começar, mas certamente era pelos sites do governo. Os órgãos militares, segurança, gabinetes e principalmente o gabinete desse coronel.

Foi selecionando sites. Não tinha pressa e não precisava descobrir tudo no mesmo dia. Era metódico e fez um levantamento de todos os departamentos das Forças Armadas, incluindo Exército, Marinha e Aeronáutica. Como era previsível, esses sites traziam a história, atos de heroísmo, a composição, as descrições, mas nada revelador.

Fez novas pesquisas e procurou o endereço, as datas, os locais de nascimento, ora colocando as cidades, ora o nome do Estado, ora os pontos cardeais, as regiões geográficas, e foi aumentando a largueza de dados para a criação de um decodificador. Descobriu mais coisas, mas parecia que não era ainda o que buscava.

Não imaginava que havia tanta coisa sobre a Amazônia na internet. Coisas até mesmo esquisitas.

Entrou na Abin, no gabinete da Casa Militar, da Casa Civil, Estado-Maior do Exército, Escola Superior de Guerra – enfim, depois de alguns dias já estava desanimado. Estudou a vida do general assassinado, do seu substituto, da capitã, procurou endereços na web de tudo o que lhe vinha à mente, mas não encontrava nenhuma indicação.

"Preciso de alguma pista. Ora, também, não estou agindo com inteligência. É claro que nesses sites não vou encontrar nada. Afinal, se está aí, é porque qualquer um pode ver. Preciso descobrir o que não pode ser visto. Mas como fazer isso? A única forma é descobrir os sites ocultos. Mas não vamos no ensaio e erro. Preciso traçar um plano objetivo, mesmo que dê trabalho, mas não vou desistir.

Voltou para o quartel. Já era hora da sua ronda. Pegou a viatura e saiu. Foi uma noite calma, sem problemas e ele continuou pensando.

"Será que vai ter alguma finalidade criar alternativas como, por exemplo, colocar o nome da instituição seguido das iniciais dos nomes dos titulares?"

No dia seguinte voltou à biblioteca e fez um levantamento de todas as pessoas que trabalhavam nos órgãos e gabinetes que ele já vinha pesquisando. Presidência, Congresso Nacional, gabinetes militares. Eram muitas as repartições que poderiam ter as informações que ele estava buscando. Conseguiu descobrir alguns sites particulares mas nada muito indicativo. Demorou, mas ele tinha agora muitos dados com os quais podia começar a trabalhar.

"Só falta colocar tudo isso dentro de um programinha, fazer a 'curva de repetição' para saber a densidade dos assuntos e depois um decodificador. Não é fácil, mas com jeito sai."

"Estranho. Que linguagem esquisita. Parece texto codificado. Código? Será?"

Lembrou-se de Sessa, o ministro indiano que teria inventado o jogo de xadrez. Segundo a lenda, o rei ficou tão impressionado que quis dar-lhe um prêmio. O ministro então pediu ao rei uma quantidade de grãos de trigo que correspondesse à soma de um grão para a primeira casa do tabuleiro, dois para a segunda, quatro para a terceira, dezesseis para a quarta e assim por diante.

O rei ordenou que ele fosse pago, mas acabou descobrindo que era impossível o pagamento, pois dava um total de 18.446.744.073.709.551.615 grãos. Não havia colheita no reino para aquilo e nem depósito no mundo conhecido para tanta fartura. O tabuleiro de xadrez tem 64 casas, o que elevaria a quantidade de grãos à potência de 2, menos um, da primeira casa, que já está incluído na elevação das potências.

"Como expressar um número desses? Seria dezoito quintilhões, quatrocentos e quarenta e seis quatrilhões, setecentos e quarenta e quatro trilhões, setenta e três bilhões, setecentos e nove milhões, quinhentos e cinqüenta e um mil e seiscentos e quinze?"

"Será que existem tantos grãos assim nesse código? Bom, na Índia o xadrez era chamado de Chaturanga. Podia ser chaturice. Ficava melhor!"

Já armazenara material suficiente. Havia de tudo: cartinhas de amor, desenhos de crianças, negócios escusos, e podia até mesmo começar a fazer investigações policiais a respeito de certos assuntos, mas não era isso que estava procurando e não podia perder tempo.

Esquecera o inglês e já se desencantara com o Itamaraty. Um curso de Direito poderia ser-lhe útil para vários concursos públicos e mesmo para a carreira dentro da PM, se quisesse continuar lá.

Lembrou-se da capitã. Achou que era hora de refrescar um pouco a cabeça e, naquela noite, ia dar umas voltas de carro por perto do setor militar, que era praticamente ao lado do seu quartel.

"Será que teria coragem de enfrentá-la? Por que conquistar uma mulher é mais difícil do que enfrentar bandidos?"

Hoje era seu dia de folga. Tinha um carro Gol, com uma chapa fria. Sentia-se mais seguro na clandestinidade. Já fazia alguns dias que não via a capitã. Estava entardecendo e ele deu algumas voltas para se ajustar ao tempo em que ela podia estar saindo. Não queria esperar o entardecer, pois nas duas últimas vezes não a conseguira ver. Será que saíra mais cedo? Tinha viajado? Não trabalhava mais lá?

Assim, então, ficou dando voltas perto do setor militar. Viu saírem alguns carros e procurou ficar mais perto. Mais ou menos às sete horas o Versalhes preto chapa BRM-7070 mostrou o focinho na portaria.

Havia alguém mais no carro. Procurou localizar-se melhor para identificar quem era e teve a leve impressão de que já conhecia aquela pessoa. Não estava fardado. Era um civil.

"Já vi esse cara antes", disse para si mesmo, sentindo uma pontada de ciúme. "Já vi esse mesmo cara sair daqui, às vezes sozinho e uma vez com o general. É aquele do parque. Agora sai com ela. Não estou gostando nada. É melhor desistir, afinal, ela já está acompanhada e não quero bancar o intruso."

O Versalhes não tomou nenhum dos caminhos que ele conhecia, desde quando começou a segui-la.

"Será que ele a convidou para jantar? Isso não é justo. Salvei a sua vida justamente porque costumava vir aqui só para vê-la. Não é justo. É claro que ela foi lá me cumprimentar quando recebi a medalha do Exército e ainda me agradeceu. Como estava bonita!... Bom, pode não ser o que estou pensando, mas de qualquer forma hoje não vai ser o dia de eu poder conversar com ela."

Estava assim pensando, mas automaticamente continuou seguindo o Versalhes preto. O carro entrou no prédio onde ela morava e aquele aperto no coração aumentou. Ficou olhando o edifício residencial reservado para membros das Forças Armadas e esperando acender a luz no terceiro andar.

Um carro sai da garagem. É um Honda Civic cinza e a capitã está dirigindo. O gajo continua do lado.

"Coisa estranha. Aí tem algo. Trocaram de carro. É meio indiscreto, mas que se dane o mundo! Agora vou tirar todas as minhas dúvidas e quem sabe tiro essa mulher da cabeça para sempre."

E, procurando se convencer de que estava certo, seguiu o Honda.

Não é fácil seguir alguém em Brasília sem ser notado. Quando os veículos alcançam as avenidas principais, eles ganham velocidade e só diminuem nos pontos de controle do radar. No entanto, e essa é a maior dificuldade, quando um veículo tem chapa dos serviços de segurança ou estão em serviços especiais como as ambulâncias e os corpos de bombeiros, eles passam com velocidade até mesmo nesses locais. A multa, obviamente, será anulada.

Mas se um veículo de segurança, com chapa fria, como pode ser o caso do Honda Civic cinza, passa num lugar desses em velocidade e acontece de um veículo que o esteja seguindo também passar em velocidade, é possível que o pessoal do carro que está sendo seguido desconfie.

Rogério preferiu reduzir a velocidade do seu carro em dois lugares onde havia radar, esforçando-se para não perder de vista o Honda Civic cinza.

"Essa besta tinha de entrar na minha frente agora", quase gritou, quando um táxi o ultrapassou logo após o radar.

Também não é fácil seguir um veículo quando ele sai das avenidas de velocidade e ganha os setores comerciais ou residenciais. Aí as esquinas são tantas que o carro da frente também pode perceber que está sendo seguido. Mas o trânsito era de fim de tarde e o número de carros nas ruas era grande.

A capitã tomou o setor residencial sul. O táxi ainda continuava na sua frente. Não valia a pena ultrapassá-lo porque assim ele ficava menos exposto. As distâncias em Brasília são longas e o táxi continuou na mesma rota, entre ele e o Honda Civic, facilitando a sua perseguição.

Numa determinada esquina o táxi tomou outra rua e saiu da frente. Rogério manteve a luz baixa, para não perturbar a capitã e esta não olhar para ele.

"Pena que o táxi foi embora. Táxi não chama tanto a atenção", ia dizendo, mas de repente concluiu "a não ser que, depois de dar a volta na quadra, ele reapareça sem passageiro", foi o que aprendera.

Já tinha feito muitas rondas, diurnas e noturnas, naquele setor, e sabia que, se a capitã tomasse certa rua, ela não teria alternativas. Fez uma manobra e desviou-se para outra rua onde acelerou o mais que pôde o seu golzinho e saiu na frente do Honda Civic, como se fosse um veículo qualquer.

"Estranho. Parece que esse táxi pensou o mesmo que eu." De fato, ele tinha feito a manobra para se adiantar ao Honda Civic e evitar suspeitas. Mas lá estava também o táxi, que saíra antes dele e estava agora estacionado.

O Honda parou em frente a uma casa térrea, avarandada, perto de uma praça escura, cheia de árvores. Os dois desceram e se dirigiram para a casa.

O táxi começou a se movimentar lentamente e parou ao lado da praça. "Sem dúvida aí tem coisa." A iluminação da rua não era boa e isso ajudava. O caminhão parado pouco adiante podia servir de esconderijo. Encostou o seu fusquinha discretamente.

Aproveitou a escuridão dos muros das casas e esgueirou-se para chegar até a praça, tomando cuidado para não ser visto.

Um casal de namorados aproveitava o escurinho. "Era só o que faltava. Se eles me virem, podem cumprimentar ou falar alguma coisa e o motorista do táxi vai olhar e ver que tem mais gente. É melhor ficar por aqui."

Logo que tocaram a campainha da casa, uma mulher, com uniforme de empregada doméstica, abriu a porta e convidou-os a entrar. Eles entraram e ele pôde ver, pela janela de vidro, que se sentaram em cadeiras que estavam em volta de uma mesa com aparelho de telefone. A empregada perguntou alguma coisa e, pelo movimento da cabeça, dava para entender que não aceitaram.

"Deve ter perguntado se querem água, café, coisa assim."

Logo em seguida a mulher saiu, como se estivesse com pressa, e depois começou a correr. Rogério intuiu o perigo.

"Diabos, o que será agora?" Ficou alerta. "A empregada saiu correndo, por quê?"

Já estava desconfiado do táxi e viu o motorista pegar o microfone do rádio que estava no painel do carro. Falava olhando para os lados do casal de namorados embaixo da árvore.

Estava escuro, mas Rogério viu o rapaz pegar alguma coisa na cintura e levou à boca para falar. Era um walk-talk.

"Comunicação por rádio. Estão falando um para o outro, mas o quê? Está passando instruções, mas para quê? O que será que pretendem?"

87

O casal começou também a se afastar em passos rápidos. Rogério procurou se aproximar para enxergar melhor. O rapaz pegou do bolso alguma coisa que parecia um celular.

"Um celular? Mas o outro está com rádio, eles já se falaram. Então, será?!... Um celular serve para muitas coisas, até mesmo para falar, mas..."

Não havia tempo para ter certeza nas conclusões. Esse tipo de certeza normalmente se tem quando já é tarde. Rogério anteviu o que ia acontecer. "Esse sujeito não pode fazer a discagem."

Pegou a arma e saiu correndo em direção ao casal gritando o mais alto que podia:

— Polícia! Jogue o celular no chão. Não disque esse telefone. É a polícia. Jogue o celular!

O rapaz não obedeceu às ordens e começou a discar rapidamente. Rogério atirou e atingiu o rapaz que deixou cair o aparelho, enquanto a moça saía correndo. O motorista saiu do táxi e atirou contra ele. Rogério correu em direção à casa, gritando o mais alto que podia:

— Não atendam o telefone! É uma armadilha. A casa vai explodir.

Já estava na porta da entrada quando levou um tiro. Pôde ainda atirar no motorista que voltou para o táxi, acelerou e foi atrás dos seus parceiros. O perigo ainda continuava, mas uma bala o havia acertado e quando a capitã abriu a porta com o revólver na mão, apontando para todos os lados, encontrou Rogério caído. Ele fez um esforço e falou:

— O telefone tem uma bomba que pode ser acionada por celular. Precisamos sair daqui urgente — disse ele.

E já desmaiando:

— Mas, capitã, como a senhora dá trabalho...

— Mas o que esse homem está fazendo aqui? — perguntou assustada.

Não era hora para perguntas sem resposta. Tivesse ou não razão o patrulheiro, o fato é que houve tiros e ele estava ferido.

Pegaram-no com cuidado e se afastaram da casa uns trinta metros. Maurício voltou correndo e conseguiu tirar o carro da capitã. Afastaram-se o mais rápido que puderam e uns minutos depois ouviu-se a explosão.

— Outro barulho desses e acho que vou enlouquecer. Estou me tornando uma pessoa explosiva — tentou ela exercitar seu raro humor.

15

Langley, Estado da Virgínia, perto de Washington, o mais impressionante complexo de informações que o mundo moderno já conheceu.

Os serviços secretos americanos não se mostraram muito eficientes durante as duas grandes guerras mundiais e foi criado então, em 1942, em plena Segunda Guerra Mundial, o Office of Strategic Services, abolido em 1945, sendo suas atividades assumidas pelo Pentágono.

Em 1947, Harry Truman criou a CIA, sob protestos do FBI e dos serviços militares. Seu verdadeiro orçamento é desconhecido, mas calcula-se que gira em torno de 30 bilhões de dólares. Consta que seu subsolo seja imensa área de trabalho com equipamentos sofisticados de escuta e investigações.

No ano de 1952, foi criada a NSA (National Security Agency) para fazer escuta e decifração de códigos, desde que o telégrafo e o telefone passaram a ser empregados nos serviços de comunicação. A agência está hoje subordinada ao Petágono e, com o surgimento dos satélites e meios eletrônicos de comunicação, a capacidade de espionagem da NSA ficou ilimitado. A NSA e a CIA operam em conjunto e contam com o apoio de sistemas semelhantes da Inglaterra, Canadá, Nova Zelândia e Japão.

Só na sua sede, em Fort Meade, perto de Washington, no Estado de Maryland consta trabalharem mais de 30 mil funcionários especializados em transmissores, satélites, antenas de alta densidade e aparelhos sofisticados que talvez nem sejam do conhecimento do resto do mundo.

A importância da NSA é a sua capacidade de registrar uma palavra em qualquer canto do mundo e, se essa palavra estiver entre as 100 mil palavras do *Dicionário Echelon*, ela será imediatamente levada para os computadores da NSA, que a registram para análise por uma equipe de especialistas. O projeto Echelon pode registrar informações transmitidas por telefone, e-mail, fax, telex, não importando se o sistema utilizado é satélite, microondas, celular ou fibra ótica. Tecnologias sofisticadas fazem o reconhecimento de voz e até são capazes de imitá-la com perfeição.

Informações militares, econômicas, políticas, comerciais, científicas e mesmo particulares são regularmente registradas pela NSA, que trabalha em conjunto com a CIA e conta com o apoio da Inglaterra.

Qualquer telefonema, fax, acesso à internet ou outro equipamento de comunicação que for acionado em qualquer ponto do mundo pode estar anotado pela NSA.

A pesquisa de todas as palavras que indiquem alguma preocupação com segurança, tais como bomba, terrorismo, nome do presidente dos Estados Unidos ou outra personalidade de importância no mundo imediatamente determinará uma investigação.

Duas pessoas encontravam-se na sala do embaixador dos Estados Unidos, em Brasília. Uma delas é um agente especial da CIA, quarentão, olhar vigilante e físico adestrado. Outro, meio calvo, 50 anos aproximados, usando gravata com camisa branca de mangas curtas, era o típico burocrata.

Foi este último quem iniciou a conversa:

– Recebemos essa notícia hoje. Parece que alguém está procurando um site especial em órgãos do governo brasileiro. A pesquisa é meio frenética. Parece que algum assunto anda preocupando alguém.

– É possível supor que a pessoa não saiba qual seja o assunto e desconheça a fonte? – perguntou o embaixador.

– É a conclusão a que se chega. Parece que o pesquisador está tomando alguns cuidados e muda de lugar e de computador para cada pesquisa. É uma pesquisa itinerante, que começou na biblioteca da Universidade de Brasília, mas tem circulado por cybers nos bairros.

O homem da CIA, que até então estava calado, comentou:

– Pelas informações recebidas, essa pessoa tentou primeiramente abrir todos os sites oficiais e abertos ao público. Parece que ele entendeu que o assunto que procurava poderia já ser do conhecimento público e que seria facilmente encontrado, desde que localizado o site hospedeiro da informação.

O embaixador perguntou:

– Assunto? O senhor sabe qual é o assunto? E não pode ser mais do que um pesquisador? Não seria coincidência?

O homem da CIA não estava preparado para tantas perguntas.

– Ainda não sabemos do que se trata. Conforme o senhor já disse, parece que o próprio pesquisador, ou pesquisadores, não sabe o que está procurando. No entanto, essa densidade de pesquisa sobre um mesmo tema e em tempo curto pressupõe uma só fonte.

– Se a busca é frenética e ele toma cuidados especiais, então se pode concluir que ele não tem certeza, mas desconfia de algo sério.

– Aparentemente o pesquisador não encontrou o objeto da pesquisa ou, se encontrou, não entendeu, isto é, deixou passar. Como não encontrou nada nos sites abertos, está agora atrás dos endereços eletrônicos de pessoas ligadas a instituições do governo brasileiro. As hipóteses aí se desdobram: chantagem, terrorismo, investigações do próprio governo, entre outras, não se descartando espionagem e contra espionagem.

O embaixador pensou um pouco e comentou:

– O senhor acha que devemos nos aprofundar nesse assunto? Será que pode interessar ao governo dos Estados Unidos?

O homem da CIA foi conclusivo:

– O pessoal que nos encaminhou essas mensagens espera uma resposta.

– Mas na sua opinião o que deve ser feito agora?

– Primeiramente, devolver o assunto à Central pedindo alguns esclarecimentos e alertar os nossos agentes infiltrados no governo.

O embaixador pensou um pouco e perguntou:

– Não será arriscado fazer esse alerta agora? Acabaram de eliminar o general que era chefe da principal agência de informações do governo e ainda não sabemos quem fez isso. Será que esse problema não estaria ligado ao outro?

O homem da CIA não pensou muito:

– Não há propriamente coincidência de datas. Quando foi o atentado do general e quando começaram essas pesquisas?

– Bom – disse o burocrata –, isso dá para saber por aqui. O atentado contra o chefe da Abin foi no dia 4 de junho e as buscas dos sites se iniciaram no dia 25, ou seja, três semanas depois.

– Três semanas de intervalo – comentou o embaixador. Seria possível dizer que essa pessoa começou a ligar fatos, pensar, e aí então desconfiar?

O silêncio foi curto e o homem da CIA disse:

– Podemos fazer o seguinte: primeiramente solicitar mais esclarecimentos da Central sobre os pontos de acesso dos computadores usados por esse invasor. Eles devem nos enviar com urgência as informações que ele pode ter conseguido, já que, segundo o informe, imprimiu várias mensagens. Pode ser trabalho inútil, mas outra regra da CIA é que não existe trabalho inútil em matéria de segurança.

O embaixador sorriu e não foi preciso fazer comentários. O outro entendeu logo o grande universo de inutilidades dessa CIA.

– Independentemente disso, podemos ir adiantando algumas pesquisas. Vou procurar saber quais foram as pessoas envolvidas nesse acidente com o general. Quem estava com ele, quem o substituiu, quais os contatos que ele fez recentemente, porque acho que não podemos demorar.

– Então – disse o embaixador –, o senhor se encarrega dessa investigação, enquanto enviamos ao órgão central as solicitações que o senhor indicou.

Deu a reunião por encerrada e seguiu para o seu gabinete.

Não fumava, não bebia, mas às vezes sentia falta de uma dessas coisas. Pediu chá quente à secretária. Não gostava de café expresso, apesar de que tivesse mandado a sua secretária aprender a fazer um bom café, desses que poucos sabem fazer até mesmo no Brasil. Preferia o chá.

Sentiu vontade de telefonar para Washington e explicar as suas preocupações diretamente ao presidente. Mas ele também não ia saber o que dizer. A situação era ainda confusa. Muita divulgação nos últimos tempos sobre a Amazônia. Fatos estranhos vinham ocorrendo como se fossem provocação.

O atentado contra o chefe da Abin e a forma silenciosa como o governo brasileiro noticiou o assunto também intrigavam. O que será que estariam escondendo? Não queria transferir preocupações para os homens da CIA antes que tivesse coisa mais concreta.

CIA, FBI, diplomatas, Pentágono! Cada um desses órgãos, fora a imprensa que também é doida para criar alarmes falsos, geram concorrência entre si que aumenta os problemas. Não podia dizer, por enquanto, que já vinha estudando as atividades do general Ribeiro de Castro. Esse homem sabia coisas, e agora a sua morte pode precipitar os acontecimentos. Se fora alguma iniciativa da CIA ou de qualquer instituição americana, tinha de saber, antes que a situação se complicasse.

Sentia-se incomodado. Se fosse coisa da CIA, era óbvio que esse camaradinha empolado o estava enganando. A CIA só faz serviços sigilosos quando a diplomacia não consegue resolver e quando a ação militar é prematura. Mas, nesses casos, é preciso ordem direta do presidente dos Estados Unidos. Então, só o presidente e a CIA ficam sabendo dessas atividades.

"Pelo que se pode concluir portanto é que, ou a CIA não está nisso, ou, se está, não vai me dizer o que está fazendo."

Tomou o chá, sem pressa, pensando nos passos que ia dar.

16

Maurício e a capitã levaram o patrulheiro para o hospital, onde teve atendimento de emergência. A bala passou de raspão na cabeça e ele desmaiara com o impacto. Os exames radiológicos não indicaram nada grave, deveria ficar uns dias no hospital, de onde sairia sem nenhum problema, segundo o médico.

A capitã levou Maurício para o hotel e foi para seu apartamento.

Entrou com cuidado, porque os acontecimentos dos últimos dias exigiam atenção redobrada. Precisava pensar. Foi até o armário, pegou um copo, colocou quatro pedras de gelo e despejou o seu uísque preferido, Black Label. Riu do que o dr. Maurício poderia pensar, vendo-a com o copo na mão.

Sentou-se no sofá. Não quis ligar a televisão. Precisava pensar. Estava tensa, confusa e com medo. Mas algo novo a animava.

Sempre se dedicara demais à sua profissão e nunca dera muita importância à sua vida pessoal. Teve alguns namorados, mas nada sério. Um pouco de receio, um pouco o acaso, mas não se lembrava de alguém ter passado em sua vida deixando marcas.

Lembrou-se do atentado contra o general. Aquele patrulheiro praticamente a pegara no colo para ajudá-la a entrar no carro. Não havia necessidade daquele esforço. Mas não fora tão mal assim. Homem educado, forte, que mesmo num momento de perigo não teve nenhuma atitude ou gesto mais brusco.

Agora ele estava ali de novo. Como ele sabia que ela e o dr. Maurício iam para aquela casa? Será que a estava seguindo? Ou a estava protegendo? Mas a mando de quem? Será que o general tinha até mesmo providenciado segurança fora do Exército? Improvável. Conhecia bem o seu chefe. Mas quem era ele? Precisava saber, fazer pesquisas e conhecer melhor essa pessoa. Já salvara sua vida duas vezes.

Tomou o drinque pausadamente para que cada gota entrasse pela sua alma solitária. Tinha-se passado quase uma hora e ela estava ficando meio melancólica. Levou um susto quando o telefone tocou.

Ia atender, mas parou de repente. Esse telefone também podia estar preparado. Mas o aparelho tinha um bina e ela anotou o número. Era do hotel do dr. Maurício. Esperou o telefone parar de tocar e discou o seu celular.

Maurício atendeu.

– Alô, doutor Maurício?

– Sim. Desculpe ter ligado, mas a senhora fez bem em não atender antes que seja feita uma varredura em todos os telefones que nós usamos.

– Não, não se preocupe. Vi o número e estou discando do celular. Alguma coisa nova?

– É sobre isso que queria lhe falar. Quando vi aquele patrulheiro caído no chão, tive a impressão de que já o conhecia. No primeiro dia em que a senhora veio me buscar no hotel, eu tinha ido correr no Parque da Cidade. Havia duas pessoas me seguindo durante a corrida. Comentei com o general a respeito de uma só, mas, vendo o patrulheiro, lembrei-me de outra pessoa que estava acompanhando o segurança. A senhora se lembra se era um ou eram dois os seguranças que me acompanharam na corrida?

Ela pensou um pouco e respondeu:

– Havia dois seguranças, mas apenas um deveria acompanhá-lo na corrida. O outro deveria ficar no chafariz para aumentar o apoio, já que dentro do parque o perigo era menor.

– Então esse terceiro elemento precisa nos explicar algumas coisas. Fiz algumas pesquisas e descobri que o patrulheiro Rogério era sargento da Polícia Militar, até ser promovido a tenente por causa do episódio com o general. Tem colegial completo, prestou concurso para o Itamaraty, mas não conseguiu passar, é especialista em informática e agora está se preparando para o vestibular de Direito.

Ela ficou em silêncio. Então, não era um qualquer, e enrubesceu com o seu preconceito. O garotão não era de jogar fora. Ficou feliz de repente. A sua melancolia desapareceu e o dr. Maurício chamou:

– Capitã. Tudo bem com a senhora?

Ela respondeu, tentando esconder o seu embaraço.

– Tudo bem, tudo bem. Estou apenas pensando na coincidência de ele estar lá de novo, porque parece evidente que estava nos seguindo. O que será que está procurando ou escondendo?

– Liguei para o hospital e o médico recomendou deixá-lo em paz amanhã, mas depois de amanhã poderemos visitá-lo. Devemos nossas vidas a ele e se já estiver em condições poderemos esclarecer essa dúvida.

A idéia de rever o seu herói a convenceu.

– Sem dúvida. Amanhã falaremos de novo. Se o senhor precisar de alguma coisa, por favor, me telefone.

– Obrigado. Amanhã entro em contato com a senhora para combinarmos a ida ao hospital. Boa noite, capitã.

Ela tomou mais uma dose. Maurício ficou um pouco pensativo, ainda de pé, com o aparelho na mão.

Foi até o restaurante comer alguma coisa e notou que um veículo da Polícia Militar fazia ronda perto do hotel.

Com uniforme impecável e um perfume doce que ele não sentira antes, a capitã foi buscá-lo às oito horas da manhã. Ele já tinha ido ao parque da Cidade e corrido os seus dez quilômetros. Dessa vez não havia guarda-costas dentro do parque, mas a radiopatrulha o seguira discretamente.

– Bom dia, capitã.

– Bom dia, doutor. Maurício. O senhor foi correr?

– Pois é. Hoje corri normalmente e nenhum terrorista se atracou comigo – brincou.

Ela estava com a fisionomia alegre e maquiada com discrição. Alta, elegante, era uma mulher bonita e o uniforme bem passado não conseguia esconder as curvas femininas. Fez o possível para mostrar normalidade, mas um leve rubor atrás da maquiagem traiu a percepção de que o normal seria que ele dissesse alguma coisa.

Aquele horário da manhã é ruim em qualquer cidade. Brasília não era exceção. O hospital ficava perto do setor de autarquias, não longe do hotel, mas para chegar lá demoraram mais de meia hora.

Uma viatura da Polícia Militar estava em frente do hospital e guardas bem armados mantinham-se vigilantes. Sem dúvida, o patrulheiro estava sendo protegido contra eventuais incidentes e isso alegrou Maurício.

Foram informados na recepção que o paciente tenente Rogério já tinha saído da UTI e estava no quarto 314. O médico havia pedido que, quando chegasse alguma visita ou se alguém telefonasse, era para entrar em contato com ele.

Na porta do quarto havia dois policiais militares. Com a aproximação da capitã, os dois se perfilaram e prestaram continência respeitosamente. Um deles, que ostentava divisa de cabo na ombreira, bateu discretamente na porta e a abriu para eles entrarem.

O patrulheiro estava deitado, barbeado e asseado. Vestia um pijama novo e discreto, e a cabeça protegida por uma faixa.

Olhou-os com uma certa bonomia e a capitã achou-o antipático, como se ele estivesse cobrando agradecimento por ter salvo a sua vida. Mas sabia que tinha de agradecer-lhe.

Cumprimentaram-se formalmente e, numa apreciação preliminar, o policial lhes pareceu franco, olhar arguto e com aquela transparência de uma pessoa digna. Ele também os examinava com curiosidade. Respondeu os cumprimentos com simpatia e perguntou se a casa explodiu. Maurício respondeu que ocorreu a explosão assim que saíram de perto.

– Então – disse o patrulheiro –, eles não tinham outro celular. Ou voltaram para buscar aquele que havia caído no chão ou telefonaram de algum orelhão. De qualquer forma, o tempo que perderam foi suficiente para evitar que fôssemos todos para o ar. Escapamos de boa. É coisa de especialista a bomba explodir só com o chamado e sem ninguém tirar o fone do gancho.

Ficou em silêncio e disse pensativo:

– Mas, se demoraram tanto, sabiam que os senhores não estariam mais lá. Se ainda assim explodiram a casa, é porque não queriam deixar rastros ou documentos...

Maurício admirou o raciocínio do policial. A capitã ia falar alguma coisa, mas Maurício achou melhor se adiantar. Havia percebido certa interferência emotiva que podia dificultar o diálogo entre Rogério e a capitã.

– Bem, tenente, nós lhe devemos a vida. O senhor parece um anjo da guarda. Está sempre em momentos perigosos para salvar a vida dos outros. É a segunda vez que o senhor salva a vida da capitã. E agora salvou a minha também.

Ela reforçou os agradecimentos, mas deixou que Maurício assumisse a conversa.

– O coronel Medeiros já o informara de que a morte do general não foi acidente. Presumo também que a sua presença naquele momento não foi simples coincidência. Não existem coincidências. Mesmo porque me seguiu naquela corrida há alguns meses atrás, no parque da Cidade, quando pela primeira vez a capitã me pegou no hotel, e era também o homem da motocicleta que seguiu o carro da capitã.

Ela olhou para Maurício e perguntou:

– Mas como o senhor sabe disso? Por que não me informou naquele dia que estávamos sendo seguidos?

O tenente sorriu meio encabulado e respondeu por Maurício:

– Simples, capitã, a senhora era a segurança. Ou eu os estava seguindo porque fazia parte da sua equipe, ou não fazia parte e a sua segurança falhou. Ele ficou atento e, como não aconteceu nada, apenas registrou o fato. Para um burocrata, ele até que se saiu bem, a senhora não acha?

Ela apertou os lábios para não ser grosseira, mas a sua antipatia por aquele outro convencido aumentou. Estava diante de dois homens diferentes, mas ambos muito conscientes da sua capacidade. "Ainda bem", pensou. "É melhor contar com gente assim."

Maurício justificou-se:

– Acontece que naquele dia eu estava um tanto assustado. O general me pegou de surpresa e eu fiquei desconfiado. Já tinha sido seguido no parque e fiquei mais atento.

E, querendo pôr fim àquela introdução:

– Não quero ser grosseiro. Ao contrário, estamos felizes e gratos pela sua interferência, mas posso perguntar-lhe o que o fez nos seguir?

O policial pensou um pouco como se não soubesse o que responder. Maurício percebeu a inconveniência da sua pergunta e mudou de assunto:

– Entenda, por favor. Tive de tirar algumas informações a seu respeito e sei que é especialista em informática. É possível então que tenha feito investigações por conta própria e chegado a algumas conclusões que aguçaram ainda mais a sua curiosidade policial. Dizer que estamos numa missão especial que se revelou perigosa já não deve ser novidade.

Esperou um momento e falou num tom de alerta:

– É possível que as pessoas que queiram se livrar de nós também tenham estranhado a sua presença em momentos de risco para nos proteger. Não é nenhum inocente e sabe que, para essas pessoas, o senhor também passou a ser um obstáculo que precisa ser eliminado. Então, quanto mais clareza entre nós, será melhor.

A capitã se arriscou:

– Além do mais, se estava nos seguindo e isso é uma conclusão óbvia, então sabe que trabalho no serviço secreto e, portanto, se tem informações que possam nos ajudar, é seu dever colaborar.

Maurício achou infeliz esse "dever de colaborar" para um policial que já arriscou a vida no cumprimento do dever, mas olhou com complacência para os dois. Queria estimular o diálogo entre eles e estava até certo ponto se divertindo.

O tenente ouvia calado, sem reações, mas achou que era melhor falar um pouco mais. Afinal, diante dele estava a capitã que ele vinha há tanto tempo seguindo às escondidas e de agora em diante não precisava mais segui-la. Era só mostrar o que sabia e tinha certeza de que, a partir daí, teria mais chances de vê-la e quem sabe até começar um namoro.

– Naquele dia da corrida, na verdade, eu achei que o senhor ia ser seqüestrado. Eu também fui correr no parque da Cidade e notei que um corredor aumentava e diminuía o ritmo conforme a sua velocidade. Ele esperou e o seguiu quanto terminou o alongamento. Segurança não era porque, se fosse, não ficaria sempre afastado como se não quisesse ser descoberto. Depois vi aquele outro do chafariz. Aí chega uma mulher bonita de carro e o leva. Os dois vão atrás de maneira suspeita. Dois vezes dois quatro, era seqüestro com certeza. Não tive dúvidas. Passei a segui-los.

A capitã ficou com as faces róseas por ele a ter achado bonita.

– Aconteceu o atentado com o general, desconfiei de tantas medalhas e promoções e comecei a pesquisar. Pois é, ontem foi outra coincidência, dessas que o senhor não gosta, mas que existem, existem.

O tenente quis saber sobre o grande segredo em que eles estavam envolvidos e Maurício informou, sem entrar em detalhes, que se tratava de estudos sobre a internacionalização da Amazônia, assunto já batido nos jornais, mas que de repente se complicou.

Conversaram sobre as pesquisas que ele fez e sobre a Amazônia e o médico apareceu . Depois de examiná-lo, disse que era melhor que ele repousasse.

– Vocês podem voltar à tarde. Depois das cinco horas. Ele ainda está em recuperação. Vou dar-lhe um analgésico. A medicação de eficiência já foi ministrada.

O tenente então perguntou:

– O senhor quer ver os papéis que imprimi? Talvez o senhor e a capitã encontrem alguma coisa que faça sentido. Como eu não conheço o assunto, pode ser que tenha deixado escapar algo importante.

Franziu a testa e exclamou:

– Ih! Os papéis estão no porta-malas do carro que ficou lá perto da casa que explodiu. Fui lá no meu golzinho e saí correndo para avisá-los quando percebi o perigo. Esquecemos o carro. Corram lá e me informem.

Podem ter roubado o carro. Esta é uma cidade sem policiamento e a chave ficou na ignição – brincou ele.

Maurício olhou para ele sem responder e notou que a capitã deu um sorriso. "Já está melhorando", pensou.

Despediram-se com poucas palavras e, após agradecimentos dos dois lados, o patrulheiro disse:

– Desculpe, capitã. Mas achei que o Exército ia ter dificuldade em dar cobertura ao doutor Maurício e, assim que voltei ao normal na UTI, pedi ao meu comandante que o hotel dele tivesse vigilância permanente e que ele não ficasse sozinho em nenhum momento nesta cidade. Quanto à senhora, não quis me adiantar, para não melindrar o Exército.

Maurício olhou para ele admirado. Mesmo doente e hospitalizado teve ainda a percepção da situação de perigo e cuidou da sua proteção.

– Não sei por que não estou surpresa – disse a capitã, mordendo o pequeno elogio.

Depois olhou-o fixamente, com um desses olhares que a gente não sabe se a pessoa está admirando ou criticando, e disse com voz natural:

– Com certeza vamos nos ver de novo. Até logo, tenente, e mais uma vez obrigada.

– Espero que no próximo encontro os senhores me convidem para o chá da tarde. Faz menos barulho.

"Ele não consegue esconder esse seu convencimento", pensou a capitã.

Na verdade, quando chegaram ao local da explosão, o policiamento ainda era intenso. A casa estava em ruínas e as que estavam próximas sofreram abalos. O Gol ainda estava lá, com a chave na ignição e a identificação da capitã facilitou saírem do local, levando o carro do patrulheiro. O porta-malas estava cheio de papéis impressos.

A capitã precisava ocupar-se dos seus serviços na Abin e ele pretendia estudar o material colhido pelo tenente. Ela providenciou outra viatura do Exército para acompanhá-lo, de forma a não ter de voltar sozinho para o hotel.

Maurício não conseguia controlar o estado crescente de preocupação. Era a segunda vez que escapava de um atentado. Se fosse gato, ainda lhe restariam cinco vidas. Mas não era gato. Lá na Buritizal, um maluco estava com rifle e morteiro indicando que seus propósitos não eram amigáveis.

Agora, essa armadilha poderia tê-lo mandado, a ele e à capitã, para o espaço sideral. Ainda bem que o tenente se tomou de amores por ela. Mas até onde essa situação iria continuar? Não havia como ligar os fatos, não existia inimigo conhecido e pelo jeito não podia confiar em ninguém.

"Amanhã vou dar um aperto nessa capitã", disse para si mesmo "Ela está escondendo muita coisa e, se não disser tudo o que sabe, vou cair fora. Não vou morrer feito bobo e sem mesmo saber por quê."

Com esses pensamentos, foi dirigindo o Gol até chegar perto do hotel. O veículo militar o acompanhava e pelo menos nesse percurso estava se sentindo mais seguro. No hotel, percebeu a viatura policial, que logo se aproximou.

Conheciam o carro do tenente e um deles, com divisas de cabo da PM, cumprimentou-o:

– Boa tarde, o senhor deve ser o doutor Maurício, não é?

– Sim, senhor. Boa tarde.

– Sou o cabo Marcelo. Recebemos ordens para permanecer à sua disposição enquanto estiver em Brasília. Desde o acidente com o tenente Rogério estivemos mantendo guarda neste hotel. Nossas ordens incluem levá-lo aonde for preciso. O senhor não deve pegar táxis ou carros estranhos.

– Muito obrigado, mas acho que por hoje não vou sair do hotel. Preciso estudar uma grande quantidade de papéis que estão no porta-malas do carro, e agradeceria se alguém me ajudar a levá-los para o quarto.

– Com muito prazer.

O porta-malas foi esvaziado e Maurício examinou também o porta-luvas. Procurou ver se encontrava alguma coisa diferente que pudesse levar a outras conclusões, mas não viu nada aproveitável. O carro estava limpo, não havia documentos, papéis ou instrumentos reveladores.

Pegou a chave do Gol e entregou ao cabo.

– Acho melhor alguém levar esse carro à casa do tenente Rogério. O senhor pode cuidar disso?

– Sem dúvida.

Pegou a chave na recepção e subiu para o quarto, no nono andar. O soldado levou os papéis e deixou-os em cima do maleiro, que ele não usava porque a sua bagagem era pouca. Tinha aprendido a viajar e pouca bagagem era um dos segredos.

Estava com fome. Não tinha almoçado e lembrou-se de que podia ter convidado a capitã para o almoço, mas com certeza ela vai perdoar a falta de cavalheirismo, numa situação como essa.

Desceu para o restaurante e escolheu uma mesa de centro. Nunca se esquecera de ter lido que Jesse James morreu porque se sentou de costas para a porta do restaurante.

Pediu o cardápio e escolheu pescada grelhada no azeite de oliva com legumes cozidos ao vapor. Nada de manteiga. Seu colesterol era baixo. Não tinha problemas, mas gostava de se cuidar. As corridas não bastam para a saúde.

O garçom aproximou-se:

– Temos uma surpresa para o senhor. O vinho é um Mersault de primeira, em copos. A não ser que o senhor queira a garrafa inteira.

– Mersault, em copos? Ora que surpresa. Bem gelado? Então, venha lá com um belo copo.

Certas polêmicas fazem nascer alegrias. A cada vez que tentava se convencer de que os Chablis são melhores do que os Mersaults, acabava descobrindo aquele aroma, aquele fundo de paladar que havia num e noutro e servia apenas para aumentar a vontade de tomar os dois.

O vinho melhorou o seu humor e ele agora procurava raciocínios para encontrar solução, em vez de abandonar os seus companheiros de dificuldades. Já que tinha assumido o compromisso, não podia simplesmente abandonar o barco. E será que teria como abandoná-lo? Já estava conhecido e representava perigo para certas pessoas.

Safra 2000. Talvez valesse tomar a garrafa inteira. Pena que tinha de examinar aqueles papéis. Ficou no segundo copo e subiu para o quarto.

Meio enlanguescido pelo vinho, sentou-se na cama, deitou-se, a cabeça no travesseiro e, sem querer, dormiu. Foi um sono nervoso, agitado. Sonhou que uma enorme sucuri saiu do rio Roosevelt e estava engolindo a Buritizal. Acordou com o telefone tocando. Pulou assustado e pegou o aparelho:

– Alô! Quem é?

Era a capitã. Ela deve ter estranhado a maneira de ter atendido o telefone.

– Doutor Maurício? Tudo bem com o senhor?

– Sim, capitã, tudo bem. Alguma novidade?

– Não, não, é que estranhei um pouco a sua voz. Chegaram informações que gostaria de resolver com o senhor. Posso passar aí no hotel lá pelas oito horas da noite?

"O assunto deve ser sigiloso", pensou. "Do contrário ela me falaria agora pelo telefone. Bom, talvez possa me redimir do convite que não fiz para o almoço."

– Claro, aliás, a senhora podia me fazer companhia para o jantar, aqui no hotel mesmo e assim teremos mais tempo. Aceita?

Ela não hesitou:

– Combinado, então. Oito horas no saguão do hotel.

"Ora, no saguão do hotel, onde mais essa idiota pensava em se encontrar comigo? Bom, vamos ao trabalho. Preciso mostrar algum serviço, já estou ficando com raiva desse patrulheiro. Ele está bom demais para o meu gosto."

Olhou para o monte de papéis. Era preciso classificá-los, antes de fazer qualquer estudo. Mas de que forma separar esses impressos? Notou que havia muitas informações sobre ONGs, também sobre a CIA, a NSA, o Pentágono, a Otan, o projeto Echelon, reservas indígenas, crimes rurais, transferências de dinheiro para associações, enfim, o levantamento de informações que o tenente fez impressionava. Os trabalhos identificados eram mais fáceis. Alguns impressos porém tinham siglas que ele não conhecia e havia alguns com linguagem estranha.

"Que língua seria essa? Uma mistura incompreensível de letras. Seria código? Pode ser. Parece código. Se for código, talvez aí esteja a solução de tudo. De qualquer forma, passa a ser importante saber se é ou não código. Mas vamos deixar isso para descobrir depois, o importante agora é a classificação."

Várias vezes teve de parar e andar de um lado para o outro do quarto. Não podia acreditar no que estava lendo e não via motivos para que aquilo tudo não saísse nos jornais e não fosse divulgado sistematicamente para que todos os brasileiros tomassem conhecimento.

Estava tenso, nervoso, irritado e fazia enorme esforço para manter o seu poder de raciocínio. Era evidente que o general estava certo. Por isso o mataram. A Amazônia já não era mais nossa. Existiam relatos e documentos suficientes para comprovar que a Amazônia tinha virado sociedade anônima.

Foram horas de trabalho. O patrulheiro fizera serviço excelente. O mais admirável é que ele tinha chegado a esses assuntos por conta própria.

"Será que está ligando a morte do general com a Amazônia? Esse camarada é inteligente, ele não pode mais sair do grupo, vai ser ainda mais útil do que pensa."

Já eram quase seis horas da tarde, quando acabou de separar e fazer a análise dos documentos principais. Com as costas doendo de abaixar e levantar para distribuir os papéis pelo quarto, começou a fazer alongamento. Suas lições de ioga ajudavam nessas horas.

Escapara da morte naquela explosão. De manhã, visitara o patrulheiro. Teve de agradecer, tirar informações, administrar os sentimentos confusos que já estavam martirizando a disciplinada capitã, e manter os caminhos abertos para agregar aquele sujeito. A corrida no parque fora importante para recuperar o equilíbrio mental.

O almoço foi suave, mas o vinho aviventou receios e teve até um pequeno pesadelo, interrompido pelo telefonema da capitã. Aqueles papéis o deixaram ainda mais enervado, suas preocupações aumentaram muito e estava perdendo a sua autonomia mental. Precisava recuperar o poder da mente.

Há 10 mil anos, na Índia, já se praticava o alongamento, com posições chamadas asanas, que significa sentar-se ou manter o corpo numa postura firme. Essas posições fazem convergir a atenção dos pensamentos para o corpo, acalmando a mente com a meditação.

A posição mais fácil é chamada Sukhasana. Cruzou as pernas, descansando os pés no chão e pôs as palmas das mãos nos joelhos. Ficou com as costas eretas, pressionando a parte inferior da coluna para a frente. Os antigos descobriram que a prática de exercício em forma de ritual traz benefícios metafísicos, como se fosse uma alquimia corporal.

Ficou nessa posição durante vinte minutos, concentrando-se numa meditação neutra e quase infinita. Não era fácil concentrar-se. Fixou os olhos numa das alças de fechadura do criado-mudo. Com os olhos fixos num só ponto, concentra-se melhor.

Depois passou para a posição perfeita, ou Siddhasana, com o calcanhar direito pressionando o períneo e a sola do pé esquerdo pressionando a coxa direita. Os joelhos no chão com o calcanhar esquerdo sobre o calcanhar direito, pressionando a base do adbome com os dedos enfiados na dobra da perna com a coxa. Buscava nessa posição fortalecer a força psíquica.

Sentiu-se recomposto após uma hora de exercícios.

19

A capitã foi pontual. Estava vestida de calças jeans azuis, blusa cor-de-rosa, discretamente maquiada, brincos, pulseiras prateadas, não dando para saber se eram mesmo de prata ou simples bijuterias, bolsa preta combinando com o sapato.

"Não está com o doce perfume de hoje de manhã, quando ela foi visitar o patrulheiro", notou.

Foram conduzidos pelo maître para uma mesa reservada e o garçom trouxe o cardápio. Maurício falou da pescada grelhada com legumes e ela seguiu a sugestão. Como já havia legumes no prato principal, dispensaram a salada e aceitaram a sugestão de uma entrada preparada pelo chefe para a semana de degustação do Mersault.

– O hotel está promovendo a semana de degustação de um vinho branco da Borgonha, um dos meus prediletos. Combina bem com o prato. É o Mersault, a senhora me acompanha?

– Vinho? Branco? Sim, por que não? Acho que ajuda a relaxar. Só que eu bebo pouco, um, talvez no máximo dois copos.

O garçom trouxe o vinho. Mostrou a garrafa deitada na palma da mão com o rótulo para cima para que Maurício o visse. Entendendo o silencioso movimento de cabeça, o garçom abriu a garrafa com cuidado. Primeiro cortou o invólucro de chumbo perto do gargalo e que protege a rolha contra as agressões do ar. Depois, cuidadosamente tirou a rolha para não quebrar e não fazer barulho. Enrolou o polegar no guardanapo branco e limpou a boca da garrafa tirando algum resíduo que às vezes fica no gargalo.

Colocou um pouco de vinho no copo de Maurício, que o pegou com carinho, pela base para não aquecê-lo, admirou mais uma vez o amarelo-esverdeado do líquido, levou o copo com delicadeza até perto do nariz, respirou com satisfação, em seguida encostou o copo nos lábios e deixou o vinho escorrer em quantidade suficiente para ele apreciar todo o paladar.

Recolocou o copo na mesa e fez outro movimento silencioso com a cabeça. O garçom sorriu satisfeito. Era profissional que regozijava quando o vinho tinha um bom acolhimento. Serviu a capitã e depois voltou a servir Maurício. A garrafa ficou num balde de gelo com água e o garçom se retirou.

– O senhor faz um ritual quase afrodisíaco – disse ela sorrindo.

Levantou o copo com um gesto gracioso e deixou escoar com elegância um pequeno gole pelos lábios que se abriram com delicadeza.

"Tem gestos bonitos essa capitã", – observou.

– Que delícia! São raras as pessoas que sabem guardar um pouco de si para viver momentos agradáveis, mesmo em situações difíceis. Mas é preciso conhecer essas coisas, não é mesmo? O vinho é uma boa bebida, mas não é todo vinho que agrada. Eu entendo pouco disso, mas dá para se perceber que este vinho tem classe.

Conversaram sobre diversos assuntos, evitando estragar o jantar com temas preocupantes. Após a sobremesa, quando veio o café, ele comentou:

– Durante todo esse tempo em que estive com vocês, não foi feita nenhuma pergunta sobre a minha vida pessoal. Mulher, filhos e coisas assim. Presumo que vocês tenham estudado tudo isso também.

Ela olhou para ele e disse a contragosto:

– O senhor hoje deve estar convencido de que o assunto para o qual foi chamado é realmente sério. Não podemos contar com qualquer tipo de pessoa. Acho que o senhor compreende. Sabemos também que o senhor sofreu muito com a morte de sua mulher e não quisemos reacender dores passadas.

Maurício respirou fundo. Não devia ter abordado esse assunto. Lembrou-se com tristeza de quando levou sua mulher para fazer aquela mamografia. A cirurgia seria simples, disse o médico. Graças a Deus aquele caroço havia sido detectado em tempo. A biópsia fora positiva e o caroço foi retirado. Tecnologia moderna, o local ficara limpo, bastavam algumas aplicações de quimioterapia, não havia ramificações e a alegria voltou ao lar.

Alguns meses depois começou a sair um certo líquido do bico do seio.

Normal, dizia o médico. Era a drenagem lifática e isso era bom sinal. Mas logo teve de ser operada para retirar todo o seio. Infelizmente era tarde.

"Como pode? Tanta pesquisa, tantos doutorados, laboratórios, Saúde Pública, avanços na cirurgia, tantos remédios novos e não conseguem vencer um simples caroço!"

Na época, procurou esconder o próprio desespero para não agravar ainda mais a tristeza dos seus dois filhos. A menina não entendeu e achou que foi culpa dele. Não devia mais ter saído de casa para dar aqueles cursos, disse ela, que ainda interpretou mal o esforço que tinha feito para esconder a sua angústia e acusou-o de não estar sentindo falta da mamãe.

Assim que completou 18 anos, mudou-se para a Europa. Há alguns meses recebera dela uma carta comunicando que estava bem. Trabalhava numa empresa de turismo e tinha se casado com um alemão. Fora outro golpe. Sua filhinha, que carregara tantas vezes sobre os pés, fazia upa-upa ou andava de cavalinho... Não merecera nem o aviso de que "ia se casar". Mandou um telegrama dando os parabéns. Quem sabe o tempo...

O rapaz está nos Estados Unidos. Fez o curso de administração de empresas da Getúlio Vargas, em São Paulo. Está hoje fazendo o MBA em Stanford. Escreve sempre. É mais animado, quer voltar logo para o Brasil e ajudar na fazenda, mas está longe.

Acabou ficando só. Cultiva porém a memória da sua mulher e assim alimenta a tristeza por não ter evitado a sua morte. Carrega a culpa de que podia ter evitado aquilo.

Lembrou-se de repente de que não era momento de ficar com os olhos úmidos. E então uma sensação de revolta contra esse general tomou conta dele. Esse general não o escolheu apenas por causa das suas virtudes pessoais, mas também porque não tinha família.

"O senhor hoje deve estar convencido de que o assunto para o qual foi chamado é realmente sério. Não podemos contar com qualquer tipo de pessoa. Acho que o senhor compreende." Foi o que a capitã tinha acabado de dizer. Mas procurou controlar-se.

Não tinha vocação para heróis de Dan Brown, Ludlum ou Forsyth, mas estava num caminho sem volta.

– Parece que a senhora tem informações importantes. Será que podemos falar nisso agora?

Ela compreendeu que ele estava mudando o rumo da conversa e também já era hora de voltar aos seus problemas.

– A primeira providência é regularizar a sua situação funcional. A morte do general interrompeu o canal com a Receita e precisamos de uma solução. Acredito que essa história de cursos possa não estar mais convencendo.

— Resta a opção da minha aposentadoria. Mas a burocracia pode atrapalhar a rapidez do processo.

— Estudamos o caso. A Escola Superior de Guerra vai convidá-lo formalmente para palestras sobre política tributária. O senhor tem estudos publicados sobre essa matéria e esse seu afastamento estaria justificado.

Maurício teve a sensação de que capitã evitava tocar no assunto do atentado que sofreram na noite anterior e achou melhor esclarecer algumas coisas.

— Talvez a minha pergunta a incomode um pouco. Mas posso saber quem lhe deu a informação de que teríamos reunião com a Confraria naquela casa? Como a senhora recebeu a mensagem?

Ela franziu a testa.

— Isso também eu queria falar com o senhor. Recebi a comunicação pelos canais de sempre.

Não era a mesma capitã, segura de si mesma.

— Sinceramente, ando com medo. A forma como recebi a comunicação foi autêntica e normal. Graças a Deus saímos ilesos, mas isso agora mostra que o nosso meio está infiltrado.

— O seu meio, infiltrado? As Forças Armadas? A Abin?

Ela procurava conter-se para não transferir receios.

— O senhor está sozinho. A sua segurança é outra preocupação.

— O que a senhora acha de eu ter esse patrulheiro como ajuda? O trabalho que ele fez na internet é espantoso. Descobriu coisas que parecem ser importantes. É corajoso, inteligente e já mostrou ser de confiança.

Ela não disfarçou o entusiasmo.

— Acho que o senhor teria um grande companheiro.

— Existem trabalhos em determinada linguagem que na minha opinião não é uma língua falada, mas mensagens codificadas.

— Como assim? — Ela pareceu assustada. — Código? Quando assuntos desse tipo chegam a níveis de código é porque as coisas estão mesmo se precipitando. A morte do general, os atentados contra nós, a presença da Confraria nos vigiando. Como será que a Confraria soube que iriam nos atacar? E por que essa Confraria não apareceu desta vez?

— Não tenho tanta certeza de que seremos procurados por eles. Acho que eles têm gente no seu meio e sabem desse último atentado. O nome da Confraria foi usado. Bem, amanhã cedo vou ao hospital ver o nosso herói. Vou ter uma conversa com ele, mas preciso de telefone que não seja grampeado para falar com a senhora.

Ela deu um sorriso desajeitado e deu-lhe um cartão com o número do seu celular. Maurício acompanhou-a até a porta. Despediram-se formalmente. "Interessante", pensou, "não consigo ter muita familiaridade com essa senhora".

Um carro oficial a estava esperando e outro acompanhou-os.

O carro da Polícia Militar estava parado no pátio de estacionamento em frente do hotel.

Foi até a recepção e pediu para colocarem outra toalha no quarto, pois queria toalha limpa, logo cedo. O recepcionista ligou para a camareira e disse que ela já estava providenciando. Maurício esperou um pouco e tomou o elevador.

"Será que os heróis do Ludlum teriam pensado em mandar a camareira na frente?" Sorriu da ironia de ver que estava tomando precauções nas quais nunca tinha pensado antes na vida.

20

Depois que a camareira saiu, ele trancou a porta, pôs a corrente protetora no gancho, acendeu todas luzes. A porta não abria por fora sem a chave. Olhou o banheiro. As toalhas estavam lá. A cama estava arrumada, mas assim mesmo tirou a colcha, chacoalhou os lençóis, tudo era possível, até mesmo uma pequena cobra ou escorpião.

Estava tão assustado quanto a capitã e era preciso cuidado. Olhou debaixo da cama, tornou a arrumar os lençóis e as cobertas e foi dormir mais sossegado.

Levantou-se às seis e meia. Tinha dormido bem e não se lembrava mais da sucuri que tinha engolido a fazenda Buritizal. Tomou café e preferiu não ir ao parque da Cidade para correr.

"Não é bom dar chance ao diabo", pensou. O hotel tinha fitness center e ele fez quarenta minutos de bicicleta e quarenta minutos de esteira. Consumiu 900 calorias e achou que era suficiente. Tomou banho e saiu.

A viatura estava lá. Para aqueles soldados, ele e a capitã tinham salvado a vida de um colega seu em serviço e eles queriam agora mostrar a sua gratidão. A viatura levou-o ao hospital. O cabo disse que ia ficar esperando por ele.

O tenente estava mais composto. Roupas normais, a cabeça continuava enfaixada, mas mostrava rápida recuperação.

– Bom dia, tenente. O senhor parece melhor hoje.

– Bom dia, doutor Maurício. O senhor veio cedo e sozinho. Parece que vamos ter uma conversa de homem para homem – disse com o seu jeito provocador.

Maurício riu como se já fossem dois amigos, pois precisava de maior intimidade.

– Achei melhor não trazer a capitã.

O tenente não disse nada. Passou para um olhar vago, como se isso não lhe dissesse respeito. Maurício sentiu que devia primeiramente mostrar o seu reconhecimento pelos riscos que o policial correu.

– Contraímos com o senhor uma dívida difícil de pagar. Tanto eu como a capitã caímos numa armadilha. O senhor vai saber com mais detalhes em outro momento, mas é a segunda vez que tentam nos eliminar. Como o senhor sabe, queriam assassinar a capitã naquela explosão em que morreu o general. A sua chegada ali foi, como dizer, muito oportuna.

Acentuou o "oportuna" e olhou para o tenente que continuava calado, como se estivessem tratando de rotina policial.

– Ela e eu lhe somos muito gratos, mas a minha visita hoje tem outro propósito. Vou tentar ser simples e franco. Não quero que se ofenda, como tipo de análise que vou fazer da situação, mas estamos correndo contra o tempo e acho que o senhor pode nos ser de grande ajuda.

– Fique à vontade, não vou me ofender – disse o tenente, sorrindo.

– Bem, então, deixe-me dizer-lhe que acredito na história que contou sobre ter me seguido por pensar tratar-se de seqüestro. Podia ter sido. Mas não foi seqüestro e, para sua surpresa, a moça que o senhor pensava que servia de "isca", na verdade era uma militar de alto nível e ainda muito bonita.

O tenente perdeu o seu ar malicioso. Pareceu um pouco desconcertado. Maurício fez que não notou e continuou:

– Acho que o senhor compreende que coincidência demais levanta indagações. No primeiro caso, estava num veículo oficial e a sua intervenção era justificável. Serviço rotineiro de policiamento somado à coincidência de ter sido o senhor e não outro patrulheiro. Correto?

– É. Pode-se pensar assim.

– Na primeira coincidência, o senhor virou herói e foi promovido. A segunda coincidência também foi em momento de perigo, como no primeiro caso.

Olhou significativamente para o tenente, mas este continuou impassível.

– Imaginar que havia sido contratado por alguma organização, para nos liquidar, também está fora de propósito, porque, ao contrário, salvou as nossas vidas, como aliás já havia salvado antes a capitã.

Falava devagar, em tom seguro, porém educado, pois estava fazendo apenas raciocínio de lógica e não uma acusação.

– Acontece que, desta vez, estava em carro particular. Isso chamou logo a atenção, tanto minha como da capitã.

O tenente esboçou um sorriso e falou:

— Estou gostando do enredo. Pelo que já ouvi, pode dar uma boa história.

Maurício levantou-se, ficou de costas para o tenente e falou, olhando pela janela o céu claro de Brasília:

— Uma mulher bonita, com boa posição social, bom cargo, fez suas pesquisas, era solteira, não tinha compromissos e então passou a segui-la.

Virou-se e completou:

— Foi a nossa sorte. Graças aos seus sentimentos pela capitã, estamos vivos.

O tenente levantou-se meio aturdido. Aquele bisbilhoteiro estava entrando em coisas muito particulares da sua vida. Se ele fez esses comentários com a capitã, a situação ia ficar embaraçosa. No dia anterior, ela estava ali e ele fora muito desajeitado. Não sabia o que falar, ficara sem jeito e talvez ela não tivesse gostado dele. Agora, tudo veio às claras e ela pode gostar menos ainda de ter sido seguida por um soldado de pouco futuro. Até pouco tempo era apenas um sargentão e só foi promovido porque, propositadamente, a estava seguindo.

Maurício parece ter entendido as preocupações dele e disse:

— Obviamente não comentei nada com a capitã a esse respeito. Estou adiantando certos comentários porque precisamos do senhor e o tempo está curto.

O tenente estava sério, com a testa franzida e comentou:

— O senhor gosta de ir direto ao assunto, hein!

Maurício preferiu ficar em silêncio, para que o tenente pensasse um pouco.

— Já que posso ser útil, seria demais querer saber em que problemas iria me envolver?

— Na verdade já se envolveu. Em dois atentados contra militares ocupando postos elevados nos setores de segurança nacional, o senhor esteve presente. Já fez pesquisas e desconfia do que se trata. O que estou lhe dizendo é que, seja lá quem for que organizou esses atentados contra nós, pode considerá-lo um obstáculo.

Esperou que ele comentasse alguma coisa, mas como o outro ficou calado, insistiu:

— Se continuar isolado aqui em Brasília, ou for para qualquer outro lugar, o perigo agora é o mesmo. Por outro lado, o senhor mostrou inteligência, interesse, coragem e lealdade.

A proposta parecia maluca. Jamais tinha pensado que uma platônica paquera poderia mudar tanto a sua vida.

— Está propondo que eu deixe a PM e os siga? Isso está parecendo a proposta que Cristo fez a São Pedro.

— Não é bem assim. De início, vai ficar afastado dos seus serviços por dois meses. É possível que em dois ou três dias já poderá sair do hospital e nós três, ou seja, o senhor, a capitã e eu devemos ter uma primeira reunião. Acho isso urgente.

– Parece que vocês dois já decidiram tudo por mim.

Maurício pensou um pouco.

– A capitã está preocupada com a sua vida. E eu confesso que estou sozinho, porque a capitã é mulher e ocupa cargo que a obriga permanecer em Brasília. Com certeza teremos algum trabalho de campo. Não sei se me faço entender.

O tenente entendia. Sentiu simpatia por esse dr. Maurício. Gostou de ouvi-lo dizer que a capitã estava preocupada com a sua vida. Mas será que vai dar certo trabalhar com a capitã?

O tenente olhou para a janela. O sol de Brasília já estava quente. Aquele céu azul era enganoso. O pôr-do-sol colorido de todas as tardes lá no horizonte distante do cerrado do Planalto Central também era enganoso. Não havia tanta felicidade assim na vida humana para essa celebração da natureza.

– Já vinha pensando mesmo que estava sem saída. Em alguma coisa perigosa eu entrei e não sou inocente. Sei que também, doravante, corro perigo. Fico agradecido pelo convite e farei o melhor que puder para colaborar.

Maurício estendeu-lhe a mão, agradecido.

– Muito bem, temos de tratar de assuntos urgentes. Confesso que estava contando com a sua concordância. Acho que devemos começar pelo material que imprimiu, mas como se sente? Quando pensa que pode estar em condições de trabalho?

– Já me sinto bem melhor. A cabeça dói um pouco, mas o principal é que posso trabalhar no computador. O médico deve vir hoje à tarde. Se tudo estiver bem, posso ir para casa amanhã cedo.

– Vamos aguardar o parecer do médico, mas já vou telefonar para a capitã e confirmar a sua participação. Ela vai ficar contente. Acha que em dois até eu estarei mais seguro. Disse que ia telefonar daqui do hospital e ela me deu o número de um telefone que seria seguro.

– Não diga! O senhor devia montar uma agência matrimonial.

Usou o telefone do quarto e informou a capitã que doravante eles tinham um novo companheiro.

– Voltarei amanhã e enquanto isso vou estudar o seu material. A propósito, muito obrigado pela segurança que os seus colegas estão fazendo no hotel. Assim, posso trabalhar mais tranqüilo.

Despediu-se e a viatura da PM o levou de volta.

21

Levantara-se mais cedo e cumprira a sua rotina de ginástica. Agora mais do que nunca precisava manter a forma. No dia anterior, pedira para os policiais levarem ao hospital uma parte do material da internet para que o tenente fosse lendo.

Após as formalidades do hospital e ouvir as recomendações do médico, seguiram a um edifício de escritórios no setor comercial sul. Do próprio hospital, Maurício telefonara para a capitã dando-lhe o endereço e logo em seguida ela chegou.

Os policiais tinham ajudado a levar os impressos que foram colocados em cima da mesa na ordem de separação feita por Maurício e que o tenente mantivera. O tenente disse para os soldados permanecerem perto do edifício, mantendo a vigilância.

Depois que se retiraram, a capitã foi mais cordial.

– Felizmente não houve nada mais sério com o nosso herói, não é doutor Maurício? Mas o senhor está em condições de trabalhar, tenente?

O tenente aproveitou o momento de descontração para manter um bom diálogo:

– É bom vê-la de novo. Na verdade não é trabalho pesado, e o ambiente é confortável. Se me cansar, eu aviso.

A capitã olhou em volta e perguntou:

– Como o senhor conseguiu esta sala? Está muito bem decorada. Aliás, é mais de uma sala. É um conjunto com quatro salas, dois banheiros, mesas de trabalho, sofás, bom ambiente.

– Pertence a um colega aposentado. Ele comprou este conjunto para advogar depois da aposentadoria e insiste que eu venha trabalhar com ele. Quem sabe?

De fato, o conjunto era bem organizado. Tinha sala de espera, com sofás, cadeiras e mesa de centro, além de quatro salas, funcionalmente mobiliadas, estante, computador, telefone, enfim o ambiente era acolhedor e espaçoso.

A geladeira tinha água e refrigerantes. A grande garrafa térmica com café quente mostrava que Maurício havia pensado em tudo. Dessa forma, evitavam a presença de pessoas perguntando se queriam água ou qualquer outra coisa.

– O senhor pensou em tudo – disse a capitã.

– Telefonei hoje de manhã para o dono da sala e ele mandou essas regalias todas. Também disse a ele que não queria ser interrompido e principalmente não queria que ninguém soubesse que estava em Brasília. Justifiquei que estava fugindo de compromissos da Receita. Hoje é sexta-feira. E ele tem uma chácara perto de Goiânia e foi para lá. Acho que estamos tranqüilos e podemos discutir esses assuntos com mais critério.

Depois dessas explicações, voltou-se para ela:

– A senhora está no comando. Acho que o nosso parceiro já leu o material e anda curioso.

O tenente não perdeu a oportunidade de exercer a sua bonomia.

– Se a senhora achar que a platéia é muito grande, eu posso sair.

Mas em vez de estragar o ambiente, todos riram e Maurício serviu o café, enquanto a capitã fez um pequeno resumo dos fatos, analisando-os sucintamente, para ajudar nas decisões que eles teriam que tomar.

Não falou mais do que vinte minutos, resumindo o tema da reunião e os perigos pelos quais já tinham passado. Nem Maurício nem Rogério a interromperam para que ela não perdesse o seu melhor raciocínio. Falara como uma comandante e pelo jeito já tinha feito palestras para platéias selecionadas.

O tenente comentou:

– Estou impressionado. Estava desconfiando de coisas assim, mas não pensei que vocês já tinham passado por tudo isso. Não imaginava também que o Exército estava tão preocupado.

Para Maurício, no entanto, todas aquelas coisas estavam ainda muito vagas. Era preciso orientar os trabalhos para situações objetivas. Procurou mostrar essa preocupação.

– Acho muito importante que tenhamos informações niveladas sobre o problema. Mas entendo que é muito importante que elas nos levem a conclusões sobre o que de fato está acontecendo e o que ainda pode acontecer.

Eles sentiram o tom de seriedade que estava sendo dado à reunião e ele continuou:

– De concreto, o que nós temos não é muito esclarecedor. A morte do general, outra morte no Chuvisco, dois atentados, uma Confraria no meio da selva e a ameaça de origem não identificada de invasão da Amazônia. Como ligar esses fatos?

Pegou uma das folhas que o tenente imprimiu:

– Por exemplo, existe aqui um estudo de dois cientistas, que desmistificam as propagandas contra a Amazônia. O que pode nos dizer esses estudos?

Eram informações veiculadas no seminário da ESG sobre as declarações de Patrick Moore, fundador do Greenpeace, e Philip Stott, publicadas no *New York Post* em 9 de julho de 2000. Segundo esses dois ambientalistas, as teses divulgadas nos EUA e Europa sobre os perigos ambientais para a humanidade provenientes da devastação da floresta amazônica eram falsas.

Para esses dois cientistas, *"O movimento para salvar a floresta tropical amazônica é incorreto. E na melhor hipótese o movimento desencaminhou-se.*

Na pior hipótese, ele é uma fraude. Todos os segmentos dos salvadores da floresta amazônica estão baseados numa falsa ciência. Estão simplesmente errados. Nós encontramos a floresta tropical amazônica, mais de 90% dela intacta. Voamos sobre toda a sua extensão e contatamos com todas as autoridades. Estudamos as fotos de satélites em toda a área."

— É um estudo bem recente e publicado por pessoas insuspeitas. Então, a primeira conclusão é que alguém está criando situação inexistente e isso por si só é suspeito. Pelas pesquisas da Embrapa, que é um órgão do Ministério da Agricultura respeitado em todo o mundo, o desmatamento gira em torno de 10%, devendo ainda ser considerado que mais de 70% desse percentual circunda áreas urbanas, ou seja, desmatamento para produção de alimentos num país onde dezenas de milhões de pessoas passam fome. Isso não pode ser visto como uma agressão ao meio ambiente.

— Então – disse o tenente –, o crime do qual nos acusam é uma farsa e, portanto, a acusação é uma fraude.

— É isso aí. E, nesse caso, podemos começar pelos primeiros passos da investigação criminal: a quem interessa a farsa?

A capitã deixava os dois dialogarem.

— Aí é mais fácil. É só ir atrás das divulgações enganosas e de quem está fazendo pressões.

— Pois é, tenente, mas aí a gente se assusta, porque as pressões levam diretamente aos Estados Unidos e à Europa. Por exemplo, essa informação de que no ano de 1991 o presidente Collor e o secretário do Meio Ambiente do Brasil, Lutzemberg, participaram de reunião a bordo do iate real *Britannia*, que emblematicamente estava ancorado no rio Amazonas, e nessa reunião estavam presentes o príncipe Charles, o ministro do Meio Ambiente da Inglaterra, o diretor da Agência de Proteção Ambiental dos Estados Unidos e o coordenador da Comunidade Européia, é indicadora de pressões internacionais.

O tenente brincou:

— Não me convidaram para essa reunião e não sei o que falaram, mas isso tudo está circulando por aí e ninguém contesta.

— Logo depois, Collor foi aos Estados Unidos e o presidente George Bush entregou-lhe uma carta de senadores americanos para que a delimitação da reserva dos ianomâmis fosse acelerada. Houve pressão também da ONG inglesa, a WWF – Fundo Mundial para a Natureza, e o Collor, então, criou, criando a Reserva Ianomâmi, juntamente com a Venezuela.

— Só do lado do Brasil, são dez milhões de hectares, para apenas oito mil índios.

— O mais grave é que o presidente venezuelano, Carlos Andrés Peres, também criou uma reserva do lado da Venezuela e, com a reserva brasileira, acabou por inviabilizar antigo projeto de ligação da bacia do Prata com o Orenoco, através da bacia Amazônica.

– É verdade. Li aí nesses artigos que um dos planos de desenvolvimento econômico da Amazônia é a ligação do rio Paraguai até o Orenoco, ligando o Pacífico ao Atlântico, com essa imensa rede fluvial.

O tenente continuou:

– Coincidência ou não, tanto o Collor como o Andrés Peres acabaram sendo afastados do governo por corrupção.

– E segundo esses artigos, o Lutzemberg recebia salários da ONG Gaia Foundation – completou a capitã.

– Dá o que pensar, não dá? – comentou o tenente.

– Bem, parece que não está sendo difícil identificar os interessados. Agora, vamos a outro exercício que também não parece difícil. Vamos tentar descobrir em que é que estão interessados.

– Acho que isso aí não precisa de muito raciocínio – disse o tenente. – Existem pronunciamentos do próprio Senado Federal de que só em petróleo e gás deve existir na Amazônia seiscentos e cinqüenta bilhões de dólares.

– Já mandei fazer um levantamento na minha fazenda para vender madeira. A média por hectare foi de dez metros cúbicos, o que não é das mais otimistas. Ora, se um quilômetro quadrado tem cem hectares, então devemos ter uma média conservadora de mil metros cúbicos por quilômetro quadrado. Supondo que a Amazônia tenha ainda uns quatro milhões de quilômetros quadrados de florestas, então a nossa reserva de madeira seria de quatro bilhões de metros cúbicos.

– E quanto poderia valer o metro cúbico?

– No caso, devemos pensar valor da madeira industrializada que tem preço médio de mil dólares o metro cúbico.

A capitã franziu a testa.

– Tudo isso? O senhor está calculando que a floresta amazônica pode ter valor agregado de quatro trilhões de dólares? Só em madeira?

– Mas não é só isso. Os produtos industrializados por laboratórios químicos podem chegar a quinhentos bilhões, e ainda existem minérios em quantidade insondável. A Amazônia é um patrimônio hoje de mais de dez trilhões de dólares. Ela sozinha vale muitas vezes a nossa dívida interna e externa somadas.

A capitã falou pensativa:

– É uma tentação para esses países. E está tudo meio abandonado.

Foram verificando os trabalhos impressos pelo tenente. As estimativas do Senado não estavam isoladas. Havia estudos dizendo que só na reserva dos índios ianomâmis a riqueza mineral superava um trilhão de dólares.

– O Instituto Nacional de Pesquisas da Amazônia, o Inpa, tem estudos indicando que seriam necessários três trilhões de dólares por ano para controlar o efeito estufa, se não existisse a floresta amazônica – comentou a capitã, que continuou:

– Segundo alguns pesquisadores da Universidade de Maryland, nos Estados Unidos, os benefícios criados pela floresta corresponderiam a 1,1 trilhão de dólares por ano.

O tenente começou a esfregar o rosto com a palma das mãos e a capitã perguntou preocupada:

– O senhor está bem, tenente?

– Estou sim, obrigado. É que esses números me assustam. Como é que nós três vamos conseguir defender um tesouro dessa ordem? Somos três mosqueteiros. E o nosso D'Artagnan morreu.

Arrependeu-se com a brincadeira que fez com a morte do general e mudou logo o assunto, antes que a capitã se ofendesse:

– Vocês sabem se existem ONGs querendo internacionalizar as florestas dos países ricos?

Maurício preferiu voltar às análises.

– Já temos portanto resposta a duas questões: "Quem?" E "O quê?" Falta responder "Quando?" e "Como?" Vamos começar com o "Como". Talvez identificando os meios de ataque fique mais fácil responder o "Quando".

Olharam para a capitã, que estava calada e entendeu a muda indagação deles.

– Os senhores sabem que o nosso efetivo na área é muito pequeno.

O tenente perguntou:

– E as polícias militares?

Ela balançou a cabeça.

– Não podemos contar com polícias comandadas pelos governos locais. Não quero ofendê-lo. Mas temos receio de que, se surgir movimento de desligamento da Amazônia, haja apoio local.

Maurício ficou em silêncio. "Ela não precisava ter dito isso."

O tenente ficou indignado.

– A senhora não está querendo dizer que a Polícia Militar é traidora, não é?

– Desculpe. Fui infeliz no comentário. Mas as Forças Armadas acham que, seja lá quem for que está organizando isso, certamente já conta com apoio dentro do nosso governo, dentro do próprio Exército e principalmente entre os governos locais.

O tenente olhava para ela incrédulo.

– Então não podemos confiar em ninguém? Nem mesmo nas Forças Armadas?

– O general Castro morreu. Era o chefe da Abin e não sabemos ainda quem é o responsável. Nós mesmos quase morremos. Eu, em três situações, duas das quais só não morri porque o senhor estava lá.

Ela falou de modo comovente. Os olhos estavam lacrimejantes e a face vermelha. Pegou um lencinho na bolsa.

– Desculpe. Essa situação está me deixando muito nervosa.

O tenente olhou para Maurício como se perguntasse o que ele estava fazendo ali ainda e não os deixava a sós pelo menos uns minutos. Mas procurou amenizar a tensão do momento.

– A senhora é que me desculpe, capitã. Mas, pelo que está dizendo, não temos condições de enfrentamento armado. Aliás, isso consta até mesmo de alguns estudos. Mas, então, o que podemos fazer?

A capitã voltara ao normal e respondeu:

– Primeiro, acho que nenhum país tentará invadir a Amazônia pelos meios convencionais de guerra. Estamos também organizando forças de resistência para cansar o inimigo. O problema é que os adversários estão adotando para a Amazônia uma estratégia que chamamos de "anestesia local".

– Anestesia local? Nunca ouvi falar disso como estratégia militar.

Maurício também achou interessante essa observação da capitã. Pelo menos as Forças Armadas não estavam omissas e vinham analisando todas as hipóteses.

– Não é difícil entender. ONGs, pressões sobre os governos locais, como por exemplo o caso já conhecido de empréstimos internacionais só serem liberados mediante a criação de reservas dentro do Estado tomador do empréstimo, a propaganda internacional, e assim por diante. O país fica anestesiado em pontos localizados, até perder toda a sensibilidade.

– E se a Amazônia for dividida em vários alvos? – perguntou Maurício.

– O senhor quer dizer, por exemplo, os Estados Unidos ficam com o Estado do Amazonas, a Inglaterra cuida de Roraima, algo assim?

E, sem esperar a resposta, continuou:

– Já pensamos nisso. A divisão geográfica é uma das formas de soberania compartilhada. Isso pode ocorrer, mas acreditamos que em último caso. Por enquanto o que existe é uma luta surda e oculta pela ocupação da Amazônia.

A capitã falava com tom de voz de quem tinha informações privilegiadas:

– Sob o ponto de vista da evolução econômica, a Europa é a região mais carente de meios naturais de riqueza. A China, a Índia e outros países populosos da Ásia são carentes de espaço para a produção de alimentos. Já os Estados Unidos se apóiam no Direito Geográfico para manter sua hegemonia mundial.

Maurício comentou:

– A senhora tocou num ponto interessante. De fato, já existe certa agressividade nas atitudes dos países interessados. A vida humana, pelo menos a nossa vida humana – e frisou o *nossa* – não conta para eles. Vejam só essa questão do "malthusianismo" do Kissinger.

E mostrou um impresso com o título de "*O Memorando NSSM: o malthusianismo institucionalizado na política exterior dos Estados Unidos.*"

– Estudei esse tal de Malthus para o concurso do Itamaraty. A teoria dele é de que a população mundial cresce em ordem geométrica enquanto a produção de alimentos cresce em ordem aritmética, ou seja, num certo dia, vamos todos morrer de fome.

– Mas isso não acontece porque, segundo Malthus, as guerras, as epidemias e a fome crônica acabam eliminando o excedente da população e criando novo equilíbrio do estoque humano. Mas isso não vem acontecendo e a população mundial cresceu, ameaçando as reservas de alimentos.

– Estoque humano! – repetiu o tenente, como se não tivesse gostado da expressão.

Maurício não deu atenção e continuou:

– Segundo esse artigo, Henry Kissinger, quando era chefe do Conselho de Segurança Nacional, e George Bush, que na época era o chefe da CIA e posteriormente foi eleito presidente dos Estados Unidos, elaboraram uma política secreta com a finalidade de reduzir a população dos chamados países do Terceiro Mundo, inclusive o Brasil, para sobrar matérias-primas e alimentos para os Estados Unidos.

Nem a capitã, nem o tenente fizeram comentários.

– O que dá para se entender desse artigo é que o crescimento das populações no Brasil, Índia, Bangladesch, Paquistão, Egito, Turquia, México, Indonésia, Filipinas, Tailândia, Etiópia, Nigéria e Colômbia podia colocar em risco a produção de alimentos e o suprimento de minerais para os Estados Unidos.

– Não tive tempo de estudar esse artigo como devia, mas entendi que os Estados Unidos só iriam ajudar os países pobres que fizessem controle de natalidade – disse o tenente.

– É por aí.

– Eu só não entendo como não puseram a China.

– A China era comunista, nenhuma estratégia de controle populacional dos Estados Unidos seria aceita por lá.

A capitã foi sarcástica:

– Que sensibilidade humana. Não se vislumbra aí nenhum humanismo, mas apenas americanismo. Não estão preocupados realmente em reduzir o controle da população para salvar o mundo, mas todo o enfoque é para salvar os Estados Unidos.

– É – disse o tenente. – Dá para entender a facilidade como eles querem matar um brasileiro para salvar uma árvore. Ora, se eles fazem plano de deixar que a população morra de fome para que sobre comida para eles...

– Existem motivos reais para preocupação. Olhem essa conclusão do mesmo trabalho que foi divulgado como sendo da ESG:

O exame, ainda que superficial, do mapa demográfico mundial, mostra-nos regiões superpovoadas e regiões despovoadas. Entre estas destacam-se o Saara, a Antártida, as vastidões geladas da Sibéria, o norte do Canadá, o Alasca e as alturas nevadas do Tibete ou alguns outros maciços e a Amazônia. Todas estas regiões são praticamente inabitáveis, exceto a última — a Amazônia.

Levando-se em conta a explosão demográfica mundial, a terra desabitada, mas habitável, da Amazônia será objeto cobiçado. E se for a única, corre perigo, independentemente do consenso ou dos tratados...

– E parece que não somos nós brasileiros os únicos a achar que essas idéias ambientais escondem outros interesses. Ainda o seminário da ESG traz um estudo interessante. E leu:

No livro dos jornalistas americanos Gerard Colby e Charlott Dennett, com título em português Seja feita a vossa vontade, *Rio de Janeiro, Record, 1988, assim é abordada a geopolítica do Departamento de Estado: "No caso da Amazônia tais disfarces estão embutidos nas mistificações ambientalistas, nas hipocrisias rotuladas de direitos humanos e nas distorções conceituais sobre reservas indígenas para encobrir as políticas de exploração econômica que tem sido tratadas, com apoio nos meios de comunicação de massa, que manipulando a cultura de massa, no que diz respeito às culturas populares nacionais, conseguiu, utilizando-se de poderes locais subservientes e de formadores de opinião mercenários, criar um estado coletivo de passividade ou alienação que favorece a penetração dos poderes externos hegemônicos com seus planos de novo tipo de colonização. A colonização que está sendo posta em prática difere da colonização (ou globalização)...*

Como se quisesse dar descanso a Maurício, a capitã observou:

– Não há dúvida de que estamos em estado de beligerância e temos o dever de proteger o território nacional, seja qual for o invasor. É muito significativo que esse estudo tenha chegado à conclusão de que o livro Seja Feita a Vossa Vontade, de mil e noventa e quatro páginas, escrito por jornalistas americanos põe em evidência que *"as políticas ambientalistas e de direitos humanos e proteção dos povos indígenas, do arsenal das missões religiosas"* têm atuado *"como força-tarefa para transferir aos Estados Unidos não a superfície amazônica, mas do que sobre e sob ela está. Razão por que ela deve permanecer como reserva estratégica do poder norte-americano".*

Maurício lembrou que o ex-ministro da Economia, hoje deputado Delfim Netto, escreveu artigo em que disse:

Eu achava isso tudo paranóia, mas hoje acredito que é possível uma reserva indígena declarar independência do Brasil e obter o reconhecimento imediato dos Estados Unidos.

– O ridículo disso tudo é que já estão vendendo a Amazônia até pela internet. O senhor notou? – perguntou o tenente.

– Sim. Sim. É como dizem aqui num dos artigos colhidos pelo senhor. Oferecem uma propriedade desenhada no mapa sem nenhuma documentação e informam aos interessados que eles podem criar uma *"área particular de reserva natural para proteger a Amazônia"*. E dessa forma já surgiram talvez mais de mil ONGs que constituem um poder informal na Amazônia.

O dia estava quente e por sorte a sala tinha ar-condicionado que funcionava bem e eles podiam conversar confortavelmente. A capitã aproveitou o momento e olhou para o tenente. Sem afetação, mas escondendo qualquer encanto que poderia ter a voz feminina, perguntou:

– O senhor está bem, tenente? Acha que podemos continuar ou prefere repousar?

O tenente esforçou-se para sentir um tom amistoso naquela voz.

– Ah! Sim. Esse assunto está palpitante. Tenho analgésicos, caso necessário, mas estou bem. Aliás, se me permitem, vou pegar água na geladeira.

Mas não foi preciso levantar-se. A capitã pediu-lhe para continuar sentado e trouxe água e café.

Maurício continuou:

– Desde criança, nos ensinam que a Amazônia é nossa. E isso se incorpora aos nossos sentimentos como verdade absoluta. No entanto, lá nos países que vêm descobrindo e dominando o mundo há milhares de anos, o desenho do Brasil é apenas uma carta geográfica sujeita a alterações.

E depois filosofou:

– Sabem, ou melhor, os senhores sabem melhor do que eu que só se formula uma conspiração contra um organismo com a anuência dele. Até mesmo no organismo humano se pode confirmar essa teoria. Os vírus só atacam com o organismo desprevenido ou imprudente.

Percebeu aquele olhar de quem não está entendendo.

– É simples. Quem pode afirmar que regiões como Manaus, Belém e Porto Velho, já não estariam de acordo com essa internacionalização, conforme alertou a capitã?

– É – disse o tenente –, não tinha pensado nisso. Uma conspiração desse vulto, com tanto dinheiro envolvido e com esse imenso território cheio de riquezas, com certeza tem gente de dentro. Só pode ter. Aliás, aí está a explicação dos atentados.

Maurício levantou-se para pegar outro impresso, quando o celular do tenente tocou.

– Sim, é Rogério, o que houve? Não diga! Está bem. Está bem. Me dê notícias. Boa sorte.

O tenente olhou para eles, meio cético e foi categórico:

– Temos de sair daqui. Jogaram uma bomba no quartel e todas as unidades foram chamadas. A situação é de emergência e os policiais que estavam aí em vigilância tiveram de ir. Na minha opinião, isso foi plantado, para ficarmos sem segurança.

A capitã olhou-o surpresa e disse:

– Concordo com o senhor. Temos de sair daqui, mas não se preocupem. Terão dificuldade de chegar a este edifício.

Maurício disse:

– A maioria dos papéis pode ficar. Acho que ninguém vai se interessar por eles. Vou levar apenas alguns que me despertaram maior interesse.

Saíram. Maurício foi até a mesa e pegou um maço de papéis que estavam separados. Depois trancou tudo enquanto os dois desciam as escadas que ficavam no fim do corredor. Quando passou pelo elevador social, ele estava subindo. Podia ser coincidência, pois afinal era edifício comercial, um prédio de escritórios. Apertou o passo e alcançou os outros dois. Chegaram ao térreo e os policiais já não estavam mais lá.

A capitã pegou um walk-talk e logo depois três veículos se movimentaram. Eles entraram no carro do meio e saíram do local.

Maurício notou que todos os veículos que entravam na rua estavam sendo vistoriados por uma equipe de segurança do Exército. O tenente olhou aquilo e disse:

– É, capitã. A senhora estava cuidando da minha saúde, não estava?

Ela sorriu e o tenente preferiu ficar no alojamento do quartel da Polícia Militar. Lá ele estaria seguro e tinha ainda quem o levasse a algum lugar, se precisasse.

O aparato policial em frente do quartel era grande. A explosão havia destruído a guarita da entrada e houve vítimas. O tenente foi transferido para uma viatura e levado para o alojamento, onde nada tinha acontecido.

A capitã levou Maurício até o hotel. Ele queria estudar melhor os papéis que havia trazido. Ela foi para o seu gabinete e ficaram de se comunicar mais tarde para marcar novo encontro.

22

O homem da CIA acompanhou a saída do tenente do hospital até a quadra 2 do setor comercial sul. Deixou o carro no estacionamento perto do bloco 5 e foi até a livraria que ficava no edifício ao lado, de onde podia perfeitamente acompanhar os acontecimentos.

Comprou uma revista e sentou-se no banco de cimento, embaixo de uma árvore, e passou a observar discretamente tudo o que acontecia. Examinou o bloco 5. Um prédio comum, de escritórios, moderno, construído sobre pilotis, com espaço livre embaixo.

"Com certeza a capitã ainda vai aparecer", pensou ele. "Os dois já subiram e os fardadinhos já levaram a papelada."

Logo chegaram três viaturas do Exército. A capitã estava na viatura do meio e bem protegida. "A mulher da Abin", pensou ele.

O prédio tinha dois elevadores. Ele levantou-se calmamente, foi até a banca de jornal, comprou o *Diário de Brasília* e se dirigiu ao saguão do prédio. Brasília é cidade cheia de fardados e, portanto, uma militar a mais ou a menos não podia impressionar. Ele olhou para a capitã como se fosse apenas uma mulher com curvas que chamavam a atenção, sem demonstrar curiosidade.

Quando a porta se abriu, ela e mais algumas pessoas que trabalhavam no edifício entraram e ele também. Viu que ela apertou o botão do quarto andar e ele apertou o do terceiro. Saiu do elevador e caminhou pelo corredor como se fosse a alguma sala determinada, mas quando o elevador fechou as portas ele voltou e apertou o botão de descida.

Voltou para o banco, pôs o jornal e a revista de lado, pegou o celular e discou.

A quase 20 mil quilômetros de distância, no Centro de Processamento de Dados da NSA, em Langley, uma pessoa disse em inglês:

– Já estou com as coordenadas. O celular que você está usando é muito completo. Serve para muitas coisas.

– Preciso que você me diga se alguém está acionando algum daqueles sites a partir de agora.

Pacientemente, ficou observando. O carro da PM continuava estacionado perto do seu. Os militares faziam controle de entrada e saída de cada motorista. Não gostou. A cada dez minutos informavam que nenhum computador dentro daquele edifício estava ligado nos tais assuntos.

– Nada? Existem computadores ligados nessas coordenadas, mas nenhum está fazendo pesquisas nesses sites? Entendo. Continue atento.

As informações que chegavam era sempre negativas. Depois de quase três horas, o veículo da Polícia Militar saiu de forma apressada. Viu que um dos policiais tinha telefonado antes e imaginou que era alguma comunicação com os três do quarto andar.

Achou aquilo estranho. Dirigiu-se displicentemente para o seu carro. Precisava ver se ele estava fácil de sair. Havia dado uma boa gorjeta para o guardador que ficava ali fingindo que tomava conta dos carros, porque ia precisar dele se tivesse de sair com pressa.

Não demorou muito e os três apareceram apressados dirigindo-se para os veículos do Exército, que também se movimentaram. Eles entraram no veículo do meio e se foram. "Acabou o controle", pensou, e foi até carro, onde o guardador o esperava, solícito.

O telefone tocou. Era da NSA.

– Encontrou alguma coisa?

– Não, respondeu o outro, mas aconteceu alguma coisa aí por perto. Pelo nosso sistema, houve uma explosão que, pelo mapa da cidade, é no setor policial, na direção do aeroporto. Uns dez quilômetros de onde você está.

– OK. Thanks. Ligo se precisar.

Acompanhou, com cuidado e um pouco afastado, as viaturas, mas nem precisava, porque conhecia o local da explosão. Chegou no momento em que o tenente era conduzido por outra viatura para dentro do quartel.

Evitou ficar por perto porque o ambiente estava muito vigiado. Foi até mais adiante e ficou observando pelo retrovisor os veículos do Exército que logo saíram e tomaram o rumo do setor hoteleiro.

"Uma explosão num quartel da PM? Mas com que finalidade? Bem, o pessoal não se sentiu muito confortável e saiu às pressas. Eu também teria feito o mesmo. Mas penso que estão cometendo um erro. Esses brasileiros são tão confiantes!..."

Maurício pegou a chave na recepção e foi para o quarto. Saiu do elevador com cuidado, examinou o corredor e tomou precauções para evitar surpresas. Achou que o tenente exagerou na história da bomba no quartel. Se fosse para tirar os guardas de perto do edifício onde estavam, teriam tirado também os soldados da capital. Mas, enfim, é bom ser precavido.

Pegou o telefone e ligou para o tenente. Tinham pedido para Rogério deixar o celular ligado.

– Pronto. É o tenente Rogério.

– Tenente, é Maurício. O senhor está bem? O que aconteceu aí?

– Olha, não sabem ainda os motivos dessa bomba, mas o quartel já está em ordem.

Os peritos estão fazendo todos os testes possíveis no material do artefato.

– Ótimo. Uma pergunta: o senhor não ligou a internet ainda, não é?

– Não, não liguei, o senhor quer alguma pesquisa?

– Não, não. É apenas uma questão técnica. O senhor acha que é possível que alguém consiga descobrir quem puxou esses trabalhos pela internet?

Houve um certo silêncio do outro lado.

– O senhor está querendo saber se do lado dos adversários existe algum expert que possa me rastrear?

– Isso mesmo.

Novo silêncio e o tenente respondeu:

– Sem nenhuma dúvida. Esse é um ponto estratégico. É melhor não mexer mais nessa tal de internet por enquanto. Mas é importante encontrar uma saída para isso, pois a internet vai ser importante para nós.

– Claro. Então, por enquanto, é melhor não chegar perto de computador. Quando o senhor volta ao hospital?

– O médico pediu para eu voltar lá daqui três dias, mas estou me sentindo bem. Nós temos aqui um médico de plantão e pode ser que nem volte lá.

Maurício pensou um pouco e se arriscou.

– Como está se sentindo? Muito cansado?

– Não, estou bem. Por quê?

– É sobre aqueles trabalhos em linguagem diferente. Na minha opinião aquilo são mensagens e acho que a gente precisaria começar a tentar decifrar aqueles trabalhos com urgência.

– Cheguei a pensar nisso, por isso imprimi o material. Mas não consegui entender nada daquilo. O que propõe?

– Olha, se puder vir até aqui. Quem sabe os policiais que estavam vigiando o hotel antes...

Parou de repente.

"Meu Deus! Os policiais não estão aqui. O tenente está num quartel e bem vigiado. A capitã está dentro de um órgão de segurança e muito protegida, mas eu estou aqui sem proteção nenhuma."

Do outro lado da linha, a iminência do perigo ficou clara.

– Estou indo para aí agora com os policiais. Não saia do quarto. Chame a segurança do hotel.

Desligou o telefone. Maurício olhou pelo espelho da porta e não viu ninguém no corredor. A camareira estava limpando um quarto quase em frente e ele não teve dúvidas, pegou o seu 38, colocou-o sob a camisa, abriu a porta e saiu deixando que ela batesse e se fechasse sozinha. Correu até o quarto onde estava a camareira, entrou e fechou a porta. Ela se assustou e perguntou:

– É o senhor que está hospedado aqui? Mas não está no quarto 915?

Maurício fez sinal para ela ficar em silêncio e disse apenas:

– Não faça barulho. Parece que alguns ladrões estão no corredor e eu já chamei a polícia. É melhor ficarmos quietos.

Ela ficou branca e começou a rezar.

O olho mágico da porta não dava visão completa do corredor, mas ele conseguia ver a frente do seu quarto. Não demorou muito, chegou um mensageiro com uma bandeja na qual estava um envelope com o timbre do hotel e apertou a campainha. Não tendo resposta, apertou de novo e em seguida bateu na porta com o nó dos dedos. Um outro tipo alto, de terno, com as mãos sob o paletó postou-se em frente à porta do quarto 913, que era contíguo ao dele.

Os quartos pares ficavam de um lado do corredor e os ímpares do outro. Debaixo da bandeja, escondida sob um guardanapo branco, o "garçom" segurava uma arma.

Ouviu o mensageiro tocar a campainha novamente e com insistência. A camareira afastou-se e foi para o fundo do quarto. De onde estava, podia ver as portas dos elevadores e um deles estava subindo. O tenente podia aparecer no corredor a qualquer momento. Estava pensando numa maneira de ajudá-lo, mas sabia que, se abrisse a porta do quarto onde estava, seria eliminado sem tempo de reagir. Aqueles sujeitos eram profissionais e estavam em dupla.

A porta do elevador se abriu e ele não teve mais dúvidas. Precisava avisar o tenente e a melhor maneira seria distrair aqueles dois. Pôs a mão na maçaneta, mas ficou aliviado quando viu que não era o tenente que estava chegando.

Um sujeito moreno, de terno marrom amarelado, saiu descuidadamente e caminhou em direção ao quarto 917. Os dois ficaram alertas, sem saber que atitude tomar. Não contavam com o intruso, mas, por outro lado, o alvo que devia estar no quarto 915 ainda não tinha aparecido.

O recém-chegado cumprimentou-os com um "bom dia" e parou diante da porta do quarto 917 para abri-la. Levou a mão ao bolso da camisa, por baixo do paletó, para pegar a chave. De repente, foi como numa cena de faroeste. Ele virou-se com rapidez para o que estava em frente o quarto 913 e atirou. O mensageiro deixou a bandeja cair e apontou a arma para o intruso, mas era tarde. Foram apenas dois tiros, um em cada testa.

O sujeito foi até o mensageiro e arrastou-o para longe do quarto de Maurício. Nisso a porta do elevador se abriu e o tenente saiu correndo empunhando a arma. Apontou para o moreno que levantou as duas mãos e sorriu.

Maurício abriu a porta.

– Calma, tenente, não sei quem é ele, mas certamente não está contra nós. Explico depois. Virou-se para o outro e perguntou:

– Quem é você?

– Talvez a gente se encontre mais vezes por aí. Vocês terão notícias minhas. Acho melhor o tenente encontrar uma explicação razoável para isso, e apontou para os dois. Depois, tomou o elevador que ainda estava parado no mesmo andar e desceu.

O tenente olhou para o elevador sem saber se prendia o moreno ou seguia as ordens dele. Olhou para os dois corpos no chão, mas Maurício levou-o para o quarto e explicou o que houve.

– Ainda bem que o senhor pensa rápido. Os safados não iam aprontar nada com a gente lá no escritório. Era muito difícil e ainda tinha a segurança do Exército. O que eles queriam era tirar os policiais de perto do hotel.

– Mas quem será esse sujeito? Com certeza vamos vê-lo de novo. Ainda bem que existe gente querendo nos salvar. Uns querendo matar e outros aparecendo de surpresa para ajudar.

Maurício lembrou-se da Buritizal e da possível intervenção dos templários.

– Esse assunto está ficando cada vez mais esquisito. Esse sujeito saiu do elevador com a certeza de que ia encontrar dois assassinos prontos para o crime. Num instante, percebeu que um deles estava com a arma debaixo do paletó e preparado para atirar, enquanto que a bandeja era um empecilho para o outro. Deu um tiro na testa de cada um e saiu tranqüilamente como se tivesse tomado sorvete. Me responda: em que organização existe gente assim?

– Com certeza não é coisa do Brasil, mas não senti sotaque estrangeiro quando ele falou.

– Pois bem – disse Maurício –, a conclusão é que nós estamos sendo seguidos por mais de uma organização.

O tenente chamou os policiais da viatura e foram feitas as formalidades normais. O Boletim de Ocorrência policial informou que o tenente Rogério ia falar com o dr. Maurício e encontrou dois ladrões nos corredores. Eles se assustaram quando o viram e o tenente, mesmo doente, reagiu. Outro ato de heroísmo.

– Já almoçou?

– Ia comer qualquer coisa quando me chamou.

– Bem, o hotel deve estar um alvoroço. O senhor virou herói novamente.

Acho melhor pedir alguma coisa aqui no quarto e assim a gente ganha tempo para decifrar esse enigma.

Maurício preferiu não falar na capitã. Os dois se comportaram bem e era melhor que as coisas andassem por si mesmas. Conversaram sobre vários assuntos para distrair um pouco a mente e depois do lanche Maurício pegou os papéis que trouxe do escritório.

Eram seis mensagens em código. Todas elas enviadas para sites desconhecidos. A origem também era desconhecida. É óbvio que um assunto desse tipo devia ter código para transmissão de mensagens.

24

O homem da CIA seguiu os veículos do Exército até o hotel onde estava hospedado o homem da Receita. Ele não quis se aproximar muito e seria melhor ficar por ali. "Tenho tempo", e procurou uma vaga na rua ao lado, onde o guardador veio correndo para orientá-lo. Ia estacionar quando outro carro chegou por trás e tomou a vaga.

– *Ei!* – gritou. – Essa vaga é minha, pergunte ao guardador.

– Não senhor! Eu cheguei primeiro – disse o outro, que deu dez reais ao guardador e disse para ele ir embora dali.

No entanto, a posição do outro carro bloqueava o seu e ele nem podia sair para procurar outra vaga, porque não tinha mais espaço. Também não podia deixar o carro ali, porque estaria impedindo todos os outros carros. "Isso também foi proposital." Avançou sobre o outro, tomou-lhe a chave, afastou o outro carro e estacionou o seu, saindo rapidamente, enquanto o proprietário do carro aprontava um escândalo.

"Depois eu vejo como resolver isso, mas agora preciso ir àquele hotel", pensou e saiu correndo.

Chegou à entrada do hotel meio suado. Ajeitou-se para não parecer muito esquisito e o porteiro cumprimentou-o:

– Boa tarde, doutor. Está quente hoje, não?

"Mania de brasileiro, todo mundo é doutor. É só por gravata, vira doutor."

Respondeu o cumprimento e entrou na recepção. Estudou com rapidez o ambiente. Estava tudo calmo. "Coisa estranha. Será que meus pressentimentos estavam errados, ou será que cheguei cedo demais? Ou será tarde demais?"

Não passou muito tempo e uma viatura da PM chegou ao hotel. "O tenente? Será que perceberam em tempo a besteira que estavam fazendo?" Viu o policial descer da viatura e ir às pressas para o elevador. O hotel dispunha de três elevadores sociais. Um deles havia subido até o último andar, mas tinha antes parado no nono. Dos outros dois, um estava no térreo e outro estava descendo.

O tenente entrou e o elevador subiu. Parou no nono andar.

"Bem", pensou, "é melhor ficar observando. Se houve alguma coisa, já é tarde. Se não houve, pelo menos agora o homem não está sozinho."

Observava tudo com cuidado. Era hora do almoço e muitas pessoas vinham ao hotel e ficavam no saguão ou no bar esperando por amigos.

Logo depois, os policiais foram chamados. Os funcionários tentavam justificar. "Estão enganando todo mundo", pensou ele, "e eu também". O elevador que o tenente havia tomado estava ainda no nono andar e começou a descer. Parou no sexto. "Pegou alguém no nono andar e talvez algum hóspede do sexto", calculou. "Mas por que demorou tanto no sexto andar?" Depois, parou no primeiro andar e logo em seguida desceu até o térreo. "Ninguém no elevador? Estranho!"

Um homem de idade, meio curvado, apoiado numa bengala, passou por ele. Andava de vagar, o porteiro veio ajudá-lo e chamou um táxi.

"Idade", pensou. "Mas espera um pouco. Um velho de bengala descendo a escada? Por que não pegou o elevador? Por que será que desceu a escada? Será que ele era mesmo velho ou estava despistando? Será que ele desceu no primeiro andar e desceu pela escada? Tem coisa esquisita nesse velho. Pode ter parado no sexto andar para colocar esse disfarce de velho. Vou segui-lo".

Saiu apressado, mas a porta giratória da entrada do hotel estava com muitas pessoas. O movimento era grande, talvez devido ao horário do almoço. E, quando ele saiu, o táxi com o velho já tinha desaparecido.

Foi até o estacionamento. O outro carro tinha ido embora, o guardador também desaparecera e nada de errado tinha acontecido com o seu. "Acho que tem gente mais esperta que eu. Tenho de reconhecer isso. Mas um dia chega a minha vez." Entrou no carro e deu a partida.

Mudou de idéia, desligou o motor e voltou para o hotel.

"Não pode ser. Alguma coisa deve ter acontecido naquele hotel. É melhor voltar lá para saber."

O porteiro estava em frente a porta giratória e olhou-o como se estivesse vendo um ser desorientado, mas empurrou a porta e cumprimentou-o com um "Boa tarde, doutor".

"Imbecil", pensou.

Foi até o bar e pediu um uísque duplo, com soda.

– Movimento estranho no hotel hoje, não? – perguntou ao barman.

– Ah! O senhor não está sabendo? Parece que a polícia prendeu dois ladrões no nono andar. O ambiente ficou um pouco agitado, mas já está normal.

– Prenderam? Já levaram embora?

– Já. Saíram pelos fundos para não impressionar os hóspedes. Nunca aconteceu isso aqui antes. É uma coisa muito esquisita. E com toda a segurança do hotel. Parece ser gente que entende das coisas, porque desligaram o circuito de TV interna que vigia o corredor. Incrível, não é?

– Faz tempo que levaram os presos embora? Estive aqui há pouco e não notei nada.

– Olha, pelo que eu sei, faz uns dez minutos.

"Perdi essa também", pensou. "Com certeza não levaram nenhum preso. O velho de bengala... Por que essa sensação? Mas não vão me tirar daqui não. Sei que o tal policial e o outro não saíram. Bom, a tarde está quente e um drinque não faz mal."

O tempo foi passando. Pediu mais um duplo e depois sorriu satisfeito. Viu a capitã chegar com dois carros. Uma mulher com quatro seguranças. Dois deles, fardados, pegaram o elevador e subiram até o nono andar. Logo em seguida desceram e com eles o tenente e o homem da Receita. O homem da CIA pediu a conta e pagou deixando o troco. Dirigiu-se apressado para o seu carro.

Os veículos tomaram a direção do hospital. "Estranho. Será que algum deles saiu ferido?"

No hospital, o tenente desceu e os outros dois foram com ele. Os carros continuaram esperando. "Então a capitã entrou com eles. Morenaço!..."

Demoraram uma hora mais ou menos. Entraram no carro da frente e tomaram a avenida W3. "Ora, aonde será que eles vão? É a primeira vez que fazem esse trajeto. Aeroporto? Estranho, muito estranho." Pegou o celular, fez uma ligação e foi atrás deles.

No aeroporto, os carros não pararam no setor de aviação comercial e se dirigiram para o setor de aviões pequenos e hangares particulares. Acompanhou-os até onde pôde. Viu que eles foram deixados em frente a um hangar de táxi aéreo.

"Isso não está me cheirando bem. É outra patifaria. O que será que eles estão planejando? Não podem ser mais espertos do que eu e esse exercitozinho verde-e-amarelo é muito subnutrido para enganar a CIA. Vamos ver o que eles vão fazer. Malas? Nem o tenente, nem o homem da Receita estavam com malas, então, no máximo, se tomarem algum avião, é para vôo curto. O homem da Receita tinha apenas uma valise pequena, talvez com papéis."

Um avião Baron 58, Beechcraft, estava esperando pelos três. O motor estava funcionando e portanto já estava aquecido. Ele pegou o telefone, discou, falou e depois desligou. Gostava de ver aviões subirem e descerem. Fazia-o lembrar-se dos tempos em que era piloto na guerra do Vietnã. As condecorações e medalhas de heroísmo que recebeu não conseguiram apagar a sensação de derrota para um povo simples, mas obstinado.

O Baron movimentou-se, tomou o rumo da pista e ele assistiu com prazer à aeronave empinar o nariz e levantar, fazendo em seguida um círculo no céu para tomar o rumo Norte.

Pegou de novo o telefone e informou o seu centro de espionagem:

– Foi para o Norte. Mas acho que vai mudar de rota. Tem certeza que dá para captar o Sivam por aí? – Por que você acha que nós brigamos para que esse país não comprasse o sistema francês? Pensa bem.

Uma grande discussão atrasou por vários anos a implantação do Sistema de Vigilância da Amazônia – Sivam. Empresas americanas e francesas desencadearam uma guerra de acusações pela imprensa, para conseguir o contrato de US$ 1,4 bilhão de dólares, ao final firmado com a empresa americana Raytheon, deixando dúvidas que levaram à demissão do chefe do cerimonial do presidente Fernando Henrique Cardoso e várias investigações sem conclusões.

– Ótimo. Preciso saber onde ele vai pousar. O Baron não é um avião pequeno e portanto deve ser numa pista boa. Deve ser alguma pista homologada. Estou na espera aqui no aeroporto porque preciso agir rápido. E desligou.

Dez minutos depois o telefone tocou.

– Ele fez plano de vôo para as seguintes coordenadas S11.25.10 e W058.42.06. Pelo meu registro trata-se da cidade de Juína, no norte de Mato Grosso. Mais ou menos 685 milhas de distância.

"Juína? São mais ou menos quatro horas de vôo nesse Baron. Bem, ele tem autonomia para cinco horas. Sobra uma hora de margem de segurança. É suficiente. Não resta dúvida, vamos segui-lo. As instruções foram claras."

Pegou o telefone e ligou novamente.

Entrou com o carro no hangar próximo e se dirigiu até um Citation 6, bem conservado, onde piloto e co-piloto estavam prontos para sair. O piloto falou com o DAC e esperou que o seu plano de vôo entrasse no sistema. Logo veio a autorização e em meia hora estava tomando o rumo de Juína.

"Citation 6. Bom mesmo é o Citation 10. O Baron vai fazer uns trezentos e trinta quilômetros por hora e este aqui faz em média setecentos. Então, chegaremos lá antes deles e terei tempo de preparar alguma coisa." Pensando em como agir, acabou esticando as pernas e procurou relaxar. "As coisas estavam ficando mais fáceis."

De onde estava, o homem de terno marrom pôde ver o Baron sair e logo em seguida o Citation. Acompanhou todo aquele movimento, enquanto esperava a chamada para o vôo 1789, da Varig, com destino a Cuiabá. O Baron saíra às 13 horas e o seu vôo ia demorar uma hora e quarenta minutos de Brasília até o aeroporto Marechal Rondon, ainda em fase de reformas. Ia chegar portanto antes do Baron.

Chegou a Cuiabá no horário certo. De acordo com seus cálculos, eles tocariam o solo pouco antes das quatro da tarde. Estava conferindo a hora em seu relógio de pulso, quando um avião de pequeno porte, tamanho de um Baron, apontou no horizonte. As luzes estavam acesas e a aeronave encostou as duas rodas de trás no solo e depois a roda da frente. O Baron bege PT OXY deslizou elegantemente pela pista de 2.800 metros, mas não utilizou mais do que 800 para reduzir a velocidade e taxiar até a pista lateral, onde seus passageiros desceram.

O caminhão de combustível chegou logo e os passageiros se dirigiram para o hangar, certamente para ir ao banheiro e tomar um café, enquanto o avião era abastecido.

Todo esse expediente demorou uns trinta minutos e o homem do FBI ficou observando atentamente. O piloto também já tinha se dirigido ao DAC – Departamento de Aviação Civil.

Os passageiros e o piloto voltaram e o Baron, cor bege, prefixo PT OXY, tomou a cabeceira da pista e levantou vôo. O homem do FBI pôde ver pelo binóculo que dentro dele estavam dois homens e uma mulher. Os dois homens à paisana e a mulher com uniforme de capitã da Polícia Militar do Estado de Mato Grosso.

O homem do FBI continuou ali, aguardando.

Não demorou muito e outro Baron bege, prefixo PT OXJ, apareceu na pista e ficou esquentando os motores durante alguns minutos. Levantou o binóculo e lá dentro estavam a capitã e seus dois companheiros de fuga.

O homem do FBI sorriu satisfeito. "Aquele idiota não aprende. Como eu gostaria de ver a cara dele em Juína. Essa CIA acha que satélite resolve tudo. Os três fujões trocaram de avião e ainda mandaram a polícia para esperá-lo. Como eu imaginava, eles desconfiaram que estavam sendo seguidos e desviaram de rota. Se aquele imbecil for pego em Juína, o embaixador vai ter dificuldade para explicar o que a CIA foi fazer lá."

Guardou o binóculo. Voltou para o saguão do aeroporto, comprou uma passagem no vôo 1788, da Varig, com destino a Brasília.

25

Maurício pensava na informação da capitã de que podia ser um agente da CIA que havia matado aqueles dois no hotel. A agilidade e frieza demonstradas por aquele sujeito eram qualidades próprias de profissionais de elevado nível e isso confirmava as especulações de que governos estrangeiros já estavam assumindo papel determinante no assunto.

– A senhora tem mesmo certeza de que aquele sujeito que matou os dois lá no hotel era agente da CIA?

A capitã não era de falar muito. Mas em algumas situações não havia como economizar palavras. Aquela era uma situação de emergência e ela também tinha de dar mais detalhes até mesmo para segurança do grupo.

– Nós não temos certeza de que aquele homem é agente da CIA. Temos porém certeza de que a CIA já está nos seguindo. Vocês fizeram bem em interromper as pesquisas em computador. Seria fácil concluir que as pesquisas desses sites na internet pararam quando o tenente foi para o hospital e recomeçaram quando ele saiu. Como dizia o general, bastam dois pontos para traçar uma linha até o infinito.

Os dois ficaram em silêncio.

– As ordens que recebi foi para tirá-los de Brasília e continuarmos as pesquisas no computador. Principalmente decifrar o código. Parece que a situação está ficando cada vez mais urgente. Os órgãos de segurança estão tomando providências sigilosas e essa intrusão da CIA pode complicar todos os planos de defesa.

– Defesa? A coisa já está nesse ponto? – perguntou Maurício.

– Em matéria de segurança não se transige – respondeu o tenente no lugar da capitã, que olhou para ele e riu com simpatia.

– Sabe, doutor Maurício, é difícil para um civil entender certas preocupações das áreas militares. Um exército vive em constantes preocupações de defesa, inclusive fazendo simulações com invasões e inimigos imaginários. Quando então se desenha uma situação como essa, os órgãos militares ficam muito sensíveis e atentos. De repente, o risco saiu do plano da imaginação para a realidade.

Seus pensamentos projetavam imagens de bombardeios saírem das bases americanas existentes nos países vizinhos do Brasil e pousarem na sua fazenda. Ah! A Buritizal. E como ia ficar a sua fazenda agora?

A voz da capitã trouxe-o de volta ao avião.

– Vocês fizeram algum avanço a respeito do código?

– A gente estava quase decifrando, quando a senhora nos mandou sair correndo do quarto para virmos para cá. Agora, embaralhou tudo de novo – disse o tenente, no seu jeito meio alegre.

– Ainda bem que o senhor mantém o bom humor, porque eu já estou ficando desintegrada.

Todos ali tinham motivos para estarem tensos e cansados, mas a urgência impunha o seu ritmo.

— A situação nos obrigou a criar um sistema de desvio de atenções, para dificultar a nossa localização. Precisamos fazer todo o possível para decifrar esse código. Essa tarefa ficou conosco porque não querem, em Brasília, Rio ou São Paulo, iniciar pesquisas nesse sentido. Não podemos divulgar preocupação que não queremos ainda que se espalhe.

Pensou no exagero que era terem confiado a eles essa tarefa de decifrar o código dos adversários. Achou melhor explicar.

— Nós não temos especialistas em criptografia aos quais pudéssemos confiar esse assunto. Expliquei que o tenente tinha experiência em informática e fez um bom trabalho na decodificação dos sites de onde ele mesmo coletou as informações que temos hoje.

O tenente gostou do elogio, mas fingiu que não o ouviu.

— A senhora quer dizer então que nós vamos ficar dentro deste avião, por alguns dias? – perguntou o tenente.

— Não, não é bem assim. Teremos ajuda. Mas precisamos da internet e não podemos ficar num único lugar, porque não é apenas a CIA que nos preocupa.

Ela não deu tempo para que fizessem algum comentário e continuou:

— Os senhores sabem que a CIA tem, perto de Washington, a maior rede de investigações via satélite. Qualquer telefonema que envolva assuntos que possam ser do interesse dos Estados Unidos é interceptado, a fonte é localizada e imediatamente eles fazem mais pesquisas a respeito. Tenho certeza de que todas as suas consultas na internet já foram registradas e eles têm em mãos as mesmas cópias que estudamos hoje.

Parou de falar e o tenente disse.

— Nós já estudamos isso. NSA e o projeto Echelon. Nós, subdesenvolvidos, não temos consciência de que todas as conversas telefônicas podem estar sendo monitoradas. Não é só isso não. Eles encheram o céu de binóculos e podem ver tudo o que estamos fazendo aqui. Podem identificar uma pessoa através dos satélites. São vinte e cinco satélites, pelo menos, em operações conjuntas com a Inglaterra, Nova Zelândia, Japão e sei lá o que mais.

Maurício saiu do seu abstracionismo e comentou:

— Todas as informações eletrônicas, telefônicas, radiofônicas! Esses países podem estar registrando todas as conversas do presidente da República do Brasil, todas as estratégias militares e talvez seja por isso que o Bush tinha tanta certeza de que o Sadam Hussein estava fazendo armas químicas e nucleares. Pode estar acontecendo o mesmo com qualquer país.

— É isso, doutor Maurício. Ninguém sabe dizer hoje qual é o poder de informação que os satélites construíram em favor dos países ricos. Podem derrubar as bolsas, aumentar o câmbio, o petróleo e quebrar países.

O clima de tensão dominou o pequeno espaço do avião. Após alguns momentos, Maurício perguntou à capitã.

– A senhora sabe para onde estamos indo?

– Sim, eu sei. Mas o piloto só receberá essas informações durante o vôo. Por enquanto o plano de vôo é para Juína. É bom que saibam que o avião no qual vínhamos será o avião que chegará a Juína. Nós tomamos o rumo de Cáceres.

Maurício estranhou:

– Cáceres? Algum simbolismo? Ali está o Marco do Jauru.

O Marco do Jauru é uma das peças históricas mais importantes da Amazônia. Foi construído para comemorar o Tratado de Madri, de 13 de janeiro de 1750, que pôs fim às divergências territoriais entre Portugal e Espanha.

É um obelisco de mármore construído em duas partes, uma delas feita pela coroa espanhola e outra parte pela coroa portuguesa, e foi colocado no dia 18 de janeiro de 1754, na desembocadura do rio Jauru no rio Paraguai.

Devido a divergências que surgiram na demarcação das fronteiras e outras questões, foi assinado um novo tratado em 1761, denominado de Ajuste do Pardo, que anulou o Tratado de Madri e deixou sem finalidade o Marco Jauru, como ficou conhecido. Com a eliminação do Tratado de Madri, voltava a vigorar o Tratado de Tordesilhas, com a divisão do Brasil ao meio.

Durante mais de um século esse obelisco ficou esquecido no meio da selva. Em 1883 foi transportado para o centro de Cáceres e hoje é considerado monumento nacional.

A capitã respondeu às perguntas de Maurício.

– Entendo o que o senhor quer dizer com simbolismo. O Marco do Jauru simboliza que entre Portugal e Espanha nunca houve respeito a marcos e tratados. Nem mesmo a ocupação, que o Tratado de Madri quis consolidar com o princípio do Uti Possidetis, foi respeitada. Também por aqui passou Raposo Tavares. Há quem informe que tenha passado por este ponto, não sei, para poder chegar ao Guaporé e sair em Belém.

Falava como se não tivesse pensado nisso.

– Acontece que ali estaremos seguros. O comandante do quartel é o meu tio, coronel Alfredo de Góes.

"Mulher reservada", pensou Maurício, que achou melhor não olhar para o tenente. Este ficou em silêncio e disse com aquela indiferença de quem está tentando esconder a dor de uma batida distraída.

– Ótimo. Então, mãos à obra. Telefone aí para um tal de Champollion e vamos decifrar o enigma antes que ele nos devore.

A capitã olhou para ele:

— A esfinge, de Édipo Rei, a tragédia de Sófocles. O senhor conhece o enigma?

— "O que anda primeiro com quatro pernas, passa para duas e depois três pernas?"

Maurício olhava para eles com paciência. Era bom que se divertissem um pouco, desafiando os conhecimentos um do outro. A capitã completou:

— O homem. Quando criança, engatinha usando as mãos, depois cresce e usa apenas as pernas, mas depois de velho precisa de uma bengala.

— E então a esfinge enfureceu-se e pulou num abismo. Édipo foi aclamado rei de Tebas.

Riram e, como se estivesse pedindo desculpa, a capitã passou a responsabilidade a Maurício:

— Bem, por onde começamos então?

Maurício passou uma folha para cada um, com escritos codificados e fez uma pequena introdução.

— No meu trabalho como auditor, gostava de criar códigos para poder identificar as matérias-primas, produtos acabados, produtos semi-acabados, produtos intermediários, embalagens, produtos semi-embalados, enfim, era preciso fazer identificações para que o computador distribuísse as diversas embalagens e matérias-primas pelos seus respectivos produtos.

Imaginou que os outros estariam se perguntando o que um produto semi-embalado tinha a ver com o problema deles.

— Às vezes era preciso misturar letras com números. Num desses trabalhos, tive de organizar programa de fiscalização nas indústrias químicas. Foi complicado, porque além de criar um programa que fizesse o computador identificar cada matéria-prima com cada produto, dentro de uma fábrica, era preciso fazer o computador distribuir esses mesmo itens pelas respectivas fábricas incluídas no programa.

A capitã franziu a testa e perguntou, como se estivesse começando a entender:

— O senhor está querendo dizer que se trata de código de números e de letras e que, ou os números ou as letras identificam um destinatário ou uma ação?

Maurício balançou a cabeça e confirmou:

— Na minha opinião, se isso aqui se trata de mensagens codificadas, essas mensagens têm destinatários diferentes e para ações diferentes. Então, nossa tarefa vai ser inicialmente identificar os números com as letras. Feito isso, já teremos dado um grande passo. É o mesmo problema de identificação das fábricas.

Pensou um pouco e continuou:

— E acho ainda que essas mensagens são enviadas a poucas pessoas. Devem ser decisões de comando para pessoas de algum escalão.

— Sim, mas em que isso modifica as coisas? — perguntou a capitã.

— Vocês não estão com a impressão de que esse pessoal está muito confiante? Esse assunto de internacionalização da Amazônia está tão divulgado e com tanta gente metendo o bedelho, que a estratégia deles pode incluir o descrédito das mensagens como se fosse coisa de criança.

— Poderiam estar contando com a banalização do tema?

— Isso mesmo. Nós mesmos, se não tivéssemos passado por algumas experiências negativas e não tivéssemos outras informações, talvez olhássemos isso como brincadeira de Orkut, coisa de estudantes, plano de comunicação de ONGs ou órgão de pesquisa.

— E então — perguntou Rogério —, esse raciocínio facilita ou complica as coisas para nós?

Maurício respirou e olhou para o papel:

— Acho, em princípio, que fizeram mensagens que não fossem complicadas. Alguma coisa fácil de decorar, por isso, no meu raciocínio, elas foram enviadas a pessoas mais graduadas, com capacidade de memorizar ou de guardar em alguma página de livro, mas me parece um código de poucos complicadores.

"Página de um livro. Por que a palavra livro, cada vez que era repetida, trazia uma leve preocupação? Teriam sido os livros da irmã Tereza?"

Seus pensamentos foram interrompidos pela capitã:

— Então, se o senhor acha que não é difícil, por que não começamos agora?

— É o que estou fazendo — respondeu Maurício. — Na verdade, estava pensando em voz alta. Vamos olhar essas mensagens. Todos nós temos uma mensagem escrita com palavras que não pertencem a língua nenhuma. Vou ler duas palavras da minha mensagem e depois cada um vai ler também duas palavras, quaisquer que sejam, para a gente ver o que elas podem ter em comum:

E então leu, ou melhor, soletrou o seguinte:

"REPAQUIVÎTÛDESEI QUADEOIOIREPDEOI"

— Vamos ver, capitã, o que a senhora tem aí:

— Não dá para ler. Vou soletrar como o senhor fez:

"AMDESEISETDEOIDESETVÎTÛDO REPQUIDEOITRDESEIOI"

— Parece que algumas coisas são semelhantes. Vamos ver a sua leitura, tenente?

— Num instante.

A capitã havia trazido um laptop e o tenente estava registrando as leituras feitas.

— Bom. Lá vamos com o meu dialeto tupininquim:

"QUIVÎTÛOIQUIDESEIÕVÎTÛ QUAZDESEIDEVÎTÛ"

– Agora, veja aí se o senhor pode fazer o lap identificar as letras do alfabeto fazendo uma numeração seqüencial com as letras, de forma que o número 1 seja a letra "a" e assim por diante. Claro que não vai dar em nada. É só para teste.

– Então vamos começar com a primeira palavra, aquela que o senhor leu. Vamos ver, a letra "R" seria o número 18, a letra "E" o número 5, blablablá, terminando e aqui vai a primeira palavra do esperanto em tupi-guarani, que é exatamente a mesma palavra:

"REPACQUIVÎTÛDESEIVÎTR QUADEOIOIREPDEOI"

– O que nos leva de volta ao ponto inicial.

– Vamos então fazer uma tentativa inversa, ou seja, tentar encontrar números no meio dessas palavras.

– Números? Ah! Já entendi. Transformar os conjuntos em algum número e depois classificá-los novamente. Mas em que língua? Imagino que seja uma linguagem comum e portanto o português. Vamos lá.

– Podemos começar tentando identificar formas iguais nas três palavras – disse a capitã, com certo entusiasmo.

– Dado o meu grau inferior de hierarquia, vamos obedecer, blablablá, e lá está:

"REP" está nas três palavras

"QUI" está nas duas primeiras

"DE" está nas três, mas espera aí, existem algumas combinações, como por exemplo:

"DEOIOI

– Será que isso pode ser desdobrado em DEOI e OI? Existem outras combinações, vejam só: DESEIOI, que acho que pode ser DESEI e OI

O tenente continuou falando em voz alta e simulando hipóteses. Em pouco tempo havia separado os conjuntos e criado variações suficientes.

– Muito bem – disse Maurício. – Tenho a impressão de que o código pecou na sonoridade. Por exemplo, esse DEOI, soa como dezoito. Se for isso, o DESEI é dezesseis, o OI é oito, o SEI é seis. Vamos insistir no exercício?

Os dois olharam para ele e o tenente fez um sinal com a mão esquerda para a capitã, como se quisesse dizer "Ande, fale" e ela perguntou:

– O senhor está no campo da adivinhação ou do ensaio e erro?

– Olha, se isso é verdadeiro, o código está revelando outra faceta, além de ser traído pela sonoridade. É o corte de palavras ou a supressão ou substituição de letras e sinais. Vejam esse VÎTÛ. Parece que essas duas letras com sinal circunflexo são nasalizadas e o circunflexo na verdade é um "til", caso em que estaremos diante de vin e um, ou seja, *vinte e um*.

– *Bravo!* – gritou o tenente, assustando até o piloto. A capitã também não escondeu a sua alegria e encostou-se nele, afastando-se porém rapidamente. "Mas não ficou corada", pensou Maurício. "Pelo visto, não estamos progredindo só no código."

— Então – disse a capitã –, agora é uma questão de encontrarmos a palavra certa para cada uma dessas referências.

Depois de algum tempo de exercício, chegaram à conclusão de que, ainda, DE seria 10, SEI, 6, e SET seria 7, DEOI seria dezoito, QUI seria quinze, TR seria três, QUA seria quatro e assim deram tradução numérica às hipóteses que cada simplificação podia sugerir.

— Mas não temos solução, por exemplo, para o começo da minha frase – disse o tenente. – Vejam só, o que pode significar "REPAMRREPDESEIREPDETR"? Se a gente tirar o DE, que é 10, e o SEI que pode ser 6, ou 16, o que resta? Não vejo nenhum número identificável com as demais letras e expressões.

— Podemos tentar palavras, por que não? O que pode ser AM se não AMAZÔNIA?

— Barbaridade, essa estava fácil e nós a perdemos, hein, capitã?

— Nesse caso – disse ela –, REPAM só pode significar...? – E olhou significativamente para os dois.

Eles olharam surpresos para ela.

— A senhora tem razão, estamos decifrando o código de mensagens da REPÚBLICA DA AMAZÔNIA.

— Esse mérito, de descobrir o código, é seu, meu caro tenente. Podemos estar juntos agora no mesmo cesto, mas foi o senhor com aquela sua mania de fazer ronda em volta do edifício das Forças Armadas, coincidentemente no horário em que eu costumava sair de lá, que acabou se metendo nesse assunto e imprimindo mensagens codificadas.

Ela disse isso num tom de voz sério e deixou o tenente meio desconcertado. Maurício se conteve, mas engoliu a surpresa. "Então a danada fingiu esse tempo todo."

— Não fique vermelho. Conversaremos sobre isso em outro momento.

O tom de voz continuava sério, como se ela estivesse censurando o comportamento dele, mas em seguida completou:

— E de preferência, senhor tenente, quando o doutor Maurício não estiver por perto!...

Maurício não resistiu e deu uma gargalhada.

— Mas, tenente, não sabia que o senhor era tão tímido. De repente ficou vermelho e parece até que está suando. Mas valeram os riscos, não valeram?

O coitado não disfarçava o desconforto. "A danada da mulher então era mais viva do que eu imaginava. E escondeu todo esse tempo que estava gostando da paquera."

A capitã também parece que se arrependeu de ter sido tão espontânea e preferiu voltar aos estudos do código.

– Bom, então, com esses números, vamos voltar ao alfabeto – disse o tenente –, com voz meio engasgada, retornando ao seu laptop. Tentemos de novo a primeira palavra:

"REPAQUIVÎTÛDESEI QUADEOIOIREPDEOI"

– No nosso idioma esperanto-tupi-guarani vamos ver no que dá: "Rep é República, QUI é quinze que é a letra O, VÎ é vinte e portanto é a letra T, Û é um que é a letra A, DE dez que é a letra J, SEI é seis, ou seja, vai dar F, VÎ é T de novo, TR é três que é a letra C, ou seja, já empacamos na primeira palavra da impressão, porque ela vai significar: REPÚBLICAACOTAJFTC, que para mim não significa nada.

Olhou para o dr. Maurício.

– Faço a segunda?

– Lógico.

– Então: QUA é quatro, letra D, DE é dez, letra J, DEOI é dezoito, letra R, OI é oito, letra H, REP é República, DE é J, de novo, e OI é H, o que vai dar a seguinte maravilha:

DJRHREPJH

E olhando sorridente para a capitã:

– A senhora não sabia que eu havia estudado tupi-guarani, não é?

– Doravante eu vou chamá-lo de Rogério e você vai me chamar de Fernanda, certo?

– Puxa vida, eu já estava acostumado com capitã, mas Fernanda é mais bonito.

Voltou porém ao trabalho e disse:

– Temos agora as palavras: "AMSEISETDEOISETDO REPQUIDEOITRDESEIOI" e "REPAMRREPDESEIDETR". Sei que nem precisa traduzi-las, porque, como a primeira, não vão dar em nada, mas vamos lá. Pronto: AMAZONASFGRGB REPÚBLICAORCPH e agora esta outra maravilha que é REPÚBLICAAMAZONASR-REPÚBLICAPJC, que também não sei o que é.

A capitã estava decepcionada. Maurício olhou para as nuvens e, nesse momento, o piloto informou que estavam se aproximando do aeroporto de Cáceres.

O Baron deslizou pela pista asfaltada e taxiou perto do edifício recém-construído. Uma viatura do Exército, acompanhada por outra viatura com quatro militares bem armados, não combinava com as preocupações de dissimulação que a capitã pretendia.

O quartel do 2º Batalhão de Fronteira ocupava uma grande área perto do rio Paraguai. Normalmente, os quartéis mais afastados, como o Príncipe da Beira, têm os hotéis de trânsito, para alojar oficiais e acomodar situações como essa. O quartel de Cáceres tinha um conjunto residencial para oficiais, no qual algumas casas eram reservadas para hóspedes.

Ficaram acomodados numa casa confortável, com dormitórios e banheiros privativos, sala, escritório, cozinha e varanda.

Os quatro soldados ficaram de plantão em frente à casa, o que servia apenas para chamar a atenção porque era improvável que corressem perigo ali.

26

O embaixador tirou os óculos de leitura e perguntou para o homem que estava sentado em frente da sua mesa.

– Uma capitã do Exército que trabalha na Abin e estava com o general Ribeiro de Castro quando ele sofreu o atentado. Muito interessante. E quem são os outros dois?

Um tipo comum, que não se distinguiria facilmente em meio à população miscigenada de Brasília, estava diante da mesa do embaixador. Era moreno claro, pouco mais de um metro e setenta, usava terno marrom chegando a amarelo, parecendo vendedor de loja, sapatos pretos, camisa branca e gravata levemente colorida.

Era como um camaleão. A melhor forma de disfarce é se parecer com os outros, aprendera isso na escola de agentes do FBI.

O homem do FBI respondeu:

– Trata-se de um respeitado funcionário da Receita Federal e do mesmo tenente que socorreu a capitã, quando explodiram o carro do general. Era sargento da Polícia Militar, mas foi promovido depois que salvou a capitã. Tive informações de que é profundo conhecedor de informática.

– E como o senhor chegou a eles?

O outro assentiu com a cabeça e informou:

– Não foi muito difícil. Logo no dia seguinte que o senhor me pediu para descobrir quem era o pesquisador da internet, aconteceu aquela explosão da casa na beira do lago. Coincidentemente, o tenente e a capitã estavam lá de novo.

– E como, logo após esse incidente, a internet não foi mais incomodada sobre esse assunto, o senhor concluiu que o nosso tenente tenha sido o bisbilhoteiro, porque ele estava hospitalizado, certo?

O homem do FBI acrescentou:

– Era normal que tanto o homem da Receita como a capitã fossem ao hospital visitá-lo. Ontem o homem da Receita foi visitá-lo sozinho e hoje de manhã o tenente foi levado diretamente do hospital para um conjunto de escritórios no setor comercial.

– Diretamente do hospital para essa reunião? O que será que é tão importante para eles?

O agente comentou com calma:

– Um forte esquema de segurança, tanto da Polícia Militar como do Exército protegia essa reunião. No entanto, o surpreendente é que jogaram uma bomba no quartel da Polícia Militar e retiraram do local os policiais da PM.

– O senhor quer dizer que tentaram novamente liquidá-los? Conseguiram alguma coisa?

– Não havia condições para outro atentado ali, porque os guardas do Exército e os policiais não saíram de lá. Logo que houve a explosão, os policiais se retiraram às pressas, mas os três interromperam a reunião e também saíram nos veículos militares que trouxeram a capitã. O tenente foi levado ao quartel da polícia, onde ficou. Depois a capitã levou o homem da Receita para o hotel e foi embora, com os seus guarda-costas. Muita imprudência, o senhor não acha?

O embaixador olhou-o espantado.

– O que o senhor quer dizer com isso? Aconteceu alguma coisa com esse homem?

– Quase aconteceu, quase aconteceu... – respondeu o agente do FBI de forma enigmática.

O embaixador ficou olhando para ele e imaginando o que podia ter acontecido, mas preferiu não perguntar nada. Era bom não saber de nada, mas perguntou:

– O senhor acha que a CIA tem alguma coisa com isso?

O agente ficou sério.

– A CIA é um problema. Seus assuntos são sempre sigilosos e às vezes eles agem como se não tivessem de dar satisfação nem mesmo ao senhor presidente. Eles aprovam planos de ação e dentro desses planos agem com autonomia perigosa. Mas não acho que isso seja coisa da CIA.

– Aquele agente da CIA é o mesmo com quem tive reunião no outro dia. Ele não é burro. É muito inteligente. É estranho que ele não tivesse chegado às mesmas conclusões que o senhor.

– Ele chegou às mesmas conclusões.

O embaixador olhou para ele e não fez mais perguntas. O homem do FBI então acrescentou:

– O que eu acho mesmo é que esses três já foram julgados e condenados. Mas tenho minhas dúvidas de que serão executados.

139

– Na sua opinião, existe alguma organização determinada a eliminá-los? Seria o narcotráfico?

– Traficantes de droga? Não, não me parece. As precauções que eles estão tomando são muito estranhas. Se o perigo fosse o tráfico de drogas eles não se esconderiam e as ações policiais seriam formalizadas. Parece que estão fugindo de algum inimigo que desconhecem. Mas não acredito que serão eliminados tão facilmente.

O embaixador encarou-o interrogativamente e ele explicou:

– São três pessoas qualificadas. A forma rápida como essa capitã pulou do carro, a eficiência do tenente em retirar os dois daquela casa, mostram que são bem preparados.

– E quanto a esse homem da Receita?

– Ele parece ser o líder do grupo. Duas pessoas do nível da capitã e do tenente não aceitariam uma liderança inferior a eles. Ele pensa rápido e deve ser pessoa preparada para emergências.

– Bem, o senhor sabe o que fazer.

– Sim senhor. É importante que o senhor me informe quando as pesquisas da internet recomeçarem... se recomeçarem. Enquanto isso, vou acompanhando mais de perto esse tenente.

– Ótimo. Não preciso lhe pedir para manter sigilo absoluto sobre isso.

Ele saiu e o embaixador pediu o chá.

"Os Estados Unidos têm grande interesse na Amazônia, sem dúvida. Há anos estamos aplicando estratégia cuidadosa para que a Amazônia venha sozinha para o nosso lado. Uma guerra ali seria interminável, outro Vietnã. Mas será que logo agora, depois de todo o convencimento internacional, existe o perigo de alguém tomar a Amazônia de nós? Mas quem seria? Ou seria coisa nossa mesmo e eu estou aqui fazendo papel de tolo?"

Continuou pensando um pouco mais e depois concluiu:

"Bom, resta o chá", e pegou a xícara.

27

Assim que se instalaram, começaram imediatamente a trabalhar. O tenente estava cansado, mas fazia esforço para mostrar-se bem. Abriu o notebook e perguntou:

– Próximo passo? – E olhou para Maurício, como se tudo dependesse do raciocínio dele.

– Pelo que vimos até agora, os agrupamentos de letras parecem significar números, mas podemos estar de volta à idéia original, na qual esses números também indicariam letras. A dificuldade vai ser descobrir quais letras esses números indicariam. Já vimos que a seqüência natural não dá em nada, mas se fizermos seqüências diferentes, como por exemplo o número "um" indicar a letra "b" e assim por diante?

– Acho que entendi – disse o tenente. – Vamos tentar.

E começou a fazer todas as alternativas possíveis, como fazendo o número "um" começar na letra "b", mas, não dando certo, o número "um", então, passou para a letra "c" e assim em diante – para cada tentativa procuravam traduzir as palavras criptografadas, mas os esforços não resultaram em nada.

Já estavam na décima sexta tentativa e iam ficando tensos, nervosos. Maurício olhava pensativo para a grande mangueira que havia no quintal. A pergunta do tenente tirou-o das cismas.

– Será doutor?

– Acho que não. Mas talvez estejamos insistindo no mesmo erro.

– O que o senhor quer dizer com isso? – perguntou a capitã.

– Vamos tentar outra coisa. Vamos pular as letras, quero dizer, o número "um" seria ainda a letra "a", mas o número dois seria a letra "c" e quando chegasse no "z", voltaria para a letra "b".

– Vamos em frente.

Também não deu coerência. As combinações de letras não formavam palavras, mas conjuntos sem sentido. Maurício pediu ao tenente para tentar tirar da internet outras mensagens codificadas.

Ficou falando com a capitã como se pensasse em voz alta.

– Acho que nosso raciocínio está navegando dentro de uma normalidade incomum para códigos. É bem possível que algumas letras estejam suprimidas desse alfabeto. Por exemplo, será que precisam da letra "A"?

Ela não respondeu à pergunta, porque sabia que ele estava buscando um ponto de lógica qualquer.

– Em toda organização existem princípios, como o princípio da unidade. A unidade sempre predominou o comportamento da natureza viva. Até os animais têm unidade de comando, dentro de um rebanho, de um enxame de abelhas, ou de um formigueiro.

Ela não o interrompeu. Já tinha percebido que quando ele falava assim, como que filosofando, acabava chegando a algum lugar. "É mais ou menos como Cristo. Gosta de parábolas."

– O teatro grego, por exemplo, se baseia no princípio da unidade. São três unidades básicas: unidade de ação, unidade de lugar e unidade de tempo. O Velho Horácio, de Corneille. Tudo se passa em vinte e quatro horas, num só lugar e um só episódio: o rapto das Sabinas. É verdade que o mundo de hoje está a mais de dois mil anos longe do rapto das Sabinas. O conhecimento antigo dava muito valor às unidades visíveis. Hoje a ciência está mais voltada para o invisível, como as células, o átomo, o DNA. Mas a unidade será sempre o princípio que forma os demais.

Parou um pouco e continuou:

– A senhora já assistiu um filme chamado *Matar ou Morrer*? Acho que não. Eram os áureos tempos do bang-bang, que hoje chamam de western. Gary Cooper e Grace Kelly. Ah! Que perfeição. Que construção do suspense misturado com a covardia de toda a população. Foi a mulher dele, que também já o havia abandonado por causa do medo, quem lhe salvou a vida. Pois é. *Matar ou Morrer* copiou o teatro grego: unidade de ação, unidade de lugar e unidade de tempo. Aliás, a unidade do tempo nesse filme foi uma coisa interessante, porque o relógio da estação acompanha o tempo do filme, que foi de uma hora e vinte minutos.

Ele parou um pouco, franziu a testa e resumiu

– Unidade. Sim, senhora, a unidade serve para muitas coisas. Quando se quer dizer que uma pessoa é a mais importante dentro de uma organização, diz-se que essa pessoa é o "número um". O começo de tudo é pelo número um. A letra "A" deveria ser o número um e nesse caso ela dispensaria o número.

Franziu a testa e olhou para o tenente, que também havia parado de mexer na internet e estava agora olhando para ele com ar interrogativo, ouvindo o raciocínio da capitã.

– O senhor disse que a letra "A" dispensaria o número? Então pode ser que a seqüência numérica comece no "b". Bom, se a seqüência numérica começa com "b", mas não existe o número um, não vai adiantar também repetir a seqüência lógica de números e letras, porque a letra "c" continuará sendo o número três, a letra "d", o quatro, e isso nós já tentamos antes, sem resultado.

– Mas, se nós pularmos uma letra, de forma que o número três passe a ser a letra "d" e chegarmos até o "z", que na seqüência lógica seria vinte e seis, mas que passou a ser quatorze, para recomeçar lá na letra "c", com o número quinze? Vamos ver?

O tenente refez o programa do computador e escreveu: REPAQUIVÎTÛDESEIV QUADEOIOIREPDEOI.

– Meu Deus! Olhem só: deu REPUBLICAÇOE FINAI.

A capitã entusiasmou-se:

– Está dando sentido! Faça as outras duas e depois a gente tenta descobrir o significado.

— Adelante, soldados! "AMDESEISETDEOIDESETVÎTÛDÔ REPQUIDEOITRDESEIOI" que pode dar AMAZONASELIGOV ACIDENT

Parou um pouco.

— Ei! Isso aí está meio esquisito. Mas vamos à última, que é QUIVÎTÛOIQUIDESEIÔVÎTÛ QUADESEIDEVÎTÛ. Bom, concordamos que QUA tanto pode ser quatro como quatorze e portanto como FERO não faz sentido, podemos concluir que é CONCEITO ZERO.

— Conceito Zero?! Falaram quase ao mesmo tempo.

A capitã comentou:

— É a única expressão até agora que não tem prefixos. O que será que isso quer dizer? — E olhou interrogativamente para Maurício, que falou:

— Vamos tentar decifrar as outras, de forma completa. Vejamos a primeira REPUBLICACOE FINAL. Vejam que eliminaram o S do plural, confirmando a existência de princípios. Então, se eles têm princípios, podemos ir adivinhando alguns, como por exemplo, quando um assunto é o mais importante, ele é sempre considerado o número um. A letra "A" só pode estar no código representando ou a pessoa ou o assunto mais importante.

Parou de falar e balançou a cabeça negativamente.

— Pessoa mais importante? Não, não acho que é pessoa. Não tem lógica mandar mensagem cifrada para a pessoa mais importante, quando é ela quem afinal de contas dá as ordens. Então, se não é pessoa, só pode ser o assunto. E qual o assunto mais importante? Ou melhor: qual o tema mais importante? Na minha opinião é a República da Amazônia.

Pensou um pouco e disse:

— Voltemos às palavras já decifradas.

A capitã estava nervosa. Se ele tivesse razão, o código seria decifrado naquela noite e todas as mensagens poderiam ser traduzidas.

— Mantenha a calma, capitã. A gente raciocina melhor com a mente firme. Eu também estou começando a acreditar. Quais são os Estados que representam a Amazônia? Sem dúvida o código tem conceitos que precisam ser interpretados. Como, por exemplo, descobrir mensagens para destinatários diferentes, ou ordens para Estados diferentes.

— Deixa eu concluir uma coisa: o senhor acha então que a expressão "AMAZONASELIGOV ACIDENT" pode significar "Eliminar o governador do Estado do Amazonas por acidente"?

— A senhora está entrando como eu no mundo das adivinhações e acho que esse vai ser o nosso caminho daqui para a frente. Precisamos interpretar as mensagens. Não vão dizer as coisas de forma simples.

Ele riu e filosofou de novo.

143

– O universo sobrevive graças ao que chamamos de princípios. Na vida humana os princípios da moral é que mantêm as sociedades equilibradas. A senhora pode achar que não, mas o supérfluo determina princípios que regulam a atividade humana.

– Supérfluo. Sem dúvida. Os cinco Estados da Amazônia. Repam é República da Amazônia, mas a economia de letras e de siglas está aí para facilitar e até confundir. O senhor com os seus princípios. Ora essa, acho que vou estudar filosofia também. Então aí temos que AM tanto significa Amazônia, como Amazonas, e A significa Acre, Mato Grosso seria M ou MG e o R significa Roraima e Rondônia. Quando o assunto é geral, vem o REP na frente.

Ela estava excitada e respirava ofegante antecipando o momento de gozo do resultado que estava para sair.

E Maurício procurou aumentar as explicações.

– Então, a expressão "AMDESEISETDEOIDESETVÎTÛDO REPQUIDEOITRDE-SEIOI" indica uma ordem dirigida apenas para o Estado do Amazonas. Se fosse uma ordem para todos os Estados envolvidos nessa conspiração, a mensagem começaria com REP.

Ela ficou em silêncio. Maurício entendia por quê. Uma ordem de assassinato de um governador do Estado era muito séria. Mesmo que se tratasse de acidente, isso significava que o vice-governador iria assumir. E qual a razão de o vice assumir assim em tais circunstâncias?

Logo depois o tenente chegou com grande número de folhas codificadas. Teriam uma longa noite de trabalho.

– Agora você vai me fazer um grande favor. Vai descansar. Vá dormir um pouco.

– Desculpe, mas não posso ainda. Acho que vocês vão demorar muito para traduzir isso sem um decodificador. Tomei uns comprimidos e estou bem. Tenho de agüentar.

– Tem razão – disse Maurício. – Mas o senhor está em condições de fazer isso?

– Na verdade não vai tomar muito tempo, porque, à medida que ia imprimindo as mensagens, já ia bolando um programinha. Aliás, antes mesmo, quando nós estávamos tentando decifrar o código, já estava estudando isso.

De fato, era especialista em informática e logo o notebook estava com o programa que traduzia as mensagens e o tenente pôde então ir descansar.

28

Logo que o tenente foi dormir, Maurício e a capitã ficaram traduzindo as mensagens recebidas e algumas delas necessitavam de interpretação para terem sentido. O programa de decifração do código que o tenente criou fazia as traduções automaticamente, bastando digitar o código dentro das tabelas criadas por ele.

Mas a capitã teve de interromper os trabalhos por diversas vezes porque o tenente começou a sentir-se mal e teve febre. Fazia apenas três dias que tinha sido baleado e o dia fora exaustivo.

Ela estava visivelmente traída em suas dúvidas. Um sentimento novo e a alegria de viver lhe inundavam a alma e ela pedia licença para ir ao quarto e voltava depois de alguns minutos, sem a mesma concentração.

Maurício sabia que precisava desdobrar-se. A primeira preocupação foi com aquela mensagem intrigante.

– O que será que significa isso? – perguntou a capitã. "CONCEITO ZERO"?

– Não entendo. Por que a palavra "conceito" e por que o "zero"? Além disso, a senhora notou que a data dessa mensagem é anterior às outras que nós temos?

– Sim, notei. O senhor vê alguma relação de datas entre as mensagens? Será que a data também modifica o código? – perguntou ela, meio preocupada.

– Não é bem isso. É uma questão de conceito, conforme a própria mensagem indica. Note a senhora que é uma mensagem única. De novo a questão da unidade. Isso quer dizer que ela se sobrepõe a todas as demais. A data é anterior às ações posteriores. Será que essas ações têm algo a ver com esse "conceito zero"?

Pensou um pouco.

– Uma só mensagem transmitindo a idéia de "conceito zero".

– Olha aí o senhor filosofando de novo. Mas aonde quer chegar agora?

– Lembro-me uma vez de ter estudado o zero. Foi o zero que deu condição infinita aos números. Sem ele os demais algarismos ficariam limitados. O zero, isoladamente, não tem valor algum, mas se colocado ao lado direito de um número, multiplica-o por dez. Também serve para preencher o espaço vago dentro de um número.

A capitã deixou que os pensamentos dele flutuassem. Ela não entendia como ele conseguia esses raciocínios esquisitos e que ao fim ajudavam em alguma coisa.

– É possível que a invenção prática do zero tenha sido obra dos hindus, embora haja referências a outros sistemas tão antigos quanto o hindu. Mas não se tem certeza sobre o período do desenvolvimento pleno do conceito de zero.

Ele falava com a testa franzida e olhando a folha em sua mão, como se fizesse um grande esforço de memória.

— No simbolismo hindu, o zero era usado para assinalar um espaço em branco, ou seja, uma lacuna, que em hindu é "sunya". Essa palavra entrou para o árabe como "sifr", que significa vago. Lá pelo ano de 1200, entrou para o latim modificada para "zephirum" e depois chegou a nós como zero ou cifra, cada uma tendo conceito diferente. Então, embora tenham a mesma origem, cifra é muito diferente de zero.

A capitã ficou em dúvida mas ousou interromper os pensamentos dele.

— O senhor está querendo chegar à conclusão de que podem estar criando um desvio de atenção e em vez de zero seria cifra? Mas que cifra?

Ele riu.

— Não, não estou pensando em valores, mas apenas que cifras incluem o zero e podem ser um número qualquer. Essas preocupações com o número um e com o zero já atormentaram pessoas mais famosas do que nós. Para Leibniz, o sábio alemão, enquanto o número um representa Deus, o zero é apenas o vazio, como no hindu. E foi desafiando esses conceitos que ele criou o sistema binário. E agora nós estamos de novo nos debatendo em primazias e vazios, para decifrar um código.

Levantou-se, passou a mão pela cabeça. Afinal, também já estava cansado. Lembrou-se de que naquele mesmo dia fora novamente alvo de uma tentativa de homicídio no hotel, em Brasília. Por sorte teve a lucidez de sair do quarto e ainda contar com a ajuda daquele sujeito de terno que apareceu de repente. Quem seria ele? E como se estivesse dando um descanso à mente, comentou:

— Aquele sujeito que matou os dois lá no hotel sabia de alguma coisa. Ele sabia que eu tinha sido isolado. Sabia que eu seria a próxima vítima e apareceu lá como se fosse um guarda-costas. Falava bem o português. Tinha jeito de gente simples. Simplicidade perigosa. Por trás da aparência simples demonstrou precisão e rapidez de tiros impressionantes.

— Tenho certeza de que a Confraria não age assim. Aliás, acho que ela age somente dentro da Amazônia. Também não acredito que seja gente da Polícia Federal. Eles não têm motivos para protegê-lo e nem agiriam desse modo. É possível prever que fosse um agente americano. Mas não podemos confiar em ninguém por enquanto.

Ele piscou forte e achou melhor voltar ao zero.

— Há quinze bilhões de anos o Universo todo se concentrava num único ponto, com temperatura elevadíssima e grande intensidade de energia. Esse ponto explodiu, criando o "instante zero". Foi o chamado Big-Bang.

Ela não se aventurou a novas cogitações. Não estava ainda entendendo aonde ele queria chegar.

– Uns trezentos mil anos depois e, devido a essa fragmentação, o Universo se resfria, chegando a quatro mil graus Celsius, dando origem às galáxias e às estrelas, que acabaram se formando entre dois e quatro bilhões de anos depois do instante zero.

– O senhor está invocando o Big-Bang para concluir que esse pessoal pode criar uma situação catastrófica e posteriormente recuperar os fragmentos para formar uma nova constelação?

Olhou para ela:

– Bem, agora é a sua vez de chutar, diga alguma coisa.

– O senhor vai rir do que eu vou dizer, mas acho que estou reduzida a zero.

Ele pensou um pouco.

– A senhora estava brincando ou pensou nisso mesmo?

– Na verdade eu gostaria de reduzir tudo isso a zero e voltar para o meu trabalho. Sabe, não sei por que estou dizendo isso para o senhor, parece tudo muito precipitado, mas de repente senti vontade de ser mulher, casar, ter filhos, ser normal, ser menos profissional. Não sei se o senhor entende.

Não era essa a resposta que ele esperava. A idéia dos fragmentos o deixou pensando, mas deixou que ela se abrisse um pouco e reduzisse suas tensões pessoais.

– Entendo sim senhora, entendo muito.

– Esse tenente não parece ser mau sujeito. É alegre, divertido, e o que ele já fez por mim é difícil de acreditar. Pode ser que não levemos nada adiante, a vida é complicada e a gente se conhece pouco. Mas de qualquer forma ele está me fazendo descobrir que tenho um outro lado do qual tenho descuidado.

Maurício era bom ouvinte e sabia quando devia ficar calado. Ela era uma jovem bonita que dedicou a melhor parte da sua vida à carreira militar. Não fora o caso dele, que se casara e tivera filhos, mas também lamentava não ter dedicado mais tempo à família, ao seu lado humano. Agora também se sentia só e a tristeza que saía das palavras da capitã quase o confortava.

– Mas, enfim, o que mais o senhor tem a filosofar sobre o zero? – perguntou ela desconsoladamente.

– Existem pessoas que nunca ficarão reduzidas a zero e a senhora é uma delas.

Ela sorriu, balançando a cabeça, e ele continuou:

– Conversar é bom. Noto que a senhora não fala do seu passado e não fala também da sua família. Respeito isso. Mas é jovem, bonita, inteligente, e as pessoas que têm esses dons devem muito a si próprias. Não esqueça que o seu maior compromisso é com a senhora.

Achou que ele estava sugerindo alguma coisa e até era bom iniciar uma vida nova. "Vida nova." Voltou à realidade e perguntou:

– O Conceito Zero, então, seria um novo marco, o início de uma nova vida e quem sabe de um novo país?

Ele percebeu que ela estava voltando ao código. Sem decifrar aquele código e descobrir o enigma que estava por trás dele, ela também não teria vida nova.

– Chego à conclusão de que é isso. O marco zero é o início da República da Amazônia e as mensagens deverão trazer elementos que confirmam essa hipótese. O romanos não tinham o zero. Para escrever dez, eles puseram um X, cinqüenta era L, e pronto. Para eles, os números deviam servir para contar as coisas existentes, cada coisa era uma unidade, eles não entendiam a existência de zero coisa, ou zero mercadoria, por exemplo. Mas tinham, porém, o "nihil", que significa nada. Seria isso o Conceito Zero, começar tudo do nada?

– Existe lógica no que o senhor diz. As outras mensagens que o tenente traduziu são posteriores a essa mensagem do conceito zero e veja só, uma fala em operações finais, a outra sugere a morte do governador do Amazonas e a terceira manda aguardar a data para isso. Pelo menos assim a gente entendeu. E agora estas outras, vamos começar a traduzi-las?

Já era madrugada quando terminaram a leitura de todas as mensagens. Estavam horrorizados.

A estratégia da República da Amazônia era muito clara. Se tudo aquilo que estava ali escrito fosse concretizado, o Brasil ficaria dividido em dois. Uma teia de aranha fora cuidadosamente traçada para impedir a reação militar.

Terminada a tradução e o adensamento das mensagens codificadas, a capitã fez uma conexão e enviou as traduções através da internet, mesmo sabendo que corria o risco de alguém interceptá-las. Mas pelo que puderam descobrir, ações armadas e de terrorismo iriam começar logo.

Depois disso foram dormir. Estavam cansados e o dia seguinte não seria mais fácil. A capitã foi antes ao quarto do tenente que dormia um sono aparentemente tranqüilo e depois foi para o quarto que lhe haviam destinado.

Maurício olhou as roupas novas que estavam em cima da cama, em seu quarto. Como sabiam o seu número? Ia perguntar depois para a capitã. Agora estava cansado e deitou-se.

Estava cansada, mas animada. Decifraram o código e ainda se aproximara do homem que quase a pegara no colo no dia do atentado do general.

Despiu-se lentamente diante do espelho como se fizesse um strip-tease para si mesma, até ficar completamente nua. Viu, com satisfação, que os exercícios a que se impunha não lhe haviam tirado a delicadeza do corpo bem torneado. Pôs as mãos sob os seios firmes e forçou-os para cima.

Ficou assim uns minutos e depois foi deitar-se, sem roupa. Esticou-se languidamente sob o lençol, e ficou imaginando se resistiria aos pensamentos que a estavam tentando, se ele não estivesse doente.

Eram pouco mais de seis horas quando a claridade começou a entrar pelos vãos da cortina e Maurício levantou-se. Tomou banho, fez a barba, vestiu-se com a roupa que lhe haviam trazido.

"Estranho", pensou. "Roupas práticas, como se tivesse de entrar em florestas, em barcos, parecia que iam acampar. Algo novo vem aí. O que será? Mulher forte essa capitã. Esse Rogério nunca vai encontrar nada igual."

O tenente também havia tomado banho e estava de roupas novas, na sala, e logo a capitã apareceu, de uniforme, como se estivesse indo para a Abin.

– Bom dia, Fernanda. Acho que dormi melhor que você.

– Como é que você está? Passou febre à noite, teve sono agitado, e agora como está?

Ele agradeceu o cuidado que ela teve em ter ido vê-lo. Mas disse que estava bem, sentia-se recuperado.

Ela disse com voz séria:

– Temos urgência. Correu ao computador e abriu outro site. A mensagem era curta. Leu, releu e apagou.

Os dois ficaram em silêncio.

Tomaram café, que já estava preparado na sala de jantar.

– É bom comer, sabem? Se a CIA vier de novo atrás de nós, vamos ter de ir para mais longe – disse Rogério.

Havia também uma maleta de mão para cada um, com o necessário para pousos ou hospedagens de urgência, arma e munição, além de uma autorização especial de porte para todo o território nacional de qualquer tipo de arma que estivessem carregando.

O telefone tocou e um oficial avisava que o comandante Góes gostaria de vê-los.

O quartel ocupava uma grande área livre, com casas construídas em alvenaria e pintadas de branco com barras verdes até a altura de um metro do solo.

Essas construções, bem ao gosto português, davam um ar de serenidade que contrastava com o armamento pesado e soldados fardados em exercícios cansativos.

Foram levados a um prédio logo após a portaria e um homem alto, moreno, magro, apresentando uns 50 anos, educado e simpático, veio ao seu encontro.

– Fernanda, como você está bonita.

Prestaram continência e ela o beijou na face. Mostrava-se alegre em ver o tio e o tenente viu uma nova Fernanda, com aquele ar de peraltice que mostrava que ela tivera uma infância divertida.

– Oi, tio. Só mesmo a trabalho para poder vê-lo de novo. E a titia, como vai? – E sem esperar a resposta:

– Este é o doutor Maurício, da Receita Federal, e este é o tenente Rogério, da Polícia Militar de Brasília. Eles estão comigo em missão oficial, como o senhor sabe.

Feitos os cumprimentos, o coronel mostrou o quartel e as bases de fronteira que a sua unidade cobria, ao longo da Bolívia.

LIVRO III

OS TEMPLÁRIOS

"Penso verdadeiramente que neste solene momento eu deva proferir toda a verdade. Ante o céu e a terra, e com todos vocês aqui como minhas testemunhas, eu admito que sou culpado da mais grotesca das iniqüidades. Mas essa iniqüidade foi eu ter mentido ao ter admitido as grotescas acusações emitidas contra a Ordem. Declaro que a Ordem está inocente. A sua pureza e santidade estão acima de qualquer suspeita. Eu admiti de fato que a Ordem era culpada. Mas unicamente assim agi para evitar contra mim as terríveis torturas – A vida foi-me oferecida, mas pelo preço da infâmia. Por este preço, a vida não vale a pena ser vivida."

JACQUES DE MOLAY
GRÃO-MESTRE DA ORDEM DOS
CAVALEIROS DO TEMPLO – OS TEMPLÁRIOS

29

O pequeno outeiro em cima daquele morro era simples e pobre, mas ali do alto parecia contemplar em silêncio as águas barrentas do rio Solimões descerem para o oceano distante.

Afastado da cidade, era pouco usado para as celebrações cotidianas, mas a procissão de Corpus Christi atraía fiéis de toda a região. A procissão começava na igreja matriz, às quatro horas da tarde, e percorria os seis quilômetros do percurso até a igrejinha, onde o Corpo do Senhor ficava exposto no altar de madeira.

A festa de Corpus Christi teve origem na Bélgica, quando uma freira agostiniana da Abadia de Cornillon, perto de Liège, teve visões de que um astro semelhante à lua brilhava com intensa claridade, mas tinha uma mancha no meio. O próprio Jesus Cristo lhe revelou que a lua significava a Igreja, a claridade as festividades religiosas e a mancha era a mácula de não existir uma data consagrada ao Corpo de Deus.

Santa Juliana deu conhecimento dessas visões ao bispo local, que em 1258 instituiu a festa em sua Diocese. O fato chegou também ao conhecimento do bispo Jacques de Pantaleón, que veio a ser o papa Urbano IV. Esse papa tinha sua corte na cidade de Orvieto, e, devido ao milagre de Bolsena, tornou universal a festa de Corpus Christi.

Consta que um padre tcheco chamado Pietro de Praga, da paróquia de Bolsena, perto de Orvieto, enquanto consagrava a hóstia, duvidou de que ela se transformaria no Corpo de Cristo. Na hora da comunhão, quando foi partila, começou a brotar sangue. O papa soube do fato e ordenou que as alfaias litúrgicas manchadas com o sangue de Cristo fossem levadas em procissão até Orvieto, e universalizou as festividades, encarregando São Tomás de Aquino de escrever as peças litúrgicas da solenidade, que permanecem até hoje.

O Concílio de Trento, no século XVI, tornou oficial em todo o universo católico a procissão do Corpo de Deus, com a exposição pública da hóstia consagrada, para opor-se às teses de Lutero que negava a presença de Cristo na Eucaristia. Uma das características da cultura da Idade Média era a necessidade de ver as coisas para nelas acreditar. A Fé não conseguiu escapar dessa exigência cultural e daí surgiu o costume de se levantar a hóstia consagrada para que os fiéis a contemplem após a consagração.

A Santa Eucaristia ficou exposta até começar a escurecer, enquanto o padre exaltava os mistérios da Ressurreição e da Encarnação. Encerrou a cerimônia com uma bênção solene e a procissão retomou o caminho de volta. Cada fiel tinha agora uma vela acesa na mão e aquelas duas filas de luzes descendo o morro reacendiam o espírito de fé e piedade que fica esquecido nas rotinas do dia.

Assim que a procissão começou a descer o morro e a igrejinha ficou abandonada na semi-escuridão de algumas velas que ficaram acesas, treze pessoas que haviam acompanhado a chegada da procissão saíram das trevas e entraram na igreja. Estavam encapuzados e se dirigiram ao altar.

Ajoelharam-se diante da mesa em que o Corpo do Senhor esteve há pouco e ficaram em silêncio por alguns minutos. Aquele que estava no centro falou:

– Nossa reunião será de joelhos, porque o Senhor esteve nessa mesa e Ele nos orientará. Professemos a nossa fé com o lema da Ordem desde os primeiros tempos, quando defendia o Santo Sepulcro.

Todos entoaram com respeito:

– *"Non nobis Domine non nobis sed Nomini Tuo ad gloriam"* e repetiram em português: *"Não para nós, Senhor, não para nós, mas para a glória do Teu nome".*

Não se podiam ver as feições dessas figuras que vestiam hábito de monge e usavam capuzes como se não quisessem ser reconhecidos. Uma barba branca estranha uniformizava os rostos.

Quem os visse ajoelhados diante da mesa, não imaginaria que se intitulavam Apóstolos de Cristo. Cada apóstolo tinha um grupo de doze discípulos e, quando os apóstolos se reuniam com os seus discípulos, eram eles chamados de "Irmão Apóstolo" e os discípulos eram chamados simplesmente de "Irmão", por razões de segurança.

Mas os membros desse grupo não paravam aí. Daí em diante, a hierarquia obedecia a denominação militar. Cada discípulo, ou irmão, tinha o dever de selecionar e comandar três sargentos, cada sargento por sua vez deveria ter dois cabos e cada cabo tinha quatro soldados. Era um exército de 4.896 cavaleiros, como eram todos chamados, sob o comando do mestre da Ordem. Cada Apóstolo, cada discípulo, cada sargento, cabo, soldado, ou simplesmente cavaleiro, era cuidadosamente selecionado.

Em sua maioria eram militares. Aqueles que ainda estivessem na ativa, participavam de operações e cerimônias próximas de sua localidade, guardando o mais completo sigilo. Cabia a cada posto hierárquico a função de selecionar os seus comandados, treiná-los e doutriná-los.

Todos os participantes do grupo deveriam ser religiosos e a cruz era o seu símbolo. Não importava se eram católicos ou de outra religião cristã, só não podiam pertencer a seitas modernas, dessas que evoluíram e enriqueceram nos últimos anos.

Era a cúpula da Confraria da Ordem dos Templários do Amazonas que estava ali reunida. O Mestre continuou com os olhos fixos no lugar onde estivera o Corpo de Cristo e disse:

– Como os senhores já devem ter visto pelos noticiários, as forças do mal se precipitaram. Perdemos um dos nossos importantes orientadores, mas conseguimos evitar que a irmã Tereza e o doutor Maurício, que os senhores já conhecem, fossem tirados do nosso meio.

Os apóstolos não eram chamados pelo seu verdadeiro nome, mas sim pelos nomes dos apóstolos de Cristo, de acordo com a cadeira que ocupavam na Santa Ceia. No lugar onde seria o lugar de Judas, no quadro da Santa Ceia de Da Vinci, estava o mestre. Era um simbolismo para indicar que toda a humanidade continua traindo Cristo. Era porém chamado de mestre.

A Santa Ceia de Leonardo da Vinci não representa a verdade histórica porque naquela época os antigos comiam sentados de flanco, como se nota em várias gravuras da época dos romanos.

O mestre continuou:

– A irmã Teresa está salva. Ela seria torturada para contar tudo o que sabe a nosso respeito e depois seria assassinada cruelmente.

– Mestre – disse o Apóstolo João –, o Senhor não acha que o nosso informante começa a correr perigo? Nossas providências foram muito rápidas e eles podem desconfiar de que alguém de dentro do grupo deles estaria passando informações.

– Sim, existia esse risco – respondeu o Mestre, enigmático, dando ênfase ao verbo no passado.

A resposta indicava que haviam sido tomadas providências e o Mestre continuou:

– A Ordem está hoje com uma organização quase completa. Com a morte do general, tomamos a decisão de não integrar formalmente o doutor Maurício na confraria. A presença dele seria útil para a uniformização dos procedimentos da Ordem com os procedimentos das Forças Armadas. Mas as circunstâncias mudaram e é melhor aguardar.

Em situações como essa, quando era prevista alguma intensidade no movimento, era costume que um dos apóstolos revivesse a história da Ordem.

Paulo de Tarso foi um dos maiores perseguidores dos cristãos e presidiu o sacrifício de Santo Estêvão, primeiro mártir do cristianismo e irmão da sua noiva Abigail. Quando ia atacar cristãos na cidade de Damasco, Cristo apareceu-lhe como num relâmpago e ele chegou a cair do cavalo. Indagado por Cristo porque perseguia o seu povo, ele não soube responder e converteu-se. Foi decapitado por ordem de Nero aos sessenta e seis anos de idade por pregar uma religião ilegal. Há quem o considere o verdadeiro fundador do cristianismo, por consolidar o pensamento cristão em suas epístolas.

Naquele momento, o Cavaleiro Templário Apóstolo Paulo não estava em torno dos demais, porque São Paulo, o apóstolo de Cristo, também não esteve presente na Santa Ceia, e por isso o Cavaleiro ficava sempre de pé, ou ajoelhado, conforme a cerimônia, próximo ao Mestre.

Levantou-se e começou a falar de forma didática como se fosse para alunos de história. Isso fazia parte do exercício de humildade e da renovação dos propósitos.

– Depois que os cruzados tomaram Jerusalém das mãos dos turcos e libertaram o Santo Sepulcro para a visitação dos peregrinos, verificou-se que era preciso criar uma força para evitar que esse lugar sagrado caísse de novo em mãos dos infiéis.

Quando o grupo revivia a história dos templários, faziam questão de enfatizar a retomada da Terra Santa e a necessidade de protegê-la. Para a Ordem dos Templários da Amazônia, a Terra Santa era a própria Amazônia que, se não fosse protegida, cairia em mãos de infiéis.

– No ano de 1118, o cavaleiro francês, chamado Hugo de Pains, deu a idéia de uma ordem que seguisse os votos monásticos de castidade, obediência e pobreza, mas tivesse poderes para lutar como guerreiros.

E com mais ênfase:

– O Cavaleiro do Templo ganhava de Deus todas as virtudes do sacerdócio e o direito de matar o inimigo. Nenhum outro ser humano tinha esses poderes. Os padres não podiam empunhar a espada e os quartéis não tinham as bênçãos do monastério.

Voltou a falar em tom de meditação.

– Confirmando as origens divinas da ordem, lembramos que o seu Regulamento foi escrito por São Bernardo, quando era abade do monastério de Claraval, na França. São Bernardo foi uma das personagens mais importantes da sua época. Num discurso considerado uma das peças de oratória mais importantes da história, fez a defesa da criação da Ordem. Quando voltou para Claraval, deu forma escrita a esse discurso que passou a ser conhecido como o "De Laude Novae Militiae", o Elogio da Nova Milícia.

Aguardou um curto silêncio e continuou com mais ênfase:

– Mas as forças do mal começaram a aparecer. Deus criou os anjos, mas apareceu o demônio querendo dominar o Universo e o demônio também quis se igualar aos templários.

Os monges se persignaram.

– A Ordem cresceu, enfrentou os árabes, ajudou nas cruzadas e a sua luta, dedicação às causas sagradas, a defesa dos peregrinos, dos humildes e da justiça, conquistaram o respeito de reis, nobres, intelectuais, religiosos, governos e da gente humilde. Muitos lhe destinaram suas heranças porque assim buscavam a vida eterna, sabendo que a Ordem destinaria seus bens em benefício dos pobres e das causas justas, mas nunca em benefício próprio, porque aos templários era até mesmo proibido ter mais de uma túnica. No rigor do inverno deviam exercitar-se, mas não podiam vestir mais nada além da túnica branca que era o seu uniforme.

O apóstolo aguardou que os demais dissessem:
– "Non nobis, Domine, non nobis"
– A Ordem despertou cobiças, e o rei da França, Felipe, o Belo, quis sanear as finanças do Tesouro Francês, confiscando os bens da Ordem. O papa Clemente V foi pressionado por Felipe e pelos bispos franceses e dissolveu a Ordem. O Exército francês invadiu os nossos monastérios e prendeu os cavaleiros do Templo, submetendo-os às mais terríveis torturas para que confessassem pecados que não cometiam. Milhares de cavaleiros do Templo foram torturados e mortos, queimados em fogueiras, decapitados, enforcados, para que fizessem as confissões mais ignominiosas para justificar os atos cruéis de Felipe.

Colocou as duas mãos sobre a cruz vermelha do hábito.

Sem alterar a voz para não mostrar sentimentos de vingança:
– Como a Ordem devia obediência ao papa e não podia empunhar suas espadas contra os cristãos, foram dominados sem luta. Calúnias foram levantadas, como a de que os candidatos a nela ingressar deveriam renegar Cristo três vezes e cuspir sobre o Crucifixo também por três vezes, passando então a adorar o diabo sob a forma de um deus barbudo cognominado Bafomet. Um dos torturados disse que se o tivessem acusado de ter sido o assassino de Cristo, ele confessaria.

Novamente respirou fundo:
– O grão-mestre, Jacques de Molay, que veio de Jerusalém para defender a Ordem foi preso e submetido durante sete anos às mais terríveis torturas. Acabou cedendo ao sofrimento e fez confissões, que negou depois.
– Como ele negou a confissão que havia sido arrancada sob tortura, foi condenado à morte na fogueira e, enquanto ia sendo devorado pelo fogo, virou-se para o rei, que lá estava para assistir a sua agonia, e gritou: *"Papa Clemente, cavaleiro Guilherme de Nogaret, rei Felipe... Convoco-os ao Tribunal dos Céus antes que termine o ano, para que recebam vosso justo castigo. Malditos... Malditos... Malditos... Sereis malditos até treze gerações..."*.

O silêncio pesava na penumbra formada pelas velas. O orador então falou em tom profético.

– O rei e o papa morreram antes de um ano depois da maldição proferida contra eles pelo nosso grão-mestre.

O orador esperou uns momentos e continuou a falar com voz mais calma.

– A Ordem foi dissolvida e perseguida. Alguns conseguiram fugir para Portugal e lá, com o apoio de dom Diniz, foi fundada a Ordem de Cristo, que tinha o mesmo emblema, a Cruz dos Templários, para agasalhar os irmãos perseguidos na França. Os templários levaram para Portugal muito das suas riquezas e ajudaram dom Manuel, o Venturoso, a fazer as descobertas marítimas. Em respeito aos templários, dom Manuel mandou colocar nas caravelas a Cruz da Ordem de Cristo, ou seja, a Cruz dos Templários, que aparece no primeiro marco português em nossas terras.

Os cavaleiros todos cruzaram os braços sobre a cruz em hábitos de monge.

– Os templários eram cultos, porque dedicavam grande parte do seu tempo nos monastérios estudando arquitetura, geografia, botânica, história e outras ciências. Eles foram os criadores da arquitetura gótica e foram eles os responsáveis pelas descobertas da Coroa Portuguesa, porque já tinham noção de que outras terras existiam no planeta. E assim Portugal descobriu o Brasil e não foi por mero acaso.

Em qualquer outra reunião, o orador teria um copo de água à sua frente. O cavaleiro limitava-se a parar de vez em quando e salivar a boca para continuar falando.

– O Brasil foi descoberto pelos templários e não foi uma descoberta casual. O Brasil é o único país que tem a Cruz de Cristo em cima e é o único país que longitude e latitude formam uma cruz. Não foi por acaso que os templários descobriram essa terra, não foi por acaso que a Igreja quis impedir que nós a conquistássemos, e foi por isso que o papa Júlio II assinou a bula *"ea, quae pro bono pacis"*, em 26 de janeiro de 1506, dividindo o país no meio, com o Tratado de Tordesilhas.

Esperou que os demais cavaleiros lembrassem que o Tratado de Tordesilhas tinha sido patrocinado pelo papa.

– A Cruz de Cristo não pode ser dividida e nós reconquistamos essa unidade, recuperando o território com astúcia, coragem e energia, até que as divisas fossem enfim reconhecidas definitivamente pelo Tratado de Ultrect. Mas assim como nos tempos do Santo Sepulcro, é preciso uma força que mantenha este território. Sabemos que inimigos da Cruz ameaçam a glória do Senhor e é para isso que estamos organizados e preparados para defender o território do Brasil, com a Amazônia em seu mapa, completando a Cruz de Cristo.

Calou-se. Todos abaixaram a cabeça em sinal de respeito. Não cumprimentavam o orador, por melhor que ele fosse. Não era por orgulho, mas não podiam fazer discursos para receber cumprimentos.

O mestre levantou a cabeça e todos fizeram o mesmo.

– Nossa fé não se renova. Ela se fortalece.

Todos abaixaram a cabeça durante um minuto e depois se levantaram. O mestre saiu primeiro e eles desapareceram, cada um tomando rumo diferente por dentro da mata escura.

Um observador que estivesse ali para registrar a oração daqueles monges veria que, quando eles deixaram o pequeno outeiro, guardas armados e camuflados saíram de seus esconderijos e cada monge passou a ser protegido.

30

Depois que saíram do quartel e se despediram do coronel, eles voltaram para a casa e prepararam-se para sair.

Quando acessara o site sigiloso logo pela manhã, a capitã confirmou o recebimento das mensagens que tinha enviado de madrugada, antes de ir dormir, e recebeu novas instruções.

Provavelmente haveria movimento de tropas em vários pontos do território nacional e ela devia voltar. Sentia tristeza em separar-se do tenente, mas eles tinham de seguir outro rumo.

Maurício entrou no quarto, arrumou suas coisas e saiu da casa.

Avisou à capitã que ia a uma farmácia e provavelmente demoraria uns 30 minutos. A viatura do Exército o levou até a cidade. Entrou num escritório de contabilidade, identificou-se e perguntou se podia usar a internet. O contador era um gaúcho simpático que lhe franqueou o escritório. Ele acessou o site da Receita. Não tinha pressa e já era hora de deixar aqueles dois sozinhos por uns tempos.

Desde o primeiro encontro com o general, começara a fazer levantamentos de ONGs, pessoas, empresas, instituições científicas e religiosas, políticos, e suspeitas começavam a se avolumar em torno de um certo alemão.

Rogério acabara de arrumar suas coisas e começou a pensar.

"Trinta minutos. Não é muito, mas será que ela não vai achar ruim de eu ir até o seu quarto? Mas preciso ir. Afinal, já é hora de assumir uma posição. Vamos criar coragem."

A porta estava entreaberta e ele pôde vê-la diante do espelho, vestida e exuberante em toda a sua beleza. Não resistiu.

– Oooi... Posso entrar? – perguntou meio desajeitado.

Ela apenas sorriu e foi ao seu encontro.

– Até que enfim esse Maurício nos deu uma folguinha – ele disse. – Não é muito tempo, mas eu queria lhe falar...

Ela aproximou-se dele, tomou-lhe as mãos e disse:

– Não, não fale. Já falamos muito.

Ele pegou-a pela cintura e as duas bocas se apertaram num beijo sufocante, intenso e sequioso de emoções. Ela passou as mãos por trás do pescoço dele, abaixo do ferimento, e apertou ainda mais os seus lábios contra os dele. Ficaram assim se apertando, as línguas se encontrando, os lábios descendo para o pescoço e depois subindo para a orelha, e ela não conteve o estremecimento.

Depois de alguns momentos, ela afastou-o:

– Não vamos exagerar. Nem bem nos conhecemos.

– Sim. Acho que você tem razão. Mas não quero perdê-la. Segui-a tantas vezes sonhando com esse momento que peço desculpas se exagerei.

A compreensão que ele demonstrou num momento como aquele a deixou mais excitada, e ela então começou a abrir a sua camisa, pelos botões de cima. Colocou as duas mãos sobre aquele peito nu e disse quase fechando os olhos:

– Como você é forte!

Ele apertou-a de novo, agora quase rudemente, e eles voltaram aos carinhos que tinham interrompido. A excitação tomou conta dos dois e ele tentou levantar-lhe a saia.

– Não, não, isso não! Temos muito tempo pela frente e eu quero você também, sim eu quero! Mas quero ser sua esposa. Quero ter uma família, ter filhos, e acho que você quer a mesma coisa. Então, vamos com calma. Não fique triste.

Dizendo isso, desceu a mão e ajeitou a saia, mas deixou que ele esfregasse o seu corpo contra o dela em leves movimentos sensuais. Parecia meio aturdida com o que estava fazendo e beijava-o sofregamente, com os olhos fechados, mas voltou à realidade.

- Precisamos nos aprontar, porque o doutor Maurício já deve estar chegando.

A contragosto, mas compreendendo que ela tinha razão e que também não queria forçar as coisas nesse primeiro contato, ele parou. Acariciou-a carinhosamente e disse:

– Você vai ser minha mulher, não vai?

– Eu vou ser sua mulher, sim, se você me quiser, mas vamos fazer tudo do jeito certo, não vamos?

Rogério estava feliz porque tinha receios de que ela seria calculista e dominadora. No entanto, descobriu uma mulher dócil, meiga e cheia de feminilidade.

Maurício saiu do escritório e a viatura conduziu-o pela rua que acompanha a margem do rio, que, devido à grande seca, estava com pouca água.

Segundo o *Guiness*, o maior festival de pesca fluvial do mundo é o Festival de Pesca de Cáceres, que reúne mais de 100 mil pessoas. Era a época do festival e apesar de o rio estar raso e talvez a pesca não viesse a ser tão produtiva, era grande a quantidade de barcos coloridos que subiam e desciam com pescadores animados pela cerveja, pouco importando se a pesca ia ou não ser farta.

Quando chegou à casa, Maurício encontrou-os tomando café. Ele pegou uma xícara, serviu-se e disse:

– Imagino que a senhora volta para Brasília e nós continuamos. Pelo menos é o que deduzo das mochilas.

O tenente e a capitã não escondiam o desconforto de terem de se separar agora. Os poucos minutos que tinham estado a sós apenas serviram para aumentar o sofrimento da separação.

Rogério disse:

– Ela já me informou. Logo agora!

– Bobo. Eu estarei esperando e você sabe muito bem onde. Já deve ter decorado o caminho, não é?

E dirigindo-se a Maurício:

– Tive de enviar um relatório ao ministro do Exército. Nosso trabalho foi conclusivo, graças a vocês dois. As informações ao ministro, obviamente, foram resumidas e por isso preciso voltar com urgência. Além disso, o assunto, a rigor, pela Constituição, já cai na responsabilidade direta das Forças Armadas. A falta de ações concretas pode servir de pretexto para acusações de omissão, no julgamento da História – disse ela com ufanismo verde-e-amarelo.

– Mas se a senhora já sabia que íamos partir, certamente sabe para onde. Alguma instrução especial?

Ela falou sem muita segurança.

– Nós estamos na Amazônia. O mais seguro é vocês ficarem onde possam ser protegidos. Mas temos de disfarçar também essa saída. Só o coronel Góes sabe para onde vão agora. Vocês sairão um pouco mais tarde em outro avião.

A capitã recobrou a segurança e disse:

– Precisamos partir.

Falou isso com voz quase triste. Maurício levantou-se e foi para o quarto, deixando os dois sozinhos. Uns dez minutos depois o tenente também foi para o seu quarto.

Um médico do Exército fez curativos e exames protocolares. Entregou-lhe alguns comprimidos e fez recomendações. Encontrava-se melhor, mas o esforço, a viagem e a noite mal dormida, atrapalharam um pouco.

Os mesmos veículos que os buscaram no aeroporto estavam em frente à casa. Já se tinham despedido do coronel, que preferiu não aparecer na casa ou ir ao aeroporto.

O Baron não estava mais lá. Tinha saído cedo e dois outros aviões na pista estavam esperando por eles. Um Learjet estava preparado para levar a capitã de volta e um Skylane estava esperando ordens.

Os dois se olharam com ternura e Maurício pôde sentir uma doce emoção se misturando no ar quente e úmido do Pantanal Mato-grossense naquela despedida.

O Learjet saiu primeiro e fez uma leve curva para desaparecer depois na direção do Nascente. O tenente ficou olhando até o completo desaparecimento daquele pontinho distante no horizonte.

– É. O aviãozinho dela é rápido, não?

Expressões normalmente ditas para disfarçar a emoção.

– Acho, que a gente vai para alguma fazenda ou lugarejo pequeno – disse Maurício.

Pensou um pouco.

– Mas não ficaremos ali. Vão levar-nos para longe. Este avião é outro disfarce.

Não saíram de imediato. Passava das treze horas quando um oficial chegou com uma mensagem, que entregou para o piloto, e eles então entraram no Skylane e partiram para destino que ignoravam.

31

O Skylane correu trezentos metros da pista asfaltada, ganhou velocidade e subiu. Fez uma curva no ar, como se estivesse espreguiçando e tomou o rumo Sul. Maurício não tinha muita certeza de que esses desvios de rota, para despistar as atenções da CIA ou de quem quer que fosse, iam dar resultado.

Sabiam que deveriam ficar na fazenda Buritizal, onde aguardariam o desenrolar dos acontecimentos. Segundo a capitã, algumas providências seriam tomadas logo. Por razões de segurança deles mesmos, era melhor passar um dia ou dois em lugares mais seguros antes de irem para lá. Não sabiam no momento para onde estavam indo, mas tinham de confiar na capitã.

O rio Paraguai é a espinha dorsal de um dos mais bonitos ecossistemas do mundo, o Pantanal Mato-grossense. Desce da chapada dos Parecis, um espigão no interior do Estado do Mato Grosso, de onde saem as nascentes do rio Paraguai e de afluentes do Amazonas. Nos seus primeiros cinqüenta quilômetros segue em direção ao Sul, com o nome de Paraguaizinho.

O trecho brasileiro do rio Paraguai percorre aproximadamente 1.700 km desde as nascentes à desembocadura do rio Apa, e seu curso total tem uma extensão de 2.621 km até sua foz, no rio Paraná, o décimo maior rio do planeta em descarga de água. Ali, o Brasil é banhado pela bacia do Prata, a segunda maior do mundo, só superada pela bacia Amazônica.

Quando os primeiros colonizadores chegaram à região, era a época das cheias. Ficaram tão impressionados com a quantidade de água, que denominaram o pantanal de Mar dos Xeraiés, nome da tribo que ali habitava.

Não se trata porém de um grande pântano como o nome sugere. Em seus 1.500 quilômetros de extensão até chegar ao oceano, o rio Paraguai tem declividade de apenas 0,05 cm por quilômetro, causando lentidão no escoamento das águas que então se acumulam no período das chuvas.

Maurício foi olhando aquela paisagem de impressionante beleza que se desenhava lá embaixo, cortada por rios, montanhas, lagos e a vegetação robusta já meio amarelada por causa da seca que esvaziava rios e lagos.

"Onde será que esse piloto vai nos levar? A capitã disse que o piloto ia receber instruções codificadas em vôo. Ela também não sabia, mas parecia despreocupada quanto a isso."

Pensava nos últimos acontecimentos. Decifrar o código foi a coisa mais importante que eles fizeram e agora já tinham relatório completo sobre o que essa organização estava planejando.

Tudo estava detalhado. Assalto a quartéis, acidentes para eliminar governadores que poderiam ser obstáculo, substituição de comandantes das polícias militares, apoio da imprensa, tomada das posições militares hoje ocupadas pelas Forças Armadas e outras temeridades.

Foi um choque para a capitã ler o nome de oficiais das Forças Armadas, que ocupavam cargos importantes na Amazônia, fazendo parte da lista dos conspiradores.

Sem dúvida o plano era audacioso e cheio de ações. Ao mesmo tempo, ocupações de terras e de prédios públicos para desviar a atenção. Textos preparados para a imprensa. O que mais preocupava era a onda de terrorismo com a explosão de bombas em lugares públicos. O relatório, com o resumo dos fatos mais importantes, estava agora com as Forças Armadas e certamente deve ter causado grande apreensão.

Mas como tudo isso foi planejado assim, sem que essa tal de CIA tomasse conhecimento? Afinal, o código não era indecifrável. Foi até fácil. Ou será que a CIA está acompanhando isso tudo lá de Langley? Não há dúvida que os aviões passaram a ser seguidos, principalmente depois do episódio de Juína. Essa capitã é terrível. Mas foi uma bonita lição para esses gringos pretensiosos.

O tenente estava folheando os artigos traduzidos e de vez em quando fazia algum comentário. Pensava na capitã. Mulher cuidadosa. Quando ela entrou no avião, dois outros militares vestindo-se com roupas iguais às dele e do dr. Maurício também a acompanharam.

Admirava os cuidados que a capitã tomava. Mesmo alguém que os estivesse seguindo tenderia a acreditar que se tratava dos três voltando para suas bases.

Maurício pensava na sua aposentadoria que tinha gorado. Acabou se envolvendo numa missão perigosa, mas se tudo isso que ele estava vivendo não era fantasia, e as tentativas de eliminá-lo provavam que não era, então ele não tinha escolha. Não era fantasia, era um pesadelo.

Estivera poucas vezes com o general. A primeira, quando foi a Brasília enganado com a sensação de que já estava livre do serviço público. Numa segunda vez, o general falou sobre as dificuldades dos militares em confiar no governo civil. Governo civil, disse ele, como se houvesse também um governo militar e os dois governos estariam administrando países diferentes.

A cada reunião, o general foi dando indicações novas. Insistiu que ele fosse visitar os fortes que os portugueses haviam construído para defender a Amazônia. Esses fortes foram construídos nas embocaduras de rios estrategicamente escolhidos e com isso Portugal pôde manter o território, livre de ocupações.

Lembrou-se da Confraria e do Forte Príncipe da Beira.

"Acontecimento estranho aquele", pensou. "Não quiseram a minha presença depois que o general morreu. Só pode ser isso."

Já tinham voado quase duas horas e, quando entraram no avião, levavam varas de pescar, material de caça, e roupas apropriadas para uns dias de lazer, como se fossem dois pescadores.

Procurava controlar a ansiedade, porque não havia mais como voltar dali agora. Mas tinha de chegar a algum lugar de onde pudesse comunicar-se com a capitã. Precisava falar com ela e com urgência. Pena que não tinha pensado nessa possibilidade antes. Mas estavam tão empolgados com a tradução das mensagens codificadas, que essa hipótese não lhe passara pela cabeça.

O tenente continuava folheando o material com certa apreensão. Aquilo parecia um plano real e bem-feito de divisão do país. Era um policial estudioso, inteligente e preparado. Sabia que o melhor era ter todas as informações memorizadas e destruir arquivos que poderiam cair em mãos estranhas. Foi procurando memorizar e entender tudo aquilo, para depois rasgar.

"Mas até esse reverendo Moon? Será que é verdade isso? Será que ele tem mesmo um projeto chamado New Hope com três mil pessoas e a maioria estrangeira, aqui no Pantanal de Mato Grosso? E eles vem recebendo visitas de milhares de coreanos? Coreano não combina muito com Pantanal Mato-grossense."

O tenente estava perdido nesses pensamentos quando o piloto avisou que já estavam chegando.

O avião foi perdendo altitude e quando chegou a mil pés, a pista de pouso se destacou junto a uma pequena floresta e à margem de um rio que poderia ser afluente do Paraguai.

Viam-se as pastagens e algum gado. No período das águas, quando o Pantanal se enche, os fazendeiros levam o gado para os pastos que não sofrem inundação e que, nessa época, estão com o capim alto e verde. Na seca, depois que o gado bateu o capim dos pastos elevados, ele é levado para as terras antes alagadas. As águas trazem material orgânico e enriquecem o solo, como ocorre no rio Nilo, e, assim, mesmo durante o período da seca, o capim fica rico e verde.

A sede bem cuidada ficava numa elevação a duzentos metros da margem do pequeno rio. O avião pousou e foi em direção ao hangar que estava vazio, mas parou antes e eles desceram. Tinham sido duas horas de vôo e eles estavam precisando alongar as pernas.

Foram conduzidos à residência, onde um casal os recebeu. Os proprietários não estavam. Também não viram outros empregados a não ser o caseiro e sua mulher. Um suco gelado de maracujá foi gentilmente descartado por Maurício que perguntou se havia cerveja.

Estava precisando relaxar um pouco e nada melhor do que a cervejinha gelada para pôr o pensamento em ordem. Procurava esconder o seu nervosismo porque não valia a pena contagiar o tenente com as suas novas preocupações.

Pegaram uma latinha de cerveja cada um e foram até a beira do rio.

O córrego devia ter cinqüenta metros de largura e, do lugar onde estavam, podia-se desfrutar da bonita paisagem que se descortinava além do gramado bem cuidado. A vegetação *arbustífera* de ambos os lados abafava o lamentoso murmúrio das águas.

Certamente a área era bem guardada. O piloto desaparecera e só o casal que os recebeu ainda continuava por perto.

– O que o senhor está achando deste lugar, tenente?

– Fácil. Se nos acharem por aqui, a capitã vai ficar viúva antes de se casar.

– Pelo jeito vou ser padrinho de casamento. Mas me diz qual a sua sensação em relação a este lugar?

– Bom, eu estou achando tudo isso uma maravilha. Saí de Brasília, estou passeando, estou ficando cada dia mais importante, estou até conseguindo uma namorada. Bom, desculpe, sei que o senhor está falando sério. Acho que é um pouco ermo. Cadê o povo daqui?

– Esse é o problema. Esta propriedade não é normal. Pertence a gente meio estranha.

– O senhor não vai dizer que...

– Isso mesmo. Acho que teremos surpresas.

Acabou a cerveja. O tenente olhou para a casa e não acreditou. A governanta vinha trazendo um balde de gelo e dentro estavam algumas latinhas. O administrador trazia cadeiras para eles sentarem. O sol não estava muito forte e o entardecer prometia ser bonito.

"Não dá nem mesmo para sentir saudades da Buritizal", pensou Maurício.

Viu o piloto com umas varas de pescar descer pelos fundos da casa e entrar num barco.

"O danado sabe se distrair."

O sol foi se pondo e encheu de cores o horizonte. Os pássaros cruzavam o espaço em sinfonias de sons nem sempre bonitos mas animados. Havia aquela melancolia do entardecer. Ficaram ali, apreciando o farfalhar das folhas nos arbustos com a brisa leve que amenizava a temperatura quente do dia que ia se apagando.

Antes que começasse a escurecer, eles voltaram para a casa, uma bonita sede de madeira, construída com bom gosto. Observavam os móveis, os armários e biombos entalhados. Uma varanda com o pé direito alto separava a copa e áreas de serviço das demais áreas de estar e dormir.

Logo foi servido o jantar. A natureza mostrava sua fartura em cima daquelas bandejas e pratos. "Mandioca frita. Quem resiste?" Peixe ensopado, uma paca assada, farinha de pupunha e outras delícias que lembravam a Buritizal.

Jantaram. O café foi servido na sala principal. Muito ampla, alta e bem decorada com móveis rústicos, mas de bom gosto e arte. Notou que suas mochilas estavam ainda no sofá da sala.

"Deveriam ter sido levadas a um quarto", pensou.

Escureceu. O céu estava um pouco nublado e escondia a lua. A noite não estava escura, mas também não tinha aquele céu estrelado que encanta os poetas.

O administrador apareceu, pegou suas mochilas e pediu para eles o acompanharem.

"Estranho. Ele está nos levando para o rio."

Ancorado no banco de areia na margem do rio perto de onde eles estavam antes tomando cerveja, uma voadeira com dois outros camaradas estava pronta para sair. O administrador apenas disse:

– Os senhores precisam ir. São as ordens.

Era inútil perguntar para onde iriam. Tinham de seguir a orientação dessa gente e entraram na voadeira que desceu o rio e foi se distanciando da casa. Os barqueiros conheciam bem o caminho. O rio estava com pouca água e os barqueiros foram cuidadosamente se desviando das pedras e dos bancos de areia, sem no entanto acender nenhuma lanterna. Às vezes um alertava o outro sobre paus ou pedras, mas foram descendo o rio sem parar, por quase duas horas, e só então acenderam as lanternas e eles puderam andar mais rápido.

Quando o feixe de luz alcançava as margens do córrego, pequenas luzes imóveis acendiam no barranco como se fosse um pequeno vilarejo iluminado.

– O que é aquilo? – perguntou o tenente.

– São jacarés. Eles dormem com os olhos abertos. Durante o dia a gente não consegue ver tantos, mas à noite eles se reúnem e fica mais fácil vê-los porque os olhos deles refletem a luz da lanterna. Essa é uma das grandes riquezas do Pantanal.

Maurício lembrou do Skylane que os trouxera. "Interessante. O piloto não guardou o avião no hangar. Eles querem que o avião seja visto lá e estão nos tirando do local. Para onde será que vamos?"

Pouco tempo depois, o córrego ficou mais largo, as margens se distanciavam e parecia mais fundo. Logo surgiu o rio Paraguai, o principal responsável pelo ecossistema do Pantanal de Mato Grosso.

Faltava pouco para as oito horas quando saíram da casa da fazenda. Apertou o botão da luz do relógio de pulso que usava para correr. A lanterninha do relógio servia para essas ocasiões. Às vezes até para se guiar à noite, quando não tinha outra luz. Já era quase meia-noite.

Os barqueiros acenderam um grande farol que estava na dianteira do barco e com essa nova claridade o barco começou a andar mais depressa. O rio Paraguai tem muitos pesqueiros e é comum os pescadores e turistas acamparem nas margens de córregos e terem luzes mais fortes para saírem à noite. Esperavam que essa luz agora não levantasse suspeitas.

Quando saía para pescar, lá no Roosevelt, aproveitava para exercitar a sua ioga durante o tempo em que a voadeira subia ou descia o rio. Por algum tempo também ficou sentado ali no meio do barco, fazendo os seus exercícios.

"É por isso que esse sujeito é controlado", pensou o tenente.

Cinco horas de barco. A voadeira tinha ido devagar quando estava no afluente mas no leito do Paraguai fazia justiça a seu nome. Pela velocidade média que desenvolveram, já deviam ter navegado de 70 a 80 quilômetros.

"Se a idéia é desviar a atenção, dando a entender a outros que, pelo fato de o avião ainda estar lá, nós também continuamos no mesmo lugar, então, essa distância já é suficiente. Devemos estar chegando."

Rogério parecia bem disposto para quem tinha saído do hospital no dia anterior. Se estava sentindo alguma coisa, não revelava. Apenas olhava para as águas do rio Paraguai, como se não acreditasse que estava agindo como fugitivo.

Não demorou muito e a luz de uma grande casa apareceu à margem do rio e a voadeira foi se dirigindo para ela. Era outra sede de fazenda, também grande, bonita e vistosa.

Encostaram o barco na margem. Um deles pulou e puxou a corda até o ancoradouro e todos desceram. Subiram a escada de madeira que também se apoiava no pequeno ancoradouro e foram levados para a casa, onde duas pessoas vestidas de monge os esperavam.

O tenente olhou para ele e disse:

– O senhor acertou. Esse povo é mesmo cheio de surpresas.

Foram recebidos com cerimônia e os cumprimentos formais não escondiam a gentileza. Os quartos eram separados e Maurício cuidou logo de tomar um bom banho e ir dormir. Estava cansado e aquele chuveiro de boca larga de onde a água caía em abundância dava a sensação de que estava debaixo de uma pequena cachoeira. Rejuvenesceu.

O quarto era espaçoso, com duas camas de solteiro, do tipo "cama de viúva". Pediu a Deus que todos aqueles problemas acabassem logo e ele pudesse viver ali mesmo, esquecendo até a Buritizal.

Ia deitar-se quando alguém bateu na porta.

– Desculpe incomodá-lo. Posso entrar?

Maurício abriu a porta e levou um susto. O piloto do Skylane estava à sua frente, com trajes de monge e o olhava sorridente.

– Ah! Então foi por isso que o senhor não me convidou para a pescaria? O senhor saiu na frente. Por favor, entre.

O monge sorriu e entrou. Colocou as mãos dentro das mangas, como se fosse seguir uma procissão da Paixão de Cristo, abaixou a cabeça e falou respeitosamente:

– Às vezes nossa fisionomia demonstra cansaço, apenas cansaço. Mas às vezes também mostra apreensão e dúvidas. Se o irmão tem alguma coisa que aflige a sua alma, estou aqui para ouvi-lo. Se tiver alguma instrução que possa ajudá-lo nessa sua dúvida, por favor não hesite. No momento não podemos nos dar ao luxo de hesitações.

Se aquele monge tivesse levantado a cabeça, teria visto a cara de espanto de Maurício.

"Será que ele é algum adivinho?"

Maurício então disse:

– O senhor seria capaz de conseguir um encontro com a capitã Fernanda, em lugar seguro, para amanhã cedo, sem falta? O mais cedo que puder?

– O monge fez uma leve inclinação e se retirou dizendo:

– Que Deus lhe dê uma boa noite.

"Será que aquele coronel, tio da capitã, pertence a essa Confraria?" Esqueceu suas preocupações e dormiu profundamente.

32

O embaixador olhava pensativo para os papéis que estavam em cima da mesa. Folheava ora um ora outro e procurava por coisas que ainda não sabia. Sentia a necessidade de pesquisar e ler tudo que dizia respeito à Amazônia.

"Esses europeus!... O que será que eles estão pretendendo? A Amazônia está dentro do continente americano. Como disse o presidente Monroe 'A América é para os americanos'. Claro que não é só para os americanos do Norte, como dizem por aqui para criticar a doutrina de Monroe. Não é bem isso. Europeu é que não pode vir xeretar por aqui."

Estava preocupado. O episódio com o avião da CIA o tinha ocupado muito e os congressistas americanos e brasileiros buscavam explicações. Havia requerimento de uma CPI no Senado do Brasil para apurar o que a CIA estava fazendo na Amazônia e ainda com um avião em condições irregulares. Aquele ex-presidente e hoje senador, Rocha Meira, está exagerando com discursos e pedindo providências.

"Isso não está cheirando bem. Por que será que a CIA esperou vinte e quatro horas para me mandar as pesquisas da internet? Se já havia informações, não podiam ter esperado. Essa autonomia da CIA ainda vai criar muitos embaraços para o meu país."

Comparava os papéis e eles indicavam vários locais de pesquisa. Era difícil localizar quem estava provocando isso. "O agente do FBI tem razão. Não podemos continuar subestimando a inteligência alheia. Eles estão atrás de alguma coisa séria e nos estão despistando. Mas o que será?"

Leu a declaração de John Major, quando era primeiro-ministro da Inglaterra, muito comentado nas pesquisas da internet : *"As campanhas ecologistas internacionais que visam à limitação das soberanias nacionais sobre a Região Amazônica estão deixando a fase propagandística para dar início a uma fase operativa, que pode, definitivamente, ensejar intervenções militares diretas sobre a região".*

"Será que eles já estão nessa fase 'operativa'? Mas como os nossos serviços de espionagem não informam nada? Ou será que pretendem manter a diplomacia fora disso?"

Leu outra folha.

"Até mesmo o Gorbachev? Mas o que é a Rússia hoje para sair lá da Sibéria e ter pretensões na Amazônia? Então ele acha que *'O Brasil deve delegar parte de seus direitos sobre a Amazônia aos organismos internacionais competentes'*? Pois bem."

"O Parlamento Italiano também está se intrometendo. É um exagero dizer que *"A destruição da Amazônia seria a destruição do Mundo"*."

Tirou os óculos. Levantou-se e foi até a janela.

"Se continuar desse jeito, nossos planos sobre a Amazônia não vão dar certo. O caminho correto é a diplomacia, a pressão inteligente. Não vai adiantar nada uma guerra e é possível que o mundo todo se vire contra nós. Esses europeus sabem da importância das reservas naturais. A Amazônia é ainda a grande reserva, praticamente inesgotável."

Leu a folha impressa pela secretária e tirada da internet, na qual constava que o general Luiz Gonzaga Shöereder Lessa, ex-comandante Militar da Amazônia informava que *"Ela se constitui no maior Banco Genético Mundial. Possui 1/5 da água doce do mundo, a qual será objeto de guerras para o seu controle no 3º milênio; 1/3 das florestas do mundo e 1/20 de toda a superfície da Terra. A Amazônia Brasileira possui 11.248 km de fronteiras, 1.020 km de litoral, 23.000 km de rios navegáveis e possui a maior bacia hidrográfica do mundo e 30% da biodiversidade mundial. E nela cabe toda a Europa, menos a Rússia. Possui três fusos horários e se situa em dois hemisférios."*

Foi até o mapa-múndi, redondo que estava sobre a sua mesa. Olhou o mapa da Inglaterra.

"O rio Amazonas lança no mar em um só dia toda a água que o Tâmisa lança em um ano. Perderam a África, perderam a Índia, perderam a China. Será quê...!?..."

Não estava muito satisfeito. Sabia que precisava agir, fazer alguma coisa, mas não tinha certeza do que estava acontecendo. Se pelo menos aqueles três confiassem nele!

O telefone tocou. Era a secretária.

– Está aí, é?

A porta abriu-se e o homem do FBI entrou.

– Bom dia, embaixador.

Bom dia. Como vai? Estava precisando do senhor ontem e me deixou sozinho no meio de todo aquele embrulho. Ainda hoje a situação está fervendo.

– Recebi instruções para não aparecer na embaixada. Acho que o senhor compreende.

– Claro que compreendo. O governo dos Estados Unidos têm os dois melhores centros de espionagem do mundo e numa hora dessas um fica contra o outro. Em quem agora o senhor acha que o presidente pode se apoiar? Sem dúvida vou ser chamado a Washington. Não agora. É estratégico. Uma ida lá agora seria confessar para o mundo todo que nós fizemos outra presepada, mandando um agente da CIA até Juína.

O homem do FBI ficou em silêncio. Compreendia a posição do embaixador, mas ele era o diplomata. O assunto agora era para diplomatas.

– Mas o senhor pode ao menos fazer algum relato do que sabe? Se puder falar alguma coisa?

Era visível o constrangimento do velho embaixador. Estava sob tensão e pelo jeito não havia dormido bem.

– Quando saí daqui naquele dia, voltei ao ponto de observação. O agente da CIA estava lá. A capitã veio ao hotel e levou o homem da Receita e o tenente para o aeroporto, onde pegaram um avião para Juína.

– Juína? Ah!... E então?

– Numa situação dessas, como a que estamos passando, nenhuma investigação pode esquecer o aeroporto. Minhas sondagens diziam que um avião Baron estava preparado e com destino para Juína. O homem da CIA pegou o Citation e foi para Juína, onde pretendia chegar antes deles. Os dois pilotos do Citation tinham trabalhado com o agente da CIA no Vietnã. Depois do Vietnã serviram como mercenários em alguns países da África. Eram assassinos profissionais, se essa informação lhe for útil. Por que foram recrutados pela CIA, não sei.

– Não posso acreditar. O senhor tem certeza?

– Essas informações me foram passadas quando procurei saber quem eram os pilotos. Os documentos deles são falsos, mas a fonte já os conhecia. Eles se julgavam tranqüilos aqui, ainda mais com a proteção da CIA.

– Estou horrorizado. O senhor acha então que eles queriam chegar antes, para surpreendê-los quando saíssem do avião?

– Não sei se era esse objetivo.

– Mas então o que houve?

O homem do FBI sorriu e descreveu o que ocorrera em Cuiabá.

– Então, o senhor calculou que eles iam aprontar alguma coisa contra o governo americano. Não sabiam se era a CIA ou o FBI, mas desconfiavam de estarem sendo seguidos e acabaram confirmando, através de ação de contra-espionagem de fazer inveja à própria CIA, que o governo americano agiu de forma suspeita contra três pessoas ligadas aos serviços de inteligência do país. Mas como o senhor adivinhou que eles iam para Cuiabá e não para Juína?

– Bem, a conclusão não era difícil. Juína não tem iluminação noturna e um vôo direto de Brasília até lá demora perto de quatro horas num Baron, que tem autonomia de cinco horas. Não se arriscariam a um vôo direto, sem escalas para abastecer e, se parassem, não iam chegar antes do horário permitido para pouso.

– Então?

– O comandante da base militar de Cáceres é tio da capitã...

– Cáceres?

– Perto de Cuiabá.

– Bem, pensei eu, se estão indo para Mato Grosso, mas não podem arriscar-se a um vôo direto para Juína, qual seria então o destino mais seguro para eles?

O embaixador se levantou. Estava muito inquieto. Normalmente era calmo e concentrado. Um diplomata de carreira que sabia dominar emoções e transmitir serenidade. Percebia-se o esforço que fazia para se autocontrolar.

– Então, o assunto é muito mais sério do que parece.

O homem do FBI estava quieto. O embaixador voltou-se para ele:

– Mas o senhor está querendo me informar alguma outra coisa, da qual o senhor também não tem certeza. É melhor dizer.

– Tenho a impressão de que os serviços de inteligência do Exército, incluindo essas pessoas, não confiam nos homens do governo.

– Como assim? O senhor quer dizer que não tem havido comunicação com a Casa Civil e o Gabinete da Presidência, ou com o Ministério da Justiça. Mas e o ministro da Defesa? Ele é um civil, um político.

– Pode acreditar. Eles têm ficado de fora do assunto. Não lhes é passada uma única informação. Comecei a sondar isso quando morreu aquele general, chefe da Abin. Por que esconderam que houve um atentado?

Um conveniente silêncio tomou conta da sala.

– Mas isso é explicável. Afinal, o governo hoje está com muita gente que enfrentou os militares... Espera aí. O que o senhor quer dizer com isso?

– Isso pode significar que os militares estão com receio de que gente do governo esteja por trás dessas coisas. Se levarmos em consideração que as organizações esquerdistas da época tinham treinamento estratégico na Rússia, em Cuba, na antiga Tchecoslováquia e outros países comunistas, pode acontecer que continuem organizados.

O embaixador olhava com olhos arregalados para o homem do FBI.

– O senhor não chegou a essas conclusões sozinho. Esse é um raciocínio bastante viável, mas muito elevado para o nível de inteligência de um simples agente do FBI. A CIA se considera melhor que o FBI e olha no que deu. Anda! Me explica! Quem pôs essas coisas nessa sua cachola torta? Quem?

O agente do FBI riu gostosamente.

– Mas antes o senhor vai mandar trazer um café, não vai? Um café novo, com coador de pano e passado na hora, como aprendi a tomar por aqui nos meus tempos de criança.

O embaixador pediu o café, com todas as recomendações, mas, para ele, o chá.

– Já estava sentindo falta das suas espontaneidades – disse o agente do FBI, frisando espontaneidades.

Dava a entender que já tinham trabalhado junto antes.

– Tenho contatos. É o mais importante na minha atividade.

– Eu também tenho contatos – disse o embaixador. – É o mais importante no meu cargo, mas o que disseram os seus contatos?

– As informações que recebi deixaram a impressão de que precisam de ajuda. Acho que confiam no senhor. Fizeram uma manobra de troca de aviões para despistarem a CIA e é claro que com isso estão nos dando um recado.

Parou um pouco para causar impacto.

– Recado? Para mim? Ou para o nosso governo?

O agente do FBI não respondeu de imediato. Pensou um pouco e arriscou:

– Não me diriam isso, se pensassem que o governo dos Estados Unidos está por trás dessas ações. Acho que estão pedindo ajuda, ou estão nos informando de que alguém está querendo comprometer-nos. Mas e a CIA? Ela é parte do governo americano. No que será que esses malucos estão metidos?

O embaixador olhou pensativamente para o homem do FBI. Normalmente, ele não era tão falante. Estava dando muitas explicações. Estaria também preocupado? Conhecia aquele rapaz e tinha provas de sua lealdade para com o seu país e para com ele mesmo. Estava no Líbano, num momento difícil de sua carreira, e foi aquele rapaz que conseguiu evitar que ele e sua mulher fossem seqüestrados por terroristas. Desde então, procurava mantê-lo por perto.

Levantou-se. O café chegou e cheirava gostoso. Quase se arrependeu do seu chá.

– Acho que temos algum motivo de otimismo.

O agente olhou para ele e esperou o comentário.

– Pode ser que as Forças Armadas estejam realmente desconfiando desses antigos esquerdistas. E obviamente nós também não temos motivos para confiar neles e nem eles em nós. Nesse caso?

– Eles precisam de uma mensagem da nossa parte.

– Então?

– Espionagem é como ação na bolsa. A qualquer momento pode surgir uma boa oportunidade. Preciso da sua concordância para agir.

– Confio no seu trabalho.

O agente sorriu em agradecimento da confiança e perguntou:

– E a internet? Eles continuam mandando mensagens?

- Muitas. E de locais diferentes. Universidade, escritórios, centros de pesquisa, parece que houve uma histeria internética em assuntos de ONGs e Amazônia.

– Já esperava. É como eu disse para o senhor. Esses brasileiros são espertos. Isso é coisa da capitã. Para tirar o foco das atenções do grupo deles, ela criou centros de emissões em lugares diferentes.

O embaixador pegou algumas folhas com mensagens cifradas. Mostrou ao agente do FBI.

– O senhor consegue decifrar esse código? Acho que seria interessante.

O embaixador estava visivelmente tenso.

– Precisamos decifrar essas mensagens. É importante e urgente.

O agente pensou um pouco.

– Acho que estamos atrasados nisso. O senhor pode estar certo de que, desde o primeiro dia que uma dessas mensagens chegou ao conhecimento daqueles três, eles começaram a trabalhar. O isolamento em Cáceres certamente era para dar o retoque final.

– Volto a dizer. Precisamos decifrar essas mensagens. É importante e urgente.

– Embaixador, me desculpe. Eu não posso perder tempo com essa decodificação. Preciso me pôr em campo, preciso de informações. Por outro lado, imagino que o senhor não vá pedir à CIA para decifrá-lo. Com certeza eles já o fizeram e foi por isso que retardaram a mensagem para o senhor. Não queriam que decifrássemos essas mensagens antes deles. E se a CIA decifrou as mensagens e não as mandou já traduzidas...

– É. Parece que estou em descrédito com essa CIA.

– Outra informação interessante. A capitã voltou sozinha de Cáceres. Os dois camaradas estão soltos em algum lugar da Amazônia e provavelmente longe de Cáceres. O que estarão fazendo e o que a Receita Federal tem a ver com isso? Preciso descobrir.

Levantou-se.

– Foi o melhor café que tomei aqui, senhor embaixador. Posso me retirar?

33

O homem do FBI saiu. O embaixador voltou ao seu chá. Pegou a xícara e foi até a janela novamente. Admirava Brasília, mas algo na sua localização o intrigava. Quando Juscelino iniciou a sua construção, ela já estava demarcada no mapa, como parte da doutrina de segurança nacional. Já havia aí portanto o dedo dos militares receosos de perderem a Amazônia.

Brasília representou o avanço para o Oeste, como na história americana.

Voltou à mesa e continuou folheando os papéis. Precisava encontrar alguma coisa que indicasse com mais coerência o que estava acontecendo.

Uma publicação da internet dizia que pilotos da FAB fizeram um pouso forçado na região de Paa-Piú Novo, a 250 quilômetros de Boa Vista, em Roraima e encontraram uma ONG com a bandeira da Comunidade Européia hasteada na frente da sede dessa ONG e no interior havia um mapa da região com a Amazônia separada do Brasil.

"Será que vão estragar tantos anos de paciente trabalho?"

Lembrou que o seu governo viu com certa desconfiança a construção de Brasília. Juscelino era meio ligado ao comunismo e deu o projeto para aquele outro "camarada", o Niemeyer. Uma obra dessas podia valorizar a esquerda. A União Soviética era poderosa. Tinham lançado o Sputnik. É claro que depois a Nasa mandou o homem à lua, mas a glória do primeiro passo para a conquista do espaço ficou com a Rússia.

"Mas o que Sputnik ou aquela cachorrinha, Laika, que os russos mandaram para o espaço num outro foguete, tem a ver com as coisas agora?"

"Ah! Sim." Continuou pensando. "Deixamos o Juscelino inflacionar o país com emissões de dinheiro para construir Brasília. Depois, veio o doido do Jânio Quadros que se apaixonou pelo Guevara. Apoiamos os militares contra o comunismo. O golpe foi bem estudado. Os comunistas já estavam organizados. As Ligas Camponesas chefiadas por um tal de Francisco Julião, no Nordeste, eram um verdadeiro exército. Estavam armados. Ligas Camponesas. Sim, o MST da época."

Levantou a cabeça e ficou olhando para o quadro na parede. Era a batalha de Gettysburg. O general Lee resolveu jogar tudo naquela batalha que é considerada a batalha decisiva da Guerra de Secessão. Foram apenas três dias de luta e em 3 de julho de 1863, depois de cenas horríveis de desespero e milhares de soldados mortos, Lee determinou a retirada.

A Guerra de Secessão, como foi chamada a Guerra Civil Americana, quando onze Estados do Sul queriam se separar do Norte, teve um total de 10 mil encontros militares entre batalhas, combates e outros confrontos. Morreram mais de 600 mil americanos, um pouco menos do que os Estados Unidos perderam em todas as guerras nas quais se meteram até hoje.

"A morte faz parte da história", filosofou.

"Só numa guerra interna nós perdemos tanto quanto perdemos em todas as outras guerras. É melhor levar as guerras para fora do território dos Estados Unidos. Foram mais de cinqüenta milhões de mortos, apenas na Segunda Guerra Mundial", pensava orgulhoso.

"Vinte milhões de russos. Seis milhões de poloneses. Seis milhões de judeus. E nós só perdemos pouco mais de seiscentos mil soldados em todas as nossas guerras, mesmo tendo participado das duas grandes guerras mundiais."

Tirou os olhos do quadro de Gettysburg e voltou seus pensamentos para o período das ditaduras militares na América Latina.

"Foi uma grande lição contra o comunismo. Tomamos o Chile, a Argentina, mas o Brasil foi um modelo exemplar de regime anticomunista. Os militares brasileiros são mais disciplinados. Queriam restabelecer a ordem e a democracia. Não chegou a haver uma ditadura, mas o estabelecimento planejado do capitalismo democrático que trouxe grande crescimento econômico ao país, desmoralizando a esquerda."

"Em dezoito anos de regime militar, o Brasil teve vários presidentes eleitos pelo Congresso Nacional. Castello, Costa, Medici, Geisel, Figueiredo, nenhum deles ficou no poder tanto tempo quanto o Fernando Henrique. Ironias da democracia.

"Esquerda. A esquerda não sabe fazer riqueza, só aprendeu a fazer revolução."

Seus pensamentos iam andando lentamente em busca de alguma razão que não estava encontrando nos fatos recentes. Não havia movimentação de tropas, nem declarações contundentes de políticos, nem artigos na imprensa que indicassem alguma coisa que ele desconhecia.

Passou a mão no queixo. Apesar de tudo, as coisas não estavam indo bem.

"É! A esquerda não sabe fazer riquezas, isso é verdade. No máximo, o que eles conseguem é dividir a riqueza dos outros. Dividir o que a gente não tem é fácil. Mas hoje não há mais espaço para revoluções. E eles também não são burros. Aprenderam que, sem riqueza, perdem o poder. Se o que eles pregavam levava à pobreza, e foi o que aconteceu no mundo socialista, então, para fazer riqueza, é só agir na direção contrária do que pregavam. Passaram então a fazer o que os Delfins Nettos, os Simonsens, os Robertos Campos fizeram."

Olhou de novo o quadro na parede. Aquelas cenas horrendas de canhões destruindo brancos e negros estimulavam o seu pensamento.

"E agora parece que o Brasil está crescendo de novo. Onde estamos errando?"

Começava a entardecer. Em poucos minutos ia poder assistir àquele espetáculo colorido que se repetia todos os dias com o pôr-do-sol e a sua janela se transformava num quadro a óleo.

"O grande golpe. Faltou o grande golpe. O Grande golpe era dividir o país. Sem a metade do seu território e sem as riquezas que a Amazônia tem, o Brasil deixaria de ser a ameaça econômica que pode comprometer a segurança dos Estados Unidos. É preciso pensar em matérias-primas, áreas cultiváveis, ouro, urânio e outras riquezas. E ainda manter faixas de florestas para preservar o clima, se de fato isso funcionar."

De pé, olhando a batalha de Gettysburg, lamentava que o seu país não tivesse aproveitado o momento quando o Brasil estava endividado e os militares, desmoralizados, passaram o poder para a esquerda.

"Agora é um pouco tarde, mas parece que alguém pensa do mesmo jeito. Estariam os europeus dando o primeiro passo, como fizeram os russos com o Sputnik? Será que estão entrando naquela área, usando ONGs e nos deixando de lado? É, pode ser, pode ser... ONG européia é mais bem aceita que ONG americana. Eles levam essa vantagem. ONG européia tem credibilidade."

A cena daquele negro com o desespero estampado nos olhos e as duas mãos segurando o sabre, que o soldado branco lhe enfiara no abdome, não saía da sua cabeça.

"É. Não dá para imaginar umas mil ONGs americanas na Amazônia. Já teria dado em guerra. Mas os europeus, o Velho Mundo, eles se julgam criadores da moral, da filosofia, do humanismo, enfim parece que o que vem da parte deles é mais intelectual, mais voltado para a humanidade. Eles conseguem deixar essa impressão de que são amigos de todos os povos."

"Por que será que todo mundo desconfia dos Estados Unidos?"

34

Em Nordland, na Noruega, uma antiga gravação numa pedra documenta que o esqui já era praticado naquela região há aproximadamente 4.000 anos. A mitologia escandinava registra a existência de Ull, o deus do esqui, e Skade, a deusa da caça e do esqui. Mas foi o município de Telemark, no sul da Noruega, que recuperou o esqui como esporte no fim do século XIX.

Soube a natureza distribuir democraticamente o gelo por todo o globo terrestre e, assim, numa estação de esqui no Sul do Continente Americano, uma gôndola subia lentamente o morro congelado levando perto de vinte esquiadores com suas roupas coloridas, alguns sentados com os esquis e os bastões entre os joelhos, para não estorvar os outros que procuravam se apoiar como podiam, e outros de pé seguravam as argolas que caíam do teto.

A paisagem de pinheiros verdes cobertos de neve branca chamava a atenção dos passageiros, enquanto subiam para o alto do morro, onde saltaram. Um senhor forte, com pouco mais de 50 anos, colocou os esquis, ajeitou os óculos, o gorro, e saiu deslizando sobre a neve macia.

Pegou uma das pistas, ganhou velocidade e mais adiante tomou um desvio que, durante o verão, é o caminho por onde se chegava até o alto do morro e que no inverno se transforma em pista de esquiar.

Logo mais abaixo havia um bonito chalé de madeira construído em cima de pedras cinzas parcialmente cobertas pela neve e o homem se dirigiu para lá. Há um mês alugara o chalé em nome de um certo Muller Smith e era esse o seu nome ali. Foi recebido por uma governanta e, após as apresentações, foi conduzido aos aposentos que lhe estavam reservados.

Voltou depois de tirar as incômodas roupas de esporte e vestir agasalhos mais leves e confortáveis. A temperatura aquecida do interior do chalé dispensava agasalhos pesados.

Esperava mais seis pessoas e foi até o bar, onde se serviu de um Hennessy XO, seu conhaque preferido. Sentou-se no sofá perto da lareira e ficou esfregando o copo com as mãos para esquentar a bebida e sair melhor o buquê.

Era hoje homem rico, proprietário das Empresas Reunidas F.S., holding sob a qual se agrupavam investimentos em vários países. Era respeitado e prestigiado nos meios políticos, inclusive sendo convidado para cargos de importância no governo alemão, aos quais tinha sempre de declinar, porque seus interesses eram outros.

Já fizera várias reuniões para amadurecer e consolidar o plano e chegara o momento de dar formato aos capítulos finais de uma nova história. Enquanto esquentava o conhaque e apreciava o seu aroma, foi lembrando aquele vôo de Manaus para Brasília. Participava então de um grande projeto na Zona Franca de Manaus e sua empresa já tinha investido milhões de dólares para implantar a Indústria de Compensados F.S.

Lembrou-se de que olhava, da janela do avião, aquela imensidão verde que nunca se acabava e deixou escapar comentário que deu início a essa grande aventura. O companheiro do assento do lado tinha acabado de dobrar o jornal que estava lendo e colocou-o na bolsa que fica na parte de trás do banco da frente e ele disse então sem qualquer finalidade:

– É uma imensidão. Daria um novo país.

O companheiro parecia pouco mais novo que ele, olhou-o interessado e continuou o assunto, mantendo a conversa como se fosse apenas para passar o tempo.

– E seria um país bem rico. Com o minério que existe aí embaixo dessas árvores, a riqueza florestal, a proximidade com o Pacífico e o Atlântico, seria um país mais rico que o Brasil litorâneo, porque além de toda a fartura natural, já existem pólos industriais em vários Estados, sem contar a Zona Franca de Manaus.

Achou interessante a expressão "Brasil litorâneo".

A conversa continuou sobre hipóteses idealísticas de uma eventual independência da Amazônia, que poderia até mesmo contar com grupos do Sul do país que já pensavam na independência do Estado de São Paulo e outros. Um trabalho bem-feito, com infiltrações em vários órgãos e, pronto!, a independência da Amazônia não estava tão verde assim.

Seria fácil conquistar a opinião pública mundial com insinuações de que o governo brasileiro estava estragando aquele patrimônio que na verdade pertencia à humanidade. Várias conjeturas foram feitas apenas para ajudar passar o tempo, até o pouso no aeroporto Juscelino Kubitschek, em Brasília. Houve troca de cartões, uma despedida cordial, mas nada que pudesse supor novos encontros.

Passara três dias em Brasília tentando liberar o licenciamento para iniciar a produção, mas tudo estava muito difícil. Já estava no país havia quase três anos, aprendera o português e falava até bem, mas não conseguia entender essa gente.

Num dia o chefe não estava lá, no outro dia faltavam guias ou formulários e, quando tudo parecia estar pronto, faltava aquele documento que ninguém havia exigido antes. Não, não era fácil. Tinha contratado empresa de projeto para fazer tudo certinho, mas não estava na Alemanha.

Os custos aumentavam a cada dia. Dinheiro para campanha de deputado, dinheiro para isso e mais aquilo, taxas, projetos, certidões, era uma loucura. Sabia que precisava de paciência, principalmente agora que a indústria estava pronta e só faltava produzir.

Estava se aprontando para jantar, quando tocou o telefone.

Atendeu. Uma voz que lhe pareceu conhecida perguntou:

– Senhor Sauer?

– Sim, Sauer.

– Aqui é o seu companheiro do vôo de anteontem de Manaus para Brasília, o senhor se lembra?

– Sim, como não, senhor Dílson.

– O senhor está muito ocupado? Gostaria de convidá-lo para jantar esta noite. Eu também estou só aqui em Brasília e notei quando o senhor saiu do edifício do BNDES. Por pouco não nos encontramos lá.

– Puxa! Que coincidência, o senhor também estava lá?

– É. A gente aqui precisa correr atrás da burocracia e era sobre isso que também queria lhe falar. Talvez possa ajudá-lo.

– Seria ótimo – respondeu.

"Deve ser mais um desses vendedores de milagres, mas não custa ouvir o que ele tem a dizer", pensou.

O outro veio pegá-lo e logo estavam jantando no restaurante Munchen e tomando um Bulaier, vinho agradável do Mosel, bom para acompanhar o pacu com batatas douradas.

A conversa teve início cauteloso. Achou que o seu companheiro de vôo estava preparando o terreno para fazer alguma proposta de assessoria para a aprovação de projetos. Mas o assunto foi tomando outra direção e pareceu assustador no começo, mas Sauer achou que aquilo poderia dar certo, pois, afinal, a história é feita pelos homens.

Devia ter menos de 40 anos, como ele próprio. Talvez um metro e oitenta, pele clara e olhos azuis. Expressava-se com facilidade e dizia as coisas de maneira convincente.

Fora a primeira reunião que tivera com Dílson para a criação da República da Amazônia.

Soube então que um grupo de políticos e pessoas que foram exilados do Brasil pelos militares no golpe de 1964 mantiveram-se unidos e fundaram uma organização com a finalidade de criar um novo país. Naquela época, antes do golpe de 64, a intenção deles era tomar o poder, com o apoio da Rússia, aproveitando-se da fragilidade do governo João Goulart, mas foram impedidos pelo golpe militar.

Eram pessoas preparadas intelectualmente, com disciplina partidária, na verdade uma elite que não se confundia com a massa ignara do país. Além desse conteúdo de superioridade intelectual, tinham recebido intenso treinamento militar e estratégico em vários países do mundo comunista e constituíam ainda uma organização abrangente e bem estruturada.

Em seus treinamentos de guerrilha, tinham estudado vários tipos de estratégia revolucionária e, nesses treinamentos, não importava se a revolução era de direita ou de esquerda. Importava a estratégia, ou seja, as razões do êxito ou do fracasso. Estudavam detidamente por que uma revolução foi vitoriosa ou derrotada.

O golpe militar frustrou a revolução planejada pelo grupo, mas eles continuaram unidos à espera de outra oportunidade. A anistia favoreceu a reorganização e agora eles estavam ocupando posições estratégicas dentro e fora do governo.

No entanto, precisavam de um objetivo novo para mantê-los coesos. O mundo socialista estava se desagregando e não iam mais conseguir apoio da Rússia ou de outros países socialistas.

Descobriram então uma causa na qual era quase certo que podiam ter êxito.

Era tão fácil, que hoje estranhavam não terem pensado nisso na época. Podiam até mesmo ter deixado o Jânio ou o João Goulart no poder e eles já estariam com outro país em suas mãos. Fazer guerrilha urbana com o Marighela ou reuniões com intelectuais foi ingenuidade. Os militares estavam numa perseguição implacável e não tiveram piedade.

A guerrilha no Araguaia foi outro erro. O que podia fazer lá um grupo de poetas isolado, sem logística alguma? Bastaram alguns soldadinhos e uns tiros, para saírem correndo, e ainda cometeram atrocidades contra pessoas inocentes, perdendo o lugar na história. Alguns até se acovardaram e denunciaram companheiros.

Mas, se agissem agora com inteligência, podiam tomar a Amazônia sem que houvesse reação do Exército ou do governo. E ainda teriam o apoio dos Estados Unidos, da Europa, do mundo socialista e também de brasileiros.

Lembra-se de ter ficado assustado com a revelação. Afinal era um estrangeiro que estava há pouco tempo no país e não podia se envolver em questões políticas. Tinha um projeto madeireiro que precisava explorar e, se fosse se imiscuir em assunto político, corria o risco de perder o seu investimento. Afinal, a redemocratização estava apenas engatinhando.

Mas o assunto o deixou curioso.

– Onde vocês vão arranjar dinheiro, como vão conquistar a imprensa e a opinião pública mundial?

– Bom, quanto à opinião pública mundial, logo o mundo todo vai querer que alguém salve a Amazônia. Alguns crimes vão chocar as organizações de direitos humanos. Temos muitos correligionários na imprensa e até mesmo dentro de instituições militares. O movimento já está tomando corpo dentro do país, mas precisamos de ajuda lá fora, principalmente na Europa.

– Mas o senhor está querendo que eu entre nisso?

– Não se assuste. Ocorre que o senhor já vem sendo estudado há algum tempo e o meu assento no avião não foi coincidência. O que me surpreendeu no entanto foi o senhor ter iniciado a conversa sobre o que eu ia justamente lhe falar. No avião eu queria apenas o contato.

– O senhor quer dizer que eu então já era uma pessoa marcada?

– Não diria marcada. Ocorre que o senhor é empresário respeitado na Europa e suas empresas atuam em diferentes ramos. Sabemos que tem pretensões de continuar investindo na Região Amazônica, inclusive na área de minérios.

Dílson parou um pouco e disse com voz mais firme:

– Entenda o que vou dizer. O senhor não está conseguindo a aprovação final do projeto nem as licenças ambientais para começar a produzir. No entanto, poderá estar com tudo isso em mãos, amanhã cedo.

Entendeu o recado. Se quisesse que seu projeto andasse, teria de aderir. E, se aderisse, podia ter vantagens nisso. Valia a pena perguntar mais um pouco.

– Mas se os senhores vão proclamar uma república e criar um país novo, certamente já pensaram em governantes, numa invasão militar, numa constituição, isso tudo já está preparado?

– Praticamente, tudo já está planejado. O nosso ideal é proclamar uma República Global.

– República Global? Nunca ouvi falar disso.

– Explico. A soberania é princípio egoísta e superado. Veja, para que uma república na Amazônia tenha apoio e futuro, vai ser preciso participação internacional.

Lembrou-se de que Dílson fez uma pequena pausa para que ele absorvesse a informação.

– Nós queremos criar um novo tipo de democracia, uma democracia internacional, como, por exemplo, constituir ministérios compostos de pessoas de vários países. O senhor poderia ser um Primeiro Ministro. O que o senhor acha de um parlamento com membros não só do território da nova república, mas também de outros países e que tenham legítimos interesses na região?

A pergunta deixou-o estupefato. Nunca havia pensado num país assim.

– Cidadania é uma abstração. Se o cidadão nada faz para o seu país, não é um cidadão.

Franz Sauer não sabia o que responder e o outro então disse de maneira quase mística:

– Existe a profecia de um santo afirmando que na Amazônia surgirá uma nova civilização, a Amazônia será a terra prometida.

– Profecia dizendo que a Amazônia terá uma nova civilização? Não sabia disso.

– É uma profecia que interpretaram de forma errada para justificar a construção de Brasília. Dizem que Dom Bosco sonhou que entre os paralelos 15 e 20 seria construída uma cidade. Não é bem assim. Interpretaram os sonhos de Dom Bosco de forma conveniente para justificar a roubalheira que sempre ocorre com uma obra faraônica.

Parecia meio comovido.

– Na verdade, Dom Bosco sonhou que uma voz dizia repetidamente que, quando escavarem as minas ocultas no meio das montanhas existentes entre os paralelos 15 e 20, surgirá a terra prometida, vertendo leite e mel. Será uma riqueza inconcebível.

Franz Sauer teve um momento de lucidez para perceber que o sujeito era meio estranho. Mas o outro retomou a normalidade e continuou, sem esperar comentários.

– Inicialmente a idéia é abrir o leque para eventuais interessados em participar desse parlamento, que seria escolhido, num primeiro mandato, pela Organização e, nos mandatos seguintes, haveria concurso de títulos e documentos submetidos ao próprio parlamento, que a partir daí passaria a selecionar os seus membros, respeitando uma renovação obrigatória de um terço, mas sempre de maneira seletiva. A Organização está aperfeiçoando o sistema. A nova república será um modelo de administração, onde não haverá lugar para analfabetos ou incultos.

Explicou que a população da Amazônia era muito heterogênea e a maioria estava totalmente despreparada. Se por um lado isso era bom porque essa população não iria se levantar contra a proposta de independência, por outro lado iria criar dificuldades de desenvolvimento. Por isso era importante a integração com pólos mais evoluídos e ricos.

E insistiu:

– Pense nas vantagens de se iniciar um país novo, novo em todos os seus aspectos, com um planejamento detalhado para o aproveitamento racional e consciente de todas aquelas riquezas nele existentes.

Sauer achou a idéia genialmente maluca, mas preferiu ser mais objetivo.

– Mas quais as ações concretas que os senhores planejam para chegar a essa separação?

Dílson falou num tom misterioso:

– Grupos e ONGs estão sendo constituídos para adquirir ou se apossar de grandes áreas e criar domínio sobre elas.

E em seguida explicou, como se estivesse citando um salmo de Davi:

– Ninguém vai acreditar que uma ONG com finalidades ambientais estará trazendo armas e soldados disfarçados. Quando desconfiarem, a Amazônia já estará separada e a nova república com sua ordem jurídica formalizada. São mais de mil afluentes do rio Amazonas atravessando florestas e onde se pode esconder lanchas e barcos com armamentos pesados e soldados disfarçados de turistas, cientistas e pescadores.

De fato, quem ia desconfiar de ONGs humanísticas inglesas ou alemãs levando armas para a Amazônia? Dílson insistia.

– Reflita. A Amazônia é a maior reserva genética do mundo. Vinte por cento de toda a água doce do mundo. A água vai ser a maior riqueza do terceiro milênio. Um terço de todas as florestas e um quinto da superfície terrestre. São mais de onze mil km de fronteiras, mais de mil quilômetros de litoral e vinte e três mil quilômetros de rios navegáveis.

– Mas e os governadores, prefeitos, enfim os políticos da área? – perguntou Sauer achando porém que nem precisava ter perguntado.

– O senhor verá. A adesão será quase unânime, inclusive de alguns comandos militares.

E assim terminou aquele jantar. Seus negócios na Amazônia prosperaram e ele foi arregimentando pessoas de sua extrema confiança para investir na Amazônia, com promessas de outras vantagens. Aos poucos foi formando verdadeiro exército de empresários de vários países. Aquela idéia de Democracia Global, com a possibilidade de os próprios investidores fazerem parte do governo, motivou o grupo, que via nessa alternativa maior proteção a seus investimentos.

O ruído de um snowmobil interrompeu seus pensamentos. Os serviços de entrega durante o inverno eram feitos por veículos especiais para andar na neve e um deles tinha chegado até o portão da casa e deixado um pacote de mercadorias.

Estranhou aquilo porque não havia feito nenhuma encomenda. Consultou a empregada e ela disse que o entregador do supermercado havia passado por ali na véspera e perguntado se precisava de alguma coisa. Ela então encomendou mais leite, pão e verduras, porque ele disse que estava prevista uma tempestade de neve para os próximos dias e talvez não pudesse fazer entregas tão cedo.

Franz Sauer voltou ao seu Hennessy, sem perceber que o entregador deixara junto ao portão um minúsculo aparelho com câmeras especiais de filmagem e gravação de som. Não teria também como saber que aquele entregador estava trabalhando no supermercado há apenas um mês. O anterior tinha sofrido um acidente e ia ficar 60 dias com a perna engessada.

Tendo confirmado a entrega com a empregada, esqueceu o entregador e continuou relembrando os fatos que o colocaram nessa esperança de se tornar um dos líderes de uma grande nação.

Foi tudo muito inesperado, mas parece que ia dar certo. Não poderia nunca imaginar que um grupo remanescente de militantes de esquerda pudesse criar uma organização eficiente, com "núcleos" de comando, "células" de execução, espionagem e contra-espionagem, que se infiltraram no Ministério Público, no Judiciário, nos organismos militares, nos sindicatos, na polícia, no meio político e empresarial e agora estava pronto para criar um novo país.

Coube a ele, Sauer, a missão mais importante que foi organizar o apoio econômico e jornalístico internacional. Não foi difícil arranjar contatos na indústria bélica que estava desorientada com o fim da guerra fria. Logo vislumbraram novo mercado e passaram a colaborar. Investidores em madeira, minério, transportes, energia e outros setores, foram aos poucos criando uma força econômica organizada à espera da nova república.

A idéia tinha sido genial. Ninguém iria imaginar que estava sendo preparada a soberania da Amazônia como país autônomo. Ninguém se interessava pela Amazônia a não ser pelas suas árvores e índios. E foi aí que a genialidade do grupo foi eficiente.

Dílson foi profético quando avisou que leis ambientais seriam criadas para engessar o progresso da Amazônia. Seriam criados vários canais de discórdia entre o passado e o presente. Os incentivos fiscais para projetos na região seriam eliminados e os projetos já criados passariam por restrições.

As leis seriam mudadas abruptamente para inviabilizar projetos já aprovados, como a redução de 50 para 20 vinte por cento o aproveitamento das glebas. Normas dificultariam as atividades de madeireiras que acabariam indo para a marginalidade.

Junto a essas dificuldades, uma rigorosa fiscalização começaria a aprender madeiras, lacrar serrarias regulares, proibir derrubadas, impor pesadas multas e prender empresários, principalmente aqueles mais conhecidos, para inibir novos projetos.

A Organização tomaria conta das instituições do meio ambiente e seriam baixadas normas para dificultar a atividade regular. Era importante criar a marginalidade porque só dessa maneira os órgãos públicos podiam impor penalidades e essas penalidades seriam o caldo da discórdia que facilitaria a proclamação da República da Amazônia.

As ONGs ambientalistas fariam uma ocupação informal de grandes áreas e enquanto isso os órgãos ambientais iriam criando um clima de revolta entre proprietários de terra, madeireiros, mineradores, indústrias de móveis, serrarias.

O clamor ia chegar aos governos locais, que não ficariam insensíveis. Lembrou-se da expressão de Dílson: "Armazenar o descontentamento".

– Vou ser sincero para o senhor. A idéia do controle do poder pelos movimentos ecológicos na verdade não é minha. Li uma entrevista do secretário do Clube de Roma, Maurice Guernier, de 27 de maio de 1980, na qual onde ele declara que "A nossa chave para o poder é o movimento ecológico." Descobri então que estávamos errados com aquelas idéias de guerrilheiros. Convoquei a Organização e começamos o nosso movimento.

Ouviu a longa dissertação de Dílson. De fato, como o grupo era preparado intelectualmente, foi ocupando cargos importantes em todos os órgãos públicos, incluindo setores de segurança nacional.

Mas era também forçoso criar uma situação de abandono da Amazônia. Estudos acadêmicos seriam feitos para retratar a região como território completamente diferente do Brasil. O Brasil litorâneo não se harmonizava com o Brasil Amazônico. Eram coisas incompatíveis.

Atreveu-se a perguntar:

– E como um movimento desse porte pode passar despercebido?

Dílson sorriu triunfante:

– O senhor já leu Chesterton? O Homem que foi Quinta-Feira? Para ele, uma reunião secreta, como aliás eram as nossas células comunistas, sempre desperta suspeita. Revolução deve ser discutida na mesa do bar da esquina. Ninguém desconfia de um grupo de amigos tomando cerveja.

Estava esquecendo o Bulayer. Pegou o copo e continuou:

– Essa revolução não deverá despertar suspeita, mas simpatia. Mas se houver alguma reação, o assunto será divulgado de forma a neutralizar preocupações. Afinal, vamos salvar a humanidade, preservando a Amazônia, ou, pelo menos, devemos dar essa impressão agora.

No dia seguinte chegaram os outros convidados. O frio era grande e as roupas de proteção usadas pelo entregador do supermercado cobriam todo o seu rosto. O entregador do supermercado estava na estação de esqui e falou por um aparelho oculto no gorro que encobria o nariz e a boca:

– O principal chegou ontem e os outros estão vindo na gôndola. Eles não sabem esquiar e foram contratados três snowmobils. Eu sou um deles.

Estou tirando fotografias, mas eles estão de gorro protetor e preciso esperar oportunidade melhor.

Cada país confinante com a Amazônia mandou um representante. Bolívia, Peru, Colômbia e Venezuela. Estavam também presentes representantes da Argentina e do Paraguai. Franz Sauer falava espanhol, que foi o idioma usado no encontro.

Em princípio, era um grupo de homens de negócios que tirou férias para esquiar. Ia parecer estranho se essas pessoas ficassem ali apenas um ou dois dias. Podia chamar a atenção e até agora Franz Sauer cuidara para que as reuniões tivessem sentido lógico e não despertassem suspeitas.

Procuravam tratar dos assuntos da Organização, depois que as empregadas tivessem saído.

A primeira reunião do grupo foi numa tarde de domingo, porque Sauer dispensara as empregadas. Os convidados haviam chegado de manhã e os primeiros contatos eram mais para apresentações. Sauer já os conhecia. Estivera com eles em Manaus. O pretexto, para a reunião na cidade, fora a visita às suas instalações industriais e o contato para novos negócios. Evitavam reuniões repetidas com as mesmas pessoas e mesmos lugares. Embora cinco anos tivessem passado sem se reunirem pessoalmente, sempre trocaram informações protegidas por severo sigilo.

Estavam sentados em volta da mesa de centro, perto da lareira e conversavam com certa formalidade. Essa seria uma das últimas reuniões que teriam, antes da proclamação da independência.

Após alguns minutos de conversas aleatórias, Franz Sauer achou não perder mais tempo.

– Solicitei a presença dos senhores para este encontro, porque já estamos preparados para a proclamação da República da Amazônia. Achei então que era o momento apropriado para que fizéssemos uma revisão dos compromissos assumidos.

Notou certa inquietação do grupo e explicou:

– Tenho mantido comunicação pessoal com cada um e os conheço bem. Sei que são pessoas responsáveis e que representam correntes que têm interesses na separação do território da Amazônia brasileira. Neste momento, é importante que conversemos abertamente e que cada um saiba das reações em seus países.

Pelos olhares, percebeu que demonstravam certa insegurança por revelarem as iniciativas que cada um tinha tomado.

Sauer sabia que poderiam ocorrer dúvidas e insistiu:

– Esse auto-reconhecimento dará mais segurança a cada um de nós. As reações em cada país deverão ser de forma harmônica e positiva.

Olhou para os lados do representante da Argentina e do Paraguai, coincidentemente sentados ao lado um do outro. Embora a Argentina e o Paraguai não façam divisa com a Amazônia, são países que estavam a Oeste da linha de Tordesilhas e, além disso, eles têm interesses específicos na República da Amazônia.

E, sem mais cerimônia:

– Peço então ao coronel Fernandez, da Argentina, que faça uma pequena exposição dos interesses do seu país.

Propositadamente começou com a Argentina, que estava representada por um militar da área de segurança nacional. Quis assim demonstrar aos demais que já havia apoio militar de um país importante e rival do Brasil.

O coronel argentino falou pouco, mas foi claro:

– Desnecessário dizer aos senhores que meu país tem justos receios da pretendida hegemonia brasileira na América do Sul. Dividir o Brasil interessa à Argentina. O Brasil pretende ser uma potência econômica e dominar a região. Esse é um ponto.

Alto, claro, olhos azuis, alguns fios de cabelo branco denunciando a idade, mas com postura firme de quem se acostumou a exercícios físicos duros, falava com calma e segurança.

– Outro ponto, que nos foi levado pelo senhor Sauer, é a possibilidade de imediata ligação fluvial da bacia do Prata, subindo os rio Paraguai, até uma ligação com os rios Guaporé, Madeira, saindo no Amazonas, e, ainda, pelo canal de Cassiquiare até o Orenoco, na Venezuela. Essa imensa rede fluvial, ligando a Amazônia aos oceanos Pacífico e Atlântico, com certeza dará origem a importante pólo de desenvolvimento regional. Parece que esse é um objetivo que interessa a todos nós. Segundo o senhor Sauer, existem grupos econômicos preparados para grandes projetos.

Não falou das providências que teria tomado para obter apoio e donde sairiam as primeiras manifestações favoráveis à República da Amazônia, mas os demais perceberam o tom de certeza em sua voz.

Como que seguindo a seqüência geográfica, o representante do Paraguai olhou para Franz Sauer e falou:

– Não é que tenhamos boas recordações dos nossos amigos argentinos – disse ele, mas em tom apaziguador – no entanto, também vemos com apreensão os esforços brasileiros de dominar o cone sul.

O Paraguai foi responsável pela mais sangrenta guerra de toda a América Latina. Em 1864, o ditador Francisco Solano Lopes invadiu o Brasil e a Argentina, tentando aumentar o território paraguaio e conseguir uma saída para o Oceano Atlântico.

Naquela época, o Paraguai estava em pleno desenvolvimento e punha em prática uma economia estatal e independente da Inglaterra, contrariamente aos países vizinhos que tinham economia capitalista dominada pela Inglaterra, que aproveitou a loucura de Solano Lopes e apoiou a união do Brasil com a Argentina e o Uruguai, na formação da Tríplice Aliança.

A guerra durou seis anos e levou à morte trezentas mil pessoas. O Exército paraguaio foi eliminado e com ele quase toda a população masculina do país, que ficou praticamente reduzida a velhos, mulheres e crianças. Nunca mais o país se recuperou. A esperança de uma mudança geopolítica na região e a criação desse pólo de desenvolvimento era alentadora.

Estranhamente, o Paraguai tinha recentemente firmado acordo militar com os Estados Unidos, supostamente com cláusulas secretas que modificariam profundamente as condições geopolíticas da região.

O Brasil e a Argentina estavam perplexos com esse acordo, porque previa o estabelecimento de uma base militar americana muito próxima da fronteira com o Brasil, mas o representante argentino compreendia que, no momento, o importante era essa união contra o gigante brasileiro em suas fronteiras.

Os representante da Bolívia, assim como do Peru, da Colômbia e Venezuela, fizeram suas exposições e mostraram que houve entusiasmo em seus países com a possibilidade de maior equilíbrio na região e principalmente com a possibilidade do desenvolvimento econômico que viria da união fluvial das três bacias fluviais – do Prata, da Amazônica e a do Orenoco. Seria a ressurreição da linha prevista com a construção da ferrovia Madeira–Mamoré, que o Brasil se obrigou a manter e não cumpriu.

Era crescente o nacionalismo contra a exploração brasileira nos territórios vizinhos. A Bolívia não se conformava em ter perdido o imenso território do Acre para o Brasil. Muitos brasileiros invadiram o território rico em seringueiras e, quando a Bolívia percebeu, o Acre já estava tomado.

Agora a Bolívia estava novamente sendo invadida por brasileiros, com a ocupação de plantadores de soja nas terras de fronteira. A maior riqueza da Bolívia, o gás natural, está comprometido com a Petrobras.

O representante da Colômbia levantou os receios de que a proclamação da República da Amazônia pudesse dar justificativas para o governo americano mandar tropas para o seu país, a pretexto de combater a guerrilha.

Sauer tranqüilizou-o:

– Com a nova república, poderemos fazer acordo militar entre os países amazônicos, com o apoio americano, porém sem a participação direta deles.

– O senhor quer dizer que o governo americano poderia financiar e treinar grupos militares de nossos países, para proteger as fronteiras e combater insurretos?

– Vamos ter de fazer um tipo de acordo como esse, para evitar que o Exército americano entre na Amazônia e não saia mais de lá.

Também o Peru e a Venezuela mantinham o interesse inicial na independência da Amazônia. A Venezuela e o Peru tinham grande interesse no acesso ao Atlântico. A integração das grandes bacias hidrográficas do Prata até o Amazonas já parecia uma realidade.

Eram homens experientes e tinham feito as sondagens em seus países sem despertar suspeitas. Haviam contatado apenas pessoas que poderiam ter real interesse na proclamação da nova república. Se necessário, seriam feitos desmentidos ou feitas divulgações contraditórias.

Nessa fase, optou-se por não chamar a Guiana Inglesa, a Guiana Francesa e o Suriname. Essas regiões estavam ainda buscando sua autonomia e era prudente deixar a Inglaterra, a França e a Holanda afastadas.

Depois do fato consumado, esses países seriam chamados a participar do processo de desenvolvimento acelerado da região.

A reunião, naquele chalé, fora organizada de maneira a dar a impressão de que se tratava de um grupo de turistas sul-americanos. Na parte da manhã um professor de esqui acompanhava o grupo para ensiná-los a usar aquelas patas longas. Franz Sauer não precisava dessas aulas, mas sentia-se mais seguro perto deles.

"Esses latinos são muito esquivos", pensava. "Para eles, é sempre mais fácil dizer que não sabiam de nada e deixar os problemas todos nas minhas costas. No ponto a que as coisas chegaram, é preciso cuidado. De qualquer forma, eles estão sendo vigiados e, se algum sair da linha,... Bom, é melhor que tudo ocorra normalmente."

Já sabiam como ficar de pé no lift, sem sentar-se, deixando-se empurrar morro acima, porque com o peso do corpo o lift parava e eles cairiam.

O lift deixou-os no início da pista e eles começaram a descer, fazendo curvas cuidadosas e com os esquis em cunha para não ganhar velocidade. O instrutor insistia que, ao fazerem a curva, deviam apoiar todo o peso na perna que ficava do lado de baixo e manterem os braços abertos com os bastões levantados e olhando para o fundo do vale. Alguns se saíam melhor e outros sentiam arrepio ao olharem para o pé do morro, lá embaixo, a mais de 1.500 metros de altura.

36

Vinham assim descendo, quando um grupo de jovens também aprendendo a esquiar aproximou-se e um deles desgovernou-se, vindo em velocidade para cima deles. O instrutor da escolinha gritou para o garoto fazer a curva, como lhe ensinara antes e desviar-se do grupo, e, enquanto dava orientações aos gritos, começou a descer para tentar evitar o acidente.

Não houve tempo e o menino avançou sobre o grupo que se apavorou e alguns caíram na neve, abrindo assim espaço entre eles por onde felizmente passou o esquiador descontrolado, que aos poucos conseguiu fechar as pontas do esqui, formando uma cunha e assim reduzindo a velocidade, até parar mais adiante.

Caídos na neve, estavam agora sem os esquis e os bastões que se soltaram e ficaram esparramados. O instrutor aproveitou para ensiná-los a recolocar esses equipamentos ali naquele morro inclinado e também a se levantarem novamente, sem auxílio. No entanto, para isso, tiveram que tirar os gorros que estavam cheios de neve.

O instrutor do grupo de garotos aproximou-se pedindo desculpas e esperou com paciência que se recuperassem e descessem o morro. Deslizou até onde estava o seu "aluno" e disse brincando:

– Bonita manobra, agente Franzino.

Alguns minutos depois, recebeu o recado:

– As fotos já foram transmitidas e ficaram boas.

Franz Sauer também havia se aproximado, mas não interferiu porque havia dois instrutores para ajudar os seus convidados. Não sabia porém que o instrutor do grupo dos meninos era o mesmo entregador, que estava de folga no supermercado naquele dia.

Passado o susto e acabada a aula de esqui, o grupo voltou para o chalé, onde à tarde se reunia e tratava dos preparativos para a proclamação da independência.

Todos estavam empolgados com o fato de estarem participando do nascimento da nova nação. Uma nação diferente e praticamente já reconhecida pelo mundo todo como território que não podia mais pertencer a um só país. A Amazônia já não era mais brasileira e o mundo podia explorá-la de forma mais conveniente e trazer benefícios para toda a humanidade.

Um país como o Brasil, sem recursos para investimento, país desorganizado e confuso, governado por um bando de incapazes e corruptos, estava apenas deixando perder toda a riqueza natural que se escondia nas florestas, nas águas e no solo daquela região. Com esses raciocínios, esperavam o reconhecimento das outras nações pela grandeza das iniciativas que estavam tomando.

Como é que pode um país que não consegue manter a ordem nas áreas rurais de Estados mais desenvolvidos, como São Paulo e Rio Grande do Sul, pretender tomar conta e cuidar de um território imenso e rico como o território que agora já forma a República da Amazônia? E assim exercitavam a sua convicção na necessidade do novo país.

Franz Sauer foi informando aos poucos as últimas medidas e procurando confirmar se podia realmente confiar naquelas pessoas. Eram empresários com grandes interesses na região e gozavam de prestígio político em seus países.

Sabiam, porém, do risco que estavam correndo e, se aceitaram a participação, é porque acreditaram. Esse raciocínio confortava o alemão, embora ficasse sempre atento.

Costumava dizer de si mesmo que era "pré-ocupado" e não preocupado, no sentido de pessoa alimentando receios. Era apenas previdente.

Numa reunião de fim de tarde, disse:

– Preciso dizer para os senhores uma coisa importante.

Assunto novo ou importante, no meio de conspiradores, sempre gera tensão.

– Há questão de alguns anos, estava eu na embaixada brasileira na Alemanha e conheci o adido militar. Era um coronel do Exército brasileiro simpático e discreto. Naquele dia fui apresentar ao embaixador um grupo de médicos aposentados que queriam fazer uma ONG para ajudar os índios da Amazônia. Esse coronel estava no gabinete do embaixador e não saiu quando entrei com os médicos. O embaixador nos apresentou e disse a esse coronel o propósito da nossa visita. Ele se mostrou estranhamente interessado.

Sauer parou um pouco, respirou e continuou:

– Há pouco tempo encontrei-me com ele numa reunião de empresários na sede da Sudam, em Belém do Pará. Nós nos reconhecemos. Cumprimentamo-nos cordialmente, e vim a saber que ele era então o chefe da Agência Brasileira de Informações, a Abin. Informei à Organização que já tinha achado estranho o interesse daquele militar quando do nosso primeiro encontro e estranhava também a presença de um chefe militar de informações em reuniões de empresários da Sudam.

Os outros o olhavam com atenção.

– Pois bem, como suspeitei, esse general estava investigando alguma coisa e podia ter chegado até nós. Felizmente houve um acidente automobilístico e ele já não nos incomoda. Não sabemos até onde ele sabia das coisas e não sabemos se passou suas informações para mais alguém, embora tenhamos algumas pessoas sob vigilância.

O grupo ficou em silêncio. Todos compreenderam que o acidente fora provocado.

– É possível – continuou, que esse acidente leve a investigações. Esperava-se reação mais forte do governo brasileiro, mas estranhamos que o assunto não teve repercussões maiores na área oficial.

O colombiano perguntou:

– O que senhor quer dizer com isso?

– Bom. A primeira coisa é que os passos a serem dados não podem mais esperar. Até agora nós temos procurado dar a entender que são os americanos e europeus que estão interessados na Amazônia. Instituições, tanto americanas, como européias, acabaram divulgando pesquisas alarmantes sobre a floresta, e nós apenas nos aproveitamos desse clamor. Sabem como é, no calor da onda, outros clamores acabaram se levantando por conta própria e isso permitiu o nosso anonimato até o momento.

– Mas existe algum perigo agora? – perguntou o boliviano.

– O acidente do general com certeza vai fazer a embaixada americana se interessar pelo assunto. Soubemos que o general esteve com o embaixador americano, mas pode ter tratado de outros assuntos. Como não podemos ficar na dúvida, precisamos acelerar o processo. E é por isso que os senhores estão aqui.

O grupo estava motivado.

– Os senhores vão tomar conhecimento de fatos novos. As providências já estão sendo tomadas. A estratégia foi cuidadosamente montada e a República da Amazônia já é realidade. Nós vamos ser lembrados pela História.

E encerrou a reunião com uma informação estranha:

– Só mais um detalhe. É quase certo que as Forças Armadas brasileiras façam movimentos de tropa na região. Por favor, não me procurem e nem se aflijam, porque isso faz parte da estratégia.

No dia seguinte, foram embora.

O entregador informou a base:

– Não foi possível gravar a conversa. Eles instalaram na casa um aparelho de desarticulação silábica.

37

John Hawkins era ainda jovem para o cargo que ocupava. Seu currículo, no entanto o credenciava a qualquer posto na Casa Branca, até mesmo o principal. Graduado e doutorado por Harvard, uma carreira política facilitada por sua postura simpática e confiante levou-o a ser um dos principais assessores da Presidência.

– O senhor está querendo me dizer que existe um complô para proclamar a independência da Amazônia? E que o próprio presidente o enviou aqui para me ajudar a tomar algumas providências para não comprometer os Estados Unidos? – perguntou o embaixador aparentando incredulidade.

O embaixador conhecia o assessor para Assuntos Internacionais e sabia que o presidente confiava mais nele do que no secretário de Estado para casos mais complicados. A visita de um secretário de Estado chama muito a atenção e certos assuntos requerem prudência.

O assessor era jovem, dinâmico, raciocínio rápido e coerente, sabia fazer as pessoas mudarem de opinião com um jeito afável e convincente, ou, então, sabia ele quando mudar de opinião.

"É uma boa ajuda para uma situação dessas", pensou o embaixador, "mas preciso tomar cuidado para não me deixar envolver nas armadilhas que em geral esses assessores já trazem preparadas."

– Sim senhor embaixador – respondeu John Hawkins.

– E o presidente acha que eu tenho uma varinha mágica para evitar essa situação?

John Hawkins compreendeu que o embaixador estava um pouco irritado pelo fato de o presidente não o ter chamado a Washington e conversado pessoalmente com ele. Procurou desanuviar o ambiente.

– O presidente mandou pedir-lhe desculpas por não conversar diretamente com o senhor. Achou que pelo telefone não haveria como expor toda a situação e chamá-lo agora a Washington logo após esse incidente com a CIA também poderia não ser muito conveniente. Mandaram-me aqui então para tentar explicar-lhe tudo o que sabemos e me colocar às suas ordens para o que for preciso.

"Mais uma cascavel tentando morder a velha raposa. Mas já que ele entrou no assunto..."

– Incidente com a CIA. O senhor está querendo dizer então que a CIA foi até Juína para salvar a Amazônia e se esqueceu de que havia uma embaixada dos Estados Unidos aqui no Brasil?

John Hawkins não aceitou a polêmica.

– Embaixador, ao que consta, a situação é de urgência. A CIA já vem trabalhando nesse assunto há algum tempo e há fundadas suspeitas de que um grupo muito bem organizado está preparado para desencadear ações tendentes a desorientar o governo brasileiro, enquanto ocupam a Amazônia em pontos determinados, simultaneamente com iniciativas que podem provocar movimento de apoio internacional.

– Quando o senhor se refere a "grupo muito bem organizado", está querendo dizer Europa?

O assessor achou melhor não alimentar suspeitas que pudessem trazer complicações futuras e respondeu sem envolver outras regiões.

– Nós não sabemos ainda o que está preparado para acontecer, mas com certeza podemos estar atrasados em relação a esse assunto. O presidente está muito preocupado.

"Sem dúvida que o presidente tem de ficar preocupado. Eu avisei que ele estava se descuidando da América, enquanto destruía os países árabes. A fortuna e o momento histórico que ele está gastando lá não compensam. A América está se destruindo, mesmo sem bombas."

– O presidente reconhece que descuidou mais do que pretendia da América Latina e se concentrou demais no Oriente Médio. Ele reconhece que o senhor o alertou antes, pede desculpas, mas agora ele precisa de ajuda e de ação imediata.

"Malandro. Eu ia tocar nesse assunto e ele já me desarmou."

O embaixador sabia que, se houvesse uma tentativa de divisão do país, haveria guerra na região. O nacionalismo de esquerda estava renascendo na América Latina e os países vizinhos tenderiam a apoiar o Brasil contra invasões estrangeiras. Ora, se invadem um é porque vão invadir o resto.

Pensou em questionar o assessor sobre a expressão "mais do que pretendia", mas isso poderia soar como acusação direta ao presidente. Não era prudente.

Haveria a hipótese de os países europeus estarem apoiando essa separação para criarem uma arma diplomática? Estariam aumentando suas pressões para o lado de cá e com isso negociarem a redução da influência americana nos negócios do Iraque, na Palestina, no Líbano e outros pontos sensíveis?

Preferiu deixar suas preocupações de lado e desafiar o assessor.

– E a sua sugestão é...?

O outro pensou um pouco, como se estivesse deixando o embaixador ruminar o tom da sua pergunta, e disse:

– A emergência sugere uma conversa com o presidente do Brasil.

O embaixador sorriu. Balançou a cabeça, respirou fundo, pegou o telefone e pediu à secretária que trouxesse dois cafés feitos na hora, mas com aquele pó bom.

– O Brasil, senhor assessor, ao contrário da frase que atribuem a De Gaulle, o Brasil é um país sério, muito sério, e precisa ser levado a sério. Esse país vem passando por momentos conturbados, mas vai chegar um dia em que pode nos criar embaraços.

– Não estou entendendo. Sei que o senhor entende bem do Brasil e é por isso que o presidente me mandou procurá-lo.

– Senhor John Hawkins – e o embaixador enfatizou o "senhor" –, o senhor sabe quem foi até bem pouco tempo o chefe da Casa Civil da Presidência da República no Brasil?

– Foi o deputado federal José Dirceu, antigo guerrilheiro e hoje companheiro do presidente.

– Pois bem, como o senhor sabe, José Dirceu, cujo nome completo é José Dirceu de Oliveira e Silva, foi líder estudantil, presidente da União Nacional Estudantil, preso pelo regime militar e depois foi solto em troca do embaixador americano Charles Burke Elbrick, seqüestrado pelo Aliança Libertadora Nacional, e em seguida José Dirceu foi banido do Brasil, com outros guerrilheiros soltos em razão do seqüestro.

O embaixador falava devagar para dar tempo para o outro pensar.

– Foi para Cuba, onde recebeu todo tipo de treinamento e fez operação plástica, voltando com o falso nome de Carlos Henrique Gouveia de Mello. Há fortes suspeitas de que durante essa clandestinidade ele serviu como espião de Cuba e obviamente dos países comunistas. Envolvido em escândalos de corrupção, teve de deixar o governo.

Parou de falar uns segundos e perguntou:

– E o senhor sabe quem substituiu José Dirceu na chefia da Casa Civil?

John Hawkins fez um sinal negativo com a cabeça.

– Foi a senhora Dilma Roussef, indicada pelo próprio José Dirceu. Ela também foi guerrilheira, lutou contra os militares, enfim, na sua posse, o deputado José Dirceu chamou-a de "companheira de armas".

O assessor estava mudo. Não se preparara para enfrentar o velho diplomata e reconhecia a sua ingenuidade. Tinha perdido pontos irrecuperáveis em qualquer estratégia que podia tomar daí para a frente.

O embaixador continuou.

– Este é um país onde o passado não acaba. Quando menos se espera, o passado entra pelo presente como uma espécie de vírus que modifica todas as instituições e altera o futuro previsível.

Parece que ele gostou da filosofia e se entusiasmou.

– Se o senhor estudar melhor a composição humana deste país, verá que certos assuntos fogem à normalidade das decisões. A etnia brasileira é formada de diversas colônias: a colônia italiana, a japonesa, judia, portuguesa e assim por diante. Nem mesmo existe uma colônia árabe, mas sim colônia sírio-libanesa, colônia turca e não é exagero dizer que no meio de todas essas etnias também existe a colônia brasileira.

Levantou-se e continuou falando como se pensasse em voz alta:

– E dentro disso ainda existem os agrupamentos de interesses. Os empresários pensam de um jeito, os políticos de outro, os empregados formam uma grande massa dos que ganham pouco e dos que já não têm emprego, ainda temos aí os funcionários públicos, e acredito também que o senhor já ouviu falar dos invasores de terra, dos invasores de edifícios públicos, dos movimentos indígenas, do banditismo organizado, do grande movimento das igrejas recém-criadas, que também é assustador.

John Hawkins não sabia aonde o embaixador queria chegar. Mas não quis interrompê-lo.

– Este é o país do medo. É incrível, mas cada organismo desses tem vida própria como se houvesse tantos Brasis como quantas organizações. As organizações criminosas agem como se formassem um governo autônomo, onde elas praticam a justiça, criam leis e administram as suas sociedades.

Hawkins estava achando que aquilo era impossível.

– Em meio a toda essa miscelânea existe uma organização que não entendo como conseguiu sobreviver intacta nesse meio. São os militares. O Brasil ainda existe porque a sua organização militar é sólida. Eles se orgulham de terem proclamado a República e de terem salvado o Brasil do comunismo com a revolução de 64.

Falava como se escrevesse em parágrafos, dando tempo para o outro pensar.

– É preciso ter respeito por uma organização que num mesmo dia, numa mesma ora, com um mesmo uniforme e ouvindo o mesmo hino, coloca centenas de milhares de soldados em milhares de cidades do país e desperta um patriotismo que, felizmente para o sonho americano, só é lembrado nessas ocasiões.

"Logo vai querer me dar lição de moral", pensou o assessor, que preferiu continuar em silêncio até o embaixador se sentir satisfeito.

– O senhor conhece alguma outra organização que seja assim estruturada e metódica? Talvez a Igreja Católica. Talvez.

O outro não respondeu.

– Na chefia da Casa Civil, o presidente cometeu o erro de colocar um guerrilheiro para substituir outro. Dois guerrilheiros que naquela época participaram de movimentos a favor do comunismo, contra a democracia, e nessa luta morreram muitos militares.

Voltou-se para o assessor e perguntou:

– O senhor acha que os militares acreditam na lealdade desses guerrilheiros? O senhor acha que eu, embaixador dos Estados Unidos, tomando conhecimento de um assunto tão sério como esse, posso simplesmente e com a maior ingenuidade, chegar ao presidente brasileiro e dizer que estão proclamando a República da Amazônia?

John Hawkins olhou espantado para o embaixador.

– República da Amazônia? O senhor já sabia sobre a República da Amazônia? Mas como o senhor sabe disso?

"Esse chute foi de primeira. Que outro nome poderia ter um país independente dentro da Amazônia? Vou apertá-lo um pouco mais."

– O senhor não respondeu a minha pergunta. Então vou repeti-la, senhor Hawkins: o senhor acha que um embaixador dos Estados Unidos pode se dar à ingenuidade de ir lá e transmitir essa informação ao presidente, sabendo que ex-guerrilheiros hostis às Forças Armadas vão tomar conhecimento disso imediatamente? Há poucos dias o Exército deu uma comenda à ministra Dilma Roussef. Consta que vários militares que haviam recebido a mesma comenda a devolveram, porque consideram um insulto ao Exército.

Hawkins começou a sentir-se encurralado.

– O senhor acha que existe a possibilidade de alguém do alto escalão do governo brasileiro estar envolvido com esse assunto?

Mas vendo a inocência da sua pergunta, acrescentou logo:

– Acho que o senhor tem razão. Os militares podem não gostar de saber disso através de um ex-guerrilheiro contra quem eles lutaram.

– Não se trata disso, senhor Hawkins. Os militares brasileiros já sabem que alguma coisa estranha está acontecendo, mas não estão informando o presidente da República. Eles não confiam em guerrilheiros que antes queriam dar o Brasil, país que eles conquistaram, formaram e defenderam, aos comunistas.

– Mas então..., então...

– Então, senhor Hawkins, o senhor vai voltar para Washington e dizer ao presidente que, se ele não quiser ser atropelado pela história, deve colocar à minha disposição todas as informações que a NSA, a CIA e o FBI tiverem, e com urgência.

John Hawkins sentiu o impacto da ordem. O embaixador tinha informações e sabia como cuidar do assunto. O melhor era concordar para não sair arranhado da missão. Quando chegasse a Washington ia saber dar versão um pouco mais colorida em seu favor, porém no momento não devia melindrar o velhote.

– Outro problema é que a CIA veio aqui e fez um serviço ruim. Estamos tentando seguir os passos de três pessoas, aquelas mesmas pessoas que aprontaram a armadilha para a CIA. Só que, se essas três pessoas desconfiam da CIA, é de se concluir que os órgãos militares também desconfiam.

E calculou o tom da pergunta:

– O senhor está entendendo a burrice toda dessa CIA, senhor Hawkins? O senhor sabe o que é a Abin?

– É uma agência de informações dos órgãos militares.

– Pois bem. O chefe da Abin, general Ribeiro de Castro, morreu num atentado há poucos dias e, acredite, há suspeitas caindo sobre a CIA.

– O senhor está querendo dizer que os militares brasileiros suspeitam de que a CIA matou esse general? Mas, o senhor poderia, por favor, me explicar o que a morte desse general tem a ver com essa independência da Amazônia? Como o senhor sabe disso?

O embaixador não deixou transparecer o gosto que sentiu por aquele "por favor".

– Simples deduções. Primeiro, o general morre num atentado violento e a imprensa apenas divulga que o chefe da Abin morreu num acidente de automóvel. Nenhuma explicação, nenhuma outra notícia. Depois, os órgãos de segurança do Exército brasileiro prendem um agente da CIA em Juína. Ora, se a CIA está lá na Amazônia, com armas e avião com documentação suspeita, e isso pouco depois da morte do general, da qual a CIA deve ter alguma informação, o que é o que o senhor pensaria no lugar deles?

Parece que o assunto era mais complicado do que o assessor imaginava. O embaixador o estava deixando cada vez mais confuso.

– Veja, senhor Hawkins. Nos Estados Unidos, a CIA e a NSA são instituições civis, com um pouco de Pentágono no meio. No Brasil, o serviço de informações é militar. Existe uma duplicidade de governo neste país. A gente pode até mesmo dizer que existe um governo civil e um governo militar. E, pior do que isso, um não confia no outro.

E concluiu:

– Como o senhor pode ver, as informações que dizem respeito à segurança nacional, passam antes pelos militares. E são eles que vão decidir quais informações podem ser do conhecimento do poder civil, principalmente num governo que nomeia para cargo tão importante um guerrilheiro que os militares desconfiam de ter espionado para Cuba.

Abriu a gaveta e pegou uma revista.

– Esta revista é um encarte do jornal Valor, de 25 de novembro de 2005. Aqui está uma entrevista que revela a sensibilidade da situação. Vou ler para o senhor trecho de uma entrevista que o general Ivan de Souza Mendes, que chefiou o SNI, o antigo Serviço Nacional de Informações, que é a Abin, de hoje, durante o regime militar, deu a essa revista, quando indagado sobre a morte de membros do Partido Comunista Brasileiro, numa casa em São Paulo. Veja só o que ele diz: "Na ocasião, a tese era acabar com eles, mesmo. Só podia ser. Ou a gente acabava com os comunistas, ou eles acabavam com a gente."

Folheou a revista e leu outra declaração:

– Olha esta aqui como é reveladora: "Até pelo fato de que a guerrilha não acaba a não ser que você mate – você não pode acabar com comunista, só matando. Eles estão aí, continuam a existir, estão até no governo. É preciso tolerá-los democraticamente, mas, saiu da linha, descumpriu a lei, pau neles."

John Hawkins sabia que, sem a ajuda do embaixador, não ia ser possível fazer o trabalho do qual estava encarregado. Compreendeu que o seu próprio papel ia ficar reduzido ao de um menino de recados. O melhor era então ser um eficiente garoto de recados.

Antes que ele falasse qualquer coisa, o embaixador continuou:

– O senhor entende quando digo que existe ainda um governo militar? Pois, se esse general, com oitenta e três anos, e depois de decorridos quarenta anos desses acontecimentos, ainda alimenta tal sentimento em relação aos comunistas, nós temos de imaginar que os demais militares podem pensar do mesmo modo.

E releu em voz baixa como se fosse para ele: "É preciso tolerá-los democraticamente, mas se saírem da linha..."

– O senhor está certo. Mas, segundo o presidente, o problema está se agravando com muita rapidez. Precisamos agir com urgência e é o senhor quem deve coordenar esse trabalho. A NSA, a CIA e o FBI serão órgãos de informações e operações. Vou convencer o presidente para que o senhor seja o coordenador de todas essas ações. De que mais o senhor precisa?

"Peguei o peixe", pensou o embaixador. "Agora é puxá-lo para dentro do barco."

– Preciso de uma linha direta com o diretor de Inteligência da CIA e uma linha direta com a NSA e com os demais órgãos de informação em Forte Mead. Não posso perder tempo em pedir para a CIA mandar memorandos para a NSA num assunto desses.

– Vou cuidar disso.

– Mais uma coisa. Aliás, a mais difícil. Precisamos mostrar para os militares brasileiros que estamos do lado deles. E para isso...

Parou um pouco e repetiu a frase para deixar o outro bem consciente:

– Para isso, senhor Hawkins, nós temos de descobrir os verdadeiros responsáveis por esses fatos. Depois disso, precisamos de provas. Provas, senhor Hawkins, para que não fique nenhuma desconfiança sobre nós. E depois, senhor Hawkins, precisamos tirar proveito dessas provas para melhorar nosso relacionamento por aqui. Acho que o senhor compreendeu.

A reunião foi encerrada e o assessor especial da Presidência dos Estados Unidos tomou o primeiro vôo de volta para o seu país.

O embaixador não tinha tomado o café e pediu um chá.

"Não estou acabado ainda", ele pensou com satisfação. "Esses novatos..."

38

John Hawkins saiu dali diretamente para o aeroporto Juscelino Kubitschek e tomou o vôo 2267, da Varig, para Cumbica, de onde seguiu para Washington.

No dia seguinte, numa das gavetas da escrivaninha, meio escondido para que não fosse visto facilmente, um aparelho de telefone soou discretamente.

O embaixador sorriu e pegou o aparelho.

– Alô – disse ele.

Conhecia aquela voz simpática que só mudava o tom nas campanhas políticas. O embaixador sentiu saudades do amigo.

– Meu caro Williams. Não fique magoado comigo. Tivemos de fazer umas comprovações antes de incomodá-lo. Já dei ordens para o George dirigir-se diretamente a você e cumprir todas as suas instruções. Se tiver algum assunto mais polêmico mandarei o Hawkins pessoalmente.

– Sim, senhor presidente. Agradeço a sua atenção e cuidarei de tudo.

– Confio na sua eficiência e no seu tato. Se precisar de qualquer ajuda adicional ou se não o atenderem bem, fale com o Hawkins ou pode dirigir-se diretamente a mim. Em assuntos mais complicados, convoque o Hawkins para reuniões pessoais.

– Sim, senhor presidente, fique sossegado.

– Com você assumindo isso, estou muito mais sossegado. No momento oportuno, falaremos pessoalmente. Até breve.

– Até breve, senhor presidente.

Desligou o telefone, mas não conseguiu colocar no rosto o sorriso triunfante de outras vezes.

"Um telefonema curto, mas que revelava muito. O presidente não iria telefonar-lhe pessoalmente, se o dito Hawkins não tivesse mostrado coerentemente a gravidade da situação. Ou talvez seja mais grave do que eu mesmo esteja pensando."

"Por outro lado, o assunto agora lhe fora entregue com todas as responsabilidades. O presidente era seu amigo, mas um homem sem amigos. Aquela frase 'no momento oportuno, falaremos pessoalmente' não deixava dúvidas. Se tivesse sucesso, haveria festa. Se não, ..."

Ficou esperando. E, de fato, alguns minutos depois, o mesmo telefone volta a tocar.

– Embaixador Williams?

– Sim. Williams, o embaixador.

– Embaixador, aqui é George, diretor do Departamento de Inteligência da CIA. Tenho ordens para atender suas solicitações. Acho que o senhor já sabe do que se trata. Em que posso ser-lhe útil?

"Se ele acha que eu já sei, é porque já lhe contaram a minha versão sobre as atividades da CIA nesse caso."

– Senhor George, primeiramente quero saber por que o senhor não me mandou as mensagens em código já decifradas.

O outro sentiu um início ruim de diálogo. Achou melhor ser prudente.

– Desculpe, senhor embaixador, mas tudo indicava que era falso.

– Indicava? O senhor não tem certeza?

– Foram feitas várias reuniões com os criptógrafos da NSA e chegamos à conclusão de que era código de indução a erro e não seria prudente agir precipitadamente. Acho que o senhor compreende a dificuldade de uma situação dessas.

– Muito bem. Posso até compreender. Mas preciso daquelas mensagens agora e com urgência e eu vou decidir se é falso ou não, e mesmo sendo falso teremos de entender melhor o motivo dessa falsificação. Espero que o senhor entenda a urgência do momento.

– Sem dúvida nenhuma, senhor embaixador. Estou mandando neste momento as mensagens diretamente para a sua mesa. Estarei aqui aguardando uma comunicação assim que as tiver lido.

O embaixador desligou e ficou aguardando.

A situação exigia dele agora um comprometimento maior. Mandou chamar o agente do FBI. Precisava de alguém de confiança com quem pudesse trocar idéias e traçar planos antes de falar novamente com a CIA.

Logo chegaram as mensagens decodificadas. Estava terminando de lê-las quando a secretária anunciou o agente do FBI. Mandou que entrasse e foi passando para ele as folhas que já tinha lido.

Depois que o agente leu, perguntou:

– O que o senhor acha disso? Fiquei de ligar para a CIA agora mesmo e não estou muito certo sobre o que pedir a eles.

O agente do FBI era homem de ação, acostumado a enfrentar situações de surpresa que exigiam pensamento e reações rápidas. Seus neurônios se agitavam diante de emergências e essa era uma emergência que exigia mais que bom raciocínio.

– A CIA e a NSA têm condições de acompanhar os passos daqueles três. Com certeza a CIA sabe para onde eles foram e o que estão fazendo. Para isso eles dispõem de informações precisas do satélite.

– O senhor acha que devo pedir a eles um relatório sobre o que esses três andaram fazendo?

O agente parece que não ouviu o embaixador.

– Como eles sabem que esses relatórios indicam uma situação falsa? Não é momento para dúvidas e não podemos perder tempo.

O embaixador pegou o telefone.

– Senhor George?

– Sim, senhor embaixador.

O embaixador não quis deixar o telefone no viva-voz, tanto porque as paredes podiam ouvir, como porque o outro podia perceber e ele não queria dar a entender que tinha mais alguém ouvindo a conversa.

– Primeiramente, senhor George, como o senhor concluiu que isso tudo não passa de uma falsificação?

O outro pareceu escolher as palavras.

– Como o senhor pode ver, são fatos dispersos, de atuação difícil, que pode fugir ao controle. Tudo indica que não é uma situação real.

– E se não forem situações falsas, mas um relatório com o propósito de ser assim considerado, para não ser levado a sério se alguém traduzisse o código?

– Isso também foi considerado. Diante das circunstâncias, as análises sugerem que era melhor esperar os acontecimentos, antes de uma iniciativa precipitada que poderia comprometer o governo americano.

A resposta deixou o embaixador meio confuso.

– Mas, mesmo assim, por que o senhor não mandou esse relatório com a indicação de que era falso? Por que mandou seguir aqueles três em território amazônico? O senhor não acha que isso comprometeu o governo americano?

– É uma situação consolidada. Estávamos obedecendo a ordens diretas da Presidência. Agora espero solicitações concretas da sua parte para podermos agir sob a sua coordenação, conforme ordens recebidas.

"Mas que danado. Vamos reduzir as cobranças, pois do contrário não terei ajuda."

– A primeira coisa que precisamos saber é o que estão fazendo aquelas três pessoas que o senhor mandou seguir. É vital saber isso antes de qualquer outra iniciativa. Para onde se dirigiram, com quem eles tiveram contato e onde estão no momento.

– Posso dar-lhe algumas informações agora. No dia em que deveriam ter ido a Juína, eles foram para Cáceres e saíram de lá para uma sede de fazenda na região do Pantanal de Mato Grosso. Eles procuraram despistar nossa vigilância.

Aí o embaixador não resistiu.

– Além dos Estados Unidos, o senhor conhece algum outro país que pudesse segui-los via satélite?

O outro não entendeu a malícia da pergunta.

– Não senhor. Somente nós estamos em condições dessas averiguações. A Europa tem sistema semelhante, assim como o Japão, mas eles trabalham em conjunto conosco.

– Então, na sua opinião, o senhor acha que eles estavam despistando quem?

Não teve resposta. Era óbvio que estavam despistando a CIA, porque suspeitavam dela. O embaixador dispensou a insistência.

– Precisamos consertar isso agora com urgência, o senhor não acha?

– Não temos dúvidas quanto a isso e contamos com a sua ajuda, senhor embaixador.

"Bom, muito bom. Estão levando umas palmadas merecidas."

– E, dessa fazenda, para onde foram?

– Não estamos certos ainda, mas o senhor receberá essas informações assim que as tivermos. Estamos com a melhor equipe de rastreamento por satélite trabalhando nisso.

39

O canto monótono, logo ao amanhecer, o acordou. Preparou-se e saiu. Quase automaticamente, tomou a direção daquele som e foi caminhando ao longo de um corredor, que dava numa pequena capela, onde estavam reunidos monges encapuzados e com aquela cruz estranha dos templários na frente.

Viu na parede, acima do altar, um Cristo sofrido e maltratado, pregado numa grande cruz e mostrando suas feridas. Sentiu-se também acusado por aquela injustiça que cometeram contra Ele.

Ajoelhou-se, rezou, pensou em sua mulher. "Onde estará ela agora?" Olhou para Cristo, mas não perguntou. Sabia a resposta. "Era só ter fé", costumava dizer sua mãe. Rezou por todos os seus familiares, pensando em sua mulher e em seus filhos.

Um padre, porém sem a cruz dos templários, celebrava a missa, que já estava no momento da consagração do pão e do vinho em corpo e sangue de Cristo.

Sempre achou que a consagração era um ato solene que o impressionava. Há muito tempo não assistia a missa celebrada em latim e uma forte emoção tomou conta de sua alma quando o padre levantou o cálice com o vinho dizendo "Hic est enin sanguis mei...." e depois terminou a consagração dizendo: "Misterium Fidei".

Há quase dois mil anos, todos os dias, milhares de religiosos em igrejas espalhadas por todo o mundo repetem esse ritual num outro grande mistério da fé. Qual seria essa força indecifrável que mantém os cristãos unidos nos mesmos rituais de oração?

Piedoso silêncio acompanhava a celebração. Igreja é lugar de recolhimento. Preferia missas assim a essas modernas de hoje, cheias de violão e cantoria, com gente pulando e dançando como se estivessem numa festa.

O padre terminou a missa com a bênção final e o tradicional "Ide in pace" olhando para ele.

Os monges começaram a sair, com as mãos dentro das largas mangas do hábito, olhando para o chão, e aquele que era o piloto e o havia procurado assim que chegou, apenas movimentou levemente a cabeça, quando passou por ele.

Encontrou-se com Rogério que já tinha saído do quarto e parecia bem.

– Bom dia, tenente. Como está?

– Estou ótimo. Mas o senhor não é capaz de imaginar...

– O piloto?

Rogério olhou para ele espantado.

– Ele é médico. E dos bons. Deve estar acostumado a curar muitos ferimentos por aqui. Fez um bom curativo em mim ontem. Mas como o senhor sabe disso?

Maurício explicou que o monge tinha estado em seu quarto na noite anterior. Não havia dito que era médico, mas demonstrara certa perspicácia em perceber que ele estava precisando de alguma coisa.

– O senhor disse que o piloto desconfiou que estava precisando de alguma coisa? Mas todo esse tempo juntos, por que o senhor não falou nada? O senhor sabe que pode contar comigo.

Maurício não respondeu e foram para o restaurante para tomar café.

– Tenente, se eu lhe disser que dei um jeito de o senhor rever a capitã hoje ainda, o senhor vai ficar triste, surpreso ou alegre?

– Surpreso e alegre. Triste não. Mas o que houve?

– Depois que entrei no Skylane, fiquei olhando a paisagem, relembrando esses dias de estudo do código. De repente me veio uma pergunta. E se o código for falso? E se tudo isso for uma armadilha?

A xícara de café com leite parou no meio do caminho. Rogério encarou-o.

– O senhor está dizendo que plantaram aquelas coisas na internet para desviar a nossa atenção? Pode ser, pode ser. Se for isso então estamos lidando com gente muito esperta. Pode ser, pode ser. Mas o que fez o senhor desconfiar do código?

– A facilidade. Ainda os princípios. Conversei bastante sobre princípios com a capitã, não sei se o senhor se lembra.

– O teatro grego? Sim, eu estava na internet mas gostei daquela explicação.

– Pois é. Todo código tem por princípio a dificuldade.

O tenente compreendeu a dúvida de Maurício. Levantou a cabeça, recolocou a xícara na mesa e ficou olhando o horizonte que se abria por inteiro desde a outra margem do rio até onde a vista se perdia no colorido da distância.

O monge médico veio juntar-se a eles. Cumprimentou-os e disse:

– Daqui a Corumbá não é longe. Deverão vir buscá-los em breve. A missa de hoje foi para que vocês tenham sucesso na sua missão. Nossas orações e nossas atenções os acompanharão, onde estiverem.

O "onde estiverem" fora dito com entonação mais forte.

Maurício olhou agradecido para o monge. Fora uma mensagem curta de que a Confraria estaria por perto se ele precisasse de ajuda.

Prepararam-se. Não demorou muito um Sêneca pousou na pista que ficava perto do casarão. Tudo ali funcionava como sede de fazenda e após a missa os monges trocaram seus trajes por roupas simples, como se fossem lavradores ou vaqueiros.

40

Foram 50 minutos de vôo até que a cidade de Corumbá começou a aparecer no outro lado do rio Paraguai, parcialmente encoberta pelo nevoeiro que vinha dos lados da Bolívia, cuja fronteira estava apenas a seis quilômetros dali.

O piloto teria de fazer uma grande curva e entrar por baixo do nevoeiro, vindo do outro lado, para poder ver a pista e pousar. O avião passou pela cidade e começou a se distanciar.

"Esse piloto está muito precavido", pensou Maurício, que já tinha estado ali com o seu Sêneca, quando veio conhecer o Forte Coimbra. "Ou então, ele está indo direto para o forte."

Foi lembrando de quando vinha pescar no Pantanal e ficava em Corumbá, uma das mais antigas cidades do continente americano, fundada em 1524.

Na época, era rico entreposto comercial e terceiro porto fluvial do continente. Na praça da Independência existem ainda o coreto octogonal, importado da Alemanha, e as quatro esculturas que representam as estações do ano. As quatro estátuas, esculpidas em Pisa, foram doadas por um nobre italiano que veio caçar no Pantanal.

Em 1867, a praça da República foi palco de uma das mais sangrentas batalhas da Guerra do Paraguai. Em homenagem aos heróis da guerra, foi erguido um obelisco que é uma réplica do obelisco que está hoje na praça da Concórdia, em Paris, levado por Champollion.

Dizem que, quando Napoleão foi conquistar o Egito, Josefina lhe teria pedido para trazer um pequeno obelisco de presente. Se Josefina fez esse pedido a Napoleão, não se tem certeza, mas em 1833, Champollion, o engenheiro naval que decifrou os hieróglifos, levou do templo de Karnak, em Luxor, o obelisco que havia sido erigido em homenagem ao rei Ramsés II, há 4.000 anos.

O obelisco saiu do Egito em abril de 1833 e somente no dia 22 de outubro de 1836, o monolito de quase vinte e três metros de altura e pesando duzentas e vinte e sete toneladas, foi erguido na praça da Concórdia, diante de uma multidão de 200 mil pessoas. Foram necessários trezentos homens e toda a engenharia da época para levantar o imenso granito, sem quebrá-lo.

O avião continuou, deixando a cidade para trás e passou pela fortaleza de montanhas de saibro branco que circunda a cidade e lhe dá o título de Cidade Branca, para logo baixar em direção ao Forte Coimbra.

A pista começava na margem direita do pequeno afluente do rio Paraguai e tomava a direção do forte. O Sêneca desceu com maciez sobre a grama e foi deslizando até estacionar perto de um jato da Força Aérea Brasileira.

Uma kombi meio velha mas em bom estado estava esperando por eles, e o tenente Batista, rapaz alto, mato-grossense com cores de sulista, os recebeu sorridente. O cabo Bruno era o motorista e um soldado armado de metralhadora completava o grupo.

– Bom dia, tenente.

– Bom dia, doutor. O comandante pediu para levá-lo até o escritório dele.

A quinhentos metros da pista começavam as instalações da 3ª Companhia de Fronteira, do Forte Coimbra.

Chegaram ao escritório do capitão Martins Neto, comandante da guarnição, quando ele estava contando à capitã Fernanda a história do forte. Tiveram oportunidade apenas de ligeiros cumprimentos porque o capitão insistiu:

– Desculpe, doutor Maurício, mas estava acabando de contar à capitã a história dos índios Guaicurus que tomaram o forte e mataram cinquenta e quatro soldados. A gente aprende estratégia militar até com os índios.

Maurício tinha assunto mais urgente para cuidar e não sabia como sair daquilo. A capitã respeitava a hierarquia, mas era evidente a sua ansiedade em saber o que ele tinha para falar de tão urgente, mas o capitão queria terminar a sua história.

– Eles aproveitaram que o governador havia dado ordens para fazer as pazes com os índios e então um grupo de índios Guaicurus veio até o forte, com as índias, que não vestiam roupa e pintavam o corpo com finas linhas de tinta. Enquanto os soldados se distraíam com as índias nuas e coloridas, os Guaicurus atacaram e mataram cinqüenta e quatro homens. Foi a maior derrota do forte.

O capitão era homem culto e aproveitava quando havia visitas para discorrer sobre a história do forte.

– O que mais nos comove no entanto são os dois milagres de Nossa Senhora do Carmo, a padroeira do forte.

Como podia misturar história de índias nuas com os milagres de Nossa Senhora do Carmo, ele não explicou.

– Houve dois milagres, num deles os espanhóis chegaram com uma poderosa esquadra e intimaram a guarnição a se render. O comandante era o tenente-coronel Ricardo Franco que respondeu com uma das frases históricas da bravura nacional: "Repelir o inimigo ou sepultar-se debaixo das ruínas do forte". Os soldados começaram a rezar para Nossa Senhora do Carmo e se formou uma forte tempestade. Os espanhóis ficaram com medo e se retiraram sem atacar.

"Eram dois milagres. Falta um", pensava Maurício, que já tinha estado lá antes e conhecia esse lado cultural do capitão Martins.

– A história mais bonita, para mim é o milagre da Guerra do Paraguai. Em dezembro de 1869, os paraguaios chegam a Coimbra, com três mil e duzentos homens, quarenta e um canhões, onze navios de guerra e farta munição e quando intimaram a guarnição a se render, o comandante Porto Carrero respondeu que: "Somente pela sorte ou honra das armas entregaremos o forte".

O capitão parou de falar. Parecia frustrado, como se gostaria de ter sido ele a dar essa resposta histórica aos paraguaios.

– É claro que com tanta superioridade, os paraguaios tomariam o forte. E isso estava para acontecer quando dona Ludovina Porto Carrero, esposa do comandante, mandou o soldado Verdeixas erguer a imagem de Nossa Senhora do Carmo sobre a muralha. Dizem que quando Verdeixas, sem camisa, apareceu em cima da muralha e ergueu a imagem gritando: "Valha-me Nossa Senhora", os paraguaios pararam de atirar e começaram a saudar a imagem com o mesmo grito de "Valha-me Nossa Senhora".

O comandante não escondia a emoção. Estava difícil interromper aquela dissertação desnecessária e Maurício estava ficando aflito porque precisava discutir assuntos importantes com a capitã.

– Os paraguaios suspenderam os ataques e naquela noite a guarnição abandonou o forte, porque já não havia mais munição. O forte foi ocupado pelos paraguaios sem nenhuma baixa do nosso lado. Foi um verdadeiro milagre.

Ele pediu desculpas novamente pelo entusiasmo e Maurício aproveitou para dirigir-se à capitã, sem dar tempo para o capitão continuar.

– Preciso falar urgentemente com a senhora.

O capitão não se mostrou melindrado, porque afinal eles lhe haviam dado tempo suficiente para relatar as suas histórias, e cedeu o seu escritório para que pudessem conversar.

Sem mais preâmbulos, Maurício disse:

– Capitã, o código pode ser uma armadilha, pode ser falso.

Ela teve uma reação intensa, mas dominou-se e escutou atentamente.

– Assim que recebi o recado, vim imediatamente porque imaginava algo grave. Mas a sua conclusão é aterradora. Esse pessoal é muito mais perigoso do que imaginávamos – disse balançando a cabeça meio decepcionada.

Não disseram nada, para que ela absorvesse a notícia.

– Ninguém tinha pensado na hipótese de um código falso que teria por finalidade desmoralizar as Forças Armadas brasileiras. Nem mesmo os ministros militares, que aceitaram o nossos relatórios e acreditaram ser parte de um plano real.

De repente, pareceu aliviada. A traição de oficiais superiores desonraria a farda por completo.

– Essa sua nova tese nos deixa em situação difícil. No entanto, o senhor não sabe o alívio que vai trazer para os ministros. Havia nomes de militares importantes, em quem eles confiavam e dos quais eram verdadeiros amigos, e esses nomes estavam na lista do código.

E acrescentou, como que para controlar a sua emoção:

– Mas, pensando bem, acho que o senhor tem razão. Não que estivesse assim tão fácil. Se não fossem o senhor e Rogério, não sei se conseguiríamos decifrar esse código, mesmo que agora eu concorde que, para um assunto desses, o código foi decifrado muito depressa. O que você acha, Rogério?

O tenente parece ter gostado de ela ter-se dirigido a ele.

– Eu não conseguiria decifrar o código, porque nada sei de teatro grego. – Eles riram. Acho que o código não foi fácil. Trabalhamos os três, o doutor Maurício soube conduzir o raciocínio e a informática ajudou. Mas concordo também que isso aí parece mais uma armadilha do que código de comunicação entre pessoas que estão promovendo uma guerra. Não tem o nível de dificuldade que isso exigiria.

A capitã perguntou:

– E agora o que fazemos? Se eles prepararam essa armadilha, é porque esperam que caiamos nela, para logo em seguida iniciarem as ações planejadas por outro plano, sem que delas tenhamos conhecimento. E então, volto a perguntar?

Ela mostrou-se mais dependente do raciocínio de Maurício. Fora ele quem decifrara o código dos conspiradores e que até então parecia convincente. Agora ele é quem levantou essa hipótese bastante realista de que tudo não passava de armadilha. Mas, como dizer aos seus superiores, os três ministros, aos quais se dirigia diretamente nesse assunto, passando até mesmo por cima do coronel Medeiros, que as mensagens eram falsas? Será que acreditariam? Não ficariam eles, depois disso, em descrédito? Confiava nos seus superiores e sabia que eram pessoas objetivas e inteligentes. Assim como ela compreendeu de imediato a lógica do raciocínio do dr. Maurício, os ministros também compreenderiam.

Mas mesmo aceitando essa lógica, o que fazer agora?

Maurício poupou o embaraço da capitã de pedir conselho a um civil para resolver assunto de estratégia militar.

– Por enquanto, acho que não temos saída. Precisamos entrar no jogo deles e ganhar tempo.

– O senhor diz que devemos prender os oficiais superiores denunciados no código e agir como se tudo fosse verdadeiro?

– Não diria prender. Devemos evitar comoção no meio militar. Mas podemos simular isso. As Forças Armadas saberão como agir. "Similia similibus curantur", já diziam os romanos, e um médico alemão chamado Samuel Hahnemann usou esse princípio para inventar a homeopatia, no fim do século XVIII. Portanto, nada como uma armadilha contra outra.

– Lá vem o senhor de novo – disse Rogério.

– Deus permita que não estejamos errados. Mas estou convencido de que lançaram esse código com a finalidade de desmoralizar as Forças Armadas e destruir a confiança interna dos quartéis com o comprometimento de pessoas sérias da cúpula militar. Se não entrarmos no jogo deles, poderão ficar mais cautelosos. Acho que devemos agir de forma a não melindrar comandos militares e, ao mesmo tempo, fingir que acreditamos no plano.

Maurício disse isso e saiu da sala para que eles ficassem a sós. Ela deveria partir logo e eles também. O comandante fez questão de acompanhá-los até a pista e, ao se despedirem, relembrou o heroísmo do Forte Coimbra:

– Não se esqueçam das duas frases: "Repelir o inimigo ou sepultar-se debaixo das ruínas do Forte" e "Somente pela sorte ou honra das armas entregaremos o Forte".

E olhando para eles de forma enigmática:

– Se alguém pensa que pode conspirar contra a pátria brasileira, nós saberemos honrar o nosso passado de glória.

Prestou continência.

Esperaram a capitã sair. Logo o Sêneca levantou vôo e os deixou em Corumbá.

41

As iniciativas agora passavam para a área militar. Deveriam voltar para a Buritizal. A capitã informou que ia providenciar mais vigilância para a fazenda, mas tudo indicava que nesses próximos dias eles não correriam perigo, por causa do movimento de tropas. Assim pensava ela.

Maurício perguntou sobre a irmã Tereza, mas a capitã não sabia onde ela se encontrava. Tinha sido levada para Brasília, mas desapareceu. Talvez tivesse ficado assustada e se escondido num convento.

O importante para eles agora era despistarem o mais que pudessem o caminho de volta para a Buritizal. Foram até La Paz, onde tomaram um avião até Lima, no Peru, indo em seguida para Manaus, de onde conseguiu avisar o comandante Carlão para buscá-lo em Porto Velho, capital de Rondônia, aonde chegaram num avião de carreira.

A cidade de Porto Velho surgiu com o acampamento para a construção da Madeira Mamoré no ano de 1909. Um pescador chamado Pimentel tinha uma casa na margem do rio, onde os demais moradores da região costumavam se reunir para caçar e pescar. O local passou a ser chamado de Porto Velho de Caça, que deu então o nome ao município de Porto Velho, oficializado em 1915.

O rio Madeira, ali, era largo, com quase um quilômetro de largura e a estação ficava na sua margem direita. A tentativa de construção da Madeira–Mamoré, prometida no Tratado de Petrópolis, quando o Brasil comprou o Estado do Acre da Bolívia, foi uma tragédia. Interessava ao Brasil integrar as regiões mais produtoras de borracha com o mercado internacional e a ferrovia era o único meio de evitar as cachoeiras entre Guajará-Mirim e Porto Velho.

A tentativa de construção dessa ferrovia foi um dos capítulos mais dolorosos da história da Amazônia. Foram contratados 30 mil trabalhadores de diversas partes do mundo, e aproximadamente 6 mil morreram de acidentes no trabalho, mordidas de cobra, malária e outras doenças.

Quando a ferrovia ficou pronta, a borracha asiática tomou conta do mercado. O látex extraído da Amazônia não conseguiu competir e a ferrovia perdeu seu objetivo. Mais tarde, as rodovias foram eleitas por Juscelino Kubitschek como as vias de integração nacional, e as ferrovias do país perderam importância. Com a inauguração da rodovia que liga Cuiabá a Porto Velho, a Madeira–Mamoré foi abandonada e, a partir de 1972, a maior parte desse patrimônio histórico foi vendido como sucata para empresas de ferro velho e seus arquivos históricos incinerados.

"Há um quê de abandono em tudo que já foi importante para a Amazônia", pensou Maurício. "Essa ferrovia é uma das mais misteriosas do mundo, cheia de lendas, misticismo e sacrifícios."

– Sabe, tenente, já li muito sobre essa ferrovia e sinto a frustração de não ter viajado por ela quando ainda funcionava.

Rogério notou o tom de lamentação, mas preferiu ouvi-lo mais um pouco antes de fazer comentários.

– É uma das grandes epopéias do Brasil, feita por homens cheios de coragem, ambição e esperança. Imagine o que foi construir essa estrada de ferro aqui nos confins do mundo, sem recursos, sem conforto, trazendo tudo por via fluvial, de Belém do Pará, subindo o Amazonas e o Madeira, sem operários especializados, que tiveram de ser importados. Milhares de vidas humanas perdidas, empresas brasileiras, americanas e inglesas se afundando em dívidas e falindo. Por isso ela foi chamada de "Ferrovia Amaldiçoada", "A estrada dos trilhos de ouro", "A estrada onde morreu uma pessoa para cada dormente colocado".

"Aonde será que esse camarada quer chegar? Quando ele começa a falar assim é porque está tentando buscar alguma lógica que não entendo."

– O senhor já leu A Ferrovia do Diabo? É de um jornalista chamado Manoel Rodrigues Ferreira. Acho que preciso ler essa obra de novo. Temos de recomeçar a pensar, tenente, temos de recomeçar a pensar. Nossos princípios e teorias podem morrer no "Conceito Zero".

"Então é isso? Ele já está tentando decifrar o novo código que nem sabe se existe. Daqui a pouco ele me chama de "Meu caro Watson". Olhou para Maurício, mas antes que pudesse falar qualquer coisa, ele riu:

– Não estou delirando, tenente. Vamos ver mais uma coisa interessante. O senhor já ouviu falar da praça das Três Caixas d'Água? Pois olha, uma das dificuldades da construção da ferrovia era água potável para os empregados que estavam sempre com diarréia. Vieram então três caixas d'água, desmontadas, de Chicago, que foram erguidas perto da matriz. Hoje elas estão desativadas, mas são tombadas pelo Patrimônio Histórico, porque mostram a dificuldade que foi construir essa ferrovia. Até um sistema de água potável foi importado dos Estados Unidos.

"Já, já ele começa a ligar essas caixas d'água com os templários".

– O seringueiro é uma figura interessante. Acho que os ambientalistas estão criando um novo tipo de nação, a Nação dos Seringueiros. São milhões. A borracha desapareceu, mas o seringueiro continua. Quando a gente fala do nordestino, do gaúcho, do paulista, a gente faz um enquadramento geográfico da população. Seringueiro é diferente. É um estado de coisas, uma filosofia, uma continuidade, ele não muda, é como uma nação. Pelo que pude ver até agora, o extrativismo não está tirando esse povo do estado de miséria. Não fosse o peixe, a caça e a mandioca que eles mesmos plantam na beira dos rios, talvez passassem fome.

Rogério não conhecia a vida dos seringueiros e achou melhor não responder. Depois das visitas aos pontos mais importantes de Porto Velho, foram para o aeroporto, onde o comandante Carlão, com o Sêneca, os esperava.

Até a Buritizal, gastaram uma hora e quarenta minutos sobrevoando a selva amazônica, onde alguns focos de colonização para alojar a população urbana de desempregados e mendigos surgiam em pontos isolados.

Chegaram em tempo para o almoço e, após terem descansado um pouco, Maurício propôs um passeio a cavalo. Lá pelas duas horas da tarde, saíram com o séquito costumeiro.

— Nunca antes tinha andado a cavalo na selva Amazônica. Mas tudo isso aqui é do senhor? Me conta como conseguiu isso?

Explicou que durante o regime militar, o Estado de Mato Grosso tinha um plano de desenvolvimento e ele e alguns amigos requisitaram várias glebas. Mas os amigos foram desistindo. Um deles pegou malária, o outro achou que o custo de ir-e-vir era muito elevado, enfim ele foi se ajeitando com um e com outro e comprou a parte deles, porque o seu plano era ficar ali definitivamente.

A área ficou muito grande, mas a região foi se desenvolvendo e as terras valorizando. Apareceram uns vizinhos querendo comprar uma parte e, com o dinheiro dessa venda, formou a Buritizal, comprando bezerros e fazendo melhoramentos. Foi um longo período de mais de vinte anos. Vinte anos atrás, todos o chamavam de louco. E ainda há quem pense do mesmo jeito.

— Mas isso aqui é como um paraíso. O rio, a floresta, os pássaros. E ainda existe muita caça por aqui? Só vi anta no zoológico.

— Existem antas. Ela se parece com uma vaca. O presidente Roosevelt, no seu livro, faz interessante observação sobre os animais da América do Sul. A anta é o maior deles. Na América do Sul, não existem animais grandes, como os elefantes, na Ásia, ou os búfalos da América Norte e da África.

— Mas, como negócio, o senhor acha que vale a pena?

Estavam perto de uma palmeira. Maurício pegou um coco e disse rindo:

— *Astrocaryum vulgare*. Nós chamamos de tucumã. No mato, é difícil passar fome.

Começou a descascar o coco com a boca e comeu a polpa amarelada.

Rogério balançou a cabeça de um lado para outro, como se não entendesse nada.

– Sabe, tenente? Já acreditei mais. Quando comprei isso, podia formar cinqüenta por cento da área. O resto seria reserva conforme estava no Código Florestal. Depois, baixaram uma medida provisória alterando o Código e reduzindo o uso da gleba para apenas vinte por cento. Foi por isso que meus colegas desistiram, porque, para quem mora em São Paulo, por exemplo, uma fazenda aqui, nesta distância, não pode ter menos de mil hectares aproveitáveis. Acontece que para formar mil hectares o senhor precisa de pelo menos seis mil hectares.

– Seis mil? Mas vinte por cento de cinco mil não são mil? Ainda assim, ter uma gleba de cinco mil hectares e só poder usar só mil é um despropósito.

– A matemática não é essa. Dentro desses mil hectares, os órgãos ambientais descontam as chamadas Áreas de Preservação Permanente, como as margens de rios, fontes, alto de morro e aí cada um interpreta como quer.

Mostrou o rio Roosevelt.

– O senhor está vendo o rio? A Buritizal tem uns quarenta quilômetros de margem de rio. Cem metros de cada lado em toda a extensão do rio são áreas de preservação permanente e a fazenda não pode usar. Da mesma forma, não pode ser usada a área correspondente a trinta metros de cada lado dos riachos internos. Então, a área útil vai se reduzindo.

– Entendi. É por isso que para poder usar mil hectares, é preciso ter mais de cinco mil.

– Mas existe outro problema. Os órgãos ambientais querem que eu cerque todas essas áreas permanentes para que os bois não entrem nelas para descer o barranco do rio e beber água.

– E como o senhor vai canalizar água para os bois?

– Eles querem que eu faça corredor com bebedouros e aí então os bois terão de andar muito e perdem peso. Mas o problema maior não é esse. Vão ser necessários perto de sessenta mil metros de cerca para todas essas áreas. E quem vai pagar por essas cercas?

– Barbaridade. Tudo isso?

– O contra-senso é que, para fazer essas cercas, vai ser preciso cortar árvores. Além disso, se as áreas das margens dos rios forem cercadas, no período da seca, quando o rio baixa, o boi desce até onde está a água e aí não há mais cerca. O boi sai do corredor e se perde.

– Espera aí. Mas isso não é uma exigência só para o senhor. Todos os proprietários de terras teriam de fazer o mesmo.

– Justamente. Serão milhões de quilômetros de cerca ao preço médio de três mil reais por quilômetro e o ruralista não tem como pagar isso.

O estranho é que isso tudo mudou muito bruscamente. Há um clima de revolta generalizado. Como esses pequenos lavradores vão poder construir essas cercas, não sei. Nem sei por que uma exigência dessas, se o boi não come árvore e ele acaba, por si mesmo, fazendo o caminho para as águas, sem andar pelo resto do mato.

– O senhor está falando como se estivesse raciocinando sobre a internacionalização da Amazônia. Parece que está analisando a sua situação, para verificar se há fundo de verdade nessa história de ONGs estarem interferindo para que os investidores saiam daqui.

– Vou contar para o senhor uma coisa revoltante que aconteceu aqui no ano passado. O rio sempre foi a única via de acesso para os moradores das margens. Durante séculos e talvez milênios as suas canoinhas serviram para eles andarem pelos rios e caçarem e pescarem. No ano passado, a Polícia Florestal esteve aqui na região do Guariba e afundou as canoinhas dos moradores porque eles não tinham autorização para pesca. Claro, foi um caso isolado, talvez um policial cheio de idealismo com os peixes. Mas essa é uma mentalidade que vem aumentando. Mate um brasileiro, para salvar uma árvore, ou deixe uma criança com fome para salvar o peixe.

A fazenda se estendia ao longo do rio Roosevelt e Jorge tinha mandado a voadeira ir buscá-los no córrego do Duelo, um afluente distante dez quilômetros da sede. Os vaqueiros trariam os cavalos de volta e, assim, iam saborear o entardecer com o sol refletindo nas águas do Roosevelt. Ver a esteira de ondas que vai ficando para trás era melhor que o sacolejo duro dos burros. Naquela região, onde o serviço é pesado e o animal precisa andar longas distâncias todos os dias, não se pode pensar em cavalos de passo macio, das raças Mangalarga ou Campolina. Era serviço para burros.

Quando passaram em frente do Chuvisco, contou ao tenente o episódio da tentativa de assassinato que ele e a capitã tiveram.

– Puxa! E eu nem estava por aqui, hein! Que perigo vocês correram!

Maurício contou-lhe que provavelmente essa tal Ordem dos Templários possa ter atrapalhado os planos dos assassinos.

"Estranho que a irmã Tereza tivesse aquele livro sobre os fortes. O general não ia pedir para ela visitá-los. Isso parece que estava reservado para mim. Nunca antes ela tinha mostrado interesse em fortalezas portuguesas na Amazônia", não deixava de pensar.

A voadeira desceu a corredeira e fez uma larga curva para encostar no barranco, onde foi amarrada no pequeno píer da Buritizal.

O dia foi exaustivo. A viagem de avião de Porto Velho até a fazenda, o almoço e logo em seguida a cavalgada, que demorou umas quatro horas.

Jorge manteve seus camaradas distribuídos perto da sede e pela margem do rio, com walk-talk, lanternas e bem armados.

42

O embaixador não tinha tido antes um contato tão direto com a CIA como estava tendo agora. Não era apenas o serviço diplomático que sustentava a grandeza do seu país. A eficiência da informação o estava contagiando a cada vez que o diretor lhe dava novas informações.

O diretor falava com a normalidade de quem tinha assistido a um filme.

– Por sorte, a mulher, que é uma capitã a serviço da Abin, que tinha retornado a Brasília no dia anterior, saiu bem cedo num jato da Força Aérea Brasileira para o Forte Coimbra, em Corumbá. Um avião Sêneca chegou logo em seguida com os dois. Depois de uma hora mais ou menos, a capitã voltou para Brasília e eles seguiram de carro até a Bolívia, tomaram avião para Lima, no Peru, e depois retornaram para Manaus, de onde seguiram para Porto Velho, onde o avião do homem da Receita, os esperava. Eles estão hoje à margem do rio Roosevelt na fazenda desse último.

O embaixador não conhecia o diretor do Serviço de Inteligência da CIA, mas parece que ele sabia trabalhar. Alguma coisa no entanto estava faltando. Parece que o outro terminou o relato, sem muita convicção.

Achou melhor insistir.

– Admitindo que essas mensagens sejam realmente falsas, com que propósito o senhor acha que elas foram enviadas?

Do outro lado da linha, o diretor começou a perceber que estava lidando com um homem perspicaz. Ficou mais satisfeito. Tinha receios de diplomatas, muito cultos, muito literatos, muito políticos – e muito confusos. Esse parecia ser exceção.

– Desmoralizar os militares brasileiros.

– O senhor pressupõe então a existência de outro plano de ação que nós desconhecemos?

– Essa é a conclusão. Existe um plano de ação para a proclamação da República da Amazônia e, quando esse plano for posto em prática, os militares poderão já estar desmoralizados por terem se envolvido numa farsa.

O agente do FBI olhava atento para o embaixador, que já estava tenso, mas procurava manter o controle da situação e conseguir dados mais específicos.

– Pelo que estou entendendo, os senhores nada sabem ainda a respeito do plano real, verdadeiro, se é que existe. Estou certo?

O outro esperou uns segundos para responder. Não queria confessar que, apesar de todo o aparato que a NSA e a CIA dominavam, eles estavam sendo surpreendidos.

– Estamos trabalhando. Não temos ainda registros ou informações que possam ser traduzidos como um plano de ação. As únicas mensagens são essas e elas estão em código inadequado para uma ação de tais proporções.

Havia lógica e segurança na maneira como o diretor estava falando. Mas alguma coisa estava errada em tudo aquilo. Afinal, se esse grupo dispõe de organização para montar uma armadilha dessas para as Forças Armadas Brasileiras e nas barbas dos serviços de segurança dos Estados Unidos, eles devem estar espalhados em várias instituições e contando também com outros grupos de apoio. Se isso é verdade, a falha dos serviços secretos americanos foi grande.

– Embaixador, posso imaginar o que o senhor está pensando. Talvez tenhamos cometido algumas falhas, mas o senhor há de convir que esse pessoal escolheu o momento próprio para isso.

– Entendo. Enquanto estamos inteiramente voltados para o Iraque, o Irã, a Síria, a Palestina e o preço do petróleo, eles começaram a agir onde menos esperávamos. Mas não acredito que o senhor não tenha outra informação para passar. Por exemplo, sobre aqueles três. Eles devem saber alguma coisa que estão escondendo de nós porque os deixamos desconfiados no momento inadequado. Concorda?

O outro sabia que o embaixador falava ainda de Juína e respondeu:

– Bom, o fato é que nós também estamos curiosos para saber se os militares brasileiros vão cair nessa armadilha. E é aí que entra o caso de Juína. Era uma tentativa de saber alguma coisa, mas houve erro ou precipitação.

O agente do FBI sorriu satisfeito e o embaixador não deu tempo ao outro lado:

– O senhor quer dizer que estava testando o Exército brasileiro num assunto tão sério?

– Não diria que estamos fazendo teste. Na verdade, acho que essa organização é que estava testando o governo brasileiro. Veja o senhor o seguinte: se os órgãos de informação não conseguiram decifrar esse código, então o governo não sabe do plano. Se no entanto os órgãos de inteligência do governo decifraram o código, é de se pressupor que haverá movimento de tropas.

– E se decifraram o código e não houver o movimento de tropas? Ou, então, está me ocorrendo que o Exército brasileiro pode também simular um movimento de tropas. Vendo por esse lado otimista, se o Exército brasileiro fingir que caiu na armadilha, quais os passos seguintes, na sua visão?

O homem do FBI estava gostando do raciocínio rápido do embaixador.

Ele estava cada vez mais tenso, começava a suar e chegou a pegar o lenço para secar a testa. Tinha uns 50 anos, mas em alguns minutos de conversa com a CIA parecia dez anos mais velho. O rosto mostrava rugas que se escondiam quando estava alegre e disposto.

O diretor procurou ser prudente.

– Existe outro assunto que nos interessou e isso pode ser um caminho novo. Quando o general Ribeiro de Castro convocou esse homem da Receita, nós aqui ficamos intrigados. Por que convocar um agente da Receita Federal?

– Também achei interessante essa iniciativa do general Ribeiro de Castro. O que a Receita Federal pode fazer num caso de espionagem como esse?

– A informação, embaixador, a informação. Aquele general sabia o que estava fazendo. Aliciou um homem preparado e que podia tirar informações dos computadores da Receita, sem ele ter de pedi-las oficialmente. Desde que aceitou a missão, ele vem fazendo levantamentos para identificar pessoas suspeitas.

Aquilo era novidade. Começou a achar que a CIA servia para alguma coisa.

– E como ele consegue essas informações?

– Não é difícil. Com uma senha de entrada no sistema, ele consegue o que quer. Pode não ser muito legítimo, mas é assunto de segurança nacional e o senhor sabe muito bem que, quando se trata de segurança de Estado, não se pode fazer nada oficial, porque é dar armas ao inimigo.

– Entendo. E, pelo que o senhor disse, algumas pessoas podem desde já ser investigadas.

– Estamos confirmando isso e lhe informaremos assim que tivermos certeza.

O embaixador pensou um pouco. Alguma coisa estava faltando. Havia um espaço ilógico em toda aquela conversa.

– E existe alguma coisa que o senhor acha que podemos fazer por aqui?

– Nem tudo a informática resolve. Acho importante acompanhar de perto o que esse Maurício está fazendo.

– O senhor sugere que mande alguém ficar perto desse homem?

– É nisso que estou pensando. O senhor já ouviu falar do "Spytic", um minúsculo aparelho, na verdade um chip que é implantado na orelha e pode ser ligado e desligado no relógio de pulso? Esse chip serve para muitas coisas, inclusive ampliar sons e decodificar conversas. É a mais nova invenção do FBI. Pergunte ao agente que está à sua frente, ouvindo a nossa conversa. Ele é o homem indicado para esse serviço.

O embaixador olhou estupefato para o agente do FBI. Este apenas sorriu

Despediram-se e combinaram outro telefonema para algumas conclusões.

43

Foram deitar-se lá pelas nove horas, porque estavam cansados e tensos, mas antes Maurício mostrou ao tenente as armas que haviam encontrado no Chuvisco. Ele ficou impressionado com o morteiro e com o rifle, que não conhecia.

Apesar de cansado, teve dificuldade para dormir. Eram muitos os acontecimentos para um professor de legislação tributária. A morte do general, aquela esquisitice da Confraria, os atentados que sofreu, o esforço da decifração do código, o envolvimento de FBI e CIA em sua vida, nada daquilo era o de que precisava.

Não entendia a situação da irmã Tereza. Não sabia que a irmã tinha ficado doente, conforme a mulher lhe disse quando visitou a associação dos seringueiros naquele dia do assassinato no Chuvisco. Mas também, como ia saber? Às vezes ficava mais de três meses sem sair de São Paulo. Agora, a capitã Fernanda disse que ela desapareceu de Brasília.

O sono foi tumultuado. Num certo momento, teve a impressão de que alguém bateu na janela do quarto. Ficou em silêncio, sem se mover na cama, imaginando se teria sonhado ou tinha mesmo ouvido o barulho. Passou a mão por baixo do travesseiro e pegou o revólver.

O curral ficava a cem metros da casa e uma parte do gado ainda estava recolhida para ser vacinado logo cedo. Ouvira barulho de madrugada e chegara a levantar-se para tomar água. Havia olhado atentamente a outra margem do rio e voltara a deitar-se.

"Será mesmo que ouvi algum barulho?"

Aguardava em silêncio, quando Jorge falou junto à janela:

- Doutor, a onça pegou um bezerro no curral. O cavalo do senhor está arreado. O senhor vem?

Pulou da cama.

– Onça no curral?

– Pois é, doutor. O Wagner ouviu barulho do gado e foi ver o que era. Ele pensava que o gado estava solto. A onça entrou no curral e pegou o bezerro de uma vaca leiteira. Ela devia estar com muita fome para vir até perto da casa. Aqui nunca aconteceu isso.

Ainda estava escuro. Era preciso aguardar um pouco até clarear o dia. Levantou-se e, ao sair do quarto, viu o tenente já preparado e com a arma na mão.

– Ouvi barulho e acordei. Parece que vamos ter uma caçada de onça. Sempre quis participar de uma caçada dessas, assim ao vivo. Ajudei a pegar uma onça que escapou do zoológico uma vez, mas não teve muita graça. Posso ir junto?

– Claro – respondeu Maurício. – Eu mesmo só fui duas vezes. Vale a pena. É uma caçada desafiadora. Não tem retorno. Ou a gente ou o bicho morre.

A empregada chegou logo depois e o café quente era reconfortante. Pegou uma boa xícara e ficou andando pela varanda. Um pouco de ação não iria fazer mal. Andava tenso e precisava recuperar o sangue-frio.

"E se não for onça?" Afastou essa hipótese porque os empregados estavam no curral há várias horas e, se fosse outra coisa, teriam notado.

A fazenda tinha onze cachorros caçadores de onça. Entre eles, havia pelo menos uns seis que estavam bem treinados.

O tenente aproximou-se também com uma xícara de café e comentou:

– A lei deveria permitir caçar de vez em quando, o senhor não acha? Lá em Brasília a onça é considerada um animal em extinção. Mas nessa floresta imensa devem existir milhões de onças, não é verdade?

– Entre a lei e a realidade a distância é longa. Nós aqui temos um acordo com as onças. É proibido caçá-las, desde que elas não ataquem os animais. Enquanto elas permanecerem vivendo do seu meio, elas não são importunadas. Entretanto, se alguma delas começar a matar os bezerros, é preciso afastá-la do nosso convívio. O bezerro é um animal indefeso e fica cercado no pasto. Ao cercar os pastos, nós facilitamos para a onça. Às vezes a vaca investe contra ela e defende a sua cria. Na maioria das vezes, a onça leva vantagem.

– Mas a onça não ataca também a vaca?

– É difícil enfrentar uma vaca enfurecida. O chifre, o coice, e com o barulho que faz, as outras vacas mugem, a onça às vezes se assusta e sai atrás de presa mais fácil. Quando ela pega um bezerro, costuma arrastá-lo para lugar seguro. Come a metade e cobre o resto para mais tarde. Os urubus às vezes descobrem a carniça, e quando a onça volta, não encontra mais o que comer. Ela vai então atrás de outro bezerro e, quando acha que é fácil, deixa de comer a carne e passa a chupar o sangue no pescoço, abandonando o resto. O prejuízo da fazenda é grande nesses casos.

– E como controlar isso?

– Quando se descobre o lugar onde a onça deixou o resto da sua presa, vale a pena ter paciência e esperar pela sua volta, em cima de alguma árvore. Prepara-se uma jaula, que é como um engradado em cima da árvore e espera-se até o anoitecer. A onça acaba voltando e o caçador tem a oportunidade de se livrar dela. Muitas vezes, porém, ela continua o seu caminho e vai atravessando os pastos, pode matar algum bezerro, mas segue em frente.

– O senhor acha que essa onça é uma dessas que vão embora?

– Acho que não. Com os problemas que estamos tendo nesses dias, os vaqueiros não estão percorrendo os pastos e essa onça está se banqueteando.

– O governo devia pagar esses prejuízos. Afinal, se a onça é tratada como um bem público, o poder público devia se responsabilizar pelos danos que a onça causa, o senhor não acha?

– Poderiam criar estações de caça, em locais próprios e nas épocas certas. As propriedades que tivessem animais selvagens em suas terras cobrariam por essas temporadas. O prejuízo que esses animais podem causar seria compensado com uma receita de caça. Do jeito que está hoje, vai ser muito tarde quando quiserem incentivar a proliferação dessas espécies.

– O senhor quer dizer que os próprios proprietários teriam interesse em preservar os animais, a fim de terem uma renda com essas temporadas? Não tinha pensado nisso. Obviamente o governo cobraria taxas de licença e com isso teria também receita para uma boa fiscalização. Afinal, caçador é gente que pode pagar.

– Bom, se o presidente americano Theodore Roosevelt teve o direito de matar duas mil e quinhentas espécies...

Clareou o dia. O curral não ficava longe. A onça tinha pegado o bezerro no pequeno cercado que era feito para ele passar a noite preso e não esgotar o leite da vaca. O bezerro fica com a mãe durante o dia, quando mama à vontade. À noite, porém, é separado para que no dia seguinte haja leite para o consumo da fazenda e dos beiradeiros vizinhos que chegam com as suas canoinhas para buscar um pouco de leite para as suas crianças.

Ela havia entrado no curral, passado por baixo das tábuas da cerca e agarrado o bezerrinho. Havia sinais de que a vaca havia tentado salvá-lo. A onça, porém, o arrastara, andando de fasto, para se proteger contra as vacas e touros maiores que tinham feito todo o barulho que ele ouvira de madrugada. Por isso os cachorros estavam demorando para sentir o cheiro do animal. Ela arrastara o bezerro por cima de seus passos e o cheiro do bezerro atrapalhava os cachorros.

A vaca berrava tristemente olhando na direção para onde a onça arrastara o seu filhote. Não deixava de ser interessante notar que ela sentia a tristeza de ter perdido a sua cria, enquanto muitas mães abandonam seus filhos em cestos de lixo.

Não se vai atrás de uma onça sem cachorros treinados. São orelhudos, pardos, malhados, de orelha comprida, desajeitados e feios. Esses cachorros pegam o rastro da onça pelo faro e saem disparados até encontrá-la. Chegam perto dela e ficam uivando como lobos, deixando a onça meio zonza. O caçador pode atirar de três metros de distância.

Jorge atiçava os cachorros, que corriam de um lado para outro. Uma cachorra mais velha e esperta levava no pescoço uma sineta. Era a mestra, chamava-se Diana e já tinha ensinado vários filhotes.

Os cachorros estavam perdidos. Ganiam, latiam, corriam de um lado para outro, enquanto Jorge atiçava: "Isque, isque, isque", excitando os cães. Num determinado momento, um cachorro latiu mais alto e ficou correndo de um canto a outro desesperado. Em seguida saiu em disparada, latindo, os outros atrás dele. Jorge esporeou o cavalo e gritou para o seguirem.

Galoparam atrás dos cachorros que já tinham descoberto a onça e corriam atrás dela ganindo estridentemente. A onça dirigiu-se para uma área de pastos mais sujos, onde certamente tinha feito o seu acampamento e dali saía para pegar os bezerros. A quiçaça ali era alta, formando uma juquira cerrada e cheia de arranha-gatos. Os cavalos não estavam ajudando. Jorge pulou do animal e eles fizeram o mesmo.

Correram a pé na direção dos latidos e com o revólver na mão. Numa caçada dessas, em que se corre atrás de cachorros seguindo onça, o mais prático é levar armas de cano curto, que não atrapalham a corrida. Entraram por meio de moitas, arrastaram-se sobre espinheiros e formigueiros, orientados pelos latidos que se perdiam na distância. Era mais fácil para os pequenos animais correrem no meio daquela quiçaça com espinhos, formigas e abelhas.

Os latidos foram ficando mais fortes. Jorge estava na frente e gritou que os cachorros tinham acuado a onça. Se não chegassem logo, a onça podia matar um deles. Logo adiante acabou a quiçaça e começava a floresta. A onça estava empoleirada no galho de uma árvore e olhava para baixo, imóvel. Um vaqueiro ainda jovem tinha chegado na frente, junto com os cachorros. Era um mulato meio índio com prática de correr por aqueles matos e, quando chegaram, ele estava com a cartucheira apontando para o animal, mas deixava para o patrão o privilégio do tiro.

Jorge estava tão excitado quanto os cachorros. Caçar onça era o seu esporte preferido. Dizia que nesse esporte não era só a caça que morria. Era comum morrer algum cachorro e, se o caçador não fosse bom, morria também. Onça ferida perde o medo dos cachorros. Avança sobre eles e enfrenta o atirador. Mas, dizia ele, enquanto tivesse um cachorro vivo ele não tinha medo da onça, porque ela só se preocupava com o cachorro.

Era uma onça parda, das grandes. O espetáculo era bonito de ver. O céu começava a se colorir com o nascer do sol e a imagem do felino se projetava majestosamente por entre as folhas da árvore.

Jorge olhou para Maurício, que apontou para o sargento. O administrador estendeu-lhe uma pistola de cano longo e explicou, dando risada:

— O doutor não deixa matar. Esta pistola tem balas tranqüilizantes. É melhor o senhor atirar logo, porque se a onça descer não vai dar tempo de ela perder os sentidos e pode atacar os cachorros.

Maurício explicou:

— Atire na paleta, é mais fácil de acertar e ela não terá como fugir, mas atire logo porque parece que está descendo para enfrentar os cachorros.

O tenente levantou a arma que lhe fora entregue e atirou. O animal sentiu o tiro, assustou-se e tentou passar para outra árvore, cujos galhos se entrelaçavam com os galhos da árvore onde estava, mas, enquanto estudava para que lado ir, adormeceu e caiu. Os cachorros correram furiosos para cima dela e não foi fácil tirá-los de lá.

O tenente se aproximou e ficou admirando aquele animal que os empregados amarravam com cordas. Estava feliz por não o terem matado, mas não gostara de ter sido enganado. A cada dia entendia menos esse tal de dr. Maurício.

Retomaram o caminho de volta para a sede, desviando-se da macega que tinham atravessado antes e que os tinha deixado com arranhões por todo o corpo. Os empregados agora estavam levando a onça, com um pau enfiado entre as cordas para lugar distante no meio do mato. Doses suplementares de tranqüilizantes iam permitir que soltassem as amarras da onça, sem perigo para eles. Essa, com certeza, não voltaria à Buritizal.

Já eram sete horas da manhã quando se aproximaram do curral e viram o barqueiro chegando. Ele morava do outro lado do rio e todos os dias vinha com a voadeira e trazia seus dois filhos e as crianças do seu cunhado, que morava perto dele.

Ultimamente Maurício prestava atenção a todos os detalhes que fugiam da normalidade. Sabia que a sua vida podia depender de alguma coisa sem importância e que lhe passasse despercebida.

— Me diga uma coisa Jorge, as crianças do Zelão não estão vindo às aulas?

— É!... Ontem também ele não trouxe as crianças, nem as dele nem a menina do Goiano. Perguntei por elas e ele me pareceu preocupado. Perguntei se ele gostaria que a minha mulher fosse lá ver se podia ajudar em alguma coisa. Ela foi enfermeira antes de mudarmos para cá e sempre que as crianças da escola ficam doentes, eles querem que a minha mulher vá levar remédios. Achei estranho quando ele disse que não precisava.

Maurício pensou um pouco e perguntou:

— E ele pareceu assustado? Quero dizer: você chegou a notar se ele ficou com medo de alguém ir lá?

Jorge franziu a testa. Fez um esforço de memória.

— Parece que respondeu muito depressa que não precisava não. Estava meio estranho. Na hora não dei importância. O senhor quer que...

— Não, não. Nem comente nada. Tive a impressão de ver luz acesa do outro lado do rio, quando me levantei nesta madrugada. Era muito cedo para ele estar acordado. Agora com essa história de ele não trazer as crianças... Mantenha os cavalos prontos para sairmos. Vamos dar um pulo até o Panelas.

O piloto estava na varanda da casa querendo saber da caçada. Não teve coragem de ir junto porque sabia que essas caçadas exigem preparo físico e ele estava sem treino para corridas.

— Comandante, me faça um favor. Vá ao rádio e dê um recado à sua mulher. Diga para ela que aqui está tudo bem. Pode dizer que amanhã a gente volta para Cuiabá. Mas faça isso agora.

O piloto entendeu logo que aquilo era uma mensagem. Que tipo de mensagem ele não sabia, mas certamente o recado não era para a sua mulher. A fala pelo rádio devia estar sendo monitorada.

Logo depois, os três saíram em direção ao córrego Panelas, que era a divisa no extremo sul da fazenda. Levavam apenas os revólveres, um cantil com água e algumas frutas. Tinham saído como se fossem voltar para o almoço que Maurício mandou preparar, e avisou que iam chegar depois do meio-dia.

Os três cavaleiros tomaram a direção do córrego. Cavalgavam sem pressa e iam conversando como se estivessem estudando os pastos, vendo cercas e contemplando a paisagem. A neblina que se formava durante a noite nas duas margens do rio umedecia o solo e mantinha as pastagens durante a seca.

Maurício olhava satisfeito para aqueles campos de capim. Foram anos de trabalho, mas agora a sua fazenda estava pronta, organizada, produtiva. Era enfim a realização do sonho de tantos anos de sacrifício, despesa e trabalho. Uma leve tristeza invadiu sua alma e lembrou aqueles tempos em que sonhava viver ali com a companheira que hoje não existia mais.

Jorge ia na frente para abrir as porteiras e o tenente aproximou-se. Despertou então para a realidade que estava vivendo e acabando com os seus sonhos. Foram se aproximando do retiro do Panelas. Já tinham andado mais de duas horas. Uma casa de madeira, bem construída e pintada com cores alegres como era costume na região, um grande curral e outras instalações bem cuidadas indicavam que ali morava gente que tinha gosto pelo trabalho.

Um vaqueiro moreno e seu filho, já moço e alto, apareceram e Jorge pediu que eles os acompanhassem.

Após esse retiro, uma pastagem formada de humidícola, tipo de braquiária que resiste a terrenos alagados, cobria a várzea que ligava as margens do Roosevelt com o Panelas.

Atravessaram os campos de humidícola, que na época da seca parece um grande arrozal amarelado, e chegaram até os arbustos que cobriam a margem direita do igarapé. O cipoal, misturado com vegetação de folhagens encrespadas e típica de margens de rio que ficam alagadas durante as chuvas, era largo e denso.

Desceram dos animais e Jorge se dirigiu a uma moita mais cerrada e longa, junto com os dois vaqueiros. Tinha levado um facão grande para ir cortando a ramagem. O facão era companheiro indispensável e cada peão devia ter o seu. Foram abrindo caminho e logo depois voltaram arrastando uma voadeira.

Voltaram mais algumas vezes para o mesmo lugar para trazer o motor, óleo dois tempos para misturar com a gasolina e dois galões de combustível. Um último vaqueiro veio com as mochilas que os dois haviam trazido desde Cáceres.

O tenente ficou surpreso:

– Pensei que ontem, quando chegamos, a empregada havia pegado minhas roupas para lavar. Posso imaginar que não vamos voltar para a fazenda.

Maurício explicou que mandou trazer as mochilas durante a noite, na voadeira, por precaução e felizmente acertara. Lá na sede, ele tinha roupa de sobra e com tamanhos diferentes, que amigos às vezes deixavam quando vinham pescar. Entretanto, se precisassem sair às escondidas, era bom estar prevenido. A capitã não tivera tempo de aumentar a segurança como planejava, e havia o risco de alguém chegar antes.

– E o senhor ficou impressionado porque coloquei a viatura protegendo o seu hotel em Brasília – disse o tenente, como se elogiasse as providências tomadas.

– Nós vamos trocar de roupa e os dois vaqueiros vão voltar com o Jorge, vestidos com as nossas roupas e nossos chapéus. Nós vamos tomar outro rumo.

– De voadeira? Nesse rio? E a cachoeira ali na frente? Daqui estou escutando o barulho dela.

Jorge riu e disse:

– O único ponto mais perigoso é a cachoeira. Eu e o doutor já passamos por ela várias vezes. O melhor lugar para pescar pacu com vara é depois da cachoeira. O rio é largo e manso. Os pacus ficam perto da margem comendo as frutinhas que caem da vegetação do barranco. Costumamos pescar por lá e portanto não precisa se preocupar. Vou passar vocês na cachoeira e volto a pé, pela margem do rio, sem que ninguém me veja. Daí para a frente o rio é amigo do doutor.

Jorge misturou o óleo na gasolina, abasteceu o tanque com um galão e deixou o outro dentro do barco.

Não era bem uma cachoeira. Era porém uma das corredeiras mais fortes do rio Roosevelt, que se formava logo após receber as águas do Panelas, e nunca deixavam de usar os coletes salva-vidas.

Jorge foi tomando o lado esquerdo, desviando das pedras e procurando o canal por onde descia o maior volume de águas. A voadeira balançava e avançava contra as ondas que as águas criavam nos lugares mais acidentados. Quando batia numa onda mais forte, levantava a frente e dava a impressão de que podia virar.

Foi conduzindo com habilidade e logo mais adiante apareceu o canal onde as águas se avolumavam e faziam barulho ensurdecedor. A correnteza puxava a voadeira rio abaixo e ela ganhava velocidade. O tenente começou a ficar preocupado. Segurava as duas bordas de alumínio com firmeza, pois parecia que ia ser cuspido do barco.

Foram momentos de tensão, não tanto para Maurício que já conhecia cada um daqueles movimentos, mas até ele respirou aliviado quando a voadeira saiu daquela correnteza estreita e forte onde o consumo de adrenalina é maior do que o de combustível.

– Arre! – gritou o tenente. – Pensei que não ia mais ver a capitã.

Jorge foi se aproximando da margem, onde encostou o barco. Depois de algumas instruções, saiu do barco e Maurício foi para o banco de trás e tomou o leme. A voadeira foi descendo o rio com mais velocidade. O Roosevelt se alongava como um corredor de águas calmas. Era largo, bonito, com floresta densa em ambas as margens, e o barulho da voadeira escondeu o ronco do motor de um avião Bonanza, monomotor, que ia se aproximando.

O avião passou por eles e ficou no campo de visão de Maurício que balançou a cabeça com um sorriso de concordância.

"Essa capitã é de uma precisão nuclear", pensou.

O sinal do telefone despertou o embaixador de suas costumeiras divagações. Era de novo o aparelho codificado para que as conversas não fossem compreendidas.

"Coisas maravilhosas do mundo moderno", pensou enquanto pegava o aparelho. "Como conseguiram inventar um sistema de comunicações em que as frases são desmanchadas em toda a extensão da linha e as palavras chegam dispersas no aparelho de destino, sendo transmitidas para outro aparelho onde são reorganizadas, de modo que a escuta da conversa não leva a nada?"

– Bom dia, senhor diretor. Como vai? Algo novo?

– Bom dia, embaixador. Sim, temos algo novo. Temos uma situação de emergência.

– Mas, o que houve agora?

– Nós acompanhamos todos os passos deles até a fazenda na beira do Roosevelt, conforme meu último telefonema. Hoje de manhã, detectamos uma comunicação fora de padrão, emitida pelo rádio da fazenda, e logo em seguida eles saíram a cavalo, andaram uns vinte quilômetros e continuaram pelo rio Roosevelt, parando numa pista de pouso aproximadamente cinqüenta quilômetros abaixo.

O embaixador estava inquieto.

– Desculpe diretor, mas qual é a emergência?

– Aquela comunicação era uma mensagem. Logo em seguida um avião Bonanza saiu do aeroporto de Cuiabá e se dirigiu para a pista, onde pegou os dois. Aí é que vem a situação de perigo. Parece que neste momento estão se dirigindo para a cidade de Manaus.

– E então?

– Faz tempo que estamos atrás de um grupo de terroristas profissionais de elevado risco. Sabemos que eles vêm mantendo contato com um alemão chamado Franz Sauer, que já foi identificado pelo homem da Receita como um dos prováveis cabeças dessa conspiração. Esses assassinos estão em Belém.

O embaixador pareceu confuso.

– Belém? Franz Sauer? Então eles já identificaram um suspeito? O senhor pode explicar melhor? – perguntou o embaixador, sem esconder o nervosismo.

– Esse Maurício pode estar indo atrás do Sauer. Deve estar fazendo esse desvio por Manaus, mas cairá em Belém. Ele descobriu que esse alemão freqüenta um órgão do governo chamado Sudam, cuja sede é em Belém, mas não sabe que o alemão contratou profissionais especializados, de fora do país, para eliminá-los.

– É difícil compreender que uma organização de tal nível se preocupe tanto com esses dois, não sei se o senhor me entende, mas eles já foram alvo de vários atentados.

O outro talvez tivesse entendido, mas preferiu continuar a sua dissertação didática, sem entrar no campo das conjeturas.

– O grupo de assassinos contratado por esse Sauer não é um grupo comum. É uma verdadeira organização composta de vários grupos. Quem está no comando em Belém é um dos chefes da organização. Por sinal, é brasileiro. O pai era capitão do Exército, um médico que se recusou a assinar atestado de óbito de um guerrilheiro que morreu sob tortura e parece que, por esse motivo, ele próprio acabou sendo vítima da revolução. A mãe ficou abatida e doente. Morreu de câncer logo depois. O rapaz era filho único, revoltou-se contra o regime militar e se incorporou a grupos de guerrilha. Mais tarde saiu do Brasil e teve participação na OLP, no Iraque, na Chechênia, Bósnia e outros.

— E agora ele está de volta ao Brasil. O bom filho à casa torna.

O diretor esperou um pouco para assimilar a impressão de que o embaixador não estava entendendo a gravidade do momento e acrescentou:

— Embaixador, desculpe insistir, mas esses assassinos são muito organizados. Faz tempo que estamos tentando pegá-los e ainda não conseguimos. Estamos agora com uma estratégia que pode funcionar, mas é preciso evitar que eles cheguem a esses dois que estão caindo na malha deles.

O embaixador compreendeu o perigo e ficou de repente inquieto.

— O senhor disse que eles fizeram um chamado em código e depois saíram da fazenda em um Bonanza?

— Sei o que o senhor quer dizer. É bem possível que eles tivessem notado alguma coisa estranha e aproveitaram para sair da fazenda, disfarçadamente.

— E o restante desse grupo de assassinos? – perguntou o embaixador.

— Existe uma mulher que trabalhava para a KGB. É procurada em vários países. Faz aproximadamente um ano que não se tem notícia dela. Já participou de diversos atentados, é uma assassina fria que sente prazer em ouvir os gritos de dor das suas vítimas. Os outros dois são do mesmo nível.

— Então, esses assassinos estariam em Belém, esperando por eles?

— Temos informação de que já chegaram a Belém e esperam por esse Franz Sauer.

— E a saída deles da fazenda, assim de forma dissimulada, seria porque pressentiram algum perigo?

— É outro ponto intrigante. Eles saíram da sede da fazenda a cavalo, trocaram de roupa, pegaram a voadeira. Um deles, presumivelmente o administrador, ajudou-os a passar por uma corredeira forte e depois foi até a casa de um morador local, que o levou até onde estavam os cavalos. Lá os dois vaqueiros vestiram as roupas do tenente e desse Maurício e então voltaram para a sede. Ainda não chegaram à sede. Com certeza estão esperando ficar mais escuro para dificultar a identificação.

O embaixador olhou para o agente do FBI, que estava quieto na sua frente.

— Nossos satélites fotografaram com precisão a mudança de roupa. Se eles quisessem fazer alguma coisa para dificultar a identificação, teriam trocado de roupa no meio do mato, que os encobriria. Parece, no entanto, que sabiam que estavam sendo controlados pelo satélite e nos queriam mandar um recado.

– O senhor acha que eles estavam praticamente nos informando de que iam sair de lá camuflados?

– Sem dúvida. Colocando-me no lugar deles, acreditaria que, se eu estivesse sendo vigiado por algum bandido, perto da sede da fazenda, eles poderiam ser enganados pelos vaqueiros com os quais fizeram a troca de roupa. Então, acho que eles queriam enganar quem os estivesse vigiando na sede, para poderem sair disfarçadamente, e, se estavam nessa dissimulação e ainda assim trocaram de roupa às claras, sabendo que poderíamos estar a observá-los, é porque nos estavam enviando uma mensagem.

– Então, pelo que o senhor está dizendo, eles estão indo direto para a morte.

– Estão enfrentando risco desconhecido. Não sabem, porque não tinham como saber, que o Franz se antecipou e contratou esses mercenários.

– Mas estão tomando precauções. Não quiseram sair no avião desse Maurício – disse o embaixador.

– Pois é. O avião Sêneca ficou na fazenda. Preferiram mudar de avião, deixando a impressão de que vão passar a noite por lá. Continuaremos vigiando para saber se esse avião fica na fazenda ou que rumo toma.

– De fato, se sabem, ou mesmo, se desconfiam de que estão sendo seguidos pelo satélite e trocaram de roupa a céu aberto, deixando clara a camuflagem, tenho de concordar com o senhor. Estão pedindo ajuda. Podem não saber a respeito dos assassinos, mas estão pressentindo o perigo.

O diretor não fez comentários. O leve tom de respeito que sentira na voz do embaixador foi confirmado em seguida.

– Muito bom. Bom mesmo, senhor diretor, é o seu campo agora.

Não gostou do tom educado demais da sua voz que poderia dar a impressão de que estava transferindo responsabilidade, mas o outro parece que percebeu o momento de fraqueza e foi elegante.

– Estamos aqui para ajudá-lo a cumprir essa missão. Nós já tomamos algumas iniciativas que não dependem e nem devem depender do senhor. Estamos todos alertas e à sua disposição.

O embaixador procurou pensar rápido. O momento não era de fraquezas ou dúvidas. O outro lado, fosse lá quem fosse, estava agindo com rapidez.

– Diretor, preciso achar esses dois. O senhor me mantenha informado dia e noite. Hoje todo o território da Amazônia deve ser considerado terreno minado. Se o que estamos pensando a respeito dessa independência é verdadeiro, muita gente na região já faz parte dos conspiradores.

– Também pensamos assim. E, se isso facilita, um Learjet, fabricado pela Bombardier, pertencente à Mineradora Krieger & Koster está pronto para sair. O avião vai vazio para trazer de volta a diretoria que foi até a sede da Sudam. Se o seu agente... Bem, acho que o senhor entendeu.

O embaixador ficou surpreso com a rapidez das conclusões e das iniciativas tomadas pela CIA.

– Estupendo. Gostaria que a embaixada tivesse uma equipe assim. Acho que a NSA vai acompanhar um Bombardier chegando a Belém ainda hoje.

45

Diz a lenda que as índias icamiabas habitavam as terras localizadas perto das nascentes do rio Nhamundá. Existia ali um lago denominado Espelho da Lua, ou Iaci-uaruá, onde todos os anos as índias icamiabas realizavam a Festa de Iaci e lhe ofereciam um talismã retirado do fundo do lago Iaci-uaruá.

A festa durava vários dias, quando então as icamiabas recebiam os índios guacaris, que era a tribo mais próxima, e mantinham com eles relações sexuais.

Os filhos masculinos que nascessem dessa união eram sacrificados, sobrevivendo apenas os que fossem do sexo feminino. Pouco antes da meia-noite, mas depois do acasalamento, as índias mergulhavam no fundo do lago e retiravam de lá um precioso amuleto chamado muiraquitã, de cor esverdeada, que lhes era entregue, por Iaci, a Mãe das Águas, ainda mole, no formato que elas escolhessem. Quando elas voltavam à superfície, o talismã petrificava em contato com o ar.

Cada uma então presenteava o índio, com o qual tinha acasalado, com esse talismã, que tinha poderes mágicos.

Alguns desses artefatos estão espalhados pelos principais museus do mundo e também no museu de Santarém, no Pará, perto de onde habitavam as icambiadas. A pedra talvez seja classificada como jade ou nefrite, e os índios costumavam trazer o amuleto pendurado ao pescoço. É possível que as amazonas tenham se refugiado mais ao norte para fugir dos colonizadores, porém não foram mais encontradas. O amuleto de pedra verde continuou a ser fabricado pela tribo dos índios Uaboí, que também habitam a região de Nhamundá.

A lenda das mulheres guerreiras ou amazonas pode ter nascido na batalha de Termodonte, quando os gregos enfrentaram um exército de mulheres.

Para melhor manejarem o arco, as flechas e as lanças, elas queimariam ou cortariam, na puberdade, o seio direito. A palavra amazonas tem origem no grego, no qual o prefixo de negação "a" vem seguido da palavra "mazós" que significa peito. Daí "a-mazós", ou mulheres sem peito.

Francisco Orellana passou para a história como o primeiro homem branco a percorrer o rio Amazonas. Depois de granjear respeito na luta contra os incas, juntou-se a Francisco Pizarro, em Quito, para outra expedição que tinha por finalidade a busca do Eldorado.

Desencontrou-se porém de Pizarro e, com um pequeno navio construído na selva, chegou até o rio Napo, o qual desceu navegando até uma grande embocadura, que era a confluência do Napo com o rio Amazonas. Frei Gaspar de Carvajal acompanhava a expedição e relatou a viagem de Orellana, denominando inicialmente o rio Amazonas de "Mar Dulce".

Depois, impressionado por terem sido atacados por mulheres com arco, flecha e lanças, frei Carbajal as comparou às lendárias amazonas da mitologia grega e chegou mesmo a escrever que elas queimavam o seio direito para ter mais facilidade no manejo das armas.

No entanto, todas as representações das amazonas guerreiras apresentam-nas como mulheres bonitas, cheias de sensualidade e inteiras, com ambos os seios.

Já fazia quase uma hora que o monomotor havia saído da pista do Roosevelt e sobrevoava a selva amazônica.

O Bonanza veio preparado para a longa viagem e o piloto informou que no console na frente deles havia refrigerantes, água e sanduíches. Maurício dispensou polidamente a oferta do piloto, que no entanto insistiu para que tomassem pelo menos o refrigerante que se conservava gelado no isopor. Mas algo o incomodava. Lembrou-se do Príncipe da Beira e dos soldados dormindo.

Tinha trazido bananas e água da fazenda num cantil.

– A banana, tenente, é um alimento privilegiado. É fácil tirar-lhe a casca e descê-la até pouco abaixo do meio, para que fique como uma saia, e a gente tem então um alimento gostoso, nutritivo e limpo. Nem as mãos a gente suja. Sempre que faço longas viagens de carro, levo bananas. É muito prática.

Andava assustado e preocupado. Já não confiava nem mesmo no seu sexto sentido e procurava internamente o sétimo ou o oitavo sentidos para ter mais segurança. Será que não estava exagerando? Será que havia mesmo gente estranha na casa do Zelão, tentando completar o serviço que aquele sujeito do Chuvisco não conseguira? Pelo sim pelo não, tinha mesmo de ir atrás das outras fortalezas da época da colonização e fez bem em sair da Buritizal. Mas havia algo estranho com esse avião.

Alegrou-se ao ver que o tenente também alimentava suas próprias dúvidas.

– A Fernanda podia ter mandado um avião de dois motores para fazer a gente flutuar aqui em cima dessa mata, o senhor não acha?

– Será que ela sabe disso?

Percebeu que poderia levantar mais preocupações em momento impróprio e continuou falando antes que o tenente começasse a interpretar seus receios.

– Um grande mistério cerca esse rio Amazonas. Ele é ao mesmo tempo desafio e mistério. Por que será que o desafio e o mistério nos impressionam tanto?

Rogério esqueceu o monomotor e olhou intrigado para o seu companheiro que continuou:

– Acredito que as três maiores aventuras fluviais que o homem já fez tenham ocorrido no Brasil. E as três tiveram por destino o rio Amazonas.

– As três maiores aventuras fluviais, aqui no Brasil? O senhor está falando do Orellana, Raposo Tavares, mas e a terceira?

– Theodore Roosevelt.

– Ah! O rio da Dúvida?

– Isso mesmo. Orellana, Tavares e Roosevelt. Os três se aventuraram em direção ao mesmo rumo, o rio Amazonas. Mas quase não chegam. Foram aventuras espantosas. Nossa história é rica e heróica. Um português caçador de índios, um espanhol em busca de ouro e, por último, um presidente americano atrás da borracha, guiado por um dos mais ilustres brasileiros, o marechal Rondon. Roosevelt recebeu o prêmio Nobel da Paz por sua mediação no conflito russo-japonês, no ano de 1894, e Rondon foi indicado para o mesmo prêmio, pelo seu trabalho de pacificação dos índios. Ganhador da Legião de Honra e outras homenagens internacionais, teve vida longa. Morreu com mais de noventa anos.

Falava com naturalidade, como se estivesse apenas relembrando fatos históricos, mas olhava discretamente para o piloto. Também não tinha gostado de terem enviado um avião monomotor para aquela travessia da Amazônia e achava estranho que o piloto levasse uma mochila com a sua bagagem no banco do co-piloto.

Rogério olhava para baixo imaginando que, se acontecesse alguma coisa com o motor daquele avião, iriam cair naquele "inferno verde", que era muito bonito para ver de cima, mas não era bom pensar nas onças, jacarés, mosquitos e no desespero de estar lá perdido, se não morressem com a queda do avião.

O monomotor foi avançando sobre a floresta densa e os rios embaixo lhe davam a semelhança de um imenso serpentário desenhando estranhas geometrias cheias de curvas. Logo alcançaram o Madeira, grande, largo, que se enrolava e se esticava cortando a selva como gigantesca sucuri. Aproximavam-se de Manaus.

De onde estavam, já dava para ver um dos mais bonitos fenômenos da natureza.

Não há quem não fique extasiado ao ver de lá de cima o encontro portentoso do rio Negro com as águas barrentas do Solimões. As duas correntes fluviais deixam a impressão de que a natureza se revolta contra si mesma para entregar o rio Negro, o terceiro maior do mundo, ao Solimões.

Mas essa leitura superficial é enganosa. O Solimões se enfraquece na luta com o Negro e também perde a sua individualidade. Do envolvimento entre os dois gigantes, surge o maior rio do mundo, o rio Amazonas, ou, como era chamado, Amaru Mayu, a serpente mãe do mundo.

Rogério estava imaginando a tristeza do rio Negro, que é maior que o Sena, maior que o Danúbio, maior que o Tâmisa, o Reno, o Mississipi, o Missouri e, apesar da sua grandeza, não passa de um afluente. O rio Negro tem quilômetros de largura e abriga mais de mil ilhas apenas em dois arquipélagos. Anavilhanas, próximo de Manaus, e Mariuá, perto de Barcelos. São os dois maiores arquipélagos fluviais do mundo, se considerarmos que a ilha de Marajó está encostada no oceano.

– Tenente, o senhor está vendo essa coisa maravilhosa aqui embaixo? Pois é. Em 1967 o Hudson Institute, dos Estados Unidos, apresentou um plano para a construção de sete lagos. Quatro deles seria no Brasil e três na Colômbia. Foi o chamado Plano Mar Mediterrâneo Amazônico. O plano foi imaginado por um tal de Hermann Khan, que inventou uma "ciência" chamada futurologia. Essa futurologia não teve futuro. O propósito dele aqui no rio Amazonas era gerar energia para a Europa e para os Estados Unidos.

O tenente tinha lido algo a respeito desse Hernann Khan, mas não dera muita importância, apesar de já representar na época uma tentativa de internacionalizar a Amazônia.

– Pois bem – continuou Maurício –, faz apenas trinta anos que esse futurólogo previu que essa região seria um imenso parque industrial e gerador de infindáveis riquezas. O plano dele era acabar com o rio Amazonas e praticamente recompor o mar que existia aqui há milhões de anos. Segundo os geólogos, onde hoje é o rio Amazonas, existia um grande canal que ligava os oceanos Atlântico e Pacífico, e o sentido das águas era contrário à direção que as águas do rio têm agora. Parece que a elevação das montanhas que formam a Cordilheira dos Andes interrompeu a ligação dos dois oceanos e o canal ficou bloqueado. As águas salgadas foram aos poucos sendo substituídas pelas águas doces que vêm do alto das geleiras andinas, que se somam às águas dos atuais afluentes, tomando a direção do oceano Atlântico.

O tenente lamentou não ter-se informado melhor a respeito desse Hermann Khan. Achou que perdeu a oportunidade de mostrar mais interesse pela Amazônia, mas mesmo assim comentou:

– Esse Hermann Khan e o Hudson Institute estavam pretendendo destruir toda essa natureza e não faz muito tempo. Por que será que agora, sem mais nem menos, eles querem que isso aqui fique exatamente como está, sem que nós, os proprietários, possamos planejar um meio de usar essas riquezas?

Sem deixar de observar a beleza das praias que se formavam com a seca nas margens dos rios, o tenente continuou:

– Mudança muito brusca. Uma hora eles querem a nossa borracha, outra hora querem os nossos rios, outra hora precisam da madeira, ou então, como pretendeu essa organização Hudson, querem fazer aqui o maior parque industrial do mundo e gerar energia para todos eles. Agora querem a atmosfera e fazem algumas ONGs que vêm com um saquinho de dólares como se fôssemos pedintes.

– O senhor tocou num ponto interessante. A cada hora eles levantam uma teoria nova. Veja essa seca que atinge agora a região. Dizem que é por causa do desmatamento. Segundo a imprensa, foi a maior seca dos últimos sessenta anos. Ora, se há sessenta anos não havia desmatamento e houve uma seca igual à deste ano, como os ambientalistas podem hoje ter certeza de que um desmatamento de apenas dez por cento tenha sido a sua causa?

Olhou para o grande tapete verde que se estendia sob eles.

– Essa floresta é um grande orgulho nacional. Não estou defendendo a sua derrubada. Não me entenda mal. Mas desconfio muito desse repentino ambientalismo com que nos querem tomá-la.

Os interesses americanos na Amazônia são antigos. No século XIX, o governo americano já insistia na tese de que o rio Amazonas não era um simples rio e devia ser aberto à navegação internacional. Chegou a haver atrito diplomático quando, em 1850, no governo de d. Pedro II, uma canhoneira americana subiu sem autorização todo o rio, até chegar a Iquitos, no Peru.

– Minha mulher costumava dizer que o homem só usa a inteligência para controlar a natureza. Segundo ela, o que distingue o homem dos outros animais é que ele usa a inteligência para modificar a natureza em seu próprio benefício. E tem sido assim desde o início dos tempos.

– Pois é. Esse é o desafio. Como manter a nossa soberania sobre a Amazônia e usar as suas riquezas naturais de forma inteligente e responsável?

O aeroporto Eduardo Gomes tem duas alas separadas. O edifício destinado a aviões de grande porte é chamado de Eduardo e o edifício destinado a aviões do tipo Bandeirantes e Brasília e aviões pequenos é o Eduardinho. Os dois edifícios são no entanto servidos pela mesma pista.

Já passava das três horas da tarde quando o Bonanza taxiou no pátio do Eduardinho. Desceram e esperaram o piloto desligar as hélices para pegar as mochilas que eram ainda a bagagem que tinham. Era preciso mandar lavar as poucas roupas, e iam tentar isso ainda que fosse para o hotel entregar na manhã seguinte.

O piloto entregou as mochilas e depois perguntou:

– Os senhores vão para o hotel agora? Recebi instruções para ficar à disposição dos senhores.

Pegou um cartão com o número do telefone celular e entregou a Maurício.

– Vou ficar na casa de um amigo, também piloto, que não vejo há algum tempo, mas os senhores podem me chamar a qualquer momento.

"Estranho. Será que a capitã se esqueceu de que havíamos combinado de trocar de piloto a cada vôo?"

Despediram-se e caminharam para o salão de desembarque.

Depois de andar uns cinqüenta metros, Maurício olhou instintivamente para trás e se lembrou então do detetive chinês Fu Manchu. A cena em que o detetive hospedara-se num castelo e, depois de ter cumprido as formalidades da recepção, estava indo para o quarto e olhou para trás, veio-lhe imediatamente à memória. Fu Manchu desconfiara do recepcionista e voltou-se sem que o outro esperasse.

Foi mais ou menos o mesmo agora. Numa espécie de curiosidade instintiva, voltou-se e o piloto estava parado olhando para eles, mas virou logo o rosto como se tivesse sido pilhado em flagrante.

"Parece que nos estava espionando. Não havia necessidade de ele virar o rosto assim, com essa rapidez, como se não quisesse que notássemos que ele estava nos acompanhando com o olhar."

LIVRO IV

AS AMAZONAS

"Estas mulheres são muito alvas e altas, com o cabelo muito comprido, entrançado e enrolado na cabeça. São muito membrudas e andam nuas em pêlo, tapadas as suas vergonhas, com seus arcos e flechas nas mãos, fazendo tanta guerra como dez índios. E em verdade houve uma destas mulheres que meteu um palmo de flecha por um dos bergantins, e as outras um pouco menos, de modo que os nossos bergantins pareciam porco espinho."

Frei Carbajal

46

Atravessaram o saguão do aeroporto e em direção ao ponto de táxi, quando viram um militar descer de uma viatura do Exército que estava parado no estacionamento e dirigiu-se a eles.

– Doutor Maurício? Sou o tenente Alfredo e tenho ordens de acompanhá-los enquanto estiverem em Manaus.

Rogério entusiasmou-se:

– A Fernanda está cuidando de nós, hein?!...

– Sem dúvida – respondeu Maurício, laconicamente, como se o Fu Manchu não saísse de sua cabeça.

Entraram na viatura, onde um cabo fazia a função de motorista. A viatura tomou o caminho da cidade, pela avenida Presidente Kennedy, e se afastaram do aeroporto.

Maurício não estava gostando.

"Isso está cada vez mais esquisito. Não avisei ninguém que vinha para Manaus. Só avisei o piloto do nosso destino depois que entramos no avião lá na margem do rio Roosevelt."

"Será que o piloto falou pelo rádio com alguém? Será que recebeu ordens para avisar para onde iríamos? A capitã não iria dar uma ordem dessas porque sabe o perigo que corremos. O rádio do avião pode ser ouvido por terceiros."

A viatura deixou-os num hotel de quatro estrelas, perto do Teatro de Manaus e o tenente disse que estaria em frente do hotel, caso precisassem dele. Enquanto Rogério telefonava para a capitã, Maurício disse que ia tomar umas providências e desceu.

Precisava localizar o forte e sair dali com urgência. Sentia que era arriscado permanecer muito tempo num lugar e, além disso, o tempo ia se esgotando.

"O que será que pode existir nesses fortes, que tenha alguma ligação com essa independência da Amazônia? Alguma coisa liga a filosofia dessas construções, talvez a lógica da sua localização. Mas o que será que isso tem a ver com esse grupo de imbecis que está querendo nos tomar a Amazônia?"

Não estava ainda convencido de que tinha entendido bem as recomendações do general e agora ele estava morto e não podia dar mais informações.

"Ou será que eles podem ser usados como esconderijo de armas e munições? Se for isso teremos de examinar também as redondezas, cavernas e outros pontos mais lógicos, porque os fortes, na verdade, estão abandonados."

Quando o tenente desceu, Maurício lhe informou que já tinha visitado, tempos atrás, o local onde provavelmente teriam construído o forte de São

José. Aproveitaram a viatura do Exército e foram ao Instituto do Patrimônio Histórico Nacional.

Após explicarem ao guarda que estava atrás de uma mesa o propósito da visita, eles tiveram permissão para subir. Foram atendidos por uma arquiteta que se mostrou entusiasmada pelo interesse deles e disse:

— Existe um local, bem aqui perto, onde parece ter sido construído o forte. Estão sendo feitos estudos arqueológicos e tudo indica que o forte era ali. É perto e eu vou com os senhores até lá.

Caminharam uns duzentos metros e a arquiteta do Ipahn mostrou a escavação onde havia paredões antigos, com alicerces de pedra largos e resistentes. As pesquisas arqueológicas levavam a crer que aqueles paredões eram do forte. As pedras eram próprias da região e os arqueólogos encontraram vestígios de um cemitério indígena daquela época em torno dos paredões.

A arquiteta tinha disposição para explicar.

— A expedição de Orellana despertou interesse no Velho Mundo e começaram a chegar espanhóis, portugueses, franceses, ingleses, holandeses, tentando conquistar a região. Os portugueses tentaram então segurar as invasões e fundaram a cidade de Belém, junto ao forte do Presépio, e em 1669 foi criado o forte São José da Barra do Rio Negro, em torno do qual nasceu o arraial que deu origem à cidade de Manaus.

Explicação era interessante, mas Maurício não conseguia tirar da cabeça o piloto do Bonanza. Se estivesse certo sobre seus receios, o perigo estava em todos os lugares. Isso significava que ele estava tendo um comportamento previsível, pois os bandidos prepararam outra armadilha, caso conseguissem sair ilesos da fazenda.

— Estávamos na época subordinados a Belém, e a região era conhecida como Grão-Pará. Mas como a distância era grande e havia dificuldades, foi criada, em março de 1755, a Capitania de São José do Rio Negro, que passou em 1833 para a categoria de Vila, com o nome de Manaus, em homenagem à tribo dos índios Manaós.

O mato tomava conta do local e em volta havia obras tentando destruir o que restava daquelas ruínas históricas.

Perguntou:

— Como é que a senhora explica que uma obra histórica, que teve tanta importância para a consolidação do nosso território, possa ter ficado nesse abandono?

Ela respondeu com um sorriso melancólico. A pergunta despertou nela o gosto manaura de lembrar os tempos áureos do ciclo da borracha.

— Vocês vão visitar o teatro? Não deixem de fazê-lo. Mas atentem para um detalhe. O Brasil tinha apenas cinqüenta anos de independência quando ele foi construído. Prestem atenção na variedade de estilos, na arquitetura e no conjunto de obras de arte que vieram de vários países.

Não podiam deixar de visitar o teatro, ainda porque podia estar ali algum elemento a considerar. Havia tempo para uma visita rápida e, depois de se despedirem da arquiteta e agradecerem a sua atenção, foram até o teatro. Um grupo de turistas estava sendo formado e tiveram tempo de comprar os ingressos e segui-los.

De fato, a obra era deslumbrante. A variedade de estilos foi composta de forma a harmonizar as quatro fachadas greco-romanas e cada conjunto despertava atenção pela beleza: a cúpula turca de 36 mil escamas de cerâmica esmaltada com as cores da bandeira brasileira, cristais da Boêmia e de Murano, cadeiras de couro russo, jarros japoneses, pinturas italianas, esculturas de ferro francesas, cortinas de Damasco, o lajedo em pedra lioz, de Lisboa e escadas de mármore de Carrara.

Vieram telhas vidradas da Alsácia e as grades de ferro para camarotes, frisas e balcões vieram de Paris. A armação da cúpula e os móveis estilo Luís XV vieram da Itália. O vigamento de aço das paredes foi encomendado em Glasgow.

A beleza do salão nobre fica para sempre na memória de quem o visita. Uma bela tela representa o índio Peri salvando Ceci do incêndio, em homenagem ao romance O Guarani, de José de Alencar. No assoalho, tacos de madeira escura e amarela simbolizam o encontro das águas barrentas do Solimões com as do rio Negro.

O teatro não é a única construção de Manaus com estilo europeu e de arquitetura também rica, mas é sem dúvida uma jóia da belle époque amazonense, que surgiu com o processamento industrial de um produto que antes servia apenas de curiosidade.

Logo após o descobrimento, viajantes vieram ao nosso mundo em busca de plantas medicinais. Descobriram que os índios costumavam fazer bolas com o leite que saía da casca de uma árvore. O material no entanto era quebradiço quando esfriava e se derretia com o calor. Os índios faziam bolas para brincar, mas o produto não tinha valor comercial.

Em 1839, Charles Goodyear, que daria nome à marca de pneu, descobriu o processo de vulcanização, fazendo da borracha um produto que não se alterava com a mudança da temperatura ambiente. A descoberta provocou outra revolução industrial. O produto passou a ter valor inestimável e surgiu o ciclo da borracha, que durou de 1879 a 1912, e tornou a Amazônia responsável por quarenta por cento das exportações brasileiras.

Foi tal a riqueza, que Manaus passou a ser a capital mundial do comércio de diamantes. A renda per capita da Amazônia chegou a ser duas vezes maior que as de São Paulo e Rio de Janeiro, regiões que também se enriqueciam com a cultura do café. Os homens andavam de terno, colete e gravata e seguiam o figurino inglês, apesar do calor úmido de 40 graus. As mulheres importavam vestidos longos e portavam umbrelas, ao estilo parisiense.

A moeda corrente era a libra esterlina e as luxuosas roupas da elite local, importadas da Europa ou Estados Unidos, eram enviadas de navio para lavar e engomar em Lisboa. Os jornais eram impressos em inglês, francês, alemão e até árabe. Os amazonenses tinham dinheiro, cultura e uma sociedade sofisticada, mas faltava um palco. E assim surgiu o teatro de Manaus, construído em Paris e transportado em peças para ser montado na capital do Amazonas.

Em 7 de janeiro de 1897, o teatro foi inaugurado com a apresentação da Companhia Lírica Italiana, que encenou em avant-première a ópera La Gioconda, de Ponchielli.

No ano de 1876, um comerciante inglês, chamado Henri Wickham, levou vários barris de sementes da Hevea brasiliensis para o Jardim Botânico de Londres, para a produção de mudas que seguiram para a Malásia, Ceilão e Singapura, onde passaram a produzir em grande escala, acabando bruscamente com o esplendor amazonense.

Mas lá, no coração da Amazônia, ainda está uma das poucas obras da arquitetura humana que chegaram perto da perfeição. Solitário, inteiro, perfeito, é o testemunho melancólico daquele período, abruptamente interrompido com a decadência da produção da borracha amazonense.

Maurício não tinha ainda avisado o tenente que, enquanto ele telefonava para a capitã, fizera reserva no vôo que saía às 9h30 da noite para Boa Vista, porque tinha receio de que ele falasse esse assunto ao telefone com a capitã e não era momento para transmitir preocupações.

Assim que voltaram ao hotel, explicou ao tenente que era melhor saírem dali, porque já tinham visto o suficiente.

O avião Brasília levantou vôo às 21h30 com destino a Boa Vista, capital de Roraima. Ocupavam dois assentos perto das asas e o barulho dos motores facilitava a conversa a dois, sem ninguém mais ouvir.

– Esses banquinhos são meio apertados, o senhor não acha? Aquele seu avião, o Sêneca, é mais confortável.

– Acho que o senhor vai gostar de saber que o Carlão deve estar esperando por nós lá no aeroporto. Ele já morou em Boa Vista, tinha ali um aerotáxi para atender os garimpos. Assim que saímos da fazenda, ele também saiu e teve ainda o dia todo de hoje para chegar a Boa Vista.

– Alguma razão especial para mudarmos de piloto?

– Acho que o Carlão poderá ser mais útil.

Não engoliu a resposta e ficou pensando. "O que será que ele viu naquele piloto? Nem me ocorreu falar alguma coisa com a Fernanda, mas também esse sujeito é desconfiado demais. Deixa pra lá".

47

Franz Sauer olhava com curiosidade a folha de papel que tinha nas mãos. Nos últimos dias, alguém estava fazendo intensas pesquisas sobre ONGs e internacionalização da Amazônia.

Folheava os papéis e pensava.

A busca era frenética e acessava sites de várias ONGs e isso parecia perigoso. Grande número das ONGs cujo site estava sendo acessado havia sido criado pelo Comitê de Independência. Ele mesmo fora bastante prudente e criara algumas em lugares estratégicos, procurando assim aumentar o seu espaço no futuro país.

Eram ONGs atuantes e divulgavam a idéia de que os países desenvolvidos já estavam se preparando para tomar a Amazônia.

O plano revelado pelo Dílson em criar diversas ONGs interessadas na Amazônia, com sede em vários países, e essas ONGs terem o direito de indicar representantes para o Parlamento Amazônico é uma idéia genial. Com essa participação das ONGs no novo governo, todos os países influentes apoiarão com energia a proclamação da República da Amazônia.

Com certeza o mundo todo iria apoiar, mesmo porque a Inglaterra, a Bélgica, a França, a Itália, os Estados Unidos estariam representados dentro da Amazônia. Pois para isso foram criadas muitas ONGs. Elas saberiam controlar a imprensa e a diplomacia em seus países.

Depois de proclamada a República e tomado o poder, as coisas então poderiam mudar. Mas por enquanto era necessário dar segurança aos grupos de apoio. Deixá-los acreditar que será mantido o antigo princípio do Direito latino *Pacta sunt servanda*. Depois que as coisas mudarem, os contratos não serão mais observados.

Quanto ao governo brasileiro? Ora, ora. A mídia vem cuidando disso faz tempo. A opinião pública nacional está catequizada e o governo está intimidado. Além disso, pessoas importantes nos meios universitários ou políticos estão fazendo um trabalho coadjuvante, muitos deles até mesmo sem saber. São os inocentes úteis. Bastante úteis, aliás.

As poucas reações de organismos brasileiros, principalmente militares, foram sufocadas com as acusações de que não é o "mico dourado" que está em extinção, mas grupos indígenas, os verdadeiros donos da terra.

Não foi difícil fazer também com que esses índios começassem a se dizer soberanos, que não eram brasileiros, mas sim "nações autônomas". A idéia virou um rastilho de fogo e o governo ficou sem reação. A timidez do governo brasileiro tem sido a melhor aliada.

Quando os europeus descobriram o Brasil, havia ali mais de 6 milhões de índios. Mataram quase todos e agora talvez não existam mais do que 300 mil em todo o país. Estão correndo o risco de extinção e nada mais fácil do que jogar a culpa e a responsabilidade em cima do governo brasileiro. A bem da verdade, não está havendo extinção de índios, mas miscigenação. Se for analisar o sangue dos brasileiros, com exceção de algumas colônias que ainda não se misturaram, o país não passa de uma grande tribo.

A idéia de proteção aos índios remanescentes na Amazônia está servindo para apaziguar a consciência de culpa dos descobridores. Difundir a preocupação humanitária de salvar uns poucos índios restantes foi um dos grandes sucessos do plano, principalmente quando se divulgou que esses silvícolas iriam preservar as grandes áreas de florestas de suas reservas e isso era indispensável para salvar o clima do planeta.

Num instante, surgiram grupos de artistas, os conselhos indigenistas religiosos, como o Cimi, as ONGs e aí Franz Sauer começou realmente a acreditar que a Amazônia seria autônoma. A Amazônia não é parte do Brasil. A Amazônia é uma coisa diferente, autêntica, tudo nela é diferente. Se ele, Franz Sauer, líder da Organização, não proclamar logo a República, outros o farão e ele perderá todos estes anos de trabalho e investimentos.

Mas parece que está havendo reação. Quem seria? O governo não é, porque a Organização está dentro do governo. Mas era previsível uma reação.

Estão tentando decifrar o código. Várias mensagens já foram passadas prontas para serem decifradas. Tudo está preparado para a hipótese de haver reação do governo brasileiro ou mesmo dos militares. Militares? Coitados. Andam muito desacreditados. Eles vêm falando da Amazônia há anos e, se ninguém deu bola para o que eles disseram antes, por que vão acreditar agora?

É preciso com urgência ir atrás desse pessoal que está bisbilhotando a Organização.

É claro que os guerrilheiros de antes não são mais os jovens daqueles tempos. Hoje trabalham com a cabeça e organizam as ações para que outros as executem. Também não são mais os amadores e idealistas que já foram. Planejam tudo com cuidado. Grupos paramilitares bem preparados podem fazer serviços com mais eficiência e sem que haja envolvimento direto. Executam os serviços e saem do país, sem despertar suspeitas.

Ele tinha as pessoas certas. Pessoas treinadas, desertores de outras organizações criminosas, insatisfeitos por essa ou aquela razão, ou membros descontratados dos serviços secretos de Israel, Rússia e outros. Já tinham feito serviços especiais para a Organização.

Para o serviço de agora, já havia contratado um grupo integrado por pessoas de várias especializações em espionagem, atentados, terrorismo e atos de guerra. Sabiam como rastrear satélites, farejar um intruso, matar em silêncio, sobreviver na selva, agir e fugir com rapidez.

Mas o outro lado tinha também um grupo estranho. Essa tal de Confraria!... Isso deve ser uma piada. Templários? Será que acreditaram nisso? Foi muito estranho o modo como morreu aquele pessoal no pesqueiro do rio São Lourenço. Muito estranho. Mas atribuir isso a uma Confraria?

Esses templários vão ter uma agradável surpresa. O grupo que ele escolheu era um grupo especial que se espelhou na seita dos assassinos, nos quais também se espelharam os templários. A seita xiita dos assassinos foi fundada em 1090, antes dos templários, e cinco anos antes da primeira Cruzada.

A palavra assassin deriva de Hashishi, porque o chefe deles, conhecido como "o homem mais velho das montanhas", fazia os seus asseclas absorverem hashishi, antes de uma missão assassina. Eles iam como num delírio religioso e, se preciso fosse, também morriam na ação, como os camicases japoneses ou os suicidas árabes.

Houve uma época em que as seitas dos assassinos e dos templários conviviam pacificamente, mas como os templários passaram a ser em maior número, começou a haver disputas. Para poderem continuar a existir, os assassinos passaram a pagar uma taxa de 2 mil besarts, por ano, para os seus rivais.

Um dia os templários traíram os assassinos. Isso foi no ano de 1173, quando o rei cristão, Almeric, estava tentando um novo acordo entre eles e acabou sendo preso pelos templários. O rei tinha a esperança de converter os assassinos para o cristianismo e assim aumentar o exército para a luta contra os árabes. Mas o emissário enviado pelos assassinos para a reunião com os templários acabou sendo emboscado e morto. Quando o rei foi reclamar com o mestre dos templários, o próprio rei foi encarcerado. Dizem que os templários não queriam a paz porque perderiam a taxa anual de 2 mil besarts.

Pois chegou a hora do confronto. Se essa Ordem voltou, também voltaram os "assassin", como eram chamados. É o confronto final. Os companheiros do rio São Lourenço serão vingados. A Organização dispunha de substitutos preparados para emergências. Às vezes era preciso eliminar um ou outro e então veio a idéia de um time reserva. Mas foi uma pena perder aquele grupo. Principalmente o chefe.

Quando ia ao Brasil cuidar das suas fábricas, usava o nome de Franz Sauer. Mas para cuidar dos assuntos da República, arranjava disfarces, passaportes falsos, e era sempre recebido por alguém da Organização.

Ora usava bigode, ora pintava os cabelos, ora usava perucas. Lentes de contato mudavam a cor dos olhos – enfim, vinha tomando providências. Por sorte falava bem vários idiomas e isso ajudava a ser turista francês, alemão, americano, e a dissimular as suas diversas personalidades.

Um carro da Arapari Turismo Ltda. o esperava.

Foi levado para o Hotel Hilton, onde tinha reservado apartamento com porta de comunicação com o apartamento do lado.

Entrou no quarto 813, que era conjugado com o 812. Gostava do número 813. Nunca esquecera a astúcia de madame Kesselback que quase venceu Arsène Lupin, no livro intitulado apenas 813. Precisava ter a mesma astúcia de Madame Kesselback, porque pode aparecer algum Arsene Lupin e tentar roubar tudo o que ele vinha construindo.

Organizou suas coisas e abriu a porta que dava para o quarto 812. Bateu de leve e a porta foi aberta por um sujeito alto, forte, troncudo. Ele entrou e havia outras pessoas, que, como o que abrira a porta, pareciam ser executivos com negócios na Amazônia.

Mas juntos, ali naquele ambiente fechado, o grupo era sinistro, e o mofo que vinha do ar-condicionado disfarçava o cheiro forte da morte.

Apesar do arrepio que sentia cada vez que se encontrava com aquela gente, tinha de ser objetivo e claro, porque eles não gostavam de muitas explicações e também não precisavam. Eram experientes e profissionais.

Foram pouco mais de trinta minutos para esclarecer as últimas dúvidas. Iam primeiro pegar os dois camaradas, o da PM e o da Receita. Com isso, a capitã ficava isolada e fragilizada.

Mensagens cifradas e curtas serviriam apenas para preparar assuntos e marcar reuniões.

48

Depois que despachou o grupo de assassinos, Franz Sauer voltou ao seu quarto, trancou a porta de comunicação, sentou-se no sofá e ficou pensando.

Foram anos de trabalho demorado, meticuloso e cuidadoso. Agora já tinham o grupo completo de empresários envolvidos na Organização e o plano de investimentos preparado, a mídia sob controle, organização militar estruturada e até mesmo a minuta de Constituição da República da Amazônia.

Estava satisfeito porque tudo estava conforme planejado. Aquele general abelhudo, que devia agora estar queimando no inferno, quase estragou tudo. Mas ele, Franz Sauer, conseguiu tirar proveito da situação e as coisas acabaram ficando mais fáceis.

O Dílson foi muito importante para manter organizado o grupo de revolucionários que iam entregando tudo para a Rússia. Ainda bem que eles não conseguiram implantar o comunismo no Brasil. Fracassaram nesse ponto, mas mantiveram a organização ativa e agora poderiam ficar com a Amazônia e sem dever favores à Rússia.

Mas as coisas mudaram um pouco. Ele acabou assumindo a coordenação dos contatos internacionais, formou muitas ONGs, buscou o apoio de associações e instituições, conseguiu suporte financeiro, criou o seu próprio grupo de trabalho. Enfim, ele, Franz Sauer, é quem vai doravante assumir a liderança.

Sim, foi um trabalho astuto. Desde o início teve a percepção dessa oportunidade que lhe caíra nas mãos. Se não fosse ele, outra pessoa acabaria sendo envolvida e teriam chegado ao mesmo resultado, porque a Amazônia é um apelo irresistível.

O Poder. Haverá disputas internas. O Poder vai trazer fortunas para quem participar dele na Amazônia. Ouro, diamante, urânio, minérios de todo tipo, a riqueza florestal, sim, sim, sim, e aquela condição geográfica de estar no coração da América do Sul, ligada ao Pacífico e ao Atlântico.

Vai ser a maior jogada política do mundo moderno. Quem tiver a Amazônia vai ser cortejado pelos grandes. Não haverá mais espaço no planeta para outras conquistas como essa. Os próprios países desenvolvidos serão pegos de surpresa. E, antes que acordem, vários acordos já estarão feitos e a situação consolidada.

Franz Sauer sentia-se orgulhoso. Onde já se viu um território tão rico e tão grande ter apenas 20 mil soldados sem armas, sem aviões e sem gente para defendê-lo? E isso só foi possível porque o grupo estava no poder. Não há dúvidas quanto a isso. O grupo conseguiu boicotar as suspeitas que os militares levantavam, reduzir as forças de defesa e agora era só esperar o momento de colher os frutos de toda essa engenharia.

"O Conceito Zero". Até o código da ação instantânea para o êxito final – Conceito Zero – foi por ele criado. Conceito. Ora, conceito. O que importa é o zero, o fim de tudo e o reinício.

Mas aqueles três camaradas eram perigosos. Depois que eles descobrirem que montaram num porco e que as mensagens eram falsas, também vão ficar desacreditados. Mas por quanto tempo? Talvez percam a confiança das Forças Armadas, mas e se essa Confraria lhes der apoio?

"Não, não podem continuar vivos. Bom, mas isso já está por conta dos mercenários contratados."

Abriu o minibar e pegou uma cerveja gelada. Belém é uma cidade quente. Quente e úmida. Tem suas curiosidades. Gostava de ver aquele imenso conjunto turístico que forma o mercado de Ver-o-Peso e os armazéns das docas hoje transformados em centro de lazer. O Ver-o-Peso se transformou numa espécie de museu vivo das tradições do Pará, depois de quatrocentos anos de atividades ininterruptas. O fiscais da coroa portuguesa tinham de "haver o peso" das mercadorias para cobrar os impostos.

Tomou a cerveja e desceu para o saguão do hotel, onde os "guias" da agência de turismo o esperavam para acompanhá-lo no seu passeio preferido.

Naquele ambiente caótico, destacava-se a ala das "feiticeiras". Eram as "mandingueiras", que vendiam remédios para todas as doenças e mandingas para todos os males. Chegou a conhecer dona Cheirosa, que durante 79 anos ficou ali no Ver-o-Peso. Dizia ela que estava ali desde criança e ajudava a mãe, que morreu aos 89 anos.

As miscelâneas de ervas curavam inflamações, cólicas, queda de cabelo, impotência, câncer e um "banho de descarga" curava o mau-olhado. Pó de fígado de urubu para deixar de beber, dente e olho de boto e outras coisas que ia ouvindo por entre as duas mil barracas que formam aquele histérico espetáculo. Os nomes das ervas já indicavam para o que serviam: "hei-de-vencer", "comigo-ninguém-pode", "chama-tudo", "folha da fortuna", "dinheiro-em-penca", numa infalível distribuição de cura para todos os males do corpo e da alma.

Não tinha coragem de andar por lá sozinho, mas a sua "agência de turismo" providenciava os guarda-costas, que o acompanhavam como se fossem guias. O entardecer estava bonito e podia andar um pouco. Havia uma grandeza adormecida em todo aquele simbolismo.

Também não deixava de visitar o Teatro da Paz. Era uma homenagem ao rei Netuno, simbolicamente desenhado na abóbada do teatro, a indicar que o destino da Amazônia era europeu. O rei Netuno, europeu como ele, parecia lhe entregar o bastão da grande conquista da Amazônia. Estava na dúvida se a capital seria Manaus, cuja vantagem era a centralização geográfica, ou Belém, na entrada da Amazônia.

Ficou ali algum tempo olhando a imensidão das águas da baía de Guajará, formada pelo rio Guamá. Sentia como se aquilo tudo já fosse propriedade sua. Logo respeitariam Franz Sauer. Estava chegando o dia. Lembrou-se do rei Netuno. Poderia ser rei?

Estava confiante. Nem a CIA tinha como descobrir o plano final, porque não ia encontrar as bases do novo código. A CIA não tem nenhum elemento, nenhum dado, nenhum fundamento, no qual eles pudessem apoiar-se para decifrá-lo.

Na dúvida, ele mesmo, Franz Sauer havia buscado um elemento indecifrável para criar o código. Todos ficaram espantados naquela reunião quando ele informou que só haveria um jeito de descobrirem aquele código: a traição. Por isso a mera suspeita de traição levava à morte. Ninguém do pequeno grupo que conhecia o código podia deixar que uma dúvida de traição recaísse sobre sua pessoa. Não haveria perdão.

Continuou pensando e às vezes sorria para si mesmo. Mas Franz Sauer sentia certa apreensão quando se lembrava daqueles três. Suas informações eram de que aquele sujeito tinha chegado até ele.

"Como ele conseguiu chegar até mim? Não importa. Esse sujeito precisa desaparecer e logo."

Sorriu confiante. Se os mercenários não o pegassem agora, ele já tinha de reserva uma arma poderosa que ia acabar com aquele cara da Receita. Ainda que escapasse desta vez, ficaria acurralado depois. Pena que não estaria presente para saborear o gosto adocicado da vingança.

Caminhou até o forte que ficava a uns quinhentos metros dali. Velho e abandonado, não ia adiantar muito. A melhor estratégia era concentrar-se no forte de Macapá, para bloquear a entrada para a Amazônia.

49

Numa sala de reunião do segundo andar do forte São João, na praia Vermelha, de frente para o oceano Atlântico, o diretor da Escola Superior de Guerra, almirante Roberto Fonseca, e duas pessoas estavam reunidas em volta de uma pequena mesa circular.

A Segunda Guerra Mundial despertou a preocupação para o desenvolvimento de uma política de segurança nacional, e, assim, surgiu, em 1949, a Escola Superior de Guerra, com a finalidade de desenvolver e consolidar os conhecimentos necessários ao planejamento da Defesa Nacional.

A ESG, como é chamada, está localizada no forte São João, no bairro da Urca, na cidade do Rio de Janeiro, entre os morros do Pão de Açúcar e Cara de Cão.

A fortaleza fora mandada construir por Estácio de Sá, quando aportou no Brasil no ano de 1565, e marca a fundação da cidade do Rio de Janeiro. Na beira do morro, em cima da grande laje de pedra que acompanha a orla do mar, a fortaleza de São João desfruta da belíssima paisagem, enquanto protege a entrada da baía da Guanabara.

O grande mérito da ESG é a formação de grupos de estudos compostos de representantes das diversas camadas da sociedade brasileira. Todos os anos, empresários, médicos, engenheiros, pesquisadores, militares, políticos, funcionários públicos, líderes, enfim, pessoas que se distinguiram em suas categorias, são convidados a participar desses estudos de forma que cada tema acaba recebendo a contribuição das variadas camadas de pensamento que fluem da sociedade brasileira.

Pelo preparo das pessoas convidadas para os seus cursos e pelo aprofundamento com que se dedica ao estudo da realidade nacional, a ESG passou a ser chamada de Sorbonne brasileira.

As duas outras pessoas presentes naquela reunião eram o coronel Milton Gouveia e o professor Gaudêncio Pinheiro. O coronel já tinha feito os cursos de formação da ESG e do Estado-Maior das Forças Armadas. Tinha trabalhado como adido militar em vários países e era assessor especial para estudos de estratégia militar na Amazônia.

O professor Gaudêncio era catedrático de Direito Internacional Público da Universidade Federal do Rio de Janeiro e também formado pela ESG, na qual passara a fazer palestras regulares.

Diante deles, uma mensagem com os seguintes dizeres:

"Solicito, com urgência e absoluto sigilo, a opinião dessa digna Escola de Estudos Superiores, sobre a possibilidade de justificativa jurídica, para a ocupação da Amazônia por forças internacionais, por ser enquadrada como espaço vazio e em abandono. Ass.) general Euclides Ribeiro, ministro do Exército."

O almirante Roberto Fonseca, diretor da Escola, iniciou a reunião:

– Esta mensagem foi-me entregue ontem à noite pelo coronel Rodrigues, chefe de gabinete do excelentíssimo senhor ministro do Exército, que veio especialmente para esse fim. Não confiaram no correio, não quis telefonar, não mandou e-mail, nem fax.

Deu assim ênfase ao pedido de sigilo do ministro.

– O coronel Rodrigues disse que só os três ministros militares tinham conhecimento dessa mensagem, ou seja, nem o próprio ministro da Defesa, que é civil, foi informado.

E antes que os demais falassem alguma coisa:

– Como é normal num casos destes, a urgência e o sigilo dispensam estudo completo. Querem apenas nossa opinião.

Eram pessoas que sabiam participar de reunião e por isso os outros dois aguardaram que ele lhes desse a oportunidade de falar. Por outro lado, o diretor era homem experiente e sabia que temas assim despertam ansiedade no grupo e era conveniente uma pausa para que cada um dissesse alguma coisa, ainda que para descarregar o estresse da comunicação.

A internacionalização da Amazônia não era tema para despertar surpresas. Mas o pedido de urgência e com sigilo, que inclui até o ministro das Forças Armadas e o próprio presidente da República, incomodava.

Mais disciplinado, o coronel Milton sabia que o diretor não tinha acabado de expor o assunto. O professor, no entanto, já tinha adquirido ao longo dos anos de magistério o hábito de dar e pedir explicações, até quando não é necessário.

– Desculpe, almirante, mas esse assunto já está até mesmo gasto, por que o ministro do Exército pediu isso agora?

– Os senhores devem estar lembrados do acidente que matou o general Antonio Ribeiro de Castro, diretor da Abin. Sabemos hoje que o general Ribeiro de Castro estava preocupado com fatos recentes que indicavam a possibilidade de iniciativas separatistas na Amazônia.

– Então não se trata de internacionalização, e separatismo pressupõe apoio externo.

O professor estava na faixa dos 50 anos, um pouco calvo, pele clara e queimado de sol. Afora isso, não apresentava aparência física que chamasse a atenção, mas seus olhos brilhavam diante de um desafio intelectual.

– Fico muito honrado em ter sido convidado para esta reunião. Pelo que o senhor disse, é de se antever coisa complicada pela frente.

Cruzando as mãos sobre a mesa e olhando para um dos lados, pensativamente, ele disse:

– Tenho receio de buscar o apoio no Direito Internacional.

O coronel dirigiu-se ao diretor:

– Imagino que o senhor vá nos dar algumas horas para coleta dos principais argumentos. Presumo que o coronel Rodrigues esteja aguardando a resposta. A que horas o senhor pretende marcar a próxima reunião?

– Agora são oito e trinta. Poderíamos nos reunir ao meio-dia. Os senhores terão tempo de resumir suas conclusões num único estudo e trazerem o memorando formalizado para se ganhar tempo.

No horário combinado, os três se encontraram novamente.

– Embora antevendo a conclusão dos senhores, arrisco-me a perguntar: e então?

O professor olhou para o coronel, que estendeu ao diretor um envelope:

– A mensagem é curta.

O diretor pegou o envelope e não o abriu de imediato. Ficou com ele entre as duas mãos batendo levemente na mesa e, depois de alguns minutos de silêncio, falou:

– Sua excelência, o ministro do Exército, me pediu para evitar estudos, no momento, em relação a essas preocupações.

Era um salão nobre, espaçoso e o silêncio pesava mais do que normalmente. Ele abriu o envelope. Dentro estava uma mensagem dirigida por ele, diretor da ESG, para o excelentíssimo senhor ministro do Exército, com os seguintes dizeres:

"A Amazônia brasileira foi ocupada pelos portugueses de forma maliciosa e a definição de fronteiras é decorrente de diversos tratados e arbítrios, alguns ainda contestados. Durante séculos, esse território ficou esquecido. Os esforços de ocupação levados a efeito a partir de 1964 foram interrompidos. A velocidade de criação de reservas nos últimos anos e a entrega de imensas áreas para ONGs já abalaram o direito de soberania na região. O uso da terra para produção de alimentos vem sendo condenado como atos lesivos aos interesses de outros países, que responsabilizam o Brasil pelo abandono também das chamadas nações indígenas. A história mostra que não há necessidade de justificativas jurídicas para potências dominantes invadirem território alheio."

O diretor ficou um pouco em silêncio, enquanto os dois esperavam que ele se pronunciasse.

– Potências dominantes!... – repetiu o diretor.

– Como eu já tinha falado antes, não gostaria de colocar esse assunto no campo do Direito Internacional.

E, sem resistir aos vícios da cátedra:

– Podemos resumir tudo numa única conclusão, numa única frase, e lamento muito não ter a oportunidade de dissertar sobre esse tema já que o ministro do Exército pediu para não falarmos sobre isso neste momento, embora a tentação seja grande.

O diretor sorriu compreensivo.

– Sim?

– É o óbvio. Os senhores entendem que as condições do mundo hoje dispensam justificativas para atos de invasão para atender interesses dos Estados Unidos e de parte da Europa?

E acrescentou:

– "Vae victis", disse Breno, chefe dos gauleses que saqueou Roma e que, para sair de lá, exigiu o pagamento do seu peso em ouro. Na momento da pesagem, ele colocou a espada e o escudo no contrapeso e, diante das reclamações dos romanos, respondeu simplesmente: "Vae victis", ou seja, "Ai dos vencidos". Breno não sabia que estava ditando os fundamentos do Direito Internacional, que vigoram ainda hoje.

"Esses professores!" pensou o diretor, que estava pensando na reação do ministro do Exército. "O que será que está havendo? Será que a conclusão dos dois não é muito acadêmica?"

Mas achou melhor encaminhar o ofício, pois para um assunto "urgente e sigiloso" é melhor ser prudente. Não sabe por quê, mas lembrou-se de uma vez quando foi mordido por um cachorro e foi ao pronto-socorro. O médico foi conclusivo: "Em matéria de raiva, dúvida é igual vacina". Era mais ou menos a mesma coisa: "urgência e sigilo, igual prudência", vamos encaminhar isso logo.

Encerrou a reunião com um comentário:

Lembrando-se de que o coronel tinha falado pouco, voltou-se para ele:

– Creio que o senhor tenha mais informações sobre a segurança da área.

– Sem dúvida, senhor diretor. Já venho me aprofundando nesse assunto e estou muito preocupado.

– Bem, senhores, agradeço a ajuda, mas com certeza deveremos ter novas reuniões.

O diretor da ESG saiu e entregou o envelope, lacrado, ao coronel Rodrigues, que o estava esperando numa sala ao lado. O coronel pegou a mensagem, foi até o pátio de estacionamento do forte e entrou um veículo oficial, que o aguardava para levá-lo ao aeroporto Santos Dumont, de onde um pequeno jato da FAB o levaria para Brasília.

O veículo desceu a avenida Portugal que acompanha orla do mar, com uma mureta protetora para os carros. O coronel ia apreciando a bonita paisagem do Morro da Urca, onde antes existia o famoso Cassino da Urca que revelou artistas como Carmen Miranda.

Em sua distração, nem chegou a ver, quando os dois motoqueiros apareceram de repente e começaram a atirar nos pneus do carro. Uma camioneta, que não pôde ver direito, veio por trás e colocou-se ao lado do carro, empurrando-o para o barranco, num local onde a mureta protetora havia sido propositalmente destruída.

Não houve tempo para reação e o veículo começou a descer e sacolejar com violência. O coronel bateu a cabeça contra o montante da porta do carro, que foi deslizando, até parar numas pedras mais embaixo, e perdeu os sentidos.

Os motoqueiros correram para o carro e atiraram no motorista quando ele ia saindo. Abriram a porta e pegaram a pasta do coronel. Ele continuava desmaiado e, como não opôs resistência, os dois o deixaram e subiram o morro levando a pasta.

A camioneta os esperava com o vidro aberto e eles jogaram a pasta dentro, pegaram as motos e saíram em velocidade.

Se tivessem prestado um pouco mais de atenção, teriam notado que o motorista da camioneta que havia empurrado o carro do coronel estava em silêncio, com a cabeça apoiada na direção e que logo depois um homem moreno, de roupas simples, que estava agachado no fundo da camioneta, abriu a porta e saiu com a pasta.

Tudo tinha sido muito rápido e os curiosos não tiveram tempo de raciocinar sobre o que tinham visto. Uma radiopatrulha chegou, pegou o homem moreno, e saíram dali também em velocidade.

Alguns populares chegaram até o carro e viram que o motorista estava morto e o oficial desmaiado. Não havia perigo de o carro deslizar e eles retiraram o militar, que acordou e compreendeu o que estava acontecendo.

Ainda zonzo, pegou o seu celular e ligou para o diretor da ESG. Em poucos minutos, o lugar virou um palco de guerra. Viaturas de todos os tipos, Polícia do Exército, Polícia Federal, Polícia Militar, ambulâncias, era o arsenal do desespero, como se pode chamar uma equipe dessas.

Houve explicações confusas sobre dois motoqueiros, que jogaram uma pasta dentro da camioneta, mas um homem de terno pegou a pasta e logo apareceu a viatura da Polícia Militar, que o levou.

A camioneta estava lá e os peritos constataram que o motorista tinha sido apenas atingido por um tiro de tranqüilizante e estava vivo. Podia dar explicações quando acordasse.

A perícia fez todo o serviço de praxe: tirou fotografias, impressões digitais do carro e da camioneta para tentar identificar os motoqueiros e talvez mais gente, vasculhou tudo, como exigiam as circunstâncias.

O diretor não estava tranqüilo. Afinal, se o envelope não tinha nada de especial, nada que comprometesse a ESG ou o Exército, não havia motivo para esse assalto. O que será então que estava acontecendo?

Quem fez esse serviço certamente esperava encontrar alguma coisa comprometedora. O diretor raciocinava se o coronel podia ter sido seguido desde Brasília.

"O ministro precisa saber disso agora", pensou.

Pegou o seu telefone e ligou. Quando o ministro atendeu, ele foi claro:

– Senhor ministro, o coronel Rodrigues teve um acidente suspeito e a resposta que o senhor estava esperando foi roubada. Assim que o coronel for liberado pelos médicos, eu sigo com ele para Brasília. Precisamos conversar ainda hoje, se me permite.

– Liberado pelos médicos? O que houve com o coronel?

– Ele bateu a cabeça na porta do carro, mas parece que está bem. O motorista do coronel Rodrigues, um oficial de confiança, foi baleado e morreu.

Do outro lado, houve alguns segundos de silêncio.

– Espero-os na minha casa, não importa a hora que chegarem.

51

Perto das seis horas da tarde o Learjet da FAB pousou no aeroporto Juscelino Kubitschek em Brasília, levando o almirante Roberto, diretor da ESG, o coronel Milton, o coronel Rodrigues e o professor Gaudêncio. Uma carro oficial os aguardava e foram direto para a casa do ministro do Exército.

No escritório da casa do ministro, estavam também o ministro da Aeronáutica e o da Marinha.

Após cumprimentos formais, passaram, sem maior demora, ao assunto que os levara a essa reunião. Sentia-se o clima de tensão que ia dominar aquele encontro. O Brasil era um país pacífico e sempre se orgulhou disso. De repente, vêm o atentado contra o general Ribeiro de Castro, os atentados contra a capitã e agora o atentado contra o chefe de gabinete do ministro do Exército, com o roubo de mensagem secreta.

O diretor da ESG expôs de forma clara e completa os fatos, informou que o motorista da camioneta tinha sido reanimado, mas não esclareceu nada. Negava tudo e disse que tinha sido roubado. A camioneta estava amassada e com sinais de tinta do carro do coronel Rodrigues, mas o sujeito insistia que ele é que era a vítima.

O ministro do Exército era homem educado, falava polidamente, aparentava 60 anos e achava que já devia ter ido para a reserva. Pele clara, queimada nas quadras de tênis, e a mente lúcida treinada no tabuleiro de xadrez.

Tomou a palavra.

– Não fosse o estranho episódio de uma terceira pessoa ter pegado a pasta, nós poderíamos estar acreditando nessa versão de acidente. Mas tudo indica que alguém seguiu o coronel até o Rio de Janeiro e esperou que ele pegasse a mensagem.

O diretor insistiu em dizer que a mensagem não trazia nada de novo, apenas o que já era sabido, no sentido de que a Amazônia pode ser considerado território sujeito a ocupação por outros países.

– Alguém seguiu o seu chefe de gabinete, desde Brasília até a ESG e levou o nosso comunicado, talvez pensando que se tratasse de coisa mais séria. Seja lá quem for, estão preocupados com alguma coisa.

O ministro do Exército dirigiu-se ao professor:

– Agradecemos a gentileza de o senhor ter vindo. Assim, nós podemos discutir esse assunto com mais amplitude. Se me permite, gostaríamos de ouvi-lo primeiro e depois nos reuniremos com o coronel Milton.

O diretor estava curioso para saber os motivos que levaram os três ministros das Forças Armadas pedirem a opinião da ESG em caráter sigiloso, mas se não lhe disseram, também não ia perguntar. Talvez em outro momento, não agora na frente do professor, que assumiu uma pose de catedrático, notada por todos, e disse do alto da sua sabedoria:

– É o óbvio ululante, do Nelson Rodrigues. A Amazônia é o símbolo do abandono. Tem uma história de abandono.

Esperou o tempo suficiente para que a sua filosofia inebriasse a sala:

– Não vou estender-me em todos os assuntos. Apenas o necessário para criar um caminho lógico. Vejam os senhores o abandono dessas terras pela coroa espanhola, entregando-a aos portugueses, com a união das coroas de 1580 a 1640. O rei da Espanha deixou que o Exército português tomasse conta da Amazônia, por questões práticas. Ficava muito mais fácil para os portugueses chegarem até os Andes do que para os espanhóis atravessarem a cordilheira e ainda tomarem conta daquela imensa floresta, desde o Pacífico até o Atlântico. Já temos aí portanto o primeiro abandono.

Virou-se um pouco na cadeira e olhou para os ministros.

– Depois vem a situação de ilegitimidade. É óbvio que, separando-se as coroas, o correto seria que fossem respeitados os limites do Tratado de Tordesilhas, devolvendo-se a Amazônia para a Espanha. Mas Portugal manteve a ocupação e construiu fortalezas nas desembocaduras dos principais rios, mantendo a posse de uma área que não era sua e cuja guarda circunstancial lhe fora confiada.

O professor sabia que falava sobre assunto conhecido, mas era importante para o seu raciocínio que aqueles homens tivessem um pouco de paciência. E, sem dar muito tempo para que o diretor interviesse, continuou.

– Cristóvão Colombo teve de aportar em Lisboa, em 6 de março de 1493, quando voltou das Antilhas, e afirmou na época que tinha chegado à Índia, navegando em direção ao Ocidente. Dom João II, rei de Portugal, reivindicou os direitos da coroa portuguesa sobre aquelas áreas, que imaginavam ser a Índia, e o assunto só foi resolvido com a intervenção do papa. Foi então assinado o Tratado de Tordesilhas que traçou uma linha divisória de pólo a pólo, distante trezentas e setenta léguas do arquipélago de Cabo Verde, para oeste, de forma que a parte ocidental pertenceria à Espanha e a oriental a Portugal.

Parou para respirar e olhou meio nervoso para o diretor com medo de que ele pedisse para resumir o assunto. Depois olhou para os ministros:

– Pois bem, essa linha imaginária passava por Belém do Pará, ao Norte, e por Laguna, no Estado de Santa Catarina, ao Sul, de forma que o Brasil então seria apenas um país atlântico, pois toda a terra à esquerda, até o Pacífico, pertencia à Espanha. Nem mesmo Brasília está dentro do espaço geográfico que pertenceria ao Brasil.

Juntou as pontas dos dedos com as mãos em forma de oração diante dos botões da camisa, para pensar melhor, e continuou:

— Ocorre que o Tratado de Tordesilhas fora sacramentado com uma bula papal e então, vejam os senhores, Portugal violou uma bula do próprio papa. Na época uma bula papal era documento mais importante que as decisões da ONU, que também ninguém respeita.

Recuperou-se do exagero e continuou.

— Aí surge um problema sério com outras potências marítimas: a Inglaterra, a França e a Holanda reclamaram. Ficou famosa a frase de Francisco I, da França, que pediu para ver no testamento de Adão se a França estava excluída do direito a essas terras. A verdade é que Portugal e Espanha dividiram o mundo entre eles e os outros países que ficaram excluídos passaram então a recorrer a invasões, pirataria e contrabando.

Passou a mão pelo rosto, pegou o copo de água que estava em cima da mesa e falou quase que para si mesmo:

— Esses países continuam se baseando no testamento de Adão, que não deixou nada para ninguém, a não ser o pecado original, e tomaram grande parte do Hemisfério Norte, como os Estados Unidos e o Canadá, e entraram nas Guianas e algumas ilhas do Caribe.

Notou que os outros já o estavam olhando com se demonstrassem que continuavam com a mesma paciência.

— Os argumentos de Portugal para ficar com a Amazônia foram que, se um país dominasse a desembocadura de um rio, dominava toda a sua bacia, incluindo a longitude e os afluentes. Teoria aliás óbvia, mesmo porque os rios eram o único caminho.

Procurou pular alguns séculos.

— É claro que isso gerou atritos com a Espanha, e Portugal começou a construir fortes em pontos estratégicos, para garantir essa ocupação. Em 1750, as duas coroas assinaram o Tratado de Madri, pelo qual a Espanha reconheceu os limites ocupados por Portugal e os fortes ficaram sem serventia. E aí, então, o que aconteceu?

O diretor da ESG respondeu:

— Sim, professor, nós sabemos que esses fortes caíram no abandono. O Príncipe da Beira foi descoberto pelo marechal Rondon, completamente tomado pelo mato e ainda está em ruínas, como aliás acontece com o forte São Joaquim em Roraima, o forte São José do Rio Negro, em Manaus, e o forte São Francisco Xavier, em Tabatinga. Aliás, dos fortes de Tabatinga e Manaus nem vestígios existem.

— Por favor, senhor diretor. Acho que esse pequeno resumo é importante para a conclusão, o senhor vai ver.

– Muito bem, continue.

– O fato é que, se os portugueses não tivessem construído aqueles fortes, o Brasil não teria as fronteiras que tem hoje. Seria uma faixa litorânea talvez igual ao Chile, seguindo das linhas do Tratado de Tordesilhas.

Esperou alguma reação, mas como não veio, comentou:

– Os portugueses construíram esses fortes, graças à fantástica viagem de Raposo Tavares, que saiu de São Paulo, desceu o Tietê, pegou o Paraná, subiu o Paraguai e depois, ninguém sabe aliás como, alcançou o Guaporé e pôde assim chegar ao Madeira e ao Amazonas, aparecendo em Belém, depois de mais de três anos de viagem, enfraquecido e quase sem companheiros.

Falou em tom triunfante, mas os ministros foram pacientes.

– Não vou criar fantasias e por isso peço que me escutem, por favor. Os senhores conhecem a lenda do El Dorado. Pois bem, existem pesquisas que indicam que as minas da lenda do El Dorado estariam no Estado de Roraima, na confluência dos rios Uirariquera e o Tacutus, onde foi construído o forte São Joaquim.

Essa é uma informação que corre pela internet e o professor não esperava mesmo que causasse algum impacto.

– Os ingleses reivindicaram aquela área e nós quase a perdemos. Talvez a maior mina de ouro do mundo esteja lá por perto e até há pouco tempo havia mais de quarenta mil garimpeiros em apenas um garimpo, que devia ocupar uma área de quarenta e cinco mil quilômetros quadrados. Os senhores têm idéia disso?

– O senhor está se referindo ao garimpo do Tepequém, que hoje está na reserva dos ianomâmis, penso eu – disse o diretor.

Os ministros preferiram não comentar detalhes.

– Pois bem, senhor diretor, o senhor talvez vá se espantar com o que vou dizer.

Fez um pouco de suspense e completou:

– O mundo desenvolvido hoje não está muito preocupado com o ouro. Já esgotaram a África do Sul e outros países. Além disso o ouro deixou de ser lastro para a emissão de moedas e perdeu muito do seu valor. O Eldorado hoje é o direito de compensação atmosférica que a floresta amazônica representa.

Ele sentiu a inquietação dos presentes. Precisava defender a sua tese de forma objetiva.

– Estima-se que os minérios existentes dentro da Reserva Ianomâmi possam valer, só elas, um trilhão de dólares, entre ouro, diamante, nióbio, ferro e outros que, sem dúvida nenhuma, são muito importantes para o Brasil e não podemos desprezar.

Parou um pouco para criar suspense.

– No entanto, o que me parece que eles querem hoje é a atmosfera. Precisam da floresta para fabricarem uma quantidade de ouro muitas vezes maior que as minas de Roraima. O El Dorado que eles querem é a floresta, para que eles possam continuar poluindo o mundo.

Fingiu que estava escolhendo palavras para um platéia que parece ter ficado curiosa e disse:

– Alguns estudos indicam que o valor anual dos benefícios que a floresta amazônica traz para o mundo é também de um trilhão de dólares. Estou falando de um trilhão de dólares anualmente!

O ministro do Exército perguntou:

– Pelo seu raciocínio, os países ricos não precisariam pagar esse valor, pois, a partir do apossamento de áreas de floresta, através de ONGs e investimentos simbólicos em reservas, poderão alegar que estão fazendo a compensação atmosférica?

O professor estava realizado.

Os ministros da Marinha e da Aeronáutica aparentemente tinham delegado poderes para o ministro do Exército falar por eles. Mas o discurso do professor parece ter interessado ao ministro da Marinha, que então perguntou:

– Seria um novo tipo de usucapião? A posse atmosférica? Pela sua tese, é de se pressupor que esses países não estão interessados apenas em nosso território, mas principalmente na posse do nosso oxigênio?

Conseguira algum sucesso. Os ministros olharam um para o outro e o diretor da ESG olhou para eles pensativo. O ministro da Marinha continuou:

– O senhor está chamando a atenção para o fato de que, se países industrializados se apossarem da floresta amazônica, eles vão ter justificativas para continuar poluindo, enquanto que nós brasileiros não vamos poder criar um parque industrial condizente com as nossas dimensões e com as necessidades do nosso povo, porque não teremos o contraponto ambiental? Seríamos boicotados pelos outros. A sua tese é de que estão nos condenando à pobreza e à servidão, é isso?

Estava realizado. Conseguiu comover um ministro. "Quem sabe os outros também pensem do mesmo jeito."

Já mais aliviado, reparou melhor naqueles homens. Notou que não se pareciam um com o outro. O da Marinha era moreno, forte, olhos escuros e parecia ser do Norte. O ministro da Aeronáutica era alto, claro, esbelto e tinha fisionomia simpática. O ministro do Exército era o típico jogador de tênis preparado para o saque.

– Será a nossa asfixia – respondeu depois de analisar os três homens.

O diretor ficou em silêncio. Queria fazer também algumas perguntas, mas preferia que os ministros fizessem.

O ministro da Marinha insistiu:

— Então, na sua visão, essas ONGs poderão argumentar no futuro que, pelo fato de estarem protegendo a floresta, elas têm a sua posse?

— E por que não? Já são mais de mil ONGs protegendo imensas áreas de floresta, seja em reservas ambientais, reservas indígenas, reservas extrativistas, enfim inventam vários nomes para se ocuparem das matas. Nem é preciso comentar as teses de "soberania compartilhada", "soberania dividida" e outros tipos de soberania que andam criando por aí para nos tomarem a Amazônia.

— É por isso que os Estados Unidos não assinam o Protocolo de Kyoto. Estariam esperando a consolidação dessa posse?

Não tinham ainda pensado sob esse aspecto. A hipótese era nova, fantasiosa, mas possível.

— A Europa não tem mais florestas. Os Estados Unidos têm alguns parques nacionais que não compensam a poluição atmosférica que produzem. Nós, no entanto, temos uma riqueza atmosférica imensurável que em breve teremos de perder ou compartilhar, sob o pretexto de que a abandonamos. Num determinado momento da história, cada país terá de limpar o seu ar ou pagar caro pelo ar compensatório e, então, o país que mantiver capacidade ociosa de seqüestro de carbono, ou cobrará caro por ele, ou ficará pobre, se outros dela se apossarem.

O diretor da ESG achou que era prestigiar demais aquele professor, mas o assunto estava interessante e assumiu uma humildade que não lhe era costumeira:

— O senhor estaria sugerindo que estamos caminhando para o Uti Possidetis Atmosférico? Poderíamos estar agindo com ingenuidade e consolidando de forma permanente a presença estrangeira em território nacional? Estaríamos sendo passivos, omissos, coniventes?

Parecia que não estava satisfeito com a sua exposição e continuou:

— Não estou encontrando as palavras certas para a minha preocupação, mas é sabido que os Estados Unidos têm desenvolvido teses de autodefesa que incluem não apenas o ataque preventivo como ocorreu no Iraque, mas a prevenção da escassez de elementos naturais. Para sobreviverem, são capazes de tomar a natureza alheia, e para eles não importa se viermos a perecer.

Os ministros sabiam que isso aliás já estava acontecendo. O general Ribeiro de Castro foi assassinado porque estava defendendo a Amazônia.

O professor compartilhou da preocupação do seu superior:

— As tentativas para ocupação ordenada da Amazônia caíram no abandono. Rodovias, projetos de colonização agrária, os incentivos fiscais, tudo foi abandonado desde que a esquerda assumiu o poder.

Os ministros estavam achando um pouco de exagero, mas os acontecimentos chamavam atenção.

O ministro do Exército então perguntou:

— E o senhor acha que esse eventual abandono justifica a invasão por outros países?

— Quanto às justificativas jurídicas para essa invasão, a nossa própria Constituição as tem.

— Acho que o senhor está enganado. Como pode a nossa própria Constituição autorizar invasões por outros países? – perguntou o ministro do Exército em tom irônico.

— Queira desculpar-me, senhor ministro, mas, dependendo da interpretação, o artigo 231 da Constituição Federal pode levar a essas conseqüências.

Abriu a sua pasta e pegou a Constituição. Antes de ir ao aeroporto, tinham passado em suas casas para pegar uma valise com o indispensável e o professor trouxera alguns livros, que entendeu necessários.

— Esse artigo diz que *São reconhecidos aos índios sua organização social, costumes, línguas, crenças e tradições, e os direitos originários sobre as terras que tradicionalmente ocupam,...*

Enfatizou o "tradicionalmente ocupam" e continuou:

— O que se observa é que não estão demarcando as terras que os índios "tradicionalmente ocupam", mas sim as terras que "antigamente ocuparam" e, além do mais, estão dando ao verbo "ocupar" interpretação elástica. Pelas dimensões territoriais, essa destinação só se justifica se os índios ainda fossem nômades.

Notou a curiosidade do grupo. O diretor achava esse professor meio pernóstico, mas concluiu que foi bom trazê-lo. Assim, essas dúvidas todas podiam ser levantadas e discutidas.

— Ocupação implica o uso, a exploração, e nomadismo não se enquadra aí, por duas razões. A primeira é que hoje não existe mais nomadismo. A proteção pública aos índios já conflita com nomadismo. A Funai extinguiu o conceito de nomadismo, substituindo-o pelo de protecionismo.

Achou que não era o momento de justificativas teóricas entre nomadismo e protecionismo e passou à segunda razão.

— Ora, se nomadismo fosse motivo para reconhecimento de ocupação, então as tribos nômades do Afeganistão e da Mongólia seriam as proprietárias das terras por onde trafegam há milênios. Tenho certeza de que a Rússia e os países da Ásia não aceitarão essa tese. Então, em conclusão, nomadismo não é motivo para justificar hoje a ocupação de terras.

Aqueles homens ali reunidos representavam os mais altos escalões da segurança nacional. Não estavam interessados em transmitir ao professor as suas opiniões, mas sim conseguir dele o melhor raciocínio possível a respeito desse assunto e por isso o deixaram falar.

E o professor parece que estava gostando.

– Vejam agora a malícia que deram à redação desse artigo da Constituição.

Ajeitou os óculos e leu a parte final do artigo 231:

"...competindo à União demarcá-las, proteger e fazer respeitar todos os seus direitos."

– Notem que é a União, ou seja, o governo federal, que tem o dever de proteger os índios e fazer respeitar todos os seus direitos. Ou seja, se garimpeiros, madeireiros, grileiros ou mesmo estrangeiros invadirem terras dos índios, o governo federal tem o dever imediato de ir lá e retirar esse pessoal. As polícias militares, as polícias dos Estados não podem sequer entrar nessas terras porque não fazem parte da União.

Esperou que entendessem o seu raciocínio, para então concluir:

– Isso implica reconhecer que as reservas indígenas já são territórios autônomos e soberanos, um tipo de protetorado, onde nem a União pode entrar a não ser para protegê-los.

O ministro do Exército inquietou-se:

– O senhor não está exagerando? A União, ou seja, o Brasil, não tem direitos sobre essas terras, só obrigações? É isso que o senhor quer dizer?

– No exemplo que eu dei, se União não retirar os garimpeiros e não impedir que madeireiros explorem os índios, isso significa que o Brasil não está cumprindo a sua obrigação para com as nações indígenas e entra aí então o que se chama, no Direito Internacional Público, de Direito de Ingerência. Hoje, não se fala mais em tribos, mas em "nações indígenas".

O diretor comentou:

– Como fomos deixar isso passar?

Lembrou-se porém que era o período da redemocratização do país e a Constituição teve de atender às muitas correntes de pensamento que se sucederam ao regime militar, e preferiu voltar à realidade.

– Nós criamos uma arma que pode ser usada contra nós mesmos. A expressão "todos os seus direitos" é de interpretação muito ampla. Estudos recentes da ESG indicam que mais de um milhão de quilômetros quadrados, ou seja, mais de doze por cento do território brasileiro, estão reservados para trezentos mil índios, num país de duzentos milhões de brasileiros. É uma área maior que os territórios da Alemanha, França e Itália, juntos.

O assunto também já estava muito debatido, mas deixaram que o professor dissertasse à sua moda sobre essa questão do Direito Internacional Público, que jamais se pensou pudesse justificar a invasão armada do país.

O Brasil sempre teve etnias, costumes, religiões e tradições de todos os tipos. De repente, o mundo passa a ter consciência das riquezas da imensidão amazônica, com seus rios, seus recursos minerais, sua floresta e toda a biodiversidade ali existente, e essa convivência pacífica e ordeira começa a correr perigo.

A cobiça internacional pode tirar esse povo da sua paz e dividir o Brasil, como tem feito com outros países. A teoria do Destino Manifesto foi lançada pelo presidente James Buchanan, no ano de 1857, quando deixou claro que a expansão dos Estados Unidos, desde o Ártico até o Pólo Sul é o destino dos Estados Unidos e nada irá detê-los.

Agora, as manifestações de domínio continental continuam e preocupam. O general Colim Powell também repetiu, em 2004, que o objetivo da Alca é garantir para as empresas americanas o controle de um território que vai do Pólo Ártico até a Antártida. Os americanos se julgam no direito de conduzir o mundo, como se fosse um destino que Deus lhes entregou, o chamado Destino Manifesto.

E eles vêm ampliando a consciência de que têm poderes universais, como esse conceito novo de "Nação Indispensável". Com o fim da guerra fria e a derrocada da União Soviética, os Estados Unidos dispensaram a diplomacia e as pressões econômicas, para aplicarem a força, para manter a "ordem jurídica" no mundo.

Antes, era só a América para os americanos. Agora é o mundo todo, conforme disse a secretária de Estado Madeleine Albright: "O sucesso ou o fracasso da política externa do povo americano permanece como o maior fator para moldar nossa própria história e o futuro do mundo."

52

O professor se regozijava da sua aura intelectual. Aqueles ministros se comportavam como numa sala de aula.

"Não posso perder essa oportunidade. Vou assustá-los um pouco mais."

– Não é só isso. A nossa legislação ambiental já transfere para as ONGs a soberania sobre a Amazônia.

O ministro do Exército assustou-se:

– O senhor deve estar enganado, pois se nem a Constituição pode transferir a soberania nacional, menos ainda a lei ambiental.

– Desculpe-me, ministro. Isso é o que o senhor pensa. Veja bem... Fernando Henrique Cardoso..., nada contra ele, mas a inocência pode comprometer o País, Fernando Henrique promulgou a Lei 9.985 em 2000, institucionalizando a internacionalização indireta da Amazônia. O artigo 30 dessa lei estabelece que "as Unidades de Conservação podem vir a ser geridas por organizações da sociedade civil de interesse público com objetivos afins aos da unidade, mediante instrumento a ser firmado com o órgão responsável por sua gestão".

– "Unidades de Conservação"? Seriam áreas de conservação ambiental, presumo – disse o diretor.

– Sim. Elas estão definidas no artigo 15 da mesma lei. São as chamadas Apas e assim definidas: "A Área de Proteção Ambiental é uma área em geral extensa, com um certo grau de ocupação humana, dotadas de atributos abióticos, bióticos, estéticos ou culturais especialmente importantes para a qualidade de vida e o bem-estar das populações humanas, e tem como objetivos básicos proteger a diversidade biológica, disciplinar o processo de ocupação e assegurar a sustentabilidade do uso dos recursos naturais."

O professor já estava cansado. Queria terminar logo aquilo, mas sentia-se realizado.

– Pois bem, o que nós temos aí? A pura e simples transferência, para organismos não governamentais, do gerenciamento de área pública extensa, como diz a lei. O artigo 225 da Constituição Federal não autoriza porém que o poder público transfira a organizações estrangeiras atribuições próprias da soberania.

Ele percebeu o interesse dos ministros.

– Os senhores querem um exemplo prático? O Conama. O Conselho Nacional do Meio Ambiente é composto por ONGs nacionais e internacionais, que recebem dinheiro do exterior. O Conama produz legislação que o Exército, a Marinha, a Aeronáutica, a Polícia Federal, o Poder Judiciário e todos os brasileiros são obrigados a seguir.

Pegou da sua pasta outra folha de papel.

– Essa é uma proposta de resolução do Conama, que circula na internet. Não sei se foi aprovada ou não. Vou ler o primeiro "Considerando" dessa proposta.

"Considerando a divulgação de recentes relatórios de pesquisas feitas por organizações não-governamentais, tais como Greenpeace, Imazon e Ipam, dentre outras, que demonstram que mais de 80% da madeira comercializada na região amazônica tem procedência ilegal..."

– Olhem só. Estaria realmente o Conama baixando resoluções, com base em informações de ONGs estrangeiras e polêmicas?

Não tinham muito tempo para detalhes, mas essas revelações preocupavam porque se tratava de soberania nacional, e as Forças Armadas poderiam ser acusadas de omissão. A defesa do território nacional era atribuição das Armas.

– No meu entender, já é grave o fato de que existe proposta de resolução do Conama, com base em informações de ONGs polêmicas.

O ministro da Aeronáutica deixou escapar o comentário de que os nomes dessas ONGs eram esquisitos e perguntou:

– Argonauatas, Furpá, Aspoan. Quem são essas ONGs? Recebem elas dinheiro estrangeiro? Quem são os remetentes? Quais os interesses deles? E, se recebem dinheiro de entidades estrangeiras cujos objetivos são desconhecidos, para não dizer outra coisa, podem elas participar de órgãos que administram terras públicas?

E insistiu:

– Então, na sua opinião, esses acordos com as ONGs podem ser contestados e também as resoluções do Conama ou de outros órgãos de controle do meio ambiente no Brasil que tenham a participação das ONGs?

– Na minha opinião, sim. O Conama foi criado pela Lei 6.938 de 1981 e eu não vi em nenhum artigo dessa lei autorização para ONGs estrangeiras participarem de sua composição. Isso foi criado pelo artigo quarto, do Decreto 99.274 de 1990, que regulamentou a lei. O decreto foi além da lei e até mesmo esse decreto não é claro quanto à participação de ONGs estrangeiras.

O diretor comentou como se estivesse falando para si próprio:

– Sem pretender dar razão às teorias de fatalidade histórica, mas apenas raciocinando, eu pergunto: se alguma ONG, representando interesses externos, quiser criar dificuldades para o nosso desenvolvimento, pode utilizar-se do Conama?

O professor sentiu-se motivado e fez referência ao biólogo americano Thomas Lovejoy, que teria dito numa entrevista que:

O maior problema são esses malditos nacionalistas desses países em desenvolvimento. Esses países pensam que podem ter o direito de desenvolver seus recursos como lhes convêm. Eles querem se tornar potências, estados soberanos e elaboram suas estratégias... Nós achávamos que podíamos controlar melhor as coisas argumentando com esses líderes, esses tolos nacionalistas. Superestimamos a nossa capacidade de controlar as pessoas e vamos ter que ajustar isso. Será um ajuste doloroso, sem dúvida. Não, o problema real é este nacionalismo estúpido e os projetos de desenvolvimento aos quais ele leva.

– A ameaça é clara, como no seguinte parágrafo:

Os brasileiros – e eu sei disto de uma experiência de 17 anos – pensam que podem desenvolver a Amazônia, que podem tornar-se uma superpotência. Vivem de peito estufado com isso. Portanto, você tem que ser cuidadoso. Você pode ganhá-los com pouco. Deixe-os desenvolver a bauxita e outras coisas, mas reestruture os planos para reduzir a escala dos projetos de desenvolvimento energético alegando razões ambientais.

Depois de um certo momento de silêncio, causado pela aspereza das palavras de Levejoy, o ministro da Aeronáutica repetiu:

– Você pode ganhá-los com pouco.

E continuou:

– Esse senhor Lovejoy foi o primeiro ambientalista a receber a condecoração da Ordem do Rio Branco. Então, enquanto nós nos entusiasmávamos com essas idéias, na verdade eles estavam pensando longe.

O silêncio voltou. Um silêncio incômodo, que o ministro do Exército interrompeu:

– O senhor tem algo mais a informar?

– Nós temos hoje nas mãos a quarta e talvez última oportunidade de pagarem pelo que é nosso. A primeira oportunidade foi com a borracha, quando estávamos ficando ricos, mas sufocaram a nossa produção com as plantações da Ásia.

Sabia que ia tocar num ponto sensível, mas continuou.

– A segunda oportunidade foi também com a borracha quando os Estados Unidos estavam em guerra e a borracha da Ásia estava dominada pelos japoneses. Aí o Getúlio perdeu uma grande oportunidade.

Como que pedindo desculpas, olhou educadamente para o ministro do Exército:

– Não podemos esquecer o "soldado da borracha".

O "soldado da borracha" era um tema desconfortável para o Exército Brasileiro.

Durante a Segunda Guerra Mundial, o Japão tomou a Malásia, o Ceilão e Singapura, dominando toda a extração asiática da borracha. Os Estados Unidos ficaram sem saída. Só o Brasil poderia fornecer o látex para a borracha. Getúlio contentou-se com a implantação do parque siderúrgico nacional de Volta Redonda e dezenas de milhares de nordestinos foram convocados, às vezes à força, para irem trabalhar na Amazônia.

Famílias foram separadas, porque muitos homens foram pegos quando trabalhavam nos campos e não puderam sequer voltar para se despedir da mulher, dos filhos ou dos pais. O governo lançou uma grande campanha enaltecendo o sacrifício que esses nordestinos iam fazer pelo bem do país e eles passaram a ser chamados de "soldados da borracha".

Foram chantageados com a ameaça de que, se não fossem para os seringais, seriam mandados para a guerra. Prometeram-lhes salário que nunca receberam. Os Estados Unidos davam cem dólares ao governo para cada "soldado da borracha" que fosse para os seringais. Muitos morreram no meio da selva e os que não morreram não tinham mais como voltar. Os que se encontram vivos dizem que são "soldados da borracha", e sonham em receber o soldo que lhes fora prometido.

– Pois bem, ali o americano estava no sufoco e só nós podíamos salvá-lo. Bobeamos e é possível que estejam espalhados hoje na Amazônia centenas de milhares de nordestinos e seus descendentes, passando penúria, enquanto o americano ganhou a guerra com a nossa borracha.

O momento exigia reflexão e os ministros estavam curiosos para saber a respeito das outras oportunidades.

– A terceira oportunidade foi quando o ouro, no começo dos anos 80, atingiu o preço recorde de 850 dólares a onça na Bolsa de Londres. A Amazônia chegou a produzir cento e vinte toneladas de ouro por ano, atrás apenas da União Soviética e da África do Sul, praticamente com exploração manual.

Deixou os ministros pensarem um pouco e comentou:

– Perdemos a borracha e enterraram o nosso ouro e os outros minérios no meio de reservas de todos os tipos. Agora, corremos o risco de perder a nossa maior fortuna, que é a floresta. Vamos conservar a floresta, mas que paguem por ela o que ela vale.

E disse num tom enfático:

– Trilhões de dólares por ano, senhores ministros, trilhões de dólares por ano e ainda terão de pagar pelo passado, pagar pelo fato de que mantivemos o planeta Terra limpo para eles o poluírem. É o preço por mantermos a Amazônia.

O telefone interrompeu o entusiasmo do professor.

O ministro olhou para a mesa intrigado, porque dera ordens para não ser interrompido, a não ser em caso de urgência. Havia portanto uma urgência. Levantou-se e atendeu.

– Pronto!

A mulher dele estava no aparelho.

– A capitã Fernanda está aqui e diz que precisa falar com você agora. Ela diz que é urgente.

– Estou indo.

Dirigiu-se aos demais:

– A capitã Fernanda, da Abin, está aí com algum assunto novo.

Pensou um pouco e disse ao professor:

– O senhor não se importaria de aguardar um pouco na sala ao lado?

– Oh! Não há problema. Compreendo que os senhores devem ter assuntos sigilosos. Mas fico aguardando, caso ainda precisem de mim.

O ministro saiu com o professor e se encontraram com a capitã, que estava uniformizada e segurando uma pasta. O ministro pediu à sua mulher para trazer mais água e servir café para todos. A capitã Fernanda entrou na sala. Já a conheciam e ela prestou continência e esperou que o ministro do Exército lhe indicasse uma cadeira.

– Bem, capitã, o que há de urgente agora?

Ela abriu a pasta e entregou ao ministro um envelope lacrado e com o timbre da Escola Superior de Guerra.

– Meu Deus, mas esse é o envelope que eu dei ao coronel Rodrigues, exclamou o diretor da ESG.

53

O embaixador estava concentrado nos papéis que a secretária lhe havia posto sobre a mesa. Era uma mulher eficiente, aparentava 40 anos, americana e já estava trabalhando na embaixada do Brasil havia oito anos.

Discreta, culta e preparada, tinha sido secretária de embaixadas em mais de um país e sonhava ela mesma ocupar esse cargo.

O embaixador comentou, como se perguntasse:

– De acordo com os seus registros, essas comunidades na internet aumentaram muito nos últimos dias.

– Sim, todos os dias aparecem várias delas e repetem constantemente as mesmas informações. Por exemplo, esses textos sobre a Arpa e o Fernando Henrique Cardoso, o Collor e a reserva dos ianomâmis, as bases americanas nas divisas com o Brasil, o imenso valor da Amazônia e outras.

– Sim, sim, eu sei. Mas a senhora parece que quer dizer mais alguma coisa.

Ela pensou um pouco, parecia hesitante:

– O texto, a linguagem parecem escritos por uma única pessoa, ou orientados por um centro de difusão. Não me parece lógico, nem mesmo verossímil que, de repente, uma quantidade tão grande de pessoas, de todos os cantos deste país, comece a criar comunidades na internet para divulgar o mesmo assunto. O senhor não acha estranho?

– A senhora notou a insistência para que os dados fossem divulgados para outras comunidades?

A secretária saiu e o embaixador pegou o texto sobre a Arpa e o compromisso assinado pelo então presidente Fernando Henrique Cardoso em Johannesburgo. Assustou-se.

"Quarenta por cento da Amazônia para essa Arpa?"

O informativo falava sobre a criação da Arpa, ou Áreas de Preservação Ambiental, e dizia que não esconderam nem mesmo a sua denominação estrangeira que é um acrônimo de Amazon Regional Protected Areas, que fora concebido pela WWF com o objetivo de "conservar" mais de 40% da área da Amazônia brasileira.

"Quarenta por cento da Amazônia Brasileira? Só por conta de uma ONG inglesa? Será que essa gente não percebe que isso pode ter reações perigosas? Podem aceitar isso hoje, mas e se outros não concordarem amanhã?"

O texto ridicularizava o ex-presidente Fernando Henrique Cardoso, que engajou o Brasil nessa Arpa depois de ter recebido da rainha da Inglaterra o título de Cavaleiro da Ordem do Banho. Constava que, em 1997, quando ainda era presidente, Fernando Henrique teria assumido esse compromisso com o príncipe Philipe, presidente da WWF Internacional.

O embaixador não se conformava. Quarenta por cento da Amazônia é nada mais nada menos que vinte por cento do Brasil.

"Mas o que será que esses ingleses estão querendo?"

"Além disso, tem essa história mal explicada da reserva indígena dos ianomâmis."

Lembrou-se de que, no governo Collor, o príncipe Philipe esteve no Brasil e logo depois o príncipe Charles ancorou com o iate real Britânia no rio Amazonas. O séquito real trazia o ministro britânico do Meio Ambiente, o diretor da Comissão Ambiental da Comunidade Européia, e o presidente da British Petroleum. Os Estados Unidos mandaram o diretor da Agência de Proteção de Meio Ambiente. O ex-presidente Collor passou uma noite lá e logo depois assinou a reserva dos ianomâmis.

"Agora as coisas começam a clarear", pensou o embaixador e releu o texto sobre a descoberta do Eldorado.

"A Inglaterra sempre quis aquele pedaço de terra. O monte Roraima foi festejado por escritores ingleses importantes, como Conan Doyle e Newton. Esse Stevenson acusa Humboldt de ter feito os exploradores errarem de propósito o local do Eldorado, indicando outro lugar em vez de Roraima, para se vingar do governo brasileiro que não o deixou entrar no país. Depois veio aquela história do Schomburg, que descobriu o monte Roraima e fez mapas praticamente entregando o Estado de Roraima à Inglaterra. Será que os alemães e ingleses estão unidos para ficarem com a área? Tudo é possível, tudo é possível."

Andava inquieto. Os fatos que estavam vindo ao seu conhecimento o perturbavam.

"E se tivermos de pagar pelo passado também? Afinal, enquanto fazíamos indústrias, aviões, navios, televisões, caminhões e bombas, para poluir o ar, o mar e fazer guerras, eles conservavam silenciosamente a natureza e agora nós queremos que eles continuem fazendo o mesmo, sem custos para nós, países ricos. Será que isso não vai mudar um dia?"

Ficou preocupado com essa possibilidade. Olhou para o quadro da batalha de Gettysburg.

"Não será melhor resolver tudo isso agora e aderir a esse movimento?"

"Esses ingleses. Será que nos empurraram para o Iraque só para nos distraírem? O país que dominar a Amazônia e tiver capital e tecnologia para aproveitar todas as suas riquezas será por muitos séculos o dono do mundo. O meu amigo presidente precisa ser convencido disso. E com urgência. Nós vamos perder a hegemonia para esses europeus. Voltaremos a ser colônia deles, se bobearmos."

Levantou-se. Uma idéia preocupante inquietou seus pensamentos.

"Os Interesses Coletivos da Humanidade", pensou ele. "Os conceitos universais vêm mudando muito. Hoje existem os Tribunais Internacionais, a ONU, a Organização Mundial do Comércio, os arbítrios internacionais. E se amanhã surgir um Tribunal Internacional para que as nações ricas paguem a países como o Brasil, que conservaram suas florestas e seus rios, o valor real da compensação pela poluição industrial que estamos fazendo?"

Lembrou-se de estudos de pesquisadores americanos de que o custo, para a recomposição do efeito estufa, pode exigir quatro trilhões de dólares, se a floresta amazônica deixar de existir.

"Estamos fazendo pressões para os brasileiros deixarem a floresta intocável, mas e se tivermos de pagar por isso? Não acredito que enquanto a Amazônia pertencer a esses brasileiros a gente vá pagar alguma coisa. Ao contrário, podemos até tirar vantagem no momento certo. Mas e se essa massa florestal cair em mãos erradas?"

Voltou para a mesa. Olhou para os papéis.

"Não, não pode ser. Isso tudo é fantasia. A Amazônia não é o Iraque. O mundo ocidental tem receios do islamismo e pavor do terrorismo. Estamos unidos contra eles, porque eles estão unidos contra nós. A Amazônia pode ser o maior perigo para a paz mundial, porque o mundo não vai aceitar que um só país fique com ela."

A capitã Fernanda notou a surpresa do diretor da ESG. Suspeitara de que alguma coisa nova podia estar acontecendo, mas teve a sensatez de não abrir o envelope que lhe fora entregue por aquela estranha personagem, por isso foi direto aos seus superiores.

O ministro do Exército falou:

– A senhora chegou em boa hora. Estamos tratando de assunto para o qual pode dar alguma contribuição. Mas, antes, queira, por favor, nos explicar como esse envelope chegou às suas mãos.

A capitã já estava acostumada a reuniões com o alto escalão das Forças Armadas e explicou com clareza.

– Um homem moreno, tipo comum, de terno marrom, me esperava na portaria do prédio. Entregou-me um envelope maior e, assim que o abri, ele saiu discretamente. Dentro do envelope havia esse outro da ESG, com este cartão.

Estendeu o cartão ao ministro do Exército, que o examinou e passou para os outros. O cartão estava com o timbre da Embaixada Americana, mas não trazia nomes, apenas o número de um telefone celular.

O ministro do Exército contou-lhe o que havia ocorrido no Rio de Janeiro e ela então disse:

– Os senhores já sabem que o general Ribeiro de Castro tinha promovido dois encontros, digamos assim, casuais, com o embaixador dos Estados Unidos para jogar golfe.

Eles assentiram com a cabeça.

– O general tinha seu jeito próprio de transmitir mensagem a outra pessoa, sem ser explícito, mas deixando a semente da dúvida. Não acreditávamos em participação americana nesse assunto e esperávamos que o embaixador pudesse ajudar.

O ministro da Aeronáutica perguntou:

– A senhora acha então que é possível que esses americanos passaram a seguir nossos passos?

– A partir de determinado momento, sim.

– Se passaram a nos seguir apenas a partir de determinado momento que, presumo, deu-se após os encontros do general com o embaixador, é possível então admitir que eles não tinham conhecimento desse assunto?

Era uma situação de dúvida em assunto de alto risco. Acreditavam ou não acreditavam nesses americanos?

O ministro da Aeronáutica insistiu:

– A senhora, como pessoa importante no setor de informações das Forças Armadas, o que sugere?

A pergunta pegou-a de surpresa. Era muita responsabilidade, mas também prova de confiança. Na verdade esses homens, como ela, estavam aturdidos.

Respirou fundo e respondeu:

– Ainda não podemos confiar em ninguém. A devolução desse envelope indica que eles estão sabendo de algumas coisas e querem ajudar. Mas acho cedo para excesso de confiança.

Os ministros balançaram a cabeça, em concordância.

– Estávamos para ouvir o coronel Milton, que é especialista em segurança da Amazônia. Gostaria que a senhora participasse.

O coronel entendeu que o ministro estava lhe passando a palavra.

– Falar da segurança da Amazônia pode exigir anos de divagações, por isso vou ser pontual. Primeiramente, o óbvio já conhecido dos senhores: não temos efetivo suficiente para tomar conta daquela área, que é mais da metade do território brasileiro e tem apenas trinta e cinco mil homens com pouco armamento. São vinte e dois mil soldados do Exército, sete mil e quinhentos da Aeronáutica e uns quatro mil da Marinha.

Era assunto já conhecido dos presentes, mas o momento exigia a revisão estratégica. O coronel fez uma pequena pausa e acrescentou:

– A fragilidade desse defensivo pode ser avaliada pelos episódios ocorridos recentemente na capital do Estado de São Paulo, quando o PCC, o dito Primeiro Comando da Capital, de dentro das prisões, comandou um ataque a alvos policiais. Num só dia morreram mais cem pessoas. A Polícia Militar do Estado de São Paulo tem um efetivo de cento e quarenta mil homens bem armados e preparados.

Deu uma pausa e continuou:

– Contra os nossos efetivos na Amazônia, os americanos instalaram vinte bases militares perto da divisa com a Amazônia, criando o chamado "arco amazônico", ou, como também dizem, um "cordão sanitário", que protege a área. Com que finalidade? Esse "cordão sanitário" alcança até o Pantanal Mato-grossense.

A revisão continuou.

– O governo brasileiro nunca havia admitido bases estrangeiras em nosso território, até que, no ano 2000, foi firmado um acordo para ceder aos Estados Unidos a base de Alcântara, no Maranhão. Por esse acordo, o Brasil não poderia mais exercer atividades de testes, desenvolvimento, produção e lançamento de satélites, foguetes e outras atividades espaciais, não só em nosso território, como em qualquer outro país. É de imaginar o atraso que isso representaria para o nosso país, se o acordo fosse aprovado.

Os ministros continuavam ouvindo, sem interrompê-lo.

– Questão duvidosa são as polícias militares dos Estados. Temos de considerar que qualquer movimento separatista da Amazônia tenderá a envolver os comandos dessas instituições.

– O senhor acha que essas forças locais apoiarão um movimento separatista? – perguntou o ministro da Marinha.

– No início, podem dividir-se, mas se o movimento aumentar, a tendência é de adesão. Resta ainda a ilusão de forças de resistência, como ocorreu no Vietnã e acontece agora no Iraque. As condições são diferentes.

No Vietnã, as forças de resistência eram movidas por uma ideologia. No Iraque, existe o fenômeno religioso. Não existe nada na Amazônia que possa unir a população em uma força de resistência. Ao contrário, as pressões ambientalistas e o abandono da área pelo governo federal aumentaram os focos de tensão, e a separação seria uma esperança.

O mapa do Brasil estava pendurado na sala do escritório. O coronel levantou-se e foi até ele.

– O poderio militar das presumíveis forças invasoras é ilimitado. Além disso, a Amazônia é um território fácil de ser tomado por forças convencionais. Basta usar o mesmo princípio que os portugueses criaram para dominar as bacias fluviais.

Apontou para a foz do rio Amazonas.

– Imaginem o seguinte quadro: navios de guerra e submarinos, com apoio da aviação, tomam conta da foz do rio Amazonas. A primeira conseqüência seria a formalização da Ilha das Guianas como território autônomo.

E mostrou o território rodeado pelos rios Amazonas, Orenoco e pelo oceano Atlântico. Esses rios dividiam uma imensa área que passou com o tempo a ser chamada de Ilha das Guianas e reivindicada pelos ingleses, holandeses e franceses.

– Ora, se o rio Guaporé, que não é quase nada comparado com o Amazonas, é rio de fronteira, por que o rio Amazonas não seria?

Havia lógica no que ele falava.

– Agora vejamos o que acontece no Sul da Amazônia. O rio Paraguai dá caminho até o Pantanal Mato-grossense, podendo-se chegar ao Guaporé, ao Madeira e ao Amazonas.

Entenderam o que ele queria dizer. Quem dominasse o rio Amazonas, teria acesso ao interior da região através dos grandes rios navegáveis, como o Tapajós, o Xingu, o Madeira e outros. As estradas e as cidades seriam facilmente bloqueadas.

A capitã estava ansiosa e não resistiu:

– Mas, pelo que o senhor está falando, uma força de resistência ficará isolada. Não poderemos apoiá-los por terra, por água e nem por ar. Não temos estradas no meio da floresta. De que adiantará então uma força de resistência? Que solução o senhor sugere para esse quadro?

– A Amazônia é um grande espaço vazio despertando a cobiça internacional. Se não quisermos perdê-lo, temos de ocupá-lo antes que os outros o façam. Não foi esse o conselho de dom João VI para o seu filho: põe essa coroa na tua cabeça, antes que algum aventureiro o faça?

Ela compreendeu que fez uma pergunta inocente. Mas não se arrependeu de ter feito.

– Além disso, a população originária é pacata e dificilmente se envolverá em luta armada para evitar a criação de um país. Quando os americanos entraram no Vietnã, encontraram um povo acostumado à luta de guerrilhas contra os franceses e outros invasores. Defendiam a sua pátria, a sua terra. Desculpem-se se exponho essa visão sob o ângulo da estratégia de defesa, mas não vejo esse palco na Amazônia.

Era difícil imaginar seringueiros, ribeirinhos e pequenos lavradores formando exércitos de voluntários para defender uma área quase do tamanho da Europa Ocidental. Ficaram famosos os túneis subterrâneos que os vietnamitas cavaram no meio da selva e de lá saíam para combater tanques e grupos armados e depois voltavam correndo para neles entrar por causa dos bombardeios. Centenas de quilômetros em até três camadas de túneis, onde tinham de andar agachados e ali moravam e até crianças neles nasceram.

O coronel sabia que a população amazonense era formada de gente pacata, simples, vivendo o dia-a-dia e alheio às guerras. Para eles, a independência da Amazônia seria até vantajosa, se pudessem regularizar a sua posse, pescar, plantar e viver em paz.

– O ponto mais preocupante no entanto são os empresários e investidores que foram induzidos pelo governo para irem para a Amazônia. Milhões de paulistas, gaúchos, paranaenses, catarinenses, mineiros e de outras regiões do País, inclusive de outros países, formam hoje na Amazônia um grupo forte e rejeitam o excesso de regulação que Brasília manda para lá. Nós temos de nos preocupar com os inimigos internos.

Na década de 60, durante o regime militar, milhares de empresas atenderam a convocação do governo para a ocupação da Amazônia. Acreditaram em incentivos fiscais, nas facilidades de aquisição de terras e de sua utilização.

As pressões internacionais aumentaram e os governos de esquerda que assumiram o poder criaram toda sorte de embaraços para o desenvolvimento econômico da região.

– Milhares de serrarias foram instaladas regularmente e aos poucos foram surgindo exigências novas. A atividade rural, que antes era permitida em até cinqüenta por cento, passou a ser apenas de vinte por cento das glebas. As serrarias só podem comprar madeira em área com manejo aprovado pelo Ibama. Para vender a madeira serrada, passou-se a exigir uma guia expedida pelo Ibama. Foram mudanças de atitudes muito bruscas, com exigências impeditivas de atividades empresariais até então lícitas.

Olhou para os ministros. Gostava de falar por assunto, sem argumentações.

– O senhores conhecem a novela. O Ibama começou a colocar dificuldades para aprovar os projetos de manejo e não dava as guias para transporte da madeira serrada, com o que surgiu um comércio de guias falsas, com a conseqüente prisão de empresários. Isso, digo apenas como exemplo, porque em todas as outras áreas, como a regularização das terras, a formação de pastagens, a pesca e até a simples roçada de pastos geraram multas e processos crimes contra pessoas que estavam apenas trabalhando.

Os ministros não comentaram e ele insistiu:

– Temos outro ponto perigoso: as reservas indígenas. O número de índios é pequeno para um território que chega a ser metade da Europa.

O ministro da Aeronáutica perguntou:

– Mas em que essas reservas indígenas oferecem risco de segurança, além é claro dos problemas de fronteira e aqueles que o professor já comentou?

– Os índios são indefesos.

A resposta foi óbvia. De fato, uma reserva indígena nos Estados Unidos era bem diferente. Reserva indígena na Amazônia sem defesa era território sem dono.

– O senhor acha possível que os dólares dessas ONGs possam estar servindo para financiar armamento no interior da floresta?

– Nós não podemos descartar nenhuma hipótese.

Abriu a sua pasta e retirou um recorte do jornal O Estado de S. Paulo, do dia 24 de novembro de 2005.

– Vou ler para os senhores:

A Câmara Baixa do Parlamento russo (Duma) deu ontem a aprovação inicial para um controvertido projeto de lei que restringirá fortemente o trabalho de organizações não-governamentais. A proposta foi endossada por 370 deputados e só teve oposição de 18. Pelo projeto, as ONGs terão de se registrar novamente nos órgãos do governo, que avaliarão seu trabalho antes de permitir que continuem operando. Entidades de origem estrangeira ou nacional que recebem dinheiro do exterior não poderão atuar.

E olhando para o ministro da Aeronáutica que tinha feito a pergunta sobre a possibilidade de armazenamento de armas pelas ONGs:

– Acho que isso aqui responde melhor a pergunta de Vossa Excelência:

Em julho Putim criticou as atividades políticas de ONGs financiadas com dinheiro do exterior. O chefe de segurança do Estado, Nikolai Patrushev, disse recentemente que serviços de segurança estrangeiros usaram ONGs para fomentar a Revolução Laranja na Ucrânia...

Para aqueles ministros o assunto era meio confuso, porque envolvia o abandono histórico da região, a controvertida conquista pelos portugueses, a questão indígena, o problema ambiental, tudo isso misturado a pressões internacionais.

– Acho que a internacionalização da Amazônia, através de ONGs, é uma ameaça consistente, e o professor Gaudêncio já deu algumas sugestões. Quanto à invasão armada, ela oferece riscos reais. Seria uma invasão até mesmo muito simples e entendo que a defesa do território seria quase impossível.

– Quase impossível? – perguntou o diretor da ESG.

– Sim, senhor. Na situação atual, a Amazônia é indefensável.

55.

As notícias sobre movimentação de tropas militares no Brasil começaram a aparecer no noticiário internacional. De início, foram os desfiles pela avenida Rio Branco, no Rio de Janeiro, e demonstrações de força perante o Monumento à Independência, no bairro do Ipiranga, em São Paulo.

Ali está a única pira que fica acesa durante todo o ano, no Brasil, e o trânsito parou para assistir ao desfile militar que passou várias vezes diante do monumento como se quisesse ativar mais ainda o fogo patriótico que a pira representava.

As notícias foram ficando mais tensas e já se falava de um grande movimento de tropas. Alguns pronunciamentos de comandantes militares causaram receio. Esquadrilhas da Força Aérea faziam demonstrações sobre os céus das principais cidades como estivessem caçando invasores do espaço aéreo brasileiro.

Franz Sauer estava entusiasmado. Enfim, caíram na armadilha. Por precaução, assim que tomou conhecimento de que os órgãos de segurança tinham decifrado o código, saiu do Brasil.

Estava ele agora num pequeno apartamento alugado em nome de uma terceira pessoa, na cidade de Positano, Costa Amalfitana, na Itália. Era um belo dia ensolarado e depois de ler os jornais brasileiros que lhe enviaram de Paris, colocou um short, passou creme de proteção solar e desceu com os seus mocassins de andar naquela praia pedregulhosa.

Gostava daquela região. Ela despertava nele uma certa ansiedade pelo luxo. Só não gostava das praias cheias de pedra e sem as areias infindáveis do litoral brasileiro. Estendeu o acolchoado sobre os pedregulhos desconfortáveis da praia e ficou apreciando o céu azul e o mar calmo. Enquanto estivesse ali, ninguém podia acusá-lo de nada.

Agora que tudo estava caminhando para um final feliz, evitava companhias e procurava lugares desconhecidos. Era cuidadoso em momentos de ações importantes. Mulheres e bebidas podiam ser perigosas. Um descuido, uma palavra a mais, e pronto, tudo perdido.

Durante os últimos dez dias, houve movimento de tropas militares que chamaram a atenção de todo o mundo. Aquelas duas fragatas da Marinha, acompanhadas de um porta-aviões entrando na foz do rio Amazonas e subindo até Manaus deram um noticiário primoroso.

"MARINHA BRASILEIRA AFRONTA O MUNDO"

Não podia ser melhor aquele artigo. Lanchas da Marinha vasculhavam as margens do rio Amazonas e navios de guerra agiam ostensivamente na busca de inimigos. No entanto, o "...inimigo era o próprio governo brasileiro que está desafiando o resto do mundo e tenta impor a sua hegemonia sobre um patrimônio que pertencia a toda a humanidade." Gostou de ler aquilo.

Todos os dias saíam notícias diferentes, deixando claro que as Forças Armadas do Brasil estavam atrás do inimigo invisível. Aviões da Força Aérea Brasileira ocuparam todos os aeroportos da Amazônia. Comandos militares foram alterados.

O senador Rocha Meira já estava colhendo assinaturas para uma CPI. A queda do preço das ações na Bolsa de Valores de São Paulo mostrava a preocupação dos investidores. O dólar subiu. Navios mercantes tinham receio de atracar e ficar presos, enquanto empresários pressionavam o governo.

O presidente da República foi várias vezes à televisão para dizer bobagens. "Tratava-se de mero exercício das Forças Armadas." Obviamente que ele estava sendo enganado.

As polícias militares ocuparam as praças principais de todas as capitais. As rodovias federais e estaduais passaram a ter vigilância severa e a ponte da Amizade, que une Brasil e Paraguai, foi interditada. O governo paraguaio protestou veementemente e não aceitou as desculpas de que o Brasil estava fazendo uma operação de combate ao tráfico de drogas.

Tanques de guerra desfilavam ostensivamente pelas ruas das cidades e um grande contingente do Exército foi deslocado para ocupar antigas fortalezas em ruínas que os portugueses construíram há séculos.

A preocupação com novo golpe militar começou a agitar os meios políticos e empresariais. O ministro da Defesa não sabia o que dizer. Quando convocou os ministros militares para uma explicação, recebeu a resposta de que estavam em operações previamente informadas em reuniões anteriores e não compareceram à convocação.

Os países vizinhos também manifestaram preocupações, principalmente os países ligados entre si pela Amazônia.

Franz Sauer sabia que tinha vencido o primeiro round.

Apenas não entendia por que os militares não diziam abertamente que estavam agindo contra conspiradores que pretendiam proclamar a independência da Amazônia. O mais lógico era que, se esses militares tivessem de fato caído na armadilha, certamente teriam dito ao presidente da República ou ao ministro da Defesa, e estes não apareceriam diante da televisão com cara de bobos como se não soubessem de nada. Teriam dito à imprensa internacional que os órgãos de segurança do Exército haviam descoberto um plano de divisão do Brasil.

"Paciência. Esses militares são sempre muito reticentes. O importante é que houve movimento de tropas que está exigindo explicações desgastantes para a área militar. Agora é só aguardar um pouco e lançar o plano final. O Conceito Zero! Quero ver se vão bisbilhotar novamente a internet. Quero ver se vão descobrir o código verdadeiro", pensou triunfante.

Mesmo satisfeito com a sua obra, ainda havia coisas esquisitas.

"Não dá para entender também a reação desses americanos. Estão muito quietos."

O sol foi ficando mais quente e Franz Sauer buscou refúgio no Ristorante Del Mare. Apesar dos seus receios quanto a bebidas numa hora dessas, não resistiu a cerveja gelada com prosciutto di Parma.

LIVRO V

O EL DORADO

"*A cada manhã ele lambuza seu corpo com um tipo de resina ou goma ao qual o pó de ouro adere facilmente, até que seu corpo inteiro esteja coberto, desde as solas dos pés até a cabeça. Assim sua aparência é tão resplandecente como um objeto de ouro trabalhado pelas mãos de um grande artista.*"

OVIEDO
CRONISTA ESPANHOL DA
ÉPOCA DOS DESCOBRIMENTOS

56

Talvez a mais fantástica lenda já vivida pelo ser humano seja a lenda do Eldorado. É a única lenda que continua viva para representar a fortuna em todas as suas formas. O Eldorado é a busca da felicidade, a busca de um sonho que parece inatingível.

Quando os descobridores espanhóis chegaram ao Novo Mundo, ouviram a história do cacique Chibcha, que ficou conhecido como O Homem Dourado, ou "O Dourado", que em espanhol é "El Dorado".

Alguns diziam, como o cronista espanhol Gonzalo Fernandez de Oviedo, que ele passava um ungüento no corpo e o cobria de ouro em pó. Outros informavam que suas armaduras e armas eram de ouro, ou então que as casas de sua cidade e o seu palácio eram de ouro maciço.

Para a infelicidade desse lendário rei e seu povo, o implacável conquistador farejou esses tesouros e avançou em direção ao reino de Chibcha, prendendo, torturando e matando índios, para que dissessem como chegar ao Eldorado.

O sonho do Eldorado foi alimentado pela lenda de que esse chefe indígena, ao perceber a aproximação dos espanhóis, embrenhou-se no interior da Amazônia, levando com ele imensos tesouros, e fundou o Reino de Paititi. Esse novo império ficaria perto do lago Manoa, também chamado Parimé.

O fato é que de repente a humanidade descobriu o símbolo de todos os sonhos e inúmeras expedições saíram em busca do Eldorado.

A primeira pessoa a empreender uma expedição atrás dessas minas foi Gonçalo Pizarro, que foi também o primeiro a acreditar que o Eldorado estava em terras da Amazônia brasileira. Em 1541, embrenhou-se pela floresta. Não encontrou as minas, mas conseguiu avançar quase mil quilômetros por dentro das matas, até a bacia do rio Uaupés, no Brasil. No ano seguinte, seu companheiro, Francisco Orellana tentou fazer o caminho por via fluvial e descobriu o rio Amazonas, sem achar o ouro. Não encontrou o Eldorado, mas essa viagem deu origem a outra lenda cheia de mistérios, a lenda das Amazonas.

Posteriormente, começaram a surgir notícias de que o misterioso Eldorado se encontrava perto de um lago rodeado de montanhas, vindo a constar de um mapa cartográfico feito pelo inglês Thomas Hariot em 1595. Manoa que, na língua dos índios Acháua, significa lago, passou a chamar-se lago Parimé. São incontáveis as expedições que, na época, saíram da Europa em busca do lago Manoa ou Parimé.

Em 1800, o cientista alemão Alexandre von Humboldt foi impedido pelo governo do Pará de entrar no Brasil, depois de uma longa expedição pelo rio Orenoco. Consta que tenha ficado seis meses aguardando a permissão e teve de voltar para a Europa sem entrar no território brasileiro e sem descer o rio Amazonas, como pretendia.

Roland Stevenson levanta a hipótese de que, em represália, ele divulgou que o lago Manoa não existia e que as minas do Eldorado ficavam perto do lago Guatavita, desviando assim as pesquisas no território brasileiro, para que a Coroa Portuguesa perdesse interesse na região.

Uma surpreendente descoberta veio revelar que as terras das minas do Eldorado se localizam no território brasileiro.

Recentemente, um arqueólogo chileno, Stevenson, residente em Manaus, chegou a uma conclusão interessante. Para esse pesquisador, o Império Inca, embora riquíssimo em artefatos de ouro e prata, na verdade só possuía minas de prata. Como então poderia o Império Inca criar a lenda de minas inesgotáveis de ouro?

Stevenson estudou melhor a informação do próprio Gonçalo Pizarro, de que as minas do Eldorado deveriam estar na floresta amazônica. Interessou-se pelos desenhos de um caminho pré-colombiano que atravessava parte da Colômbia, passava por Roraima e ia findar no litoral atlântico do Amapá.

Percorreu os vestígios desse caminho e chegou a Roraima, onde descobriu uma grande planície, chamada de terras de lavrado porque não tinha árvores e era rodeada por montanhas. Notou então que essas montanhas apresentavam uma marca horizontal e uniforme, na altura aproximada de 120 metros em relação ao nível do mar.

Uma linha uniforme, na mesma altura do nível do mar, só podia ter sido feita por uma lâmina de água. Concluiu que se tratava de vestígios do nível da água do antigo lago Manoa, que havia desaparecido há 700 anos e por isso não era encontrado. Sempre citada como um sonho impossível, Stevenson pode ter trazido à realidade provas de que o tesouro de Eldorado estava em terras brasileiras, no Estado de Roraima.

As terras do lavrado deram ainda duas características próprias do território.

Uma delas são os chamados cavalos selvagens, que correm soltos pelas terras do lavrado e que foram trazidos pelos portugueses em 1718, quando iniciaram a colonização do território, sendo abandonados durante o período em que Portugal se desinteressou pela conquista do Norte. São também chamados de cavalos lavradeiros e foram empregados pelos produtores de arroz. Até pouco tempo havia mais de 300 mil cavalos selvagens galopando livres e em manadas pelas terras do lavrado. O governo tentou protegê-los, mas foram sendo dizimados. Ainda hoje se vêem manadas correndo pelo lavrado.

A outra característica é a qualidade do solo amaciado durante milênios pelas águas do lago Manoa e onde os arrozeiros passaram a produzir o "arroz do lavrado", que se firmou como outra grande riqueza do Estado.

Hoje as terras do lavrado pertencem à reserva Raposa Serra do Sol e os arrozeiros foram arrancados de lá a força.

Maurício ia relembrando essas informações, que constavam dos impressos que o tenente havia compilado da internet, procurando mantê-los vivos em sua memória. O avião foi se aproximando do aeroporto de Boa Vista, onde pousaram às 11 horas da noite. Conforme havia dito ao tenente, Carlão já os esperava no salão do aeroporto e com hotel reservado.

Boa Vista é uma cidade moderna encravada no Norte do País. Com avenidas largas e arborizadas, partindo da praça central e formando um grande leque, surpreende o visitante com a sua beleza.

No dia seguinte, logo cedo, procuraram informações sobre o forte São Joaquim, construído pelos portugueses para defender a região. O recepcionista disse que tinham de descer o rio uns 60 quilômetros. Carlão estranhou porque, embora nunca tivesse visitado o forte, sabia no entanto que existia uma construção antiga, porém, subindo o rio.

Maurício achou melhor ligar para o Exército. Era sábado de manhã e o sargento que atendeu o telefone disse que não podia dar informações. Eles teriam de ir ao Departamento de Relações Públicas, cadastrar-se e só então lhe seria dada autorização para essa visita. Mas isso só na segunda-feira, porque o departamento não funcionava aos sábados. Perguntou então onde era o forte, como podia fazer para chegar lá e o sargento disse que qualquer informação só podia ser dada após o cadastramento.

– Mas que dificuldade! Será que o forte é um local tão protegido assim? – perguntou o tenente. Não podem sequer informar como chegar lá?

Carlão conhecia um pescador dos tempos em que morou em Boa Vista e foram atrás dele. Como era sábado, ele podia estar no cais esperando por algum cliente. Realmente, o barqueiro estava lá e sabia onde era o forte. Logo começaram a subir o rio Branco, em busca do forte São Joaquim. Era um rio largo, bonito, com aproximadamente seiscentos metros de uma margem a outra.

O tempo nublado e algumas rajadas de chuva tornavam a viagem ainda menos confortável. O barqueiro tinha lonas para proteger da chuva, que de vez em quando incomodava, e assim foram subindo o rio até que avistaram ao longe uma construção branca despontando do alto de um canto de terras situado na confluência formada por dois grandes rios, como se fosse uma forquilha.

– Lá é a fazenda San Marcos. Era uma das fazendas nacionais. Hoje é reserva indígena. À direita é o rio Tacutus e à esquerda o Uiriquera. O forte fica à direita, à margem do Tacutus.

Olharam para a margem do rio e não viram nada.

– Mas aí só tem mato. Onde é esse forte? – perguntou Rogério.

O barqueiro encostou a voadeira no barranco. Eles desceram e viram a poucos metros uma espécie de portão recém construído, coisa parecida com entrada de fazenda de gado.

– O forte é aqui.

– Mas isso aqui é coisa nova – exclamou Maurício. – Não pode ser o forte.

– O senhor está vendo ali o muro de pedra?

E dirigiu-se ao local onde realmente havia um muro de pedras abandonado e coberto de vegetação. Foram então andando pelo mato e descobrindo os paredões de pedra.

– O senhor está vendo a posição do forte? Conforme eu disse, esse primeiro rio que desce à direita é o Tacutus. Lá diante é o rio Uiriquera. Os dois se unem e formam o rio Branco, que começa aqui e vai até a margem esquerda do rio Negro, aproximadamente cinqüenta quilômetros antes de Manaus.

O rio Branco era bastante largo na junção dos dois afluentes que o formavam e a posição do forte era vantajosa, porque vigiava a desembocadura dos dois grandes rios que desciam do Norte.

O Brasil era grande demais para o reino de Portugal, e a foz do rio Branco só foi descoberta na metade do século XVII, porém quando os portugueses chegaram, tiveram a surpresa de encontrar por ali espanhóis, franceses, ingleses e holandeses. A chegada dos europeus foi um desastre para os índios. Foram caçados, escravizados, dizimados, torturados e vendidos como mercadoria.

Para fugir dos europeus, povos indígenas de outras regiões fugiam para a bacia do rio Branco e ali tiveram de lutar com as tribos locais, matando-se uns aos outros, repetindo a crueldade de que tinham sido vítimas.

A conquista do território só foi possível com a construção do forte São Joaquim, em 1775, na confluência desses dois rios, a 32 quilômetros de Boa Vista. Para abastecer o forte e garantir a colonização, foram criadas as fazendas nacionais: a fazenda São Bento, no rio Uiriquera, a fazenda São José, no rio Tacutus, e a fazenda São Marcos, das quais só esta última ainda existe, e transformada em reserva indígena em 1909.

No ano de 1808, o general Junot, comandando tropas de Napoleão, invadiu Portugal e família real fugiu para o Brasil. O Rio de Janeiro passou a ter as preferências da corte e a região do rio Branco ficou esquecida.

Os ingleses aproveitaram-se desse abandono e começaram a invadir o território brasileiro. Um geógrafo alemão chamado Robert Schomburg, que trabalhava para a Inglaterra, chegou até o forte São Joaquim, onde foi recebido com honras diplomáticas, mas fez relatórios recomendando que a Inglaterra ocupasse aquele "espaço vazio". Estimulada pelos relatórios e mapas de Schomburg, a Inglaterra avançou sobre o território brasileiro.

A disputa demorou meio século e o caso foi submetido a uma corte internacional presidida pelo rei Vitório Emanuel III, da Itália. Joaquim Nabuco foi designado para acompanhar o julgamento e chegou a escrever 18 volumes sobre a questão, que impressionam pela força dos argumentos.

Apesar dos esforços de Nabuco, do Barão do Rio Branco e de Antonio Ladislau Monteiro Baena, o Brasil perdeu para os ingleses 19.630 quilômetros quadrados de território pertencente ao Estado de Roraima. Essa questão ficou conhecida como a questão de Pirara, em referência ao lago de Pirara, que o Brasil defendia como sendo seu.

Maurício, contemplava a forquilha formada pelos três rios, quando lhe veio à memória a história do cientista Humboldt que foi preso na fronteira com a Venezuela. Portugal andava tão cismado com esses cientistas que o vice-rei de Portugal no Rio de Janeiro deu ordens para prender Humboldt se ele entrasse em território português.

A maior frustração de Humboldt foi não ter podido descer o rio Amazonas – ele ficou na divisa com a Venezuela durante vários meses. Numa pescaria, levou um choque de enguia, o peixe-elétrico, que teve a honra ser batizado pelo próprio Humboldt com o nome de electophorus electricus.

"Cientistas. Eles criam uma versão matemática das coisas e engessam a verdade. Parece que a situação atual não está diferente de antes. Estariam eles engessando a Amazônia? O que será que existe de verdade por trás de todo esse ambientalismo amazônico?"

Lembrou-se de que, apenas dois por cento de todos os trabalhos científicos sobre a Amazônia, eram de cientistas brasileiros. E nem dois por cento das verbas destinadas a pesquisas no Brasil são destinados à Amazônia, apesar de o seu território corresponder a mais da metade do território brasileiro.

"Temos então de acreditar nas verdades que vêm de fora e que talvez sejam verdades que só interessem a eles, como os mapas de Schomburg."

Quem chega àquele local hoje admira-se de os portugueses terem construído aquele forte, há mais de dois séculos, quando os barcos eram praticamente empurrados rio a cima pelo remo. Era outro exemplo do espírito aventureiro da época. Não havia mapas, GPS, satélites, levantamento topográfico, rádio, faróis para orientar os barcos que subiam rios cheios de curva, remando contra a correnteza. Se entrassem no canal errado só iam descobrir depois de terem perdido muito tempo. Tinham então de voltar e começar de novo.

Apesar das dificuldades, chegaram até ali e construíram a pequena, porém resistente fortaleza. Não era uma obra portentosa como o Príncipe da Beira, mas era completo: casamata à prova de bombas, alojamento de soldados, depósito de munições e, ainda, a igreja, a residência do comandante real, do padre e cabanas de vaqueiros.

Mas hoje aquele monumento não passava de um monte de pedras abandonadas, tomadas pelo mato, e eles andavam ali com medo de escorregarem e quebrarem uma perna, serem picados por uma cobra, ou encontrarem um enxame de abelhas. Felizmente, o que encontraram de pior foram os carapanãs, que atacavam quando o movimento que faziam com a vegetação lhes tirava o sossego.

– Até agora o que estou vendo de características comuns nesses fortes são apenas duas coisas: a estratégia e o abandono – disse Maurício. – Numa região dessas, o invasor só pode vir pela água. Nenhuma tropa suportaria atravessar essas florestas. Então a estratégia de defesa do território ou de sua posse é o caminho das águas.

– Pelo que eu li – afirmou Rogério –, esse forte já foi até palco de casamentos da alta sociedade. Cerimônias importantes eram celebradas aqui.

– Pois é. O que está me preocupando é esse abandono. Construir essas fortalezas naquela época, a essa distância, enquanto hoje não se interessam nem mesmo em manter este forte limpo? Agora entendo por que aquele sargento não queria que a gente viesse aqui. Não querem testemunho do abandono disso.

Os mosquitos começaram a atacar.

– Que diabo de bichinho horroroso esse tal de pernilongo, mouriçoca, borrachudo, carapanãs, seja lá que nome tenha, mas oh! bicho sacana – reclamou o tenente.

O barqueiro explicou que aquelas terras cultivadas em frente do forte eram destinadas à plantação de arroz.

– Aí na frente passa a estrada do arrozal. Se os senhores quiserem, podem vir de carro, passando pela ponte que cruza o rio lá na cidade. A estrada depois da ponte vai dar em Georgetown, capital da Guiana Inglesa.

– São estas terras que foram incluídas na reserva indígena?

– Não, não. Isso que o senhor está pensando é a reserva da Raposa Dourada. O senhor nem imagina o prejuízo para o Estado. Quase toda a nossa plantação de arroz está lá dentro. Vai ser um prejuízo enorme para o Estado e para os fazendeiros.

O barqueiro falava como se expressasse os sentimentos do povo de Roraima.

– Eles construíram casas, fizeram depósitos, máquinas de beneficiamento, benfeitorias, compraram máquinas, adubaram a terra, é uma tristeza. Hoje estão desempregados e sem terem como viver. Alguns talvez se tornem ladrões e invasores de terras alheias. As filhas se virando para arrumar dinheiro, os filhos indo para o tráfico de drogas e outras coisas. E eram gente séria, trabalhadora, produtores de arroz respeitados. Os gerentes de banco iam atrás deles.

Visto lá do Brasil litorâneo, parecia muito normal que houvesse reservas florestais, indígenas e outras, porque só se divulgava que era para salvar o planeta. Visto pelo povo da Amazônia, esses atos eram uma injustiça que transformava milhares de pessoas em candidatos ao programa Fome Zero.

– E esse San Marcos? Vamos tentar chegar lá? Pelo menos passar em frente?

Saíram do local onde antes os portugueses haviam construído o forte São Joaquim, atravessaram o rio Branco e começaram a subir o Uirariquera.

Logo à direita estava o velho casarão estilo espanhol, tendo ao lado uma pequena igreja. Era a antiga sede da Fazenda Nacional San Marcos, agora propriedade dos índios Macuxis.

– Será que a gente pode chegar até a casa? – perguntou Rogério.

– Olha, uma vez estive aí perto mas não desci do barco. Essa casa hoje é sede da Funai, e eles não gostam de perguntas. Mas vamos tentar.

O casarão distava aproximadamente duzentos metros da margem e, subindo o morro em direção à casa, um índio puxava um cavalo. Era o único movimento que se via. Aproximaram-se e o barqueiro desceu na frente para puxar a voadeira por uma corda até o barranco.

Subiram o morro e o índio veio na direção deles. Ao contrário do que pensavam, o índio estava simpático e sorridente. Disse que podiam visitar a casa. Era uma grande casa de alvenaria, construída em três segmentos, em forma de U, com varandas em arcos que rodeavam a parte externa da frente e as partes internas dos lados.

Ninguém da Funai estava por lá e o casarão parecia abandonado.

Havia uma pequena capela ao lado e estavam ali conversando, quando Maurício perguntou:

– Você é índio macuxi?

– Sim, sou macuxi e meus antepassados vieram de onde hoje é o monte Roraima.

– Monte Roraima, a terra de Macunaíma?

O índio mudou de atitude. Ficou sério e olhou para o norte, na direção do grande monte, que fica nas fronteiras do Brasil, Venezuela e Guiana Inglesa, e começou a falar num tom solene e monótono, como se estivesse invocando deuses:

– Roro-imã é um grande monte verde, mas, antes de ele aparecer, ali era o paraíso. Uma imensa planície. Sim, senhor, a terra era plana, muitos animais para caça, pássaros grandes à vontade, cheia de árvores frutíferas e em seus pântanos havia muito peixe, muito peixe. Os índios viviam felizes e não precisavam de nada. Não precisavam fazer força para viver bem e feliz. A vida era como no paraíso que os brancos de roupa longa contam hoje para nós. Um dia nasceu um paruru, árvore que os brancos também chamam de bananeira. Deu lindos cachos de fruta amarela, mas os pajés foram avisados por Paaba, o grande Deus, que se alguém tocasse naquelas frutas muitas desgraças aconteceriam. Os pajés informaram os índios das proibições de Paaba.

Talvez influenciado pelos ensinamentos dos padres sobre o martírio de Cristo, o índio abriu os braços e ficou como uma cruz se projetando contra o céu nublado e as águas do Uirariquera. Parecia repetir a história de Adão e Eva adaptada à lenda do monte Roraima.

– Todos os índios passavam longe do paruru em respeito às ordens de Paaba. Um dia alguém cortou um cacho daquela fruta que estava tão amarelo como se fosse de ouro. Logo a terra começou a tremer e trovões, relâmpagos, nuvens escuras e uma forte tempestade fez as caças e as aves saírem correndo. Não se sabe até hoje quem cortou o cacho da paruru, mas, do fundo da terra começou a nascer uma montanha que foi crescendo, crescendo, até assustar os índios que corriam apavorados. As caças sumiram, não existem mais os pântanos cheios de peixes, e as aves também se foram. A natureza ficou triste, muito triste. Do alto do morro, ela chora jogando lágrimas que se transformam em pequenas cachoeiras que descem do monte Roro-imã e, quando essas lágrimas secam, Paaba manda as nuvens, que sempre circundam o monte Roro-imã, derramar mais lágrimas para que a tristeza nunca mais acabe.

O índio levantou os dois braços para os lados do monte e finalizou numa voz amargurada:

– Vieram os brancos, levaram o ouro, mataram nossos velhos e escravizaram nossas mulheres e nossos filhos. Foi o castigo de Paaba.

Lendas e mistérios se escondem por baixo das neblinas do monte Roraima, onde o tempo não existe.

Aventureiros, como o corsário inglês sir Walter Leigh, que também fundou uma colônia, nos Estados Unidos, e deu-lhe o nome de Virgínia, em homenagem à rainha Isabel I, chamada de rainha Virgem, porque não se casou, levaram muitas histórias a respeito dessa região para o Velho Mundo. E foi baseado em seus relatos que Conan Doyle, o criador do famoso detetive Sherlock Holmes, escreveu a ficção O Mundo Perdido, que virou seriado de televisão.

O Paraíso Perdido, de John Milton, escrito com base nessas mesmas informações, virou clássico da literatura mundial.

O índio parou de falar e começou a andar vagarosamente em direção da casa. O barqueiro alertou:

– É melhor a gente sair daqui. Estamos numa reserva indígena.

Foram para a voadeira e o barqueiro prudentemente afastou-se, descendo o rio pela outra margem do rio Uirariquera.

Aquele índio era estranho, pensou Maurício. Ou estava representando, ou já tinha perdido a sua cultura indígena. Macunaíma é o índio herói dos macuxis, filho do sol e da lua.

Diz a lenda que o sol e a lua estavam apaixonados, mas nunca se encontravam. Um dia o sol se atrasou – os índios não sabiam o que era um eclipse – e então se deu o encontro dos dois e nasceu Macunaíma. Teve o monte Roraima por berço e cresceu esperto, cheio de magias e forte.

Foi quando então nasceu a bananeira e só Macunaíma podia colher os seus frutos e distribuir para os outros índios. Mas a ambição da tribo cresceu e, não se contentando com uma só árvore, arrancaram a sua folhagem e os frutos para plantar e aumentar a produção. A árvore morreu e Macunaíma queimou toda a floresta e petrificou a árvore, que está diante do monte Roraima e é onde repousa o espírito de Macunaíma.

Com a implantação das fazendas nacionais pela coroa portuguesa, os índios Macuxis se transformaram em hábeis vaqueiros e passaram a ser os peões das fazendas da região. Não se adaptaram a outros tipos de trabalho e hoje vivem sustentados pelo governo, por isso Maurício estranhara aquela misteriosa reação do índio, como se estivesse vivendo os tempos antigos da sua gente.

"Estariam programando alguma reivindicação contra a Funai? Ou os garimpeiros estavam de novo entrando em suas áreas?"

A voadeira foi descendo o rio, de volta a Boa Vista, e Maurício ouviu o tenente exclamar com entusiasmo:

– Inacreditável! Então posso dizer para a Fernanda que encontrei as minas do Eldorado. Segundo as nossas pesquisas, o lago Manoa seria nessa região, na confluência desses dois rios para formar o Branco.

Carlão, que se mantinha calado, disse:

– Se o Eldorado é aí, eu não sei. Mas eu tinha três aviões aqui em Boa Vista, buscando ouro do garimpo Tepequém. Ao todo, na cidade, havia quinhentos aviões e era comum a gente fazer três vôos por dia. Nos dias de chuva, o saguão do aeroporto enchia de pilotos esperando o tempo melhorar para sair. Eram cento e cinqüenta e até duzentos pilotos, sem ter o que fazer e cada um contando as suas proezas. Só se falava em ouro. As quantidades eram incríveis. Falava-se em ouro como um pedreiro fala em areia.

— Quase quinhentos aviões? — perguntou Rogério. — Mas de que tamanho era esse garimpo?

Carlão pensou um pouco.

— Devia medir uns duzentos quilômetros de comprimento, por cento e cinqüenta de largura. Havia mais de cem pistas, porque cada dono de setor tinha a sua pista própria. No total, eram mais de quarenta mil garimpeiros. A produção de ouro era impressionante.

— E isso é reserva indígena hoje?

— Foi tudo dado para os ianomâmis. O senhor já imaginou uma mina de ouro com área de duzentos quilômetros de um lado por cento e cinqüenta de outro?

Nisso tocou o telefone celular e Carlão atendeu. Olhou preocupado para Maurício.

— Doutor, acho que já falei para o senhor a respeito do Sílvio, que foi meu sócio naquele tempo. Ontem ele foi ao hotel para me ver. Ele é pessoa de confiança. Expliquei mais ou menos que o senhor estava numa investigação sigilosa. Pedi para ele ficar atento, principalmente por causa do avião.

— Fala logo, Carlão. O que houve?

— Ele está lá no hotel. Diz que uns desconhecidos perguntaram ao recepcionista por duas pessoas e deram a descrição do senhor e do tenente. O recepcionista informou sobre nós três e que tínhamos saído para ver o forte.

— Ele ainda está no telefone? Pergunte se tem alguma idéia para evitarmos essa gente?

Carlão conversou com o seu ex-sócio.

— São três pessoas, tipos estranhos, e saíram para o porto. Ele nos aconselha a passar pela outra margem do rio e descer até a ponte. Ele vai nos esperar, na beira da estrada, na margem oposta à da cidade.

Quem tivesse um binóculo podia vê-los de longe. O rio tinha ali uma largura de seiscentos metros e era difícil reconhecê-los a olho nu, e mesmo com binóculo não era fácil.

O tenente deitou-se no fundo da voadeira e se cobriu com a lona que serviu de proteção contra a chuva. Com isso, se estivessem esperando por três pessoas, poderiam ficar na dúvida e, naquele momento, até a dúvida podia ajudar.

A voadeira passou longe do bonito centro de convivência construído na beira do cais. "Ainda volto aqui para tomar uma cervejinha olhando para esse rio", pensou Maurício.

Toda beira de ponte tem caminho de pescador. O barqueiro encostou e eles subiram o barranco até chegar à rodovia onde Sílvio, que os esperava, gritou:

– Entrem logo. Não sei o que está acontecendo. Parece que deu a louca no mundo. O Exército está desfilando nas ruas como se fosse o 7 de Setembro. Vamos embora.

Maurício já tinha pago o barqueiro, e a camioneta partiu acelerada, assim que eles entraram.

– Conforme disse ontem, deixei o meu avião abastecido e pronto para sair. Vocês não podem voltar ao aeroporto.

– Mas isso não vai complicá-lo?

– Não. Nada disso. Fizemos uma troca de avião, ora essa. O Sêneca de vocês está uma tetéia. Eu aqui estou precisando de avião novo. No fim, não deu negócio e cada um continuou com o seu avião. A história não é boa?

57

Antes de ir ao hotel, Sílvio tinha feito plano de vôo em direção à sua fazenda, que ficava a Sudeste, quase 300 quilômetros na direção de Santarém. Ele tinha uma pequena pista homologada no sítio onde morava, de forma que foram direto para o avião. Fazia sempre essa viagem e muitas vezes aproveitava para levar passageiros a Santarém. Em poucos minutos, já estavam no ar, rumo ao baixo Amazonas, em direção à cidade de Santarém.

Foram duas horas e quarenta minutos sobre a mata virgem do norte amazonense. Os afluentes barrentos que cortavam a floresta lembravam a lenda da Boiúna, a cobra gigante que ao rastejar pela terra formava os igarapés.

O rio Amazonas é uma paisagem que encanta e impressiona, não importa quantas vezes a gente a veja. Lá estava ele com sua largura de até 60 quilômetros, engolindo outro gigante, o rio Tapajós, cujas águas azul-esverdeadas lutavam para não se misturarem com as águas sujas do Amazonas.

Maurício estava impressionado com a grandeza de tudo que estava vendo. Há pouco estavam no Estado do Amazonas, com uma superfície de 1.577.820 km2, equivalente a quase três vezes o território da França, e agora estava no Estado do Pará com uma área de 1.253.165 km2.

Haviam passado por florestas, tribos indígenas, igarapés, lagos, rios caudalosos, vilarejos e capitais. Estudaram museus, fortes, história, arte, folclore e culinária. Diante deles se descortinava uma paisagem cheia de cores, misturando o branco das praias do Tapajós com o verde escuro das matas, onde as copas frondosas das castanheiras não diminuíam a beleza das suas companheiras da floresta.

Sentiu orgulho da grandeza da sua pátria e entendeu a ambição de países dominadores do mundo cujas riquezas naturais se esgotavam.

Era um fenômeno indescritível que se escondeu quando o avião pousou no aeroporto de Santarém, a Pérola do Tapajós, como é conhecida. Santarém é famosa pelas longas praias de areia branca, onde as tartaruguinhas recém-saídas dos ovos que ficam enterradas na areia descem em bando em direção ao rio, tentando fugir dos predadores. Poucas sobrevivem.

Ficaram no aeroporto o tempo suficiente para abastecer e logo em seguida levantaram vôo para pousarem depois de uma hora e meia no aeroporto de Macapá. Era outro espetáculo que não se podia descrever.

O piloto Sílvio não resistiu ao comentário:

– Vocês sabiam que a Ilha de Marajó é maior que a Suíça? Na verdade são mais de duas mil ilhas que formam o arquipélago e só a ilha de Marajó tem 50 mil km2.

Era outra demonstração da imponência do rio Amazonas.

Com o aperfeiçoamento da leitura por satélites, o Amazonas é reconhecido hoje como o maior rio do mundo, em extensão e volume de águas, sendo responsável por um dos mais estranhos fenômenos da natureza, a pororoca, que ocorre também com alguns dos seus afluentes, mas é mais violenta quando as águas do oceano tentam o seu domínio.

Com a maré crescente, as águas do mar avançam sobre o estuário, dando a impressão de que o grande rio foi enfim dominado. Mas o rio reage, se enfurece, ruge, e uma espécie de alergia se forma sobre a sua superfície, levantando ondas encrespadas que avançam e depois se acalmam, cansadas, sem força para ir mais longe.

O fenômeno ocorre de 12 em 12 horas, três dias antes e três dias depois das luas cheia e nova. A palavra pororoca vem da expressão indígena "po-roc-poroc", que representa o estrondo de ondas de até quatro metros de altura, quebrando o silêncio das matas.

Macapá é a última cidade do rio Amazonas. A cidade tem esse nome por causa de uma palmeira nativa chamada maca-paba, antes abundante na região. Ali, os portugueses começaram a colonização do Norte do Brasil, com a chegada de um destacamento em 1738.

Entre os anos de 1764 e 1782, foi construído o forte de São José de Macapá, logo após o Tratado do Pardo ter revogado o Tratado de Madri de 1750, reacendendo as guerras territoriais entre Espanha e Portugal.

Rogério interrompeu as meditações de Maurício.

– Aqui nós não temos um Marco Zero? O Marco Zero do Equador? Ele não atravessa a cidade?

– Estive pensando nisso também. Mas nosso problema não é "marco zero", mas "conceito zero". Tenho procurado analisar todos os detalhes, procurando combinações que possam ser úteis para decifrar o verdadeiro código, do qual não temos nenhuma pista ainda. Temos de ver esse forte e tentar sair daqui ainda hoje. Algo me diz que as coisas estão se precipitando.

O piloto disse que até as quatro e meia podiam decolar para Belém. Carlão preferiu ficar no aeroporto com o seu colega. Tomaram um táxi e o motorista levou-os ao forte.

Nunca havia estudado tanto a história do Brasil como nos últimos meses. Agora estava ali no Amapá e precisava descobrir se o forte São José de Macapá estaria escondendo algum mistério que o general não teve tempo de desvendar.

"O Contestado Franco-Brasileiro teria algo a ver com isso?"

Em 1895, forças francesas invadiram a cidade e foram rechaçadas pelas forças locais, comandadas por Cabralzinho, que recebeu o título de general honorário do Exército brasileiro pelo seu desempenho na luta contra os franceses. É um verdadeiro herói para o Amapá.

As disputas com a França pelas terras do Amapá eram grandes. Os franceses chegaram a nomear governador um antigo escravo, chamado Trajano, que proclamou a independência de uma área do Amapá, chamando-a de República do Cunani, nome de um peixe da bacia Amazônica, muito apreciado, também conhecido por tucunaré.

A junta que governava o Amapá determinou a prisão de Trajano e, em represália, os franceses invadiram a capital para prender o chefe da junta, o Cabralzinho, e libertar Trajano. Consta que Cabralzinho tomou a arma do comandante francês e matou-o.

Mas os brasileiros ficaram sem munição e tiveram de se refugiar na mata. Sem poder levar Cabralzinho, os franceses promoveram verdadeiro massacre contra a população, matando mulheres, velhos, crianças e deixando uma bárbara esteira de sangue.

Durante o reinado de Napoleão III, a França chegou a propor a venda da Guiana Francesa, com o Amapá junto, para os Estados Unidos, por 8 milhões de dólares. Os Estados Unidos estavam envolvidos com a Guerra da Secessão e preferiram adquirir o Alasca da União Soviética.

A disputa fronteiriça com a Guiana Francesa ficou conhecida como o Contestado Franco-Brasileiro e foi resolvida em primeiro de dezembro de 1900 com a arbitragem da Suíça, sendo assinado o Laudo Suíço, determinando o rio Oiapoque, como fronteira entre o Brasil e a França. Foi outro grande trabalho do Barão do Rio Branco.

Chegaram ao forte São José de Macapá, outra obra de arte que seguia os mesmos princípios do forte Príncipe da Beira. No entanto, as pedras não eram trabalhadas, eram pedras comuns, sem o capricho do Real Forte Príncipe da Beira, construído em homenagem ao herdeiro da Coroa.

Apenas os cantos das muralhas eram de cantaria. As guaritas e os detalhes do portão de entrada, o acabamento e o desenho tinham o mesmo estilo do outro. Mas ali o transporte era mais fácil e havia mais gente.

O tenente comentou:

– O mais provável é que as pedras para a construção do Príncipe da Beira tenham vindo de Portugal, e essas pedras de cantaria que colocaram nos cantos dos muros deste forte são apenas sobras daquelas que seriam usadas no Guaporé.

Mas as explicações que buscavam para justificar as diferenças de construção não satisfaziam. Qual o mistério para que dedicassem tanto engenho e arte, como diria Camões, ao Real Forte Príncipe da Beira, ainda localizado num dos mais difíceis recônditos do país?

O forte de Macapá estava restaurado e em suas dependências havia um pequeno museu. Tiveram tempo de ouvir as explicações do funcionário e caminhar pelo pátio, onde havia também um buraco no centro, que deveria levar as águas das chuvas. Lembrou-se do desconforto da sua entrevista com a Confraria lá no Príncipe da Beira, mas parece que ali o túnel servia apenas para conduzir as águas da chuva para o rio, pois era estreito, não dando passagem a uma pessoa.

O funcionário do museu mostrou o mapa do Brasil e a localização do Amapá.

– Os senhores estão vendo onde fica o rio Oiapoque? Os franceses chegaram a fazer mapas dizendo que o rio Oiapoque seria onde é hoje o rio Araguari. O Barão do Rio Branco acabou provando que os mapas eram falsos e nós ganhamos a questão do Contestado Franco Brasileiro.

– É mais ou menos como aquela história dos mapas do tal de Schomburg – disse o tenente.

– Sempre se utilizaram de artifícios para tentarem tomar o território brasileiro. Agora o país enfrenta um dos artifícios mais perigosos. Não são mapas isolados de alguns geógrafos, mas organizações misteriosas, com apoio internacional, que movimentam fortunas imensas para se infiltrar no governo, na imprensa, nas comunidades científicas, na mente do cidadão comum.

A história do Amapá era muito rica e cheia de coisas interessantes, mas nada de especial chamava a atenção e eles tinham ainda de ver o Marco Zero.

Olhou mais uma vez atentamente a imensidão das águas barrentas do rio Amazonas e comentou com o tenente:

– Quem dominar esta posição toma conta da Amazônia.

Quando o tenente Rogério estendeu a vista para a imensidão das águas que se abriam diante deles, Maurício suspirou profundamente e disse com certa tristeza:

– Tenho a estranha sensação de que não se trata apenas de perdermos a Amazônia. Às vezes me dá a impressão de que precisamos reconquistar todo o país. O Brasil sempre respeitou a amizade e a integração entre os povos, mas parece ter-se descuidado da sua identidade.

Preferiu não estender esse assunto, com o receio de não ser bem compreendido, e tomou a direção do portão de entrada para sair do forte, o que alegrou o tenente que não sabia o que dizer sobre esse inesperado comentário.

Macapá não é a única capital cortada pelo Equador. Quito, a capital do Equador; Entebes, à margem do lago Vitória em Uganda; Pontinak, em Bornéu, e Coquilhaville, no Congo, são as mais conhecidas.

O táxi levou-os até o Marco Zero, localizado a cinco quilômetros do centro da cidade, onde estava o complexo turístico construído sobre a linha imaginária que lhe dá o nome. A construção do mirante era grande e, em seguida a ele, foi construído o Estádio Zerão, com a linha do Equador passando bem no seu meio, de forma que, ao se realizar uma partida de futebol, cada time joga meio tempo no Hemisfério Norte e meio tempo no Hemisfério Sul.

Uma mocinha que trabalhava para a Secretaria de Turismo deu várias explicações sobre o fenômeno e disse que o equinócio da primavera é o mais bonito e muita gente vai assistir ao sol passar sobre a linha demarcada no teto do complexo turístico.

– Será mesmo verdade que esse efeito coriolis faz as águas das pias escoarem em sentido contrário, dos dois lados da linha do Equador? Aquela moça disse que, do lado do Hemisfério Norte, a água escoa no sentido do relógio, e, do lado do Hemisfério Sul, no sentido anti-horário. Pena que não temos tempo para comprovar isso – disse o tenente pesaroso.

Mas Maurício estava pensando nas hipóteses do novo código.

Nos dias 21 de março e 23 de setembro, o sol passa sobre a linha do Equador e então os dias e as noites duram exatamente 12 horas, em qualquer lugar do globo terrestre. Daí o nome equinócio, que vem do latim aequinoctium, que significa noites iguais, e marca o início da primavera, no Sul, e o outono, no Norte.

"Será que esse equinoctium misturado com efeito coriolis estaria sendo usado? Parece tudo tão ridículo."

Saíram do Marco Zero e foram direto para o aeroporto. O motorista perguntou:

– Os senhores são da polícia?

O tenente respondeu com outra pergunta:

– Algum assunto em especial?

– Os senhores têm jeito de quem anda procurando alguma coisa. Vieram estudar o problema da malária? O caso da universidade americana que está pagando doze reais por dia para a população de São Raimundo de Pirativa, aqui perto, ficar com os braços e as pernas expostas à picada do mosquito da malária?

Não tendo resposta, insistiu:

– Todo mundo aceitou, é claro, porque aqui não tem trabalho. O assunto virou caso de polícia e o Ministério Público está analisando isso. Acho uma barbaridade uma coisas dessas. O povo já passa fome e ainda querem que fique doente?

O tenente olhou para Maurício e comentou:

– É mais ou menos o que teriam feito aqueles antropólogos americanos James Neel e Napoleon Chagnon, que foram acusados pelo jornalista americano Patrick Tierney, no livro Trevas em El Dorado. Segundo esse jornalista os antropólogos teriam feito experiências com vacinas contra sarampo com os índios ianomâmis, em 1968. Parece que vinte por cento dos ianomâmis vacinados morreram. Será que agora estão pegando o povo pobre do Amapá para fazer experiências contra a malária?

O motorista mostrou-se interessado na informação do tenente.

– Mas já fizeram isso antes? Mas não é possível! O que não aconteceria se uma universidade brasileira fosse fazer experiência de vacinas nos índios americanos?!... E, no entanto, eles chegam aqui, dão um dinheirinho para esses pobres coitados e o que os senhores acham que acontece? Nada! É uma vergonha!

Chegaram ao aeroporto e o avião estava abastecido, já com o plano de vôo para Belém. O Sêneca decolou e empinou em direção a Belém, passando sobre o rio Amazonas, que serviu de sepultura a Francisco Orellana.

Os amapaenses consideram-se mais brasileiros do que os demais porque, segundo eles, Deus os destinou a pertencer ao Brasil. E dizem isso porque Francisco Orellana retornou à região com uma carta de outorga dada pela Coroa da Espanha, mas morreu quando o seu barco naufragou nas águas do rio que descobrira, perto do Amapá.

Franz Sauer procurava organizar as reuniões da cúpula da Organização de forma a evitar que esses encontros levantassem suspeitas. Descobriu que as festividades, quando grupos turísticos chegam de lugares diferentes e distantes, eram a melhor forma de dissimulação.

Mudava também os locais dessas reuniões e preferiu desta vez escolher Parintins, capital da enorme ilha que leva o seu nome, a segunda maior do rio Amazonas, perdendo apenas para a ilha de Marajó, para assistir ao festival do Boi-Bumbá, que se realiza todos os anos, de 28 a 30 de junho.

Dentro de um barco, como se fossem turistas, podiam conversar à vontade e com segurança.

O Boi-Bumbá foi trazido por migrantes do Maranhão, que vieram para a Amazônia, em busca de riqueza, durante o ciclo da borracha. É uma variante do Bumba-Meu-Boi, que apareceu no Nordeste na época colonial, com origem em festividades de Portugal.

Como nas lendas da mandioca e do monte Roraima, pode-se encontrar no Boi-Bumbá vestígios do sincretismo brasileiro, onde as culturas do índio e do negro são fortemente influenciadas pela cultura européia, ministrada pelos jesuítas, quase sempre representando a morte e a ressurreição.

Nessa época, a influência do cristianismo era grande e a longa ocupação de Portugal e Espanha pelos mouros, que professavam a religião islâmica, infundiu o receio contra tudo o que não fosse cristão.

Há quem diga que os missionários procuraram adotar o efeito didático do teatro europeu, fazendo representações de lendas para ensinar o catecismo cristão a negros e índios. Outros acham que as danças africanas, que os escravos praticavam para esquecer o cativeiro e matar a saudade da terra original, agradaram os índios, e foram então surgindo encenações sincréticas como a do boi-bumbá, onde o padre é auxiliado pelo pagé no ato da ressurreição.

Seja qual for a versão, o Boi Bumbá se transformou, em apenas duas décadas, no maior festival folclórico de toda a Amazônia, e os bois Caprichoso e Garantido já fizeram Parintins conhecida em todo o mundo.

A encenação relata a história da Mãe Catirina, ou Catarina, que estava grávida e sentiu o desejo de comer a língua do boi mais bonito da fazenda, onde o negro Pai Francisco, seu marido, era administrador. Ele não teve dúvidas e matou o boi preferido do patrão, que manda prendê-lo, com a ajuda dos índios.

Mas o padre, com a fé, e o pagé, com a sua magia, ressuscitam o boi, e Pai Francisco é salvo, num simbolismo que une a salvação à ressurreição.

Mais de 50 mil pessoas se reúnem no Bumbódromo para assistir ao desfile dos figurantes de cada grupo, e as galeras, como são chamados os partidários do Caprichoso e do Garantido, deliram quando o seu boi-bumbá entra na arena.

Parintins talvez seja a única cidade do mundo onde a coca-cola é vendida em latas azuis, porque os partidários do Boi Caprichoso, que tem cores azul e branca, pararam de comprar coca-cola, que trazia as cores do Boi Garantido, o vermelho e o branco.

Quem assiste o desfile pela primeira vez, se deslumbra. Cada bumbá é formado por 3 mil figurantes e cada bateria tem 600 músicos. Difere dos festejos de carnaval, nos quais existem várias escolas de samba, enquanto o Boi-bumbá tem apenas dois grupos: o Caprichoso e o Garantido.

Franz Sauer não se interessava se o Bumba-Meu-Boi foi usado como estratégia para catequização de índios e negros. O que o entusiasmava era ver ali na selva amazônica um delírio que não existia na Alemanha, onde o folclore comportado dos Irmãos Grimm não se renovava. O ritmo daquelas baterias dominado pelos sons amazônicos, com influências africanas, o encantava.

Muitos barcos alojavam turistas que vinham para o festival, alguns do exterior, porque a cidade de Parintins não tinha hotéis suficientes. A população alugava suas casas, mas nem todas tinham condições de oferecer conforto e higiene.

A solução era então participar de grupos de turistas em barcos que fazem normalmente o roteiro, ou então alugar um barco próprio, como fez Franz Sauer, que podia, assim, tratar das ações finais do plano.

Ali, no meio do rio Amazonas, maior símbolo da nova república, presidia aquela reunião, saboreando o prazer de que em breve estaria presidindo reunião de ministros.

— Precisamos nos apressar antes que o governo americano atrapalhe nossos planos. Sabemos que a CIA e o FBI já estão interferindo. Os militares diminuíram o movimento de tropas. Imagino que possam estar pensando que esses movimentos tiveram êxito. Também podem ter percebido, felizmente com atraso, que as informações não eram verídicas e estejam agora buscando justificativas pela vergonha que passaram.

Um dos participantes o apoiou:

— Também acho que o assunto já está bastante amadurecido e o momento é oportuno. Não é conveniente que o lado de lá descubra os planos e se prepare.

— Preferia esperar um pouco mais para limpar alguns obstáculos remanescentes, mas a proclamação não impede que continuemos esse processo de limpeza. Esta reunião é a última. Após ela, o plano final será enviado. Todos estão de acordo?

O grupo começou a emitir expressões e fazer perguntas.

— Todos sabemos que os Estados Unidos e a Europa têm interesse na Amazônia. Se tiverem certeza do nosso plano, antes da proclamação, eles podem invadir o território a pretexto de salvá-lo. O governo brasileiro anda muito desunido, chafurdando em denúncias de corrupção política e será pego de surpresa. Se esperarmos muito, poderemos perder anos de trabalho e todas as despesas já feitas.

Continuou:

– Tudo já está preparado. A União de Madeireiros da Amazônia fará um ato nacional de repúdio à opressão que os povos da região estão sofrendo e haverá greve geral em aeroportos, transportes urbanos, telefonia, correios e telégrafos. Haverá um dia de paralisação na Amazônia e essas manifestações justificarão a ação dos governadores que estão em nosso favor.

Gostava de criar um pouco de mistério e disse com voz estudada:

– Além disso, está sendo preparado um fato inesperado que paralisará o governo brasileiro.

Percebeu entre eles a angústia da urgência.

Não precisavam discutir ali como iriam dividir o poder e as riquezas do território, porque isso já tinha sido objeto de concordância e essa distribuição de interesses tinha sido o motivo de aderirem e financiarem a causa. O momento era apenas de tomar o poder.

– Não existe ainda unanimidade dos governadores. Temos dúvida quanto a alguns deles.

Adotou um tom emblemático na voz:

– O senhores sabem que não podemos contar com ninguém que levante dúvidas. Aqueles que não estiverem conosco serão afastados da forma já conhecida.

Comportavam-se como turistas normais e não foi difícil chegar à conclusão de que o melhor era dar logo início à operação, seguindo as instruções que receberiam de Franz Sauer. Por segurança, nenhum deles sabia qual era o plano e quais as iniciativas que o velho Sauer ia tomar.

Deu mais alguns minutos para eles pensarem e, como não houve outras manifestações, encerrou a reunião.

De Macapá até Belém gastaram menos de duas horas.

Hospedaram-se no hotel Marajoara e o tenente ligou imediatamente para a capitã. Preferiram continuar em quartos separados e com todos os sentidos ligados contra eventuais perigos.

Desceu e ficou esperando por Rogério na recepção. Ele chegou animado.

– Ela está preocupada. Foi bom falar com ela. Muito bom. Preciso sair vivo disso tudo doutor Maurício, preciso sim.

Maurício sorriu paternalmente e disse:

– Olha, já estive aqui antes, mas nunca na época do Círio de Nazaré.

– A cidade está uma loucura. Gente demais.

– O forte do Presépio não é longe daqui e hoje não adianta pensar em táxi. Ao lado do forte, existe um antigo palácio da aristocracia do açúcar cuja fachada tem onze janelas e por isso é conhecido como a Casa das Onze Janelas. Hoje é um espaço cultural e ali também está o Boteco das Onze, de onde a gente tem uma bonita vista da baía de Guajará.

– Boteco das Onze. Gostei do nome. Vamos lá. Está claro ainda. O verão tem essa vantagem, os dias ficam mais longos.

Carlão ficou no hotel. Tinha de voltar com Sílvio para pegar o Sêneca em Boa Vista e levá-lo para a Buritizal. Agora não havia mais perigo, como o que imaginaram antes.

Deviam ser umas sete horas da noite, quando Maurício e Rogério saíram em direção ao Núcleo Cultural Feliz Luzitânia, composto pelo Forte do Presépio, a Casa das Onze Janelas, o Casario da Rua Padre Champagnat, a igreja de Santo Alexandre e o museu de Arte-Sacra.

Feliz Luzitânia foi o primeiro nome da cidade de Belém, fundada em 1616.

A praça da entrada do forte estava cheia de gente. Romeiros descalços, penitentes de joelho, mendigos, mulheres se oferecendo e bêbados.

Diz a lenda que em outubro de 1700, um caboclo chamado Plácido José de Souza, filho de português com uma índia nativa, estava caçando na região do igarapé Murutucu, onde hoje é o bairro de Nazaré, e encontrou a imagem sobre uma pedra na beira do riacho.

Também devoto da Virgem, Plácido levou-a para sua casa, mas a imagem voltou ao local onde fora achada e isso se repetiu por diversas vezes e o caboclo resolveu então erguer uma pequena ermida para ela junto ao igarapé. O episódio ficou conhecido e começaram a aparecer os devotos e a acontecer os milagres.

A imagem é uma réplica da Virgem de Portugal, uma estátua de madeira com 28 cm de altura. Nessa época, viajantes vinham do Maranhão em direção ao Alto Amazonas e provavelmente algum deles esqueceu a imagem, ao passar pelo riacho.

No ano de 1773, Belém foi colocada sob a proteção de Nossa Senhora de Nazaré. No ano seguinte, a imagem foi levada a Portugal para restauração e, no seu retorno, no mesmo ano, uma grande romaria recebeu a imagem no porto e essa romaria do retorno deu origem às festividades do

Círio de Nazaré, que se tornou a maior festa religiosa brasileira e acontece no segundo domingo de outubro desde 1793.

Mais de dois milhões de pessoas, vindas de vários Estados do Brasil e também de outros países, participam dos festejos de Nossa Senhora de Nazaré, que duram quinze dias e dividem-se em três partes: a procissão, o arraial e o almoço do Círio, que tem, para eles, a mesma importância da ceia do Natal, quando são servidos pratos regionais como o pato no tucupi, a maniçoba e doces de cupuaçu e bacuri.

A Santa é também venerada como padroeira dos navegantes e, quando a romaria fluvial, que sai do porto de Icoaraci em direção a Belém, pára na baía de Guajará, a emoção toma conta da multidão que aplaude, reza e chora.

Desde os primeiros Círios, os fiéis queriam tocar a Santa, mas ela estava protegida e não podia ser tocada pela multidão, que em poucos minutos a destruiria. Aconteceu então que, no ano de 1855, uma enchente inundou a cidade e o carro de boi que transportava a imagem atolou perto de onde é hoje o mercado de Ver-o-peso. Um barqueiro trouxe uma dessas cordas grossas de amarrar embarcações e com a ajuda da corda tiraram o carro do atoleiro.

A partir de então, uma corda grossa de quase quatrocentos metros é puxada pela Berlinda da Virgem, como se fosse parte da imagem, e os fiéis se empurram, tropeçam, caem e se levantam para continuar segurando a corda, como se estivessem tocando a imagem, numa comovente manifestação de fé.

Maurício e Rogério atravessavam a multidão como podiam e quase não conseguiram chegar ao forte, tanta era a gente. Empurrando uns e empurrados por outros, chegaram à velha fortaleza.

O tenente comentou:

– Sei que o senhor vai dizer: "De novo o abandono".

Erosões estavam causando desmoronamentos e a restauração limitou-se ao que restou do belo forte do Presépio.

Maurício não disse nada e saíram em direção à Casa das Onze Janelas.

O Boteco das Onze fica logo à esquerda de quem entra na antiga mansão, mas eles preferiram atravessar a casa e sair no pátio onde havia mesas também servidas por garçons.

O bar estava cheio e foram servidos de pé, enquanto aguardavam por uma mesa. O entardecer estava úmido e sufocante. Diante deles as águas da baía de Guajará brincavam de pequenas ondas até alcançarem o oceano Atlântico a 120 quilômetros de distância.

– A capitã deu alguma informação nova, quando o senhor falou com ela hoje, no hotel?

— O que o senhor já sabia. Ela disse que a situação é inquietante e está com medo. Queria vir para cá. Fiquei com pena, muita pena. Prometi voltar logo.

— Ela disse que a situação é inquietante. Não explicou por quê?

— Conforme nós concluímos, todo o planejamento que deciframos naquele código era falso. As Forças Armadas admitiram que o plano podia mesmo ser falso e agiram com coerência, dando a entender que tinham caído na armadilha. O senhor viu os noticiários. Exército, Marinha, Aeronáutica, órgãos de informação, todos eles estão hoje sendo sabatinados. Enfim, se era para os conspiradores acreditarem que caímos na armadilha, o serviço está perfeito. Mas e agora?

— Já ouviu falar do Nó Górdio?

— Andei estudando isso para o Itamaraty. É aquela história de um caboclo chamado Górdio, que foi escolhido pelo povo para ser rei da Frigia? Pelo que me lembro é uma história bonita. Os oráculos diziam que o homem que ia ser ungido rei da Frigia ia chegar numa carroça e ia ser o primeiro homem a entrar no templo de Zeus, que acabava de ser construído.

O tenente olhou intrigado para Maurício, quis perguntar alguma coisa, mas continuou, depois de uns segundos de hesitação:

— O caboclo Górdio chegou com sua carroça, a mulher e o filho. Entrou no templo e foi aclamado rei. Em homenagem a Zeus, amarrou a sua carroça com um nó tão difícil de desatar que quem conseguisse desatá-lo, tornar-se-ia, segundo os oráculos, rei do mundo. Ninguém conseguiu, até que Alexandre Magno tomou a Frigia e foi tentar também. Achou difícil e então puxou a espada e o cortou.

— E lá no Itamaraty eles sabem onde é a Frigia hoje?

— É bem capaz que não, mas, antes que me provoque, se não estou enganado, deve ser onde está a Turquia. Mas espera aí, o que esse Nó Górdio tem a ver com a Fernanda?

— Pensando em Alexandre.

— Se não podemos desatá-lo, então vamos cortá-lo... Cortar o nó ou o mal pela raiz, tanto faz. Ou então?... Espera aí, o senhor não está querendo cortar o nó, o senhor está querendo que o nó nos corte. É isso? É por isso que estamos aqui expostos?

— Acho que o nosso nó está aqui. Aqui é o templo de Zeus. Cansei de ser procurado. O que o senhor acha de começarmos a caçar? Estou com aquela sensação de perigo e ao mesmo tempo me sentindo atraído por ele.

— Também gosto do perigo. Mas prefiro conhecê-lo antes de me expor. Essa nossa situação faz lembrar histórias de fantasmas. Estamos sendo perseguidos por fantasmas, ou será que estamos inventando fantasmas? Não, não pode ser. Tivemos aquele camarada em Brasília, no hotel, que matou aqueles dois, depois essa Confraria estranha, o avião da CIA indo para Juína, tudo muito estranho. Mas e agora?

– Estou com a sensação de que alguma coisa vai acontecer. É só nos mostrarmos e esperar.

No restaurante era permitido apenas entrarem alguns vendedores de flores, ou de pequenas lembranças do Círio, e representantes de entidades como aquela soldada do Exército de Salvação.

– Lá no Itamaraty chegaram a perguntar algo sobre o Exército de Salvação?

– Mas o senhor está implicado com esse Itamaraty hoje, hein?

– Pois é. Estuda-se um passado de milhares de anos atrás, até mesmo um passado hipotético como esse do nó Górdio, que pouco vai interessar à diplomacia brasileira e, no entanto, pouco se sabe sobre entidades atuais que fazem trabalho humanístico como o Exército de Salvação.

A soldada, vestida de uniforme azul, distribuía pequenos cartões com trechos da bíblia ou dos evangelhos. Não pedia nada, apenas ia de mesa em mesa distribuindo os cartões com mensagens diferentes para cada uma das pessoas.

Maurício explicou:

– O Exército de Salvação foi criado em 1865, por William e Catherine Booth, na Inglaterra, e chegou ao Brasil em 1922. Eles pregam o Evangelho e ajudam os pobres. Seus pastores são chamados de oficiais e os demais membros de sargentos ou soldados e usam uniformes azuis. Costumam entrar nos restaurantes e distribuir pequenos bilhetes com trechos do Evangelho e da Bíblia. Eles não pedem, mas aceitam contribuições. Trabalhei há algum tempo no interior do Rio Grande do Norte e vi como eles ajudavam os pobres e os doentes.

A soldada foi distribuindo os cartões, colocando-os em cima das mesas ou entregando às pessoas e, quando chegou perto deles, ela se voltou para Maurício e entregou-lhe um cartão, ao mesmo tempo em que abriu a palma da mão direita, onde ele viu o terço com a cruz de Santiago de Compostela.

"Não pode ser. A irmã Tereza?!"

No cartão que ela lhe entregou não estava escrito nenhum salmo ou trechos do Sermão da Montanha, mas uma advertência:

"Finja que não me conhece. Vocês correm risco de morte. Saiam agora e entrem no meio do grupo de romeiros que está passando em frente do restaurante. Lá estarão protegidos."

60

A surpresa foi desconcertante. Procurou recompor-se e raciocinar rápido.

"A irmã Tereza? Não pode ser. O terço está comigo. Só dei um a ela."

A soldada deu então outro papel para o tenente, que ficou mudo e olhou para ele.

No seu cartão estava escrito:

"Controle suas reações e siga as instruções do doutor Maurício".

O tenente quase se traiu.

Em seguida a soldada saiu do restaurante pela porta da frente.

Demorou um pouco para controlar-se. Com a mão meio trêmula, tomou um gole de cerveja e disse ao tenente:

– Nós temos pouco tempo e precisamos agir com muita rapidez. Não olhe agora, mas nós vamos sair pelas escadas do lado esquerdo, com naturalidade e, assim que chegarmos ao alto da escada, vamos correr em direção à igreja do Carmo, por uma rua que fica à direita da praça. Acho que estamos correndo risco iminente. Pronto?

Chamou o garçom e pagou a conta.

Saíram pelos jardins dos fundos e subiram os degraus até dar na praça onde o grupo de romeiros, do qual falara a soldada do Exército de Salvação, carregava uma corda e imitava a procissão do Círio.

Assim que saíram na calçada ao lado do restaurante, começaram a correr, entrando pela rua Siqueira Mendes, que começa na praça Feliz Luzitânia e segue à direita, em direção à praça onde se viam as duas torres da antiga igreja do Carmo. Corriam o mais rápido que podiam, trombando com romeiros e desviando-se de vendedores. Chegaram à praça do Carmo, onde havia um táxi parado, e Maurício teve a tentação de contratá-lo. Pensou melhor e continuaram a correr pela direita da igreja, saindo num local que antes se chamava de Porto do Sal.

Quando tomaram a rua que descia em direção ao Porto do Sal, notaram que o táxi que estava parado no Largo do Carmo, passou a acompanhá-los.

"Deve estar procurando passageiros", pensou Maurício, mas continuaram a correr. Ninguém mais os acompanhava e ele estava com receio de que fosse encontrar os seus perseguidores quando saíssem da rua.

O táxi aproximou e buzinou pedindo passagem. Abriram espaço para ele passar, Rogério indo para a direita e Maurício pela esquerda, ambos com as armas nas mãos para evitar surpresas.

O táxi emparelhou-se com eles e o motorista gritou:

– Entrem, depressa, eles estão vindo aí.

Foi outra surpresa. Olhou para o motorista, mas não era hora de fazer perguntas e Maurício abriu a porta de trás e pulou para dentro do carro que ia devagar. Rogério fez o mesmo do outro lado e o táxi saiu em disparada.

Atravessaram a praça do Arsenal, considerada a praça mais antiga de Belém, e seguiram pela rua da Estrada Nova, acompanhando os muros do Hospital da Marinha. Era uma rua muito habitada, cheia de entulhos e malcuidada. Duas grandes valetas nas laterais pareciam dois canais de água, enquanto gente andava pelas ruas, catadores de lixo puxavam carroças e carrinhos de mão. O táxi fazia malabarismos para se livrar de todos esses empecilhos e, num certo momento, virou à direita para estacionar no porto de Arapari.

Uma lancha os estava esperando e, assim que eles entraram, ela saiu em velocidade para atravessar o rio Guamá, mas, antes de chegar à outra margem, a lancha mudou de rumo e começou a descer o rio até alcançar um ancoradouro, na margem oposta, onde um perua blindada e com tração nas quatro rodas os esperava à beira da estrada que servia o porto.

Entraram na perua, que estava sem motorista. O agente do FBI tomou o volante e saiu em disparada. Maurício estava quieto, pensando. Rogério não resistiu:

– Você de novo? Hoje o dia está demais. Então você veio até aqui só para explicar o que estava fazendo no hotel em Brasília, quando matou aqueles dois e eu levei a culpa?

– Não vou mostrar minha identificação do FBI, porque isso pode ser falsificado. Além disso, não costumamos andar com essa identificação. Falaremos com calma daqui a pouco. Agora precisamos sair desta com urgência.

E, dizendo isso, continuou em velocidade, afastando-se cada vez mais da cidade. Num certo ponto, parou o carro e pediu para eles descerem. Logo em seguida outro veículo saiu do mato, o motorista desceu, trocaram de veículo e tomaram outro rumo.

– Bom disse – Maurício –, acho que agora o senhor pode explicar como é que estava lá em momento tão oportuno.

– Simplificando, um grupo de assassinos profissionais está na cidade para eliminá-los. A CIA e a NSA estão trabalhando conjuntamente com o embaixador dos Estados Unidos para ajudá-los a desmontar essa conspiração para proclamar a República da Amazônia.

Maurício não demonstrou surpresa.

– Ainda falta a explicação.

– Cheguei ontem à tarde. Sabíamos que o senhor estava muito interessado nesse Franz Sauer e que ele esteve por aqui nestes últimos dias. Sabemos das suas pesquisas nos cadastros da Receita Federal. Acreditamos que ele não esteja mais por aqui, mas deixou um grupo de assassinos internacionais, procurados por vários países, com a missão de eliminá-los.

– Então já nos estavam vigiando.

– Acompanhamos as andanças de vocês dois pelo rio Paraguai, Manaus, Rio Branco, Macapá e obviamente Belém. Percebo que o senhor não está surpreso, porque nos pediu isso quando trocou de roupa com os vaqueiros. Desde então, seguimos todos os seus passos e ao mesmo tempo os passos desses assassinos.

– E o piloto de Manaus?

O homem do FBI quase parou o carro para olhar para ele e perguntou espantado:

– Como o senhor desconfiou dele?

– Todos os pilotos guardam a sua maleta no bagageiro do avião. Não fazia sentido aquele sujeito levar uma mochila no assento da frente, a não ser que quisesse pular de pára-quedas. Por que um monomotor? Além disso, com exceção do meu piloto, haveria sempre troca de piloto e avião para cada viagem. No entanto, o piloto do Bonanza disse que ia nos esperar.

O agente sorriu, balançou a cabeça de um lado para o outro, e Maurício fez outra pergunta:

– Mas o tenente Alfredo é outra artimanha sua, ou não?

– É surpreendente a rapidez como percebe incoerências. O senhor havia nos enviado uma mensagem lá do córrego Panelas. Nós também estamos analisando os fatos e agindo com a rapidez. Precisávamos comunicar-lhe que tínhamos captado a sua mensagem e achamos que o senhor entenderia que a recepção no aeroporto era uma resposta da nossa parte.

– Posso imaginar que vocês também desconfiaram do Bonanza e o embaixador assustou a capital e ela providenciou o apoio militar.

O tenente ouvia aquele diálogo como se fosse um desafio de inteligências, mas não se conteve:

– Espera aí! Vocês estão dizendo que a intenção deles era nos jogar na floresta, mas se isso falhasse, então nos pegariam em Belém? Mas que gentinha!

O agente não teve tempo de completar o sorriso que esboçava, porque Maurício ironizou.

– Mas o desempenho de vocês em Roraima me assustou. Só um perigo iminente poderia justificar perguntas diretas a um recepcionista de hotel. Por acaso, vocês têm estagiários de espionagem?

O agente respondeu um tanto frustrado:

– De fato, alguma coisa saiu errada. Armamos uma operação para protegê-los em Boa Vista, mas vocês estão muito ariscos. Mas, mudando de assunto, como é que desconfiaram de uma soldada do Exército de Salvação e não caíram na armadilha preparada por eles?

— Fatos anteriores. O senhor sabe da irmã Tereza?

— Era contato do general Ribeiro de Castro. Ele mandou buscá-la porque achava que estava correndo perigo.

— Imagino que saiba também a respeito da Confraria. Tenho a impressão de que o general mandou a Confraria retirar a irmã Tereza do Guariba, mas temo que a verdadeira irmã Tereza esteja morta. Essa aí é uma impostora. Não sei quem é. O senhor talvez saiba.

— Temos informações de que uma antiga agente da KGB está fazendo parte desse grupo. Pode ser ela. Mas continue.

— Depois que fiz o Caminho de Santiago, eu visitei a irmã Tereza e dei-lhe um terço benzido numa bonita cerimônia pelo cardeal de Santiago. Ficou muito emocionada e disse que nunca se separaria dele. Estive na casa dela no dia em que os dois monges da Confraria a levaram. O terço estava na parede. Achei que, como ela tinha saído às pressas, poderia tê-lo esquecido e então guardei-o, pensando em devolver-lhe se a visse novamente. A soldada do Exército de Salvação estava com o terço na mão para me convencer de que era ela. Na verdade, se não fosse o terço, talvez tivesse acreditado, porque era muito parecida com a irmã Tereza.

— Mas mesmo assim, a sua decisão foi muito rápida, deve haver mais alguma coisa que o fez suspeitar.

— Isso mesmo. Quando vi o terço e olhei para a mulher compreendi tudo na hora.

Parou um pouco. Estava evidentemente triste.

— Lembrei-me de a caseira ter dito que a irmã tinha ficado doente e não podia tomar sol. Na época não me pareceu nada anormal, mas quando vi o terço comecei a ligar os pontos, achei que a doença da irmã Tereza era na verdade uma operação plástica para essa assassina se parecer com ela. Inclusive, uns meses antes ela arrumou uma desculpa para não me ver.

O tenente então perguntou:

— Mas o que aquela fulana queria que a gente fizesse, que ainda não sei?

— O senhor se lembra do grupo de romeiros que estava na praça, quando a gente saiu do restaurante? No meu bilhete está escrito que nós corríamos perigo e devíamos sair e entrar no meio dos romeiros, porque lá havia gente para nos proteger. Na verdade, não existe lugar melhor para eliminar alguém do que no meio de um grupo de pessoas cantando e gritando.

Mostrou o bilhete para Rogério e para o agente do FBI. Rogério também mostrou o bilhete que recebera para eles.

Então perguntou ao agente do FBI:

– Falta o senhor explicar como poderia estar nos esperando naquela praça.

– Foi também um pouco de sorte, mas, na verdade, vocês foram seguidos por uns dez agentes, desde o aeroporto. Não podíamos perdê-los de novo porque sabíamos do perigo.

– Então?

– Bem, eu não era o único taxista. Havia outros veículos, inclusive motocicletas, em vários pontos e preparados para emergências. Dois agentes estavam no restaurante, descrevendo os tipos mais suspeitos e informando quem entrou depois de vocês. Hoje não é dia para soldados do Exército de Salvação aparecer. Esses romeiros vêm pagar promessas a Nossa Senhora do Nazaré, coisa que não combina com aquela soldada. E, como já sabíamos da assassina russa, alertei o pessoal. Em seguida fui informado de que vocês estavam saindo e vinham para a praça do Carmo, justamente onde eu estava.

Um momento de silêncio indicava a gravidade dos momentos que tinham passado. O agente preferiu quebrar a tensão:

– Mas não fiquei frustrado porque não tomaram o meu táxi não.

O agente continuou falando. Estava dando explicações para conquistar a confiança dos dois.

– Como eu disse, esse grupo tem uma antiga agente da KGB e o agente que entrou no restaurante descreveu-a como um tipo russo, de expressões sérias, que não combinavam com a face de uma voluntária de caridade. Gostaria de ver a cara desses bandidos agora. Vocês deram outra lição neles.

– É! ... – disse Rogério. – Não se pode confiar mais nem em freiras.

Maurício não estava para sorrisos. Quieto, parecia meditar, enquanto o agente do FBI dirigia para um lugar qualquer. O tenente perguntou:

– O senhor não me parece muito satisfeito. Alguma outra coisa estranha?

– Não tenho muita certeza. Mas tenho a impressão de que o general mandou tirar a irmã Tereza de lá para vê-la de perto. Acho que ele também estava desconfiando dela. Pode ser que o tenham assassinado por causa disso. Estava chegando muito perto deles.

– É bem possível – disse o agente.

– A caseira disse uma coisa que também não se encaixa direito. Na manhã em que foi retirada de lá, ela recebeu um chamado de um certo Padreco ou Pacheco, ela não tinha certeza.

– Não podia ser algum monge dessa Confraria?

– Não, não acredito. Esses templários, vamos dizer assim, são muito silenciosos. Aparecem de surpresa. Acredito que esse chamado pelo rádio tenha sido dessa organização. Certamente ela estava avisando o grupo que a capitã Fernanda ia buscá-la. Alguma emergência. Logo depois que ela foi retirada pelos monges, apareceu uma viatura da Polícia Militar. Ficaram irritados e reviraram toda a casa. No entanto...

O agente do FBI levantou outra questão.

– O que me estranha é essa urgência em quererem eliminá-los. Não me parece que o senhor seja pessoa que possa oferecer muito risco para eles. O senhor é um civil. O tenente é um policial qualificado, mas que poderes têm vocês para oferecer obstáculo a uma organização tão poderosa?

– A não ser que... – ia dizendo Maurício, mas se calou diante da idéia absurda, que no entanto o agente do FBI completou:

– A não ser que tenham alguma informação que eles não querem que passem adiante. Ou pelo menos estejam perto de alguma informação que não querem que descubram.

Precisava descobrir que tipo de informação que os tornavam tão perigosos para os planos dessa organização. Era um civil, como disse o agente americano, o tenente era um homem simples, que até poucos dias era sargento da PM de Brasília.

O agente do FBI continuou:

– Os senhores precisam sair da área. Esse Franz Sauer não está aqui. Mas o grupo de assassinos é perigoso e não se compõe apenas desses quatro. Além disso, o senhor precisa descobrir por que querem matá-lo. Acho que, descobrindo isso, podemos chegar a conclusões importantes.

– Confesso que não tenho a mínima idéia, a não ser o fato de já estar até o pescoço mergulhado nisso. Mas, a propósito, que tipo de intromissão vocês estão fazendo? Afinal, o senhor é um agente do governo americano? Ou não é?

– Esperava por essa indagação. Vou resumir. Nós já estávamos detectando algo estranho, mas só depois que o tenente Rogério começou a entrar na internet, encaramos o assunto com mais preocupação.

– Ah! Enfim, voltei a ser importante. Agora sei por que vou morrer.

Riram da despreocupação do tenente e o agente continuou:

– A CIA decifrou o código, mas concluiu que era uma situação falsa. O governo americano achou melhor não se envolver até aquele momento. Felizmente os senhores decifraram o código e chegaram à mesma conclusão. Ficamos impressionados com o trabalho de vocês, mas com certeza as mensagens reais devem vir ou já estão chegando em outro código que desconhecemos.

– Bom, e então?

– A proposta é dividir tarefas. O governo americano vai colocar todos os seus meios de interceptação telefônica, satélite, criptógrafos, enfim a CIA, o FBI e a NSA farão esse trabalho de informação e decifração, enquanto os senhores continuam trabalhando na área. De qualquer forma, como os senhores sabem, gostem ou não, nós estaremos interferindo independentemente de o governo brasileiro querer, porque não sabemos até onde isso aí pode prejudicar os Estados Unidos. Então, o que dizem?

– Mas o que significa trabalhar na área? Vocês têm satélites, rede de espionagem, dinheiro, equipamentos. Quem somos nós para esse trabalho? E esse grupo de assassinos? Como podemos trabalhar, se temos de nos preocupar constantemente com eles?

– Bem – respondeu o agente –, um trabalho nessas circunstâncias fica mais excitante. Além disso... além disso, não sei quem aí é mais perigoso. Vocês têm dado trabalho para eles e para nós. É muito importante para nós prender esse grupo. A partir de agora estarão preocupados. Já sabem que vocês não vão pegá-los facilmente e que estamos por perto.

– Outra questão, senhor agente. O senhor fala muito bem o português e conhece bem a cidade de Belém e talvez outras. Pode me explicar como é que um agente do FBI...

– Vou lhes contar um segredo. Peço que ninguém mais saiba disso.

Pensou um pouco, respirou e disse:

– Sou brasileiro. Mineiro da xepa. Tricordiano, conterrâneo do Pelé. Aliás, até que eu era bom de futebol. Minha família morreu num acidente de ônibus e uma família americana me adotou. O resto faz parte da história de cada um. Numa missão, salvei a família do embaixador e ele me quer agora sempre por perto. Devido a essa minha condição, sou um especialista do FBI a respeito do Brasil.

– CIA, embaixador, FBI, perseguições... Em quem acreditar? – perguntou Maurício, desanimado.

– Compreendo o que o senhor quer dizer. Para sua tranqüilidade, o próprio embaixador levantou suspeitas sobre o comportamento da CIA, devido ao caso de Juína. Aliás, como eu gostei daquilo! Naquele dia eu esperei vocês em Cuiabá. Estava na sacada do aeroporto e vi a troca de aviões. O agente da CIA não tinha mais como saber disso. Estava num Citation, mas eu também não ia dizer nada a ele.

O agente fazia questão de mostrar a rivalidade que existia entre a CIA e FBI. Parecia até mesmo divertir-se.

– O mais divertido foi lá no hotel. Paguei um sujeito para entrar na vaga que ele conseguisse no estacionamento, de forma que, quando ele conseguiu sair de lá, o assunto já estava resolvido.

– Espera aí, você quer dizer que estava nos esperando no hotel e que o agente da CIA veio em seguida? – perguntou Maurício.

– Ali era também uma questão de inteligência. O agente da CIA falhou. A única pessoa que estava sem proteção era o senhor. O tenente estava dentro do quartel e a capitã tinha seguranças do Exército. Parecia óbvio que eles queriam retirar do hotel os policiais que lhe davam proteção. Fiquei esperando.

Maurício passou a ter respeito e simpatia por aquele mineiro. Devia a vida a ele.

O agente no entanto comentou com certa humildade:

— Mas olha, isso é minha profissão e minha especialidade. Mas o que espanta é que vocês não dispõem de todos os equipamentos e treinamentos que temos e, no entanto, estão agindo como profissionais de alto nível.

O tenente brincou de novo:

— Muito obrigado, mas por enquanto o senhor pode me deixar na próxima esquina. Vou tomar o trem de volta para casa.

Humor às vezes ajuda, mas a situação era confusa.

O agente diminuiu a marcha. Uma placa na entrada de uma outra estrada indicava Fazenda Palmeiras.

"Em todo lugar existe uma fazenda chamada Palmeiras", pensou Maurício. "Só espero não ver monges de capuz."

O carro seguiu pela estrada e logo viram a enorme casa estilo americano com árvores floridas e o pequeno lago na frente da sua enorme varanda. A quinhentos metros da sede, viram uma pista de pouso. Dirigiram-se para lá e pararam perto do pequeno jato que estava preparado para sair.

O agente falou:

— Cabe a vocês decidirem. Preciso deixá-los. Não posso perder o rastro desse grupo de assassinos e preciso relatar esses fatos ao embaixador.

— Mas, se o senhor volta para Brasília, vai nos dar carona nesse avião?

— Acho que vocês devem se deslocar para alguma outra área e deixar Belém, por enquanto. Nós temos certeza de que esse pessoal tem gente espionando em vários pontos da Amazônia. Não existe cidade ou ponto estratégico, inclusive dentro dos governos locais, que não tenha espião. Temos certeza hoje de que há anos eles vêm se preparando para isso.

Maurício não estava confortável diante daquela confusão. A conclusão a que chegou era quase absurda de tão perigosa. Por sorte, desconfiara em tempo da luz na casa do barqueiro e do fato de as crianças não irem à escola.

— O senhor está querendo dizer que esse pessoal sabia então que nós vínhamos para cá?

— Para ser sincero, doutor Maurício, nós soubemos que os senhores foram ao forte Coimbra porque a NSA detectou conversas cifradas por rádio levantando suspeitas de que um barco de pescadores desceu o rio Paraguai, mas não parou em lugar nenhum para pescar. Os pesqueiros da região estavam vigiados.

"Meu Deus", pensou Maurício. "Eles já estão mais organizados do que eu pensava. E com certeza estão nos procurando agora."

O agente interpretou as dúvidas de Maurício e disse:

– Não há motivos para preocupações, por enquanto. Eles foram pegos de surpresa e estão reavaliando a estratégia. Mas o tempo é curto. Precisamos localizar o Sauer e descobrir o que ele vai aprontar. Trata-se de pessoa astuta, rica e ambiciosa. Ele montou uma organização composta de gente influente e perigosa.

– Franz Sauer – disse Maurício. – Por que teria saído do país agora? Onde estaria?

– Não temos certeza de onde está. Ele também usa nomes diferentes e disfarces. Mas se ele saiu do país é porque deve estar preparando...

– O Conceito Zero... – disse Maurício.

O agente olhou para ele e sorriu. Era fácil dialogar com pessoas de raciocínio rápido e coerente. O tenente não teve reação. Já conhecia o companheiro e não se espantava com mais nada. Mas ele tinha razão. Esse alemão podia estar preparando o golpe final e, para maior segurança do plano, saiu do país.

O agente continuou:

– O Conceito Zero parece ser o objetivo. O que é esse Conceito Zero e quais ações serão desencadeadas para atingirem a condição zero? Acho que só vamos conseguir descobrir isso se descobrirmos o plano deles. Existe esse plano? Se existe, onde está? Ou será que esse plano será transmitido através de código, do mesmo modo como foi transmitida a simulação que eles montaram?

– Mas sem um texto codificado, o senhor acha que vale a pena ficar correndo atrás de hipóteses? – perguntou ao agente, que acrescentou:

– Vou deixar com vocês um telefone de escuta indecifrável onde também podem receber texto pela internet. É só conectar numa impressora depois.

– Escuta indecifrável? – perguntou o tenente.

– Por acaso vocês já ouviram falar de alguma conversa telefônica do presidente dos Estados Unidos ter sido gravada? Nixon gravou as próprias conversas. É diferente. Nós usamos um sistema em que as palavras são desmanchadas em sílabas que correm por conexões diferentes para serem reagrupadas no aparelho receptor. A conversa só pode ser gravada se o aparelho receptor tiver gravador específico, próprio para esse tipo de mensagem que carrega dispositivo de segurança. Vou me comunicar com vocês por esse aparelho e vocês só devem se comunicar através dele.

Entregou o aparelho a Maurício e disse:

– Não se separem dele.

Maurício pensou um pouco. Olhou para o tenente e disse:

– Não temos saída. Estamos sós.

O agente pegou o aparelho e explicou como funcionava.

– Este aparelho não precisa ser carregado. Ele tem dispositivo que o realimenta automaticamente via satélite. Também acho desnecessário informar que, toda vez que esse telefone tocar, alguém estará na escuta lá na CIA e na NSA.

E entregou o telefone ao tenente, que o passou a Maurício que, ainda reticente, perguntou:

– E se esse desmanche de palavras for descoberto e decodificado?

O agente riu.

– O senhor está falando com FBI, CIA e NSA.

– Mas ainda o senhor não me respondeu se vai para Brasília ou fica em Belém para prender esse povo.

O agente apenas disse:

– Esse avião está à sua disposição para levá-los aonde acharem mais importante no momento. Os senhores compreendem que, quanto mais cedo saírem, é melhor.

Tomaram a decisão de irem para Tabatinga e o tenente ligou para a capital. Fez um resumo dos acontecimentos sem mencionar, porém, os perigos que passaram e comunicando o novo destino.

Antes de se despedir, Maurício insistiu:

– O senhor compreende então que é muito importante que, assim que tiverem uma mensagem cifrada, que pode ter relação com esse assunto, devem mandar imediatamente uma cópia por esse telefone, mesmo que a NSA seja a maior especialista em decifrar códigos. Tenho a impressão de que esse pessoal pode estar guardando uma surpresa para nós.

O agente encarou-o com respeito e disse:

– Nós sabemos disso.

Já era noite, mas a pista da fazenda era asfaltada e iluminada.

Azul claro, com os beirais das janelas e portas pintados de branco, o casarão colonial devia ter sido construído em fins de 1800 e testemunhava o poder econômico da época. Era uma mansão de dois andares, alpendre, janelas e portas com grades indicando que os perigos de assalto a residências não são novidade.

Funcionava ali a agência de turismo Arapari. Num dos antigos quartos da casa, quatro pessoas estavam reunidas em torno de uma mesa retangular. Uma mulher clara e três homens fortes, com a pele curtida pelo sol e pelo frio, de quem vem enfrentando intempéries como rotina.

Um deles, troncudo, do tipo atarracado, cabeça raspada, com um metro e setenta de altura e noventa quilos de músculos enrijecidos, olhar duro, a testa quase sempre franzida, perguntou à mulher:

– Na sua opinião, ele desconfiou imediatamente? Mas como?

Não diziam nomes, chamavam-no de Atarracado. Ela passara a adotar o título de "soror", desde que assumira a identidade da irmã Tereza.

– Não sei – respondeu a mulher. – Alguma coisa fez que ele raciocinasse com rapidez e tomasse outra atitude que a prevista. Também não entendo como aquele táxi apareceu de repente.

– Será que foram alertados de alguma coisa? Eles não tiveram nem contatos nem tempo para isso. Algo fez com que ele desconfiasse. Quanto àquele táxi, tenho minhas dúvidas. Precisamos agir com rapidez e com mais cuidado. Agora eles sabem que os estamos procurando. Alguém tem alguma sugestão?

Os outros dois continuaram em silêncio. Mantinham a expressão fria e abanaram a cabeça, como se estivessem ali apenas para seguir instruções.

A mulher no entanto falou:

– Eles devem ter abandonado a cidade. E nós também precisamos sair daqui. Fomos descobertos. As instruções são para que eles não se aproximem dos fortes. Por quê, não nos interessa. Apenas não podem visitar fortes antigos. Se já foram a Coimbra, Príncipe da Beira, Manaus, Boa Vista e Belém, resta agora o forte de Tabatinga.

O "atarracado" franziu mais a testa.

– Não podemos ir a Tabatinga. O movimento de tropas é grande por lá. Temos de acompanhar o que estão fazendo e preparar-lhes a armadilha final.

– É possível que tenham algum outro meio de ir a Tabatinga, porque não tomaram os rumos previsíveis. O táxi evitou todos os nossos contatos. Colocamos vigias no caminho do aeroporto, do porto, perto do forte e pessoas que pudessem segui-los, mas eles agiram como profissionais em fuga. Aquele táxi não foi coincidência.

– Parecia uma caça a coelhos, mas está mais divertido, você não acha?

A mulher não sorria. Tinha uma face moldada e fria.

– Eles vêm agindo de forma muito cautelosa. Mudam de roteiro, de identidade, de transporte. O que aconteceu em Manaus e Boa Vista, bem... Ou estão tendo apoio ou são mais espertos do que pensamos.

– Muito bem – disse o outro. – Vamos seguir a rotina e agora com mais cuidado. Agilidade em disfarce, nenhuma informação para onde vamos, nem mesmo para nossa equipe. O comportamento deles é previsível e agora temos um trunfo valioso, que será usado na próxima ação. Não podemos perder tempo. Vamos ver se o pessoal de Tabatinga confirma nossas previsões.

Os outros dois elementos não falavam. Eram pessoas de ação que sabiam executar um plano e limitavam-se a ouvir atentamente, para memorizar instruções. Quem os visse não imaginaria que aqueles dois homens aparentemente rudes sabiam manejar armas, lutar e usar equipamentos técnicos e eletrônicos de alta tecnologia com habilidade.

62

O embaixador estava sentado em frente do notebook, com o queixo sobre a mão direita e o cotovelo apoiado sobre a mesa.

Estava cansado e preocupado. O movimento militar dos últimos dias o desgastara bastante. Apesar de ter-se especializado em entrevistas e desmentidos, a situação brasileira era incomum e diferente de tudo o que vivera antes. Sabia que as Forças Armadas Brasileiras estavam simulando operações, mas não podia informar isso, porque o perigo era real. Não ficou bem para ele fugir de algumas entrevistas com a imprensa americana.

A quantidade de impressos das comunidades recém-criadas na internet, para proteger a Amazônia, também incentivava os brasileiros a se prepararem para uma guerra inevitável contra potências estrangeiras que queriam tomar mais da metade do país e roubar as suas riquezas naturais.

Uma comunidade dizia que as reservas minerais entregues aos índios ianomâmis podem valer um trilhão de dólares, em ouro, diamante, estanho, cassiterita, zinco, cobre, chumbo e fosfato, e rafium e itrium, que ele não sabia o que era, mas dizia a comunidade que são de altíssimo valor estratégico.

Outros estudos indicavam que o valor das reservas minerais conhecidas em toda a Amazônia podia passar de sete trilhões de dólares.

"Sete trilhões de dólares!", exclamou.

Segundo outras notícias, seriam necessários mais de três trilhões de dólares por ano para compensar o efeito estufa se a floresta amazônica fosse destruída, e incentivavam os brasileiros a exigir esse valor dos países ricos, para manterem a floresta em pé. Uma cifra mais modesta teria sido calculada pela Universidade de Maryland, nos Estados Unidos, avaliando em um trilhão e cem bilhões de dólares anuais as vantagens da floresta.

Esses números o impressionavam.

"Será que esses ingleses estão nos fazendo de bobos? Eles costumam dizer que os americanos são molecões na arte da diplomacia. Mas o que então eles estão pretendendo? Aquele Blair não me engana. Ele foi quase subserviente quando apoiou os Estados Unidos na invasão do Iraque. Será que estava mesmo querendo que nós nos atolássemos lá no Iraque para que ele pudesse agir livremente por aqui?"

Controlou-se e leu a entrevista do pesquisador chileno Roland Stevenson. Dizia ter descoberto, em 1987, o local que deu origem à lenda do El Dorado. Um mês depois da sua descoberta, teriam chegado ao local da Ilha Maracá mais de duzentos pesquisadores ingleses. Constava que um vigia do local teria dito que "os ingleses tiravam toneladas e mais toneladas de material hermeticamente embalado, enviado de avião para a Guiana Inglesa e daí para Inglaterra".

"País fantástico esse Brasil! Nenhum outro país tem a floresta amazônica, o rio Amazonas, a cachoeira de Iguaçu e ainda as terras do Eldorado!.."

"E a Inglaterra? Do que vive a Inglaterra? Uma ilhota e uma rainha... Mas como é que eles souberam desse Eldorado e nós não? Por que não fui informado se eu estava aqui?"

Indignou-se de repente.

"Levaram da África e de quase toda a Ásia grandes riquezas arqueológicas e agora dão uma de puritanos!..."

Sentiu certo desconforto ao lembrar que o seu país estava destruindo o Paraíso Terrestre. Era religioso e acreditava na Bíblia. Ali, entre o Eufrates e o Tigre, está o Iraque e ali era o Paraíso Terrestre, onde Deus pôs Adão e Eva e os castigou depois.

"Não roubamos, mas destruímos. A História nunca esquecerá que nós destruímos um dos maiores patrimônios da humanidade, a terra onde Nabucodonosor construiu os seus jardins suspensos. Terra onde Deus pôs o primeiro ser humano."

Lembrou o Vietnã e a imagem daquela menininha nua com os braços abertos e chorando desesperada com a dor causada pelo napalm que os aviões americanos despejaram sobre eles.

Respirou fundo. "Napalm. Queimamos seres humanos, aves, animais, florestas, contaminamos os rios..."

O ruído do telefone quase o assustou. Olhou para o aparelho e reconheceu de onde vinha a chamada.

– Bom dia, senhor diretor – disse ele com voz receosa de algum castigo.

– Bom dia, senhor embaixador. Tenho informações. Houve um telefonema da cidade de Udaipur, na Índia, para o escritório de uma ONG ambientalista em Berlim. Nós estamos acompanhando todos os movimentos de ONGs ambientalistas, desde aquela nossa conversa.

– Mas é ONG da Amazônia?

– Não, não é. Aliás, o escritório propriamente nem é da ONG, mas é no mesmo edifício. Por precaução estamos vigiando as proximidades.

"Enfim estão mostrando algum serviço", pensou o embaixador.

– A ONG tem uma área de proteção na Namíbia e o seu endereço é no andar de baixo. Mas constatamos que estranhamente ela recebe telefonemas no andar de cima, que é o escritório de uma imobiliária.

– E então?

– O telefonema foi curto. Apenas "Siga os planos. Conceito Zero".

– Mas da Índia? Não é mais fácil identificar um telefonema desses? Será que estão ficando confiantes?

– A Índia é hoje o escritório do mundo, o senhor sabe. Até nós centralizamos por lá muitos dos nossos serviços. O que nos parece é que eles não usam sempre o mesmo ponto. Estão espalhados pelo mundo.

– Incrível, mas vocês já pegaram assim, no primeiro telefonema?

– Embaixador, há uma equipe de mais de seis mil especialistas atrás dessa sua República. Estamos quase sem comer e sem dormir.

"Velho imbecil, ele pensa que só ele raciocina e só ele trabalha", pensou o outro, que continuou:

– Toda a nossa atenção se concentrou na área desse telefonema. Algum tempo depois, mais precisamente vinte e sete minutos, houve outro telefonema para Buenos Aires. E Buenos Aires mandou fax para o gabinete do senador Rocha Meira, convidando-o para uma palestra sobre, veja só que pérola, "conceito zero em política".

Houve um momento de silêncio e o outro continuou:

– Sei no que o senhor está pensando. Isso aí não representa muito. Existe outra coisa intrigante. De outro ponto de Berlim, saiu um e-mail com mensagem cifrada para um destinatário denominado "ep@ra.com.br". Esse e-mail foi aberto na cidade de Aveiro, no interior do Pará. Nossos agentes em Belém dirigiram-se imediatamente para lá, mas parece que a cidade está sem acesso e não chegamos a tempo de encontrar o receptor. É possível que tenham criado obstáculos para que ele saísse antes de ser identificado.

O embaixador pensava em silêncio e o outro logo perguntou:

– Embaixador?

– Sim, sim, estou pensando. Os senhores mandaram gente lá? Então essas informações datam de quando?

O diretor sorriu com satisfação e respondeu com superioridade:

– Não se preocupe. Já passei a mensagem cifrada para os seus heróis, assim como os dados do fax que fora enviado ao senador.

– Fico feliz que o senhor comece a acreditar neles. Mas a NSA não conseguiu ainda decifrar essa mensagem?

– Esse é o problema. Normalmente, uma mensagem cifrada, desse tipo, não toma mais do que alguns minutos para ser traduzida. Mas nessa aí estamos com alguma dificuldade. Parece que falta um fundamento, uma base do ilogismo a ser decomposto.

"Ilogismo a ser decomposto. Acho que nem Champollion sacou uma dessas."

– Obrigado, senhor diretor, vou me movimentar por aqui e espero que vocês consigam decifrar o texto, ou pelo menos... Mas espera aí, o senhor chegou a dizer aos "nossos heróis", como os chama, que a NSA não está conseguindo decifrar o código?

– O senhor acha prudente dizer isso?

– Diretor, estamos diante de uma urgência que, segundo o senhor mesmo, está tomando mais de seis mil funcionários seus. O que o senhor acha?

O outro não respondeu de imediato. Parece que respirou fundo e depois que o oxigênio clareou o seu cérebro ele respondeu, embora com relutância:

– O senhor tem razão. Mas se aqueles candangos descobrirem os fundamentos do código antes da CIA, eu me demito. Até mais, senhor embaixador.

O embaixador se levantou e foi até a janela. Pensava melhor olhando para aquele céu azul. Seus pensamentos voaram para um passado longínquo. Gostava de raciocinar sobre o efeito da imigração na pujança do seu país. Mas, para esse sucesso, a colonização começou com um grupo ético, religioso, que assentou as bases morais da nação.

"Os peregrinos estabeleceram o Pacto do Mayflower para viverem juntos como 'um só corpo político e civil'. Só a união pode fazer o sucesso de um país. Se cada um ficar buscando apenas o próprio interesse, a sociedade fica frágil e até os interesses individuais ficam sem segurança."

Gostou da sua filosofia e continuou pensando.

"O Brasil iniciou com portugueses degredados e aventureiros, e as imigrações posteriores não ajudaram muito. Os italianos foram jogados nas plantações de café e tratados como os escravos que substituíram. Os alemães eram fugitivos de guerra. Os árabes têm origem no nomadismo e são comerciantes que durante séculos se acostumaram a fugir dos bandos de assaltantes que queriam roubar a sua mercadoria. E governo para eles não é coisa diferente."

"E não é mesmo. Onde já se viu pagar uma carga tributária de quase 40% e ainda ficar assistindo a essa roubalheira pela televisão? E os judeus? Bem, os judeus são um caso diferente. Sempre foram uma nação sem terra e agora eles têm uma terra disputada por outras nações."

"Os judeus? Será? Espera aí."

Revirou os seus papéis e lá encontrou uma das mensagens da internet indicando que no ano de 1948, quando foi proclamado o Estado de Israel, Oswaldo Aranha era o embaixador do Brasil na ONU. A mensagem dizia que ele votou rapidamente em favor da criação do Estado de Israel porque um grande número de judeus já habitava a Amazônia, que era então uma das possibilidades para a criação da nação judia.

"Mas Israel já existe. Não vão sair da Terra Santa, se lá eles já têm um Estado reconhecido."

Procurava uma lógica para os acontecimentos.

"É estranho. Logo agora acontece tudo isso? O país está imerso em escândalos de todos os tipos e até se fala em impeachment e processo crime contra o presidente."

"Era óbvio que as forças militares não se sentiam confortáveis com a presença dos Dirceus, das Dilmas, dos Genoinos e outros ex-guerrilheiros em posições estratégicas. Mas parece que o presidente está amarrado a eles por motivos que só eles sabem."

"Será que não estão percebendo que essa democracia está caindo sozinha? Qual é a diferença entre governos derrubados por golpes militares ou por impeachments? Golpes militares? Corrupção? O que é pior?"

"E essa Amazônia? Na verdade, um território sem definição. Pelo Tratado de Tordesilhas, pertencia à Espanha, mas a Espanha não a ocupou e, quando percebeu o erro, era tarde, Portugal já estava lá. Veio então o Tratado de Madri que deu a Amazônia a Portugal, mas Portugal a abandonou. Construiu alguns fortes que ficaram em ruínas, porque não precisava mais deles."

"Mas aí veio a independência e durante um certo período o Brasil se interessou pela borracha e foi só. A Amazônia voltou ao esquecimento. Que tipo de gente existe hoje na Amazônia? É preciso pensar nisso. Homogeneidade étnica existe apenas nos ribeirinhos e nos índios. Sim, é isso aí. Aí está o perigo."

Começava a compreender.

"Vieram os gaúchos, os paranaenses, os catarinenses, os paulistas. Cariocas? Não. Cariocas não trocam Copacabana e Ipanema pela malária amazonense. Mas vieram as missões religiosas, as ONGs, os cientistas ou pretensos cientistas. Turismo científico, como já se fala. Também vieram as invasões, as ocupações irregulares, houve uma tentativa durante o regime militar de integrar a Amazônia ao Brasil... Integrar a Amazônia ao Brasil?!..."

O embaixador quase levou um susto com o seu raciocínio.

"É verdade. A Amazônia não está integrada ao Brasil. Continua sendo aquele pedaço que os portugueses ganharam com o Tratado de Madri, uma espécie de corcunda geográfica. Realmente, quando se fala em Sul, Leste ou mesmo Nordeste, não se tem a idéia de algo desentranhado, ou de algo que interesse ao resto do mundo. No entanto, quando se fala em Amazônia, é como se fosse uma coisa autônoma, ainda à deriva. Será que não estou exagerando?"

"Corcunda geográfica? Sim, é mais ou menos isso!"

"Se excluirmos os índios e os ribeirinhos, a quase totalidade do povo que está lá são como estrangeiros em busca da terra prometida. Catarinenses, gaúchos, paranaenses, empresas estrangeiras, ONGs, aventureiros, essa gente toda estaria em busca de um Estado novo. Se as leis que aprovam aqui em Brasília já não servem para São Paulo, menos ainda para a Amazônia."

Procurou na mesa o texto atribuído ao senador Cristovam Buarque, antigo reitor da Universidade de Brasília:

Leu: "Mas, enquanto o mundo me tratar como brasileiro, lutarei para que a Amazônia seja nossa. Só nossa!"

"Maneira estranha de dizer que a Amazônia é deles. Parece que nem ele está muito convencido. Diz como se estivesse concordando que é uma coisa disputada por outros. Não posso esquecer esse argumento. Eles mesmos raciocinam sobre a Amazônia como assunto inconcluso."

"E se alguém realmente conseguir proclamar a independência da Amazônia?"

Não gostara de ter lido aquele impresso dizendo que em 1850 já havia pressões nos Estados Unidos para criarem uma República Amazônica e que, quando o Brasil entrou na guerra contra o Paraguai, essas pressões aumentaram. Mas reconheceu que aquele seria um bom momento, porque o Brasil estava frágil, com a guerra.

Olhou para o quadro da batalha de Gettysburg. Não gostou do que viu. Um negro com expressão terrível no rosto.

"Pois é. A política expansionista de Theodore Roosevelt, o big stick. Aquele Rondon atrapalhou um pouco, mas nós quase conseguimos mandar os negros americanos para a Amazônia. Teríamos a borracha e um pretexto, sim, um pretexto".

"Bem, é melhor ser prático. No caso presente, se houver essa proclamação, temos três opções: ajudar o governo brasileiro, ou intervir militarmente e ocupar o território ou … ou negociar com os novos governantes. É preciso ser prático. A diplomacia americana gosta pouco de poesia."

Balançou a cabeça para afastar esses desvios de pensamento. Devia concentrar-se na emergência que estava para acontecer. Sabia o que fazer e ia começar a agir.

Ser prático é evitar uma situação cujas conseqüências são imprecisas.

63

Já era meia-noite quando chegaram a Tabatinga. O aeroporto estava tomado por forças da FAB, da Marinha e do Exército, que faziam a operação conjunta de segurança.

Antes de saírem de Belém, a capitã informara que ia avisar o comandante do 8º Batalhão de Infantaria da Selva, em Tabatinga, também chamado de Comando da Fronteira do Solimões, da chegada dos dois e que eles estavam em missão especial e sigilosa das Forças Armadas. Precisavam de apoio e deviam ficar alojados no quartel.

Assim que o avião taxiou, uma viatura militar se aproximou, e o tenente Silveira apresentou-se dizendo que os estava esperando.

Foram levados ao quartel, onde o comandante, um coronel que parecia gostar de dar ordens antes mesmo de entendê-las, mostrou-se, pelo menos, afável. Prestou continência ao cumprimentá-los e disse:

– Não sei qual a missão dos senhores num momento complicado como esse, mas estou às suas ordens no que for preciso.

Maurício procurou ser também objetivo. Afinal estava com sono e precisava estar em forma no dia seguinte.

– Agradecemos a sua compreensão. Vamos precisar de ajuda para visitar o forte São Francisco, amanhã cedo, e pode ser que a nossa estada aqui seja curta.

– Forte São Francisco, hein!?... Vou deixar que os senhores mesmos tirem suas conclusões.

No dia seguinte, o tenente levou-os até um monumento de concreto foi erguido no lugar onde antes havia o forte de São Francisco Xavier. Eram três colunas ligadas por uma viga onde estava a inscrição: "Forte São Francisco Xavier – 1776 - 1932".

O tenente então explicou:

– As três colunas indicam a divisa dos três países: Brasil, Colômbia e Peru. Vocês estão vendo aquela ilha ali na frente? Pertence ao Peru. À esquerda é Brasil e lá adiante à direita é a Colômbia.

Rodaram o matagal no lado de cima do morro, onde estavam as três colunas simbolizando a união entre os três países, mas não encontraram nada. Nenhuma pedra, nenhum vestígio, nada restava do que fora antes um marco defensor do Brasil construído pelos portugueses. Nenhuma memória reverenciava a corajosa presença daqueles homens.

– E onde fica Letícia?

– Tabatinga e Letícia na verdade são uma mesma cidade separada pela divisa entre Brasil e Colômbia.

– Vamos ver se a gente encontra vestígios do forte, como restos de muralhas e depois vamos a Letícia.

Pouco depois, meio decepcionados, cruzaram Tabatinga pela rua principal e se aproximaram da fronteira. De fato, como havia dito o tenente, trata-se de um só conjunto urbano dividido em duas cidades. A mesma rua continuava para Letícia e no meio dela estavam os exércitos do Brasil e da Colômbia. O trânsito era bloqueado por cones de plástico dispostos em curva, para os carros diminuírem a velocidade. Soldados com metralhadoras apontadas para o chão vigiavam cuidadosamente.

Passaram pelas forças brasileiras e saíram do Brasil. Alguns metros depois estava o Exército colombiano fiscalizando a entrada em seu país.

– Letícia é zona franca. Aqui é bom para fazer compra. Tudo é mais barato. A cidade também é melhor. Olhem aquele hotel, é ali que os turistas gostam de ficar. Do lado do Brasil, não existe hotel do mesmo nível.

De fato, o lado colombiano era mais agradável. Havia uma grande praça arborizada diante de uma igreja bem conservada, mas Maurício estava interessado em outro assunto.

– Os guerrilheiros da Farc andam por aqui?

A pergunta interessou o tenente.

– Dizem que sim. Mas não sabemos quem são eles. Não se deixam a conhecer. Mas a gente às vezes toma táxi e motorista de táxi é como barbeiro, gosta de falar. Aqui tem traficante, guerrilheiro, fugitivo, falsários. É o que dizem.

– Mas você já ouviu algum boato de eles entrarem no Brasil?

– No Brasil eles não entram não. Eles não querem criar problema com o Exército brasileiro. Sabem que nós temos uns mil soldados fazendo sempre exercícios na selva. Mas, se o Exército sair daqui, eles tomam tudo isso. O comentário é esse.

Não havia muito para ver ali. As histórias que correm a respeito de Letícia não pareciam verdadeiras. A população simples, andando pelas ruas pacificamente da mesma maneira como do lado do Brasil, parecia ordeira e não despertava suspeitas.

– E, então, doutor Maurício? – perguntou Rogério. – O que fazemos?

Embora tivessem começado cedo, a manhã passara rapidamente e o calor era forte. Rogério insistiu:

– O senhor não acha bom a gente ver de perto esse rio?

64

Voltaram para Tabatinga e o tenente os levou a um restaurante de madeira no barranco alto do cais de onde podiam ver o rio Solimões e as terras do Peru e Colômbia diante deles. O rio tinha movimento contínuo de barcos indo e vindo.

A viatura do Exército ficou discretamente afastada do cais, mas soldados armados tomavam conta do restaurante. Ficaram por ali apreciando a paisagem e pensando em tudo que poderia acontecer. Começaram a fazer exercícios de memória, como se estivessem se preparando para algum vestibular. Fatos, nomes, lendas, os perigos que passaram, enfim repetiram tudo o que sabiam e que pudesse servir de elo para esse hipotético e ainda desconhecido código.

Como já era hora do almoço, o restaurante serviu ensopado de Pirarucu, enquanto desvendavam o vasto mundo das hipóteses. Deixaram o tempo passar, aproveitando os momentos de segurança com a proteção do Exército, quando o celular os assustou.

Maurício pegou-o assustado: "Mensagem urgente". Leu a mensagem e olhou para o tenente.

— Precisamos de uma impressora. Isso está muito esquisito. É melhor ler com mais cuidado.

Foram até a viatura.

— O senhor pode nos levar de volta ao quartel? Preciso de uma impressora com urgência.

O quartel tinha um escritório completo, com internet, impressora, off-set, computadores, telefones, enfim ali estava tudo o de que precisavam.

Maurício imprimiu as mensagens em duas vias e passou uma para o tenente Rogério. O tenente Silveira manteve-se discretamente fora da sala e eles puderam conversar sem constrangimentos.

Pegou o celular e telefonou para a capitã.

Ela atendeu depois de três chamadas.

— Capitã, como está a senhora, tudo bem?

— Sim, aqui está tudo bem, e com vocês? Como está Rogério?

— Ele está aqui do lado. Vou passar o telefone para ele e depois falo com a senhora. Até logo.

Entregou o celular para o tenente que o olhou agradecido.

— Vou ficar ali fora e assim que terminar me chame.

Maurício saiu da sala e foi até o bebedouro de água. Tomou água e virou sobre o copinho de plástico um pouco do café da garrafa térmica que ficava na entrada da sala.

"Garrafa térmica. Coisa horrível." Em outras circunstâncias teria parado de beber aquilo logo no primeiro gole.

Mas ficou pensando, o copinho de plástico na mão, os olhos parados como se escondessem uma grande tensão: "O que será esse EP? RA sem dúvida é República da Amazônia, mas EP?"

Pensou nas palavras do agente quando disse que ele devia saber de algo.

"ep@ra.com.br"

"EP"? Não conseguia raciocinar. Nisso viu que Rogério saía da sala com o celular na mão ainda sem desligar.

– Mas o que o senhor tem? Está com dor de cabeça?

Maurício voltou à realidade.

– Não, não, estou bem, apenas pensando. O senhor me empresta o telefone? Acho que vou falar com a capitã. Vamos lá?

Pegou o celular e falou:

– E então, capitã, o tenente lhe adiantou alguma coisa?

– Não, não, não tocamos em assuntos de sua área. Já temos os nossos segredos.

Maurício riu e acabou de se recuperar.

– Capitã, é preciso fazer um levantamento completo do senador Rocha Meira. Telefones, contatos, empresas, sócios, locais visitados ultimamente, equipe de quando era presidente e se alguém dessa equipe...

– Doutor Maurício, devagar, algumas dessas providências já estão sendo tomadas. O senhor viu as mensagens gravadas? De fato, trata-se de código muito diferente daquele que conseguimos decifrar. Lamentavelmente a CIA não conseguiu ainda decifrar essas mensagens. Dizem que falta um fundamento, segundo eles.

– Estou sabendo disso. Mas onde é que vamos encontrar algum fundamento para eles decifrarem códigos, se eles é que são especialistas?

De novo sentiu aquele estranho estado de tensão. Seu cérebro queria lhe lembrar alguma coisa. Alguns neurônios estavam mais ativos que outros. Sabia que tinha de ficar calmo, deixar o cérebro acomodar as camadas de informações. Num certo momento a informação emergiria.

– Precisamos pensar. Está faltando alguma coisa que não sei o que é, mas tenho a impressão de que devia saber. Se a senhora tiver algum dado importante sobre esse senador, por favor me informe.

– Não se preocupe. Soubemos do problema que vocês tiveram em Belém. Fiquei muito preocupada. Dá vontade de deixar isso aqui e ir aí com vocês. Mas a situação está evoluindo e não posso sair agora.

– Não se preocupe, capitã. Nós estamos bem. Até um novo contato.

Despediram-se e Maurício saiu da sala. Os dois tenentes, um do Exército e outro da PM de Brasília, conversavam animadamente.

Rogério notou que Maurício estava mais preocupado quando saiu da sala. Não era nada animador que a própria espionagem americana não soubesse decifrar aquele código. A área do quartel chegava até a margem do rio Solimões e eles aproximaram-se do rio, onde podiam conversar sem a presença de outras pessoas.

– Eu estou achando que se eu, tenente Rogério, for a um computador, vou descobrir esse código novo.

Maurício riu porque sabia que ele estava brincando. Se a NSA não conseguiu nada, o que eles poderiam fazer? Obviamente que os conspiradores não iriam usar o mesmo sistema do código falso que usaram antes, ainda que alterassem as letras em relação aos números. Se o tivessem feito, os americanos teriam descoberto com facilidade. Devia ser outra coisa.

Procurou pensar em voz alta, como se estivesse conversando com o tenente. Achou que assim poderia raciocinar melhor.

– Temos duas informações, ainda que vagas, mas que dão algum indício de onde devemos procurar esses fundamentos. Uma delas são os fortes. O general tinha alguma informação, ou pelo menos, suspeita fundamentada de que os fortes escondiam alguma coisa. O que seria?

Rogério deixou-o pensar.

– A segunda é a possibilidade de que estão querendo nos eliminar porque podemos ter alguma informação que os prejudicará, se nós a divulgarmos em tempo.

– Permita-me corrigi-lo. O senhor tem essa informação. Eles podem pensar que eu também saiba de alguma coisa, imaginando que o senhor a tenha me transmitido. Mas é o senhor que teve contato com essa informação.

Parou de andar e olhou fixamente para Rogério:

– É isso!... Acho que o senhor levantou uma hipótese válida. Sem dúvida que eu já devia ser um perigo para eles desde antes de conhecê-lo. O atentado do Chuvisco foi logo depois que voltei do forte Príncipe da Beira. Portanto, se o seu raciocínio estiver certo, eu deveria ter uma informação que me foi passada, ou a tenha descoberto, até aquele momento.

Estava agitado e procurando raciocinar em voz alta. Rogério achou melhor esfriá-lo.

– E se o meu raciocínio não estiver certo?

Foi então que se lembrou da advertência do general de que devia estudar os fortes não apenas sob os aspectos de arquitetura e estratégia, mas tentar descobrir que segredos eles poderiam guardar.

– Temos de retornar ao forte Príncipe da Beira! Eu tinha vindo de lá, quando ocorreu o atentado do Chuvisco. E também o atentado da casa que explodiu ocorreu antes de o senhor participar desses trabalhos. Preciso rever o forte. Foi lá o primeiro contato com a Confraria e aquele forte é misterioso. Também não adianta ficarmos aqui parados e discutindo em pátio de quartel. Não adianta irmos para computador porque os melhores computadores do mundo estão cuidando disso.

– Ainda bem que o senhor pediu para o avião que nos trouxe esperar até amanhã.

– É. Hoje já está um pouco tarde. Preciso pensar e acho que o melhor lugar para a gente continuar conversando e clareando as nossas idéias é ainda lá no restaurante. O pôr-do-sol ali deve ser uma maravilha que não quero perder porque não sei se vou voltar por aqui.

A viatura do Exército levou-os de volta ao restaurante na beira do cais. Pediu para o tenente mandar alguém avisar os pilotos que eles iam sair de manhã, bem cedo.

Ligou para a capitã.

– O senhor anda nervoso. Dá para perceber, e esse nervosismo me deixa com alguma esperança. Seu cérebro parece que ferve nessas horas.

– Podemos continuar com o avião?

– Sim. Pertence àquele pessoal e eles não estão fazendo questão de burocracia. Compreendem a urgência e respeitam o trabalho de vocês. Mas o senhor teve alguma idéia?

– Nada, por enquanto. Estou procurando lembrar detalhes para encontrar alguma lógica, mesmo que seja absurda. Nos últimos dias estamos nos alimentando de absurdos.

Sentados ali, olhavam para o Solimões que descia em direção a Macapá, já perto do oceano, onde chegaria depois de milhares de quilômetros. O sol foi se pondo sobre a ilha de Santa Rosa, que pertencia ao Peru. Era imensa a distância de uma margem a outra. A mata, os barcos que iam e vinham, os pescadores, o pequeno mercado de peixes logo abaixo do restaurante, o entardecer lento e morno, tudo aquilo entrava pelos olhos e era como um bálsamo para a alma agitada dos dois.

– Podíamos voltar aqui outro dia, para apreciar isso com mais sabor, não é uma boa idéia?

Maurício estava pensando a mesma coisa, mas com certo pessimismo e sem querer deixou escapar:

– Se houver outro dia.

Rogério respeitou a preocupação dele. Não adiantava dizer frases do tipo: "Se Deus quiser vai dar tudo certo".

Maurício tentou corrigir seu pessimismo.

– Quando estiver aqui com a capitã, vai ver que esse rio é mais bonito do que parece.

O tenente riu e disse:

– Essa natureza é muito orgulhosa. Devemos olhá-la com respeito para conquistar a sua simpatia.

Ficaram ali, com a cerveja gelada e petiscos de pirarucu, depois jantaram e foram deitar-se para enfrentar um novo dia de desafios e surpresas.

65

Na manhã seguinte, logo cedo, o tenente Silveira levou-os ao aeroporto. O avião já estava abastecido e preparado para sair. Piloto e co-piloto devidamente uniformizados.

Minutos depois estavam a 28 mil pés de altitude e a uma velocidade de 650 quilômetros por hora. Pousaram em Ji-Paraná para abastecer, antes de seguirem para Costa Marques.

A pista do forte era preparada para todo tipo de aeronave, inclusive jatos da Força Aérea Brasileira. O Leartjet pousou sem problemas.

O capitão Batista, comandante da 17ª Brigada da Infantaria de Selva, já os esperava.

– Bom dia, comandante.

– Bom dia, doutor Maurício, parece que o senhor gostou mesmo do forte, não é?

Ficou olhando para o avião. Maurício apresentou o tenente Rogério como um amigo interessado na história das fortalezas antigas da Amazônia.

– Pois é, capitão, preciso fazer mais umas pesquisas e, se o senhor puder nos ajudar, começaremos agora mesmo.

– Claro. Vamos lá. Recebi ordens para atendê-lo no que for preciso.

Maurício foi anotando e comentando com Rogério.

– Veja que obra de arte, abandonada e em ruínas. Olha o desenho. Será que esse desenho diz alguma coisa? Na verdade é um grande quadrado em cujos cantos foram incrustados outros quadrados formando losangos em relação ao desenho principal. Quatro laterais do forte e mais dezesseis lados dos baluartes o que dá um total de vinte. Vinte significa alguma coisa?

Rogério respondeu o que já era esperado.

– Acho que isso teria sido descoberto pelo pessoal de lá.

Maurício fez que não ouviu. O capitão Batista os olhava com certa estranheza.

– Comandante, quantos canhões tinha o forte?

Eram 56 canhoneiras, mas a disposição delas nas muralhas e nos baluartes fazia efeito maior. Naquela época os canhões eram fixos e o alvo é que se movia. O canhoneiro esperava o alvo ficar na direção do tiro para então disparar. É fácil entender isso quando a gente assiste a filmes com navios de guerra daquela época.

– Sim, sim.

– Os quadriláteros estão em ângulo em relação um ao outro. Dessa forma, não existe ponto cego. Se os canhões forem disparados ao mesmo tempo, não existe hipótese de o alvo escapar. Isso aumenta a eficiência.

– Haveria como multiplicar essa eficiência para a gente chegar a um número?

Nem Maurício sabia por que estava fazendo essas perguntas, mas era preciso descobrir alguma coisa que, segundo os assassinos, ele devia saber. Era preciso fazer o *brainstorming* e levantar todo tipo de idéia, ainda que absurda, e, quem sabe?

Continuaram andando e vendo. Chegaram ao buraco no centro do forte. Lembrou-se daquela noite e sentiu arrepios. Pensou se não valia a pena descer até o fundo, mas não teve coragem de sugerir a descida. Naquela noite, com certeza, os templários haviam limpado o salão e estavam lá. Apesar dos seus receios, sabia que, se não encontrasse nada significativo na área construída da superfície, teria de entrar naquele buraco novamente. Perguntou ao comandante:

– Os túneis? Existem mesmo esses túneis?

– É o que dizem, mas eu pessoalmente ainda não entrei lá. Aliás, não entrei nem mesmo nesse buraco aí. O senhor comprou o vídeo daquela Associação que anda estudando a possibilidade de o forte ter sido construído por alienígenas?

– Comprei, mas não cheguei a nenhuma conclusão. Desculpe se estou fazendo muitas perguntas, mas só estou aqui de novo, porque precisamos terminar logo algumas pesquisas.

O capitão foi discreto, mas imaginou que se tratava de pesquisas urgentes. Pelo menos, o avião em que chegaram justificava a urgência e as ordens que recebera foram claras.

– E os baluartes? – perguntou a Rogério. – O senhor se lembra dos nomes dos baluartes do forte de Macapá? Os quatro baluartes de lá também tinham nomes de santos. Lembro-me do baluarte São José, obviamente porque se chama forte São José do Macapá. Os outros eram Nossa Senhora da Conceição, São Pedro e ... não me recordo do último.

– Acho que é Madre de Deus. Mas por que o senhor quer lembrar isso agora?

– Aqui também nós temos quatro baluartes com nomes de santos. Vamos ver que coerência podemos encontrar nesses nomes. Capitão, como são mesmo os nomes dos baluartes daqui?

O capitão falou:

– Temos também um que se chama Nossa Senhora da Conceição, mas os outros nomes não combinam: Santo Antonio de Pádua, Santo André Avelino e Santa Bárbara.

Maurício parecia angustiado. Os nomes dos baluartes não facilitavam muito. Não via coerência com os textos que recebera pelo celular. Também nada ligava a "EP". "Quem sabe a posição desses baluartes em relação ao sol. Isso tudo é meio místico e talvez o misticismo fosse o caminho. Sim! Os astros. A posição dos astros, as constelações. Deve ser isso!" Procurava raciocinar com rapidez.

– Precisava ver a posição desses baluartes em relação aos pontos cardinais. Quanto aos daqui não vai ser difícil identificar, mas como saber agora os pontos cardinais de cada baluarte do forte de Macapá? Será que a gente encontra um mapa de Macapá?

O capitão respondeu que ele tinha mapas na biblioteca do quartel, mas podiam também procurar na internet.

Voltaram pelo mesmo caminho da entrada, passando pelo corredor formado de paredes com portas e janelas de beirais de pedra trabalhados artisticamente. Os alojamentos ainda conservavam a estrutura antiga e as construções eram distribuídas harmonicamente pelos quatro lados. Quando se aproximavam da saída, o capitão mostrou as masmorras que ficavam do lado de dentro e faziam parte do pórtico de entrada.

– Quando foi assinado o Tratado de Madri, o forte perdeu a sua função de defesa contra os espanhóis e foi transformado em presídio. É outro mistério. Estamos a três mil quilômetros do litoral e não faz sentido que escoltassem prisioneiros de lá até aqui.

Rogério perguntou:

– Quanto tempo levariam para trazer prisioneiros de lá até este forte?

Imagino que de um ano a dois. Raposo Tavares demorou mais de três anos em sua viagem de São Paulo até Belém. Mas esses prisioneiros deviam ser pessoas de certa cultura, pois até poesia escreviam nas paredes. Vejam só o que resta de uma poesia entalhada na pedra.

Ali numa das paredes, meio alto, um verso estava escrito. Quase ilegível, mas dava para notar a caligrafia firme e inclinada com letras quase uniformes incrustadas com muita dificuldade. Era uma obra de arte. Uma grande parte da poesia tinha desaparecido.

– O autor dessa poesia foi um certo Pacheco. Ficou conhecido como o Infeliz Pacheco, só que ele não devia ser muito letrado e escreveu "Enfeliz Pacheco". Pelo menos esse prisioneiro vai ser lembrado.

O comandante e Rogério já iam saindo. Dirigiram-se para a porta, porém notaram que Maurício estava parado, olhando para a parede de forma fixa e estranha.

"Tão simples. Estava ali, na sua frente, só podia ser isso. Agora tudo se explica. Por isso a falsa irmã Tereza ficou brava com a caseira. Não, não era padreco, era Pacheco mesmo. EP só podia ser o Enfeliz Pacheco. Por isso a NSA não tinha uma base para decifrar o código. Era uma poesia completamente desconhecida, incrustada numa masmorra. Deve ser coisa do Franz Sauer a raspagem do texto."

Distraído, só voltou a si quando Rogério o pegou pelo braço:

– O senhor está sentindo alguma coisa? O senhor está tremendo, amarelo. O senhor anda tendo umas reações diferentes esses dias. Comandante, me ajude aqui, temos de levar o doutor Maurício para a enfermaria.

Maurício respirou fundo. Fez movimentos com os braços. Tentou sorrir. Ficou zonzo.

"Será que é isso, meu Deus? Será? Tomara que seja."

– Capitão, o senhor tem aí a poesia por inteiro em algum lugar, não tem?

– Sim, temos. Nós temos aqui um livro com a poesia. Foi há pouco tempo que ela foi raspada da parede. Acho que foi um grupo de turistas. Quando percebemos já era tarde. Por que alguém faria isso?

Maurício entendia. Sim, quem usou essa poesia para fazer o código, tratou de raspá-la. Só não conseguiu apagá-la por inteiro porque certamente surgiu alguém. Mas isso era mais um indício de que o Enfeliz Pacheco estava sendo usado indevidamente.

– Tenente, por favor, me mostre esse livro, agora, sem falta. Não percamos tempo.

Foram o mais rápido possível ao museu que o Batalhão mantém sobre a história e arquitetura do Real Forte Príncipe da Beira. O tenente Rogério parecia meio confuso, mas estava também animado com essa descoberta de Maurício.

Lá no museu não encontraram a poesia.

– Mas eu tenho essa poesia. Tenho certeza de que vi esse livro aqui. Cheguei a mostrá-lo ao meu superior, numa de suas visitas de inspeção.

– Será que ele levou o livro e o senhor não sabe?

– Não, não, ele não faria isso. Deve estar em algum lugar aqui. Vamos ao meu escritório. Tenho uma estante lá e quem sabe?

Foram ao escritório do comando e lá na estante estava o livro: Fortalezas Portuguesas no Brasil, um exemplar como aquele que estava na casa da irmã Tereza.

Maurício pegou o celular que o agente do FBI lhe dera e discou.

– Mineiro?

– Doutor Maurício? Que bom que o senhor deu notícias. Já estava preocupado.

– O seu pessoal está na linha? Estão gravando?

– Com certeza.

– Então vou ler uma poesia engraçada, tirada da parede do Real Forte Príncipe da Beira, na margem do rio Guaporé, divisa com a Bolívia.

Leu o seguinte texto alertando para a ortografia quando esta não conferia com a escrita atual:

"Nesta triste e Horrorosa prisão
Vive o pobre e Enfeliz Pacheco
Com groça e comprida corrente ao pescoço.
Mato Groço me prendeo
A Fortaleza me cativou
Preso e cativo estou
De quem tanto me favoreceo
Grande satisfação tevi
Quando em liberdade
Agradecer a boa vontade
Com que alguns senhores
Me fazem seus favores
Nesta minha advercidade
Neste desterro desgraçado
Em que a çorte me lançou
muito agradecido estou
a tropa e o povo honrado
agradecido e obrigado
as esmolas que me teem feito
Capitão Cunha em meu peito
o teu nome tenho gravado
e nele conservado
ca ahonde do Brasil
o reino principia
provincia de Mato Groço
assim chamada
nesta abobada imunda inabitada
noite e dia
com groça e comprida
corrente fria
tem seu colar
no pescoço pendurada
com dois mantos
escolhidos e emprestados

pelos maiores
quena terra havia"

– Mande o seu pessoal prestar atenção no Enfeliz Pacheco, talvez seja o nosso EP. Os erros de ortografia são originais.

O agente ficou mudo uns instantes. Parecia surpreso do outro lado.

– Darei retorno.

– Vou ficar aguardando aqui no forte. Preciso ter certeza antes de ir embora.

Despediu-se e desligou.

Rogério ficou impassível. O capitão olhava para os dois com ar de quem estava sendo passado para trás, mas era disciplinado e havia recebido ordens. Apenas perguntou:

– Os senhores vão permanecer conosco hoje, imagino. Vou providenciar dois alojamentos confortáveis.

Maurício agradeceu e perguntou se podiam voltar ao forte sozinhos:

– Sem dúvida que podem. Fiquem à vontade, apenas tomem cuidado com desmoronamentos das pedras e principalmente não andem na beira da muralha.

– Não se preocupe. Tomaremos cuidado.

Retornaram às ruínas do Real Forte Príncipe da Beira. Era imponente, majestoso e nobre como um velho cacique, que no rosto enrugado exibia a sua nobreza.

Na entrada principal, onde havia antes a ponte elevadiça, estava uma placa com a ordem de construção do forte:

A soberania e o respeito de Portugal impõem que neste lugar se erga um forte, e isso é obra e serviço dos homens de El-Rei, nosso Senhor e, como tal, por mais duro, por mais difícil e por mais trabalho que isso dê... é serviço de Portugal. E tem de se cumprir.

Governador Cáceres

– Sabe, tenente? Acho que não existe mesmo o tal crime perfeito. Além disso, um plano desses, envolvendo tantas pessoas e durante tanto tempo, acaba caindo na suspeita de alguém. O general desconfiou do plano. Não sei de onde tirou essa suspeita, mas sabia que essas fortalezas tinham coisas a dizer e realmente disseram, como se elas estivessem hoje representando o papel que o Tratado de Tordesilhas lhes tirou em 1750.

Falava olhando para o portal de entrada do forte, como se sir Percival estivesse ali dentro, guardando o Santo Graal.

– Acordei durante algumas noites e fiquei pensando que o mistério poderia estar guardado nesse portal. Queria vir de novo aqui para ver com calma essa inscrição, mas o mistério não estava nela, mas sim na poesia do Enfeliz Pacheco.

– Pode não ter sido a inscrição, mas o senhor até que teve uma intuição bastante válida, porque o segredo estava neste forte e bem dentro do portal.

– Alguns fatos estranhos ficam no cérebro da gente, como foi o caso do Terço de Santiago de Compostela, que nos salvou a vida em Belém. Até parece que foi outro milagre do Santo, protegendo um seu peregrino.

"Lá vem ele com esse Santiago", – pensou o tenente que, estava curioso para saber o que o fez desconfiar tão depressa da falsa freira.

– O general insistia que era preciso estudar os fortes. Ora, a irmã Tereza que eu conhecia nunca havia antes se interessado por fortes. No entanto, na estante da casa havia um livro igual a esse que o capitão nos mostrou. O subconsciente não deixou passar sem registro. Depois, a caseira ainda falou do tal Pacheco, que a falsa irmã Tereza disse que era Padreco, apenas para despistar.

Deu um descanso para o tenente acompanhar o seu raciocínio.

– A verdadeira irmã Tereza sempre se comunicava comigo pelo rádio, quando sabia que eu estava na fazenda. No entanto, um dia passei por lá e ela havia saído. Achei estranho, porque eu tinha passado pelo vilarejo para ir a Aripuanã e a caseira sabia que eu ia voltar no dia seguinte. Ela nem estava lá e nem me deu resposta.

Falava com tristeza, porque sabia que a irmã Tereza talvez não existisse mais.

– Depois veio a história da doença. Nunca soube que ela estivera doente. A história do rádio, quando a caseira a surpreendeu e ela não gostou. A irmã Tereza era educada, calma, e não se importava com essas coisas. A casa dela vivia cheia de gente e não fazia sentido esse nervosismo inesperado.

Imaginou o sofrimento que ela pode ter passado, balançou a cabeça e continuou:

– Em Corumbá, perguntei pela irmã Tereza para a capitã e ela não tinha notícias da irmã. Por fim, o terço de Santiago de Compostela. Esse foi o maior erro da parte deles. Esqueceram o terço verdadeiro na casa da irmã e arrumaram outro. Foi uma falha grave e que nos valeu a vida.

– O senhor falou desse terço para o agente do FBI. Como desconfiou tão depressa?

– Lembrei-me na hora que a caseira me disse que a irmã Tereza estava fraca da memória. Ela tinha até mesmo esquecido que o terço era um presente meu. A caseira me disse que a irmã pegou o terço, examinou-o e pendurou na parede. A verdadeira irmã Tereza havia me dito que não ia se separar dele, porque era devota de São Tiago e aquele terço havia sido lhe dado por um peregrino do Caminho.

– Devem ter pensado que o senhor não atentaria para esse detalhe, – disse o tenente que não estava ainda satisfeito.

– Mas quando o senhor veio aqui para essa tal cerimônia dentro daquele buraco, o senhor não viu essa poesia?

– Sinceramente, vi. O capitão Batista estava ocupado e designara um soldado para me acompanhar. Ele mostrou o forte, falou da arquitetura, do buraco no meio do pátio e outras curiosidades. Mostrou também essa poesia, que já estava desse jeito, quase destruída. Lembro-me de ter achado curioso o nome Enfeliz Pacheco, mas depois veio aquele encontro horroroso com a Confraria, e o Enfeliz Pacheco foi para o subconsciente. Mas até aquele dia, não havia código para decifrar. Então, como eu ia ligar essa poesia com ep@ra.com.br?

Maurício relatou o que acontecera com ele dentro daquele buraco e os receios que teve naquela noite.

Pararam na entrada principal, no local da ponte elevadiça e o tenente mostrava-se ainda impressionado com aquela construção:

– Quer dizer então que essas pedras não são originárias daqui e ninguém sabe de onde vieram! Uma obra dessas devia ter restauração cuidadosa. É uma preciosidade.

Nisso, um mensageiro veio correndo comunicar que o chamavam no telefone.

– Será que deu certo? – perguntou Maurício receoso.

– Claro, vamos lá. O senhor vai ver.

LIVRO VI

O CONCEITO ZERO

"Se as nossas autoridades não se preocuparem com a Amazônia, mais cedo ou mais tarde, ela se destacará do Brasil, natural e irresistivelmente, como se desprega uma nebulosa de seu núcleo, pela expansão centrífuga de seu próprio movimento."

EUCLIDES DA CUNHA (1866-1909)
ESCRITOR BRASILEIRO

67

O embaixador estava distraído. Sua vida de trabalho tinha sido monótona, quase tudo não passara de rotina burocrática. Já estava cansado de recepções e cerimoniais. No entanto, os últimos dias tinham sido excitantes. Estava num palco de guerra. Comandava uma tropa e havia inimigos de verdade.

Quase pulou da cadeira, quando o telefone tocou. Era aquele sujeito de novo, sempre atrapalhando os seus melhores momentos de silêncio e nunca resolvia nada.

Alô! Embaixador?

– Sim, como está, diretor?

– Vou lhe fazer uma pergunta e o senhor vai me responder com muita honestidade.

– Ora, o que vem lá?

– O senhor não gravou nenhuma de nossas conversas, não é?

"Estranha pergunta."

– Qual o receio, diretor?

– É que na nossa última conversa eu disse que pediria demissão, o senhor se lembra?

O embaixador pensou uns instantes e depois caiu numa risada histérica. Não parava de rir e contagiou o outro lado.

– Eu não acredito, eu não acredito. Deus salve a América!

– E parece que salvou, embaixador. O homem achou os fundamentos que dão coerência às traduções e estão chegando mensagens preocupantes. É uma engenhosa articulação e o senhor vai precisar agir logo. Nós estaremos atentos e informando-o de todos os passos.

O embaixador não conseguiu falar. Estava emocionado e alegre.

– Mais uma coisa, senhor embaixador.

O embaixador registrou o "senhor" que não havia saído antes.

– Sim?

– Aliás, outra falha minha. Não o conheço pessoalmente.

O embaixador respondeu com elegância:

– Mas o primeiro drinque sou eu que pago. Ou melhor, o contribuinte americano, se a gente tiver sucesso. Ele pode pagar.

– Blue Label?

68

Maurício entrou na sala do comandante.
– Telefonema para o senhor. Vou deixá-los à vontade.
E saiu da sala.
Pegou o telefone e antecipava a notícia de que o código tinha sido decifrado.
– Alô, é Maurício falando.
Do outro lado, uma voz feminina em tom de desespero:
– Papai, papai!? O que é que está acontecendo? Eu recebi suas cartas e vim correndo te ver.
"Cartas? Que cartas?" Maurício esfriou. Sentiu que algo terrível acontecera.
– Suely, minha filha? Onde você está?
Uma voz masculina falou do outro lado.
– Acho que não preciso explicar muito. Siga as seguintes instruções.
Estava atordoado. Foram buscar sua filha, na Alemanha, para conseguir atraí-lo a uma emboscada. Era agora a vida da sua filha. Mordia os lábios e seus olhos começaram a lacrimejar. Não conseguiu entender o que o outro falava.
– O senhor entendeu? Vou repetir e preste atenção porque é a última vez. Pegue um papel e anote, se quiser, mas não esqueça.
Procurou se concentrar. Havia papel e lápis em cima da mesa do capitão. Anotou as instruções. O telefone foi desligado. Ele ficou imóvel. Não conseguia pensar direito. Pôs a cabeça sobre as mãos com o cotovelo na mesa. Só então se deu conta de que estava esperando uma reposta pelo celular do agente do FBI e não pelo telefone do quartel.
Rogério notou a mudança. Algo aconteceu de muito grave para abalar o companheiro daquela mineira. Perguntou:
– Doutor Maurício, o que aconteceu? O senhor está bem? Vou chamar o capitão.
– Não, pelo amor de Deus, não faça isso. Minha filha foi seqüestrada. Está nas mãos daqueles bandidos.
O tenente sentiu o drama. Tinha cursos especializados em resgate de seqüestrados, mas agora estavam lidando com uma quadrilha de assassinos internacionais altamente treinados. Seu cursinho contra ladrões de galinha não ia servir para nada. Sabia que não podia contar também com as forças do Exército ali acantonadas porque esses recrutas não tinham esse tipo de experiência e isso só ia servir para expor ainda mais a menina.
– Eles já disseram o que querem?
Maurício levantou-se. Envelhecera de repente e parecia frágil. Não era o mesmo homem de raciocínio rápido, atento a detalhes, buscando linha de

coerência para tudo o que ia fazer, mas, não sabia por quê, ainda confiava nele. "Precisa de alguns minutos de recuperação e em seguida começará a pensar. Tenho certeza."

Levantou-se e foi buscar um pouco d'água.

— Nós vamos receber instruções complementares. Eles querem a nós dois. O senhor não tem obrigação de ir. É minha filha. Insistiram para irmos sozinhos, desarmados. Mas o senhor não precisa ir. O senhor não tem obrigação de arriscar sua vida pela minha filha.

Era perceptível o drama daquele homem que até poucos minutos atrás estava cheio de confiança.

— Doutor Maurício. Estamos juntos nisso. Pegaram hoje a sua filha. Amanhã vão pegar alguém da minha família. Eu estaria na mesma situação e sei que, se fosse comigo, o senhor não me abandonaria.

— O senhor sabe que pode não haver volta.

— Se não houver volta para nós, não haverá volta para a sua filha.

O capitão entrou na sala sem pedir licença.

— Senhores. Desculpem, mas os senhores estão dentro de uma unidade de segurança do Exército brasileiro. É uma unidade de fronteira. Esse telefonema foi gravado e eu tive conhecimento de toda a conversa. É minha obrigação assumir essa operação de resgate da sua filha. O local do telefonema já foi identificado.

Maurício olhou para Rogério. Sorriu desanimado e abanou a cabeça:

— Esteja certo de uma coisa, capitão: o local do telefonema é no mínimo uns mil quilômetros de distância de onde está minha filha. O senhor não conhece esse pessoal. Não iam cometer esse erro. A voz dela foi gravada apenas para eu saber que eles a tinham. Depois levaram a gravação para outra cidade, bem longe, e de lá alguém me ligou. Quem ligou não está com ela.

— Mas isso está ocorrendo dentro de uma área militar e o senhor está sob nossa segurança. Não podemos deixá-lo ir, seja lá onde for, sozinho.

Maurício pegou o celular e ligou para a capitã. Ela atendeu. Com voz pausada para esconder a emoção que estava sentindo, falou:

— Capitã, desculpe ligar de novo.

— Antes de mais nada, doutor Maurício, o senhor está de parabéns. O código funcionou. Já temos informações importantes. O senhor está sendo considerado por aqui como um verdadeiro herói.

— Capitã, minha filha, lembra-se dela?

A capitã sentiu na voz dele o peso de alguma coisa errada. Em vez de se alegrar, Maurício falava da filha, com tom misterioso.

— Ela está na Europa, lembro-me, sim.

— Acho que ela não está por lá. Foi seqüestrada e querem que eu e Rogério vamos buscá-la sozinhos.

A capitã quase perdeu o controle.

"Rogério? Mas o que ele tem a ver?... Não, não é justo. É a filha do doutor Maurício e ele está passando por isso por nossa culpa. E ela conhecia Rogério. Preferia ir ao sacrifício a deixar de cumprir o dever. Não deixaria o doutor Maurício sozinho ainda que ela implorasse."

– Estou insistindo para o tenente Rogério não ir. O assunto é pessoal. Ele não deve ir. Se a senhora compreende.

"Ai, Deus, não posso perder o Rogério, mas não posso falar para ele não acompanhar o doutor Maurício."

– Vou passar para o tenente, capitã, e a senhora fala com ele. Mas não desligue, tenho outro problema a resolver.

Maurício falava como se já estivesse planejando o enterro da filha. Sabia que aqueles assassinos não tinham sentimento algum. Matavam um ser humano como se mata uma formiga.

Rogério pegou o telefone.

– Oi, Fernanda.

Maurício o ouvia ele repetir: "Sim, eu sei." – "Eu também te amo." – "Então, deu tudo certo? O doutor Maurício deu as pistas certas? Graças a Deus." – "O pessoal está contente" – "Não, não, não se preocupe." – "Ele não vai sozinho, mesmo porque o pessoal não vai levá-lo sozinho, mesmo que ele queira. As instruções são claras. Querem a nós dois" – "Ahn?! Como é? Fique tranquila. Você sabe que eu me especializei em salvar a vida de vocês e não vou perder esta outra chance." – "Sim, sim, beijos"

Passou o telefone para Maurício, que falou para a capitã:

– A senhora não conseguiu demovê-lo, pelo visto.

– Nem falei isso com Rogério porque poderia ofendê-lo. O senhor não deve ir lá sozinho. E qual era o outro problema?

– É um problema militar. A conversa foi gravada e o capitão disse que é obrigação dele assumir esse resgate. Acho isso perigoso porque as ordens foram claras. Se a polícia ou forças de segurança aparecerem, eles matam a menina. Então pediria que a senhora desobrigasse o capitão dessa responsabilidade.

– Posso falar com ele?

Eram dois capitães, um homem e uma mulher. Ouviram a conversa, o capitão falou pouco e apenas pediu:

– A senhora me manda então uma ordem superior, por escrito?

Deve ter recebido a resposta positivamente, porque se despediu da capitã e passou o celular para Maurício.

– Está tudo bem, doutor Maurício, mas eu acho que é desnecessário lembrá-lo de que toda essa nossa conversa está sendo ouvida por setores que farão de tudo para ajudá-lo. Nós aqui também não ficaremos parados, porém fique despreocupado porque nada será feito que coloque a sua filha em maior perigo.

– Obrigado, capitã.

Saiu da sala e ficou andando no gramado em frente do escritório. Não havia o que fazer, a não ser esperar as instruções que deveriam chegar logo. Entendeu que a capitã, de certa forma, estava pedindo ajuda à CIA, mas ele sabia que nada podiam fazer.

69

O tenente Rogério estava pensativo. Seu companheiro olhava para os lados do rio Guaporé, como se estivesse vendo um ponto perdido no horizonte.

Sabia que eles não teriam chance alguma de chegar perto da moça seqüestrada. Se ainda estivesse viva, como foi o caso da irmã Tereza. Sabia também que esses camaradas queriam afastá-los do quartel. Assim que estivessem desprotegidos, seriam eliminados.

Mas como falar isso ao dr. Maurício? Ele ia fazer de tudo para salvar a filha, até mesmo acreditar que eles iam substituí-la pelos dois. Era agora a sua vez de ficar atento e agir com rapidez quando necessário. Teria de contar com a sorte e ainda esperar que o seu companheiro não tivesse perdido a lucidez.

A tarde já estava começando e eles não tinham almoçado. Rogério procurou o capitão e pediu um pouco desses tipos de nutrientes para esportistas e equipamentos de sobrevivência na selva.

O capitão explicou que o rio Guaporé é vigiado por lanchas com soldados bolivianos e americanos. São chamados de "leopardos". Essas patrulhas fiscalizam todo o movimento do rio para inibir o tráfico de drogas. Quem sabe eles poderiam ajudar?

Rogério descartou a hipótese. Não podia confiar em ninguém numa situação dessas. Além disso, os próprios seqüestradores podiam estar disfarçados de "leopardos". Era preciso solução mais eficiente, mas antes deviam esperar pelas instruções que estariam vindo.

Uns 40 minutos depois uma voadeira aproximou-se do porto que fica em frente do forte Príncipe da Beira. O barqueiro era conhecido do quartel e tinha uma pequena empresa de barcos de pesca para turistas.

Cumprimentou o capitão e perguntou quem era o doutor Maurício. Ele tinha uma correspondência para entregar e devia levar dois passageiros. O capitão pegou o envelope fechado e entregou a Maurício, que já estava por perto. Afastou-se e leu:

"Alugue essa lancha e siga até a baía dos Piguás. É uma hora de viagem. Uma outra lancha está esperando lá. Nada de armas, polícia ou Exército. Qualquer atitude suspeita e vocês serão eliminados e sua filha torturada com requinte até a morte."

Rogério manteve discreta distância e esperou que Maurício o chamasse. Saíram de perto dos outros e o tenente leu a mensagem. Nem bem tinha acabado de ler e ouviu a seguinte pergunta:

– O senhor acha que vão tentar nos eliminar antes de chegar a essa baía, ou depois que pegarmos a outra lancha?

Rogério olhou para ele. Era uma pergunta de quem tentava recuperar-se. Tentou ajudar.

– Enquanto estivermos vivos, sua filha estará salva. Acho que não adianta substituir o barqueiro por um soldado para nos ajudar. O rio está seco, cheio de pedras aparecendo, e ele tem experiência, para o caso de a gente precisar velocidade. Além disso, se o contrataram para trazer a mensagem, é porque o conheciam. Colocar soldado no lugar dele levantaria suspeitas.

– Também penso assim.

– Peguei umas ferramentas, porque é claro que não vamos seguir todas as ordens deles. Tenho a impressão de que eles acham que não teremos tempo para usar nada, ou seja, assim que chegarmos, estaremos fritos.

Combinaram o preço com o barqueiro e Maurício pagou adiantado. O capitão parecia melindrado porque a sua autoridade local tinha sido esvaziada por um civil que tinha contatos inexplicáveis com o Alto Comando. Mas era homem disciplinado e submeteu-se resignadamente dizendo ao barqueiro que devia cumprir todas as ordens dos dois.

A voadeira tinha motor potente, com 60 cavalos, e cortava as águas do Guaporé deixando um sulco volumoso de espumas e ondas que se alongavam até as margens.

As águas do rio estavam baixas e peixes pulavam assustando os dois que estavam com toda a atenção ligada a qualquer ruído ou movimento estranho. A natureza não se escondia e as suas manifestações causavam estranheza e sobressaltos. E assim o tempo foi passando.

O barqueiro ia explicando tudo a respeito do rio. Mostrava as areias das margens e elogiava a beleza daquelas praias. Mas para ele bom mesmo era o Festival de Praia que ocorre todos os meses de setembro em Costa Marques. Nenhuma lancha dos "leopardos" aparecera e já tinham passado cinqüenta minutos quando Maurício perguntou se ainda faltava muito.

– É logo ali. O senhor está vendo aquela curva? Dá para perceber que a margem do lado esquerdo é uma ilha? A baía dos Piguás é logo depois.

Logo o rio se abriu em dois canais formando uma grande ilha, de onde um bando de pássaros pretos começou a voar baixo, quase ao nível da água. Não eram pássaros bonitos como os da sua Buritizal.

– Por isso que se chama baía dos Piguás. O senhor está vendo aquelas árvores de onde eles estão saindo? O branco de baixo é o esterco deles. Olha só a quantidade que existe por aqui. Aliás, o rio todo tem muitos piguás.

Foram-se aproximando e logo viram a voadeira encalhada na areia da margem direita, também grande e de motor potente. Mas ninguém estava por perto. Se alguém estivesse por ali, estava escondido no mato.

– Ué – disse o barqueiro. – Não devia ter gente aí nessa voadeira? Vamos chegar mais perto para ver.

– Não, não – disse Maurício. – Suba o rio um pouco mais. Não vamos descer sem que esse pessoal apareça. Pode ser que alguma sucuri os tenha devorado e não vai adiantar ficar por aqui.

– O senhor tá brincando? Já aconteceu de o camarada estar dentro do barco, pescando, e a sucuri dar o bote e arrastá-lo para dentro da água. Não acharam nem o sujeito e nem a sucuri, que deve tê-lo arrastado para o fundo da água e saído na margem para engoli-lo. Isso não é difícil por aqui não. Onça também é outro perigo. Vamos então andar um pouco aí para cima.

Chegaram até outro banco de areia. Maurício pediu para o barqueiro encostar a voadeira. A lógica dizia que, depois que eles descessem e o barqueiro fosse embora, os seqüestradores iriam aparecer e seriam liquidados lá mesmo, onde estava a voadeira deles, e depois jogados no rio para os jacarés.

O sol estava quente e os mosquitos incomodavam. Um bando enorme de borboletas amarelas brincava na areia. Rogério perguntou ao barqueiro:

– Pelos seus cálculos, qual a distância daqui até onde está aquela voadeira ancorada lá na areia dos Piguás?

– Olha, eu vim devagar. Provavelmente, uns dez quilômetros por hora. Pelo tempo gasto, acho que um quilômetro, no máximo.

– E você acha que, se entrarmos pelo mato, não vamos encontrar brejo que impeça a gente de chegar até lá?

– Vocês estão pensando em voltar até lá a pé, pelo meio do mato? Mas o que é que está havendo? Quem são aqueles pilantras? E vocês? São da polícia?

– Suponha que você esteja certo. Não esqueça as recomendações do capitão.

O barqueiro assustou-se:

– Péra aí! Vocês não vão me envolver em nada não, não é? Não sabia que era perigoso.

– Pode ser que seja perigoso para nós, não para você. Você apenas vai nos dar alguma informação e depois ir mais um pouco para a frente. Aquele pessoal é perigoso, mas nós temos um plano.

Maurício estava gostando de ver o tenente assumir a operação. Era óbvio que o tenente tinha pensado o mesmo que ele quando não viu ninguém na areia.

– Tá bem. Nesta época do ano, as margens do rio ficam secas. Dá para andar entre os arbustos seguindo o rio. Mas a vegetação é muito fechada. Os senhores são militares? Sabem andar na selva?

– Sim, já fizemos de tudo um pouco, mas você tem alguma recomendação especial?

O barqueiro pensou um pouco. Era um tipo sulino, ainda novo e forte, que alugava barcos e gostava das aventuras que fazia com os turistas.

Foi até a voadeira e abriu o compartimento de pesca. Tirou de lá uma 765, que pôs na cintura, e uma cartucheira de cano serrado, cabibre 12. Calçou botas de borracha, pegou um facão, amarrou a voadeira num pedaço de pau enroscado na areia, virou-se para os dois:

– O capitão não vai gostar de vocês terem entrado nesse mato sozinhos.

Maurício e Rogério não falaram nada.

– Só tem uma coisa. Não sou supersticioso. Mas andam acontecendo coisas estranhas na região. Já viram fantasmas andando por aqui. Se escurecer, vou ter de rezar a todo minuto. Vocês têm preparo físico para andar depressa?

Maurício, que andava meio quieto, disse:

– Rapaz, você tem idéia daquilo em que vai se meter?

O barqueiro fez uma careta e respondeu:

– Talvez eu tenha um certo gosto pelo perigo.

Rogério comentou:

– Alguns colegas meus abandonaram a farda, porque corriam risco de vida por pouco dinheiro e estão trabalhando em ecoturismo.

Ele sorriu e respondeu:

– É por aí. Estava sentindo falta. Às vezes o capitão me pede coisas que não tem coragem de pedir aos seus recrutas. É claro, tenho as minhas vantagens. Ninguém me perturba nas minhas "coisinhas".

"Coisinhas", pensou Rogério. "O que seriam essas coisinhas? Contrabando?"

Maurício gostou dessa ajuda inesperada e comentou:

– Vou lhe dizer o que penso e, se estiver errado, vamos mudar de plano. Na minha opinião, devia haver gente naquela voadeira, mas como eles não estavam lá, podemos suspeitar que estão esperando em algum lugar ali por perto. Devemos chegar por trás, mas não quero mortes e nem tiros. Precisamos pegá-los de surpresa para nos levar ao resto do bando.

– O resto do bando? Então é mais complicado do que pensei. Vamos acabar vendo fantasmas, estejam certos. Vamos logo para eles não desconfiarem. Eu vou na frente e vamos prestar atenção nos vestígios do chão ou no movimento dos pássaros.

Dizendo isso, embrenhou-se na mata, com Maurício e Rogério seguindo atrás. Mostrou que era mateiro experiente usando o facão apenas para cortar os cipós e espinhos que atrapalhavam a caminhada, com o menor barulho possível. No mais, ia olhando para o alto e para o chão. Quando se aproximava de uma árvore de copa e galhos maiores, parava antes de passar por ela.

Onças costumam ficar nos galhos das árvores. O Pantanal é conhecido também pela quantidade de cobras venenosas. Algumas se misturam na ramagem dos arbustos para pegar as suas presas e se assustam com a presença de animais maiores, picando no pescoço, no braço ou no rosto.

Andar no mato não rende. De dois a três quilômetros por hora, quando muito. O solo estava firme. Passaram por um riacho seco, mas o sinal de barro na vegetação de suas margens testemunhava que na época das águas ele tinha uns dois metros de profundidade.

Maurício não entendia muito bem como podia ser que o desmatamento é que estava secando os rios da Amazônia, se a vegetação em toda aquela região estava intacta, e os rios no meio da floresta secam do mesmo jeito. Sem dúvida, o desmatamento apressa esse processo. Mas, durante as chuvas, os rios enchem e, durante as secas, os rios secam, e isso vem desde Adão e Eva.

Depois de uns vinte minutos de caminhada, chegaram a uma clareira de onde se podia ver a outra margem do rio. O barqueiro parou, pensou um pouco e disse em voz baixa:

– Estamos chegando. O que fazemos agora?

Rogério olhou para Maurício, que fez um sinal com a cabeça. Era uma típica operação policial e o tenente estava preparado para isso, além de contar com um ex-companheiro de farda, com vivência do local.

– Eles devem estar perto da areia, escondidos em alguma moita. Não estão atrás de árvores grandes. Arbusto esconde melhor. Você consegue nos levar por trás deles, para os pegarmos de surpresa? Penso que são quatro pessoas e estão separados, a uns dez metros de distância, em grupos de dois. O senhor concorda?

Maurício balançou a cabeça afirmativamente e o barqueiro recomendou:

– Tudo agora vai depender de silêncio. Sei exatamente o ponto em que está a voadeira. Se eles são quatro, duvido muito que não haja mortes, mesmo que cheguemos de surpresa. Os senhores são bons de tiro? Eu garanto dois só com isso aqui.

E mostrou a cartucheira, calibre 12, de cano serrado.

Maurício pegou sua arma e examinou-a. Estava carregada com catorze balas e ele ainda tinha mais quatro pentes de reserva com catorze tiros cada um. O tenente tinha a mesma carga e estavam preparados para ir em frente.

Esgueiravam-se cuidadosamente por entre árvores e arbustos, evitando espinheiros porque não podiam usar o facão. Paravam de vez em quando para ouvir algum ruído estranho. Aquele pessoal devia estranhar a demora da voadeira, que passou em frente e não parou, mas com certeza ainda estavam lá. Sabiam esperar. Eram profissionais treinados para isso.

Quando estavam na direção da baía dos Piguás, o barqueiro fez gestos para andarem com cuidado e indicou as suas pegadas para que eles andassem sobre elas. Os bandidos deviam agora estar de costas, mas ainda a uma distância de cinqüenta metros. A vegetação era densa e não se via a margem do rio.

Foram chegando. Já dava para ver dois deles atrás de uma moita cheia de galhos. Estavam agachados, com espingardas também cartucheiras em posição de descanso, mas olhando atentamente o rio. Se eram quatro como previu o tenente, faltavam dois.

Pararam e tentaram ver através das folhagens onde estavam os outros. O barqueiro fez sinal para ficarem ali apontando suas armas para aqueles dois. Saiu silenciosamente, voltando sobre seus próprios passos, e desapareceu. Maurício e Rogério ficaram atentos. Passaram-se uns dez minutos e ouviram uma voz firme:

– Não movam um músculo ou eu acabo com vocês.

Antes que os dois se recuperassem do susto, Rogério gritou:

– Fiquem quietos. Vocês estão cercados. Qualquer movimento e atiramos.

Foi inútil. Eles se voltaram e antes que atirassem, Maurício e Rogério dispararam suas armas sem parar, até que os dois caíssem. Dois tiros de cartucheira acompanharam ao estampidos de suas armas, seguidos de gritos, gemidos e pragas.

Os dois estavam imóveis no chão. Rogério correu até eles, chutou as armas e constatou pelo pulso que não viviam mais.

Gritaram para o barqueiro:

– Você está bem?

– Estou sim. Acho que tem um vivo aqui, não sei por quanto tempo...

Foram até lá. Dois homens deitados, um deles imóvel, o outro sangrando e gemendo.

Maurício disse para o tenente:

– Matemática perfeita, tenente, parabéns. Foi como o senhor disse, eram quatro. Aliás, perfeita demais. Não gosto disso. Qual deles seria o piloto da voadeira?

Virou-se para o rio.

– A voadeira!

Saiu em desabalada carreira, rompendo arbustos, tropeçando em tocos e olhando para todos os cantos para evitar surpresas. O tenente também saiu correndo, mas gritou para o barqueiro não sair de lá e tomar conta do bandido ferido.

Viram o vulto correndo em direção ao rio. Maurício saiu da mata gritando para ele parar e começou a atirar na areia perto da sua perna. Assustado e com pressa, o bandido ainda carregava a sua espingarda e Maurício sabia que aquela arma esparramava chumbo. Era perigosa, mas ele não queria matar o sujeito porque não sabia se o que estava vivo e machucado ia poder ajudá-los. Precisava de um deles vivo, mas tinha consciência do perigo.

O sujeito percebeu que Maurício não estava atirando para matar e parou de repente apontando a arma para ele. Rogério já vinha também correndo e começou a atirar, assustando o sujeito que ficou em dúvida. Maurício não era ruim de tiro. Treinava sempre e atirou na arma do bandido, que a apontava agora para Rogério, deixando-a longe do seu corpo.

A cartucheira espatifou e o sujeito soltou um palavrão.

– Você só está vivo porque vai nos levar ao esconderijo dos seus amigos. Veja o que aconteceu com os outros e pense no que pode acontecer com você.

Ele estava apavorado.

– Pelo amor de Deus, não façam nada comigo. Eu só vim trazer essa gente aqui. Não sou bandido não!

– Mas estava nos esperando com uma arma na mão, não estava?

Rogério pegou a corda que estava na voadeira dos bandidos e amarrou as mãos do sujeito atrás. Depois derrubou-o com uma rasteira e amarrou os pés nas mãos, como se fosse um bezerro em vaquejadas.

– O senhor raciocinou em tempo que eles deviam ter alguém para dirigir o barco nesse rio, não é mesmo?

Maurício não respondeu e foi até onde estava o barqueiro. Um dos bandidos ainda estava vivo, mas talvez não vivesse muito. O estrago de uma cartucheira calibre 12 de cano curto não é pequeno.

– Boa diversão, hein doutor?! Faz tempo que não participo de uma assim. Aqui para nós, parece que esses camaradas não vão muito com a cara de vocês. Puxa! Cinco sujeitos, armados com esses canhões. Mas vocês também não são de brincadeira. Cinco contra dois. Devem ser muito perigosos.

– Rapaz, você não devia ter saído da polícia. Você é ótimo. Guiou-nos direitinho e ainda cuidou de três.

– Três, não, um fugiu. Acho que vocês o pegaram vivo. Mas agora a questão é: o que fazemos com esses camaradas e o que vamos fazer em seguida, porque pelo jeito tem mais gente escondida por aí, não é?

O barqueiro tinha razão sobre a beleza das praias do Guaporé. Tanta gente se amontoando em Copacabana e esse rio cheio de margens arenosas formando praias macias e brancas. Podia estar saboreando aquelas delícias, mas sua filha corria perigo. Toda a sua atenção devia ser voltada para essa inesperada situação.

"Cartas? Então eles a enganaram com cartas, fazendo-a vir de volta até o Brasil, com algum argumento como o de que estaria precisando dela."

Sentiu uma pontada de felicidade. Afinal, a sua filhinha, que ele pensava que o tinha esquecido, se preocupava com ele. Como era bom saber isso agora, apesar do perigo que ela estava correndo.

– A situação mudou um pouco – disse ele. – Devemos levar o ferido para o forte porque precisa de tratamento.

Olhou para o bandido que não sofrera nenhum ferimento.

– Em vez de nos levar até o esconderijo dos seus amigos, você vai entregar um recado para o seu chefe. Eu vou ficar no forte esperando a resposta.

Tinha levado papel e caneta e foi até a voadeira para ter apoio. Procurou escrever com letras grandes e com clareza:

Comunique Sauer que estou na prisão do Príncipe lendo o texto do Enfadado Prisioneiro. Espero resposta pelo mesmo telefone, mas cuidado: telefones com escuta.

– Entendeu o que eu disse? Esteja certo de que, se você não entregar esse bilhete, quem vai cuidar de você são os seus próprios amiguinhos. O que está escrito aqui é muito importante para eles.

Rogério desamarrou o bandido, que pegou o bilhete e disse:

– Vou precisar da voadeira. Não sei onde é o acampamento deles, mas sei que tinha de voltar até o igarapé dos Aflitos. Dá mais de uma hora daqui.

– Você vai nos acompanhar com essa voadeira até onde está o barco do nosso amigo aqui e de lá segue sozinho.

O sol já estava se pondo quando chegaram ao Príncipe da Beira. O capitão foi informado pelo soldado de vigia e foi recebê-los.

Maurício fez um relato simples e suficiente, sem deixar de valorizar o excelente trabalho do barqueiro. Os corpos e o ferido foram levados para a enfermaria do quartel e tiradas fotografias e impressões digitais. O médico de Costa Marques é quem dava assistência àquela unidade militar e o capitão mandou buscá-lo para tratar do bandido com ferimentos e certificar a morte dos outros.

O capitão estava satisfeito com a operação. Tinha agora material para o seu relatório a respeito desse seqüestro. Embora não tivesse sido algum militar sob seu comando a ajudar os dois nessa emboscada, poderia enfeitar como quisesse porque ninguém ia desmentir. O barqueiro não se atreveria.

Maurício procurou o barqueiro para agradecer a ajuda.

– Ia ser bem difícil e talvez nem mesmo tivéssemos êxito sem a sua ajuda. Ainda bem que pegamos um vivo. Era preciso que um deles voltasse ao acampamento e levasse a mensagem. Com todos mortos, nós mesmos é que teríamos de ir atrás dos outros, que a gente nem sabe onde estão.

— Pois olha, gostei do serviço. Só não sei se foi uma boa deixar aquele sujeito ir embora. A gente ia acabar achando o acampamento deles, mas não importa, acho que o senhor tomou a decisão certa. Se precisar, estamos aqui ainda.

— Voltarei aqui para pescar, não tenha dúvidas. Mais uma vez, muito obrigado.

70

— Foi falha nossa. Falha do FBI, falha da CIA, falha da Abin, falha do próprio doutor Maurício. Ele tem filho, tem filha, tem neto, e a gente ficou cuidando de conspiradores e assassinos e não pensamos que eles poderiam se utilizar desse ponto fraco.

O embaixador notou que o seu agente estava muito nervoso. Não era normal da parte dele. Sempre fora frio, frio demais até em certas circunstâncias. Era melhor ficar em silêncio e esperar o outro desembuchar tudo o que tinha, mesmo porque ele não tinha solução para caso.

— Como costumamos dizer: situação obscura, siga seus instintos, situação assim exige ação imediata, ainda que não se saiba o que fazer, é preciso atordoar o inimigo. Atordoar o inimigo? Ação e omissão. A omissão é uma ação poderosa para iludir. Omissão, já que não há o que fazer.

O embaixador estava calmo. A missão dele era ver o que era mais importante para o seu país e, fosse qual fosse o resultado, ele saberia tirar proveito. Os Estados Unidos não iriam perder, mesmo que a CIA e o FBI tivessem falhado em sua estratégia. Mas o que será que esse camaradinha aí está querendo dizer com essa "omissão"?

Não teve tempo para melhor explicação quando o telefone tocou.

— Boa tarde, senhor embaixador.

— Não está muito boa e vejo que o senhor está me chamando de "senhor" embaixador, o que não é muito alvissareiro. Mas quem sabe o senhor tenha aí alguma notícia agradável? A inflação está caindo, o dólar está subindo contra o euro?

O outro riu. Mas voltou à seriedade.

— Não, senhor embaixador, nada de novo, apenas...

— Sei, sei, o senhor quer instruções para esse novo problema. Vai dizer também que é falha nossa, etc. etc., mas estamos com o problema.

O outro esperou um momento.

— Imagino que o agente do FBI esteja aí com o senhor. Pelo menos, posso deduzir isso pela sua maneira de falar. Estou certo?

– Sim, está, e está ouvindo a conversa. Aliás, o senhor interrompeu uma grande locução que ele estava fazendo sobre uma tal de omissão. O senhor já ouviu essa palavra antes? O agente está querendo me convencer de que omissão e ação se confundem no campo da estratégia e que a diferença semântica não se aplica no presente caso.

O agente do FBI não gostou do comentário sarcástico do embaixador, mas não traiu suas percepções.

– É sobre isso que eu queria falar com o senhor. O seu agente do FBI tem a vantagem de não precisar discutir certos assuntos em grupo. Essa teoria da dinâmica de grupo às vezes funciona, mas para certos casos...

– Diretor, já chega a filosofia sobre omissão, agora o senhor não vai querer entrar no campo da dramaturgia, não é?

O agente do FBI enfim sorriu.

– Entendo, entendo, e o único motivo pelo qual lhe estou telefonando é que chegamos aqui à conclusão de que não podemos desencadear uma contra-ação agora. É preciso estudar melhor a situação e ver de que modo podemos ajudar esse doutor Maurício. Não podemos tomar nenhuma iniciativa que prejudique ainda mais o problema. Imagino que seja essa a tese de doutorado do agente do FBI de omissão ativa.

"Ah! Vou alimentar essa discórdia."

– Bom, senhor diretor – e enfatizou o "senhor". – Já que ele teve a oportunidade de ouvi-lo, imagino que o senhor tenha o mesmo direito. Muito bem, senhor FBI, é isso que o senhor queria me dizer?

O agente do FBI ignorou o estilo impróprio do embaixador para uma situação como essa e foi objetivo.

– Boa tarde, senhor diretor.

E sem dar tempo para o outro responder, continuou:

– As ações iniciais dos conspiradores começarão dentro de três a quatro dias, pelo que pude entender das mensagens. Ainda assim, não serão as ações finais, mas ações de preparo, estratégias iniciais. Na minha visão, em três dias esse doutor Maurício resolve essa situação.

O embaixador olhou espantado para o agente do FBI. O outro lado ficou mudo, sem entender muito bem. O agente do FBI, muito propositadamente, ficou esperando a reação.

– Desculpe, senhor agente, o senhor acha mesmo que esse doutor Maurício tem condições de resolver a situação?

O agente do FBI gostou de ter um pensamento adiante da CIA.

– Acredito que sim. Ele tem uma arma na mão e muito poderosa. Diria que ele tem um fator de negociação que vai pesar mais em favor dele do que o seqüestro dessa moça possa significar para eles.

— O senhor pode explicar?

— Simples. Esse grupo não sabe que ele já nos passou as bases do código. Aliás, o grupo nem sabe que ele encontrou os fundamentos. No momento certo, ele vai negociar. Enquanto isso..., bem, enquanto isso...

O embaixador enfim entendeu o poder da omissão. O outro lado começou a sentir urtigas pelo corpo. "Não é possível que esse sujeitinho me ponha a nocaute assim, mas tenho de reconhecer, esse Maurício tem o código e vai negociar. Obviamente ninguém sabe que nós já traduzimos todas as mensagens. Então, é só esperar até ver no que vai dar."

Assim pensando, o diretor achou melhor entrar na agenda positiva.

— Nós já mandamos checar a origem do telefonema da filha dele. Foi de um imóvel vazio, para ser vendido ou alugado, no bairro da Aclimação, em São Paulo. Alguém chegou, abriu a porta, usou o telefone e depois sumiu, como nós também costumamos fazer.

— Pois é, diretor, e agora?

O outro lado sentiu o abatimento do diplomata e procurou tranqüilizá-lo.

— Qualquer novidade a respeito o senhor será comunicado imediatamente.

— Ótimo – disse o embaixador. – Nós também lhe informaremos de toda novidade.

71

Entre o forte Príncipe da Beira e Guajará-Mirim, o córrego dos Aflitos desce até o Guaporé. Tem esse nome porque os negros que fugiam da escravidão dos garimpos de Cuiabá fundaram um quilombo na região.

Tem aproximadamente trinta metros de largura durante a seca, mas no período das chuvas alaga até vários quilômetros da margem do rio e chega a pontos mais elevados do morro do Gavião.

Toda a região é coberta de floresta densa e em alguns pontos se esconde por baixo do arvoredo que se dobra sobre ele. Mas quem sobe o morro do Gavião, durante a seca, vê um bonito espetáculo.

O córrego contorna o morro do qual descem caminhos de pedra formados pelas águas da chuva e o espectador consegue ver um longo horizonte que se estende até as águas do Guaporé. Se observar mais atentamente, verá cavernas que se formaram com o tempo. A maior delas é caverna da Coruja Branca, com uns cem metros de comprimento de túneis internos, com poços de água cristalina.

Quando o córrego está cheio, o acesso pelo rio é fácil, porque as águas chegam até perto da entrada da caverna. No entanto, quando as águas baixam, é preciso subir as escadas de pedra feitas na saia do morro. Na frente da caverna, uma grande esplanada servia de heliporto.

A Science for Nature, uma das ONGs de Franz Sauer, tinha obtido autorização do governo brasileiro para desenvolver ali pesquisas científicas. Uma imensa torre de comunicação permitia a utilização de celulares, telefone e radiocomunicação. Motores a diesel instalados do lado de fora geravam a energia de que precisavam.

Os "cientistas" fizeram seu acampamento na parte interna da caverna, perto da entrada e viviam confortavelmente, dominando o acesso pelo rio e podendo enxergar longe em qualquer época do ano.

Ninguém podia visitar a caverna, a não ser com autorização expressa da ONG, que tinha a concessão de estudos e pesquisas, fazendo relatórios regulares ao Ministério de Minas e Energia.

Esses relatórios não mencionavam certos poços, que também não eram mostrados a visitantes e onde nos últimos anos vinham sendo armazenadas armas e munições.

Ao redor de uma mesa, na sala do laboratório, estavam reunidas quatro pessoas. Do lado de fora, outras oito mantinham cuidadosa vigilância.

Uma mulher alta, forte, de tez clara, olhar firme e rosto decidido, estava com os antebraços em cima da mesa, olhando para o "atarracado" do outro lado. Dois outros ostentavam aparente indiferença. Sabiam apenas matar e esperavam o momento para isso. Não tinham aquela ansiedade que domina o homem comum nos momentos de expectativa e tensão.

O outro, troncudo, de cabeça raspada, olhava o bilhete.

– Quero eu mesmo matar esse sujeito. Mas não porque esteja com tanta raiva dele assim não. Quero perguntar como é que ele consegue sair dessas situações, sem ser profissional como nós?

A mulher falou com voz dura:

– Eu disse que nós é que devíamos estar lá. Não tínhamos que mandar outro pessoal.

O "atarracado" não gostou da observação, mas foi conciliador:

– Não podemos nos descontrolar por causa desse sujeito. Devemos lembrar que o perdemos em Belém e lá éramos nós. Além disso, ele não está só. Vejam esse assunto de Tabatinga. Lá eles ficaram hospedados no quartel e eram protegidos por força especial. Agora, de repente, o barqueiro que nós contratamos se revelou experiente atirador e os ajudou. Parece que a sorte caminha em favor deles.

Nesse ponto a mulher concordou:

– Esse barqueiro já tinha feito outros serviços para nós antes. Não podíamos imaginar essa mudança. Além do que, não tínhamos tempo para seleções.

— Mas agora, com a filha e o neto dele em nosso poder, ele vai ter de vir até nós. Esse Maurício é melhor do que nos disseram e precisamos ter certeza de que completamos o serviço.

E comentou com certa preocupação:

— Como é que ele conseguiu matar três dos nossos e ainda levar um ferido para o quartel? Fizemos muito bem em trazer gente de fora, que não conhece esta base, para fazer esse serviço. O Sauer não vai gostar, mas tenho de informá-lo deste bilhete.

Olhou para o papel em sua mão.

— O que será que existe de tão importante nesse texto que esse sujeito manda um bilhete assim? Quem será esse "Enfadado Prisioneiro"? Você sabe?

— Não, não sei – disse a mulher. – Mas parece uma senha. Nós mesmos já formulamos códigos em textos desconhecidos.

Tinha recebido instruções de que devia eliminar os obstáculos e colher o que pudesse de informações úteis ou que achasse estranhas. Isso aí estava muito esquisito.

— É possível que ele tenha alguma coisa que interesse ao Sauer e esteja propondo uma troca. Cabe ao alemão decidir. E, de qualquer forma, é mais uma razão para ele vir até nós.

Não pensou muito. Pegou o celular especial e ligou para o estabelecimento da ONG na cidade de Berlim.

Informou que era da base científica da Coruja Branca e que o doutor Baker havia descoberto uma inscrição interessante que precisava passar para a equipe de análise. E leu a mensagem.

No dia seguinte de manhã o telefone tocou no gabinete do capitão. Maurício foi chamado. Pegou o telefone e recebeu uma ordem:

— Siga no avião que está com vocês até Rio Branco, capital do Acre. Alguém os pegará no aeroporto.

E desligou.

"Graças a Deus. Vai funcionar", pensou Maurício.

Pegou o telefone celular e ligou para a capitã. Assim que ela atendeu, ele cumprimentou-a e disse:

— Estamos indo para Rio Branco, no Acre. Até agora está indo tudo muito bem. A senhora sabe que esta chamada está sendo ouvida.

— Sim

— Pois bem. Não pode haver precipitações.

— Sim, sim, entendi e todos estamos atentos a essa circunstância.

— Está bem capitã, que Deus nos ajude. Vou passar para o tenente.

Logo que o tenente desligou, eles entraram no avião e seguiram para Rio Branco no extremo Oeste do País.

72

O agente do FBI acompanhava atentamente a conversa do diretor da CIA com o embaixador. Sentia-se culpado por ter perdido o grupo de assassinos em Belém e que devia agora estar em algum lugar do Acre.

— Tenho de reconhecer que aqueles dois não são ruins, não. Mas não fomos só nós da CIA que os subestimamos. Os conspiradores também não deram muito valor a eles e foram pegos de surpresa quando lhes armaram uma emboscada à margem do rio Guaporé.

O embaixador ouvia em silêncio. O agente do FBI estava satisfeito com a avaliação que ele tinha feito do dr. Maurício. O diretor continuou.

— Parece que havia cinco homens bem armados, mas eles saíram do barco num outro ponto do rio e retornaram pela mata pegando os bandidos por trás. Deixaram um deles vivo para servir de mensageiro com o resto do grupo.

O embaixador não agüentou.

— Mensageiro? E qual foi o recado que esse Maurício mandou?

— Vou ler para o senhor. Veja só que obra de arte. O recado é:

Comunique Sauer que estou na prisão do Príncipe lendo o texto do Enfadado Prisioneiro. Espero resposta pelo mesmo telefone, mas cuidado, telefones com escuta.

O diretor achou melhor explicar logo e evitar perda de tempo alimentando a curiosidade do embaixador.

— Vejam que ele não usou o "Enfeliz Pacheco", mas sim "Enfadado Prisioneiro" e não usou nenhuma palavra do poema, apenas deu a entender que descobrira o código. Com isso ele está querendo dizer ao outro lado que não passou as palavras "Enfeliz Pacheco" para ninguém e reforçou isso alertando com escuta de telefones.

O embaixador estava preocupado. O tal Maurício era inteligente. Enfadado Prisioneiro tem as mesmas iniciais que Enfeliz Pacheco.

— O senhor quer dizer que ele está querendo ganhar tempo. É isso? Ele está querendo chegar a sua filha e lá tentar enrolar esse povo? Será que vai dar certo?

— Ele não tem saída. Vai tentar de tudo para salvar a sua vida e a vida da sua filha.

O embaixador estava inquieto. O agente do FBI tentava adivinhar as preocupações do seu chefe. O diretor da CIA chamou:

— Embaixador? Parece que algo o está preocupando.

— O senhor disse que ele pode tentar de tudo. Até passar para o outro lado?

O agente do FBI considerou a situação. Esse Maurício era um homem acuado hoje. Estava só. O Exército brasileiro o colocara numa situação muito difícil. Era quase impossível vencer o grupo de inimigos que estava de posse da sua filha. No momento em que ele se aproximasse desse grupo, seria logo cercado. Eram assassinos implacáveis.

O diretor da CIA também gastou uns segundos antes de responder:

– Embaixador, sei o que o senhor pode pensar de nós, tanto da CIA como do FBI. A diplomacia dá muita ênfase aos erros dos órgãos de espionagem e segurança.

Não entendia a dificuldade do diretor em explicar o que tinha a dizer e preferiu ser lacônico:

– Sim?...

– Não me sinto muito confortável em dizer isso, mas tenho de reconhecer que o nosso parceiro do FBI tomou iniciativas que nos serão muito úteis. No momento, temos de confiar em certas providências que ele tomou.

O embaixador olhou para o agente, que apenas sorriu misteriosamente.

73

Maurício olhava pela janela do Learjet, da Bombardier, que rasgava os céus da Amazônia em direção ao aeroporto de Rio Branco.

Rogério, sentado no assento da frente e no canto oposto, olhava também o céu azul e não sabia o que pensar. Era fácil de entender que eles foram seguidos também em Tabatinga e que o grupo de assassinos sabia que eles tinham ido ao forte Príncipe da Beira.

Tiveram tempo de preparar a armadilha no rio Guaporé e certamente tinham alguma célula no meio da mata do Acre para onde seriam levados.

Maurício lembrou-se de que o general falara com detalhes sobre a estranha história do Acre. O que será que poderia haver no Acre para que os seqüestradores o fizessem ir até lá? Procurou rememorar os dados mais importantes da sua história para tentar achar algum ponto que lhe pudesse ser útil.

Era grande o domínio territorial desses bandidos. De um momento para outro, deslocavam-se de Belém do Pará para o Vale do Guaporé e depois para o Acre.

Rogério não tinha coragem de interromper o silêncio de Maurício, mas ia também meditando.

"Não havia uma razão para os seqüestradores escolherem o Acre para essa negociação. Ou será que ali eles se sentiam mais seguros por estarem perto da fronteira com a Bolívia e com o Peru?"

Quase metade do Acre, incluindo a área da capital, estava dentro da reserva extrativista Chico Mendes. Em geral as áreas extrativistas são desabitadas, com poucas e malcuidadas estradas, gente condenada a viver vegetativamente, no sentido literal da palavra.

A entrevista do fazendeiro Darly Alves, que está na internet no site "Página 20", datada de 23 de dezembro de 2003, dava o que pensar.

"Será mesmo que as Comissões de Direitos Humanos não procuraram investigar o assassinato da mulher desse fazendeiro, quando a polícia cercou a casa para prendê-lo? Será verdade que a sua mulher, Francisca, grávida e com três filhos pequenos, foi mesmo obrigada a cozinhar para os policiais e depois foi encontrada morta, no banheiro, com uma faca no pescoço?"

Pensava em provocar investigações a respeito, quando voltasse às suas atividades em Brasília. Chico Mendes virou um mito, quase um Cristo do ambientalismo, e não era bom mexer nesse assunto. A sua consciência policial no entanto estava insatisfeita. Se o que aconteceu com essa senhora fosse verdade, o crime cometido contra ela e contra a criança que ia nascer, era, no seu entender, mais bárbaro que o assassinato do líder sindicalista. Prenderam os assassinos de Chico Mendes. Agora falta prender os assassinos dessa mulher.

Enquanto se afundavam em meditações, o avião aproximou-se de Rio Branco, logo aprumou em direção à cabeceira da pista, onde pousou com segurança, deslizando até a outra ponta, de onde voltou para o pátio do aeroporto.

Desceram e Maurício pediu para os pilotos ficarem aguardando. Provavelmente voltariam no dia seguinte. Logo que entraram no salão do aeroporto, perceberam que havia dois sujeitos que se dirigiram para eles. Certamente já estavam ali quando o avião chegou e puderam identificá-los com facilidade.

Os dois pediram para os acompanharem e entraram numa camioneta Pajero com tração nas quatro rodas. A camioneta estava coberta de poeira e os pneus estavam sujos e barrentos.

"Devem ter viajado de madrugada para chegarem aqui a tempo e, pelo visto, o trajeto foi longo. Quantas horas? Três? É pouco. Preciso de mais tempo", pensava Maurício, enquanto saíam do pátio do aeroporto e tomavam a estrada que levava a Xapuri, terra de Chico Mendes.

"Estranho. Esse grupo de assassinos não têm nada a ver com o idealismo de Chico Mendes. Chico Mendes morreu pelo seu ideal, esses aí são assassinos com outros interesses."

Ia sentado na frente, ao lado do motorista, e Rogério no banco de trás, com o segundo sujeito que segurava uma arma apontada para ele. Depois que saíram da cidade, o motorista parou.

– Vou revistá-los.

Não tinham armas, mas o motorista implicou com o celular de Maurício.

– Você não vai precisar de celular.

– O seu chefe pediu para eu trazer o celular porque ele pode precisar se comunicar comigo. Guarde-o com você, se quiser, mas é bom levá-lo porque foram ordens que recebi.

O motorista guardou o celular no bolso, demonstrando impotência e raiva.

Entraram na camioneta e Maurício ficou no banco da frente, com um dos bandidos atrás dele. Rogério foi sentado atrás do motorista.

– Olha aqui. Vocês têm fama de valentes e já mataram alguns colegas nossos. Não façam nenhuma gracinha porque desta vez vocês não escapam. Para mim vocês não passam de dois escrotos nojentos que eu quero matar com a minha mão. Aquele rapaz que está ferido no quartel em Costa Marques é meu irmão. Ai de vocês se ele morrer!...

Durante o trajeto, o motorista ia jogando um monte de ofensas. Xingou a família dos dois, as mães e toda a geração. As provocações eram intencionais. Era evidente que ele estava buscando coragem para se vingar do que aconteceu com o irmão, mas precisava de motivo para dizer aos seus superiores.

O veículo corria a uma velocidade que não interessava a Maurício. Rogério não sabia exatamente no que o seu companheiro estava pensando, mas tinha certeza de que algum plano maluco estava passando pela sua cabeça.

Tinham percorrido quinze quilômetros e se aproximavam de um riacho. A Pajero tinha ar condicionado e os vidros estavam fechados por causa da poeira que se levantava da estrada de terra. O motorista diminuiu para evitar o solavanco do morrinho que sempre existe nos extremos dessas pontes de madeira.

Maurício abriu discretamente o vidro da janela. O motorista estava preocupado com a ponte e não deu importância ao detalhe, porque o barranco do riacho era alto e um acidente ali não era boa coisa. Como se se quisesse olhar para fora, virou-se um pouco e ficou mais perto do motorista.

– Ei! Desencosta de mim, seu idiota. Está querendo jogar o carro no rio? Seu burro, imbecil.

Maurício virou-se depressa para o motorista, como se tivesse levado um susto e, num gesto rápido, retirou a chave do contato e jogou-a pela janela. O carro foi parando lentamente e morreu.

O motorista pegou o revólver e apontou para a cabeça de Maurício. O outro fez o mesmo com Rogério.

– O que você está pretendendo? Não está querendo ir até lá, hein? E a sua filhinha? Bonita ela. Gostei dela. Primeiro eu vou acabar com você. Ela vai ser a sobremesa. Você nem imagina como eu vou cuidar daquela garota. Agora você vai sair e buscar aquela chave ou então já sabe o que vai acontecer.

Maurício olhou para ele friamente e disse:

– Sabe rapaz, esses carros modernos são complicados. Acho que nenhum de nós aqui vai saber fazer ligação direta. Pela sujeira deste veículo, nós ainda estamos longe, certo?

O motorista o olhava intrigado. Já sabia que se tratava de um sujeito cheio de artimanhas, mas o que será que ele ia aprontar agora?

– Por outro lado, já estou enojado dessa sua conversa idiota. Eu não vou procurar a chave, vocês é que vão.

Rogério já começava a imaginar o plano. Eles tinham de descer do carro. Lá fora, o que será que podia acontecer? Alguma estratégia esse dr. Maurício tinha planejado para o momento em que ia descer do carro.

O motorista estava furioso. Sentia que estava começando a perder o domínio da situação. O carro estava sem chave e se ele fosse tentar fazer a ligação direta o seu companheiro ia ficar sozinho com aqueles dois.

O sujeito estava nervoso.

– Seu imbecil, quem dá ordens aqui sou eu. Está vendo este canivete pontudo? Pois vou furar a sua orelha e cortar o seu nariz.

E dizendo isso encostou o revólver na testa de Maurício com a mão esquerda e, com a direita, fez um movimento brusco como se fosse cortar a orelha. Maurício não se moveu e disse:

– Olha, rapaz, você não dá ordens a ninguém. Se fosse assim tão importante e tudo dependesse de você, já teria acionado esse gatilho. Além disso, eu vou fazer negócios com os seus chefes. Eles não vão gostar nada se esse negócio não der certo. Portanto, é melhor ter juízo. Vamos descer e procurar a chave.

O motorista olhava para ele entre perplexo e indeciso.

– Anda, rapaz. Vai adiantar ficar aqui dentro?

O outro bandido falou para o motorista:

– Ele tem razão, Soró. As ordens são para levar esses dois sem nenhum problema. Sei que o chefe precisa deles. Para que eu não sei, mas você viu o que aconteceu com o Marabá, ontem.

"Quem será esse Marabá e o que será que aconteceu com ele? Não deve ter sido boa coisa. O sujeito ficou calmo, de repente, e parece assustado."

– Está bem, vamos procurar a chave, mas seja lá o que for que você está planejando, não vai dar certo. Levo vocês, nem que tenha de amarrá-los e arrastá-los até onde está o chefe.

Rogério entendeu que Maurício ia tentar alguma coisa na hora de sair do carro. Realmente, Maurício nem bem esperou que o carro parasse e abriu a porta.

O motorista gritou:

– Ei! Não corra, senão eu atiro.

E sem pensar, começou a passar por cima do câmbio e do console para sair do mesmo lado de Maurício, que já esperava por isso. O outro não ia ter condições de uma mira precisa, principalmente se agisse rápido. Enquanto o motorista se apressava para acompanhá-lo, esticando o braço com a arma, Maurício fingiu que estava se apoiando na porta e, assim que desceu, bateu-a com força no outro, que gritou, e deixou cair o revólver. Puxou-o para fora, pegou o seu braço direito e não teve piedade. Um estalo e um grito agudo indicavam que havia quebrado o braço do motorista, que agora implorava pelo amor de Deus.

Fez dele um escudo e gritou para o outro que apontava a arma para Rogério e não sabia o que fazer:

– Solte essa arma se não eu quebro o pescoço do seu colega aqui. Depois disso, você vai ficar sozinho e ele vai me servir de escudo. Então, todo tiro que você der vai acertar no corpo dele, mas você está a descoberto.

Enquanto dizia isso, foi se aproximando da Pajero até chegar ao lugar onde a arma do motorista estava caída. Puxou a arma com o pé e obrigou o motorista a agachar, forçando-o com o braço quebrado, até pegá-la. O outro bandido teve a sensatez de raciocinar. Viu a frieza com que o Maurício quebrou o braço do seu colega.

– Sei que o senhor não vai atirar. Porque precisa de alguém que saiba onde está a sua filha.

E entregou a arma a Rogério, que pegou também as pistolas e a munição que eles tinham trazido.

– Isso mesmo. Agora ligue o rádio que vocês têm aí na Pajero e chame o seu chefe.

O motorista gemia de dor. O outro ligou o rádio e chamou:

– Pajero chamando, Pajero chamando.

– Fala Pajero, o que houve?

– Chame o chefe. O homem quer falar com ele.

Logo depois uma voz meio rouca e tom de quem não estava gostando chamou:

– O que aconteceu?

Maurício falou:

– Quero falar com minha filha. Agora. Não sei se ela está aí e não acredito em vocês.

Não era preciso pedir explicações. O outro lado entendeu logo que houve mudanças nas iniciativas. Era experiente, fora treinado para pensar rápido e raciocinar com coerência. Olhou para a russa e disse:

– Traga a menina.

A mulher olhou para ele e disse em tom de censura:

– Você está no comando, mas conhece a minha posição: não gosto de alternativas e aqui já houve demais.

Logo depois Maurício ouviu a voz aflita da sua filha:

– Papai, papai, estou com muito medo. Essa gente vai me matar. Eles pegaram o meu filhinho, o seu neto, que você queria ver, lembra da sua última carta? Eles tomaram meu filho de mim.

E começou a chorar.

Rogério assistia àquela cena e olhava o rosto de Maurício. Nenhum músculo se contraiu. Nenhuma emoção.

"Ou esse homem está ficando muito perigoso, ou ele não acredita que alguma maldade contra a sua filha e o seu neto possa acontecer."

– Filha?

– Sim, papai.

– Ouça bem. Não sabia que tinha um neto. Fique tranqüila porque nenhum mal vai acontecer a você. Eles prepararam uma armadilha e escreveram aquelas cartas. Eles só querem me pegar. Então fique sossegada.

– Mas eles vão matá-lo, papai, ouvi isso várias vezes – e voltou a chorar.

– Minha filha, eles não vão me matar. Eles não vão fazer mal a nenhum de nós. Agora preste atenção, porque isso é muito importante. Eu preciso ter certeza de que estou indo para o mesmo lugar onde você está. Entendeu?

– Sim, entendi.

– Então me diga se você está numa casa de madeira, perto de algum rio, ou seja lá o que for. Preciso saber se o lugar é o mesmo antes de chegar aí.

– É um armazém velho de seringueiros, perto de um lugar com muitos buracos. Ouvi um deles dizer que os buracos eram de um antigo garimpo de diamante.

A voz rouca entrou outra vez no rádio.

– Já houve muita conversa.

– Só tem um problema. Estamos na ponte do córrego da Onça, pelo menos é assim que o motorista chama esse córrego.

– E qual é o problema?

A estrada apresentava sulcos indicando que por ali passavam caminhões carregados de madeira.

– Agora de manhã uma carreta pesada afundou a ponte. O motorista da carreta já chamou a prefeitura, que está fazendo os reparos na ponte para podermos passar. Podem demorar de três a quatro horas, segundo disseram. Acredito que não passa disso. Procuramos uma vau para tentar atravessar o córrego mas não dá. É muito alto. Temos de esperar. Quanto tempo daqui até o acampamento?

– Agora são onze horas. Vocês só vão chegar aqui no entardecer. O problema é seu. À noite vamos embora. Câmbio final.

74

Rogério olhava intrigado para Maurício, que agora se mostrava tenso e abatido. A conversa com a filha foi muito triste. Não gostou também da facilidade com que o chefe dos bandidos aceitou aquela história. O lógico seria confirmar essas informações com um dos seus asseclas.

"Essa história da ponte. Por que será que ele preferia chegar apenas à noite?" Estava querendo entender, mas faltavam alguns pontos.

"Chegar à noite é pior. Seria melhor chegar com a luz do dia para avaliar toda a situação. Mas, se chegar de noite era pior, então por que não ir logo? Por que não ir logo? É isso aí. Ele está ganhando tempo, mas para quê? Bom, ele sabe o que está fazendo. Se quiser me dizer alguma coisa, ele dirá. Pode não ter certeza e talvez queira correr algum risco assim mesmo. Afinal, estamos mesmo sem saída, e portanto um risco a mais um risco a menos. Ou então, espera aí? Será? Meu Deus, pode ser, talvez seja isso. Se for... Oh! Meu Deus tomara que seja isso!"

Maurício estava sentado à sombra de uma árvore, na beira do barranco. Levantou-se e consultou Rogério:

— Acho que esse sujeito consegue chegar até a cidade. Ele vai ser apenas um estorvo.

Rogério concordou e ele falou para o motorista que gemia de dor:

— Você só está vivo porque pensei que o seu colega ia reagir e eu tivesse de matá-lo. Então, sim, nós íamos precisar de um guia até o acampamento. Volte para a cidade e procure ajuda para o seu abraço. Agora. Quero vê-lo caminhando até o fim desta reta.

Antes de ele ir embora, pegou o celular de volta.

Rogério mandou o outro entrar na Pajero e o amarrou com cordas que estavam na porta-malas. "Andam sempre muito bem prevenidos. Bem, não vamos precisar de motorista, mas sim de um guia." Depois disso, foi até Maurício.

— O senhor está esperando um milagre? Ou tem algum plano?

— Estou pensando. O tempo caminha a nosso favor. Eles só têm uma arma: a minha filha. Mas eles não a querem, eles querem a nós. Então, para que pressa? Terão de esperar. Acho que o tempo vai nos ajudar. Aceitaram muito facilmente a história da ponte. Estão muito seguros.

Disse isso, olhou para o tenente e sorriu com tristeza.

O tempo foi passando e, quando deu três horas da tarde, olhou para Rogério.

— Acho que é hora de ir.

O tenente foi dirigindo, sem pressa, seguindo a orientação do bandido. Depois de três horas na mesma estrada, chegaram perto de um grande alagado, onde havia uma encruzilhada.

Lembrou-se das histórias de seu pai. "É na encruzilhada que o diabo aparece."

Nunca tinha visto o diabo, apesar de já ter passado por muitas encruzilhadas. "Talvez hoje seja o dia dele." Fazia exercícios mentais para afastar a tristeza. Pensava e repensava nos planos que tinha traçado. Ensaiava em silêncio as palavras e as atitudes para cada circunstância que pudesse enfrentar. Até agora o plano vinha dando certo. Planejara alternativas.

"Aquele agente do FBI não ia dar um celular assim sem outros interesses. Tem de ter mais coisa naquele aparelho. Um chip de localização. Só podia ser. Eles precisavam me seguir. Saímos de Costa Marques às seis horas da manhã. Já são seis horas da tarde e o dia ainda está claro. Se meu plano estiver certo, é melhor chegar à noite."

A estrada era ruim e logo chegaram a um pequeno lago e a estrada fez um desvio.

– Quanto tempo você acha que falta?

O bandido respondeu:

– Acho que mais meia hora. Não sei o que vai acontecer aí. Vocês são espertos e estão armando alguma coisa. Mas o pessoal lá também é muito preparado. Se eles conseguirem eliminar vocês, porque esse é o plano, eu também vou morrer. Eles não perdoam fracassos. Nós cometemos um erro que não se perdoa no nosso tipo de trabalho.

– Você acha que não teremos chance – comentou Rogério.

– Assim que vocês chegarem, vários homens se aproximarão apontando armas poderosas contra nós. Somos apenas três e vocês não vão confiar em mim, portanto não vai adiantar a estratégia que adotaram ontem na emboscada que preparamos contra vocês.

– E então?

– Aquela história da prefeitura fazendo trabalho na ponte. Vocês têm um plano e minha única oportunidade de sair vivo disso é esse plano dar certo.

– E a única ajuda que você pode nos dar é dizer que não vamos sair desta.

Logo apareceu uma casa de madeira abandonada, que ficava do outro lado do lago, atrás de um arvoredo. Assim que a casa apareceu, Rogério diminuiu a velocidade e parou a Pajero. Já estavam perto e puderam ver a antena que despontava por de trás dos arbustos. O caminho estava com sinais de movimento de veículos. A vegetação em volta da casa protegia quem estivesse se escondendo. Não havia muito o que fazer. Se o bandido amarrado estivesse certo, logo teriam boas-vindas.

— Vamos enfrentar o touro? – perguntou Rogério.

— Segundo o nosso amigo aí, vai ser uma boiada e não um touro. Vamos devagar e com fé em Deus. Ele vai ter de nos ajudar. Tenho certeza de que vai.

E fez o sinal-da-cruz.

Foram chegando perto da casa. Nenhum sinal de vida. Tudo quieto, muito quieto. "Mas aí tem gente. Se não tivesse ninguém, pelo menos alguns pássaros sairiam voando com a nossa aproximação", pensou Maurício.

Estavam já a uns 50 metros da casa quando homens armados apareceram e se aproximaram da Pajero. Rogério continuou devagar e eles abriram caminho apenas para chegarem perto do armazém velho do qual lhe falara sua filha.

Pararam. Maurício abriu a porta e desceu. Quatro homens apontavam cartucheiras de grosso calibre diretamente para o seu peito. "Quatro cartucheiras de dois canos, são oito tiros", mas não demonstrou medo ou preocupação.

Rogério desceu e do outro lado foi a mesma cena.

Um deles abriu as portas de trás e puxou o colega amarrado. Examinaram o veículo de todas as formas: porta-malas, pneus, bancos, por baixo, abriram o motor, o porta-luvas, enfim, um exame completo.

Dois deles se aproximaram do bandido e o desamarraram. Ele ficou solto das pernas e das mãos e levantou-se. Assim que ficou de pé, quatro tiros saídos daqueles canos o derrubaram de novo, para sempre.

Maurício não mostrou reação. Rogério apenas olhou para o coitado com olhar de quem está dizendo que cada um procura a sua profissão. Eles tinham agora que se preocupar com a sua própria vida e com a vida da menina seqüestrada. Sabiam que aquilo fora uma demonstração de como seriam tratados. O suplício começava.

Não entraram na casa. Foram conduzidos por uma picada até um barracão de madeira escondido no meio do arvoredo.

"A menina deve ter sido conduzida aqui de olhos vendados" pensou Maurício. "Se não, ela teria me falado desse barracão também. Mas pouco importa. O jogo vai ser difícil."

O barracão tinha uns dez metros de comprimento por uns oito de largura. Devia ser depósito de borracha antigamente e estava sendo usado como alojamento pelos bandidos. A eletricidade vinha de placas de energia solar que estavam sobre o teto. Havia rádios e outros equipamentos. O esconderijo parecia provisório, com coisas móveis para serem transportadas com facilidade, indicando que não ficavam muito tempo em cada lugar.

Lá no fundo estava a sua filha. Perto dela estava a russa, a mesma mulher que lhe entregara o cartão no restaurante em Belém, como se fosse uma soldado do Exército de Salvação. Apontava a arma diretamente para a cabeça da menina.

No outro ponto, em frente à parede central, um sujeito atarracado, aparentando 40 anos, meio careca, forte, com cicatrizes no rosto, estava sentado sobre um tambor e segurava uma pistola

Dois outros, um de cada lado das paredes do barracão, sentados nos colchões do chão e encostados na parede, bem armados e com cara de animais selvagens, completavam o quadro dentro do alojamento, mas havia ainda os guardas que ficaram do lado de fora.

Assim que entraram, a menina se levantou gritando:

– Papai, papai... Eles levaram o Juninho...

A russa segurou-a pelo cabelo e a fez sentar dizendo ameaçadoramente:

– Fica quieta aí, ou lhe arrebento a cabeça com o cabo deste revólver.

Afastou-se da menina mais um pouco e ficou com a arma apontada para a sua cabeça.

Ele quase se descontrolou, mas procurou manter a calma.

– Freira, soldado do Exército de Salvação, assassina profissional? Qual dos diplomas a honra mais?

A russa não respondeu e o sujeito atarracado falou:

– Para um coroa burocrata, você nos deu muito trabalho, sabe? Sempre que enfrento uma situação assim, lembro-me de um leitão que meu avô matou para o dia de Natal. Ele correu, correu muito, mas foi pego. Meu avô ajoelhou em cima dele, levantou a pata esquerda e enfiou uma faca afiada no peito do leitão. Eu era criança e fiquei com pena do bichinho, que gritou muito quando a ponta da faca foi entrando em direção ao coração. Nem mesmo comi leitão no Natal. Preferi o frango assado. Não tinha visto o frango morrer e por isso não fiquei com pena dele.

Maurício avaliava a situação. O sujeito estava falando muito. "Quanto mais falar, melhor. Preciso de tempo."

– Sabe, seu burocrata, vou lhe ensinar uma coisa que talvez não saiba. O que sustenta a vida é a dor. Se morrer não doesse, muito mais gente se suicidava. Nossa especialidade é fazer uma morte dolorida, para que as pessoas se apeguem à vida e não queiram morrer. Não gostamos de matar gente sem sofrimento.

Não respondeu a provocação do outro, que continuou:

– Você não imaginava que íamos trazer a sua filhinha, não é? Foi fácil escrever umas cartinhas e, quando ela chegou, nós a seguramos. Ah! Só tem mais um detalhe. Existe um menininho muito bonito que se parece com você em algum lugar por aí. Não queremos correr mais risco. Se alguma coisa sair errada aqui, já sabe.

O homem demonstrava a sua raiva por não tê-los pegado antes. Parecia não estar satisfeito de ter utilizado meios que demonstram a superioridade da outra parte. Não fora uma luta justa e eles eram profissionais que se sentiam desmoralizados. Maurício notou esse momento de fraqueza. Precisava tirar proveito disso.

Já estava escuro e as luzes acesas mantinham a claridade do ambiente.

– Lamento dizer-lhe que a sua estratégia não deu certo. Herr Sauer comunicou que fez alguns testes e o seu chute não colou. Você pode ter chegado perto, mas não conseguiu o objetivo. Essa foi a mensagem que me mandaram transmitir-lhe.

Maurício entendeu que devia alimentar as dúvidas:

– Vocês é que estão enganados. Vou lhe dar uma prova. Diga a Franz Sauer que o Conceito Zero foi revelado.

O sujeito, até então calmo e dono da situação, levantou a cabeça e olhou assustado para ele. Percebeu o seu erro e logo em seguida voltou à normalidade.

Maurício continuou indiferente, como uma pessoa segura, que precisava transmitir ao outro a certeza de que iam cumprir suas determinações. O atarracado porém parece que tinha recebido ordens definitivas. A russa estava com a arma apontada para a cabeça da sua filha e os dois camaradas sentados no chão tinham armas apontadas para ele e para Rogério.

O atarracado recompôs-se e disse:

– Sei que vou matar dois homens de coragem. Gosto disso. As ordens foram para isso, independentemente de quaisquer outras circunstâncias. Vou cumpri-las. É claro que antes vamos matar a sua filhinha. Quero ver a sua capacidade de resolver problemas numa situação dessas. Você vai gritar e implorar como o porquinho no Natal.

Maurício viu sua filha levar as duas mãos ao rosto e começar a chorar. Não estava agüentando mais aquilo. Ele próprio estava a ponto de desabar em crises nervosas, mas não podia fracassar. O atarracado sentiu o "chute" do "conceito zero", mas ele não estava sabendo como tirar proveito. Precisava continuar ganhando tempo. Sabia que não iriam poupar as vidas deles e nem da sua filha. Tinha de pensar em algo urgente.

"Mas que diabos, esse agente do FBI teve o dia todo para chegar até aqui. Será que eu estava errado a respeito desse celular? Será que ele não tem nenhum chip como pensei? Bem, de qualquer forma, não tinha saída. Tinha de tentar alguma coisa".

O atarracado levantou a pistola Beretta 9 mm e apontou com cuidado na direção da menina. Não precisa mirar nessa distância, mas queria ver a cara de desespero daquele burocrata metido a Elliot Ness. O homem parecia não ter medo da morte, mas estava quase caindo no desespero por causa da filha. Enfim, o dr. Maurício começava a fraquejar. Seu rosto tremia e os olhos estavam vermelhos. Era mais ou menos como os gritos do leitão. O atarracado estava vibrando com o prazer daquele momento.

– Ouvi dizer que você faz exercícios de tiro ao alvo. Gosto desse esporte, mas prefiro praticá-lo de forma mais divertida. Agora, por exemplo, vou tentar acertar os brincos de sua filha. É claro que se ela fizer movimento com a cabeça, a culpa não será minha.

O bandido mantinha a arma apontada para a moça e saboreava o desespero do pai.

Rogério tentava lembrar todos os ensinamentos que teve para sair de situação de perigo, mas nenhuma estratégia se aplicava quando várias armas estavam apontadas para ele. Se fizesse algum movimento, seria imediatamente pulverizado pelos chumbos das cartucheiras daqueles dois, que o olhavam com a expectativa de que ele lhes antecipasse essa oportunidade.

"Será que esse Maurício tinha mesmo alguma estratégia?"

– Já vi antes pessoas controladas como você. Elas ficam assim impassíveis, como se aquilo não estivesse acontecendo. Rezam interiormente, esperam um milagre. Você vai entender logo o que eu quero dizer. No primeiro tiro, quando a orelhinha da sua filha começar a sangrar, a sua coragem se acaba.

Tinha baixado a arma para falar e começou a levantá-la vagarosamente, fazendo mira na cabeça da menina.

Ia apertar o gatilho, quando, de repente, como se tivessem saído do fundo da terra, vozes estranhas começaram a cantar o Magnificat em gregoriano. Aquele som afinado, numa monotonia misteriosa, atravessava as paredes do barracão. A russa olhou para os lados e, quando se voltou novamente para a menina, viu uma espécie de assombração, vestida de monge, parada em frente da sua arma.

As vozes foram diminuindo e uma sombra entrou no barracão, por trás de Maurício, e se colocou na frente dele, protegendo-o da arma do atarracado.

O atarracado gritou:

– Quem são vocês? Onde estão os meus homens?

– Não se precipite, Augusto. Seus guardas estão dormindo e o barracão está cercado pelos Cavaleiros da Ordem dos Templários da Amazônia.

Maurício reconheceu aquela voz. Não ia nunca esquecê-la. O atarracado porém descontrolou-se:

– Quem é você? Como sabe o meu nome? Diga logo, senão eu atiro.

Fora pego de surpresa e cometeu o erro de confirmar o seu nome. Mas quem seriam aqueles seres misteriosos que apareceram de repente? Se sabiam o seu nome, deviam saber mais coisas.

— Vocês foram muito confiantes. Calculamos que, quando os prisioneiros chegassem, seus homens estariam entretidos com eles e cometeriam alguma distração. E foi o que aconteceu. Sentiram-se vitoriosos antes do tempo. Nós aprendemos com os índios a andar nessas florestas sem sermos percebidos.

O sujeito gritou nervoso:

— Guardas! Guardas! Onde estão vocês?

— Não adianta chamar por eles. Estão dormindo. Alguns tiros silenciosos com cápsulas de veneno feito de timbó, tingui e uirari-uva vão deixá-los dormir até a polícia chegar. Arte indígena. Muitos mistérios se escondem sob esta imensa floresta. Os índios arrastam nos rios um cesto de argila misturado com o sumo de um cipó chamado timbó e os peixes adormecem. Pescam assim. A uirari-uva é usada para fazer o curare. Você sabe o que é isso. O tingui também faz o mesmo efeito.

O atarracado não pareceu assustado, mas sua voz já não era a mesma quando disse:

— Mas vocês estão sob a minha mira. Somos quatro aqui dentro e, se tivermos de morrer, vocês vão junto.

Nesse momento, o Magnificat aumentou de volume e outros vultos começaram a aparecer dentro do barracão. Maurício notou que a russa disfarçadamente colocava a mão que tinha a arma sob a blusa e a apontava para o monge, esperando posição de tiro.

— Já faz muito tempo, mas você fez juramento diante do leito da sua mãe, quando ela estava morrendo. Lembra-se disso, Augusto?

— Como você sabe meu nome? Como você sabe desse juramento? Quem é você?

— Ela estava no leito do Hospital do Câncer e com voz bem fraca pediu que você prometesse que ia continuar sendo um bom menino e que, quando crescesse, ia procurar ser um homem bom como seu pai. Lembra? Naquele dia, deram-lhe permissão para ficar no hospital. Você começou a chorar e ajoelhou-se no pé da cama e pediu a Deus para não levar a sua mãezinha. Ela conseguiu ainda pôr a mão direita sobre a sua cabeça e morreu abençoando o único filho que teve.

O passado começou a atormentá-lo e aquela voz serena estava entrando pela sua alma, deixando-o paralisado. Não podia amolecer, não podia voltar ao passado, aqueles tempos se foram, mas sentiu que estava trêmulo.

— Você não respondeu à minha pergunta. Eu perguntei quem é você. Vamos. Responda ou eu atiro.

— Ela lhe explicou que seu pai tinha sido vítima de uma acusação falsa, mas era homem sério e você devia orgulhar-se dele. Você não esqueceu isso, esqueceu?

O atarracado estava pálido. Não conseguia entender. Um monge havia ficado entre a menina e a russa e outro entre ele a menina. Ela não servia mais para o propósito deles, mas confiava na russa que podia agir a qualquer momento.

Olhou para os dois que estavam sentados no chão e ainda apontavam as armas para Rogério e Maurício, mas pareciam duas estátuas. Estavam paralisados e não era para menos.

Aqueles monges pareciam figuras saídas do outro mundo e eles eram assassinos profissionais que passaram a vida correndo perigo e viviam assustados. Passaram a vida criando o medo e passando medo. Passaram a vida semeando a morte e se divertindo com ela, mas tinham medo dela. Tinham medo de dormir por causa dos pesadelos, e o medo é o alimento dos pesadelos.

Maurício rezava em voz baixa agradecendo a Deus. Queria correr para sua filha e abraçá-la, pedir perdão por tê-la colocado nessa situação, mas havia uma clima de paralisia em todos eles. Rogério olhava para tudo aquilo espantado.

O bandido tentou recuperar o controle da situação e gritou para o monge:

– Chega mais perto. Quero saber quem é você. Quero saber como é que você sabe dessas coisas. Ande, ande logo, senão vamos atirar em todos. Vocês dois aí no chão, seus palermas, levantem e se preparem.

Via-se que estava inseguro. O monge continuou falando, sem dar importância às ordens do atarracado:

– Depois que sua mãe morreu, você seguiu com um grupo de budistas e nunca mais foi visto.

– Meu pai morreu. Soube que ele se suicidou, na prisão, por causa da morte da minha mãe. Foi o que soube, mas tenho certeza de que o mataram, como mataram o Herzog e outros.

O canto gregoriano fazia o ambiente ficar como se fosse um lugar mal-assombrado. A própria russa, que já tinha enfrentado situações difíceis nos tempos da KBG, começou a sentir arrepios. Ela também foi criança um dia e também teve mãe. Agora estava no meio da selva amazônica e enfrentando fantasmas. "Que será que aconteceu com ela?" pensava, mas o momento não permitia fraquezas.

O monge não se adiantou. O atarracado apontou a arma para o peito dele.

– Você cheira a milico. Vocês mataram meu pai, vocês mataram a minha mãe, é a única coisa de que eu me lembro. O regime militar, você sabe disso. Aqueles torturadores queriam que meu pai participasse daqueles crimes e ele não quis. Foi isso o que aconteceu e agora vocês vão pagar por tudo aquilo. Não importa se você é monge ou não.

Ele sabia porém que a situação mudara. Estava só, sem seus guardas, e os seus dois alvos estavam protegidos. Perdera o domínio da situação que até pouco mantinha com segurança.

– Você se lembra das tardes de domingo em que o seu pai o levava para pescar no rio Guandu? Lembra daquela traíra que mordeu o seu dedo e foi difícil tirar o dente dela?

O atarracado começou a fungar como para conter os soluços que aquelas lembranças lhe provocavam. O lábio superior começou a tremer.

Sim. Lembrava-se daquela tarde de domingo. Foi um entardecer bonito, meio chuvoso, com aquele bonito arco-íris, no horizonte. Lembrou-se das brincadeiras do "arco-da-velha" como chamava o arco-íris. Seu pai dizia que no fim daquele arco colorido havia uma mala cheia de moedas de ouro.

Ele tinha fisgado uma traíra, mas na hora de tirar do anzol ela enfiou o dente em sua mão. Na semana anterior, um colega de classe chegou na escola com o dedo enfaixado porque fora pescar e a traíra mordera o dedo dele. Foi uma gozação geral e ele não queria passar por aquilo.

Maurício notou que ele estava desestruturado. Algo o atingira no âmago da sua alma e o atarracado perdera o autocontrole.

– Mas meu pai prometeu que nunca ia contar isso a ninguém. Nós tínhamos caçoado do vizinho porque uma traíra mordeu a mão dele. Então, então... Pelo amor de Deus, quem é você? Como você pode saber disso?

Mudara o tom de voz. Falava como se implorasse.

O Magnificat ficou como uma música de fundo, mantendo o clima misterioso. A russa estava calada. Sabia que o dr. Maurício tinha escapado de novo. A Confraria existia e eles não tinham dado importância a ela. Mas como foram aparecer ali, naquela hora, como sabiam onde encontrá-los? Parecia coisa do outro mundo, mas ela tinha uma missão a cumprir. Percebeu que seu companheiro não tinha mais condições de trabalho.

O monge tirou o capuz e a barba postiça. O vulto imponente de um homem meio calvo, de rosto sereno, queimado pelo sol, forte e alto, com a barba branca e rala indicando que passava dos 60 anos substituiu a misteriosa presença do monge.

O atarracado olhou para ele e se aproximou trêmulo, olhando para aquela figura como se fosse um fantasma, sem acreditar.

Conseguiu dizer apenas:

– Mas essa não é a voz do meu pai.

– Haverá tempo para explicações. Você também não é o mesmo garoto daquela pescaria.

O atarracado chegou perto, olhou bem para ele e ajoelhou-se lentamente. Esticou os braços como se fosse num ritual religioso e colocou as mãos em cima de cada perna. Foi aos poucos dobrando a cabeça até encostá-la nos joelhos e ficar em posição de quem adora Buda ou Maomé ao mesmo tempo. Maurício estranhou aquela posição. O monge havia dito que ele acompanhara um grupo de budistas, mas também ele fora para regiões do islamismo. O assassino que há pouco ia matá-lo e à sua filha transformara-se numa estátua mística que absorvera os receios de várias religiões.

O monge continuou imóvel, com o olhar frio e sem emoções, com aquele mesmo olhar que Maurício sentiu quando fez a confissão. A cena era patética.

– Você é mesmo meu pai? Mas já vinguei a sua morte, já vinguei a morte da minha mãe. Sabia que um dia podia ser preso, condenado à cadeira elétrica ou morto em combate. Mas ia morrer feliz porque ia me encontrar com vocês. Só faltava eliminar esses três para completar a minha missão. Logo nós três estaríamos reunidos novamente.

Falava com voz trêmula, contendo os soluços, mas fungava demonstrando que as lágrimas já desciam pelo nariz.

Maurício admirou a maneira como o monge fez seu filho chegar à conclusão de que era seu pai. Se tivesse feito essa revelação logo de início, o bandido poderia não acreditar. Mas o mestre chegou dizendo o nome do filho e depois lembrou fatos de infância que só os dois sabiam.

A russa aproveitou a comoção e com rapidez apontou a arma para Maurício, que por uns momentos estava na linha de tiro porque o monge havia agachado para pôr a mão sobre a cabeça do filho, mas um movimento às suas costas a fez voltar-se. Uma figura estranha a olhou fixamente e disse:

– Você viu como sofrem as pessoas que caem na lagoa. Ontem vocês jogaram um companheiro lá. Cortaram as veias da perna para o sangue atrair as piranhas e o deixaram com metade do corpo fora da água para que os gritos dele servissem de lição aos outros. Nós assistimos a tudo e nosso Deus é infinitamente justo.

A russa abaixou a arma. Maurício correu para a sua filha que também correu para ele aos prantos:

– Papai, levaram o meu filho. Onde está ele?

Uma voz atrás dela disse:

– Seu filho está conosco. Nós vínhamos acompanhando esse grupo de pessoas e conseguimos recuperar a criança.

– Mas onde ele está agora, onde?

– Está esperando pela mãe, num hotel em Rio Branco. Duas freiras estão cuidando dele. Não se preocupe.

Maurício também não conteve as lágrimas, enquanto abraçava a filha.

Rogério começou a acreditar em milagres. Compreendeu então o plano desse dr. Maurício. Ele desconfiara que havia um chip no celular e ficou ganhando tempo. Como é que ele, o tenente Rogério, especialista em informática, não tinha pensado nisso?

Agora, vendo ali os pais, um procurando compreender os erros do filho assassino e o outro abraçando a filha, sentiu falta da sua capitã. Precisava ter uma família.

75

Apesar de a sala ser grande, o gabinete era sóbrio, decorado com móveis funcionais e com a beleza da simplicidade que só a arte consegue.

Era o gabinete do presidente da República, no Palácio da Alvorada, em Brasília, onde naquele momento estavam reunidos os ministros das Forças Armadas, o ministro da Defesa, o chefe da Abin, o chefe do Gabinete Militar da Presidência e o senador Rocha Meira.

Haviam sido convocados pelo presidente para tratar de assunto urgente.

O presidente mostrava-se bastante contrariado e começou a falar.

– Senhores, convoquei esta reunião para tratar de assunto inacreditável. Recebi informações de que existe um grupo de traidores apoiados por forças estrangeiras que querem criar um novo país, chamado República da Amazônia.

O Ministério da Defesa concentrava os três ministérios militares e o homem que ocupava o cargo de ministro da Defesa era civil. Não entendia como o presidente tinha uma informação dessas e ele desconhecia. Olhou de forma inquisitorial para o chefe da Abin e comentou:

– Mas essa é uma informação que as Forças Armadas desconhecem.

O chefe da Abin ficou em silêncio e o presidente continuou:

– Sei que é uma informação surpreendente e talvez o senador tenha algo a falar a respeito. Então, senador?

O senador não foi pego de surpresa. Era político experiente, já havia ocupado o cargo de presidente da República e vivia sempre preparado para todo tipo de situação. Respondeu com segurança.

– Desconheço, senhor presidente. Não acredito numa coisa dessas.

O presidente perguntou ao chefe da Abin.

– E o senhor, coronel Medeiros? O que a Abin sabe a respeito?

A situação era delicada e não podia ser respondida como o presidente queria. Nem ele próprio, chefe da Abin, tinha certeza do que estava acontecendo. Desconfiava, mas não fazia perguntas demais, porque não queria perder o cargo.

Procurou ser cauteloso:

– Senhor presidente, o senhor sabe, muitas notícias já saíram a respeito. Há informações de que um grupo de pessoas conspiram para separar a

Amazônia do País. Parece que existe até mesmo uma Confraria que atua ilegalmente naquela área.

– O general Ribeiro de Castro foi assassinado, não é verdade? Ele sabia dessa conspiração, não sabia?

O coronel continuou cauteloso.

– A morte do general é ainda um mistério. As investigações não avançaram muito. A Abin é um órgão de informações e pode ser que o general tivesse realmente descoberto alguma coisa que colocaria em risco as pretensões desse grupo. Conspiração, terrorismo, tráfico, corrupção, todas as hipóteses estão sendo investigadas. Infelizmente, não chegamos ainda a uma conclusão. Por isso o senhor não foi informado.

O chefe da Casa Militar era general da reserva, que tinha sido secretário de Segurança do presidente, quando ele era ainda governador de Estado. Tinha plena confiança no seu chefe militar, que no entanto estava em silêncio e assim permaneceu.

O senador arriscou:

– Mas presidente, o senhor tem alguma evidência, alguma prova, alguma denúncia mais concreta de que existe essa conspiração?

"Grande velhaco", pensou o presidente.

– Foi para isso que os convoquei. A embaixada dos Estados Unidos me encaminhou um CD com a gravação de uma conversa muito reveladora. Vou colocar para os senhores ouvirem.

Dizendo isso, pegou um pequeno gravador que estava oculto sob uns papéis e ligou. Começaram então a ouvir a conversa de duas pessoas ao telefone:

– *Alô, é Franz?*

– *Sim, é ele. Quem fala?*

– *Aqui é o senador Rocha Meira.*

– *Como vai, meu futuro presidente?*

– *Será que vou ser presidente de novo? Agora de outra nação?*

– *Pois se prepare. Deixei recado para o senhor me ligar, porque os fatos estão se precipitando e o senhor precisa se preparar para a proclamação da independência da Amazônia, em breve.*

– *Quanto a isso, não se preocupe. Estou preparado e só aguardo o momento.*

– *A sua atuação quando os militares descobriram o código falso e fizeram aqueles movimentos de tropa foi brilhante. Agora estamos nas articulações finais e o senhor vai ter de ser firme de novo. Pode haver reações fortes.*

– *Também estou preparado.*

– *Parece que a CIA e o FBI estão investigando.*

– Já suspeitava disso. Por isso falo de aparelho da beira de uma rodovia.

– Ótimo. Ótimo. Por estes dias, não muitos, a República da Amazônia será uma realidade e teremos o apoio da mídia mundial. O senhor será reconhecido como o presidente da República da Amazônia, o homem que salvou a floresta. Será herói. Tudo já está preparado.

– Então passará a existir um Brasil oceânico e um Brasil amazônico, do modo como a natureza fez. Deus e a sua divina sabedoria. Mas como vou saber o exato momento do pronunciamento?

– Vinte e quatro horas antes. Não esqueça. Exatas vinte e quatro horas antes, o senhor receberá um fax convidando-o para fazer uma palestra em Buenos Aires sobre o "Conceito Zero". Vá então para Manaus e na hora certa faça o pronunciamento. Aquele é o momento do "Conceito Zero". Por enquanto, é só.

– Então estarei aguardando.

Ouviu-se o clique do aparelho indicando que o CD acabou.

O senador suava frio e gaguejou:

– Isso tudo aí é falso. Isso tudo aí é falso. É um gravação montada. Nunca falei essas coisas com ninguém.

O silêncio só era quebrado pela respiração ofegante do senador.

– Mas o senhor ligou para ele, não ligou? No dia dessa ligação, o senhor saiu de carro e tomou a rodovia, voltando duas horas depois. Num aparelho dessa rodovia, em local coerente com a distância e hora que o senhor tomou essa estrada, houve um telefonema internacional para o aparelho desse Franz.

O senador não sabia o que responder. Seus lábios começaram a ficar roxos, começou a dizer coisas sem nexo. Tentou levantar-se da cadeira e colocou a mão na cabeça. Não conseguiu ficar de pé e caiu.

76

Numa casa confortável, no setor residencial sul de Brasília, perto do lago Paranoá, dois homens conversavam descontraidamente diante de dois copos de uísque.

Comentavam as notícias nos jornais de que o senador Rocha Meira, ex-presidente da República, estava hospitalizado na UTI do Hospital de Base. Sofrera um derrame durante reunião no gabinete da Presidência e o seu estado de saúde era grave.

O anfitrião era um homem forte, moreno, olhos escuros, com aparência de nortista. O outro tinha a pele clara, olhos azuis e os cabelos já estavam ficando brancos. Foi ele a tocar no assunto.

– Merecemos um brinde. Nem acredito que conseguimos chegar a esse ponto. Agora falta pouco. Eliminamos todos os obstáculos. O Franz foi de grande importância. Sabe de uma coisa? Eu acreditava nele, e até gostava do alemão. Ele nos ajudou muito. Fez um grande trabalho, mas se deixou dominar pelas ambições. Criou um grupo autônomo, fez besteiras, como aquela de eliminar o general. Se não tivesse se precipitado, não despertaríamos suspeitas e tudo podia sair melhor, de forma mais amadurecida. Mas, fazendo o balanço final, o que interessa mesmo é que tudo deu certo.

O moreno assentia com a cabeça, segurando o copo com as duas mãos entre os joelhos, e disse:

– A prova é uma coisa séria. Suspeitas incomodam, mas era preciso a prova. Aquela sua idéia de lançar suspeitas sobre o senador foi ótima. Criar a história daquele convite para uma palestra na Universidade de Buenos Aires, com uma frase que combinava com outra que estava no código, gerou a prova para criarmos um culpado.

O outro sorriu com o elogio e deu seqüência ao tema.

– Depois disso, foi só deixar por conta dos americanos fazerem montagem de conversação por computador com a finalidade de conseguir confissões. Eles gostam disso. O senador teve um derrame, mas era inocente. O bobão não sabia de nada. No entanto, o Franz estava comprometido. Como nós esperávamos, a CIA gravou a conversa que tive com ele por telefone. Era a prova de que precisavam para prendê-lo. Certamente vai revelar o plano para negociar uma pena menor, mas em poucas horas teremos um novo país e estaremos seguros.

O moreno balançou a cabeça.

– Estou espantado com esse camarada da Receita Federal. O seqüestro da filha dele foi uma obra-prima do Franz, mas ali era a hora de negociar com esse sujeito. Precisamos de cérebros. Ele podia estar do nosso lado.

José Dílson, pois esse era um dos seus muitos nomes, pensou um pouco. Já não era mais o homem da primeira reunião com Franz Sauer. Mais cauteloso, correra riscos durante toda a vida e não podia deixar que nada estragasse o seu plano. Envolvera esse Franz Sauer, deu-lhe corda, conseguiu apoio, dinheiro e montou a equipe, criou a Organização, como chamava e saboreava agora era o momento final.

Levantou o copo para o moreno.

– Mas aquela sua idéia de esconder do Sauer que as Forças Armadas não caíram na armadilha do código foi excelente. Para ele, os movimentos que as Forças Armadas fizeram, depois que decifraram o primeiro código, eram movimentos autênticos. Ele acabou se precipitando e até mesmo se entregando.

— Pois é. Mas agora temos de pensar em como administrar o "Espólio Sauer" e é assim que podemos chamar o grupo por ele criado. São pessoas indispensáveis para a República da Amazônia. Assim que a República for proclamada, precisamos reorganizar todos os contatos.

Dílson pegou a garrafa de Black Label e pôs uma "colorida", como costumava dizer.

— O Sauer era meio inocentão. Será que ele estava mesmo acreditando que as ONGs iam administrar a República da Amazônia? Com a nova república, teremos uma nova Constituição, essas ONGs todas serão recadastradas e o que foi definido até agora será reavaliado.

Vários acordos para exploração das riquezas florestais, minerais, transporte, energia, telefonia, serviços bancários e outros já estavam firmados. A prisão de Franz Sauer pelo governo americano iria facilitar alterações.

José Dílson achara porém que a parte mais importante do plano foi o sistema de centralização no Banco da Amazônia, que seria o Banco Central da nova república, para onde iriam todos os depósitos existentes nas agências bancárias da Amazônia. Especialistas em informática tinham entrado nos sistemas de todos esses bancos e preparado um bloqueio geral.

"A informática é a arma mais poderosa do mundo moderno", pensou.

O Franz, no entanto, já estava fora. Fora ambicioso demais. Já estavam desconfiando dele e foi muito bom aquele camarada trazer informações que confirmaram as suspeitas.

— Foi estupidez do Sauer mandar aquele sujeito falar comigo. As regras da Organização são claras. É terminantemente proibido introduzir pessoas novas a qualquer um dos membros, sem aprovação prévia. Pode ser que ele se sentisse muito seguro com esses momentos finais. Estava fora do país, cuidando do apoio externo, e preferiu mandar mensageiro da sua confiança.

Tomou um gole e respirou fundo.

— Mas fico em dúvida ainda se devia ou não ter ido àquele encontro. O sujeito era estranho. Estava bem informado, falava espanhol com sotaque alemão, e é claro que fui disfarçado. Ele se apresentou dizendo que fora mandado pelo Sauer para receber instruções pessoais, porque estava com receio de estar sendo vigiado. De início desconfiei, mas parecia autêntico e ligado ao Sauer, que nem sabe da oportunidade que nos deu para que certas dúvidas e suspeitas ficassem esclarecidas.

Continuaram conversando. Dílson informou o outro.

— Esperava que o tratamento de saúde do senador fosse mais rigoroso e ele não agüentasse o choque. Mas está na UTI e não pode recobrar a capacidade de sair de lá vivo. Já providenciei isso também. Você vai ver nos jornais. Tudo será como se fosse morte natural.

Beberam e conversaram sobre o futuro. Já tinham obtido o êxito que esperavam. Agora era só o momento final. Tudo se encaixara tão bem que, se tivessem treinado os atores, não daria tão certo. Até os americanos fizeram o papel deles sem saber que estavam programados.

Pouco depois, o moreno conduziu José Dílson à adega, que ele atravessou até ficar diante da parede do fundo. O moreno acionou um dispositivo eletrônico que estava escondido entre as garrafas e a parede movimentou-se lentamente. Ele passou para um corredor escuro e a parede voltou à posição anterior.

Dílson acionou o interruptor da luz, que clareou o corredor até poder chegar a outro interruptor distante uns dez metros. Foi assim caminhando até encontrar outra parede que se abriu, quando apertou o botão do chaveiro que trazia consigo.

Maurício tomou o vôo 3722, da TAM, para Brasília. Ocupava um assento da janela, pouco atrás das asas e podia assim olhar para as nuvens de vez em quando. Não gostava do corredor porque as aeromoças passam com o carrinho de serviço e batem no braço do passageiro. No assento do meio ele se sentia espremido entre duas pessoas.

"Esses aviões de carreira estão ficando com os bancos dos passageiros cada vez menores." Pensou no avião que vinha usando. "Acho que não vou poder ficar com o Sêneca. Que pena!"

Seu cérebro era como um vídeo cheio de imagens que se atrapalhavam. Tinha acabado de deixar sua filha e seu neto no aeroporto de Cumbica, onde tomaram o avião para Frankfurt. Ia agora resolver a sua aposentadoria e conviver mais com seus filhos.

Por pouco o destino ia fazendo com que ele não conseguisse mais vê-los. Os perigos foram grandes. República da Amazônia, Confraria, FBI, CIA, Conceito Zero, parecia impossível que aquilo tivesse acontecido com ele.

Sentiu uma leve sensação de esquisitice quando se lembrou do Conceito Zero. "Por que será que aquele sujeito troncudo e atarracado ficou tão abalado quando falei do Conceito Zero? Talvez nunca venha a saber", ia pensando.

"O que será que a Confraria fez com aquela gente?"

A aeromoça veio com um lanche quente e bebidas. Ele se serviu, pegou o jornal para passar o tempo, mas não conseguia ler. "Conceito Zero". Respirou fundo e olhou as notícias da primeira página.

"Senador Rocha Meira acabou morrendo no Hospital de Base de Brasília. Segundo o boletim médico, o ex-presidente da República estava se recuperando, porém teve uma parada cardíaca e morreu nesta madrugada".

Tirou os olhos do jornal e olhou para a janela. Pensou que foi uma pena o senador ter morrido, porque ele poderia esclarecer algumas coisas, inclusive esse Conceito Zero, que não saía da sua cabeça. Não tinha ainda digerido a reação daquele assassino internacional.

Fechou os olhos e tentou descansar. Logo mais estaria em Brasília e veria o tenente e a capitã, que o estavam esperando para a festa de noivado. O agente do FBI também tinha sido convidado. Ia aproveitar para devolver o celular.

O vôo parecia mais longo que o normal. Abriu o jornal de novo e continuou lendo as notícias da primeira página. A Agência Internacional de Energia Atômica estava mandando uma equipe de pesquisadores para visitar as usinas nucleares de Angra dos Reis e o projeto de submarino nuclear brasileiro.

O jornal informava que o Brasil era membro fundador da Agência Internacional de Energia Atômica, Aiea, uma organização internacional independente, com sede em Viena e filiada às Nações Unidas. A Aiea foi fundada em 1957 e tinha por objetivo promover a cooperação para o uso pacífico da energia atômica e evitar a proliferação de armas nucleares. Para evitar o uso da energia nuclear para fins bélicos, a Aiea fazia inspeções regulares. Era o que chamavam de sistema de salvaguardas.

Lembrou-se da conversa que teve com a capitã sobre o Big-Bang. Se essa história não tivesse acabado, poderia imaginar que o Conceito Zero seria a explosão de uma das usinas de Angra dos Reis.

"Mas qual a vantagem que teria para a proclamação da República da Amazônia a explosão de uma usina nuclear? Só para criar um choque? Mas aí o mundo todo se voltaria contra esses conspiradores."

Franziu a testa. Havia certa lógica no choque nuclear.

"O Brasil está sob suspeita no desenvolvimento do seu programa nuclear. Podem acusar o governo de ter sido negligente se houver a explosão de uma usina atômica em seu território. O país ficará na defensiva, estonteado. Não haveria oportunidade melhor para separar as florestas da Amazônia de um país acusado de tal irresponsabilidade."

Achou que tinha de parar de ficar imaginando coisas. Já tinha cumprido o seu papel, ia se aposentar, o melhor mesmo era ficar quieto. Não tinha mais nada a ver com coisa alguma. O tenente e a capitã iam se casar, ele ia curtir o neto, inventar o que fazer – bem, pelo menos essa aventura serviu para trazer um pouco de felicidade.

Agora que ele tinha feito as pazes com a filha, quem sabe fosse melhor ter também uma companheira para acompanhá-lo na velhice que logo ia chegar? Sentia saudades da mulher, mas viver sozinho é muito melancólico.

A reação do atarracado, a morte do senador, a visita da IEA, o Conceito Zero. Essas coisas se misturavam com outros pensamentos.

"Deve existir alguma coisa que ainda não foi revelada. E se for revelada tarde demais?" Assim pensava e entendia que deixara tudo esclarecido e podia agora viver em paz, mas não se sentia bem.

O tenente e a capitã estavam esperando por ele, sorridentes. Cumprimentou-os e a capitã disse que hoje eles estavam com um motorista particular, porque havia greve de táxis.

– Mas não se preocupe – disse ela –, porque é um motorista conhecido.

Saíram do saguão do aeroporto e entraram no pátio de veículos, onde um táxi, com o motorista sentado ao volante, os esperava.

Maurício o reconheceu logo. Olhou para a capitã e fez um leve sinal com a cabeça, indicando que reconhecera o agente do FBI e não fez mais comentários.

Logo estavam saindo da área mais movimentada do aeroporto e se dirigiam para a estrada que margeia o lago Paranoá. Maurício cumprimentou o agente.

– Quer dizer que o senhor preferiu vir ao aeroporto para ter certeza de receber de volta o seu aparelhinho, é isso?

– É, esse aparelhinho cumpriu missão muito importante – respondeu o agente com humor. – Vamos colocá-lo no museu do FBI. Mas o senhor, como vai? Sua filha terá vigilância por algum tempo e seu filho foi convocado para serviços especiais. Ele é um profissional responsável e o Pentágono ofereceu-lhe emprego. Com isso, ele ficará fora de perigo.

Maurício agradeceu.

– Estou sabendo também que a capitã vai ser adida militar do consulado brasileiro em Nova York e o tenente vai ser convidado pela Universidade de Stanford, para um curso que ele ainda vai escolher. E tudo começou com uma corrida no Parque da Cidade.

O agente riu e explicou:

– Não é conveniente vocês ficarem por aqui. Nós não temos ainda um conhecimento completo de toda essa conspiração.

– Realmente, a morte do senador Rocha Meira ocorreu num momento inconveniente – disse Maurício com um tom de voz estranho.

– Também – disse o tenente –, o susto que ele levou foi tão grande que não resistiu.

O agente do FBI era treinado para estudar a oportunidade de frases e palavras dentro de circunstâncias ainda não devidamente esclarecidas. Olhou para Maurício.

– O que o senhor está querendo nos dizer?

– Nada, nada. Apenas estive pensando que ele poderia ter esclarecido algumas coisas e agora já não pode mais.

A capitã não resistiu:

– O senhor não vai querer começar tudo de novo como fez lá em Corumbá, não é?

Maurício não respondeu de imediato. Estava saboreando o clima de dúvidas que se instalou dentro do carro. O agente do FBI, que estava ao volante, diminuiu a velocidade, quase parando.

Continuaram em silêncio por alguns minutos e Maurício falou:

– Bom, pela reação de vocês, posso presumir que a semente da dúvida começa a corroê-los.

Não souberam o que responder. O agente do FBI quebrou o silêncio.

– O senhor tem mais informações a passar. Não iria dizer isso, assim, sem outras suspeitas.

Maurício comentou a reação do assassino atarracado quando falou do Conceito Zero. A capitã lembrou-se da explicação do Big-Bang e admitiram que o Conceito Zero poderia estar ligado a algo assombroso. Se as dúvidas dele estiverem certas, o momento do Conceito Zero talvez fosse a inspeção da ONU. Nesse caso, estariam diante de uma emergência.

O agente do FBI procurou ser objetivo.

– Não temos certeza de nada ainda, mas admito que precisamos investigar. Capitã, talvez seja mais fácil para a Abin verificar se o hospital tinha fitas de gravação da ala onde estava o senador.

– Acho que posso cuidar disso.

Ela falou com tom de voz inseguro. Parecia absurdo o que estava pensando, o que aliás, ali, todos estivessem pensando. Maurício tentou facilitar as coisas.

– A senhora tem informação de quais pessoas sabiam da ida do chefe do Gabinete do Exército até a ESG para buscar aquele documento?

Era uma dúvida que a capitã tinha. Somente os três ministros sabiam do portador que ia até o Rio de Janeiro com a mensagem sigilosa para o diretor da ESG.

– Somente os três ministros militares e obviamente o coronel Rodrigues, que levou a mensagem.

Havia uma pessoa ali no carro que também foi ao Rio de Janeiro. Ele não esperou a pergunta:

– Da mesma forma que nós do FBI tomamos a iniciativa de acompanhar os movimentos dos chefes militares, outros também podiam.

Vejam, não é comum chefe de gabinete de um ministro das Forças Armadas de qualquer país sair por aí em dia de expediente num jato especial da FAB.

– Uma pergunta. Já que vocês têm o poder da onisciência e ubiqüidade, será que essa NSA não pode fazer um levantamento dos possíveis contatos desses três ministros, seja por telefone, por reuniões pessoais, seja lá o que for?

Teve a impressão de que o agente do FBI não queria responder a essa pergunta.

"Será que já fizeram isso?", pensou.

A capitã não se sentia bem tendo de fiscalizar seus superiores e ainda suspeitando de que algum deles poderia ser acusado de traidor da pátria.

Sabiam que estavam quase às cegas, partindo de suposições, que, se fossem verdadeiras, seriam urgentes.

78

Logo depois da criação da Petrobras, em 1953, o americano Walter Link, que foi o primeiro geólogo-chefe da empresa, escreveu o famoso Relatório Link, afirmando que nossa plataforma terrestre era pobre em petróleo. Apesar dos grandes rios da Amazônia, o centro da produção nacional estava no litoral, onde a escassez de energia era um impasse para sustentar o crescimento econômico.

No ano de 1956, foi aprovado o programa nuclear brasileiro, com a criação da CNEN, a Comissão Nacional de Energia Nuclear, e vem evoluindo lentamente. Mas os Estados Unidos se recusaram a cooperar e o Brasil optou pelos reatores alemães.

O plano previa a construção de oito usinas nucleares em Angra dos Reis, com vistas a atender três grandes centros urbanos: São Paulo, Rio de Janeiro e Belo Horizonte.

A crise do petróleo e a alta dos juros americanos sufocaram a economia brasileira e o Brasil não teve recursos para construir todas as unidades. Das oito usinas planejadas, foram construídas apenas duas.

O boicote americano dificultou até mesmo a contratação de técnicos e cientistas e o Brasil teve de apelar para pesquisadores de todas as origens. Nessa época, o Irã estava com sua economia aquecida pelos preços do petróleo e o xá Reza Pahlevi era forte aliado dos Estados Unidos no Oriente Médio, mas também não descuidou da energia nuclear.

Da mesma forma que o Brasil, o Irã recorreu à Alemanha e iniciou o seu programa nuclear em 1968, mas com a revolução islâmica, a Alemanha se retirou e a Rússia ocupou o seu lugar.

O programa nuclear do Iraque foi conhecido após a Guerra do Golfo Pérsico, e em 1994 foi revelado o programa da Coréia do Norte. A Índia e o Paquistão desenvolveram a bomba atômica e, desde então, as Nações Unidas e principalmente os Estados Unidos começaram a fazer pressões para a suspensão de novos programas nucleares. Líbia, Iraque, Sudão, Coréia do Norte, Irã, Brasil, Argentina e outros países ficaram tolhidos em seus projetos.

A suspensão ou limitação dos programas nucleares em diversos países deixou sem futuro muitos pesquisadores e cientistas que haviam abraçado a física nuclear por vocação ou por profissão.

Surgiu então um mercado de profissionais especializados em energia nuclear que buscaram rumos diferentes. Alguns continuaram no mundo acadêmico em seus próprios países. Muitos porém ficaram frustrados e revoltados tornando-se alvo fácil do fanatismo ou do terrorismo.

Uma cuidadosa estratégia foi se aperfeiçoando para colocá-los dentro de instituições, universidades, empresas especializadas e até mesmo usinas de enriquecimento de urânio, para outros fins que não eram apenas científicos.

O dr. Hassan era um desses recrutados. Doutorou-se, com apenas trinta anos, em fusão de átomos, e seus trabalhos chegaram a ser disputados por revistas científicas internacionais.

Assistiu à queda do xá e passou a admirar Khomeini, que elevou o país a uma categoria de independência moral e econômica, desprezando as ameaças americanas. Mas essa independência custou muito. Generais, economistas, administradores, aviadores e todos os técnicos que manejavam os aviões e tanques sofisticados, vendidos pelos Estados Unidos ao Irã, emigraram para outros países. As empresas perderam seus administradores e o Irã passou por situação difícil.

Quando Sadam Hussein invadiu o Irã, não havia quem operasse os aviões e as armas sofisticadas que o xá havia adquirido dos Estados Unidos, e Sadam matou milhões de iranianos sem porém dominar esse povo, que reagiu valentemente. Sem vencidos ou vencedores, foi firmada a paz entre Sadam e Khomeini, com grandes perdas para ambos os lados.

Mesmo sem o capital que os empresários levaram embora, sem técnicos, administradores e cientistas, tendo sofrido uma guerra que durou dez anos e ainda enfrentando o embargo dos países ricos, o Irã acabou se recuperando lentamente e hoje é uma nova ameaça aos americanos, que podem destruir o seu país, com a mesma impiedade com que destruíram o Iraque.

A missão do dr. Hassan era impor um grande revés ao capitalismo ocidental, que utilizava o cristianismo para se infiltrar no mundo islâmico, fazendo pregações contra o Profeta, contra o Alcorão, mas com a finalidade única de impedir o desenvolvimento das nações que reverenciam o Profeta.

Sim, Cristo é o maior Profeta, depois de Maomé, mas os evangelhos não diziam a verdade e o mundo ocidental criou uma filosofia perniciosa, que chamam de religião, e com ela vai impondo seus costumes, modificando os hábitos dos povos aonde chega, vendendo seus produtos, tomando as riquezas das outras nações e ameaçando o Reino de Alá.

Há quinze anos tinha vindo para o Brasil. Aprendera logo o português e começou a dar aulas em cursinhos para vestibular. Foi convidado para lecionar física nuclear em diversas faculdades e, daí, para trabalhar nas usinas nucleares de Angra dos Reis, foi questão de tempo. Nunca soube quem o encaminhava para essas funções e cargos, mas sabia que tudo estava planejado para que ele cumprisse sua missão neste mundo.

Em poucas reuniões, compreendeu que era preciso evitar que outros países capitalistas evoluíssem e aumentassem as pressões contra o islamismo. Países como o Brasil estavam desenvolvendo programas científicos que iam reforçar os infiéis.

Explicaram-lhe que não adiantava muito destruir usinas nos Estados Unidos ou na Europa porque esses países se recuperavam logo. Os países ricos tinham um mercado que lhes fornecia dinheiro suficiente para manter seu domínio. O mundo islâmico não estava preparado ainda para o confronto direto e a melhor estratégia era, então, destruir os seus mercados e deixá-los isolados até se enfraquecerem e serem destruídos também.

Lembrou-se do encontro com o aiatolá Ahmedes ad-Dim em Teheran.

– Alah el Akbar – fora o cumprimento do aiatolá.

E ele respondeu:

– Alah el Akbar.

Houve depois outros encontros casuais que estreitou o relacionamento entre eles.

Num seminário sobre lixo atômico, na cidade de Oslo, um dos participantes lhe pedira para pesquisar trabalhos de cientistas árabes. Esses trabalhos sairiam na internet e no meio deles haveria uma frase. Ele saberia reconhecer a frase porque de um modo discreto fazia referência a pesquisas feitas por ele.

Teve a impressão de que o seu colega de seminário era parecido com aquele aiatolá, mas achou que foi coincidência.

Não havia como levar equipamentos ou materiais para dentro das usinas. Foi recebendo instruções, aos poucos, de como criar o apocalipse usando material que ele manipulava dentro das instalações da usina. No começo teve alguma dificuldade para entender o plano, mas era inteligente e foi assimilando as instruções.

Agora, enfim, chegara o momento.

Tinha pena do sofrimento que toda aquela gente ia passar. Mas orava por eles todos e pedia a Alá para levá-los também para o paraíso e lá ia poder revê-los e eles compreenderiam que tudo havia sido feito conforme as instruções que o Profeta deixou no Alcorão.

O apocalipse já tinha começado e Bin Laden dera o sinal destruindo as torres gêmeas e impondo pesado revés moral ao chefe dos infiéis.

Ele tinha apenas de chegar até o centro de pesquisas. A Aiea da ONU mandara desta vez um grupo importante de cientistas e investigadores. Havia suspeita de que o governo brasileiro estava desenvolvendo estudos para a fabricação de mísseis dotados de ogivas nucleares e o grupo estava visitando todas as dependências das usinas de Angra.

Ia ser muito simples. Ele era um dos cientistas que estavam acompanhando o grupo de investigadores da ONU e tinha a obrigação de dar explicações e responder perguntas.

Já tinham passado por vários setores. Analisaram os processos de explosão do átomo, de resfriamento da água e produção da energia. Estavam chegando ao laboratório onde trabalhava com outros cientistas e técnicos. Cabia a ele dar as explicações e fazer demonstração de como funcionam os diversos equipamentos da sala.

Ninguém ia supor que as lentes do seu microscópio estavam preparadas para reconhecer apenas as íris dos seus olhos.

Quando um daqueles investigadores abaixasse a cabeça e olhasse no vidro do microscópio, uma pequena lâmina ia refletir seus olhos no pequeno espelho dissimulado no metal do balcão.

Mensagens seriam enviadas ao centro de fusão de átomos e a cada mensagem a luz ficaria cem vezes mais quente e na quarta transmissão os fios da instalação interna não resistiriam e todo o sistema de segurança seria acionado.

Imaginava todos correndo para salvar suas vidas, ou executando os procedimentos de segurança que haviam aprendido em muitos exercícios. Teria de agir rápido para entrar correndo na sala de controle e gritar para o pessoal que o sistema de segurança estava invertido e a usina ia explodir. Era preciso convencer aquelas pessoas a deixá-lo dar nova leitura ao sistema, que agiria em sentido contrário e explodiria tudo como no início do Universo. Estava preparado para isso.

Alá Todo-Poderoso ia poder enfim livrar o mundo desses infiéis.

Ele foi dando as explicações de equipamento, de cada função, respondendo a perguntas ou deixando que outros colegas respondessem. O presidente da Nuclebrás, general Murilo Costa Filho, e outros militares estavam satisfeitos com as respostas e explicações.

Os investigadores da ONU também se revelavam despreocupados e aceitavam tudo como realmente tendo sido um projeto de utilização da energia nuclear para fins pacíficos, não havendo por que interpretar de maneira diferente.

Viu, no fundo do corredor, o laboratório. Mantinha a naturalidade e até mesmo se atreveu a fazer uma brincadeira, porque não era do seu feitio a seriedade em excesso.

Entraram. E, como de praxe, o segurança que ficava do lado de fora, fechou a porta. Ele abriu o painel de plástico que servia de lousa de explicações e fez um pequeno resumo dos lugares por onde passaram para então começar a explicar o laboratório.

Resumiu o roteiro percorrido, explicou as funções dos equipamentos do laboratório, e então convidou o grupo a examiná-los um por um. Ele ia na frente, mostrava como funcionavam e pedia que um deles fizesse as verificações que quisesse.

Aproximou-se do microscópio de fabricação Wetwinter. Seu coração começou a bater. Era o momento do "Conceito Zero", como lhe tinham avisado. Uma nova ordem mundial ia começar a partir daquele momento, porque assim lhe fora dito pessoalmente pelo aiatolá Ahmedes ad-Dim.

A explosão da Usina Nuclear I de Angra dos Reis iria assustar o mundo ocidental, revelando que todos eles estavam inseguros. Ele ia provar que as pressões americanas para que o mundo árabe não construísse suas usinas eram infrutíferas. Assim como ele ia explodir Angra I, outros cientistas estavam preparados para fazer o mesmo em outros países, no momento oportuno.

Abaixou a cabeça e olhou no microscópio e movimentou discretamente uma agulha. Falou calmamente sobre o que estava vendo e retirou a cabeça. Afastou-se e olhou para o cientista alemão indicado pela ONU, esperando que ele olhasse no microscópio.

A princípio sentiu certo temor de que o outro não quisesse olhar, pois ele demorou um pouco. Parecia que estava desconfiando de algo. Procurou sorrir levemente e fez um movimento distraído com a cabeça, para transmitir calma e segurança.

O cientista abaixou-se e ele teve de se controlar para não respirar fundo e trair a sua emoção. Foi aos poucos afastando-se do microscópio, enquanto o outro perdia tempo na leitura de coisas que deveriam ser óbvias para ele. Talvez, por serem óbvias, tivesse demorado.

Mas o alemão percebeu o reflexo no alumínio do balcão e afastou-se depressa, assustando a todos. Olhou para os lados e percebeu o cheiro estranho de plástico aquecido. Enquanto o alemão olhava no microscópio e outros se distraíam com os equipamentos do laboratório, ele fora se esgueirando em direção à porta.

– Alguma coisa está errada! – gritou o alemão.

Mas era tarde. O alarme soou, o dr. Hassan abriu a porta e saiu correndo. Gritou para o guarda que ele ia ver o que havia acontecido, mas não devia deixar ninguém sair da sala. Precisavam ficar lá para maior segurança deles e da usina. Ele estaria de volta em poucos minutos.

79

Na mesma sala da casa do ministro do Exército, onde se dera a reunião com o diretor da ESG, estavam novamente reunidos os três ministros militares.

O ministro do Exército convocara a reunião. Dizia ter motivos para uma conversa apenas dos três ministros militares. Não informara qual o assunto por telefone, mas dizia ser importante que se encontrassem naquela tarde.

Ainda não se tinham reunido desde a descoberta daquele complô e talvez estivessem sendo chamados para a reavaliação dos fatos.

O ministro do Exército foi objetivo:

– Nosso trabalho para impedir a divisão do Brasil em dois países foi decisivo até agora. Temo no entanto que nossas preocupações não terminaram.

O ministro da Aeronáutica olhou para ele e perguntou:

– O que o senhor quer dizer com isso?

O ministro da Marinha estava imperturbável. Não se manifestou e aparentemente demonstrava não se interessar mais pelo assunto.

– Acho que vocês devem estar curiosos para conhecerem duas personalidades importantes dos últimos dias da história do Brasil.

Foi até a sala de visitas e voltou com a capitã Fernanda, o tenente Rogério e Maurício.

– Vocês já conhecem a capitã Fernanda. Ela teve papel brilhante em todos esses fatos e, aqui para nós, acabou encontrando até um noivo, o tenente Rogério, agraciado com a medalha de herói pelo Exército Brasileiro, quando houve o atentado contra o general Ribeiro de Castro.

O tenente estava de uniforme, prestou continência e correspondeu ao cumprimento de mão de cada um dos ministros.

– E aí está o doutor Maurício, que, graças a Deus, não estava do lado de lá.

Maurício sorriu com o elogio e pensou que talvez tivesse levado vantagem se mudasse para o outro lado.

– Sentem-se, por favor. – E dirigindo-se aos seus colegas:

– Alguns fatos sugerem que nossas conclusões anteriores sobre a divisão territorial do Brasil foram precipitadas.

Dirigiu-se a Maurício, que não havia ainda se sentado, e disse-lhe:

– Acho que o senhor pode começar as explicações.

Era a primeira vez que Maurício se reunia com esses ministros e achou melhor adotar um ar professoral. Não podia perder tempo com excesso de polidez.

– Vou tentar ser objetivo, porque o assunto é confuso. Uma coisa não me saiu da cabeça desde que entendemos que o caso estava encerrado. É o "Conceito Zero". Para os conspiradores o "Conceito Zero" deveria ser o início de tudo. Seria como o Big Bang na formação do Universo.

Após essa pequena introdução, olhou para os ministros, como fazia com os alunos.

– Não sei se os senhores percebem o detalhe. Mudaram o código mas não mudaram o princípio básico da ação: o Conceito Zero que, no meu entender, ainda não aconteceu.

Falava com voz firme e tentando chamar a atenção para os fatos principais.

– No encontro final com o grupo de assassinos que haviam seqüestrado a minha filha, eu precisava ganhar tempo e disse para o sujeito que parecia ser o chefe deles para dizer ao Franz Sauer que o Conceito Zero não ia funcionar.

Não deixou que percebessem o pequeno arrepio de medo ao lembrar o perigo que ele e sua filha passaram naquele dia.

– A reação dele foi de surpresa, como se tivesse levado um choque. Recuperou-se, mas já havia se traído. Naquela hora, eu estava preocupado demais em salvar a minha filha, o meu neto e até mesmo as nossas vidas, e deixamos aqueles celerados por conta da Confraria, que, graças a um celular do FBI, chegou a tempo, mas o fato é que acabei me esquecendo da reação daquele indivíduo.

Os ministros estavam atentos, compreendendo que o perigo ainda rondava o país.

– Um fato muito sério nos chamou a atenção. O senador Rocha Meira foi assassinado.

A afirmação pesou no ambiente.

– O que o senhor está afirmando? – perguntou o ministro da Marinha.

O ministro da Aeronáutica o olhava estupefato e o ministro do Exército mantinha a testa franzida, como se já soubesse de todas aquelas informações.

— Assim que cheguei a Brasília, depois de embarcar a minha filha para a Alemanha, transmiti essas preocupações à capitã Fernanda. A Abin conseguiu cópias de fitas do Hospital de Base. Naquela madrugada em que o senador morreu, o médico, doutor Oto Salles, entrou no hospital. Esse médico já vinha tratando do senador e esteve no seu gabinete minutos antes de ele sair para a reunião com o presidente da República, quando, então, foi acusado de conspiração.

— E esse médico entrou na UTI naquela madrugada? — perguntou o ministro da Aeronáutica.

Maurício esperava essa pergunta e balançou a cabeça afirmativamente.

— O médico de plantão estava dormindo, provavelmente com algum sonífero que lhe aplicaram, e o doutor Oto Salles pegou a sua roupa, a sua máscara e o seu uniforme. Eles têm mais ou menos a mesma estatura. O tenente Rogério vai mostrar para os senhores.

O ministro do Exército havia providenciado uma tela e um projetor.

O tenente ajeitou o equipamento, colocou a fita e apertou o "play". A fita começou a rodar e mostrou a chegada de um médico na frente do hospital. A fita mostrava o horário das três horas e doze minutos. Maurício chamou a atenção dos ministros para o tipo físico do médico e a roupa que estava vestindo. A calça meio esverdeada, o sapato preto e outros detalhes.

Terminada essa projeção, que mostrava a entrada do hospital, ela foi substituída por outra que filmava dentro da UTI. Um médico se aproximou da sala às três horas e quarenta e um minutos. Dirigiu-se ao leito do senador, segurou o pulso por um minuto mais ou menos, pôs o estetoscópio, caminhou pela UTI e saiu.

Uma terceira fita mostrava o médico que devia estar de plantão e com o mesmo uniforme. As comparações da estatura física, detalhes dos sapatos e da calça mostraram que, apesar das semelhanças, havia diferenças perceptíveis.

— Pelos boletins médicos, o senador morreu às três horas e quarenta e seis minutos, ou seja, o doutor Oto Salles ministrou pelo pulso uma dose elevada do mesmo remédio que o senador tomava, indicado por ele mesmo. O laudo da autópsia do senador foi assinado por um médico da equipe do doutor Salles.

— Mas e o outro médico? Aquele que devia estar de plantão. Por que não disse nada? — perguntou o ministro da Aeronáutica.

— Imagino que ele não ia dizer que estava dormindo. Quando ouviu a informação de que tinha estado lá durante a noite, achou melhor ficar quieto, já que não fora acusado de nada irregular. Pior seria confessar sua negligência.

— Mas como é que o senhor sabe que o senador foi envenenado com uma dose elevada do próprio remédio que tomava?

— Fizemos a exumação do cadáver e uma nova autópsia.

Trazia uma pequena pasta com os exames e os entregou ao ministro do Exército, que os passou adiante sem examiná-los. Esperou que os ministros lessem o laudo feito por um capitão médico legista da que assessora a Abin e comentou:

— Os senhores podem ver que esse laudo mostra alguns produtos indutores de pressão alta que não constam do laudo apresentado pelo doutor Salles.

O ministro da Aeronáutica estava confuso.

— Não sou investigador de polícia, mas por que matar o senador se ele era uma aliado deles? E o que tem a ver esse homicídio com esse Conceito Zero? O senhor chegou a alguma conclusão?

— É possível que o senador não fosse aliado deles. Foi apenas outra vítima dessa conspiração diabólica.

— Mas nós estávamos presentes quando o presidente da República colocou aquela gravação... Espera aí, o senhor está querendo dizer que aquela gravação foi montada só para comprometer o senador? Mas com que finalidade? O senhor está me deixando cada vez mais confuso.

O ministro da Marinha revolveu-se na cadeira, demonstrando inquietação.

— Foi uma artimanha bem planejada. O senador tinha realmente uma palestra marcada na Universidade de Buenos Aires sobre o tema: "Como o eleitor pode dar um conceito zero para um político". Veio o ofício da Universidade de Buenos Aires falando em "Conceito Zero" e comprometendo o senador, o que nos levou a montar uma acusação falsa para ver a sua reação. Como envolveram a Universidade de Buenos Aires nesse "imbróglio", não sei.

— Mas o senhor tem de admitir que houve uma gravação – insistiu o ministro da Marinha, que parecia sentir-se culpado pela morte do senador.

Maurício abanou a cabeça, concordando.

— Não havia como produzir as provas que necessitávamos para interromper o processo da nova república. Havia a certeza de que esse alemão, o Franz Sauer, era um dos conspiradores. Eu mesmo levantei documentos nesse sentido. Os conspiradores tinham conhecimento de que nós já havíamos identificado o Franz Sauer. A partir de certo ponto eles passaram a ter certeza de que nós estávamos também atrás deles.

— Os episódios de Belém do Pará... – disse o ministro da Aeronáutica.

— Então o que fizeram? Aproveitaram o alemão Sauer para envolver o senador, com o envio daquele fax e a farsa da palestra em Buenos Aires. Esperavam que o senador morresse com a acusação e não poderia defender-se. A sua morte seria uma confissão de culpa e os órgãos de segurança poderiam imaginar que o perigo estava afastado.

Era um pouco confuso e ele estava encontrando dificuldade para explicar a malícia do plano.

– Toda essa situação não foi montada de um dia para outro. Há anos esse grupo vem planejando a República da Amazônia. Criaram até essa estratégia de código falso para desmoralizar as Forças Armadas e poderem agir livremente. Escolheram um ex-presidente da República e senador por um Estado do Norte do país para desviar as atenções, no caso de suspeitas contra eles, como de fato aconteceu.

O silêncio continuava na sala.

– Mas será que a saúde do senador estava assim tão abalada? E por que o derrame se ele era inocente? – perguntou o ministro da Aeronáutica.

– O senador já vinha sendo tratado pelo doutor Oto Salles para que ele sofresse um acidente de saúde fatal em momento de forte tensão emocional. Conforme já disse, pouco antes de o senador ir ao gabinete do presidente, o doutor Salles foi visitá-lo, em sua sala, no senado. Naquele momento, deve ter medicado alguma coisa que causaria o derrame com a elevação da tensão emocional. Ao ser acusado de traição, ao mesmo tempo em que percebia que tinha sido vítima de uma conspiração, não resistiu.

Esperou uns segundos e fez outra revelação:

– A CIA gravou uma conversa entre o Franz Sauer e um certo José Dílson. Foi um telefonema real com a finalidade de comprometer o alemão, que já estava sob investigação da CIA. Foi preso e, ao ouvir a conversa dele com o José Dílson, preferiu denunciar o plano para negociar uma condenação mais leve.

– José Dílson? – perguntou o ministro da Aeronáutica.

– Ele era uma espécie de coordenador das atividades dos conspiradores, diria eu que era a pessoa mais importante dessa Organização.

O ministro da Aeronáutica quis perguntar por que esse José Dílson ia cometer a imprudência de falar ao telefone com o Franz Sauer, numa situação dessas e depois de anos de cautela, mas preferiu aguardar as explicações.

– Alguma coisa fez a Organização suspeitar do Sauer. Parece que já havia uma luta interna pelo poder. Quem tomaria conta da nova república? Esse Franz Sauer organizou grupos externos, criou várias ONGs para financiar a independência da Amazônia e passou a ser uma pessoa por demais importante.

– A luta pelo poder faz parte de todas as organizações, mas não faz sentido o principal organizador se autodenunciar, comentou o ministro da Aeronáutica.

– Pensamos nisso também e ficamos preocupados. Até a gravação da conversa do Franz Sauer com esse José Dílson, nós não tínhamos o nome do articulador no Brasil. Então, por que ele foi se comprometer?

Não estava seguro de que ia conseguir o resultado que esperava com essa explanação. Já se mostrava um pouco tenso, mas precisava manter o seu raciocínio claro para o ataque final.

— Existe uma grande diferença entre a gravação feita para acusar o senador e a gravação da conversa do Sauer com esse Dílson. Na verdade, era comum o senador conversar pelo telefone com Franz Sauer, com quem chegou a ter entrevistas pessoais, para custeio de campanha política. Mas o senador não estava conspirando. Estava apenas sendo usado. Já os outros dois, ou seja, o Dílson e o Sauer, nunca se telefonavam. Não se comprometiam.

E, dirigindo-se ao ministro da Aeronáutica, que parecia esforçar-se para acompanhar o seu raciocínio:

— Conforme o senhor mesmo concluiu, não havia razão para o Dílson ligar para o alemão. Mas ele ligou. Então cabe a pergunta: por que ele fez essa ligação, se sabia que a conversa seria gravada?

E antes que o ministro respondesse:

— Imagino que por duas razões. A principal delas, conforme já foi dito, é que eles queriam que essa gravação fosse aproveitada. E foi o que fez a CIA. Montou outra conversa telefônica entre o Sauer e o Dílson, exatamente como este queria. Não foi nem preciso alterar a conversa, como foi feito com o senador, porque o Dílson soube usar as palavras certas. A segunda razão é que...

O ministro da Aeronáutica concluiu:

— Os instantes finais. Já se sentem seguros. Não se importam em serem identificados. Nem mesmo com o fato de que o alemão sendo preso pudesse fazer uma confissão.

A hipótese era perturbadora.

— Mas, se a CIA pegou o Franz Sauer, por que não pega esse José Dílson também? Ou o senhor quer dizer que ele não existe?

— Obviamente o nome é falso. Embora já estejam perto do Conceito Zero, ainda usam alguns truques, como disfarces.

— Então o grupo está solto. Tudo o que fizemos para evitar a divisão do país estava dentro do plano deles, nós agimos como marionetes.

Franziu a testa:

— E agora temos duas dificuldades: não sabemos quem é esse José Dílson e não sabemos o que é o Conceito Zero. O senhor disse há pouco sobre Big-Bang e não quero dizer no que estou pensando.

Levantou-se agitado:

— Meu Deus! Precisamos tirar a população de Angra dos Reis. Precisamos evacuar a região. A intenção deles só pode ser a explosão de Angra dos

Reis com os investigadores do Aiea dentro de uma das usinas, para criar o momento do "Conceito Zero", quando então aproveitarão a confusão e proclamarão a independência da Amazônia.

Ia continuar falando quando o telefone soou como se fosse uma sirene. O ministro do Exército levantou-se, ouviu com o rosto envelhecido e respondia com monossílabos. Desligou o telefone e voltou para o meio deles.

80

O ministro da Marinha não era pessoa de falar muito, mas mostrou-se também nervoso e tenso:

– Será que não há tempo para retirarmos a população? Seria uma catástrofe pior que a de Chernobyl.

O ministro do Exército dirigiu-se a Maurício:

– Por favor, doutor Maurício, precisamos ter uma conclusão.

Maurício olhou o tenente e a capitã, que estavam sentados, calados e o olhavam como uma espécie de última esperança. Sabiam que o José Dílson não podia fazer mais nada, mas tinham a esperança de que a lucidez voltasse ao país.

– O assunto é delicado. Houve um episódio estranho que também estava sem explicação: o assalto ao coronel Rodrigues, chefe do Gabinete do ministro do Exército. Nós partimos do raciocínio de que somente os senhores sabiam da consulta feita à ESG. Só três pessoas sabiam do conteúdo da mensagem.

E, sem esperar qualquer reação, afirmou como se os estivesse acusando:

– Essas três pessoas são os senhores aqui presentes.

O ministro da Aeronáutica levantou-se e apontou o dedo para Maurício.

– O senhor não se atreva a continuar seu raciocínio.

O ministro do Exército pediu que ele se sentasse e disse:

– O doutor Maurício já me falou tudo isso e gostaria que vocês ouvissem até o fim o que ele tem a dizer.

– Pois bem – continuou Maurício sem rodeios como se quisesse mostrar a urgência da situação – diante disso e como o tempo era curto, passamos a estudar a vida de cada um dos senhores. Uma dúvida nos perseguia. Se, realmente, algum dos senhores fazia parte do grupo, como é que até agora não foi registrado nenhum contato dos senhores com esse José Dílson ou com Franz Sauer? Deveria haver algum vestígio desses contatos, mas como? Onde?

O ministro da Marinha ficou inquieto.

– Começamos então a estudar a vizinhança dos senhores, as pessoas, as atividades, o tempo em que moraram nas mesmas casas, enfim, um trabalho minucioso e cuidadoso. Nenhum vizinho do ministro do Exército levantou suspeitas. Eram pessoas que estavam rotineiramente em suas funções. Não encontramos vizinhos do ministro da Aeronáutica que pudesse levantar suspeitas. Suas vozes foram gravadas e enviadas à CIA.

Percebeu que o ambiente estava hostil, mas concluiu:

– Um vizinho do senhor ministro da Marinha chamou nossa atenção.

– O senhor pode se explicar melhor? – reagiu o ministro da Marinha, em tom grave.

- Acho que o senhor já entendeu. Nós estudamos as plantas das casas de todos os moradores da redondeza, a profissão, os contatos, os telefonemas de toda essa vizinhança foram gravados, enfim, tínhamos pouco tempo, mas esmiuçamos a vida de cada um. Foi um trabalho frenético e exaustivo, para o qual tivemos ajuda. Acho que o senhor começa a me entender.

O ministro da Marinha estava ficando pálido.

– Perto do senhor mora um engenheiro florestal que faz projetos de manejo na Amazônia. Ele viaja livremente pelo país e é também credenciado pelo Ibama para várias coisas.

– Não estou entendendo aonde o senhor quer chegar.

– Na verdade, não faz projetos de manejo. É um subversivo treinado pelos serviços de inteligência da Rússia, de Cuba, da antiga Tchecoslováquia e trabalhou em serviços de espionagem para esses países. A casa onde mora está alugada em nome de Ariovaldo Telles de Alencar. Tivemos de pedir ajuda da CIA. Ele é muito cauteloso e cheio de artimanhas, mas já era alvo da CIA, do FBI, da NSA. Passamos a segui-lo e conseguimos gravar algumas das vozes que ele usa. Uma dessas vozes é igual à voz do José Dílson.

– Então por que o senhor não mandou prendê-lo? – e olhou para a capitã. – A senhora andou investigando a vida de um ministro das Forças Armadas e lançando suspeitas sobre a honorabilidade de um alto oficial da Marinha.

Maurício desconheceu a observação e disse:

– Ministro, o senhor acabou de convidá-lo para o costumeiro Black Label, em sua casa.

– Eu não liguei para ninguém, isso é uma acusação tão falsa...

– ...quanto a que foi lançada contra o senador Rocha Meira, não é o que o senhor ia dizendo?

O ministro da Aeronáutica disse, quase gritando:

— Mas, então, se vocês já prenderam esse assassino, vamos obrigá-lo a parar essa loucura...

Estava transtornado e parecia não ter percebido que o seu colega de Ministério estava sendo acusado de traição. Para ele o mais importante agora era salvar a população.

O ministro do Exército olhou pesarosamente para ele e explicou:

— Pelo que sabemos, o José Dílson já perdeu o controle sobre Angra dos Reis. Suspeitamos que alguém lá de dentro recebeu ordens definitivas e nem esse Dílson tem mais contato com ele. A explosão deve acontecer quando os inspetores estiverem lá dentro. E não sabemos se será em Angra I ou Angra II.

— Mas alguém lá de dentro? Alguém que vai morrer também? Isso é ridículo! Aqui no Brasil!?...

Maurício responde:

— O fanatismo, ministro, o fanatismo. Pensávamos estar imunes a isso, mas esse grupo foi longe. Muitos países tiveram programas nucleares interrompidos e surgiu um mercado de cientistas e técnicos de todas as origens. Alguns são frustrados, fechados dentro de si mesmos, desgostosos com a vida. Outros acreditam no suicídio como a maneira mais segura de chegar ao reino de Alá. A outros, cuja missão seria arregimentar os suicidas, foi prometida a República da Amazônia.

Disse em voz quase triste, com a certeza de que em breve todos ali tomariam conhecimento de uma grande catástrofe. Um silêncio de fazer herege meditar sobre a vida eterna tomou conta deles. Mas era preciso esclarecer todos os fatos.

— A capitã vai relatar mais um episódio. O avião que nos levou a Manaus havia sido solicitado pela capitã Fernanda ao ministro da Aeronáutica.

E, olhando para o ministro da Marinha:

— O senhor se lembra disso, não se lembra?

— Por que eu deveria me lembrar, se foi pedido à Aeronáutica?

— O avião que nos devia levar a Manaus era um Baron 58, mas foi substituído por um avião monomotor. Algumas coisas naquele avião me deixaram cismado e a capitã poderá explicar melhor.

— Mas como, pelo que eu sei... Mas o que eu tenho a ver com isso? Por que vocês não avisaram o ministro da Aeronáutica? Ou será que nós já estávamos sob suspeita antes?

Notava-se o esforço que fazia para manter a normalidade da voz.

Maurício olhou para a capitã e pediu que ela mesma relatasse o episódio. Ela olhou para o ministro do Exército, que fez um movimento com a cabeça, e começou a falar.

– O piloto do Baron foi substituído. Um piloto com uniforme da Aeronáutica alegou que era questão de segurança nacional e ele devia ficar dois dias afastado. Deram-lhe as coordenadas de uma pista na margem direita do rio Tocantins, bem no meio da Amazônia. Ele ficou dois dias pescando. Na volta, as instruções que ele recebeu foi de que devia fazer todos os registros como se realmente tivesse cumprido as ordens originais. O piloto do Bonanza desapareceu, mas encontramos o avião, que estava preparado para que o piloto fosse ejetado com pára-quedas e o avião ficasse desgovernado, caindo em plena selva amazônica.

A capitã esperou que o ministro absorvesse a acusação e concluiu:

– Isso explica também a explosão da casa onde eu e o doutor Maurício iríamos ter reunião com a Confraria. Somente os senhores poderiam saber daquela reunião.

Dr. Hassan correu em velocidade para a sala de controle. Sabia que ali estavam os computadores que regulavam as válvulas de aquecimento, já que o sistema de alarme era dotado de mecanismo que reajustava os equipamentos para mantê-los dentro da normalidade, até que o problema fosse sanado.

Era preciso desligar esse sistema de regulagem automática para que o aquecimento recebesse a carga de velocidade emitida pelos sinais que vinham do laboratório.

Pela janela de vidro fez sinal para os funcionários que olhavam preocupados para os movimentos de cada computador.

O físico, dr. Orlando Morel, abriu a porta e ele entrou correndo gritando para desligarem o equipamento nº 29, porque o sistema estava invertido e a usina ia explodir, se não o desligassem.

Houve relutância dos funcionários que não imaginavam como aquilo poderia ocorrer e o dr. Orlando Morel contestou o dr. Hassan, mas este já estava com todos os argumentos preparados e foi mostrando o que estava acontecendo com cada equipamento.

Começaram a entender as suas preocupações e ele pôde enfim dirigir-se para o grande painel onde se concentravam os controles que ele precisava realinhar para criar a força invertida e a explosão da usina, enquanto o dr. Orlando se dirigia apressado para desligar o equipamento 29.

Os alarmes soavam com sons de advertência e luzes piscavam, dando a impressão de que tudo estava desgovernado. Os computadores indicavam os pontos de risco e situações semelhantes já foram objeto de simulações, de forma que cada técnico saberia o que fazer, não fossem as considerações trazidas pelo dr. Hassan. Era preciso, portanto, seguir as instruções do dr. Hassan, que corria em direção ao painel, em meio ao caos que se formou.

Nisso, ouviu-se uma voz forte e imperiosa que vinha da porta que, ainda estava aberta. O novo personagem gritou para o dr. Hassan, mas em tom alto para que todos a ouvissem:

– Pare, não toque nessa máquina!

O cientista olhou para trás e viu um homem atarracado, meio careca, uma barba estranha, que tirou o avental branco de cientista e deixou à mostra uma vestimenta estranha onde se via a emblemática Cruz dos Templários.

Ele não acreditava. Ali estava o seu colega de seminário na Noruega. Mas estava vestido como um dos Cavaleiros da Ordem do Templo, um templário. Ficou atônito olhando para aquela figura.

O templário aproveitou-se da sua confusão mental e falou com firmeza:

– Lembra-se de Saladino? Quando perguntaram a ele qual a honraria que mais o agradaria no Ocidente, ele respondeu que não queria ser rei ou ser papa, queria ser templário. Ele admirava os templários por simbolizarem lealdade e bravura.

Ninguém estava acreditando no que via. Como aquele sujeito entrou ali? O que sabia ele do que estava acontecendo?

– Você foi enganado. O aiatolá Ahmed não existe. Era um terrorista internacional com a maldade no coração. Quando você esteve no Irã, em 1990, para fazer uma palestra na Universidade de Teerã, uma pessoa que se identificou como aiatolá Ahmed o procurou. Passou a convencê-lo de muitas coisas, mas ele não era aiatolá. Ele era meu companheiro de lutas nas montanhas do Afeganistão. Recebia dinheiro para matar, assim como eu também recebia. Nós matávamos por dinheiro e não pelo Islã.

Todos escutavam aquele discurso tenso, que saía daquela figura estranha. Era como se o diabo tivesse saído do inferno e lançasse flamas assustadoras nos ouvidos daqueles funcionários.

– É mentira, você é um impostor.

– No dia 23 de novembro de 1998 você recebeu uma missão internacional. Lembra-se? Uma pessoa lhe pediu para ler a internet. Você começou a receber instruções.

– Você é um impostor, você é um impostor, um agente das forças do mal que querem impedir o reinado de Alá neste mundo.

– O senhor tem razão, sempre fui um impostor. Doravante, não importa o que aconteça, não quero o mal, só o bem. Já pratiquei muita maldade.

O senhor não deve fazer isso. O senhor foi enganado. Nós fomos pagos para criar o Conceito Zero, que tem por finalidade desorganizar o governo brasileiro para que pessoas interessadas apenas nas fortunas da Amazônia proclamem a independência da região e criem um novo país. Estamos ajudando as forças do mal, em vez de combatê-las.

Dr. Hassan olhava para ele espantado.

– Nenhuma outra usina no mundo explodirá. Foi tudo planejado para induzi-lo a praticar essa barbaridade contra um povo bom e para fins mesquinhos. Eu mesmo lhe transmiti algumas das instruções para a criação do espelho no seu microscópio.

O maior mistério das emoções é a rapidez como elas se transformam. Dr. Hassan começou a suar. Como aquele sujeito sabia disso? Era inteligente e compreendeu tudo. Olhou para a máquina, olhou em volta os seus colegas de trabalho e uma lucidez estranha pesou sobre ele.

– Sei que o senhor vai reverter o sistema de segurança, porque essa instrução eu mesmo a passei com um código criado usando versículos do Alcorão. O senhor foi enganado, mas eu era um mercenário terrorista e sabia que a explosão tinha a finalidade de um grupo de conspiradores brasileiros, com ajuda estrangeira, dividirem o país.

O dr. Hassan compreendeu a situação. Ajoelhou-se na direção de Meca e começou a rezar para que Alá o iluminasse.

Levantou-se de repente:

– O laboratório. Preciso ir até lá, me deixe passar.

– Eu vou com o senhor.

– Então vamos, então vamos.

Correram e o guarda estava ainda segurando a porta e apontando uma arma para os cientistas que ameaçavam arrombá-la.

Dr. Hassan entrou. Correu para o balcão onde ficavam seus equipamentos e foi alterando registros. Aos poucos a calma foi voltando ao ambiente e o sistema de segurança deixou de soar os alarmes.

Quando se voltou para agradecer o estranho personagem, ele tinha desaparecido.

A capitã falava como se fosse uma advogada de acusação.

– Chamou a atenção o fato de que a Marinha tivesse seguido todas as orientações que o coronel Milton falou naquele dia sobre o bloqueio da foz do rio Amazonas. Foi também muito estranho que, depois das simulações das Forças Armadas por causa do código falso, as unidades da Marinha não retornassem aos seus pontos originais, ao contrário da Aeronáutica e do Exército.

O ministro da Marinha levantou-se. Estava vermelho e falou com a autoridade de chefe de Estado, como se fosse o presidente da República da Amazônia:

– É tarde. A Organização foi mais esperta que a CIA, que não conseguiu decifrar o código verdadeiro. Vocês não podem fazer mais nada. Se já não explodiram a usina, fá-lo-ão em breve. Os governadores, assim como os comandos das polícias militares dos Estados do Pará, Amazonas, Acre, Roraima, Rondônia, Tocantins e Mato Grosso, serão substituídos a um sinal meu. A Marinha já tomou posições estratégicas nas desembocaduras dos rios Amazonas, Tapajós e em Manaus.

Falava como um dos cavaleiros do apocalipse.

– A explosão da usina desviará as atenções, e a República será proclamada. Tudo já está preparado para que o governo brasileiro seja responsabilizado por mais esses danos à humanidade.

O ministro do Exército levantou-se também e falou com raiva contida.

– O senhor se engana, ministro. Lamento chamar de traidor uma pessoa com quem convivi todo esse tempo. Uma frota de submarinos nucleares americanos aproxima-se da baía de Guajará e está pronta para ocupar a bacia Amazônica, se vocês cometerem essa loucura.

E, balançando a cabeça de um lado para o outro, como se não acreditasse no que estava acontecendo:

– Vocês estavam mesmo acreditando que o governo americano ia deixar que a Amazônia caísse em mãos de aventureiros oriundos de facções esquerdistas? Ou fosse entregue para grupos alemães? Logo que detectaram o movimento separatista, eles começaram a se aproximar da área. Assim que dessem o grito de independência, a Amazônia seria invadida. Não iriam fazer nada precipitado, mas também não hesitariam, foi o que tive de ouvir do embaixador dos Estados Unidos.

O ministro da Marinha sentiu o golpe, e o ministro do Exército continuou:

– E o senhor também se engana em outra coisa. O código real foi decifrado. Os senhores sabiam que nós e o governo americano estávamos atrás desse Franz Sauer. Conforme o doutor Maurício explicou, vocês preparam a armadilha para ele ser preso e esperaram a sua prisão para dirigir as mensagens aos destinatários responsáveis pelas ações finais.

Esforçava-se para conter a indignação.

– Calcularam que não havia mais tempo para descobrirmos o verdadeiro plano e os nomes dos conspiradores. Enganaram-se, porque a CIA já enviou a eles novas mensagens, no próprio código EP, em nome dessa sua organização, comunicando que o plano falhou e que poderiam ser presos. No momento estão sendo vigiados. Infelizmente, o Sauer levou muito tempo negociando com a CIA a redução da acusação, em troca de uma confissão completa e nós também só percebemos o perigo do Conceito Zero, devido às conclusões do doutor Maurício.

Voltou-se para o ministro da Aeronáutica:

– O senhor me perdoe. Tive de manter sigilo sobre isso. A descoberta do código foi decorrência de um eficiente trabalho do doutor Maurício e do tenente Rogério, mas desde aquele episódio com o roubo da mensagem da ESG, comecei a achar que nós três, os três ministros das Forças Armadas, estávamos sendo espionados. Para ser sincero, comecei a duvidar dos senhores dois. Peço desculpas se cheguei a ter essa impressão a seu respeito, mas o senhor pode ver que eu não estava totalmente errado.

Enfrentou o ministro da Marinha com um olhar firme:

– As conversas do doutor Maurício conosco eram feitas por um aparelho de telefone celular cedido pelo governo americano e com dispositivos que não permitem escutas. Ele transmitiu o código através desse aparelho e pediu ao FBI para manter em segredo a informação de que havia descoberto os fundamentos do código. Alguns episódios não estavam ainda bem explicados.

O ministro da Marinha respirava com dificuldade, mas mantinha a sua altivez. O ministro do Exército foi até a escrivaninha e pegou algumas folhas de papel.

– Se o senhor duvida do que estou falando, veja as cópias das mensagens que a embaixada americana me enviou. O senhor conhece os destinatários?

O ministro da Marinha leu. Estava pálido e trêmulo. Caíra numa armadilha. Estava dentro da casa do ministro do Exército e não tinha como fugir.

A voz do ministro do Exército entrou pelos seus tímpanos como uma coisa impossível.

– Pode ser que não consigamos evitar a explosão da usina e milhares de mortes pesarão na sua consciência. Mas o Brasil não será dividido. Considere-se preso. Será submetido a uma corte marcial.

Parou de falar por uns segundos e disse num tom de voz significativo:

– A não ser que tenha outra idéia.

O ministro da Aeronáutica olhava estupefato para o seu colega da Marinha e não conseguiu articular as palavras. Não podia acreditar naquilo.

O silêncio era pesado. O telefone soou como se fosse uma explosão e o ministro do Exército atendeu. Só ouvia. Estava nervoso e não falava. Desligou. Voltou-se aturdido para os demais, que esperavam a notícia da explosão.

– Deus é brasileiro.

Estava quase em lágrimas.

– Um fanático, com roupas de templário, salvou a usina. Deve ter sido aquele assassino convertido pelo pai. Ele sabia do Conceito Zero, como explicou o doutor Dr. Maurício.

O ministro da Marinha gaguejou:

– Que garantias vocês dão aos meus subordinados?

O ministro do Exército pensou rápido.

– Pelo que me consta e creio que aos demais presentes também e salvo provas que surjam, eles estão apenas cumprindo ordens de exercícios comuns – preferiu assumir o ministro do Exército, diante da possibilidade de apagar aquela página negra da história das Forças Armadas.

O ministro da Marinha recuperou a postura de dignidade que sempre exibiu. Pegou o telefone celular e discou.

– Almirante, está tudo acabado. Não há possibilidade de vitória. Não, não. Dê ordens à frota para voltar às posições de rotina. Adeus, almirante. Agradeço seu companheirismo e sua lealdade. Não, não. O senhor será substituído no comando, mas sem complicações. Talvez vá para a reserva. O ministro do Exército está na minha frente garantindo isso. Não, não existe mais essa possibilidade. O plano vazou e a marinha americana está próxima de vocês apenas aguardando ordens para afundá-los. Espero que o senhor não dê essa oportunidade a esses americanos. Adeus, almirante.

Voltou-se para o ministro do Exército:

– E quanto a mim?

– O senhor escreveu sua página na história. Como será lida, não sei.

O ministro da Marinha levantou a mão direita e pegou um comprimido no bolso da farda. Colocou-o sob a língua, ficou em posição de sentido e fez continência. Teve tempo de dizer:

– Me perdoem – e caiu.

A capitã ficou branca e virou-se para o tenente, que a amparou.

Maurício pegou a capitã por um braço, o tenente a segurou pelo outro e saíram da sala, sem olhar para trás.

83

No bar do Hotel Lincoln, em Washington, o embaixador e o diretor da CIA enfim se conheceram. O diretor esperava sentado a uma mesa, com terno preto, camisa branca com finas listras escuras e gravata de cor vermelha, porém sóbria.

Havia dado a descrição da sua roupa e a mesa onde costumava ficar para o happy hour, de modo que o embaixador foi se dirigindo para ele com a face sorridente.

– Caro diretor George, eu imaginava encontrar um garoto bem jovem, para tanto dinamismo.

– Embaixador Willians, eu imaginava encontrar um senhor de idade, para tanta sabedoria.

O embaixador riu e sentou-se.

– Estou vendo o senhor é que deveria estar na diplomacia.

– Pois eu não gostaria de encontrar um adversário como o senhor, na espionagem.

– Muito obrigado pelo elogio, meu caro George, mas estou curioso para saber como é que descobriu a Confraria e também conseguiu que o José Dílson telefonasse para o Franz Sauer.

– Eu também estou curioso para saber como é que o senhor descobriu a identidade do José Dílson. Se o senhor não o identificasse, não conseguiríamos desmontar o golpe em tempo. Poderia ter havido uma grande confusão.

– Então vamos começar assim. O senhor tem duas explicações e eu apenas uma. O senhor conta como descobriu a Confraria e depois eu explico a minha linha de raciocínio para descobrir o Dílson.

O diretor chamou o garçom e pediu dois duplos de Blue Label, com gelo, à moda brasileira. Enquanto esperava o uísque começou a dar suas explicações.

– Nós tivemos grande participação no combate ao comunismo na América Latina e quando um militar de nível elevado era acusado de ajudar a esquerda e afastado do serviço, nós passávamos a acompanhar o que acontecia com ele, porque um militar de escalão superior é reforço considerável nas hostes inimigas.

O embaixador já estava imaginando o mestre da Confraria.

– Houve um coronel do Exército, que era médico, mas não quis assinar o atestado falso de um estudante que havia morrido sob tortura, respondeu a inquérito militar, perdeu a patente, ficou preso uns tempos, saiu da prisão e desapareceu.

– Mas os senhores o encontraram? Ou não?

– De início, ele desapareceu. Chegamos a pensar que realmente tivesse morrido. De uns tempos para cá, começamos a suspeitar de fatos estranhos na selva amazônica. Pensávamos que se tratava do recrudescimento da guerrilha. Estávamos ainda na Guerra Fria quando a esquerda assumiu o poder no Brasil. O último presidente militar terminou o mandato em 1984 e o Muro de Berlim só foi derrubado em 89. Os militares saíram desmoralizados com as crises econômicas e não tinham mais moral para combater a subversão socialista. Ficamos preocupados.

O embaixador não estava no Brasil, naquela época, mas conhecia bem os fatos.

– Fizemos monitoramento intensivo por imagens na região onde poderiam estar esses grupos. Estudamos todos os garimpos e centros de exploração de borracha abandonados. As antigas construções de Fordlândia e Belterra, também foram investigadas.

O embaixador conhecia bem essa história. Em 1928, o empresário americano Henry Ford comprou uma imensa área de terras no alto Tapajós para tentar recuperar a produção de borracha e se livrar da dependência da Malásia. Numa área de um milhão de hectares Ford construiu duas cidades-modelo às margens do rio Tapajós, a trezentos quilômetros de Santarém.

Fordlândia era uma cidade animada, com cinemas, bailes, água encanada e filtrada, hospital, onde, dizem, foi realizada a primeira cirurgia plástica do Pará. A população vivia com conforto, com bailes aos sábados e roupas compradas na filial das Lojas Americanas, e até clube de golfe.

O projeto não vingou e o sonho de Ford durou menos de vinte anos. Para a população local, no entanto, os americanos foram embora depois de esgotarem o ouro e os diamantes da região.

O diretor continuou:

– Ficamos surpresos quando descobrimos que não se tratava de contrabandistas e traficantes, mas de uma Ordem de fanáticos que se autodenominavam Otam, ou Ordem dos Templários da Amazônia, que se sustentavam roubando traficantes e entregando-os à polícia.

– Mas vocês sabiam de tudo isso e não me informaram? Ora, cheguei a pensar que a CIA...

– Sei, sei, e compreendo o seu receio. Mas o senhor foi jogar golfe duas vezes com o general Ribeiro de Castro e também não falou nada sobre o que conversaram.

O general deu algumas informações vagas.

– Fiquei com receio de pedir-lhes ajuda e cair no descrédito. Mas não deixei de pôr o meu agente, aquele rapaz do FBI, para confirmar os fatos. Bem, mas até aí o senhor não me disse como conseguiu fazer a Confraria ajudar aqueles três.

O diretor respirou fundo. Parece que não gostou de ouvir falar daqueles três.

– Aqueles três. O senhor chegou a conhecer esse Maurício?

– Não, não o conheci. Ele se aposentou e foi para a Alemanha passar uma temporada com a filha. O ministro do Exército o aconselhou a sair do país por uns tempos. Poderia haver represálias.

– Ao final, coube a ele glória de descobrir os fundamentos do código verdadeiro e ainda chegar à conclusão, sem a nossa ajuda, de que o conceito zero era a explosão da usina nuclear.

O embaixador compreendia a frustração do diretor. Uma instituição do nível da CIA acabou recebendo lições de um funcionário público civil brasileiro que ia aposentar-se.

Deu tempo para ele se recuperar e continuar sua explanação.

– Quando descobrimos que a Confraria se alimentava de despojos de traficantes, nós começamos a ajudá-los. Lembra-se do Fantasma das histórias em quadrinho? Existia um poço profundo perto do quartel da Patrulha da Selva, do Exército britânico, numa região da África, e ele deixava as suas mensagens no poço.

Parou de falar. Em criança, quando via as cenas do Fantasma entrando no túnel com a tocha acesa na mão, acreditava então que o Fantasma era imortal. Recuperou-se e continuou.

– Tínhamos de encontrar um meio de comunicação com a Ordem dos Templários da Amazônia, que passou a ser o nosso Batalhão nas Selvas. Eles passaram a receber informações de quando e onde os traficantes iam fazer os seus negócios.

Não disfarçou o sorriso de triunfo quando perguntou:

– O senhor não esqueceu o Plano Colômbia, esqueceu?

O embaixador olhou surpreso para ele.

– Então... espera aí, os senhores... não acredito!

A Colômbia, na divisa com o Brasil, vive meio século de conflitos armados nos quais o tráfico de drogas tem papel preponderante. Os Estados Unidos queriam apoio internacional para intervir militarmente na região e pôr um fim nisso. O Brasil e outros países foram contra. Alegaram questão de soberania. Ora, se não estavam conseguindo apoio para lutar contra os traficantes, não custava ajudar quem já estava fazendo esse trabalho.

– Então a CIA passou a usar a Confraria para prender traficantes, já que não tivemos apoio para intervenção militar? E onde entra aí o nosso coronel?

O diretor riu, triunfante.

— Tivemos a surpresa de descobrir que o mestre da Confraria era aquele coronel injustiçado. Foi fácil daí seguir os rumos da família. Ele quis saber sobre o filho. Dissemos a verdade. Tínhamos informação de que o filho estava querendo voltar ao Brasil para completar sua vingança. Como já era terrorista conhecido e tinha a vantagem de ser brasileiro, o Franz engajou-o. Tivemos de negociar com o mestre da Confraria e firmamos com ele uma espécie de tratado informal. Para que tivéssemos sua ajuda, deveríamos deixar o filho por conta dele. Se conseguisse recuperar esse assassino, nós teríamos de esquecê-lo. Foi a nossa sorte. Ao final, ele salvou a usina atômica.

O garçom trouxe o Blue Label e o embaixador ficou mexendo os cubos de gelo com o dedo indicador, como aprendera no Brasil.

— Mas, espera aí. O senhor não está querendo dizer que...

O diretor esperava pela pergunta e o interrompeu.

— Estou sim. O general desconfiou da Confraria, mas não tinha certeza. Começou a fazer muitas perguntas, fazer palestras sugestivas, enfim, ele poderia pôr tudo a perder com essas divulgações ou insinuações. Era importante que o trabalho de combate aos traficantes que a Confraria estava fazendo continuasse em segredo. Umas escutas telefônicas indicaram que o general ia se confessar na catedral de Brasília num determinado dia. Para surpresa dele, o padre que estava no confessionário era o mestre da Confraria.

— O general me procurou antes da Páscoa dos Militares...

— Já suspeitávamos dessa internacionalização da Amazônia, mas não era o momento de assustar a área diplomática. Por sorte, o senhor também foi discreto.

— Então, por que aquela trapalhada de Juína?

O diretor balançou a cabeça, como que se desculpando.

— Sabíamos que o código era falso, mas precisávamos seguir aqueles três. Não era um código difícil e eles poderiam decifrá-lo, como de fato aconteceu. O problema era o que eles iriam fazer depois. Não contávamos com toda aquela astúcia de mandar o nosso agente para Juína e eles seguirem para Cáceres. E é claro que os órgãos do governo logo embrulharam tudo e nos deixaram em má situação. Afinal, o que esperar de um governo chefiado por ex-guerrilheiros que nós ajudamos a derrotar?

Olhou para o embaixador.

— Mas agora me diga, como é que o senhor chegou ao José Dílson?

— Foi uma feliz intuição. No primeiro dia que o assessor Hawkins me procurou, fiquei indignado e fiz-lhe uma preleção sobre organizações militares e religiosas. Filosofei que só o ideal pode levar uma organização a ter disciplina rígida, e que na minha opinião só existiam duas organizações com essa disciplina: os militares, por causa do patriotismo, e os religiosos, que seguem a fé.

O embaixador segurou o copo de uísque.

– Mas aquela conversa me deixou pensando. O que mais poderia manter uma organização unida por tanto tempo?

– Ideologia?

– Isso mesmo. O comunismo acabou, mas ideologia é como o patriotismo, como a fé, ou torcer para time de futebol. Comecei a fazer levantamentos dos principais esquerdistas da época. Aquele pessoal da Abin me ajudou. Eles tinham tudo catalogado. Quando chegamos a um círculo de suspeitos, o senhor completou o trabalho gravando a voz de todos eles. Aí foi fácil.

O embaixador sorriu ao acrescentar:

– Mas eu pensava em tirar proveito disso, entregando o cabeça do movimento. Seria uma grande jogada. Mas não é que aqueles três chegaram a ele investigando a vizinhança? Foram objetivos e tiveram sorte. Desconfiaram do homem certo e o prenderam na casa do ministro da Marinha.

Riram e o embaixador disse:

– Sem o serviço da CIA, porém, não seria possível desvendar esse plano. O senhor fez um serviço inestimável. Agora, por favor, como conseguiu que o Dílson telefonasse para o Franz?

O diretor sorriu.

– Parece ironia. Mas os encontros desse Sauer em tantos lugares diferentes já tinham chamado a atenção da CIA. Começamos a investigar a possibilidade de estar envolvido com o tráfico e acabamos descobrindo essa conspiração. Procuramos criar uma prova que o obrigasse a confessar o plano. Preparamos um agente para que simulasse ser um dos empresários de confiança do Sauer. Até curso de teatro foi montado para que ele ficasse autêntico. Esse José Dílson era desconfiado, mas achou melhor ir ao encontro, que ele mesmo marcou e ao qual compareceu disfarçado.

Certo desconforto preocupou o embaixador. "Capacidade de Disfarce. Ideologia. Será que essa Organização foi mesmo desfeita?"

– O senhor quer dizer que ele era especializado em disfarce?

– O nosso agente gravou as conversas e percebemos os disfarces. Precisávamos criar uma situação real, mas para isso ele tinha de telefonar para esse Franz Sauer. O agente estava preparado e agiu como se o alemão viesse a ser o grande manda-chuva da República da Amazônia.

– O senhor acha então que o Franz Sauer queria assumir o poder.

– Por essas conversas e pelas informações que o agente nos passou, já havia forte desconfiança entre os dois lados. E, pelo que nosso agente depreendeu, nenhuma pessoa desconhecida poderia procurar esse Dilson pessoalmente. Preparamos a armadilha. Ele assustou-se com esse atrevimento do Sauer e percebeu que precisava tirá-lo do caminho. Calculou que agiríamos da mesma maneira como agimos com o senador e telefonou para o Sauer.

Estava orgulhoso do seu trabalho e concluiu:

— Em resumo: eles nos usaram para acusar o senador e nós os usamos para prender o Franz Sauer e desarticular todo o grupo.

— Não vamos nos esquecer de que tive de prometer ao ministro do Exército que todos os contatos da CIA com a confraria seriam informados à Abin. Ele concordou em não interferir nas atividades daquele pessoal, enquanto se mantiverem no combate ao tráfico e não for feito um completo levantamento das ONGs envolvidas com o ambientalismo na Amazônia.

— Não se preocupe. Faremos relatórios regulares para a embaixada.

O embaixador parou de falar, respirou fundo, pensou um pouco e disse:

— Bem, o importante até este momento é que temos o que comemorar. Numa outra ocasião o senhor poderá me dizer que artimanhas usou para conseguir levar a confraria até aquele local, nos cafundós do Acre. Por hoje, já houve muitas explicações e o momento é de celebração.

Com um sorriso irônico, levantaram os copos de Blue Label e disseram ao mesmo tempo:

— América... para os americanos!

Agradecimentos

A itinerância de vários anos para escrever O Conceito Zero me colocou em contato com pessoas que, mesmo sem mencioná-las, não esqueci. Lembro-me também com respeito de instituições civis e militares que me receberam com interesse e me prestaram apoio.

Algumas pessoas, no entanto, deram uma ajuda direta para a conclusão e publicação do livro.

Um reconhecimento especial devo ao escritor Luiz Fernando Emediato, autor do precioso Trevas no Paraíso, publisher e editor da Geração, que logo na leitura das primeiras páginas manifestou interesse na publicação do livro, tornando realidade o sonho de todo escritor.

Agradeço também ao dr. Antonio Pinto, respeitado advogado que dedicou longas horas à análise jurídica do livro.

Ao escritor Hugo Almeida, autor da novela Porto Seguro, outra história, agradeço o cuidadoso trabalho de "preparação de texto" e as sugestões de mudanças e acréscimos.

Uma merecida homenagem a um companheiro que durante anos me acompanhou pela Amazônia e com quem aprendi muito sobre essa região. O comandante Luiz Carlos Baptista, residente em Cuiabá, me inspirou o comandante Carlão da história.

Por fim, um agradecimento especial à minha esposa, Clarice, psicóloga, pela paciência que teve durante vários anos para ler, reler e criticar extenso material que muitas vezes era desprezado, porque novas pesquisas alteravam o que já estava escrito.

A todos eles e também àqueles que não citei nominalmente e me ajudaram a escrever O Conceito Zero meus agradecimentos.

Adhemar João de Barros

Impressão e Acabamento